나의 추억과 모험

아서 코난 도일 자서전

아서 코난 도일 지음
김 진 언 편역

玄 人

나의 추억과 모험

아서 코난 도일 자서전

아서 코난 도일
Arthur Conan Doyle

옮긴이 **김진언**

대학에서 국문학을 전공 하고 세상 곳곳을 돌아다니며 삶의 경험을 쌓았다. 그 경험을 바탕으로 지금은 인류가 남긴 가치 있는 책들을 찾아 우리말로 번역 중이며 문학과 삶에 대한 탐구를 계속해 나가고 있다. 역서로는 『셜록 홈즈의 여인들 Ⅰ·Ⅱ』, 『세계 3대 명탐정』, 『하숙인』, 『간소한 삶』, 『신을 찾아서』 등 다수가 있다.

아서 코난 도일 자서전(나의 추억과 모험)

1판 1쇄 인쇄 2020년 2월 15일
1판 1쇄 발행 2020년 2월 25일

지은이 아서 코난 도일
옮긴이 김진언
펴낸이 박현석
펴낸곳 玄 人(현인)
표지디자인 김창미

등 록 제 2010-12호
주 소 서울시 도봉구 덕릉로 62길 13, 103-608
전 화 010-2012-3751
팩 스 0505-977-3750
이메일 gensang@naver.com

ISBN 979-11-09156-11-0

아서 코난 도일

목 차

제1장 초기의 추억

나는 1859년 5월 22일, 에든버러의 피카디 플레이스에서 태어났다. 그 옛날 프랑스의 위그노[1]가 이주민으로 정착한 데서 온 지명이다. 이주민이 왔을 무렵 그곳은 시의 성벽 밖에 위치한 마을이었으나, 지금은 퀸 스트리트의 끝자락으로 리스 워크[2]에 인접해 있다. 얼마 전에 방문했을 때는 쇠퇴한 것처럼 보였으나 내가 살던 아파트가 있을 당시에는 그렇지 않았으며 평판도 좋았다.

우리 아버지는 존 도일의 막내아들이었다. 존은 H. B.라는 필명으로 1825년부터 1850년까지 런던에서 이름을 날렸다. 1815년 무렵에 더블린[3]에서 나왔는데 품위 있는 만화의 시조라고 할 수 있을 만한 사람이다. 구시대에는 풍자라고 하면 목적물을 얼굴도 그렇고, 모습도 그렇고 그로테스크하게 묘사하는 야만적인 풍습이 있었기 때문이다. 길레이에게도 롤랜드슨[4]에게도 그 외의 착상은 없었다. 우리 할아버지는 신사를 위한 신사의 그림을 그리는 신사로, 풍자의 경우도 묘사된 그림의 기지에 있었지 사람의 얼굴을 왜곡해서 그리는 데 있지는 않았다. 이것은 새로운 착상이었으나 그 이후 여러 풍자화가들이 뒤를 따랐기에 마침내 진귀할 것도 없이 되어버렸다. 당시는 만화잡지라는 것이 없었기에 H. B.의 만화는 석판인쇄로 배포되었다. 그는 정치 방면에 상당한 영향을 주어 당시의 여러 지도자와 친교가 있었다고 한다. 나이 든 뒤의 할아버지를 떠올려볼 수 있는데 이목구비가 매우 아름답고 위엄이 있어서 마치 웰링턴 공작처럼 강인한 앵글로-아일랜드풍의 면모가 있었다. 할아버지는 1868년에 세상을 떠나셨다.

할아버지는 많은 가족을 남겨두고 아내보다 먼저 세상을 떠났다. 남겨진 가족은 아들 4명과 딸 1명이었다. 아들들은 모두 일가를 이루었다. 아버지로부터 미술적인 재능을 물려받았기 때문이었다. 장남인 제임스 도일은 『영국 연대기』를 썼으며 컬러 그림으로 그것을 장식했다. 내가 본 것 가운데서는 그 후에 나온 어떤 컬러 인쇄보다 뛰어난 것이었다. 그는 또 13년이라는 세월을 들여 『공식 영국 귀족 명감』을 만들어냈다. 산업과 학식의 커다란 기념탑이었다. 아래 동생은 헨리 도일로 고화(古畵) 감정 방면에서 일가를 이루었는데 훗날 더블린 시의 국립미술관 관리인이 되어 C. B.[5]에 서훈되었다. 셋째 아들은 리처드 도일인데 이 사람의 기발한 유머는 잡지 『펀치』[6]를 통해서 유명해졌다. 『펀치』 표지의 춤추는 난쟁이는 지금도 친숙하다. 마침내 우리 아버지인 찰스 도일에 이르렀다.

도일 일가는 상당히 유복했던 듯하다. 할아버지의 재능에 감사한다. 식구들은 런던의 케임브리지 테라스에서 살았었다. 일가의 가정생활에 대한 스케치는 『디키 도일의 일기』에 드러나 있다. 그러나 수입에 맞는 생활을 했다 할지라도 자녀들은 직업을 찾을 필요가 있었다. 넷째 아들인 우리 아버지는 막 19세가 되었을 때 에든버러의 관청에 일자리가 있다고 말해준 사람이 있었기에 그곳으로 가게 되었다. 그리고 거기서 평생을 근무하게 되었는데 그랬기에 혈통적으로는 아일랜드 사람인 내가 스코틀랜드의 수도에서 태어난 것이다.

노르만계 영국인인 도일 집안은 굳건한 로마 가톨릭 교도였다. 원래 도일 집안은 스태퍼드서 도일 집안—여기서는 프랜시스 헤이스팅스 도일[7] 경 등 수많은 유명인이 나왔다—에서 갈라져 나온 집안이었다. 그 갈라져 나온 집안이 아일랜드 침입에 가담해서 웩스퍼드 주에 영지를 하사받았으며, 거기서 신하와 사생아 등으로 커다란 족벌이 생겨났다. 그리고 모두가 영주의 성을 사용하여, 드 버그 일족이 버그 족벌을 형성한 것처럼 커다란 세력을 이루었다. 우리는 성격과 용모에 공통점이 있다는 사실을 늘어놓고, 이어서 같은 가문(家紋)을 사용하고 있다는 사실을 들어 본가인 영국의 도일 집안에 승인을 요청할 수 있을 뿐이다.

우리 선조는 남부 아일랜드의 가정이 그랬던 것처럼 종교개혁[8] 때 구파에 충성을 다했고, 그 결과로 처벌을 받았다. 그 때문에 증조할아버지는 커다란 타격을 받아 토지 소유자의 신분에서 내몰렸고, 더블린에서 비단 장사를 하게 되었다. H. B.가 거기서 태어났다. 기묘하게도 이러한 가족사는 로마 가톨릭교회의 최고 지위를 약속받아, 증조할아버지의 남동생까지 거슬러 올라가 사실을 밝혀낸 배리 도일 씨에 의해서 확인되었다.

이처럼 오래전 가족들에 대한 내용으로 이야기가 벗어난 것을 독자들은 이해해주시리라 믿는다. 이러한 문제는 직계 자손에게는 매우 흥미로운 것이지만 외부자에게는 길고 지루한 이야기일 것임에 틀림없으리라 생각한다. 하지만 이왕 여기까지 썼으니 이어서 외가 쪽에 대해서도 한마디 해두고 싶다. 어머니는 고고학에 정통해서 당신의 먼 친척이자 아일랜드 문장원(紋章院)의 장관이기도 한 비커즈 경의 도움을 얻어 500년 이상을 거슬러 올라가 가계를 조사했고, 지금 이 글을 쓰고 있는 나의 옆에 있는 가계도를 만들었는데 그 가운데에는 뛰어난 인물도 있다.

외할아버지는 트리니티 칼리지의 젊은 선생인 윌리엄 폴리였는데 그는 젊은 나이에 세상을 떠났고, 비교적 가난한 가족을 남겼다. 그는 캐서린 팩이라는 여성과 결혼했는데 그 여성의 죽음의 침상—차라리 침대에 누운 하얀 밀랍이라고 해야 할까—은 극히 어렸을 적 내 기억 속에 남아 있다. 그녀의 가까운 친척—숙부였던 것으로 기억된다— 가운데 데니스 팩 경이 있었는데 그는 워털루 전투에서 스코틀랜드의 여단을 지휘했다. 팩 일가는 군인 집안이었는데, 크롬웰 군의 소령이 아일랜드에 식민하여 정주한 데서 발단한 것이니 어쩌면 지극히 당연한 일이다. 그 가운데 한 사람인 앤터니 팩은 워털루 전투에서 허둥지둥했는데, 원래 우리 일가는 무슨 일이 벌어지면 허둥대는 전통을 가지고 있는 것 아닐지. 그의 머리 일부에는 은판이 덮여 있었으나 그래도 꽤 오래까지 살았다. 단지 걸핏하면 크게 화를 냈는데 그런 성질은 지금도 우리 일가의 어떤 사람들이 그대로 물려받았다.

그러나 이 일가의 참된 이야기는 17세기 중반에 킬케니 칼리지의 학장이었던 리처드 팩 선생이 노섬벌랜드 퍼시 집안의 아일랜드 분가의 상속인인 메리 퍼시와 결혼한 데 있다. 이 결합으로 우리는 플랜태저넷9) 집안과 각각 3개의 결혼으로 맺어진 빛나는 가계(어머니의 역작 덕분에 나는 조상들의 이름을 들 수 있다)를 더 듬어볼 수 있게 되었다. 따라서 사람들은 그 혈통 속에서 기묘한 계통을 발견하게 된다. 원천이 고귀했으니 지금도 그런 경향이 있기를 바랄 뿐이다.

그러나 이런 조상들의 로맨스도 아일랜드 태생의 숙녀 캐서린 팩이 에든버러에서 미망인이 되었다는 사실과는 아무런 관계도 없다. 그녀는 매우 가난했다. 그녀가 왜 에든버러에 왔는지, 그 점을 나는 아무래도 이해할 수가 없다. 공동주택에 자리를 잡은 그녀는 하숙

어머니(1854)

인을 환영한다고 공표했다. 1850년쯤이었던 바로 그 무렵, 찰스 도일이 목사 앞으로 젊은 도덕과 막 싹트기 시작한 신앙을 선도해 달라는 추천장을 들고 런던에서 찾아왔다. 이를 충실하게 실행하기 위해서 출생이 좋은 정통파 미망인의 집에 방을 빌리는 것보다 더 나은 방법이 어디 있겠는가? 이렇게 해서 두 아일랜드계 방랑자가 한 지붕 아래서 생활하게 된 것이다.

나는 그 무렵 아버지가 쓴 편지를 몇 통 가지고 있다. 사람들에게서 받은 친절에 감사하는 말들로 가득 차 있으며 스코틀랜드인 사회는 거칠고 술을 많이 마시지만 친절하다는—그는 위험한 시기라고 할 수 있는 젊은 나이에 술을 많이 마시는 버릇에 빠졌는데 특히 미술적인 재능에 그것이 좋지 않은 영향을 주었다— 등의 내용으로 가득 차 있다. 그는 훌륭한 종교적 소질을 가지고 있었으나 주위가 그 진전을 허락하지 않았다. 그 집에는 메리라는 젊은 딸이 있었는데 그녀는 곧 프랑스로 갔다가 매우 세련된 젊은 여성이 되어 돌아왔다. 머지않아 연애가 결실을 맺어 찰스 도일은

1855년에 메리 폴리와 결혼했다. 그녀가 우리 어머니다. 젊은 부부는 변함없이 외할머니 집에서 생활했다.

공무원인 아버지의 연봉은 240파운드를 넘지 못했기에 이 부부의 생활은 풍족하지 못했다. 부족한 것을 보충하는 데 아버지의 그림이 도움이 되었다. 이런 상태는 사실상 아버지의 일생 동안 계속되었다. 아버지는 매우 수수한 성격으로 커다란 승진이 없었기 때문이었다. 그림 그리는 일이 꾸준히 있었던 것도 아니었기에 가족이 늘 그 은혜를 받을 수 있었던 것은 아니었다. 에든버러는 온통 수채화뿐인 곳인데 아버지는 그것을 포기하고 있었기 때문이었다. 아버지의 그림을 모을 수 있는 대로 모아 런던에서 찰스 도일 전람회를 여는 것은 아직까지도 실현하지 못한 나의 오랜 염원 가운데 하나다. 아버지가 얼마나 위대하고 독창적인 화가였는지를 알고—가족 가운데서 가장 위대하다고 나는 생각하는데—평론가들은 틀림없이 깜짝 놀랄 것이다. 아버지의 필치는 요정이나 그와 같은 섬세한 주제에 영향을 받았을 뿐만 아니라 야성적이고 섬뜩한 주제도 다루고 있어서 작품에 독특한 풍격이 있으며, 자연스러운 유머에 의해 부드러워져 있다. 따라서 블레이크보다 섬뜩하나 비에르츠만큼 불건전하지는 않다. 그 독창성은, 누구와 비교해야 좋을지 아무도 모른다는 점에 가장 잘 나타나 있다. 그러나 평범한 스코틀랜드에서 아버지의 그림은 칭찬을 받기보다 기이하게 여겨지는 경우가 많았다. 그리고 그것은 반드시 가장 좋은 발표방식이라고는 할 수 없었으나, 펜으로 그린 책의 삽화로 런던에서만 널리 알려져 있었다. 당연한 결과지만, 아버지의 모든 수입으로 어머니가 받는 것이 연평균 300파운드를 넘는 경우는 없었다. 그것으로 많은 가족을 교육시켜 나가지 않으면 안 되었던

아버지 찰스 도일의 그림

것이다. 우리는 가난 속에서 고생에 익숙해져 씩씩하게 나날을 보냈으며 각자가 온힘을 쏟아서 나이 어린 동생을 돌봐주었다. 기품 있는 누나 아네트는 우리의 생활이 편안해질 때쯤 세상을 떠났는데, 젊은 나이에 가정교사로 포르투갈에 가서 급여의 전액을 보내주었다. 여동생인 로티와 코니도 같은 일을 했으며, 나는 내가 할 수 있는 일을 해서 도움을 주었다. 그래도 오랜 세월 옹색하게 무거운 짐을 짊어져야 했던 것은 어머니였다. 나는 곧잘 이렇게 말하곤 했다. "어머니, 제가 어른이 되면 벨벳으로 지은 옷에 금테 안경을 끼고 난로 옆에서 편안하게 지내실 수 있게 해드릴게요." 아아, 그것도 이제는 지나버린 일이다. 어머니에게 아버지는 그다지 도움이 되지 못했던 것 아닐까 여겨진다. 아버지의 생각은 언제나 뜬 구름 위에 있어서 생활의 실정에 동정어린 이해를 갖지 못했기 때문이다. 천재의 아름다운 열매를 손에 넣는 것은 가족이 아니라 세상인 것이다.

소년 시절에 대해서는 그다지 말할 것도 없다. 단, 가정교육은 스파르타식이었으며, 가죽 채찍을 휘두르는 선생님이 있는 학교는 그보다 한층 더 스파르타식이었기에 소년 시절은 참으로 비참한 것이었다. 7세부터 9세까지는 곰보에 외눈박이인, 마치 디킨스의 소설 속에서 빠져나온 듯한 악당에게 시달렸다. 밤이 되면, 주말의 휴일을 제외하고는 가정과 책만이 나의 위안거리였다. 친구들은 거친 아이들이었기에 나도 거친 아이가 됐다. 만약 환생이라는 관념 속에 얼마간이라도 진실이 있다면—이 문제에는 지금도 마음이 끌리고 있는데— 나의 전생은 치열한 투사였을 것이다. 싸움을 하고는 기뻐하기만 했다. 우리 집은 막다른 골목에 위치했던 적이 있었는데 그 동네에는 활기 넘치는 생활이 있었고, 다른 동네에 사는 아이들과의 사이에는 격렬한 불화가 있었다. 결국은 투사 2명을 뽑아 승부를 가리기로 했는데 내가 아파트에 사는 가난한 아이들의 대표가 되어 반대편인 교외 주택가에 사는 부잣집 아이와 대결하게 되었다. 그러한 주택의 한 정원에서 승부를 겨루게 되었는데 몇 라운드나 거듭된 멋진 승부였으나 서로에게 상대방을 굴복시킬 만한 힘은 없었다. 시합을 마치고 집으로 돌아갔더니 어머니가 깜짝 놀라셨다. "어머, 아서, 눈이 왜 그러니?" 그에 대해서 나는 이렇게 대답했다. "그렇게 말하기 전에 에디 툴록의 눈을 좀 보고 와."

한번은 구둣방에서 일하는 아이가 우리 구역 안으로 들어온 적이 있었는데 싸움을 걸려고 했다가 그대로 된통 당하고 말았다. 그 아이는 손에 녹색 모직으로 만든 가방을 들고 있었는데 그 안에 커다란 구두가 들어 있었다. 그것을 치켜들더니 내 머리를 세게 내리친 것이었다. 덕분에 나는 정신을 잃고 말았다. 이는 유익한 교훈이 되었다. 그러나 이렇게 말하면 변명이 될 테지만, 나는 원래부터 싸움은 좋아했으나 나보다 약한 사람에게는 싸움을 건 적이 없었으며, 장난을 친 적은 있지만 그것은 방어를 위한 것이었다. 나중에 「스포츠」라는 장에서 이야기하겠지만 이런 취미는 훗날까지도 계속되었다.

다음에 이야기할 한두 가지 정경은 기록해둘 만한 가치가 있으리라. 런던에 있는 할아버지의 위대한 친구들은 에든버러를 지날 때면 "찰스의 자식들은 어떻게 지내는가."라며, 오히려 우리가 불편해 하는 적도 있었으나, 우리의 작은 아파트를 방문하는 습관을 가지고 있었다. 내가 아주 어렸을 때 그런 사람 가운데 키가 크고 백발에 인자한 분이 찾아와준 적이 있었다. 아주 어렸을 때였던 듯 지금 생각해보면 마치 꿈속에서의 일처럼 여겨지지만, 그래도 내가 새커리10)의 품에 안겼었다는 사실이 기쁘다. 그는 아일랜드 풍의 회색 눈을 가진 어머니의 켈트족 방식에 크게 감탄했다. 어머니를 만나는 사람은 누구나 단번에 그녀에게 사로잡히고 말았다.

또 한번은 역사의 한 장면을 얼핏 본 적이 있었다. 기억에 잘못이 없다면 1866년이었다고 생각하는데, 아일랜드에 사는 유복한 친척이 2, 3주쯤 놀러 오지 않겠느냐고 해서 킹스 카운티에 있는 커다란 저택에서 그 시간을 보낸 적이 있었다. 나는 수많은 말과 개와 놀며 시간을 보냈는데 그러는 사이에 젊은 마부와 친해졌다. 마구간은 마을의 길에 면해 있었는데 출입구는 아치 모양이었고 2층 건물이었다. 어느 날 아침, 안뜰에 있자니 젊은 마부가 헐레벌떡 안뜰로 달려들어와 뭐가 그리 무서운지 문을 닫고 걸쇠를 건 다음 2층으로 뛰어 올라가며 내게도 오라고 손짓을 했다. 2층의 창에서 내려다보니 20여 명쯤으로 보이는 한 무리의 사나운 사내들이 몸을 수그리고 천천히 마을의 길을 걸어오고 있었다. 마구간 입구까지 와서는 2층을 올려다보고 우리를 향해 주먹을 휘두르며 욕설을 퍼부었다. 마부도 지지 않겠다는 듯 소리를 질러댔다. 나중에 안 사실인데 그 사내들은 페니언 단원[11]으로, 내가 본 것은 가엾은 아일랜드의 참고 참아온 주기적 고뇌의 한 풍경이었던 것이다. 요즘에야 그런 일은 없으리라.

　태어나서 10년 동안인 이 무렵까지는 책을 읽는 것이 빨랐다. 내가 책을 빌리던 작은 도서관에서 어머니에게, 책을 빌릴 수 있는 것은 하루에 2번까지라고 말하곤 했었다. 그러나 내가 읽는 것은 어린이용 책으로 메인 레이드[12]를 가장 좋아했으며, 그의 작품 가운데서도 『머리가죽 사냥꾼』은 제일가는 애독서였다. 읽기만 한 것이 아니라 직접 글을 쓰고 삽화까지 덧붙이기도 했다. 우선은 사내가 등장한다. 그리고 호랑이가 그 뒤를 잇는다. 둘은 금방 사이가 좋아진다. 나는 조숙하게도 어머니에게 호소하곤 했다. 주인공을 역경에 빠뜨리는 건 아주 간단한 일이지만 거기서 탈출하게 하는 것은 그리 쉬운 일이 아니라고. 너무나도 당연한 일로 모험담을 쓰는 작가라면 누구나 경험하고 있는 부분이다.

제2장 예수회의 품으로

　10살이 되었을 때 나는 호더로 보내졌다. 그곳은 랭커셔 주에 있는 로마 가톨릭교, 즉 천주교의 공립학교인 스토니허스트의 예비학교가 있는 곳이었다.

　그때까지 집을 떠난 적이 없었던 소년에게 그것은 긴 여행이기도 했고 한없이 외로웠기에 한껏 울기도 했지만, 그래도 아무 탈 없이 그럭저럭 프레스턴에 도착했다. 당시에는 그곳이 가장 가까운 역이었다. 거기서 여러 아이들과 하나가 되어 검은 성직자 복장을 한 예수회 사람의 보호 아래 마차를 타고 학교까지 가는 12마일의 길에 올랐다. 호더는 스토니허스트에서 1마일 정도 떨어진 곳에 있는데, 아이들은 모두 12세 이하의 남자들뿐으로 어린이가 어른들에 섞여서 때 묻기 전에 교풍(校風)을 몸에 배게 하려는, 매우 유익한 제도였다.

　호더에는 2년 동안 있었다. 지금의 교육제도에는 휴일이 많지만, 그 2년 동안 휴일 때문에 빈번하게 쉰 적은 없었다. 여름에 6주일 동안의 방학이 있을 뿐, 그 외에 학교를 벗어나는 경우는 없었다. 전체적으로 이 2년 동안은 즐거웠다. 머리도 그렇고 체력도 그렇고, 동년배에게 뒤지지 않았다. 그리고 기숙사 사감으로 다정한 캐시디 신부님을 만난 것이 좋았다. 이 사람은 예수회 사람에게서 흔히 볼 수 있는 비인간적인 면이 없었다. 기억을 떠올릴 때마다 가슴이 따뜻해지며 아이들을 대하는 태도도 부드러웠다. ― 대부분은 어린 나이에도 되바라진 녀석들이었음에도. 이 시기에 독일과 프랑스 사이에서 전쟁[13]이 일어났다. 그처럼 멀리 떨어진 산촌의 학교에 있었지만 그 영향은 있었다.

호더에서 스토니허스트로 순조롭게 진학했다. 스토니허스트는 150년 전에 예수회의 것이 되었는데, 예수회는 그것을 퍼블릭 스쿨[14]로 만들기 위해 네덜란드의 칼리지에서 여러 교사들을 데리고 왔다. 건물과 함께 모든 과정이 중세적이었으나 건전한 것이었다. 그 이후부터 지금은 근대화되었으리라 여겨진다. 7개 학급이 있었는데―입문, 계수, 기초, 어법, 문어, 운문, 수사― 각각이 1년씩이었기에 전부해서 7년이 걸렸다. 그 가운데 2개는 호더에서 마치고 왔기에 나머지를 충실하게 배웠다. 유클리드기하, 대수, 고전문학 등을 일반적으로 가르치는 것은 어느 퍼블릭 스쿨에서나 마찬가지로 정해진 과정이지만, 그것은 그러한 과목에 대한 증오심을 오래도록 품게 만들도록 짜여 있었다. 베르길리우스[15]나 호메로스[16]가 어떤 시대의 어떤 인물이었는지조차 설명하지 않고, 느닷없이 한 구절을 어린아이들에게 들려주는 것은 한심한 교습법이라고밖에 달리 할 말이 없다. 다짜고짜 원전을 읽어주는데, 그런 방법을 1년이나 계속하기보다 좋은 번역을 1주일쯤 읽게 하는 편이 현명한 어린이에게는 훨씬 더 도움이 될 것이라 여겨진다. 스토니허스트의 교육방법만을 나쁘다고 말하려는 것이 아니라, 어떤 학습이든 그것이 제아무리 어리석은 것이라 할지라도 어린이의 정신을 개선하기 위한 일종의 정신적 아령과도 같은 역할을 하는 것이라는 변명 위에 서서 마침내 인정을 받으려 하고 있다는 사실을 말하고 싶은 것이다. 그러나 이는 완전히 잘못된 이론이라고 생각한다. 고백하겠는데 나의 라틴어와 그리스어는 신물이 날 정도로 시간을 들여서 배워야만 했던 것이었으나 이후의 생애에서는 그다지 쓸모가 없었으며, 수학에 이르러서는 아무런 도움도 되지 못했다. 그에 비해서 우연한 기회에 익힌 것들, 예를 들어서 어머니가 뜨개질을 하며 이야기를 들려주었을 때의 목소리를 기억해내서 책을 읽은 일이나, 쥘 베른[17]의 책 속 삽화에 대한 설명을 더듬어가며 프랑스 책을 읽는 방법을 익힌 것들을 말하는데, 그러한 것들은 전부 커다란 도움이 되었다. 내가 고전작품을 학교에서 배우며 얻은 것이라고는 고전에 대한 두려움뿐이었으나, 그것이 얼마나 재미있는 것인지는 훗날 올바른 독서법을 하게 된 뒤 비로소 알게 되었다.

1년, 1년, 나는 이 따분하기 짝이 없는 학년을 기어오르며 소년기의 대부분의 계단을 지나쳤다. 예수회 교육조직의 선악은 나도 모르겠다. 거기에 대답을 하려면 우선 다른 조직을 경험해보지 않으면 안 되리라. 그러나 그것은 결과에 의해서 대체로 정당화된다. 이유는 다른 어떤 학교에도 뒤지지 않는 품위 있는 젊은이를 배출한다고 생각하기 때문이다. 외국인이나 일부 불만을 품은 아일랜드 사람이 다수 들어왔음에도 우리는 애국적 군중이었으며, 작은 몸속에서는 애국적인 피가 흐르고 있었다. 빅토리아 훈장을 받은 육해군이나 수훈장을 가지고 있는 군인의 평균을 헤아려보면 스토니허스트 출신자가 다른 학교 출신자보다 훨씬 많다고 한다. 예수회의 교사들은 인간성을 믿지 않는다. 그래야 하는 것이라고 여겨지고 있는 것이리라. 우리는 단 한시라도 누군가와 둘이서만 있는 것은 용납되지 않았다. 그 결과로 흔히 있을 법한 좋지 않은 행실은 극히 적었다. 게임이나 산책을 할 때도 반드시 목사가 한 명 함께 했으며, 밤이면 교사가 공동침실을 순시했다. 이러한 제도는 자존심과 자립심을 약하게 할 테지만, 적어도 유혹이나 스캔들을 최소화하는 힘은 있었다.

생활은 스파르타식이었지만 우리에게는 그럴 필요가 있었다. 버터가 없는 빵에 물을 한껏 섞은 우유가 소박한 아침이었다. 고기가 더해지는 경우가 있었으며 저녁에는 주 2회 푸딩이 나왔다. 그리고 오후에 '빵과 맥주'라 불리는 묘한 것이 나오는 적도 있었다. 그저 빵조각과 참으로 진기하기 짝이 없는 음료수였다. 색만은 옅은 갈색이었으나 다른 면에서 맥주다운 점은 조금도 없었다. 마지막으로 데운 우유가 있었다. 그리고 빵에 버터, 저녁에 감자가 종종 나왔다. 금요일에는 생선이 나왔는데, 우리는 모두 이 제도 아래서 매우 건강했다. 모든 것이 금욕생활이라고 해도 좋을 정도로 간소했다. 딱 하나 예외적인 것은 건물로, 식사를 하는 곳은 중세풍의 복도가 딸려 있고 바닥에 대리석이 깔린 식당이었다. 그 외에 아름다운 교회에서 기도하고, 겉모습을 볼 때만의 이야기로 그 안에 있을 때 얼마나 마음편했는가와는 상관없는 얘기지만, 매우 선별된 환경 속에서 생활했다.

육체적 처벌은 가혹했다. 그러나 가만히 생각해보면 내가 있었던 시기에 그것을 가혹하게 당한 아이는 적었다. 매우 독특한 방법이어서 역시 네덜란드에서 수입한 것인 듯했다. 거기에 사용되는 도구는 탄성고무로 만들어진 구두의 뒤꿈치와 같은 것으로 크기도 거의 비슷했다. 그것을 톨리라고 불렀는데 이유는 모르겠다.

맞아도 참아야 한다는 데서 온 라틴어의 곁말일까? 목표물을 겨냥해서 이것으로 한 방 때리면 손바닥이 부어오르고 색이 변했다. 커다란 아이를 처벌할 때는 두 손을 각각 9대 이상 때렸고, 9대보다 적은 경우는 결코 없었다. 이는 가혹한 시련이었다. 맞은 사람은 그 방에서 나갈 때 결코 문의 손잡이를 잡지 못했다. 추운 날 한쪽 손을 9대씩 2번이나 맞는

도일과 아버지

것은 인간이 견딜 수 있는 한계였다. 그러나 내 생각에 그것은 결국 좋은 일이었다. 우리 대부분의 학생들 모두 맞았다는 사실을 다른 사람에게 숨겨 체면을 지킬 수 있었기 때문이다. 이러한 사실은 괴로운 생활을 위한 좋은 교훈이었다. 내가 다른 아이보다 많이 맞았다 할지라도 그것은 내가 나쁜 아이였기 때문은 아니었다. 애정이 담긴 호의(받아본 적은 거의 없었지만)에는 마음을 담아 보답하는 성격 때문이었는데, 이 성격은 위협에는 반발하고 폭력에는 굴하지 않겠다는 그릇된 자부심이기도 했다. 단지 용기가 꺾이지 않았다는 사실을 내보이고 싶어서 나는 도리에서 벗어난 장난을 쳤다. 야단을 치기만 하지 말고 내게도 좋은 점이 있었으니 그 부분을 자극했다면 말이 통했을 것이다. 내가 한 일 때문에 처벌을 받은 것은 당연한 일이리라. 그러나 내 입장에서 보자면 부당한 대우를 받았기에 그런 행동을 한 것뿐이었다.

나의 동급생 가운데서 특별히 이름이 알려진 사람은 없다. 주간지 『펀치』의 버나드 파트리지 정도가 있을 뿐인데 그는 조용하고 얌전한 아이였다. 서스턴 신부는 훗날 심령문제에 있어서 나의 논적 가운데 한 사람이 될 운명에 있었지만 1학년 위였다. 그리고 또 한 사람, 단정하고 품위 있는 신입생이 있어서 그 인상이 아직도 남아 있는데 그 인물은 그 후 한 번도 만난 적이 없었다. 그는 후에 유명한 전도사가 된 버나드 본이다. 그 학교의 친구 가운데서는 제임스 라이언—어른이 되어 비범한 인물이 되었는데 어렸을 때도 그랬다—을 제외하면 스토니허스트 이후 나와 친분을 유지한 사람은 한 명도 없다.

　　친구들 가운데는 그런 사람이 전혀 없었는데, 내게 문학적 성향이 있다는 사실을 깨달은 것은 스토니허스트 시절의 최종 단계에 이르러서였다. 내게도 상당히 놀라운 일이었지만, 교사들에게는 훨씬 더 뜻밖의 일이었던 듯했는데 이유는 나의 앞길을 절망적으로 생각하고 있었기 때문이었다. 내가 토목기사가 되고 싶다고 말했더니 한 교사는 "글쎄, 기사가 될 수 있을지는 모르겠지만, 고상한 인물이 될 수 있으리라고는 여겨지지 않아."라고 말했으며, 다른 교사는 세상에 도움을 주는 사람이 되는 일은 없을 것이라고 단언했다. 그 교사의 입장에서 보자면 그 예언에는 근거가 있었던 것이리라. 그런데 조금 특수하다 할 수 있는 작은 사건이 일어나 내 내부에 잠재되어 있던 것이 표면으로 떠오르게 되었다. 그것은 졸업하기 1년 전, 즉 1874년의 일로, 주어진 주제를 가지고 시(라 칭해지는 것)를 써야만 했다. 대부분의 아이들은 우울하고 마지못해서 한다는 태도로 그 과제에 임했다. 그들이 그런 태도로 예술에 정진하는 모습은 참으로 우습기 짝이 없는 것이었다. 운문에 애정을 가지고 있던 내게 그것은 순수하게 좋아서 할 수 있는 작업이었다. 완성된 작품은 참으로 보잘것없는 것이었지만 그 방면에 무감동한 사람들에게 있어서는 경이로운 것이었다. 그 당시 내게 주어진 주제는 홍해의 기적이었는데,

<수풀 우거진 숲 속의 파란 데이지처럼

이스라엘의 텐트는 초원의 한쪽에>

로 시작해서,

<생각할 여유도 없고 두려워할 여유도 없다

이집트의 말들이 등 뒤를 감쌌기에>

를 거쳐서,

<두려운 외침! 비극은 끝났다

파라오의 군대는 이제 모습도 보이지 않는다>

로 끝나는 부분은 그야말로 어색하고 진부한 솜씨였다. 어쨌든 이것은 스테드 씨가 입버릇처럼 말한 이정표를 나타내는 것이었으며 나도 얼마간은 자각하고 있었다. 마지막 학년에 나는 교지를 편집하게 되었으며, 어쭙잖은 시를 상당히 썼다. 그리고 한편으로는 런던에 있는 대학의 입학시험을 보았다. 전반적인 테스트로, 스토니허스트의 전 과정에 대한 총결산이었다. 우수한 성적이었기에 모두를 놀라게 했다. 이렇게 해서 16세에 스토니허스트를 떠나게 되었는데 재학 중의 성적이 변변치 않았음에도 시험성적이 좋았기에 상당한 신용을 얻게 되었다.

런던의 대학에 들어가기 전에, 만약 내가 교회에 몸을 바칠 생각이라면 수업료를 내주겠다고 어머니에게 말한 사람이 있었다. 어머니가 그것을 거절하셨기에 나와 교회 모두 시련을 맛보지 않을 수 있었다. 그러나 생각해보면 어머니는 수입이 얼마 되지 않

앉기에 그것으로 체면을 유지하며 살림살이를 꾸려나가기는 쉬운 일이 아니었으리라 여겨진다. 학비로 1년에 50파운드 정도는 필요했으니 그 제안을 받아들였다면 그만큼 도움이 되었을 테지만, 이는 어머니의 독립심을 보여주는 훌륭한 일례라고 생각한다.

그래도 나는 1년 더 예수회의 품에 머물러야만 했다. 아직은 너무 어려서 전문교육을 받기에는 이르다는 것이었다. 그보다는 독일로 가서 독일어를 배우는 편이 나으리라 여겨져 펠프키르히로 보내졌다. 이는 오스트리아의 포르알베르크 주에 있는 예수회 학교로 독일의 우수한 학생들이 여럿 있었다. 그곳의 규정은 인도적이어서 스토니허스트에서보다 훨씬 더 인정 넘치는 경험을 했기에 나는 곧, 걸핏하면 화를 내는 반항아가 아니라 명령과 규율을 지키는 기둥이 되었다.

그러나 도착한 날 밤에는 같은 방의 아이가 코를 커다랗게 골았기에 잠을 잘 수가 없었다. 가능한 한 참아보았지만 결국에는 행동에 나서지 않을 수 없었다. 침대가위라 불리는 이상한 모양의 나무 컴퍼스가 있었는데, 좁은 침대의 양옆에 끼워져 있었다. 그 가운데 하나를 빼서 손에 들고 방을 걸어가 범인을 찾아내서는 그 막대기로 찌르기 시작했다. 눈을 뜬 상대방은 덩치 커다란 낯선 젊은이가—나는 그보다 몇 시간 늦게 학교에 도착했다— 어둠 속에서 몽둥이를 들고 덮쳤기에 적잖이 놀란 듯했다. 계속 찔러대고 있었는데 어깨에 손을 얹은 사람이 있어서 보니 교사였다. 그리고 얼른 침대로 돌아가라고 했다. 이튿날 아침에 평이한 영어로 잔소리를 들었고 제재를 받았다. 이러한 시작은 나의 가장 커다란 실수였으며 이후부터 그런 일은 없었다.

대체로 즐거운 1년이었다. 독일어를 공부하지 않으면 안 되었으나 그다지 진전은 없었다. 영국과 아일랜드에서 온 아이들이 20명 정도 있었는데 부모님들의 희망과는 달리 이들이 자연스럽게 무리를 이루었기 때문이다. 크리켓은 없었지만 일종의 썰매놀이와 축구, 그 외에도 죽마를 타고 하는 기분 나쁜 게임 등이 있었다. 그리고 주변에 아름다운 산이 있었기에 때때로 그곳을 걸었다. 식사는 스토니허스트보다 좋았다. 스토니허스트의 밍밍한 맥주에 비해서 훨씬 좋은 독일 맥주를 마실 수 있었다. 그리고 뜻하지 않게 악기 하나를 배우게 되었다. 왜냐하면 학교의 악단에서 커다란 베이스를 맡고 있던 아이가 귀국한 채 돌아오지 않았는데 그 악기를 다룰 사람으로는 덩치 커다란 아이가 필요하기 때문이었다. 그렇게 해서 내가 바로 선택을 받게 된 것이었다. 공개 연주회에도 참가했다. ―로엔그린과 탄호이저[18] 등은 꽤 괜찮았다.― 시작한 지 1주일인가 2주일쯤 되었을 때의 일이었는데 급한 불을 끄기 위해서 나를 시킨 것이었기에, 봄바르돈이라는 그 악기는 조화를 이루고 있는 리듬 속으로 가끔 끼어들 뿐이었으나 마치 하마가 탭댄스라도 추는 것 같은 소리를 냈다. 워낙 커다란 악기여서 다른 밴드맨이 내 시트와 담요를 감쪽같이 쑤셔 넣을 수 있었고, 덕분에 소리가 나지 않아 깜짝 놀란 적도 있었다. 펠프키르히를 떠난 것은 1876년의 여름이었는데 이후 오스트리아의 예수회와 모교에 대한 기억은 즐거운 추억이 되었다.

비록 그 길에서 벗어났다 할지라도 어쨌든 나는 예수회에 대해서 좋은 감정을 품고 있다. 지금은 그 장점도 한계도 알고 있다. 어떤 점에 있어서 그들은 중상(中傷)을 받아왔다. 왜냐하면 나는 8년 동안이나 늘 그들과 접촉해왔는데 그들이 학우보다 부정직했다고는 여겨지지 않았으며, 이웃들보다 궤변적이라고도 여겨지지는 않았기 때문이다. 그들은 예민했으며, 내가 알고 있는 한 마음이 깨끗하고 성실했다. 개중에는 검은 양도 있었으나 많지는 않다. 왜냐하면 사람을 뽑을 때 오랜 시간을 들여 신중하게 뽑았기 때문이다. 신학을 제외한다면 그들은 모든 면에서 훌륭했으나, 바로 그 신학이라는 녀석이 그들을 고집스럽고 냉혹한 사람으로 만들었다. 이는 다름 아닌 가톨릭 교리의 영향이다. 개종을 하면 가족들이 살아갈 수 없게 되어버린다. 철저하게 편협한 견해는 예수회에 추진력을 부여한다. 마치 청교도나 그 외의 엄격하고 편협한 교의 속에서 현저하게 볼 수 있는 것과 같다. 그들은 헌신적이며 두려움을 모르고, 포기하지도 않고 캐나다, 남미, 혹은 중국으로 문명의 첨병이 되어 슬픈 피해를 입었다. 그들은 오래 전부터 로마 가톨릭의 친위대였다. 그러나 비극은, 오랜 신앙을 위해서라면 기꺼이 목숨까지도 버리겠다는 그들이 사실상 그것을 망쳤다는 데 있다. 티렐[19] 신부나 그 외의 모더니스트들에 의하면 교황의 무과실성이나 원죄가 없는 잉태 등의 극단적인 교의의 배후에 그들이 있으며, 어느 쪽으로 향하든 교의에 묶여 있기 때문에 진실에 대한 과학적 탐구를 바라는 사람에게는 비협조적이어서, 과학자가 교회와의 접촉을 유지하기에는 이지적인 자존심이 너무 강한 사람이 되어버리는 것이다. 마지막 가톨릭 과학자였던 찰스 마이바트는 불가능을 실현하기 위한 시도를 했다. 그러나 그도 역시 기껏 손에 넣은 것을 포기할 수밖에 없었으며 그 결과 내가 알고 있는 한 과학계에서 현저한 명성을 가지고 있는 사람은 한 사람도 남지 않게 되었다. 이는 과격론자들이 한 일로 수많은 온건한 사람들을 한탄하게 만들었으며 모더니스트들로부터 격렬한 비난을 받았다. 이는 이탈리아 간부회 내부에서 내린 지령에 의한 것이기도 했다. 예수회 신학의 비타협적이고 편협한 신앙에는 그 누구도 맞설 수가 없다. 아니면 현대적 양심에 얼마나 커다란 충격인지를 모르고 있기 때문일까? 나는 청년으로 성장한 뒤에 성격이 거친 아일랜드 출신 목사인 머피 신부가 교회 밖에 있는 사람들은 모두 지옥에 보내야 한다고 말한 것을 들은 적이 있다. 나는 섬뜩하다는 생각이 들어 신부를 올려다보았는데, 나와 지도자 사이에 깊은 균열이 생긴 것은 그때 이후부터였던 것으로 기억한다.

영국으로 돌아오는 도중에 나는 파리에 들렀다. 그 무렵의 생애까지도 아직 만나지 못한 큰할아버지 마이클 코난이라는 사람이 있었다. 여기서 그 큰할아버지를 위해 한 단락을 할애하지 않으면 안 되리라. 우리 아버지의 아버지인 H. B.는 코난 양이라는 사람과 결혼했다. 그녀의 오빠인 마이클 코난은 『미술잡지』의 편집자였다. 걸출한 인물로 처음 신 페인 운동20)을 일으킨 사람들처럼 이성적인 유형의 아일랜드인이었다. 가문(家紋)이나 혈통에 예민한 점은 우리 어머니와 비슷해서 당신 가계를 멀리까지 거슬러 올라가 브리타니 공작까지 밝혀냈는데, 이 일가는 코난이라는 성을 쓰고 있었다. 아서 코난이라는 사람은, 셰익스피어에 의하면 존 왕이 눈을 파낸 비극의 젊은 공작이라고 한다. 그 큰할아버지가 나의 대부였다. 그래서 내 이름이 아서 코난이 된 것이다.

그가 파리에 살고 있었는데 손자뻘이자 대자(代子)이기도 한 내게 돌아가는 김에 들렀다 갔으면 좋겠다고 말해왔다. 나는 스트라스부르에서 거나하게 저녁을 먹었기에 주머니 사정이 매우 궁핍해져 있었다. 주머니에 남은 것이라고는 2펜스뿐이었다. 다짜고짜 마차를 잡아타고 가서 큰할아버지에게 마차 삯을 내달라고 할 수도 없는 일이었기에 트렁크를 역에 맡기고 걸어서 출발했다. 나는 강가로 나가 그것을 따라 걷다 샹젤리제 끝자락에 이르렀는데 멀리로 개선문이 보였고 큰할아버지가 사는 와그람 거리가 멀지 않다는 사실을 알고 있었기에 8월의 한창 뜨거운 계절이었으나 걸어서 결국 큰할아버지의 집을 찾아냈다. 워낙 한창 더운 계절에 걸은 것이었기에 완전히 녹초가 되어 있었는데 기다란 양철통을 짊어진, 짐꾼으로 보이는 인부가 1펜스를 내고 무엇인가 음료수를 사는 모습을 보고는 음료수 장수를 불러 있을까 말까 한 돈 가운데 1펜스를 내고 같은 것을 1잔 샀다. 마셔보니 감초 엑기스를 물에 희석시킨 것이었으나 워낙 목이 말랐었기에 죽다 살아난 듯한 느낌이었으며, 주머니에는 아직 1펜스가 남아 있었으니 완전히 무일푼으로 큰할아버지 댁에 들어간 것은 아니었다.

불같은 성격의 이 큰할아버지 집에 묵으며 무일푼의 가엾은 몇 주일 동안을 파리에서 보냈다. 여름이었기에 큰할아버지는 셔츠 바람으로 지냈으며, 큰할머니의 보살핌을 받고 있었다. 나는 심신 모두, 도일 가의 어떤 사람보다 이 큰할아버지를 닮았는데 큰할아버지는 우정으로 나를 대해주었다. 나는 마침내 집으로 돌아왔고, 이제 곧 참된 실생활이 시작되리라는 것을 절실히 느낄 수 있었다.

제3장 학생 시절에 대한 추억

지능적으로나 정신적으로, 그 어떤 것도 얻지 못한 채 1년을 독일에서 즐겁게 보내다 에든버러로 돌아와 보니 집안 사정은 여전히 궁핍했다. 아버지는 승진하지 못했고 두 동생, 단 하나뿐인 남동생 이네스와 여동생 아이다가 집에 와서 어머니의 부담을 가중시키고 있었다. 다른 여동생인 줄리아도 뒤이어 집으로 돌아왔다. 그래도 누나 아네트만은 포르투갈에 머물며 상당한 금액의 급여를 그대로 송금하고 있었다. 그 외에 로티와 코니라는 여동생들도 같은 일을 하려 하고 있었다. 어머니는 커다란 집을 다른 사람과 함께 쓰는 방책을 강구했는데, 그것은 어떤 점에서는 어머니를 편하게 했을지 모르겠지만 그 외의 점에서는 비참하게도 했다.

어려운 생활이 내게는 좋았던 것이리라. 나는 난폭하고 혈기왕성하고 얼마간 무모한 성격을 가지고 있었는데 우리의 처지가 활력과 그 발산을 요구하고 있었기에 거기에 맞춰가려 노력했다. 어머니는 참으로 훌륭했기에 우리 자녀들은 누구 하나 그 기대를 저버릴 수 없었다. 나는 의사가 되라는 말을 들었다. 에든버러가 의학 교육의 중심지로 유명하다는 사실이 주된 이유였으리라 여겨진다. 그렇게 하면 어머니는 앞으로 몇 년이나 더 고생을 하셔야 할 테지만 어머니는 매우 용감하기도 했고 자식들에 관해서는 야심가이기도 했기에 단지 개업면허를 따는 데 그치지 말고 대학 학위를 따라고 하셨으니 이건 이만저만한 일이 아니었다. 독일에서 돌아왔을 때 여러 장학금이나 육영자금의 경쟁시험이 기다리고 있다는 사실을 알게 되었다. 기억에서 사라져가고 있던 고전을 공부할 시간이 1개월 정도 있었기에 복습을 해서 시험을 보았는데 1주일쯤 후에 그리어슨 장학금에 합격했으니 40파운드씩 2년 동안 지급하겠다는 통지를 받았다. 크게 기뻐하며 이제 더 이상 다른 생각은 할 필요도 없다고 생각했으나, 돈을 받으러 가보니 사무상의 착오로, 이 장학금은 예술과 학생에게만 주는 자금이라는 것이었다. 장학금이라면 일람표를 만들 수 있을 정도로 많았기에 의학생이라도 받을 수 있는 더 많은 금액의 장학금을 받을 수 있을 것이라고 생각했다. 담당자가 시무룩한 얼굴로 "불행하게도 예비 후보자가 돈을 받아갔습니다."라고 말했다. 약탈을 당한 것이나 다를 바 없었다. 게다가 선발자 명단에 들었던 내가 이렇게 돈에 궁해져 있는데도 말이다. 결국 나는 어딘가의 기금에서 짜낸 7파운드의 위자료만을 받고 내쫓겼다. 나는 실망했다. 정당한 권리가 있다고 생각했으나 무일푼인 학생의 몸으로 무엇을 할 수 있었겠는가? 게다가 돈 문제로 대학에 소송을 제기하는 짓을 한다면 이후의 학교생활이 어떻게 되겠는가? 나는 그 상황을 받아들이라는 충고를 받았는데, 그 상황을 받아들이는 것 외에 다른 길은 없을 듯했다.

이렇게 해서 키가 크고 기골이 장대하기는 하지만 아직 완전히 성장하지 않은 젊은이가 마침내 5년 동안의 의학 연수 과정에 들어간 것이다. 원래는 4년 동안만 근면하게 지내면 되었으나, 나중에 이야기할 기회가 있을 테지만 영광스러운 장애 때문에 1년을 더 연장하게 되었다. 1876년 10월에 입학해서, 1881년 8월에 의학사로 졸업했다. 그 기간 동안 신물이 날 정도로 긴 시간에 걸쳐서 식물학, 화학, 해부학, 생리학과 대부분은 의료 기술과는 그다지 관계가 없는 그 외의 필수과목을 배워야 했다. 지금 생각해보면 수업의 모든 체계는 매우 간접적이고 조금도 실용적인 면이 없었다. 그래도 에든버러는 다른 수많은 대학에 비해서 실제적이었다고 생각한다. 또한 인생에 대한 준비에 대해서도 실제적이었다고 생각한다. 잉글랜드의 대학과는 달리 퍼블릭 스쿨을 확대한 것일 뿐이라는 느낌은 조금도 없었으며, 학생은 자신의 방을 부여받아 아무런 구속도 없이 생활할 수 있었기 때문이다. 개중에는 그 때문에 몸을 망친 사람도 있었으나 대부분은 견실한 인물로 성장했다. 나에 대해서 말하자면, 나는 그러한 예에는 해당하지 않았다. 우리 집이 시내에 있었기에 거기서 통학했기 때문이다.

에든버러에서는 교수와 학생 사이의 친교는 말할 것도 없고 약간의 친분조차 생각할 수 없었다. 예를 들어서 해부학 강의에 4기니를 지불하면 한 겨울 동안 그것을 수강할 수 있다는 식으로 완전히 사무적으로 정해져 있을 뿐이어서 교수는 교단에 모습을 드러내기만 할 뿐, 무슨 일이 있어도 개인적인 말을 주고받는 경우는 없었다. 그러나 그러한 교수 가운데에는 뛰어난 사람도 있었다. 개인적인 친분은 없었지만 우리는 그러한 사람에 대해서 알려고 노력했다. 예를 들어서 화학 담당인 크럼 브라운 씨는 친절한 사람으로 무엇인가의 혼합물을 폭발시킬 때면 매우 조심스럽게 몸을 숨겼으나 대부분은 발화하지 않는 경우가 일반적이었기에 그 대신 학급의 누군가가 커다란 목소리로 "쾅!"하고 소리치곤 했다. 그러면 브라운 씨는 몸을 숨기고 있던 곳에서 나와 "무슨 일입니까?"라고 말한 다음, 실패로 끝난 실험은 그대로 내버려둔 채 다음 과정으로 옮겨갔다. 그리고 챌린저 호 탐험[21]에서 돌아온 지 얼마 되지 않은 동물학의 와이빌 톰슨 교수와, 털북숭이의 다부진 사람으로 얼굴도 그렇고 태도도 그렇고 존 녹스[22]를 쏙 빼닮은 밸푸어 교수는 시험 때가 되면 학생들을 괴롭혔기에 시험이 끝나면 나머지 1년 동안은 반대로 학생들에게 시달리곤 했다. 그리고 훌륭한 해부학자인 터너 교수는 독학을 한 사람으로 "이 구성을 가져다 해부메스의 손잡이 위에 놓는다."는 식으로 말해서 자신의 내력을 드러내곤 했다. 터너 교수의 인간적인 특성에 대해서 지금 떠오른 것은, 한번은 떠들썩하게 눈싸움을 하던 자들이 학교의 신성해야 할 안뜰까지 함부로 들어온 적이 있었다. 수강생들이, 거기에는 물론 나도 있었는데, 그 소란을 듣고 자리에 앉은 채 웅성거리기 시작했다. 그러자 교수가 그것을 보고 "여러분은 여기에 있기보다 밖으로 나가는 것이 도움이 될 듯합니다."라고 말했기에 우리는 와아 소리를 지르며 밖으로 나갔다. 그것으로 안뜰은 곧 조용해졌다. 누가 뭐래도 가장 선명하게 기억에 남아 있는 것은 땅딸막한 체구에 아시리아풍의 턱수염을 기른 러더퍼드 교수다. 목소리가 매우 크고 가슴이 두툼하고 그 태도에 독특한 부분이 있었다. 우리를 매료시키고 외경심을 품게 했다. 챌린저 교수[23]를 쓸 때 이 사람의 특성을 재현하기 위해 노력했다. 이 사람은 걸핏하면 교실에 들어오기도 전부터 강의를 시작하곤 했다. 그러면 멀리에서부터 커다란 목소리가 들려왔다. "정맥에는 판막이 있다." 그리고 또 다른 내용도 있었으나 그때 학생들의 자리는 아직 비어 있었다. 이 사람은 무자비한 생체해부자가 아니었을까 여겨진다. 생체해부는 고통을 최소한으로 줄인다 할지라도 극력 피해야 할 것임은 말할 필요도 없지만, 식량으로 고기를 사용하는 것보다는 훨씬 더 정당한 것이다. 교수 같은 사람의 행동을 억제하기 위한 법이 엄중해졌다는 것은 기쁜 일이 아닐 수 없다. 교수는 수륙 양서 동물을 갈가리 찢어놓고는 묘한 악센트로 "뭐야, 이 독일 멍청이는!"하고 내뱉듯 말하곤 했다. 나는 학생들을 위해서 노래를 만들었는데 지금도 여전히 불리고 있으리라 여겨진다. 포토벨로 해안24)을 배경으로 각 교수가 자신의 학과에 대해서 특유의 말버릇으로 한 구절씩 이야기하는 형식인데 러더퍼드 교수의 구절은,

> <러더퍼드가 미소 지으며 말했다
> "이건 다량의 담즙일세
> 내 노력으로 입수했을 뿐만 아니라
> 담즙 배출촉진제를 쓰기도 하고
> 개의 생체해부에 의한 것이기도 하지
> 하지만 포토벨로 해안에서 잃어버렸어">

아직도 이 노래가 불리고 있다면 지금 세대의 사람들이 내가 원작자라는 사실을 아는 것은 재미있는 일이리라.

그건 그렇고 내가 만난 사람들 중에서도 가장 재미있는 성격을 가진 사람은 조셉 벨 박사이리라. 이 사람은 에든버러 진료소의 의사로 심신 모두 매우 비범한 사람이었다. 말랐지만 다부졌으며, 검은색 머리, 높은 코에 예민한 얼굴, 날카로운 회색 눈을 가지고 있었는데 마른 어깨를 휙휙 움직이며 걸었다. 목소리가 높아서 귀에 거슬렸다. 매우 숙련된 의사로 강점이라 할 수 있는 진단은 병의 상태뿐만 아니라 환자의 직업과 성격에까지 이르렀다. 어떤 이

유에서였는지는 지금도 알 수 없지만, 병동에 드나드는 수많은 학생 가운데 나를 지목해서 외래환자를 담당하게 했다. 그것은 외래환자에게 순서대로 병상을 간단히 물어 메모한 것을 선생에게 보여주고, 수많은 조수와 학생들로 둘러싸인 커다란 벨 선생의 방으로 한 사람씩 들여보내는 역할이었다. 그래서 나는 선생의 방법을 충분히 배울 수 있었는데, 선생은 환자를 힐끗 본 것만으로도 내가 질문해서 정리한 메모보다 자세히 꿰뚫어보는 경우가 흔히 있었다. 그 결과 헛다리를 짚는 경우도 종종 있었으나 매우 극적인 장면도 많았다. 가장 좋은 실례로 한 시민 환자에게 선생이 물었다. "아아, 자네는 군대에 있었군."

"네."

"얼마 전에 제대했지?"

"그렇습니다."

"고지[25]의 연대에 있었지?"

"네."

"하사관이었고?"

"네."

"바베이도스[26] 주둔군이었지?"

"네."

"모두 주목. 이 사람은 성실하고 예의 바른 사람이나 방에 들어와서도 모자를 벗지 않았어. 군대에서는 그렇게 하는 것이 일반적인데 이 사람은 제대한 지 얼마 되지 않아서 일반 시민의 습관을 익힐 여유가 없었던 거야. 보기에 권위가 있어 보이고 명백히 스코틀랜드 사람일세. 바베이도스라고 한 것은, 이 사람이 호소하고 있는 병상은 상피병인데 이 병은 서인도 지방의 병으로 영국에는 없기 때문이야." 설명을 듣기 전까지 수많은 왓슨들은 신기함을 감출 수 없으나, 설명을 듣고 나면 정말 별것도 아닌 일이다. 그의 그런 특성을 연구한 내가 훗날 과학적 탐정을 쓰게 되었을 때, 이를 강화해서 응용한 것이 뭐 그리 이상하겠는가? 이 탐정은 독자적인 힘으로 사건을 해결하지, 범인의 어리석음을 파고들어

조셉 벨 교수

사건을 해결하지는 않는다. 벨은 이 탐정소설들을 매우 재미있어 했으며 여러 가지로 떠오른 생각들을 들려주었지만, 솔직히 얘기해서 그다지 도움이 되지는 않았다. 이 사람과는 훨씬 훗날까지도 왕래를 계속했으며 1901년에 내가 에든버러에서 입후보했을 때[27]에는 지지를 하기 위해 일부러 연단에 서주기까지 했다.

내가 외래환자 담당을 맡게 되었을 때, 스코틀랜드의 관용어를 알아둘 필요가 있다는 충고를 들었으나, 나는 젊은 혈기에 자신과 다였기 때문에 그런 건 이미 잘 알고 있다고 대답했다. 그 결말이 재미있다. 어느 날 노인 외래환자가 와서 내 질문에 "겨드랑이가 분노했다."고 대답했다.

나는 당황했으나 벨은 아주 재미있어했다. 이는 겨드랑이 아래의 종기를 말하는 것인 듯했다.

나의 대학 생활 전체를 돌아보면 나는 언제나 나의 페이스대로 행동했고 그것을 깬 적이 없었기에 이렇다 할 특별한 일은 없었

다. 언제나 평범한 사람들 가운데 한 명으로 뒤처지는 적도 없었고 눈에 띄게 앞으로 나간 적도 없었다. 시험에서는 늘 60점을 받는 학생이었다. 그러나 거기에는 이유가 있었으니 지금부터 그 이야기를 해보겠다.

내게 한시라도 빨리 집안을 경제적으로 도울 필요가 있었다는 점은 분명한 사실이었다. 실상은 내 앞가림을 하기에 급급했다는 것이 매정한 현실이었다 할지라도. 그랬기에 나는 애초부터 1년 동안의 수업을 반년으로 단축하기에 노력했다. 나머지 몇 개월 동안은 의사의 조수로 일해서 얼마간의 보수를 얻으려 했던 것이다. 그렇게 마음먹기는 했으나 내가 할 수 있는 일이라고는 아무것도 없었기에 얼마를 달라고 해야 좋을지조차 알지 못했다. 알고 있었다 할지라도 의사에게는 값비싼 물건을 사는 셈이었으리라. 왜냐하면 옥살산이란 황산마그네슘이라고 굳게 믿고 있던 '픽윅28)' 속의 청년과 다를 바 없다는 사실을 곧 드러낼 것이기 때문이었다. 하지만 내게도 일반상식은 있었기에 나와 고용주를 파국적인 단계로까지 내몰지는 않았다. 1878년 초여름에 첫 번째 모험을 시도했는데, 셰필드의 빈민가에 저급한 진료소를 개업한 의사 리처드슨의 병원에서였다. 나는 최선을 다했으며 선생도 참을성 있게 봐주었지만 그래도 3주 만에 쌍방이 합의해서 헤어지기로 했다. 그리고 런던으로 나가서 의사신문에 광고를 내놓고 클리프튼 가든즈에서 살고 있던 도일 가의 친척 집에서 몇 주일을 보냈다. 나도 약간은 분방했다고 생각하지만 친척의 태도도 약간은 인습적이었다. 그러나 친절하게 대해주었다. 나는 몇 시간이고 런던을 싸돌아다녔지만 주머니가 텅 비어 있었기에 돈이 있으면 저지르기 쉬운 잘못은 범하지 않았다. 동부29)에서 싸움을 일으킬 뻔했던 일과 트라팔가 광장에서 열심히 신병을 모집하고 있던 하사관이 한눈에 내 처지를 알아보고 이 1실링 은화를 받으라고 끈질기게, 되풀이했던 일이 떠오른다. 그 1실링을 받고 신입병이 되고 싶은 마음은 굴뚝같았으나 어머니의 계획을 생각해서 그만두기로 했다. 같은 해에 러시아와의 전쟁 때문에 터키로 파견될 영국 야전병원의 조수가 되어 가겠다고 지원해서 적십자에 이름을 올렸으나 터키가 붕괴되어버리는 바람에 그 일은 취소되었다.

그런데 마침내 광고에 대한 반응이 있었다. <의과 3년생, 자리 구함. 보수보다는 경험을 희망. ……>이라는 광고였는데 편지를 보내온 것은 슈롭셔[30] 주의 라이튼이라는 작은 도시, 도시라고도 할 수 없을 만큼 조그만 곳에 살고 있는 엘리엇 박사였다. 그곳의 시골의사 밑에서 4개월 동안 조수로 있었다. 매우 조용한 생활로 지극히 쾌적한 환경 속에서 지냈으며 시간은 얼마든지 있었기에 누구의 방해도 받지 않고 독서와 사유를 즐길 수 있었다. 이 기간 동안에 정신적으로 상당히 성장했다고 생각한다. 의사의 조수가 하는 일은 특별한 경우를 제외하고는 뻔한 것들뿐이었다. 그 특별한 경우 가운데 하나가 지금도 추억 속에 있다. 커다란 돌발사건에 태어나서 처음으로 나의 용기라고 해야 할지, 대담성을 시험할 기회를 만났기 때문이다. 그날 마침 선생이 안 계실 때 반미치광이처럼 되어버린 하인이 달려 들어와, 동네의 커다란 집에서 어떤 축하회가 있었는데 불꽃놀이용 포에 불을 붙인 순간 폭발해서 구경을 하고 있던 사람이 중상을 입었다는 것이었다. 어디에도 의사가 없었기에 마지막 희망을 걸고 데리러 온 것이라고 했다. 이에 현장으로 가보니 남자 하나가 침대에 누워 있었는데 머리 옆에 철조각이 박혀 있었다. 내심 이건 큰일이라고 생각했으나 그런 마음을 겉으로는 조금도 드러내지 않고 어쨌든 철조각을 뽑아내는 당연한 일을 했다. 뼈가 하얗게 보였기에 모두에게 뇌는 손상되지 않은 것 같다고 일단 안심을 시켜놓은 뒤, 상처를 봉합해 피를 멈추게 하고 붕대를 감았다. 그랬기에 마침내 의사가 왔을 때에는 아무것도 할 일이 없었다. 이 사건을 통해서 나는 자신감을 얻었는데, 더욱 중요한 사실은 타인의 신임을 얻었다는 점이었다. 요컨대 라이튼에서 보낸 4개월 동안의 생활은 즐거웠으며 엘리엇 박사와 그 부인에 대한 추억은 기분 좋은 것이다.

그해 겨울은 대학에서 공부를 한 뒤 다시 조수 생활에 들어갔는데 이때는 돈을 버는 것이 주된 목적이어서 1개월에 2파운드 정도를 벌었다. 이번에는 버밍엄에 이름이 널리 알려져 있던 호어 박사라는 사람으로 말을 5마리 소유하고 있는 마을의 개업의였다. 자동차가 없던 시절의 개업의라면 누구나 알 수 있을 테지만 그것은 아침부터 밤까지 왕진을 위해 분주히 돌아다녀야 한다는 것을 의미했다. 수입은 1년에 3천 파운드쯤 되었던 듯하지만 왕진비가 3실링 6펜스, 물약이 1병에 1실링 6펜스 하던 시절에 애스턴 구의 매우 가난한 계급에게서 그만큼을 버는 것이니 고생이 이만저만이 아니었다. 호어는 훌륭한 사내로 어깨가 떡 벌어졌으며 불그스레한 얼굴에는 짙은 구레나룻이 있었고 눈은 거뭇했다. 사모님도 배려심 깊고 재능을 가진 여성이었다. 집안에서의 내 입장은 조수라기보다 오히려 아들에 가까웠다. 그러나 일은 힘들고 쉴 새가 없는 데 비해서 보수는 매우 적었다. 매일 조제해야 하는 처방전이 아주 많아서 직접 조제해야 하는 약이 하룻밤에 100포나 되는 경우도 드물지 않았다. 대체로 나는 과실을 거의 범하지 않았지만, 연고를 담는 통이나 환약을 넣는 통의 뚜껑에 사용법을 자세히 적어놓고 빈 통을 건네주는 적도 있었다. 나는 나만의 왕진환자 명부를 가지고 있었다. 거기서 아주 가난하거나, 회복기의 환자로 좋든 싫든 극빈 계급의 생활을 하고 있는 사람들을 신물이 날 정도로 보았다. 이 버밍엄의 의사에게는 2번 갔다. 가족들과의 관계도 한층 더 친밀해졌다. 이 2번에 걸친 조수 생활에서는 여러 가지로 지식을 넓혀 출산을 돕기도 하고, 일반 환자 가운데서 중병에 걸린 사람도 돌봤으며, 여러 가지 조제도 행했다. 시간이 없어서 돈을 쓸 기회조차 없었지만 우리 집에서는 1실링도 아까운 때였기에 내게는 오히려 좋았다.

이 해에, 약병을 채우는 것뿐만 아니라 다른 방법으로도 돈을 벌 수 있다는 사실을 처음으로 깨달았다. 한 친구가 내게, 너의 편지는 생생하고 내용이 분명하니 틀림없이 뭔가 팔릴 만한 글을 쓸 수 있을 것이라고 말했다. 문학에 대한 소망은 강한 것이었으며, 머리는 온갖 방면의 의미 없는 것이라 여겨지는 쪽으로 손을 내밀고 있었다. 나는 점심으로 2펜스까지는 써도 상관이 없었다. 그것은 양고기파이 1개의 값이었는데 파이 가게 근처에 헌책방이 있어서 커다란 나무통에 책을 가득 담아놓고 '골라잡아 2펜스'라는 종이를 붙여놓았다. 나의 점심값은 종종 그 통 속에서 고른 책으로 변하곤 했다. 지금 이 글을 쓰고 있는 곳에서 손에 닿는 위치에 고든이 번역한 타키투스[31], 템플[32], 포프가 번역한 호메로스, 애디슨의 스펙테이터[33], 스위프트[34]의 작품 등이 놓여 있는데 이것은 모두 그 2펜스짜리 통에서 찾아낸 것들이다. 나의 평소 행동이나 취미를 본 사람들은 누구나 샘물은 넘쳐날 만큼 강한 것이라고 말했지만, 나 자신은 설마 봐줄 만한 글을 쓸 수 있으리라고는 꿈에도 생각지 못했기에 결코 아첨을 할 줄 모르는 친구들의 그런 말을 듣고는 적잖이 놀랐다. 이에 작은 모험 이야기를 하나 써서 「삿사사 계곡의 비밀」이라는 제목을 붙였다. 그리고 그것을 월간 지인 『챔버스 저널[35]』에 보냈더니 기쁘기도 하고 놀랍기도 하게 채용되어 3기니라는 원고료까지 받았다. 그 뒤로도 작품을 썼는 데 돈은 하나도 되지 않았지만 아무렇지도 않았다. 어쨌든 1번은 성공을 거두었으니 언젠가는 또 돈을 받을 수 있을 것이라 생각하 면 기뻤다. 그 후 『챔버스』와 다시 관계를 맺기까지는 몇 년이나 걸렸지만, 1879년에는 「미국 이야기」를 써서 『런던 소사이어티』 에 실어 역시 소액의 수표를 받았다. 그러나 참된 성공에 대한 착 상은 아직 가슴속 깊은 곳에 있었다.

그 사이에도 우리 가족의 사정은 조금도 좋아지지 않았기에 내 가 아르바이트를 하거나 동생들이 일을 하지 않았다면 집은 곧 살 림을 꾸려나갈 수 없게 되었을 것이다. 아버지의 건강이 더욱 좋 지 않아졌기에 어쩔 수 없이 퇴직하고 회복기 환자 요양소에 들어 갈 수밖에 없었다. 결국은 거기서 숨을 거두시게 되는데 그 때문 에 나는 스무 살이라는 나이에 생활에 어려움을 겪는 대가족의 실 질적인 가장이 되었다. 아버지의 일생은 실력을 발휘하지 못하고, 천성을 마음껏 펼치지 못한 비극으로 가득했다. 누구나 그런 것처 럼 아버지에게는 아버지만의 약점이 있었으나 비범하고 현저한 재능이 있었다. 키가 크고 긴 턱수염이 있었으며 품위 있는 거동 에 매력이 있었고 예의바르게 행동했다는 점은, 다른 사람에게서 는 흔히 볼 수 없는 점이었다. 머리가 좋았으며 익살스러운 면이 있었다. 또한 세심함이 눈에 띄었다. 돌아가시기 몇 년 전에 알게 된 사실인데 찰스 도일이라는 사람에게는 적이 없었다. 적은커녕 아버지를 알고 있는 사람들은, 섬세한 소질을 가지고 있었으면서 아직 그럴 나이도 아닌데 인생의 절반쯤에서 쓰러져버린 운명을 모두 슬퍼했다. 아버지는 세속적인 일에 초연해서 실제적이지 못했다. 그 때문에 가족들은 고생을 했으나 그건 아버지의 초탈함을 보여주는 일이었다. 아버지는 로마 가톨릭에 대한 굳은 신앙 속에서 세상을 떠나셨다. 그러나 그 규율에 진심으로 복종하지는 않았던 어머니는 그다지 정진하지 않으셨고, 후에는 주로 영국교회에서 위안을 얻으셨다.

이렇게 말하는 것이 허락된다면, 끊임없는 악전고투의 연속이었던 몇 년 동안이 내게 정신적으로 눈을 뜨게 해주었다. 앞서 예수회에 대해 이야기를 한 적이 있는데, 거기서 나는 아직 어린 나이이기는 했으나 세상의 다른 훌륭한 종교를 용납하지 않는 견해를 가진 협소한 신학에 반발심을 품고 있었다고 말했다. 그것은 건전한 관용적 마음에서 온 것이었다. 가톨릭교회에서는 무엇인가 하나에 의심을 품으면, 그것은 곧 모든 것을 의심하는 것이라 여겨지게 된다. 의심을 품는다는 것은 지옥으로 떨어질 커다란 죄라는 것이 가톨릭에서는 매우 중요한 원리이기 때문이다. 그런 입장에서 보자면 크게 마음을 끄는 부분이 있다. ―그 전통, 지금도 계속되고 있는 장중한 의식, 그 많은 제전에서 볼 수 있는 미와 진실, 감동을 주는 시적 매력, 그 음악의 관능적인 매력, 법과 질서의 도구로서의 힘 등. 이성적이지 않고 교육받지 못한 세계에서 그것은 안내자로서 헤아릴 수 없을 정도의 일을 했다. 파라과이가 그랬고, 옛 아일랜드가 그랬는데, 소작쟁의를 제외하면 특별히 이렇다 할 범죄를 볼 수 없었다. 이런 사실들은 잘 알고 있었지만, 내 인생에 있어서 눈에 띄는 특질이 있다고 한다면, 종교적인 문제를 적당히 다루거나 그것과 타협하지 않고 언제나 매우 신중하게 다루었다는 점일 것이다. 내게는 그렇게 하지 않고는 견딜 수 없는 무엇인가가 있었다. 그런 면에서 생각해보자면, 독서와 공부를 통해서 얻은 지식으로 판단해보건대 로마 가톨릭뿐만 아니라 모든 기독교적 신앙의 기초는 19세기 신학이 보여주는 한 매우 빈약해서 나의 정신력을 쌓는 데 도움이 되지 못했다. 이는 헉슬리36), 틴들37), 다윈38), 허버트 스펜서39), 존 스튜어트 밀40) 등이 주요한 철학자였던 시대의 일로, 거리의 사내조차 사상의 격류를 느꼈으며, 젊은 학생은 희망에 불타오르고 감수성이 예민했기 때문에 한층 더 커다란 영향을 받았다.

나는 남들보다 얼마간 고생을 더 하고 어떤 종류의 걱정거리가 있었다고 해서 나의 실생활이 고통으로 넘쳐났다는 인상을 주고 싶지는 않다. 나는 원래 무엇인가에 몰두하는 성격이기에 재미있는 일이라면 무엇이 됐든 놓치지 않았으며, 향락에 대해서는 남들에게 뒤쳐지지 않았다. 책도 많이 읽었다. 게임도 할 수 있는 것은 무엇이든 했다. 춤도 췄으며 입장료 6펜스가 생기기만 하면 언제나 드라마를 보러 갔다. 그러다 한번은 소란에 휩싸여서 하마터면 큰일을 겪을 뻔했다. 그때 나는 가장 위층의 싸구려 자리로 들어가는 입구의 계단 아래에 기다란 줄을 이루며 서 있었는데 눈앞의 문은 닫혀 있었다. 줄을 서 있는 사람들 가운데 병사가 대여섯 명 있었는데 그들 중 한 명이 한 아가씨를 벽 쪽으로 한껏 밀어붙였기에 아가씨가 비명을 질렀다. 마침 그 근처에 있었기에 나는 그 병사에게 조금 얌전히 있을 수 없겠느냐고 말했다. 그러자 그 병사가 팔꿈치로 내 옆구리를 있는 힘껏 찍었다. 그런 다음 노려보기에 나는 두 손으로 그의 얼굴을 때렸다. 그랬더니 그가 덤벼들어 나를 문 쪽으로 밀어붙였지만 나도 그를 붙들었기에 나를 때리지는 못했다. 그러자 상대방이 무릎을 써서 비열하게 나를 찼다. 그리고 그의 동료들이 나를 위협하러 와서 그 가운데 한 명이 지팡이로 내 머리를 쳤기에 모자가 찌그러졌다. 다행스럽게도 이때 마침 문이 열려 군중이 우르르 몰려들었기에 병사들도 인파에 휩쓸려갔는데 이 모습을 동정적으로 지켜보고 있던 하사관이 "잠깐 쉬시는 게 좋겠습니다, 잠깐 쉬시는 게."라고 말했다. 나는 싸움 상대들이 입구로 들어가는 모습을 그대로 내버려둔 채 집으로 돌아왔다. 우물쭈물하고 있다가는 진짜 싸움으로 번질 것이 뻔했기 때문이었다. 하마터면 아주 귀찮은 일이 벌어질 뻔했다.

　이제는 내 생애의 현저한 진짜 모험에 대해서 이야기할 차례가 되었는데 그것은 장을 새로이 해서 자세히 이야기하기로 하겠다.

제4장 북극해에서의 고래잡이

1880년, 나는 유명한 포경가인 존 그레이가 지휘하는 호프 호를 타고 7개월 동안 북극해에 갔었다. 의사 자격으로 간 것이었는데 나이는 아직 스무 살밖에 되지 않았으며 의약지식도 3학년생 정도밖에 되지 않았기에, 그 사이에 나의 도움을 필요로 하는 중대한 사태가 벌어지지 않았던 것이 그나마 다행이었다고 지금도 종종 생각하곤 한다.

그 배에 타게 된 것은 다음과 같은 사정에 의해서였다. 으스스추운 어느 날 오후, 에든버러에서의 일이었다. 의학생의 생활을 위협하는 시험에 대비해서 열심히 책을 읽고 있자니 커리라는 사내가 들어왔다. 조금은 친분이 있는 동급생이었다. 느닷없이 묘한 질문을 했기에 하고 있던 공부는 뒷전으로 미뤄놓게 되었다.

"다음 주에 출항하는 포경선에 타보지 않겠나? 의사 자격으로 월 2파운드 반, 그리고 항해에서 얻은 기름 1톤당 3실링을 받을 수 있다네."

"그런 일이 있다는 건 어떻게 알았는가?"라고 내가 물은 것은 당연한 일이었으리라.

"내가 가기로 되어 있었으니까. 그런데 갑자기 일이 생겨서 갈 수 없게 되었어. 그래서 대신 가줄 사람이 필요해진 거야."

"북극해에서 입을 옷은 어떻게 하면 좋겠는가?"

"내 옷을 사용하게."

이렇게 해서 일은 결정되었다. 단 1분 만에 내 생명의 흐름이 새로운 수맥 쪽으로 흐르게 된 것이다.

채 일주일도 지나지 않아 나는 피터헤드[41]로 가서 보이의 도움으로 얼마 되지 않는 짐을 호프 호의 침상 밑 사물함에 넣기도 하고, 준비에 분주했다.

의사 자격으로 배에 탑승한 자의 주요한 임무는 선장의 이야기 상대가 되어주는 것이라는 사실도 바로 알게 되었다. 선장은 직무 상의 매너 때문에 고립되어 있어서 다른 고급선원들과조차 매우 간단한 일이나 기술상의 이야기밖에 하지 않기 때문이었다. 따라서 선장의 사람 됨됨이가 좋지 못했다면 나도 견딜 수 없었을 테지만, 호프 호의 존 그레이 선장은 정말 좋은 사내로 품위 있는 뱃사람이라고 해야 할지, 뛰어난 인간성을 가진 스코틀랜드 사람이었기에 나와는 친밀한 우애로 맺어져, 오랜 시간 지속된 두 사람 사이의 관계에 금이 간 적은 한 번도 없었다. 지금도 그 불그스름한 얼굴, 반백의 머리와 수염, 아주 옅푸른 눈동자로 언제나 똑바로 서서 먼 곳을 바라보고 있는 것 같은 다부진 모습이 눈에 떠오른다. 때로는 무뚝뚝하게 냉소를 머금어 다가가기 어려운 사람처럼 보이는 적도 있었으나 마음은 공정한 좋은 사내였다.

호프 호의 선원들에게는 한 가지 묘한 부분이 있었다. 1등 항해사로 계약을 맺은 사람은 작은 체구에 노쇠한 사람으로 임무를 절대로 완수할 수 없는 사람이었다. 한편 주방장의 조수는 커다란 체구에 붉은 수염을 가진 사내로 볕에 그을었으며 손발이 크고 목소리가 천둥 같았다. 그런데 배가 항구를 떠나자마자 작은 체구의 허약한 항해사는 주방의 조리실로 모습을 감추더니 그대로 주방의 보조가 되었고, 몸집이 큰 주방의 보조가 성큼성큼 선미로 올라가 그대로 1등 항해사가 되었다. 사실은 이렇게 된 일이었다. 한쪽은 자격증을 가지고 있기는 하지만 나이 들어서 뱃사람으로서의 일은 할 수 없는데, 다른 한쪽은 글은 모르지만 항해사로서는 훌륭한 솜씨를 가지고 있었기에 관계자 모두의 합의하에 바다 위로 나갔을 때만 그 자리를 바꾸기로 한 것이었다.

6피트 넘게 똑바로 뻗은 다부진 몸의 콜린 맥린은 물개가죽 옷틈 사이로 거칠고 붉은 털을 내보이고 있었는데, 타고난 뱃사람으로 상무부의 면허 따위는 그의 발끝에도 미치지 못했다. 이 남자의 유일한 결점은 매우 불같은 성격으로 아주 사소한 일에도 바로 화를 낸다는 점이었다. 어느 날 밤, 그 고래는 공략하는 법이 좋지 않았기에 놓친 것이라는 둥, 경솔하게 비판적인 말을 하는 보이에게서 그를 떼어놓는 데 꼬박 하룻밤이 걸렸던 일을 분명하게 기억하고 있다. 두 사람 모두 럼주를 얼마간 마신 상태였는데 그 때문에 한쪽은 이치를 따지게 되었고, 다른 한쪽은 흥분하기 쉬운 상태에 있었다. 그때는 나를 포함해서 3사람이 7피트에 4피트 정도되는 좁은 공간에 있었기에 유혈사태를 막기 위해서 상당한 노력을 해야만 했다. 이제 위험한 일은 벌어지지 않겠다고 생각될 쯤이면 보이가 다시 "당신을 화나게 하려고 하는 말이 아닙니다. 하지만 그때 조금만 더 빨리 했더라면……."하고 한심한 말을 시작했다. 같은 말을 몇 번이나 했는지 모른다. 언제나 말을 끝까지 마무리 짓지는 못했다. 왜냐하면 '빨리'라는 부근까지 오면 콜린이 반드시 멱살을 쥐었고 내가 콜린의 허리를 안아 말리기를 거듭했기 때문이었다. 결국에는 모두가 지쳐서 녹초가 되어버리고 말았다. 그래도 보이는 잠시 쉬어 숨결이 잠잠해지면 다시 한심한 말을 꺼냈고 '빨리'라는 부근까지 오면 콜린이 반드시 달려들었다. 그때 내가 없었다면 콜린은 틀림없이 보이를 때려눕혔을 것이라 생각한다. 그렇게 거친 사내는 본 적이 없었기 때문이다.

포경선에는 총 50명이 타고 있었다. 절반은 스코틀랜드 사람이고 나머지 절반은 셰틀랜드[42] 사람이었는데 그들은 가는 길에 러윅에서 배에 실었다. 셰틀랜드 사람들은 모두 야무지고 차분해서 어딘가 품위가 있어 보이고 온화했으나, 스코틀랜드의 뱃사람들은 걸핏하면 문제를 일으키려 했으며 그만큼 남성적이기는 했으나 모두 성격이 강했다. 고급선원과 작살을 쓰는 사람들은 스코틀랜드인이었으나, 일반 선원이나 특히 보트의 노를 젓는 사람으로는 셰틀랜드인들만 한 사람들이 없었다.

배 안에는 스코틀랜드 사람도 아니고 셰틀랜드 사람도 아닌 자가 한 명 있었는데 그는 배 안의 미스터리였다. 키가 크고 피부가 거뭇했으며 눈도 검고 머리카락과 수염도 검고, 이목구비가 묘하게 멋지고 걸을 때 어깨를 이상하게 흔드는 버릇이 있었다. 잉글랜드 남부 사람이라는 소문도 있었고, 법망을 피해서 온 사람이라는 풍문도 있었다. 누구와도 친하게 지내지 않았으며 말수도 적었지만 선원으로서는 누구에게도 뒤지지 않았다. 굉장히 흉악한 사람이라 여겨졌는데, 그런 사람이 이런 데 숨어 있다니 피비린내 나는 사정이 있는 것이리라. 딱 한 번, 그 사람이 숨기고 있던 불같은 성격을 얼핏 내보인 적이 있었다. 요리사는 커다란 체구의 강해 보이는 사람이었으나 조수라고는 항해사 자격증을 가지고 있는 예의 조그만 노인 한 사람뿐이었다. 그 요리사는 개인적으로 럼주를 가지고 있었는데 그것을 마구 마셔서 사흘이나 연달아 승무원들의 저녁식사를 엉망으로 만든 적이 있었다. 그러자 사흘째 되던 날 우리의 과묵하고 무뚝뚝한 사내가 프라이팬을 한 손에 들고 요리사에게로 다가가 아무런 말도 하지 않고 프라이팬으로 요리사의 머리를 있는 힘껏 내리쳤다. 프라이팬의 바닥에 구멍이 뚫려 요리사의 목까지 쑥 들어가 버렸다. 취한 데다 정신이 아찔해진 요리사는 그래 한판 붙어보자, 라고까지는 말했으나, 배 안의 분위기가 자신에게 유리하지 않다는 사실을 깨닫고는 당황해서 투덜투덜 불평을 늘어놓으며 자신의 일로 돌아갔고 원수를 갚은 사내는 평소와 다름없이 무뚝뚝하고 다른 일에는 무관심한 태도로 돌아갔다. 그 이후부터 식사에 대한 불만은 들을 수 없게 되었다.

7개월 동안 우리는 단 한 번도 육지에 내린 적이 없었는데 그 긴 항해를 되돌아보면 앞서 이야기한 적이 있는 보이 잭 램의 친절하고 솔직한 얼굴이 눈앞에 떠오른다. 그는 아름다운 고음을 가지고 있었기에 나는 식기실에서 긴 시간에 걸쳐서 접시를 쨍그랑쨍그랑 울리고 나이프를 짤그락짤그락 두드리며 그의 노래를 듣곤 했다. 여러 감상적인 노래를 잘 외우고 있었는데, 감상적이라는 말이 무엇을 의미하는지 7개월이나 여자의 얼굴을 보지 못한 자가 아니면 그것은 알 수 없는 일이다. '그녀의 맑은 미소가 지금도 여전히 눈가에 어른거리네.'라거나, '천국의 문에서 기다려줘, 사랑스러운 마혼이여.'라는 노래를 듣고 있자면 모두들 말로 표현할 수 없는 달콤한 불만을 품곤 했는데, 생각해보면 지금도 그때의 기분이 되살아난다. 여자의 좋은 점을 알고 싶다면 6개월 동안 그 모습을 보지 않으면 된다. 돌아오는 길에 스코틀랜드의 북쪽을 돌 때 등대를 향해서 깃발을 내렸는데 그때의 거리는 수백 야드에 지나지 않았으며, 그 인사에 답해서 한 사람이 모습을 드러냈다. 배 안에서는 "여자다!"라는 흥분한 목소리의 속삭임이 들려왔다. 그때 선장은 망원경을 들고 선교 위에 있었다. 내 쌍안경은 뱃머리에 놓여 있었다. 모두가 뚫어져라 바라보고 있었다. 그 '여자'란 선 살을 훌쩍 넘긴 나이에 짧은 치마를 입고 있었으며 장화를 신고 있었지만 틀림없이 여자이기는 했다. "여자이기만 하다면, 누가 됐든."이라고 선원들은 곧잘 말했는데 나도 그런 기분이었다.

하지만 이러한 일들은 전부 훨씬 뒤의 일이었다. 항해일지를 넘겨보니 여러 사람들의 배웅을 받으며 환성 속에서 피터헤드를 출항한 것은 2월 28일 오후 2시였다. 갑판은 마치 요트처럼 깔끔해서, 설마 포경선이 그러리라고는 꿈에도 생각지 못했었다. 악천후 속으로 과감하게 뛰어든 것이었는데 기압계가 72[43]를 가리킨 적도 있었지만, 그것은 이번 포경 항해 중에서도 가장 낮은 것이었다. 폭풍의 중심에서 한껏 시달리기 전에 러윅 항구로 들어갔기에 망정이지 만약 그렇게 하지 못했다면 모든 돛대의 돛을 접고 닻을 내린 채 엄폐물 뒤에 숨었다 할지라도 심하게 흔들려서 배가 예각으로 기울었을 것이다. 만약 그것이 몇 시간 일찍 왔다면 틀림없이 보트를 잃었으리라. 그런데 포경선에게 그 보트는 목숨과도 같은 것이다. 다시 항해를 계속할 수 있을 만큼 바람이 잠잠해진 것은 3월 11일이었다. 그 무렵 만 안에는 포경선이 20척이나 모여 있었기에 그들이 출항할 때가 되자 한바탕 소동이 일었다. 그날 밤과 이튿날 늦게까지 호프 호는 항구 밖의 섬 그늘 뒤로 물러나 있어야만 했다. 나는 뭍으로 올라가 토탄이 펼쳐진 습지대를 돌아다녀 보았다. 그때 여러 주민들을 만났는데 조금 특이하고 미개한, 그러나 친절한 사람들로, 세상일에 대해서는 아무것도 몰랐다. 돌아오는 길에는 머리를 길게 기른 미개한 아가씨가 횃불을 들고 나를 데려다주었다. 토탄 지대에는 구멍이 있어서 밤에는 위험하기 때문이었다. 지금도 그녀의 마구 뒤엉킨 검은 머리, 맨발, 진흙으로 더러워진 치마 등 환하게 밝혀진 횃불에 드러난 모습이 눈앞에 어른거린다. 노인이 세상에 뭔가 특별한 일은 없었느냐고 묻기에 "테이 강의 다리가 무너졌다."고 가르쳐주었더니, "오호, 테이 강에 다리가 생겼었단 말인가?"라고 말하기에, 그 다음부터는 인도 폭동44)에 대한 이야기를 들려주었다.

북극해 지역에 도착해서 무엇보다 가장 놀란 점은, 생각했던 것보다 빨리 도착했다는 사실이었다. 북극해가 그렇게 가까이 있을 줄은 꿈에도 생각지 못했었다. 셰틀랜드를 나선 지 나흘밖에 지나지 않았는데 벌써 거친 얼음들 속에 있었다. 어느 날 아침, 눈을 떴더니 유빙이 배에 부딪치는 소리가 쿵쿵 들렸기에 갑판으로 나가보니 사방이 온통, 수평선까지 유빙으로 뒤덮여 있었다. 그렇게 큰 것은 없었지만 밀집해 있었기에 하나하나 뛰어 건너가면 상당히 멀리까지 갈 수 있을 것 같았다. 반짝반짝 빛났기에 바다는 더욱 파랗게 보였으며 하늘은 새파랬고 북극의 장쾌한 공기를 마실 수 있었기에 좀처럼 잊을 수 없는 아침이었다. 한번은 흔들흔들 움직이는 얼음덩어리 위에 커다란 바다표범이 앉아 있는 것을 보았다. 광택이 나고 부드러워 보였는데 졸린 듯 차분하고 태연하게 배를 올려다보는 모습은, 앞으로 3주일 동안은 더 사냥 금지기간이라는 사실을 알고 있는 듯했다. 더욱 나아가니 얼음 위에 사람의 그것과 비슷한 곰의 기다란 발자국이 있었다. 이 모든 것이 스코틀랜드에서 실은 아네모네 꽃이 선실의 컵에서 아직 싱싱하던 때의 일이었다.

사냥 금지기간이라는 말이 나왔으니 그것에 대해서 잠시 설명해보자면, 노르웨이와 영국 정부의 합의에 의해서 양 국민은 4월 3일까지 바다표범을 죽여서는 안 된다. 그 이유는 이들은 3월이 번식기이기에 너무 빨리 어미를 죽이면 새끼가 혼자서는 살아갈 수 없어서 멸종될 우려가 있기 때문이다. 바다표범은 번식을 목적으로 매해 불특정한 장소로 모여든다. 그 장소는 그들 사이에서 미리 결정되어 있는 것이 틀림없을 테지만 몇 백 제곱 마일이나 되는 널따란 유빙 해역 가운데 어디인지를 어부들이 알아낸다는 것은 쉬운 일이 아니다. 그러나 그것을 알아내는 간단하고도 교묘한 방법이 있다. 유빙이 드문드문 흘러가는 해역을 항해하다보면 한쪽 방향으로 바다 속을 헤엄쳐 가는 한 무리의 바다표범과 만나는 경우가 있다. 그 방향을 주의 깊게 관찰해두었다가 지도 위에 선을 긋는다. 1시간 뒤에 다시 다른 무리를 만났다고 하자. 그들이 향하는 방향도 지도 위에 선으로 긋는다. 같은 방법으로 몇 번인가 선을 그은 뒤 마지막으로 이들 직선을 연장해서 교차하는 점을 구하면, 그 교차점이나 그 부근에 바다표범의 마지막 집결지가 있다는 것이다.

그곳으로 가보니 거기서는 놀라운 광경이 기다리고 있었다. 이는 지구상 생물 가운데서도 가장 커다란 집단이 아닐까 여겨진다. 그것도 그린란드 해안에서 수백 마일 떨어진 바다의 유빙이 널따랗게 펼쳐진 지역이었다. 집결지는 북위 71도에서 75도 정도, 경도는 명확하지 않지만 바다표범들이 그곳을 찾아내는 것은 아주 간단한 일이다. 중앙 돛대의 꼭대기에 있는 망루에서 보았는데 그 무리에는 끝이라는 것이 없었다. 시야 속 멀리 있는 얼음 위에도 깨를 뿌려놓은 것처럼 흩어져 있었다. 게다가 그 사이사이 곳곳에 새끼들이 눈 같이 하얗게 민달팽이처럼 누워, 작고 검은 코와 크고 까만 눈을 보이고 있었다. 인간에 가까운 그 외침이 하늘을 가득 메웠는데, 바다표범의 무리 속으로 들어간 배의 선실에 앉아 있으면 굉장히 크고 기괴한 육아실을 들여다보고 있는 듯한 느낌이 들 것이다.

호프 호는 그해에 바다표범 떼를 처음으로 발견한 배 가운데 하나였으나 사냥 금지기간이 풀리기 전에 수차례 강풍에 휩싸였고, 그 뒤 이어진 흔들림 때문에 얼음이 기울어서 새끼 바다표범들이 아직 때가 되지 않았음에도 바다 속으로 떨어졌다. 따라서 마침내 금지가 풀렸지만 그다지 할 수 있는 일은 없었다. 그래도 3일째 새벽에는 뱃사람들이 얼음으로 내려가 매우 잔인한 수확을 시작했다. 참으로 잔인한 이야기지만, 그래도 나라 전체의 온갖 식탁을 풍성하게 하는 것보다는 잔인하다고 할 수 없다. 어쨌든 눈부실 정도로 새하얀 얼음 벌판 위에 고인 새빨간 피의 연못은, 평화로운 침묵에 둘러싸인 극지의 파란 하늘 아래서 끔찍한 침략으로 여겨졌다. 그러나 부동의 수요는 거칠 것 없는 공급을 만들어내고 바다표범은 그 죽음으로 뱃사람, 부두의 노동자, 가죽 다듬는 사람, 훈제품 제조공, 기름 추출공, 촛불 만드는 자, 가죽 상인, 기름 상인 등 잡다한 사람들의 생활을 지탱한다. 이들은 해마다 행해지는 살육의 한편에 서 있는 자들이며, 그 맞은편에서는 부드럽게 무두질한 가죽구두를 신은 까다로운 사람이나, 혹은 학자가 세심하게 주의를 기울일 필요가 있는 물리 기계를 위해 기름을 사용하고 있다.

바다표범 사냥이 시작된 날 나를 찾아온 모험에 대해서 떠올릴 만한 이유가 있다. 거센 파도가 일었다고 했는데, 그 때문에 유빙이 서로 부딪쳤기에 선장은 미경험자가 그 위로 내려서는 것은 위험하다고 생각했다. 그랬기에 내가 다른 사람들과

『북극성 호의 선장』의 삽화

함께 뱃전에 오르려던 순간 다가와서 다시 내려와 갑판에 있으라고 명령했다. 괜찮다고 말했으나 받아들여지지 않았기에 나도 심통이 나서 뱃전에 앉아 다리를 바다 쪽으로 늘어뜨린 채 마음을 진정시키려 했다. 배는 여전히 흔들리고 있었다. 그런데 내가 앉은 곳은 나무 위에 얼어붙은 얇은 얼음 위였기에 배가 갑자기 크게 흔들린 순간 나는 바다로 떨어져 얼음덩어리 사이로 빠져버리고 말았다. 바로 물 위로 떠올랐고 얼음 위로 기어올랐으며, 뒤이어 배로 올라갔다. 그러나 이 작은 사건이 내가 원하던 것을 가져다주었다. 선장은 어차피 내가 바다에 빠질 것이라고 말했으나, 얼음 위에서도 배 위에서와 마찬가지로 움직일 수 있었기 때문이었다. 이날에는 2번이나 바다에 빠져서 처음 선장이 주었던 주의가 틀리지 않았음을 입증했다. 그리고 모든 옷을 기관실에서 말리고 있었기에 침대 속으로 들어가 그 불명예스러운 증명을 완성했다. 나의 이 불행이 선장을 매우 재미있게 해주어 바다표범 사냥

이 시원치 않았다는 사실을 종종 잊게 해주는 효과가 있었기에 그나마 위로를 얻었다. 그리고 '북극해에 뛰어들기의 명인'이라는 이름에 오래도록 머물러 있어야 했다. 또 한번은 유빙 위에서 바다표범의 가죽을 벗기고 있었는데 뒷걸음질을 치다 바다에 빠지는 위험한 경험을 하기도 했다. 다른 무리들과 따로 돌아다니던 때였기에 빠지는 것을 본 사람이 아무도 없었다. 얼음의 표면은 어디까지고 편편하고 미끄러워서 잡을 만한 곳이 없었기에 위로 오를 수가 없어서 몸이 혹독한 냉기에 급속하게 굳기 시작했다. 그러다 간신히 처리 중이던 바다표범의 뒷다리를 잡을 수 있었다. 그러나 그때부터가 큰일이었다. 이 줄다리기는 내가 얼음 위로 올라가느냐, 바다표범이 바다로 떨어지느냐의 승부였다. 결국은 내가 이겨서 얼음 위에 무릎을 대는 데 성공했고 마침내 위로 기어 올랐다. 배에 돌아와 보니 입고 있던 옷이 갑옷처럼 딱딱해져 있었다. 그것을 벗을 수가 없었기에 우선은 얼음을 녹여야만 했다.

4월의 바다표범 사냥은 어미와 새끼를 대상으로 한다. 그리고 5월이 되면 사냥꾼들은 훨씬 더 북쪽으로 가버린다. 북위 77도나 78도 정도. 거기에는 나이 든 수컷 바다표범이 있는데 그것을 잡기란 결코 쉬운 일이 아니다. 그들은 매우 조심스럽기 때문에 멀리서 총으로 쓰러뜨려야 한다. 7월이면 이 바다표범 사냥도 끝나기 때문에 배는 더욱 북상하여 79도나 80도에 다다르는데 거기는 그린란드에서도 고래를 잡기에 가장 좋은 해역이다. 우리는 3개월쯤 거기에 있었는데 운이 좋았던 건지 나빴던 건지는 모르겠다. 수많은 고래를 뒤쫓았으나 잡은 것은 4마리뿐이었기 때문이다.

포경선에는 8척의 보트가 있었으나 실제로 쓰는 것은 7척뿐이었다. 1척에 6명의 승무원이 필요한데 7척이 전부 나가버리고 나면 배 안에 남는 것은 '게으름뱅이들'뿐이었다. 이들은 출항할 때, 바다로 나가서 하는 일은 아무것도 하지 않겠다고 계약한 무리들이었다. 그러나 호프 호의 '게으름뱅이들'은 억센 사람들이었기에 뜻을 모아 남아 있는 보트를 띄우기로 했는데, 결코 자랑은 아니지만 바다표범 사냥에서도 포경에서도 커다란 활약을 했다. 보이, 2등 기관사, 보조 기관담당, 그리고 내가 노를 저었으며, 붉은 털의 하일랜드 사람이 작살을 쥐었고, 미남의 무법자가 키를 잡았다. 우리는 바다표범 사냥에서 매우 좋은 성과를 거두었다. 포경에서도 창을 담당하기도 하고 작살을 담당하기도 하는 등 적지 않은 공헌을 했다. 이 일은 나의 성격에도 잘 맞았기에 그레이 선장이 다음 사냥에 나설 때 의사 외에도 작살수가 되어준다면 급여를 2배로 올려주겠다고 말하기까지 했으나 이는 거절했다. 위험할수록 영혼을 빼앗기는 시기였으니 잘한 일이라고 생각한다.

고래에 다가가는 것은 가슴이 두근거릴 정도로 재미있는 일이었다. 고래를 등지고 있기 때문에 알 수 있는 것은 조타수의 얼굴빛뿐이었다. 그는 우리들의 머리 너머로 고래가 빨리 헤엄치는지 천천히 헤엄치는지를 보고 있다. 그러다 때때로 한 손을 들어 노를 멈추라고 말하는데 그것은 고래의 눈이 보이기 때문이었고, 그렇지 않을 때는 다시 조용히 노를 저어 다가갔다. 그 부근은 얼음이 많이 떠 있기 때문에 노를 젓지 않고 보트가 그냥 떠 있기만 하면 고래도 물속으로 들어가 달아나지는 않는다. 따라서 살금살금 다가가다가 키를 잡은 사람이 이 정도면 물속으로 들어가기 전에 도달할 수 있겠다고 판단되면, 고래라는 녀석은 몸이 커서 바로는 움직일 수 없고 얼마간 시간이 걸리기 때문인데, 눈을 반짝이고 뺨을 붉게 물들이며 "돌진!"하고 외친다. 작살을 장전한 커다란 포의 방아쇠가 찰칵 울리고 노에서 물방울이 튄다. 여섯 번 정도 노를 저을까? 미끈한 것에 부딪친 듯한 느낌이 오고 뱃전은 뭔가 부드러운 것 위로 올라서며 노는 제각각 엉뚱한 방향으로 튀어오른다. 그러나 걱정할 것은 아무것도 없다. 우리는 고래 위에 올라탄 것인데, 동시에 작살을 발사하는 포의 요란한 소리가 들리고 작살은 납빛으로 곡선을 그리고 있는 옆구리에 틀림없이 명중했기 때문이다. 고래는 마치 바위처럼 바다 속으로 잠겨든다. 동시에 보트의 뱃머리가 철썩 해면을 때리는데 그때 노 젓는 사람들의 가운데에 앉은 사람의 자리에서 붉은 기가 펄럭여 제대로 쏘아 맞혔음을 자랑한다. 그리고 걸터앉은 곳 아래에 로프가 있는데 발밑을 지나 뱃머리에서부터 팽팽하게 풀려나간다.

여기에 커다란 위험요소가 있다. 고래가 적에 대항할 만큼의 기력을 보이는 경우는 매우 드물기 때문이다. 로프는 전문적으로 로프를 감는 사람들이 미리 정성스럽게 감아놓아 결코 꼬이지 않게 해둔다. 만약 그것이 꼬여서 거기에 뱃사람의 손이나 발이라도 감기는 날이면 순식간에 딸려 들어가 목숨을 잃으며 동료들까지 어떻게 될지 알 수 없다. 로프를 끊어봐야 고래만 놓칠 뿐, 희생자는 이미 몇 백 길 깊이로 끌려간 뒤이기에 아무런 도움도 되지 않는다.

"잠깐 기다려!" 그럴 때 누군가가 나이프라도 꺼내들면 작살수가 다급히 말린다. "허둥대봐야 아무런 소용없어." 냉혹하게 들리지만 가만히 생각해보면 포기할 수밖에 없다.

작살을 사용한 사냥은 이런 식으로 진행되는데 보트에서는 더 이상 할 일이 없다. 그러나 창을 쓰는 작업은, 작살 때문에 힘이 빠진 고래를 창으로 죽이는 것인데, 시간이 걸리는 작업인 만큼 더욱 자극적이다. 미끌미끌한 고래의 몸을 만지기까지는 30분 정도가 걸린다. 고래는 아픔을 그다지 느끼지 못하는 듯하다. 기다란 창으로 찔러도 움츠러드는 기색조차 보이지 않는다. 그러나 본능적으로 보트를 꼬리로 치려하기 때문에 방심해서는 안 된다. 장대로 밀기도 하고 갈고리를 쓰기도 해서 어깨 부근의 안전한 곳으로 보트를 이동시킨다. 하지만 그래도 완전히 안전하다고는 할 수 없는데 한번은 커다란 배지느러미를 갑자기 움직여 보트가 전복될 뻔한 적도 있었다. 그 지느러미에 한 번 맞으면 보트는 곧 전복하게 되는데, 지금도 잊을 수 없지만, 우리는 전원이 한쪽 손을 길게 뻗어 그 거대하고 무시무시한 지느러미를 밀쳐내듯이 해서 보트를 나아가게 했다. 만약 고래가 지느러미로 내리칠 생각이 들었다 할지라도 마치 거기에 힘으로 대항할 수 있기라도 하다는 듯이. 그러나 고래는 다량의 출혈 때문에 기운이 빠져 있었다. 지느러미로 내려치기는커녕 벌써 죽어 있었다. 그때의 희열이란, 다른 어떤 스포츠에서의 승리감보다 더 컸다.

북극 해역 특유의 느낌은—참으로 기이한 것이어서 한 번 갔다 오면 평생을 따라다니는데— 주로 저물지 않는 태양광에 의한 것이다. 밤이 되면 약간 오렌지색으로 빛이 약해질 뿐, 낮과 그다지 차이가 없다. 어떤 선장들은 변덕스럽게도 아침을 밤에 먹고 아침 10시에 저녁을 먹는다고 한다. 24시간에는 변함이 없으니 그것을 어떻게 쓰느냐 하는 것도 각자의 자유다. 1개월이나 2개월쯤 지나면 지지 않는 태양에 눈이 피곤해져서, 밤이 신경을 얼마나 편안하게 해주는지를 생각하게 된다. 그곳에서 돌아올 때 아이슬란드 부근에 이르러서야 비로소 별을 보았는데, 작고 품위 있게 반짝였기에 저게 별이라는 것이었구나 하며 한동안 눈을 떼지 못했던 것을 아직도 기억하고 있다. 자연의 아름다움 가운데 절반쯤은 너무나도 친숙하기에 우리에게서 잊히고 만다.

적막한 느낌도 북극 해역의 효과를 더욱 높여준다. 포경 해역에 머무는 동안 동료 배를 제외하면 사방 800마일 이내에는 배도 없었다. 7개월이라는 긴 시간 동안 남쪽 세계로부터는 편지 한 통, 뉴스 하나 날아오지 않았다. 아프간 전쟁45)이 일어났으며, 러시아와의 전쟁도 눈앞에 닥친 듯 여겨졌다. 우리는 발트 해 입구의 반대편 쪽으로 돌아왔는데, 만약 그때 순양함이라도 있었다면 우리가 고래에게 한 것과 같은 일을 순양함으로부터 당했을지도 모를 일이었으나, 그런 사실은 조금도 알지 못했다. 세틀랜드의 북쪽에서 어선을 보았을 때 우리가 가장 먼저 물은 것은 전쟁이 시작되었는가 하는 것이었다. 7개월 동안 몇 가지 커다란 사건들이 있었다. 마이완드에서의 패전, 로버츠 군의 카불에서 칸다하르로의 유명한 진격 등. 그러나 우리에게 있어서 이러한 일들은 안개에 휩싸여 있었다. 그리고 당시 육군의 역사는 지금도 내 머릿속에 조금도 정리되지 않은 채 남아 있다.

지지 않는 태양, 새하얗게 빛나는 눈부신 얼음, 바닷물의 짙푸른 색, 이러한 것들을 분명히 기억할 수 있는데 건조하고 상큼하고 상쾌한 공기가 적막한 생활을 더할 나위 없이 즐겁게 해주었다. 그리고 수를 헤아릴 수 없는 바닷새들이 있어서 그 울음소리가 언제까지고 귀에서 떠나지 않았다. 갈매기, 풀머 갈매기, 흰머리 멧새, 북극 갈매기, 아비 등이 있었다. 이 새들은 하늘에도 바다에도 가득했으며 바다 속은 언제나 본 적도 없는 동물들로 가득했다. 이윤을 가져다주는 고래는 언제나 눈에 띄는 것은 아니지만, 가치가 없는 동료들은 사방에 얼마든지 있었다. 긴수염고래는

90피트나 되는 몸 안에 가치 없는 기름을 축적하고 있는데, 그 어떤 고래잡이도 결코 보트를 내리지 않을 것이라고 굳게 믿고 있는 듯 안심하고 헤엄쳐 다녔다. 보기 흉하게 생긴 혹등고래, 유령 같은 흰돌고래, 뿔이 하나 달린 일각고래, 기묘한 모습을 한 큰돌고래, 크고 느린 그린란드 상어, 끔찍한 살인마인 범고래, 심해의 괴물들 가운데서도 가장 다루기 힘든 녀석. 이들이 배가 다니지 않는 북극해의 생물들이다. 얼음 위에는 등에 무늬가 있는 바다표범, 코에서부터 꼬리까지 12피트나 되며 화가 나면 핏빛 축구공처럼 생긴 것을 코 위에 만들어내는 커다란 바다표범도 있었다. 얼음 위에서는 새하얀 북극여우를 보는 경우도 있었다. 곰은 어디에든 있었다. 바다표범을 사냥하는 해역 부근의 벌판에는 그들의 발자국이 어지러이 교차하고 있었다. 원양 수렵자에게 놀라 허둥지둥 걷는 무해한 동물들이다. 그들이 몇 백 마일이나 되는 얼음 위를 애써 달려오는 것은 바다표범 때문이었다. 곰들은 바다표범을 잡는 교묘한 방법을 알고 있었다. 우선 커다란 얼음판 중앙에 호흡용 공기구멍이 있는 곳을 골라 그 구멍 옆에 몸을 엎드리고 그 강력한 앞발로 구멍을 끌어안듯 한 채 기다린다. 그리고 바다표범이 그 구멍으로 머리를 불쑥 내밀면 순간적으로 끌어안아 솜씨 좋게 점심거리를 잡아 올린다. 우리는 종종 부엌에서 나오는 쓰레기를 기관실에서 태웠다. 그로부터 몇 시간쯤 지나면 바람이 불어가는 쪽으로 몇 마일쯤 떨어진 곳에 있던 곰들까지 냄새를 맡고 전부 모여들었다.

그린란드 해역에서는 1년에 스무 마리에서 서른 마리쯤의 고래를 잡는데 앞선 세기에 대량으로 축살했기에 그 숫자가 현저하게 줄어 지금은 아마도 수백 마리밖에 남아 있지 않을 것이라 여겨지고 있다. 물론 이는 참고래의 경우이고 앞서도 이야기한 것처럼 다른 고래들은 아주 많다. 한 종류가 어느 정도 살고 있는지를 추정하기란, 워낙 넓은 해역에 걸쳐서 얼음 사이를 헤엄쳐 돌아다니기 때문에 쉬운 일이 아니지만, 같은 고래를 같은 포경선이 올해도 추적한 적이 있다는 사실을 생각해보면 그 숫자가 얼마나 한정되어 있는지를 알 수 있다. 그러고 보니 그 크기도 그렇고 벌집 모양을 한 것도 그렇고, 바로 그 고래라고 알아볼 수 있는 커다란 돌기가 꼬리 부분에 있는 고래가 있었다. "이 녀석은 3번이나 뒤쫓았어." 보트를 내리고 있는 옆에서 선장이 말했다. "1871년에는 놓쳐버리고 말았지. 74년에는 기껏 잡았었는데 작살이 빠져버리고 말았어. 그 다음은 76년이었는데 그때는 짙은 안개 때문에 놓쳐버리고 말았어. 그놈을 다시 만나다니 묘한 일도 다 있군!" 승부가 뜻대로 되지 않았던 모양이었다. 꼬리에 돌기가 있는 그 고래는 지금도 여전히 북빙양을 헤엄쳐 돌아다니고 있다.

참고래를 내 눈으로 직접 보았을 때의 일은 아직도 잊을 수가 없다. 바다에 떠 있는 작은 얼음판 반대쪽에 설치한 파수대에서 발견했는데 우리가 본선으로 우르르 올라가자 물속으로 들어가버리고 말았다. 곧 떠오르리라 생각했기에 10분쯤 기다리고 있었는데 잠깐 눈을 뗀 사이에 고래는 공중으로 솟아올라 있었다. 꼬리는 송어가 공중으로 뛰어올랐을 때처럼 굽어 있었다. 납빛으로 둔탁하게 번뜩이는 몸 전체가 공중에 떠 있었다. 바다에서만 30년을 살아온 선장조차 처음 본 풍경이었다고 하니 내가 놀란 것은 당연한 일이었다. 잡고 난 뒤에 알게 된 사실인데 1실링짜리 은화 정도의 빨간 게처럼 생긴 기생동물들이 온몸에 빽빽하게 붙어 있었다. 그것 때문에 가려워서 그렇게 뛰어 오른 것이었으리라. 인간도 작고 발톱이 없는 벌레, 벼룩처럼 번식력이 좋은 녀석들이 등으로 우르르 몰려든다면 같은 마음이 들 것이다.

스포츠가 아니라 할지라도 북극 해역에는 매력이 있으니 누구나 가보고 싶어질 것이다. 나는 나이 들어 머리가 하얗게 센 포경선의 그 선장에게 마음을 빼앗겼다. 그는 죽음 직전의 어느 날 밤, 혼자 있을 때 잠옷을 입은 채 집 밖으로 나선 적이 있었는데 후에 간호사에게 멀리서 발견된 순간에도 여전히 입 안에서 이렇게 중얼거리고 있었다고 한다. "북쪽으로, 북쪽으로." 북극여우도 마찬가지여서, 내 친구가 길들이려 하던 것이 어느 날 달아나 몇 개월 뒤에 케이스네스[46]의 사냥터 관리인이 놓은 덫에 걸렸는데 방향을 어떻게 해서 알아냈는지는 모르겠으나 역시 북쪽을 향해 달리고 있었다. 북극은 청정해역이다. 하얀 얼음과 파란 바닷물과, 1천 마일 이내에는 사는 사람도 없어서 빙원을 건너오는 바람의 신선함을 더럽히는 자도 없다. 한편으로는 로망스의 영역이기도 하다. 내 일생 중에서도 기이하고 매력적인 한 페이지였다.

포경선에 처음 올랐을 때는 덩치만 컸지 균형 잡히지 못한 소년에 지나지 않았으나 돌아왔을 때에는 완전히 성장해서 강인한 어른이 되어 있었다. 나의 전 생애에 걸친 육체적 건강이 그 멋진 공기의 영향을 받은 것임은 의심할 여지도 없는 사실이며, 끊임없이 에너지의 축적을 즐겨왔는데 그것도 어느 정도 같은 곳에서 영향을 받은 것이라 생각한다. 정신적으로는 침체, 혹은 그 이상의 상태에 있었다. 생활이 어느 정도 격리되어 있기는 했지만, 친구들 모두 순수하고 선량하고 용감하나 자연에 대해서는 난폭하고 거칠었기 때문이었다. 그래도 내게는 건강이라는 성과가 있었으며 쥐어본 적이 없을 정도의 돈도 얻었다. 내게는 여러 가지 점에서 어린아이다움이 남아 있었다. 지금도 기억하고 있는데 나는 여러 가지 옷의 여러 가지 주머니에 금화를 숨겨 어머니가 눈을 반짝이며 여기저기 찾는 모습을 상상하곤 했다. 어머니의 지갑에 50파운드 정도를 더해드렸다.

최종 시험을 향해 직진했고 그다지 자랑할 만한 성적은 아니었으나 1881년 겨울 학기에 통과하여 의학사, 외과의술 석사학위를 취득했기에 언제라도 개업을 할 수 있게 되었다.

제5장 서아프리카로의 항해

학위를 따면 선의(船醫)가 되어 항해에 나서고 싶다고 늘 생각했다. 그렇게 하면 세계를 둘러볼 수 있을 뿐만 아니라, 혹시 개업을 하게 된다면 돈이 조금 필요한데 그것도 얻을 수 있기 때문이었다. 학위를 땄다고는 하지만 아직 갓 스무 살을 넘긴 나이로는 개업을 해봐야 신뢰를 얻지 못하리라. 나는 실제보다 나이 들어 보이는 편이었지만 그래도 한동안은 다른 일을 하는 편이 좋은 것만은 틀림없는 사실이었다. 계획은 매우 유동적이었으며 육군, 해군, 인도제국 등 어디에라도 갈 마음이 있었다. 여객선에 자리가 있으리라고 생각했던 데에는 아무런 이유도 없었으며 지원을 해두었다는 사실조차 잊고 있었을 때쯤 갑자기 전보가 도착해, 리버풀로 와서 아프리카 기선회사의 서해안 항로인 마윰바 호의 선의가 되라고 전해왔다. 일주일 만에 그곳으로 가서 1881년 10월 22일에 출항했다.

마윰바 호는 4천 톤 정도의 세련된 기선이었다. 2백 톤급 포경선에 탔던 경험에 비추어보자면 커다란 배였다. 무역선으로 건조된 배인데 갈 때는 잡다한 짐들을 아프리카의 서해안 지방으로 싣고 가고, 올 때는 나무통에 담은 야자유, 산적한 야자수 열매, 상아 및 열대의 산물을 싣고 돌아오게 되어 있었다. 고래 기름에 이어 이번에는 야자기름이었다. 내 운명의 별자리에는 아무래도 기름진 무엇인가가 따라다니고 있는 듯했다. 배에는 20명에서 30명쯤 수용할 수 있는 선실이 있었다. 나는 그곳의 사람들에게 서비스를 제공하기로 하고 월 12파운드를 받는 것이었다.

고맙게도 마음바 호는 안정적인 항해를 해주는 배였다. 출항하자마자 맹렬한 강풍에 휩싸였는데 머지 강47)을 출발한 것까지는 좋았으나 바람이 너무 셌기에 그날 밤에는 홀리헤드 섬48)에서 하룻밤을 묵을 수밖에 없었다. 이튿날도 바다는 거칠었고 앞을 알 수 없는 궂은 날씨였으나 어쨌든 아일랜드 해를 헤쳐 나갔다. 나는 이때 배를 재난으로부터 구했다고 생각한다. 그때 당직 항해사 옆에 서 있었는데 안개 사이로 얼핏 등대가 희미하게 서 있는 것이 보였다. 좌측 현의 전방이었는데, 아일랜드 연안에서 등대가 좌측 현 쪽에 있다는 사실을 아무래도 이해할 수 없었다. 하지만 쓸데없이 소란을 피우기도 싫었기에 그저 항해사의 팔꿈치를 잡고 희미하게 보이는 등대를 가리키며 "괜찮은 겁니까?"라고만 말했다. 항해사는 등대를 발견하더니 글자 그대로 펄쩍 뛰어오르며 방향키를 잡고 있는 사내에게 소리를 질렀고 기관실에 보내는 신호를 격렬하게 울려댔다. 내 기억이 맞다면 그 등대는 터스카 등대였다. 배는 시계가 좋지 않아 비와 안개 속에 숨어 있던 암벽을 향해 똑바로 나아가고 있었던 것이다.

나는 선장 운이 좋았다. 고든 월리스 선장은 참으로 좋은 사람이어서 훨씬 훗날까지도 접촉이 있었다. 승객의 대부분은 마데이라49)로 가는 사람들이었으나 아프리카의 서해안으로 가는 활달한 여성 승객도 있었으며, 불쾌한 흑인 상인도 있었는데 상인들의 태도와 행동은 못마땅한 것이었다. 그래도 그들은 이 항해의 단골손님이었기에 참을 수밖에 없었다. 그들 야자유 상인이나 사장들 가운데는 연수입이 수천 파운드나 되는 사람도 있지만 세련된 취향을 가지고 있지 않기 때문에 그 돈으로 술을 마시거나 방탕한 생활을 하는 등 양식이 없는 사치를 할 수밖에 없는 것이다. 그 가운데 한 사람은 리버풀에서 고르고 고른 매춘부의 배웅을 받았다.

폭풍이 멈추지 않고 따라와서, 영국해협을 건너 만50)에 이르렀을 때까지도 그치지 않았다. 우리가 갔던 계절에 그곳은 늘 잠잠한 편이었다. 모두가 뱃멀미를 했으나 나는 의사이기에 일을 해야 했다. 그러나 마데이라에 도착하기 전에 날씨가 좋아져서 고민은 잊은 듯이 싹 사라져버리고 말았다. 사람은 일주일 동안이나 발목까지 물에 잠긴 것 같은 생활을 해보지 않는 한, 마른 갑판의 상쾌함을 절대 알지 못하는 법이다. 나는 포경선에서 바다용 장화와 급하게 구한 옷을 잃었지만, 사람은 감색 서지 천에 금단추가 달린 옷을 입고 있을 때는 물속으로 들어가야겠다고는 생각지 않는 법이다. 그런데 이제는 됐다, 괜찮으리라고 생각한 순간 전보다더 거센 바람이 불어왔으나 다행스럽게도 이번에는 뒤에서 불어왔기에 배의 속도가 훨씬 더 빨라졌다. 지브도 트라이슬도 스테이슬51)도 한껏 올려져 끊임없이 비틀거리고 기울어지며 때로는 대서양의 커다란 파도를 받았고, 밤에는 인광을 내뿜어 액체 불꽃이된 듯 갑판 위를 흘러갔다. 일주일이나 폭풍이 계속된 뒤였기에마데이라 외곽인 포르투 산투 섬의 울퉁불퉁한 산의 정상이 보였을 때에는 정말 기뻤다. 드디어 푼샬 만에 닻을 내렸다. 정박지에도착했을 때 주위는 어두웠는데, 조그만 산이 흐릿한 배경을 이루고 있는 거리의 불빛을 보는 것은 기분 좋은 일이었다. 달밤의 무지개가 펼쳐져 있었다. 그 전에도, 그 후로도 그처럼 아름다운 현상은 본 적이 없었다.

테네리프[52]가 다음 기항지였다. 항구를 산타 크루즈라고 했다. 당시에는 코치닐의 거래가 활발했다. 이것은 선인장에서 양식한 벌레에서 채집하는 것으로 건조시키면 양홍이라는 염료가 되기에 1패킷의 벌레가 당시는 350파운드 정도였으나, 독일에서 아닐린 염료를 개발한 뒤부터는 거래가 뚝 끊겨버리고 말았다. 이는 광유(鑛油)라는 것이 나타나서 포경 산업을 쇠퇴 시킨 것과 비슷하다. 예정보다 하루 늦게 그란 카나리아의 수도인 라스 팔마스에 입항했다. 거기서 뒤돌아보면 유명한 테네리프 봉우리를 60마일 떨어진 곳에서 볼 수 있다. 라스 팔마스를 나와서는 북동쪽에서 불어오는 기분 좋은 무역풍을 타고, 거의 거칠어지는 적 없이 언제나 거품이 일어 대서양에서도 즐거운 바다의 영역을, 맑게 펼쳐진 하늘 아래로 나아갔다. 그러나 날이 갈수록 더워지고 무역풍도 사라져, 시에라 리온 앞바다의 로스 섬이 보일 무렵에는 열대라는 게 어떤 것인지를 알게 되었다. 식사할 때의 냅킨이 귀찮은 물건이라 여겨지고, 스크로 지은 하얀 바지에 눅눅한 얼룩이 생기는 것을 본다면 열대에 왔다는 사실을 알 수 있을 것이다.

11월 9일에 시에라 리온의 수도 프리타운에 도착했다. 아프리카 대륙에서의 첫 번째 기항지. 아름다운 곳이었으나 죽음의 도시였다. 여성 손님들이 여기서 하선했는데 그냥 보기만 해도 가엾다는 생각이 들었다. 이 대륙에서 여자는 남자보다 오래 살지 못하기 때문이었다. 나는 지금 말라리아와 흑수열[53]에 대해서 이야기하고 있는 것인데 이때는 로널드 로스[54]와 그 외의 사람들이 그

치료법과 예방법에서 빛나는 성과를 거두기 전이었다. 18세기 초에는 참으로 무시무시한 지역이었으며 백인들의 마음을 지배한 절망은 그들로 하여금 술에 빠져서 자유를 얻게 했는데, 이는 건강한 지역에 있을 때는 감히 생각할 수조차 없는 일이다. 1년 동안의 거주가 견딜 수 있는 한계였던 듯하다. 어떤 건강하게 보이는 거주자가 자신은 여기에서 산 지 3년이 되었다고 말했는데 그것 참 축하할 일이라고 말하자 머리를 흔들며 "저는 죽을병에 걸렸습니다. 신장염입니다."라고 말했다. 식민지에 돈을 쏟아 부을 만큼의 가치가 있는 것인지 모두가 고개를 갸웃거렸다.

시에라 리온에서 몬로비아로 갔다. 이곳은 라이베리아 흑인공화국[55]의 수도인데, 라이베리아는 그 이름에서 알 수 있듯이 주로 도주한 노예들에 의해서 세워진 나라다. 내가 보기에 질서는 충분히 유지되고 있었고 작은 공동체도 최선을 다하고 있었으나 하나같이 우스운 면을 가지고 있었다. 그랬기에 독일과 프랑스가 전쟁[56]을 시작하자 라이베리아는 해군을 대표해서 세관정을 한 척 출항시켜 영국 우편선을 정지시킨 뒤, 라이베리아는 분쟁에 개입할 뜻을 가지고 있지 않다는 사실을 유럽에 전하도록 했다고 한다.

풍경은 매우 단조로웠다. 아이보리 코스트도 골드 코스트도, 그리고 라이베리아 해안도 어디까지나 이렇다 할 특징이 없었기 때문이다. 태양은 불타오를 듯 뜨거웠으며 기다란 물결은 크고 하얀 파도가 되어 밀려와 금빛 모래에 부서졌고 녹색의 낮은 초목들 사이로 군데군데 야자나무가 높다랗게 솟아 있었다. 1마일만 봐도 1천 마일을 본 것이나 다를 바 없었다. 이 글을 쓰고 있는 지금도 기항했던 곳, 그랑 바상[57], 케이프 팔마스[58], 아크라[59], 케이프 코스트 캐슬60) 모두 같은 풍경으로 마음속에 담겨 있다. 작은 사건 하나만이 기억 속에 남아 있다. 이름은 잊었지만 어떤 부락을 지나다 미친 듯이 화를 내고 있는 웨일즈의 키 큰 젊은이를 본 적이 있었다. 검둥이들이 반항을 해서 자신을 살해하려 한다는 것이었다. "저기서 기다리고 있어요."라며 멀리 바다 쪽에 있는 거뭇한 사람들의 무리를 가리켰다. 같이 배로 도망치자고 말했더니 전 재산을 버리고 달아날 수는 없다고 했다. 그럼 케이프 코스트 캐슬에 입항하면 포를 실은 함정을 이곳으로 보내달라고 요청하겠다고 약속하는 정도밖에는 아무것도 할 수 없었다. 이런 사람들이 있는데 독일의 협박 때문에 우리 함대를 철수해야만 하는 지금, 어떻게 해야 일을 무사히 마무리 지을 수 있을지 나는 몇 번이고 의심했다.

그 부근의 해안에서는 밤이 되면 원주민들의 불이 점점이 타오른다. 그중에는 커다랗게 번져가는 불도 있는데 말할 것도 없이 그들에게 풀을 태우는 습관이 있기 때문이다. 그 부근의 해안을 따라 내려갔던 한노61)의 여행기—지금까지 전해지는 유일한 카르타고의 문학—에도 야간에 불을 보았다는 내용이 적혀 있는 것은 재미있다. 그는 고릴라에 대해서도 이야기했으니 가분62)이나 적도 남쪽 부근까지 갔던 것이리라. 또 여행기에는 굉장히 커다란 화산활동도 보았다고 적혀 있는데 그 흔적을 페르난도 포63)에서 볼 수 있다. 이 섬은 섬 전체가 화산이다. 그러나 한노 시대에는 산이 실제로 불을 내뿜고 있어서 부근이 불바다였기에 상륙하려고는 하지 않았다. 나는 종종 아틀란티스의 마지막 대재앙이 우리가 추측하고 있는 것보다 훨씬 뒤에 일어난 일이 아닐까 생각하곤 한다. 플라톤의 기술에 의하면 기원전 9천 년쯤이라고 되어 있지만, 단번에 모든 재앙이 일어난 것이 아니라 마지막 활동의 흔적을 한노가 본 것은 아닐지. 한노가 묘사한 활동의 전부는 구대륙이 존재했을 것이라 여겨지는 지점과 정면으로 마주보는 곳에서 일어났다.

해안이 구불구불 굽어 있기에 배도 그에 따라서 천천히 항해했다. 한번은 100명 정도의 원주민들이 아직 배 위에 있는데 배가 출발한 적이 있었다. 지켜보고 있자니 모두 바다로 뛰어들어 각자의 카누로 헤엄쳐 간 일은 재미있었다. 그 가운데 한 사람은 실크 해트를 쓰고, 우산과 커다란 예수 그림을 들고 있었다. 모두 뱃사람의 방에 마련한 매점에서 산 물건들이었다. 그런 걸리적거리는 물건들이 있었음에도 불구하고 그 사람은 솜씨 좋게 카누까지 헤엄쳐 갔다. 훨씬 더 작은 항구에서는 시간이 없었기에 통에 담긴 위탁화물을 그대로 바다에 던져주었다. 어차피 곧 해안으로 건져 올릴 것이라 생각한 듯한데, 단 짐의 진짜 주인이 어떻게 해서 자신이 주인이라는 사실을 입증할지 나로서는 알 길이 없었다. 때로는 원주민들이 가로채는 경우도 있다고 한다. 몇 년 전, 다호메이가 프랑스의 식민지가 되기 전의 이야기인데, 선장이 위다[64]에서 로프와 보조기관을 이용해서 갑판으로 기름통을 올리고 있었다. 이는 밀려드는 파도를 피하는 교묘한 방법이었으나 그때 유명한 한 무리의 여전사들이 나타나 기관과 로프를 모두 멈추게 하고, 세금을 내지 않으면 배에 불을 지르겠다고 협박했다고 한다.

나도 그곳의 풍토에 세금을 내야만 했다. 11월 18일부터 일기에 종종 공백이 생기기 시작했다. 라고스[65]에 도착한 우리는 그곳의 얕은 바다에서 거친 물결에 휩싸였는데 그때 병균이 옮았는지, 아니면 모기에 원인이 있었던 것인지 잘은 모르겠지만 어쨌든 고열에 시달리다 쓰러지고 말았다. 비틀거리며 침대까지 간 것은 기억하고 있으나 그 뒤부터는 무슨 일이 있었는지 알지 못한다. 의사라고는 나 하나밖에 없었기에 돌봐줄 사람이 아무도 없었다. 며칠 동안 누워 있었는데 아주 작은 링 위에서 세컨드 없이 '죽음'과 싸운 것이나 다를 바 없었다. 결국 승리는 나의 것이었는데 체질 덕분이었으리라. 심령적인 경험은 아무것도 없었다. 아무것도 보이지 않았으며 어떤 불안도 없이, 악몽과도 같은 안개 속에 머물다 거기서 어린아이처럼 허약한 모습으로 나온 것이다. 어쨌든 위험했던 것만은 틀림없었다. 나와 동시에 병에 걸렸던 다른 환자는 내가 일어나기 직전에 목숨을 잃었다고 들었다.

일주일 정도의 회복기를 거쳐 몸 속에 다시 에너지가 충만하기에 이르렀다. 배는 보니66) 강을 거슬러 올라가고 있었는데 그 이름은 결코 스코틀랜드의 형용사에서 따온 것은 아니리라. 아무리 거슬러 올라가도 악취가 나는 누런 물에, 양쪽 기슭으로는 망고가 자라고 있는 습지만 이어질 뿐이었다. 원주민은 완전히 미개해서 산 사람을 상어나 악어에게 바쳤다. 선장은 그들 희생자의 절규를 들은 적이 있으며 물가로 끌려가는 모습을 본 적도 있다고 했다. 또 다른 때에는 불룩한 개미집에 묻힌 남자의 두개골이 살짝 삐져 나온 것을 본 적도 있다고 했다. 전도사들을 비웃는 것은 쉬운 일이지만, 헌신적인 사람들의 노력이 없었다면 이곳 사람들을 어떻게 개선할 수 있었겠는가?

배는 페르난도 포에 들렀다가 그 뒤에는 빅토리아에도 갔는데, 그곳은 마인 강변에 위치한 작고 아름다운 개척지로 뒤편으로는 카메룬의 거대한 봉우리가 솟아 있었다. 거기서는 사랑스럽고 순박한 스코틀랜드의 소녀가 전도를 돕고 있었다. 아니 전도까지는 아니라 할지라도 교화하고 있었다. 그것이 오히려 더 중요하다. 섬의 수많은 만을 따라갔는데 그 섬에는 나무가 무성하게 자라고 있었다. 어떤 이유에서인지 그 부근의 풍경은 모습이 완전히 바뀌어 있었다. 단조로운 풍경 속을 멀리 북쪽에서부터 1000마일이나 내려온 사람에게는 고마운 풍경이었다. 어떤 사정이 있었던 것인지는 모르겠으나 그 부근은 후에 독일의 손에 넘어갔다가 지금은 다시 프랑스에게로 돌아갔는데, 프랑스인은 원래부터 식민으로서 이웃과 잘 사귀지 못하는 편이다. 나는 빅토리아에 상륙했었는데, 내가 길을 가던 중 상당히 크고 파란 새 같은 것이 날고 있어서 자세히 살펴보니 새가 아니라 커다란 나비였기에 섬뜩했던 적이 있었다.

칼라바르로 가기 위해서는 칼라바르 강을 60마일이나 거슬러 올라가야 하는데 그게 쉬운 일이 아니어서 배의 옆면을 강가의 나뭇가지에 긁히며 올라가야 하는 곳도 있었다. 마침 잘됐다 싶어서 나는 몸을 엎드리고 총을 겨눈 채 기다려보았는데, 물이 요란스럽게 소용돌이치는 것은 몇 번이고 보았으나 악어는 끝내 모습을 드러내지 않았다. 칼라바르는 배를 댄 곳 가운데서 가장 크고 번화한 듯 보였으나 죽음의 손길은 거기에도 드리워져 있었다. 거기서는 '먹고 마시고 즐기는 것'이 그것으로, 오래된 불만에서 온 것이었다. 거기서도 우리는 문명의 선구자라 할 수 있는 젊은 여성을 한 명 보았다. 문명은 좋은 것이다. 그러나 그런 일에 여자를 보낸다는 것은 얼마나 가혹하고 무시무시한 일이란 말인가?

나는 카누를 구해 수 마일 상류에 있는 크릭타운이라는 곳에 가보았다. 양쪽 강가는 어둡고 섬뜩한 망고나무 습지였는데 그런 곳에 무섭지 않은 것은 하나도 존재하지 않으리라. 정말 끔찍한 곳이었다. 한번은 물 속에 고립되어 있는 나무 위에 불길한 뱀이 있는 것을 보았다. 기분 나쁜 색을 한 3피트 정도의 뱀이었다. 총으로 쐈더니 떨어져서 강을 떠내려갔다. 훗날에 이르러 나는 동물을 죽이지 않기로 하고 있으나, 자백하겠는데 그 뱀에게만은 지금도 양심의 가책을 느끼지 않는다. 크릭타운은 원주민들의 영역으로 영국 왕의 절대적인 명령에 의해서 모든 것을 보고하도록 되어 있으나 왠지 불길한 느낌이 들었고 우물쭈물하다 오래 머물게 된다면 그것도 내키는 일은 아니었기에 노를 저어 서둘러 영국 영역으로 돌아왔다.

어느 날 아침 묘한 경험을 했다. 커다란 리본 모양의 3피트에서 4피트쯤 되는 물고기가 배 근처에 떠올랐다. 마침 총이 옆에 있었기에 한 발 쏘았다. 그로부터 채 5초도 지나지 않았으리라 여겨지는데 훨씬 더 길고 굵은 녀석—메기가 아닐까 싶다—이 물속에서 떠오르더니 총에 맞은 녀석의 배를 물고 물속으로 들어갔다. 먹을 것을 구한다는 것은 잔인한 일이다. 빈틈을 노리다니, 자연은 얼마나 잔인하단 말인가! 여러 물고기를 기르는 양어탱크에서 비슷한 일을 본 적이 있는데, 그때는 물고기가 유리용기에 정면으로 부딪쳐 제정신이 아니었는데 옆에 있던 물고기가 갑자기 덮쳐서 먹어치웠다. 칼라바르에서는 전기가물치도 보았다. 도자기 접시에 넣은 놈을 건네주며—거뭇한 색의 얌전해 보이는 5인치 정도의 전기가물치였다— 등을 만져보라고 말했다. 그럼 네가 얼마나 높이 뛸 수 있는지 금방 알 수 있다며.

아프리카의 죽음과도 같은 인상은 더욱 깊어만 갔다. 사람들은 지금의 식사와 습관을 가진 백인을 침입자라고 느낀다. 처음부터 올 생각은 아니었다. 검은색의 무뚝뚝한 대륙은 그들을 이라도 잡듯 죽여버렸다. 내 일기장에는 이렇게 적혀 있다.

<오 아프리카, 현자들이 보았다고 하는

너의 매력은 어디에?

이런 끔찍한 곳에서 부자로 사느니

구호금을 받으면서라도 영국에 있고 싶다.>

그래도 배 위에서의 생활은 편안하고 어떤 의미에서는 사치스럽기까지 했다. ―삶의 방향을 정하려 하고 있는 젊은이에게는 너무나도 사치스러웠다고 할 수 있다. 너무 일찍 찾아온 안락에는 사람을 무기력하게 만드는 무시무시한 힘이 있다. 지금도 기억하는데 장래의 일을 생각하며―그때 나는 격렬한 뇌우에 휩싸인 뱃고물의 망루에 서 있었다― 이런 항해를 한 번이나 두 번쯤 더했다가는 나의 간소한 습관을 전부 잃어버려, 무슨 일에나 성공하는 데 필요한 커다란 고투에 견디지 못하게 되어버릴 것이라고 생각했다. 문학으로 성공해야겠다는 생각은 애초부터 생기지도 않았다. 떠오르는 것이라고는 역시 의학뿐이었으나 버밍엄에서의 경험을 통해서, 아무런 신망도 없으며 또 그에 준하는 것을 사들일 재력도 없는 자에게는 앞길이 얼마나 험난하고 먼 것인지 아주 잘 알고 있었다. 이에 그 자리에서 이 이상 헤매서는 안 되겠다고 신께 맹세했는데 그것이 생애의 분기점이 된 것만은 틀림없는 사실이다. 한 번쯤은 경험을 위해서 방랑하는 것도 좋지만, 2번 거듭되면 그것은 파멸을 의미할 뿐이다. ―그러나 그것을 그만두기란 쉽지 않다. 유익한 묵상을 한 그날, 나는 나머지 항해 중에 술을 마시지 않겠다고 결심했다. 내 생애 중에서도 이 무렵에는 상당히 멋대로 술을 마셨는데 두뇌적으로도 체력적으로도 충분히 그것을 버텨냈지만, 서아프리카의 무절제한 칵테일은 위험하다는 생각이

들었기에 약간의 노력을 기울여 그것을 끊어버렸다. 금욕 자체에는 형용하기 어려운 기쁨이 틀림없이 있으나 사교적인 면에서는 어려움을 겪는다. 만약 우리가 참된 마호메트교도처럼 모두가 금주가였다면 실패하는 자는 한 사람도 없었을 것이다.

케이프 코스트 캐슬에서는 미친 짓을 한번 했다. 앞뒤 가리지 않고 강한 척하려는 성격 때문인지, 어리석음 때문인지 나는 헤엄쳐서 배 주위를 한 바퀴 돌았다. ─적어도 일정한 거리만큼 돌다가 배로 돌아왔다. 흑인들이 마음껏 헤엄을 치기에 나도 헤엄칠 생각이 들었던 것이리라. 그런데 어떤 이유에서인지 백인은 흑인과 같은 면역을 가지고 있지 않다. 물에서 올라와 갑판에서 몸을 말리고 있는데 상어의 검은 삼각형 등지느러미가 수면 위로 떠오르는 것이 보였다. 지금까지의 생애 동안 나는 몇 번인가, 나중에 나 스스로도 설명하기 어려울 만큼 아무런 이유도 없이 정말 무모한 짓을 해왔다. 이번 일도 그 가운데 하나였다.

그곳의 해안 지방에서 만난 사람 가운데 가장 이지적이고 책을 많이 읽은 사람은 흑인으로 몬로비아[67]의 미국 영사였다. 이 사람은 승객으로 배에 올랐다. 나는 굶주렸던 문학적 화제를 이야기할 수 있었기에 기뻤다. 갑판에 앉아 밴크로프트[68]와 모틀리[69]에 대해서 이야기했는데 문득 이야기를 나누고 있는 상대는 노예였을지도 모르며, 적어도 노예의 아들임에 틀림없다는 사실을 깨달았다. 이번 아프리카 여행에서는 그도 꽤나 여러 가지 생각을 한 모양이었다. "아프리카를 탐사하는 유일한 방법은 무기를 휴대하지 않고 따르는 하인도 없이 가는 것입니다. 당신들도 온갖 무기로 무장한 병사들이 국내를 활보하는 것은 싫으시겠죠? 아프리카인에게도 그 정도의 예민함은 있습니다." 스탠리[70]적 방법에 대한 리빙스턴[71]적 방법이다. 후자가 더 용기도 필요하고 인간적이다.

이 흑인 신사는 내게 도움이 되었다. 사람의 두뇌는 그 사상을 구성하기 위한 기관이자 타인의 그것을 소화하기 위한 기관으로 새로운 사료를 필요로 하기 때문이다. 물론 우리는 배 안에 책을 가지고 있었지만, 숫자도 많지 않았고 질도 뛰어나지 않았다. 나는 이때의 항해를 통해서 정신적 진보를 이루었는지 그 흔적은 더 들어볼 수 없지만, 하나의 경험을 얻은 것만은 사실이니 결국 나의 성격이 됐든 개성이 됐든 어딘가에 긍정적인 영향을 주었다고 생각한다. 나는 건강하고 혈기왕성한 젊은이였기에 삶에 대한 기쁨으로 넘쳐 있었으며, 올리버 웬델 홈즈[72]가 말한 병적 신앙이나 결핵적 고결함은 무엇도 가지고 있지 않았다. 대세 속의 한 사람이었다. 나는 언제나 마의 손길 속을 걸어왔다. 도중에 구해준 모든 천사들에게 감사한다. 도움을 얻지 못한 사람들에 대해서는 진심어린 동정심을 품고 있다.

돌아오는 항로—갈 때와는 반대가 되는 순서대로 각 항구에 들러 기름을 실었다—에서는 이렇다 할 일도 없었으나 마지막 순간에 이르러(마데이라를 지났을 무렵이었는데) 배에 불이 났다. 석탄가루에 불이 붙은 것인지는 알 수 없었으나 불이 연료창고에서 시작된 것만은 틀림없는 사실이었고, 연료창고와 배에 실은 기름 사이에는 나무로 댄 벽이 하나 있을 뿐이었기에 매우 위험했다. 첫째 날은 그저 속불 정도로만 가볍게 생각했으며, 이튿날과 사흘째 되는 날에는 쇠창살을 가능한 한 굳게 밀폐한 뒤 호스로 물을 뿌리고 석탄을 기름에서 떼어놓는 정도로만 만족했다. 그러나 나흘째 되는 날 아침에 사태가 악화되었다. 그때의 상황을 일기에서 인용해보기로 하겠다.

<1월 9일. 사무장인 톰 킹이 이른 아침부터 깨웠다. 내 선실의 문 사이로 얼굴을 내민 킹이, 배가 불길에 휩싸여 전원 소집되어 밑에서 일을 하고 있다고 했다. 바로 옷을 입고 갑판으로 나가보았으나 석탄창고의 통풍구에서 뭉게뭉게 연기가 빠져나오고 밑으로 기분 나쁜 불기운이 보일 뿐, 이렇다 할 큰일은 없었다. 나도 내려갈까 하고 물었으나 사람은 충분하니 그보다는 승객들을 불러모으라고 했다. 순서대로 깨우며 돌아다녔는데 모두 의연하고 냉정했다. 어떤 스위스인 승객은 침대에 걸터앉아 두 눈을 비비며 "배에 불이 났습니다."라는 나의 말에, "배에 불이 나는 일은 종종 있습니다."라고 의외로 대답했다. 이날은 하루 종일 불을 끄기에 분주했다. 배의 동체 가운데는 철판이 빨갛게 달아오른 곳도 있었다. 보트와 식량을 준비했다. 최악의 경우에는 노와 돛으로 이동해서 리스본으로 가면 되었다. 오빠가 몰래 들어오면 여동생이 놀라는 것은 당연한 일이다. 그래도 불길은 점점 약해져 저녁이 되자 연기의 기둥이 가늘어졌으며, 그렇게 해서 귀찮은 소동도 가라앉았다.>

　　1월 14일에 리버풀로 돌아왔다. 서아프리카는 이제 기억 속 영화의 한 편에 지나지 않는다. 지금은 모든 것이 크게 개선되었다는 얘기를 들었다. 오랜 친구이자 크리켓 동료이기도 한 프레드 구기스버그 경은 아크라73)의 총독인데 새롭게 변모한 옛 땅을 보러 오지 않겠느냐고 말해주었다. 가능하다면 가고 싶지만 나도 나이를 먹었고, 해야 할 일들이 아주 많다.

제6장 개업 경험

항해는 일단락 지어졌으나 이후부터 새로운 항해에 들어가게 된다. 그리고 묘한 사정 속에서 의사로 개업하게 되었다. 훗날 쓴 책 가운데 『스타크 먼로 편지』라는 것이 있는데 그 속에서 이 무렵부터 2, 3년 동안의 일들을 자세히 묘사했으니 관심 있는 독자께서 그것을 읽으신다면, 여기에 쓴 것보다 자세히 여러 가지 사실들을 알 수 있을 것이다. 단, 여기서 말해두어야 할 것이 있는데 독자가 그 책을 통해서 내가 됐든 내가 걸어온 길이 됐든 그것을 알려고 한다면, 그 속에는 완전히 허구적인 사건도 두엇 있으며, 특히 광기어린 1페이지와 제4장의 솔타이어 경에 관한 이야기는 내가 아니라 사실은 친구에게 일어난 일이라는 점을 염두에 두어야 할 것이다. 그 외의 일들, 컬링워드라는 인물과 나와의 관계, 이 인물의 이상 성격, 우리들의 이별, 즉 버림받은 내가 파멸한 것이라고밖에 여겨지지 않는 일 등은 전부 사실 그대로이다. 지금부터 사실의 개요를 써보기로 하겠다. 사람들의 이름은 전부 소설 그대로 따르겠다.

에든버러에서 공부를 하던 마지막 해에 이 비범한 학생과 알게 되었다. 유명한 의사 집안의 아들로 아버지는 전염병의 권위자였다. 유명한 운동가 집안이기도 해서 그 자신 역시 럭비의 명 포워드였으나, 걸핏하면 플레이가 난폭해지는 경향이 있었기에 경계의 대상이 되곤 했다. 기술은 세계적이었다. 동생도 심사위원들에의해서, 장미꽃 자수가 들어간 영국의 저지를 입을 만한 자격이있는 명 포워드라 여겨지고 있었다.

킬링워드는 육체적으로도 그랬지만 정신적으로도 강했다. 키는5피트 9인치로 어디 한 군데 결점이 없었으며, 불도그 같은 턱, 옴팍진 눈, 불쑥 튀어나온 이마, 철사처럼 억세고 노란빛이 감도는머리카락이 이마에 드리워져 있었다. 고뇌와 무시무시한 경험을위해서 태어난 것 같은 사내로, 특이한 일을 기획했으며 굉장한실행력을 가지고 있었다. 그것을 크고 가늠할 수 없는 두뇌의 지휘에 따라서 실천해 나갔다. 중년의 초기에 세상을 떠났는데, 검시 결과 대뇌의 이상이 밝혀졌고 그에 따라서 기묘하게 느껴졌던폭발적 성격에는 병리학적 요소가 개입되어 있다는 사실이 밝혀졌다는 말을 들었다. 어떤 이유에서인지 나를 좋아해서 내 충고를지나치다 싶을 정도로 중히 여기고 있었던 듯하다.

처음 만난 것은 그가 역시 탈선에 몸을 맡기고 있을 때였는데보통은 일시적으로 모습을 감추거나 유치장에 들어가는 꼴이 되고 말지만, 이때는 그런 일시적인 것이 아니라 훨씬 더 중대한 것이었다. 아름다운 아가씨를 데리고 달아나서 그녀와 결혼했는데, 그녀의 후견인은 대법관이었으며 그녀는 미성년자였다. 어쨌든그 행동은 이미 행해졌기에 세상의 모든 변호사가 다 모인다 할지라도 그것을 원래대로 되돌릴 수는 없었으며, 피고인은 처벌을 받을 수밖에 없었다. 그는 아가씨와 손을 잡고 철도여행 안내서에 의지하여 가본 적도, 들어본 적조차 없는 곳으로 가, 거기서 적당히 신혼여행을 즐길 생각이라고 내게 이야기했다. 그렇게 둘은 한 지방으로 가서 마을의 여관에 묵었다. 컬링워드는 노란 머리를 검게 염색했으나 얼룩덜룩하게 염색이 되었기에 서커스단에서라도 도망쳐나온 것처럼 보였다. 이 이상한 한 쌍을 마을사람들이 어떻게 생각했을지 나는 전혀 알 수 없지만 틀림없이 수군수군 커다란 화제가 되었을 것이다. 컬링워드는 사람들의 눈을 피할 생각으로 그런 방법을 쓴 것일 테지만, 내 의견을 말하자면 그렇게 쉽게 눈에 띄는 방법도 없다. 런던에 있어야만 누구의 눈에도 띄지 않을 수 있을 것이다. 컬링워드의 머리카락은 그로부터 몇 년 동안이나 변장 후의 이상한 흔적을 간직하고 있었다.

그 후 신부를 데리고 무사히 에든버러로 옮긴 뒤 아파트를 빌려 꼭 필요한 물건 외에는 가구 없이 생활했다. 나는 그 방에 가서 의자가 없었기에 책을 쌓아놓고 앉아 그들과 사과가 든 덤플링을 먹은 적이 있었다. 몇 명의 친구들을 소개하기도 하고 외로운 아가씨를 가능한 한 위로하기도 했는데, 얼마 지나지 않아 두 사람은 어딘가로 흘러갔고 한동안은 소식도 들려오지 않았다.

아프리카로 출발하기 직전에 브리스틀에서 상의할 것이 있으니 바로 와달라는 전보를 보내왔다. 나는 당시 버밍엄에 있었는데 바로 가보니 훌륭한 저택으로 안내해서 고민이라는 것을 털어놓았다. 고민이라는 것은 아버지의 환자를 물려받을 생각으로 화려하게 개업한 것까지는 좋았으나 돈이 떨어져버려 상인들로부터 귀찮을 정도로 빚 독촉을 받고 있을 뿐만 아니라 환자가 하나도 없으니 어떻게 했으면 좋겠냐는 것이었다. 둘이서 2주일 동안 즐겁고 떠들썩하게 보냈다. 곤경에 처했다면서 힘이 넘쳐나는 듯 건강하게 보였기 때문이었다. 내가 할 수 있었던 충고라고는 채권자와 타협해야 한다는 것뿐이었다. 나중에 들은 얘기에 의하면 그는 채권자들을 모아놓고 눈물겨운 연설을 대대적으로 행해, 가치 있는 청년이 분투하는 실정을 호소하고 그들을 감동케 해서, 결국은 다음에 돈이 마련되었을 때 지불해도 좋다는 조건에 동의하게 만들었다고 한다. 그 사내라면 충분히 가능한 이야기로, 나중에 그 이야기를 하며 아래층 길가에까지 울릴 정도로 소가 울부짖는 것 같은 웃음소리를 올리곤 했다.

아프리카에 다녀오기 위해 2개월 동안 집을 비웠다가 돌아와보니 또 전보가 와 있었다. 그는 언제나 전보를 보냈으며 편지는 결코 쓰지 않는 사람이었다. 거기에는 이렇게 적혀 있었다. <이곳에서 개업. 대성공. 가능하다면 다음 열차로 올 것. 자네가 와야 할 이유는 여럿 있음. 멋진 시작임.> 전보는 플리머스에서 보낸 것이었다. 뒤이어 두 번째 전보로 뭘 꾸물거리는가, 당장 연 300파운드를 보장한다고 말해왔다. 그 정도라면 괜찮을 것 같다는 생각이 들었기에 나는 가기로 했다.

1882년의 늦은 봄에서부터 초여름에 걸쳐서 일어난 일들을 이야기하는 데는, 냉철하고 진지한 연대기보다 흥겨운 소설이라도 쓰는 기분으로 하는 것이 좋으리라. 플리머스에 가보았더니 상황은 믿을 수 없을 정도였다. 절반은 천재적, 절반은 사기라고 할 수 있겠는데, 이 사내는 단기간에 연수입 수천 파운드에 이르는 개업의가 되어 있었다. <무료 상담. 단, 약값은 유료>라는 것이 이 사내의 슬로건이었지만, 약값을 넉넉하게 청구했기에 결국은 같은 금액이었다. '무료 상담'이라는 한 구절이 사람들을 불러 모았다. 약은 이것저것 가리지 않고 마구 써댔는데 그랬기에 극적인 성과를 거두는 적도 있었으나, 한편으로는 변명의 여지가 없는 위험을 초래하기도 했다. 일례를 들자면 수종증 환자에게 크로톤 기름74) 을 대량으로 처방해서 증상이 없어진 것까지는 좋았으나 여러 가지로 말들이 많았던 적이 있었다. 20마일, 30마일이나 떨어진 곳에서 오는 환자도 있어서 대합실뿐만 아니라 계단과 복도까지 사람들로 넘쳐났다. 그 환자들을 대하는 태도가 또한 특이했다. 호통을 치기도 하고 소리를 지르기도 하고 잔소리를 하기도 하고 농담을 걸기도 하고 마구 몰아붙이기도 했는데 때로는 뒤를 쫓아서 거리까지 나간 적도 있었으며, 층계참에서 수많은 사람들에게 연설을 한 적도 있었다. 북적이는 아침에 함께 있자면 마치 팬터마임이라도 보고 있는 듯 우스워서 나는 웃다가 지쳐버리곤 했다. 그는 닳아빠진 법의학서를 한 권 가지고 있었는데 그것을 성경이라도 되는 양 사용했다. 한 노파에게는 그 위에 손을 얹고 앞으로는 차를 마시지 않겠다고 맹세하게 했다. 그가 여러 가지로 좋은 일을 했다는 것은 의심의 여지도 없는 사실이었다. 행동의 배후에 이성과 지식이 뒷받침되어 있었기 때문이었다. 그러나 그것을 행하는 방법이 정통적인 것에서 한참 벗어나 있었다. 부인이 복도 끝에 있는 작은 창구에서 처방약을 만들었으며, 환자가 들고 오는 처방전 끝자락에 적혀 있는 약값을 받았다. 컬링워드는 매일 밤호에 있는 커다란 집까지 걸어갔다. 그럴 때면 은화를 가득 담은 가방을 들고, 코트 자락을 펄럭이며, 모자를 뒤로 젖혀 쓰고, 옆의 창문을 통해서 내다보고 있는 다른 의사들의 씁쓸한 얼굴을 향해서 히죽 이를 내보이며 천천히 걸어갔다.

컬링워드는 나를 위해서 방 하나를 급히 마련했다. 테이블 하나와 의자 2개가 전부였으나 거기서 그가 손대고 싶어 하지 않는 수술이나 그 외의 진료를 내가 행했다. 그의 요란스러운 방법에 비해서 나의 직업상의 태도는 극히 온건한 것이었다고 생각한다. 그의 흉내를 내고 싶어도 나는 그럴 수가 없었다. 그래도 환자는 끊이지 않아서 이대로라면 무엇인가 이룰 수 있을 것 같다는 생각이 들었다. 한번은 시골로 왕진을 가서, 도자기로 구워진 짧은 파이프를 사용한 탓에 그 담배통에 자극을 받아 코에 암이 생긴 노인을 수술한 적이 있었다. 그 결과 오만한 콧대라고까지는 말할 수 없으나 귀족적으로는 보이게 되었기에 그 사실이 마을에서 좋은 평을 얻어 내 명성의 기초가 된 듯했다.

그러나 뜻밖의 상황이 직업에 영향을 주기 시작했다. 전혀 생각지도 못했던 다른 각도에서 운명이 실을 조종하고 있었던 것이다. 어머니는 내가 컬링워드와 함께 일하는 것을 매우 못마땅하게 여기고 계셨다. 가문의 자부심이라는 문제가 고개를 든 것이었다. 어찌 보면 당연한 일이었다. 지금 생각해보아도 나의 방랑은 도가 조금 지나친 듯했으며, 에티켓이라는 점에서 봐도 조금은 부주의했다. 그러나 나는 컬링워드가 좋았다. 지금 생각해봐도 그런 마음이 든다. 그의 강한 자질에 감탄했고 교제를 즐겼으며, 거기서 일어나는 이상한 사태를 유쾌하게 맛보았다. 나의 이러한 반항과 친구를 편드는 듯한 태도가 어머니의 마음을 상하게 했기에, 나는 어머니로부터 몇 번이고 충고의 편지를 받았는데, 거기에는 어머니 입장에서 본 그의 성격이 꽤나 정확하게 적혀 있었다. 나는 편지 같은 것의 관리에 소홀한 편이었기에 컬링워드 부부가 그것을 읽어버리고 말았다. 여기서 그 사실을 말하는 것은 그들의 비행을 폭로하기 위해서가 아니다. 왜냐하면 나중에는 두 사람 모두 그 사실을 시인했기 때문이다. 어쨌든 나도 그와 같은 생각이었으며 내가 그를 변호하고 있었기에, 표면적으로는 그들도 더욱 분발하고 있는 것처럼 보이려 했다. 그러나 컬링워드는 묘하게 의심하는 면이 있어서 비밀스러운 음모를 꾸미곤 했다. 그의 태도가 변하기 시작했다. 묘하게 무표정한 얼굴에 회색 눈을 반짝이며 가만히 나를 바라보고 있다는 사실을 깨달은 것도 한두 번이 아니었다. 무슨 일이냐고 내가 물은 적도 있었다. 실제로 나의 파멸을 꾸미고 있었던 것이다. 나는 어떻게 되든 잃을 것이 없었기에 파멸한다고 해봐야 경제적으로는 아무런 의미도 없었으나, 명예에 관해서는 나도 어머니도 가만히 있을 수 없었다.

어느 날 그가 나를 찾아와서, 내가 있으면 업무에 혼선이 빚어져 곤란하니 헤어지는 편이 좋겠다고 말했다. 나는 흔쾌히 동의했다. 나는 훼방을 놓으러 온 것이 아니며 결과야 어찌 됐든 그가 해준 일에는 깊이 감사한다고 말했다. 그러자 자네도 개업을 하는 것이 어떻겠느냐고 강하게 권했다. 자금이 없다고 대답하자 그 점은 자신이 도와주겠다, 자립할 수 있을 때까지는 매주 1파운드씩 주겠다, 갚는 건 언제가 됐든 자네 마음이라고 말했다. 나는 깊이 감사했고 태비스톡[75]을 둘러본 뒤, 포츠머스가 가장 좋으리라 여겨졌기에 그곳으로 결정했다. 유일한 이유는 포츠머스라면 사정을 알고 있고 플리머스와 비슷하다고 생각했기 때문이었다. 그렇게 해서 아일랜드 기선에 올라 바닷길을 출발한 것이 1882년 7월이었다. 짐은 모든 소유물을 담은 작은 트렁크 1개뿐, 그렇게 아무도 아는 사람이 없는 거리로 가서 개업을 하려는 것이었다. 내 손에 있는 현금은 10파운드도 되지 않았다. 당장 필요한 돈은 거기에서 써야 했을 뿐만 아니라 집에 가구도 들여놔야만 했다. 한편 매주 1파운드씩 준다고 했으니 나에 관해서는 그것이면 충분했다.

나머지는 앞날을 걱정하지 않는 젊은이 특유의 낙관주의로 미래에 임했다.

포츠머스에 도착해서는 우선 일주일 동안 묵을 하숙을 정했다. 도착한 그날 밤, 언제나 그렇지만 극적인 입장에 뛰어드는 재능을 발휘해, 거리에서 여자를 때리는(정확히는 걷어차고 있던) 난폭한 자와의 싸움에 휘말리고 말았다. 참으로 신기한 인연이라고밖에 말할 수 없는데, 드디어 개업을 한 날 가장 먼저 뛰어들어온 것이 그 남자였다. 그 사람은 몰랐으리라 생각하지만, 신께 걸고 맹세할 수 있는데 틀림없이 그 남자였다. 난투가 벌어졌으나 커다란 손해 없이 거기서 잘 벗어났고 소동이 커져서 이름이 알려지게 되는 일을 피한 것은 무엇보다 다행스러운 점이었다. 위기에 빠진 아름다운 사람을 구하기 위해 맞은 것은 이번이 두 번째였다.

빈집을 찾는 데 일주일이 걸렸다. 1년에 40파운드인 부시 빌라에 주거를 정했는데 그곳은 지금 친절한 집주인에 의해서 '도일 하우스'라 불리고 있다. 관리인이 보증금을 요구하는 것이 아닐까 겁을 먹었지만 보증인으로 C. B.에 서훈된 큰아버지의 이름을 댔더니 그것도 내지 않게 되었다. 집과 열쇠를 손에 넣었기에 포트시의 경매장으로 가서 4파운드 정도 주고 중고—아주 낡은 것일지도 모르겠다— 가구를 상당량 사왔다. 개인적인 용품은 그것이면 충분했으며, 다른 방 하나에 의자 3개, 테이블 1개, 가운데에 깔 카펫을 1장 마련해 환자를 맞을 수 있도록 했다. 2층에는 변변찮지만 침대와 매트리스도 있었다. 플리머스에서 가져온 표찰을 내걸고, 외상으로 빨간 램프[76]도 사왔다. 다시 말해서 대부분 빌린 것이기는 하지만 그럭저럭 준비를 마친 것이었다. 아직 2파운드가 손에 남아 있었다. 물론 고용인은 생각할 수도 없었기에 표찰은 매일 아침 내가 닦았으며 집 앞을 쓸어 보기 싫지 않을 정도로는 청결을 유지했다. 살아보니 하루에 1실링 이하로 생활할 수 있다는 사실을 알게 되었기에 이대로라면 상당 기간 버틸 수 있을 것 같다는 생각이 들었다.

젊은 시절의 아서 코난 도일(1892)

그 시기에 상당한 숫자의 단편을 잡지 『런던 소사이어티』에 기고했다. 지금은 폐간되었으나 당시는 호그 씨의 편집으로 인기를 얻고 있었다. 1882년 4월호에 「본즈」라는 작품을 발표했는데 고맙게도 지금은 잊히고 말았다[77]. 그에 앞서 크리스마스호에는 「걸리 오브 블루맨스딕[78]」이라는 작품을 발표했다. 전부 브렛 하트[79]의 영향을 받은 소소한 작품이었다. 이들과 앞서 이야기한 단편이 이 시절 나의 모든 작품이었다. 나는 호그 씨에게 편지로 당시 나의 상황을 설명하고 크리스마스호 용으로 「나의 벗, 살인자」라는 단편을 함께 보냈다. 그러자 친절한 답장이 있었고 10파운드를 보내왔기에 그것은 제1기분의 집값으로 잘 놔두기로 했다. 그러나 훗날에는 이 사람을 좋지 않게 생각하게 되었다. 이들 단편의 판권은 완전히 자신에게 있다며 내 이름으로 한 권의 책을 출판한 것이었다. 젊은 작가들이여, 조심하지 않으면 자네들의 가장 큰 적은 자네들의 젊은 시절에 존재하리라!

그야 어찌 됐든, 당시의 그 10파운드는 정말 고마운 것이었다.

컬링워드는 내가 정식으로 집을 빌리고 개업했다는 사실을 알자 나를 짓밟기 위해서 벼락을 내렸다. 아주 짧은 편지—어떤 이유에서인지 이번만은 전보가 아니었다—를 보내와서, 내가 자신의 집에 있을 때 어머니와 주고받은 편지를 읽었다는 사실을 인정하고 자신의 도움을 받았으면서 어떻게 그런 편지를 주고받을 수 있느냐, 더 이상 너의 일에는 절대로 관여하지 않겠다고 말했다. 그렇게 화를 낼 이유는 어디에도 없었으나 어쨌든 화가 난 것만은 틀림없는 사실이라고 생각했다. 하여튼 이 남자의 보복수단은 병적 정신이 낳은 책략의 변형된 일례일 것이라는 생각이 든다.

나는 약간 당황스러웠다. 그러나 나의 배는 이미 불태워졌고 나는 앞으로 나아가야만 했다. 나는 컬링워드에게 조롱 섞인 답장을 보낸 뒤 그에 대해서는 평생 잊기로 했다. —실제로 그로부터 한동안 그에 대한 소식은 접할 수 없었으나 5년쯤 지난 어느 날, 그가 이른 나이에 죽었다는 기사를 읽었다. 그도 비범한 사내이기는 했으나 위인이 되기에는 어딘가 좀 부족한 면이 있었다. 살아 있을 때에는 커다란 수입을 올렸으나 그의 아내는 가난에 내던져졌으리라 여겨진다.

제7장 사우스시에서의 출발

청소, 현관 벨에 대한 대응, 실링 단위가 아니라 펜스[80] 단위로 물건을 쟁여놓는 검소한 쇼핑, 간단한 집안일 등에는 그렇게 손이 가지는 않았다. 처음 자신의 집을 갖는다는 것은, 그것이 제아무리 초라한 집이라 할지라도 멋진 일이다. 나는 앞쪽 방을 환자들이 견딜 수 있을 만한 곳으로 만들기 위해 할 수 있는 한 전력을 기울였다. 안쪽 방에는 트렁크와 삼각의자가 있을 뿐이었다. 트렁크 속은 식량저장고였고, 뚜껑을 닫으면 식탁이 됐다. 가스가 들어오고 있었기에 벽에서부터 끌어와 프라이팬을 쓸 수 있게 했다. 그러자 베이컨 등은 간단히 요리할 수 있게 되었으며 1파운드의 덩어리에서 얇은 조각을 잘라내는 일은 거의 전문가가 되었다. 빵에 베이컨에 차, 거기에 가끔 새비로이[81]가 있다면 무엇이 더 필요하겠는가? 하루에 1실링으로 생활하는 것은 참으로 쉬운 일이었다.

약품은 도매상에서 외상으로 들여와 안쪽 방의 벽 쪽에 늘어놓았다. 개업한 그날부터 극빈계급의 뜨내기 환자가 두엇 왔는데 개중에는 호기심에서 온 자도 있었고, 지금까지의 의사가 마음에 들지 않아 온 자도 있었지만, 대부분은 치료비를 내지 못해서 나를 찾아와 내게 약품을 소비케 한 환자들이었다. 나는 약값으로 생활비를 벌어야 했다. 달리 방법이 없으니 그것도 상관없으리라. 그 대신 집세로 남겨놓은 10파운드에는 결코 손을 대지 않았다. 우표 살 돈이 없어서 쓴 편지를 며칠이고 묵혀둔 적도 한두 번이 아니었으나 그래도 10파운드에는 손을 대지 않고 보관해두었다.

바깥은 옆이 교회였고 맞은편 옆이 호텔이었기에 붐비는 편이었다. 따뜻하고 멋진 가을이었기에 하루하루가 즐겁게 지나갔다. 나는 진찰실의 창가에 앉아 칙칙한 커튼을 열어놓고 지나가는 사람들을 바라보기도 하고 책을 읽기도 했다. 내 가난한 살림에도 불구하고 순회도서관의 회원으로 가입했기 때문이었다. 조촐한 식사였으나, 혹은 바로 그렇기 때문이라고 해야 할지, 나는 매우 건강했기에 밤이 되어 더 이상 환자가 오지 않으리라 여겨지면 현관문을 잠그고 몇 마일이고 산책을 해서 남아도는 에너지를 발산했다. 황실과의 관계도 있고 해서 그곳은 영광스러운 지역이었다. 런던 이외의 지역에서 살아야 한다면 지금도 나는 포츠머스 교외의 주택지인 그 사우스시에서 살고 싶다. 과거의 역사는 현재의 그것과 이어져 있다. 새로운 어뢰정이 낡은 빅토리아함의 옆을 지나간다, 서로 같은 흰색 깃발을 나부끼며. 옛 엘리자베스시절의 컬버린 소총이나 매사냥에 쓰던 매는 지금도 같은 구역에서 볼 수 있지만, 그것을 보면 요즘의 대포가 떠오른다. 역사적 감각을 가진 자라면 누구나 커다란 매력을 느낀다. ─이러한 감각은 내가 어머니의 젖과 함께 마셔온 것이다.

나는 문학 방면에 내 앞길이 있으리라고는 꿈에도 생각지 못했으며, 하물며 그것으로 가끔 주머닛돈 이상의 것을 얻을 수 있으리라고는 상상조차 하지 못했으나 사실은 실생활에 있어서 결정적인 것이 되어 가고 있었다. 호그 씨가 보내준 10파운드가 있었기에 그 외의 얼마 되지 않는 수입으로 식료품을 살 수 있었던 것이지, 만약 그것이 없었다면 나는 생계를 유지할 수 없어서 굶어 죽을 수밖에 없었을 것이다. 그 시절을 생각하면 내가 괴혈병에 걸리지 않았다는 사실이 신기해서 견딜 수 없을 때가 종종 있다. 당시 먹은 것이라고는 전부 통조림뿐이었고 채소 요리는 엄두도 내지 못했기 때문이었다. 그래도 당시에는 아무런 불만도 없었으며 생활양식이 이상하다는 인식조차 없었고 미래에 대한 어떠한 불안도 품고 있지 않았다. 그 나이에는 모든 것이 모험으로 보이는 법이며, 집에는 언제나 새로운 즐거움이 있었다.

한번은 마음이 흔들린 적도 있어서 테라이82)의 차밭에서 쿨리를 돌볼 의사를 구한다는 광고에 응모한 적이 있었다. 며칠 동안은 초조하게 답장을 기다렸으며, 불안과 희망 속에서 시간을 보냈다. 또 한 번은 성공의 길이 열리는가 싶었지만, 그것은 내 쪽에서 거절했다. 나의 가톨릭 친척이 주교에게 줄 소개장을 보내주며, 그 마을에는 가톨릭 의사가 없다고 말해주었으나, 나의 마음은 정해져 있었다. 신앙이 완전히 사라져버렸는데 이제 와서 물욕 때문에 그곳으로 돌아간다는 것은 있을 수 없는 일이었다. 그랬기에 그 소개장은 태워버렸다.

몇 주일이 지났지만 집 안에 이야기상대 하나조차 없었던 나는 에든버러에 있는 집의 분위기가 한없이 그리워졌다. 이 집에는 방이 8개나 있으니 그 가운데 한 명 정도는 불러들여도 되지 않을까? 여동생들은 각자 가정교사를 하고 있거나 그 준비 중에 있었지만, 이네스라는 나이 어린 남동생이 있었다. 그를 불러들이면 어머니의 짐도 가벼워지고 내게도 도움이 될 듯했다. 그랬기에 일을 진행해서 그를 불러들였는데 반바지 차림의 이네스는 그때 10살이었다. 그렇게 밝고 유쾌한 동생은 또 없으리라. 2, 3주 만에 안정된 일상을 보내게 되었다. 학교도 좋은 곳이 있었다. 포츠머스의 군인은 이네스가 커다란 기대를 품고 있었던 것 가운데 하나였다. 그리고 그의 장래는 타고난 취향에 의해서 결정되었다. 이네스는 선천적으로 타고난 지도자였기 때문이다. 그런 이네스가 온갖 전쟁에 나가서 공적을 세웠으나 생의 전성기를 맞이한 지 얼마 지나지 않아서 세상을 떠나리라고는 전혀 예상하지 못했다. 물론 완전히 승리를 거두었다는 사실을 알고 난 뒤이기는 했으나. 그 무렵에도 국민들의 사상은 매우 군사적이었다. 지금도 기억하고 있는데 지방신문사의 사무실 앞으로 몰려들어 알렉산드리아 폭격의 결과를 알고 있느냐고 웅성거리곤 했었다.

여기까지 쓰다 옛 서류들을 살펴보니 이네스 소년이 학생 시절에 어머니에게 보낸 편지가 나왔다. 그 시절 호기심 강했던 이네스의 일면이 나타나 있다. 1882년 8월 16일자로, 다음과 같은 내용이다.

<환자들이 몰려들고 있습니다. 이번 주에는 3실링을 벌었습니다. 아기 한 명에게 종두를 실시했으며, 폐병에 걸린 남자가 왔습니다. 오늘 바구니와 의자를 파는 집시가 손수레를 끌고 문 앞까지 와서 언제까지고 벨을 울렸습니다. 너무 오래, 그것도 2번이고 3번이고 울려댔기에 형님이 커다란 목소리로 다른 곳으로 가라고 외쳤지만 그래도 벨을 울리기에 이번에는 제가 나가서 우편물 수령구를 통해서 이젠 됐으니 다른 곳으로 가라고 말했습니다. 그랬더니 이번에는 제게 욕을 하고 형님보고 나오라고 했습니다.

그때 형님은 문을 연 줄 알고 문을 닫으라고 외쳤습니다. 이에 저는 2층으로 가서 형님에게 그 사람이 한 말을 전했습니다. 그러자 형님이 내려가서 문을 열었는데, 그때 집시의 아이가 홍역을 앓고 있다는 사실을 알게 되었습니다. ……그래서 그들로부터 6펜스를 받았고, 언제나 그런 식으로 얼마간의 돈을 법니다.>

동생 이네스

나도 그때의 일을 잘 기억하고 있다. 귀찮은 부랑자에게 시달려 화가 난 가장에서, 진찰료가 됐든 치료비가 됐든 돈을 벌 수 있으리라는 생각에 상대방을 대하는 태도가 급변한 것은 틀림없이 재미있는 일이었으리라. 하지만 가만히 생각해보니 그때 6펜스를 손에 넣은 것은 내가 아니라 집시였던 듯하다.

한동안은 이네스와 나, 둘만의 생활이 이어졌으며 집안일도 둘이서 했고 밤에는 건강을 유지하기 위해 긴 산책에 나섰다. 그러는 사이에 좋은 생각이 떠올라 석간신문에 광고를 내서, 1층을 빌려주는 대신 잡무를 봐줄 사람이 없을지 구해보았다. 그러자 응모한 사람들이 많았는데 그 가운데서 자매라고 하는 두 나이 든 여성을 선택했다. 나중에 자매가 아니라는 사실을 알게 되었지만 두 사람이 온 뒤부터 집 안이 정리되고 정돈되기 시작했다. 그러나 둘 사이에 복잡한 문제가 있어서 사이가 벌어졌고 한 사람은 나가버리고 말았다. 그러자 남은 쪽도 뒤를 따라 나가버리고 말았다.

먼저 나간 여자는 도움이 되리라 생각했기에 찾아보았더니 작은 가게를 시작한 상태였다. 물어보니 집세는 주 단위로 낸다고 했다. 덕분에 이야기는 금방 끝났지만 그녀는 우울한 얼굴로 상품에 대해서 이야기했다. "내가 전부 살게요."라고 나는 대담하게 말했다. 전부해서 17실링 6펜스였는데, 덕분에 성냥이나 검은 구두약과 그 외의 물건들이 오래도록 전부 쓰지 못한 채 나뒹굴었다. 그 이후부터 우리의 식사는 제대로 요리되었고, 그 외의 모든 일들도 규칙적으로 행해졌다.

한 달이 지나고 또 한 달이 지나는 동안 나는 여기저기서 환자들을 끌어모았고 점차 진료가 중심이 되어갔다. 불의의 사고도 있었고, 돌발 사건도 있었고, 이 거리에 새로 들어온 사람도 있었고, 지금까지의 의사와 싸운 사람도 있었다. 나는 가능한 한 민중 속에 녹아들려 했다. 간판만으로는 사람들을 끌어들일 힘이 없으며 그 뒤에서 어떤 의사가 기다리고 있는지 그들은 알고 싶어 하리라 생각했기 때문이었다. 소매상인 중에는 나에 대한 지불을 외상으로 하는 대신, 자신이 받아야 할 외상값을 내게 돌린 자도 있었다. 내가 받아야 할 몫은 어차피 얼마 되지 않았기에 이는 내게 매우 유리했다. 식료품점에 간질에 의한 발작을 일으키는 사람이 있었는데, 우리에게 그는 버터와 차를 의미했다. 슬프게도 발작이 일어났다는 전갈을 받을 때마다 내가 복잡한 심경으로 그것을 들었다는 사실을 그는 알지 못했던 것이다. 그리고 키가 아주 크고 말처럼 기다란 얼굴을 한 노부인이 있었는데 그녀는 태도가 매우 거만했다. 그녀는 작은 집의 창틀을 액자로 삼아 마치 구시대 귀부인의 그림을 걸어놓은 것처럼 새침하게 앉아 있었는데 때로 난폭하게 화를 폭발시켜 지나가는 사람을 향해 창문 너머로 접시를 던지곤 했다. 그런 때의 그녀를 진정시킬 수 있는 사람은 오직 나밖에 없었다. 한번은 내게도 접시를 던지려는 듯한 태도를 보였으나 나는 그녀보다 더 커다란 위엄을 보여 그녀를 진정시켰다.

또 한번은 가난한 여자로부터 딸을 좀 봐달라는 부탁을 받았다. 그녀의 집 거실로 들어가 보았더니 한쪽에 작은 소아용 침대가 있었는데 어머니의 몸짓으로 보아 거기에 환자가 있는 것이라 생각했기에 촛불을 들고 걸어가서 어린아이가 있을 것이라 생각하며 이불을 들추고 들여다보았다. 거기에서 본 것은 증오로 가득한 2개의 갈색 눈이었는데 마음이 잠길 정도의 고통으로 가득했으며, 그 눈에 적의를 가득 담아 나를 바라보고 있었다. 몇 살쯤 된 아이인지 짐작이 되지 않았다. 길고 마른 팔을 비틀듯이 해서 침대 틀에 걸쳐 놓고 있었다. 정신에는 이상이 없는 것 같았으나 상당히 무거운 병인 듯했다. "어떻게 된 겁니까?" 환자에게 들릴 염려가 없는 곳까지 가서 내가 당황스럽다는 듯 물었다. "딸입니다." 어머니가 눈물을 흘리며 대답했다. "열아홉 살입니다. 신께서 얼른 거두어주셨으면 좋으련만!" 모녀에게는 이 무슨 운명이란 말인가? 그런 사실에 직면하게 되다니 이 얼마나 괴로운 일이란 말인가! 존재에 대한 사실을 상식적으로 아무리 설명한들 그것을 간단히 받아들일 수는 없으리라!

의사생활에는 위험과 함정이 가득하며, 남자의 인생행로에는 운이 크게 작용한다. 많은 숫자의 좋은 남자들이 단지 악운 때문에 인생을 망쳐왔다. 한번은 악성 소화불량인 듯한 것에 시달리는 여성이 왕진을 청했다. 그 이상의 무거운 병을 나타내는 징후는 전혀 없었다. 이에 나는 가족들을 안심시키기 위해서 병은 가볍다고 말하고 창연제를 조합하기 위해 걸어서 집으로 돌아왔다. 돌아오는 길에 한두 환자의 집에 들렀다가 집으로 와보니 사람이 와서 여성이 죽었다고 말했다. 이런 일은 모두가 언제든 경험하는 일이다. 나는 조금도 마음에 상처를 입지 않았다. 그런 일을 마음에 둘 정도로 나는 서툴지 않았다. 사실 그 여성은 위궤양이었다. 거기에는 진단법이 없다. 그로 인해서 위벽에 손상이 생겼고 내가 진단한 직후에 동맥이 터져 과다출혈로 목숨을 잃은 것이었다. 어떤 방법으로도 그녀를 구할 수는 없었던 것이다. 이 점에 대해서는 그녀의 가족들도 이해해주었으리라 생각한다.

첫해에는 154파운드를 벌었다. 이듬해에는 250파운드였고, 그후 천천히 늘어나서 800파운드까지 갔으나 8년 동안 그 이상을 넘어선 적은 없었다. 이는 개업의로서의 수입이었다. 첫해에 소득세 신고용지가 왔기에 그럴 의무가 없다는 사실을 보이기 위해 자세히 작성해서 보냈더니 곧 <매우 불만>이라고 흘려쓴 것을 다시 보내왔다. 그랬기에 그 글 아래에 나도 <지극히 동감>이라고 써서 다시 보냈다. 이렇게 한두 번 오간 뒤에 사정관이 나를 불렀다. 나는 원장을 끌어안고 출두했는데 사정관은 나로부터도, 원장으로부터도 무엇 하나 끌어내지 못했다. 우리는 웃으며 서로에게 경의를 표한 뒤 헤어졌다.

1885년에 동생은 요크셔 주에 있는 퍼블릭 스쿨에 들어가기 위해서 집을 떠났다. 그로부터 얼마 지나지 않아서 나는 결혼했다. 글로스터셔 출신의 호킨스 부인이라는 미망인이 1남 1녀의 자녀를 데리고 사우스시에 와 있었다. 그녀의 딸은 매우 얌전하고 마음씨 고운 아가씨였다. 장남의 병―급성으로 심한 대뇌의 뇌막염―으로 알게 된 집안이었다. 하숙집에서 생활하는, 매우 난처한 입장에 놓여 있었기에 내가 먼저 말을 꺼내서 우리 집의 방 하나를 아들에게 제공했다. 병이 위험한 상태에 이르기 직전이었기에 내가 직접 보살피기로 했다. 죽음을 면할 수 없을 것처럼 보였는데, 역시 며칠 뒤에 세상을 떠나고 말았다. 우리 집에서의 그러한 죽음이 나의 마음을 아주 아프게 하고 나를 번거로운 일에 휩싸이게 했다는 것은 당연한 일이리라. 그 죽음 전날에 만약 내가 알고 지내던 의사를 불러 입회 진찰을 하게 한, 선견지명을 발휘하지 않았다면 내 입장이 난처해졌을 것이다. 관은 우리 집에서 나갔다. 가족들은 뜻하지 않게 내게 폐를 끼친 것을 매우 슬퍼했다. 그렇게 해서 우리는 더욱 친밀해졌고 서로를 동정하게 되었다. 그 결과 딸이 나와 운명을 함께 하기로 했다. 1885년 8월 6일에 결혼했는데 그처럼 얌전하고 마음씨 고운 동반자도 없었다. 우리의 결합은 몇 년 뒤에 찾아온 슬픈 병 때문에 상처를 입었지만 그녀가 건강했을 때 우리는 한 번도 마음이 틀어진 적이 없었고, 그것은 전부 그녀의 온화한 사상에 의한 공적으로, 그녀는 자신의 병약해진 몸조차 미소로 견뎠을 뿐만 아니라, 그녀의 병은 오랜 시간에 걸쳐서 변화를 보이는 것이었는데 거기에도 잘 견뎌주었다. 그녀는 무일푼의 의사와 결혼했으나 충분히 오래 살며 즐거움과 세상적 성공이 가져다준 물질적 위안을 마음껏 맛보았다. 얼마 되지는 않지만 그녀는 자신의 소득을 가지고 있었기에 나는 처음부터, 사치스럽다고까지는 할 수 없으나 어느 정도는 체면을 유지할 수 있었다.

여러 가지 의미에서 결혼은 내게 분기점이 되었다. 독신자, 특히 나처럼 방랑을 해온 사람은 방종한 생활습관에 빠지기 쉽다. 나라고 예외는 아니었다. 어떤 시기의 일들은 정신적 만족감을 가지고 되돌아볼 수가 없다. 어두운 골짜기에 있었기 때문이다. 나는 뚫을 수 없을 것이라 여겨지는 벽에 끊임없이 머리를 부딪치기를 그만두었으며, 인생의 가장 중요한 문제에 무지한 채로 지내는 것도 그만두었다. 어느 항구를 향해 가고 있는지도 모르는 채로 항해에 나선다는 것은 쓸쓸한 일이기 때문이다. 낡은 지도는 도움이 되지 않는다며 옆으로 치워놓고, 그렇다고 해서 새로운 항로로 방향키를 향하게 할 지도도 손에 넣을 전망조차 없는 채로 헉슬리, 밀, 스펜서와 그 외의 사람들이 앞쪽에 보인다는 이유로 그들을 길잡이 삼아 안개 속으로 나아갔다. 나의 마음가짐은 『스타크 먼로 편지』 속에 정확히 표현되어 있다. 불확실하고 예측할 수 없기는 하지만 새벽의 희미한 빛이 곧 찾아오게 되는데, 그 빛은 널리 퍼지고 더욱 밝아질 운명에 있었다.

이때까지 내 인생의 주된 관심사는 의술에 있었다. 하지만 규칙적인 생활과 책임감에 지적 능력의 자연스러운 발달이 더해지면서 문학적인 면이 천천히 힘을 더해 결국에는 다른 것들을 밀쳐내게 되었다. 이렇게 해서 새로운 방면이 펼쳐지기 시작했다. 일부는 의술, 일부는 문학, 그리고 일부는 철학인데, 그에 대해서는 장을 새로이 해서 이야기하기로 하겠다.

제8장 첫 번째 문학적 성공

결혼에 이르기까지 나는 종종 단편소설을 썼고 싼 가격이기는 하지만 그것은 잘 팔렸다. 1편에 평균 4파운드 정도였는데 다시 세상에 내놓을 만한 것은 아니다. 모두 『런던 소사이어티』, 『올 더 이어 라운드』, 『템플 바』, 『보이즈 오운 페이퍼』 및 그 외의 잡지에 분산되어 실렸다. 이들은 그대로 내버려두고 싶다. 모두가 언제나 어깨에 짊어지고 있던 경제적 부담을 그때그때마다 가볍게 해주었다. 이 방면에서는 1년에 10파운드나 15파운드밖에 얻지 못했기에 그것만으로 생계를 꾸려나가겠다고는 결코 생각지 못했다. 그러나 외면하지는 않았고 그것도 괜찮은 수입이었다. 지금도 노트를 가지고 있는데 거기에는 당시 얻은 온갖 지식이 적혀 있다. 아무것도 쌓지 않았는데 짐을 내리기 시작하는 것은 잘못된 일이다. 나의 느긋한 방법과 천성적인 한계가 나로 하여금 그러한 위험을 범하지 않게 했다.

그런데 결혼 후에 머리 회전이 빨라져 상상력과 표현력이 모두 크게 개선되었다. 『북극성 호의 선장』에 실린 단편의 대부분은 결국 1885년부터 1890년 사이에 쓴 것이다. 그 작품들 중에는 내가 해온 작업 가운데서도 상당한 완성도를 가진 것도 있다고 생각한다. 내가 처음으로 커다란 기쁨을 느끼고 그래도 이제는 삼류 작가가 아니라 괜찮은 작가가 되었다고 생각한 것은 제임스 페인83)이 잡지 『콘힐』에 「J. 하버쿡 제프슨의 증언」을 채용해주었을 때였다. 나는 새커리에서부터 스티븐슨84)에 이르는 전통을 가진 이 잡지를 숭경하고 있었기에 내가 그 잡지에 실렸다는 사실이, 후에 받은 30파운드짜리 수표보다 더 고맙게 여겨졌다. 발표는 물론 무명으로 행해졌다. ―그것이 이 잡지의 규율이었다.― 이는 이름이 알려지는 것을 방해하기도 했으나, 한편으로는 작가의 혹사를 막아주기도 했다. 한 신문이 평론의 서두에서 <『콘힐』이 이번 호에, 새커리가 무덤에서 벌떡 일어날 만한 단편을 실었다.>라는 말을 사용했다. 나를 알고 있던 한 노신사가 이 유쾌한 글이 실려 있는 신문을 흔들며 우리 집으로 달려왔다. 다른 조금 점잖은 신문에서는 <『콘힐』이 아라비안 나이트의 작가를 떠오르게 할 만큼 강력한 단편으로 신년호를 장식했다.>고 썼다. 대단한 칭찬이었는데, 그 정도는 아니라 할지라도 우리 집 주소로 직접 배달되어 오는 것들이 더 기뻤다.

얼마 후 단편 「존 헉스포드의 탈루」와 「신(神) 토트의 반지」 2작품이 『콘힐』에 실렸다. 그리고 다시 「생리학자의 아내」라는 단편이 스코틀랜드의 단단한 장벽인 『블랙우드』를 뚫었는데, 이는 헨리 제임스85)의 영향을 받았을 때 쓴 작품이다. 그러나 이 무렵에는 아직 작은 일들뿐이었다. 얼마나 작았는가 하면, 한번은 한 신문사에서 목판화를 1장 보내와서는, 이 그림에 부합하는 단편을 하나 써주면 4기니86)를 주겠다고 했다. 나는 이 요청조차 거절할 만큼의 자부심을 가지고 있지 않았다. 꽤 조잡한 그림이었는데 소설도 그에 뒤지지 않을 만큼 조잡한 것이었다고 생각한다. 그 이후 뉴질랜드에 관한 이야기를 하나 쓴 것으로 기억하고 있다. 알지도 못하는 곳의 이야기를 무슨 생각으로 쓴 것인지 지금도 떠오르지 않는다. 한 뉴질랜드의 비평가가, 내가 넬슨 타운에서 서쪽인지 동쪽인지로 90마일 떨어진 곳에 농장이 있다고 쓴 점을 지적하고, 그렇다면 그 농장은 뭍에서 20마일 떨어진 태평양 바닥에 있는 셈이라고 정확한 위치를 말했다. 이런 작은 일은 또 일어나리라. 때로는 정확성이 필요한 경우도 있지만, 구상이 중요해서 장소 따위는 문제가 되지 않는 경우도 있다.

결혼 후 1년쯤 지났을 때의 일인데, 단편소설이라면 언제까지고 계속해서 쓸 수 있을 테지만 그래서는 조금의 진보도 없으리라는 사실을 깨달았다. 필요한 것은 책등에 자신의 이름을 싣는 것이었다. 그래야 비로소 자신의 개성을 주장할 수 있으며 업계의 평판도 알 수 있는 법이다. 나는 1884년부터 한동안 『거들스톤 상회』라는 제목의 선정적인 모험소설을 써왔는데, 연속물로는 이것이 처음이었다. 몇몇 구절을 제외하면 이는 가치 없는 것인데, 위대하고 독창적인 천재가 아닌 한 첫 번째 책은 누구나 그런 것처럼 이 책은 다른 작가에 대한 노골적인 추종이었다. 쓸 때라고 몰랐던 것은 아니나, 쓰고 난 뒤에는 더욱 확실히 알 수 있었다. 완성되었기에 출판사에 보냈더니 매정하게 되돌려 보냈다. 그 사실에 달리 할 말은 없으나, 어쨌든 몇 번이고 런던으로 보내기도 하고 서랍 속에 보관하기도 해서 너덜너덜해진 원고 더미도 마침내 한 출판사와 계약이 이루어져 출판을 할 수 있게 되었다.

이에 나는 뭔가 새롭고 신나면서도 보람이 있는 일을 할 수 있을 것 같다는 생각이 들었다. 구상이 정교하게 얽혀 있다는 점에서 가보리오[87]는 얼마간 나의 마음을 사로잡았다. 포의 뛰어난 탐정 뒤팽은 어린 시절부터 나의 영웅 가운데 한 명이었다. 하지만 내가 그런 인물을 만들어낼 수 있을까? 나는 옛 스승이었던 조셉 벨 박사를 떠올렸다. 그 독수리와 같은 얼굴, 그 신비한 방법, 사소한 것까지 알아내는 그 소름 돋는 능력을 떠올려보았다. 만약 그 사람이 탐정이었다면 매혹적이지만 조직적이지는 않은 그 일을 정밀과학의 영역으로까지 끌어올릴 수 있을 것 같다는 생각이 들었다. 그 결과를 얻을 수는 없을까, 한번 해보기로 했다. 실생활에서도 가능한 일을 소설 속에서 납득시키지 못할 이유가 어디에도 없지 않겠는가. 인간이 영리하다는 것은 아주 온당한 말이다. 그러나 독자는 그 실례를 보고 싶어 하는 법이다. 벨 박사가 병동에서 매일 보여주었던 것과 같은 실례를 말이다. 이 생각은 나를 기쁘게 했다. 그 남자의 이름은 무엇으로 할까? 나는 지금도 노트에 적은 것을 한 장 가지고 있는데 거기에는 이런저런 여러 가지 이름들이 적혀 있다. 이름이라는 것은 어느 정도 그 인물의 성격을 암시한다는 기본적인 성질이 있기 때문에 조화가 어렵다. 처음에는 샤프스 씨나 아니면 페러츠 씨로 할까도 생각했으나 셰링퍼드 홈즈로 결정했다가 마지막에 셜록 홈즈로 바꾸었다. 그 자신에게 공적을 이야기하게 할 수는 없었기에 그를 돋보이게 해줄 역할로 매우 평범한 동료가 필요했다. 교양도 있고 활동적으로 모험에도 참가해서 그것을 이야기하는 것이다. 이 순박한 인물을 위해서는 수수하고 단조로운 이름이 좋으리라. 왓슨이 그랬다. 이렇게 해서 인물들이 다 모였기에 『진홍빛에 관한 연구』를 썼다.

　나는 좋은 작품이라고 생각했기에 커다란 희망을 품었다. 『거들스톤 상회』가 전령비둘기와도 같은 정확함으로 되돌아오기 시작했을 당시, 슬프기는 했으나 놀라지는 않았었다. 그 결정에 동의했기 때문이었다. 그러나 이 조그만 홈즈 이야기가 마찬 가지 경로로 순회 여행을 시작했을 때에는 마음이 상했다. 이번 작품은 보다 나은 운명에 값하는 것이라 믿고 있었기 때문이었다. 제임스 페인은 칭찬을 해주기는 했으나 단편치고는 너무 길고 장편치고는 너무 짧다고 했는데, 정말 그대로였

『진홍빛에 관한 연구』 표지

다. 애로스미스 사는 1886년 5월에 받아서는 7월에 읽지도 않고 돌려보냈다. 그 외에 두어 곳에서 냄새만 맡고 돌려보냈다. 마지막으로 워드 로크 사가 저가의, 당시로서는 선정적인 책들을 출판하고 있었기에 거기로 보내봤다. 그랬더니 답장이 있었다.

　＜안녕하십니까.

　보내주신 원고를 읽고 마음에 들었습니다. 그러나 지금은 시장에 저가의 책들이 범람하고 있어서 올해 안으로는 출판이 불가능하니 내년까지 보류하는 것에 이견이 없으시다면 판권을 25파운드에 사고 싶습니다.

1886년 10월 30일＞

　그다지 만족스러운 조건이 아니었기에 생활에 어려움을 겪고 있기는 했으나 승낙을 망설였다. 금액이야 어찌 됐든 늦게 출판된다는 점이 마음에 걸렸다. 이 책이 나의 새로운 출발점이 될 것이

라 생각하고 있었기 때문이었다. 그러나 한껏 실패를 맛보고 난 뒤였기에 몹시 상심한 상태였다. 설령 늦어진다 할지라도 확실하게 출판된다면 거기에 따르는 것이 현명하지 않을까 생각했다. 그래서 승낙한다는 답장을 보냈더니 1887년에 『비튼의 크리스마스 연감』에 게재되었다. 워드 로크 사는 멋진 물건을 사들인 셈이었다. 그 책은 크리스마스호로 출판되었을 뿐만 아니라 그 후에도 판을 거듭했으며, 나중에는 영화화를 위한 고액의 저작권료까지 손에 넣었기 때문이다. 나는 이 출판사로부터는 단 한 푼도 돈을 더 받은 적이 없었다. 그러니 그 책 덕분에 내 앞길을 개척할 기회를 얻었다고는 하지만, 그 출판사에는 조금도 감사할 필요가 없다고 생각한다.

이 책이 나오기까지 상당히 긴 시간이 있었는데 새로운 사상이 몸 안에서 솟아오르는 것을 느꼈기에 그 사이에 내 힘을 있는 힘껏 시험해보기로 결심하고, 그것을 위해서는 역사소설을 선택했다. 문학적 위풍을 더하고, 젊은 내게는 자연스러운 것인 정열을 가미하기에는 활동과 모험의 장면을 이용하는 것이 가장 좋은 방법이라고 생각했기 때문이었다. 나는 청교도에게는 언제나 강한 공감을 가지고 있었다. 요컨대 그들은 약간 특이한 점이 있다 할지라도 종교에 있어서는 정치적 자유와 열의를 품고 있었다. 문학이나 미술에서는 언제나 희화화 되어왔다. 스콧조차 있는 그대로 묘사하지 않았다. 매콜리는 언제나 내게 영감을 주는 주된 사람 중 하나였는데 이 사람만이 그들을 알기 쉽게 그렸다. 나는 역사에 대해서는 잘 알고 있었으나 세세한 부분을 조사하는 데 몇 개월을 들인 뒤 『마이카 클라크』를 썼다. 쓰는 것은 매우 빨랐다. 완성된 것은 1888년이었고, 언제나처럼 커다란 희망을 품은 채 발송이 시작되었다.

그러나, 아아! 그 사이에 홈즈의 책도 나와서 호의를 가진 비평도 얼마간은 있었지만, 현관은 여전히 굳게 닫힌 채였다. 제임스 페인이 가장 먼저 모습을 드러낸 사내로 <역사소설 같은 데 시간을 허비하다니, 아까운 재능이 눈물을 흘릴 겁니다!>라는 내용이 담긴 비난의 편지를 보내왔다. 1년에 걸쳐서 완성한 작품이었기에 실망했다. 다음으로 벤틀리[88]의 판결문이 왔다. <우리의 의견에 의하면 소설의 가장 커다란 요소, 즉 재미가 결여되어 있습니다. 따라서 이 원고는 도서관에서 인기를 얻지 못할 듯하며, 대중에게 인기를 얻으리라고도 여겨지지 않습니다.> 또 블랙우드[89]는 <성공을 저해할 만한 결점이 있습니다. 성공을 예감하지 못하는 작품에는 출판 의욕도 생기지 않습니다.>라고 보내왔다. 그 외에도 실망을 안겨주는 것이 두엇 더 있었다. 결국은 너덜너덜해진 『거들스톤 상회』의 원고와 함께 창고에 넣을 수밖에 없는 건가 하는 생각이 들었으나 마지막 희망을 걸고 롱맨즈에 보냈더니 그곳의 앤드류 랭[90]이 마음에 든 듯, 추천을 해주었다. 따라서 나의 참된 출발의 은인은, 스티븐슨도 말한 것처럼 '얼룩머리털의 앤드류'인 셈이다. 그 은혜는 평생 잊을 수 없다. 책은 1889년 2월에 발매되었다. 떠들썩할 정도의 인기를 얻지는 못했지만 평판은 꽤 좋았다. 그 가운데 하나로 『19세기』에 실린 프로테로[91] 씨의 글이 있다. 그때부터 지금까지 절판된 적 없이 팔리고 있다. 문학으로 이름을 알리기 위한 첫 번째 초석이었다.

이 무렵의 영국 문학은 미국에서 상당히 유행했다. 이유는 오직 하나, 미국에는 저작권이라는 것이 설정되어 있지 않았기에 공짜로 얼마든지 팔 수 있었기 때문이었다. 영국의 작가에게는 매우 힘든 일이었지만 미국의 작가에게는 더욱 힘든 일이었다. 그것은 커다란 경쟁을 의미하기 때문이었다. 모든 국가적 죄악처럼 벌은 아무런 죄도 없는 미국의 작가뿐만 아니라 출판사 자신에게도 내려졌다. 각자의 소유여야 할 것이 곧 누구의 소유물도 아니게 되면, 적당한 가격으로 팔리던 것이 순식간에 싸구려로 팔리게 되기 때문이다. 나는 내 책이 미국에서 상인들이 쓰는 포장지에 인쇄되어 있는 것을 본 적이 있다. 그래도 내가 보기에는 한 가지 좋은 점이라 여겨지는 것이 있었다. 만약 영국의 작가가 어떤 저작을 가지고 있다면 미국에서도 곧 승인을 얻은 셈이 되는데, 덕분에 훗날 저작권법이 통과한 뒤에도 그들은 독자들을 그대로 붙들어 둘 수 있었다. 나의 홈즈 시리즈도 미국에서 어느 정도 성공을 거두었다. 그러자 리핀코트[92]의 런던 대리인이 출판 문제로 나와 이야기하기를 원했고, 나도 그 사실을 알게 되었다. 말할 것도 없이 나는 병원을 하루 쉬고 그를 만나러 갔다.

그 전에 한 번 문학 사회의 일면을 경험한 적이 있었다. 그건 잡지 『콘힐』이 그림을 가득 실어 장식한 잡지로 바뀌었을 때였는데—그 실험은 조기에 폐기되어 실패로 끝났지만— 그 변화를 그리니치의 '십'에서의 만찬회로 축하했다. 나는 조금밖에 기고하지 않았지만 거기에 초대를 받았다. 여러 작가와 화가가 참석했다. 잊을 수도 없는데 그때 나는 숭경하는 마음을 품은 채 비원의 장관인 제임스 페인에게 다가갔다. 나는 일찍 참석한 사람 가운데 한 명이었다. 출판사 사장이 나를 맞아주었으며 그가 페인에게 소개를 해주었다. 나는 그 사람의 작품을 좋아했기에 어떤 소중한 말이 그 입에서 나올까 외경심을 가지고 기다렸다. 마침 창이 조금 열려 있었다. 그러자 그가 "젠장, 누가 문을 열어놓은 거야."라는 식의 말을 했다. 그러나 덧붙여 두겠는데, 그 후의 경험에 의하면 세상에 그보다 더 세심하고 유쾌한 친구는 없었다. 이날 밤 나는 앤스티[93]의 옆자리에 앉았다. 『바이스 버사』를 출판해, 당연히 크게 인기를 끌고 있던 당시였다. 그리고 여러 유명인을 소개받았다. 돌아오는 길은 구름 위를 걷는 듯한 기분이었다.

이번에는 문학적으로 볼일이 있어서 두 번째로 런던을 찾았을 때의 이야기다. 미국인인 스토더트는 훌륭한 사내였는데 그 외에도 2명이 더 동석했다. 한 명은 질이라는 유쾌한 국회의원이었고, 다른 한 명은 오스카 와일드[94]였는데 그는 유미주의자의 챔피언으로 이미 이름이 알려져 있었다. 내게 있어서는 금빛으로 물든 밤이었다. 놀랍게도 와일드는 나의 『마이카 클라크』를 읽었고 작품에 대해 매우 열띤 목소리로 이야기했기에 나는 처음 만난 사람 앞에 있는 듯한 느낌이 들지 않았다. 그는 우리 가운데 가장 유명했으나 그래도 우리가 하는 말에 재미있어 해주는 기술을 가지고 있었다. 감성과 재기에 섬세한 면이 있었지만 일인극을 하는 사람이 진심으로 신사일 리는 없다. 그는 이야기를 잘 들어주는 것만큼 말도 잘했는데, 거기에는 독특함이 있었다. 그의 말에는 묘한 정확성이 있었으며, 섬세한 유머를 가지고 있었고, 이야기를 이해시키기 위해 작지만 독특한 몸짓을 더했다. 그것을 재현하기란 불가능하지만 전쟁이 앞으로 어떻게 될지에 대해서 이야기할 때의 일을 기억하고 있다. "양쪽에서 화학자가 병을 들고 접근해 간다." —여기서 한쪽 손을 들고 진지하기 짝이 없는 얼굴에 섬뜩한 기운을 내보였다.

그날 밤에는 결과적으로 와일드와 나 모두 잡지 『리핀코트』에 소설을 쓰기로 약속했다. 그렇게 해서 쓰게 된 것이 와일드의 『도리언 그레이의 초상』인데 그 작품은 높은 윤리적 수준에 있는 것이었다. 내가 쓴 것은 두 번째 홈즈 시리즈인 『네 개의 서명』이었다. 여기서 한마디 덧붙여 두겠는데 와일드의 이야기에서 사상적으로 조잡한 부분은 전혀 보이지 않았으며, 훗날 그런 사람이 되리라고는 꿈에도 생각지 못했다. 훨씬 뒤의 이야기지만 와일드와는 한 번 더 만난 적이 있었는데 그때는 정신이 이상해졌다는 인상을 받았다. 그때 그는 당시 상연 중이던 자신의 연극을 보았느냐고 물어보았다. 아직 보지 못했다고 대답했더니 "꼭 봐야 돼. 훌륭한 작품이야. 천재야!"라고 말했다. 한없이 진지한 얼굴이었다. 예전의 신사답고 차분한 모습은 어디에서도 찾아볼 수 없었다. 그 당시에도 생각했고 지금도 그 점에는 변함이 없지만, 그를 망친 것은 병리학적인 것이니 경찰서로 데려가기보다는 병원으로 데려갔어야 했다.

그의 작은 책이 출판되었을 때 나는 편지를 보내 내 생각을 이야기했다. 그에 대한 답장은 와일드의 참모습을 보여주는 훌륭한 것으로 여기에 실을 만한 가치가 있다. 단, 앞부분은 내 작품에 대한 과분한 칭찬이기에 생략하기로 하겠다.

<저와 생명 사이에는 언제나 언어라는 것이 가로놓여 있습니다. 저는 한 구절을 위해서 개연성을 창밖으로 내던집니다. 그러면 경구의 운이 과오를 진실로 바꾸어줍니다. 그래도 저는 예술 작업을 해나가야겠다고 생각하고 있으며, 당신이 저의 작업을 신비함에 둘러싸여 있고 예술적으로 뛰어난 것이라고 생각해주신 것을 기쁘게 여기고 있습니다. 제 생각에 신문은 세상의 속물들을 위해서 호색한이 글을 쓴 것이라고밖에 여겨지지 않습니다. 『도리언 그레이』를 어째서 부도덕하다고 말하는 것인지 저로서는 이

해할 수 없습니다. 저는 특정한 도덕을 예술적, 극적 효과에 종속시키기에 애를 먹었습니다. 그러나 그 도덕은 지금도 여전히 너무나도 뚜렷한 듯합니다.>

비평가들이 『마이카 클라크』를 따뜻하게 맞이해준 것에 힘을 얻어 나는 보다 대담하고 야심에 찬 비약을 시험해보기로 결심했다. 내게는 에드워드 3세[95] 시대가 영국 역사상 최고의 시절이었다고 여겨졌다. 프랑스 및 스코틀랜드의 왕이 둘 모두 런던에 잡혀 있던 시대였다. 이는 주로 유럽에는 이름이 알려져 있으나 영국의 문학에서는 한 번도 이름이 등장한 적이 없는 사람들의 힘에 의한 것이었다. 스콧이 독특한 방법으로 영국의 궁수를 다루기는 했으나, 그것은 한 명의 병사로서가 아니라 일개 무법자로 묘사한 것이었다. 그리고 중세에 대해서는 내 나름대로의 견해를 가지고 있었기에 그것을 꼭 써보고 싶었다. 프루아사르[96]와 초서[97]에 대해서는 잘 알고 있었으며, 구시대의 유명한 기사들은 결코 스콧이 말한 것처럼 육체적 영웅이 아니라 때로는 전혀 다른 유형이었다는 사실을 깨닫고 있었다. 그래서 1889년에는 『백색 군단』을 썼고 14년이 지나서는 『나이젤 경』을 썼다. 2작품 가운데서는 후자가 더 완성도가 높지만 2작품을 함께 읽어야만 비로소 나의 목적이 완전히 달성되는 것이라고 말하기를 망설이지 않겠으며, 당시의 상황을 정확하고 생생하게 묘사했고 하나의 작품으로서는 이전에 예를 찾아볼 수 없을 정도로 완전히 만족스러운 완성도라고 확신하고 있다. 모든 것이 생각한 대로 되어가고 있었으니 나의 보다 고급스러운 작업을 자칫 훼손하기 쉬운 홈즈 시리즈를 쓰지 않았다면 문학에서의 나의 입장은 훨씬 더 지배적인 것이 되었으리라. 작업에는 여러 가지로 연구가 필요했다. 지금도 노트를 가지고 있는데 그와 같은 기초적인 사상이 가득 적혀 있다. 나는 간결한 문체를 생각했으며 장황한 말은 가능한 한 쓰지 않으려 했다. 역사소설을 위해서 나는 수많은 사전조사를 행했지만 쉬운 문장이라는 표면적인 이유가 독자들로 하여금 그런 노력을 깨닫지 못하게 하는 듯했다. 그러나 올바른 것은 결국 보답을 받게 되는 법이라고 늘 생각해왔기에 귀찮은 조사를 조금도 힘들다고는 생각지 않았으며, 그 때문에 내 작업의 진가가 훼손되는 일은 결코 없으리라 확신하고 있다.

『백색 군단』의 마지막 한 줄을 쓰고 난 뒤 나는 너무나도 기뻐서 "다 썼다!"고 외치며 잉크가 묻어 있는 채로 펜을 벽에 집어던졌다. 황록색 벽지에 새카만 얼룩이 생겼다. 마음속에 떠오른 것은, 이 책은 오래 살아남을 것이다, 그리고 우리나라의 전설을 채색할 것이다, 라는 생각이었다. 오늘까지 벌써 50판을 거듭 찍었으니 조심스럽기는 하지만 나의 예견은 적중했다고 말하고 싶다. 이 책이 사우스시에서 의사 생활을 하며 쓴 마지막 작품이 되었을 뿐만 아니라, 내 생애에 한 획을 그은 것이 되었으니 새로운 생활에 대해서 언급하기에 앞서 부시 빌라에서 보낸 몇 년 동안의 다른 면을 되돌아보는 것도 괜찮을 듯하다. 덧붙여 말하자면 제임스 페인은 역사소설에는 부정적이었지만 『백색 군단』은 『콘힐』에 채택되었고, 유명한 잡지에 연재되었다는 사실이 나를 크게 만족시켰다.

이 무렵 의학적인 경험에서 새로운 면이 열리기 시작했다. 왜냐하면 갑자기 영국 육군의 일원이 되었기 때문이다. 동방에서의 작전이 군의의 고갈을 가져왔기에 일반 지방의사를 일시적으로 병적에 넣어 하루에 몇 시간씩 근무를 시키게 되었다. 조건은 하루에 1기니로 소요 인원은 몇 명뿐이었으나 많은 사람들이 권유를 받았다. 선발위원회에 불려 가보니 야만스러운 얼굴을 한 늙은 군의가 위원장인지 "다음은 자네인가? ─무엇을 할 생각인가?"라고 큰소리로 물었다. "무슨 일이든."이라고 대답했는데 다른 사람들은 흥정을 하기도 하고 조건을 붙이기도 한 듯, 나의 진심어린 대답이 마음에 들었는지 내가 그 일을 하게 되었다.

덕분에 야만스러운 얼굴을 한 늙은 군의와 친해졌다. 그 사람은 빅토리아 훈장을 받은 앤서니 홈 경이었다. 인도의 폭동에서 훈공을 세운 사람이었다. 최고 책임자였는데 말투도 그렇고 외모도 사나웠기에 모두가 두려워했다. 어느 날 나는 한 사내의 이를 뽑으라고 간호병에게 명령했다. 이를 뽑는 일이라면 그 사내가 나보다 더 뛰어나다는 사실을 알고 있었기 때문이었는데, 그런 다음 집으로 돌아왔더니 흥분한 병사가 뒤따라와서는 존스 병장이 군법회의에 회부되어 수술을 했다는 이유로 계급이 강등될 위기에 처했다는 것이었다. 급히 서둘러 되돌아가 그 방으로 들어가 보니 앤서니 경이 불운한 사내를 노려보고 있었으며 그 주위에는 자신의 순서를 기다리는 병사들이 늘어서 있었다. 병장이 한 일은 나의 긴급명령에 의한 것이었다고 설명하자 앤서니 경은 무시무시한 눈을 내게로 향하고 음 하고 한마디 했을 뿐 가지고 있던 책을 두드려 회의를 마무리 지었다. 그는 가장 불유쾌한 노인처럼 보였으나, 그래도 그로부터 얼마 뒤 내가 결혼을 했을 때는 행운을 빈다는 매우 다정한 편지를 보내주었다. 그때까지는 굵은 눈썹의 찌푸린 얼굴만 보아왔기에 그 편지에는 정말 놀라지 않을 수 없었다. 마침내 사태가 완화되었기에 우리 임시 의사들은 해산되었다.

제9장 닻을 올리다

　문학적 성공은 안정적인 속도로 확고해져 갔으며, 의사로서의 일은 생활을 지탱하기에 충분할 정도여서 매우 바빴고, 스포츠에 관해서는 나중에 이야기하기로 하겠다. 그런데 그때 갑자기 새로운 사정이 생겨서 이전까지의 궤도에서 벗어나게 되었고 나는 생활과 계획 모두를 완전히 바꾸게 되었다. 그 동안 여자아이가 하나—메리라고 이름 붙였다— 태어나 가정은 즐거웠으며 일상의 단순한 일들이 견딜 수 없이 좋았고 일신상의 공명심 같은 건 가지고 있지 않았기에 그 새로운 사건이 일어나지 않았다면 나는 평생을 사우스시에서 보냈을지도 모른다. 그 작은 사건이란 1890년에 코흐[98]가 결핵에 대한 확실하고도 근본적인 치료법을 발견했으니 몇 월 며칠에 베를린에서 그것을 실증해보이겠다고 발표한 일이었다.

　베를린에 그것을 보러 가고 싶다는 강한 충동이 갑자기 일었다. 저항하기 힘든 충동이라는 것 외에 분명한 이유는 아무것도 없었으나 나는 바로 가기로 결심했다. 내가 유명한 의사라거나 결핵 전문의였다면 그나마 이해가 갔을 테지만, 자신의 직업에 최신의 발전을 받아들이겠다는 관심도 없었으며, 무엇보다 그 발전이라는 것을 속임수라고까지 생각하고 있었다. 어쨌든 몇 시간밖에 여유가 없었음에도 급히 서둘러 가방을 준비해서 이상한 모험으로 혼자 여행을 떠났다. 나는 W. T. 스테드[99] 씨와 예전에 한 문제에 대해서 편지로 이야기를 나눈 적이 있었기에 가는 길에 런던의 사무실에 얼굴을 내밀어 코호나 실험을 담당할 베르그만 박사에게 소개장을 써줄 수 없겠느냐고 부탁해보았다. 스테드 씨는 커다란 덩치의 시골의사에게 매우 친절했으며, 아마도 당시 영국 대사였던 에드워드 말렛 경과 타임스의 특파원이었던 로 씨에게 편지를 써주었던 것으로 기억한다. 그리고 코호의 성격을 묘사해주었으며, 이번 달에는 마테이 백작을 잡지에서 다루지만 다음 달에는 코호를 다룰 예정이라고도 덧붙였다. "그렇다면 과학계의 위인을 다룬 뒤에 유럽 제일의 사기꾼을 다루는 셈이로군요."라고 나는 말했다. 그러자 스테드가 화난 얼굴로 나를 노려보았다. 왜냐하면 당시 그는 마테이, 그리고 그 파란 전기와 관련된 일련의 실험에 열을 올리고 있었던 듯했기 때문이었다. 그래도 헤어질 때는 서로 기분 좋게 헤어졌다. 그 후 그가 살아 있는 동안에는 가끔 편지를 주고받았는데 보어 전쟁[100] 때는 심각하게 충돌했었다. 용감하고 정직한 사내로 일시적인 감정에 사로잡히는 경우도 있었지만, 그것은 갑자기 마음의 열기가 불타올라도 좋다고 스스로 믿는 곳으로만 돌진해나갈 뿐이었다. 심령현상에 대한 지식은 한 세대쯤 앞서 있었으나 그것을 표현하는 양식에는 종종 사려 깊지 못한 부분이 있었다.

나는 그날 밤 베를린으로 떠났는데 대륙의 급행열차에 오르고 보니 아주 훌륭하고 예의바른 런던의 의사가 동석해 있었다. 거의 하룻밤 내내 이야기를 나누었는데 그는 말콤 모리스라는 사람으로 역시 시골의사였다가 런던으로 나와 할리 가에서 피부과를 개업하여 크게 성공을 거두었다고 한다. 이때가 인연이 되어 오래도록 우정을 유지하는 사이가 되었다.

베를린에 도착해보니 베르그만의 공개실험이 이튿날 12시부터 열릴 예정이라며 온통 떠들어대고 있었다. 영국의 대사관으로 가보았으나 한참을 기다린 끝에 쌀쌀맞은 대접을 받았으며 아무런 도움도 받지 못했을 뿐만 아니라 위로조차 얻지 못했다. 그랬기에 『타임스』의 특파원을 찾아가보았지만 거기서도 도움은 얻지 못했다. 그 대신 상냥한 부인과 둘이서 환대를 해주었고 그날 밤의 저녁식사에 초대를 받았다. 입장권은 쉽게 손에 들어오지 않았으며 돈으로도 권력으로도 어떻게 해볼 수가 없었다. 이렇게 된 이상 코흐를 직접 만나볼 수밖에 없다고 비상수단을 생각해내 그의 집으로 향했다. 거기에 도착했을 때 우편물이 도착하는 흥미로운 장면을 경험했다. ―우편물이 가득 담긴 자루가 홀의 바닥에 비워졌는데 거기서는 온 유럽의 우표를 전부 볼 수 있었다. 쇠약해질 대로 쇠약해진 슬픈 사람들의 생명과, 지칠 대로 지쳐버린 마음이 베를린으로 보낸 희미한 희망의 표현이었다. 그러나 코흐는 어디까지나 베일 속의 예언자로 나는 물론 누구와도 만나려하지 않았다. 나는 당황해서 어떻게 해야 목적을 달성할 수 있을지, 아무런 생각도 떠오르지 않았다.

이튿날, 강연이 있을 커다란 건물로 가서 현관을 지키는 사람에게 돈을 찔러주고 바깥쪽의 홀까지 들어갔다. 안에는 굉장한 숫자의 청중들이 모여들어 있었다. 거기서도 또 돈을 찔러주려 했지만 이번에는 문을 지키던 사람이 욕을 해댔다. 그러는 동안에도 청중들은 내 옆을 지나서 줄줄이 안으로 들어갔다. 나는 언제까지고 입구에서 우물쭈물하고 있을 뿐이었다. 청중들이 전부 들어가버리고 나자 한 무리의 사람들이 우르르 나타났다. 앞쪽의 턱수염에 무시무시한 얼굴을 하고 있는 것이 베르그만이었고, 그의 집에서 살고 있는 외과의와 하인들이 그 뒤를 따르고 있었다. 나는 그들 앞

코흐

을 가로막고 섰다. "1000마일의 길을 일부러 온 사람입니다. 들어가면 안 될까요?" 베르그만이 발걸음을 멈추고 안경 너머로 나를 노려보며, "그렇게 말하는 것을 보니 내 자리에 앉고 싶은 모양이군." 무엇을 어떻게 생각한 것인지 갑자기 흥분해서 소리를 질렀다. 그것도 꽉 막힌 독일인이 그랬기에 참으로 묘하게 들렸다. "그 자리밖에 남아 있지 않아. 그래, 그 자리에 앉도록 하게. 청강석은 이미 영국 사람들로 가득하니 말이야."라며 영국 사람이라는 부분을 묘한 악센트로 외쳤는데, 훗날 들은 얘기에 의하면 그는 그 얼마 전에 프레데릭 왕의 병 때문에 모럴 맥켄지[101]와 다투어 그를 매우 화나게 만들었다고 한다. 내가 끝까지 온화한 태도로 예의를 지킨 것은 잘한 일이라고 생각한다. 거친 무례함을 만났을 때는 언제나 이 두 가지가 몸을 지켜주는 법이다. "그럼 됐습니다. 자리가 없다면 억지로 들어가고 싶지는 않습니다." 그는 나를 다시 노려보았고 억지를 부리던 영국인이 찍소리도 못하고 당했기에 히죽히죽 웃고 있는 사람들을 데리고 지체 없이 발걸음을 옮겼다. 그러나 그들 가운데 한 명, 친절한 미국인이었는데 발걸음을 멈추

더니, "저런 태도는 좋지 않습니다. 어떻습니까? 오늘 오후 4시에 오시면 강연의 필기를 전부 보여드리겠습니다. 그리고 그가 데리고 온 환자도 알고 있으니 그 사람은 내일 만나게 해드리겠습니다."라고 말하고 그를 뒤따라갔다.

참으로 번거로운 방법이기는 했으나 어쨌든 나는 이렇게 해서 목적을 달성했다. 나는 강연과 환자를 세심하게 연구했는데 무모하게도 모두와 의견을 달리했으며, 심지어는 모든 것이 실험단계에 지나지 않아 단정을 내리기는 너무 이르다는 결론에 도달했다. 온 세계가 광기의 물결에 휩싸였으며 병에 시달리던 사람들이 각지, 특히 영국에서 치료를 위해 베를린으로 몰려들었는데 개중에는 병세가 진행되어버린 바람에 기차 안에서 목숨을 잃은 사람도 있을 정도였다. 이래서는 안 되겠다 싶었기에 경고문을 써서 『데일리 텔레그래프』에 보냈다. 이것이 박사의 연구에 의심을 품고 주의를 준 첫 번째 글이라고 생각한다. 내 예견이 맞았다는 사실은 이제 와서 새삼스럽게 말할 필요도 없으리라.

이틀 후 나는 사우스시로 돌아갔는데 그때는 사람이 바뀌어 있었다. 날개를 펼치고 돌아온 셈이었는데 몸속에서 어떤 힘이 솟아오르는 것을 느꼈다. 특히 말콤 모리스와의 오랜 시간에 걸친 이야기에 영향을 받았다. 그 이야기 속에서 그는 내가 아주 좁은 활동권에 매몰되어 안타깝게도 삶을 얼마나 허비하고 있는지 모르겠다고 말했다. 일개 개업의 따위는 그만두고 런던으로 나와야 한다고 주장했다. 거기에 대해서 나는, 아무리 생각해봐도 문학적으로는 아직 성공했다고 말할 수 없다, 그리고 어머니에게 그런 희생을 치르게 한 데다 나도 여러 해 고생을 해서 간신히 접어든 의사의 길을 지금 버릴 마음은 없다고 말했다. 그렇다면 일반의는 그만두고 뭔가 전문으로 삼을 부문은 없느냐고 그가 물었다. 그에 대해서는 요즘 안과에 특히 흥미를 느끼고 있어서 눈의 굴절을 바로잡기도 하고 버넌 포드 씨가 있는 포츠머스 안과병원에 안경을 주문하기도 한다고 대답했더니, "그렇다면 어째서 안과 전문의가 되지 않는 거지? 비엔나에 가서 6개월 공부를 하게. 돌아와서는 런던에서 개업을 하는 거야. 그렇게 하면 문학을 할 시간도 충분할 거고 아주 안온하게 살아갈 수 있을 거야." 이 커다란 시사를 머릿속에서 곱씹으며 집으로 돌아왔다. 아내도 적극적으로 지지해주었으며 딸 메리도 많이 자랐기에 할머니에게 맡겨둘 수 있고, 방해가 될 만한 것은 어디에도 없을 듯했다. 병원도 조그만 것이니 누군가에게 팔면 되고, 내가 그만두었다고 해서 불평을 할 사람이 있는 것도 아니었기에 문제는 간단했다.

　포츠머스 문학·과학협회가 축하연을 베풀어주었다. 이 협회에 대해서는 수많은 즐거운 추억과 몇몇 우스운 추억을 가지고 있다. 나는 몇 년 동안 그곳의 총무를 맡았었다. 매주 회보를 만들었으며 긴 겨울 동안에는 토론을 하게 해서 그 오래된 도시에서 성스러운 불꽃이 계속 타오르게 했다. 내가 청중들 앞에 서는 법을 배운 것도 이 협회 덕분이었는데, 그것은 내 일생의 사업에 있어서 무엇보다도 중요한 것이었다는 사실을 알게 되었다. 나는 천성적으로 매우 신경질적이고 겁쟁이이기에 그런 일에는 주눅이 드는 편이었다. 내가 토론에 참가하려고 하면 모두가 나란히 앉아 있는 벤치가 부들부들 떨리기 시작한다는 말을 들은 적이 있었다. 그러나 일단 자리에서 일어나면 떨림을 숨기고 말을 선택해서 이야기하는 법을 배웠다. 나는 주보에 3번 글을 실었다. 한 번은 북극해에 대해서 그리고 칼라일[102]에 대해서 마지막으로는 기본[103]에 대해서. 첫 번째 글은 스포츠맨으로서 분에 넘치는 평판을 얻었다. 도시의 박제사가 가지고 있는 북극 지방의 모든 새와 야수의 박제를 빌려다 연단을 장식했다. 청중은 내가 그것들을 잡은 것이라고 생각해서 커다란 존경의 눈으로 나를 보았다. 이튿날 아침 표본은 박제사에게 돌려주었다. 이러한 토론에 기분 나쁜 사람이 나타나서 작은 사건을 일으킨 적이 있었다. 화석과 지층의 연대에 대해서 학문적 토론을 행한 적이 있었다. 한 복음교회파 소속의 창백하고 마른 육군 소장이 자리에서 일어나 이러한 모든 논의는 쓸데없는 짓일 뿐만 아니라 애초부터 이해할 수 없는 일이다, 이 세계는 5천 8백 9십 년 전에 만들어진 것이라는 사실이 믿을 수밖에 없는 권위에 의해서 입증되었기 때문이라고 말했다. 그것으로 토론회는 끝났으며 우리는 각자 집으로 잠을 자러 갔다.

정치적 행위도 역시 내게 이야기하는 법을 배우게 해주었다. 나는 자유통일당원 가운데 한 사람이었다. 다시 말해서 일반적 입장은 자유주의자였지만 글래드스턴의 아일랜드 정책을 지지하는 편에는 설 수 없었던 것이다. 어쩌면 이는 잘못된 것이었을지도 모른다. 하지만 그때는 그러한 생각을 가지고 있었다. 나는 연단에서 강연을 할 때 처음 두려움을 느꼈던 적이 있었다. 커다란 원형 극장에서 대회가 열렸는데 후보자인 윌리엄 크로스맨이 지각을 했기에 혼잡을 피하기 위해서 아주 짧은 동안의 예고 뒤에 나를 3천 명의 청중 앞에 있는 연단 위로 밀어 올렸다. 내 일생 중에서도 긴장한 순간 가운데 하나였다. 무슨 말을 했는지 나 자신조차 알지 못하지만 내 자신 속 아일랜드계 피의 도움을 받아 무엇인가 열변을 토했는데 앞뒤가 맞는다는 둥, 맞지 않는다는 둥 청중들은 술렁거렸다. 나중에 속기록을 읽어보니 정치 연설은커녕, 그냥 우스운 만담이었다. 그러나 그것은 청중들이 원하던 것이었기에 내 연설이 채 끝나기도 전에 대부분이 자리에서 일어나 흥분했다. 다음 날 자세히 읽어보고는 황당하기 짝이 없었는데 특히 마지막의 영광을 장식하는 말은 한심하기 짝이 없는 것이었다. "잉글랜드와 아일랜드는 바다라는 결혼반지에 의해서 묶여 있으며 신이 정하신 것은 그 누구도 그것을 끊을 수 없습니다." 이래서는 조리 있는 말이라고는 할 수 없는데 그것을 웅변이라고 해야 할지 허풍이라고 해야 할지 나는 지금도 판단에 애를 먹고 있다.

밸푸어[104] 씨가 대회에 모인 사람들에게 연설을 하러 왔을 때 나는 총무를 맡고 있었다. 회장의 홀이 가득 찬 뒤에 나는 밖으로 나가 길가에서 그를 기다렸다. 마침내 마차가 달려왔고, 그가 큰 키에 마른 몸의 귀족적인 모습을 드러냈다. 길에서는 반대편을 지지하는 악명 높은 사람들이 둘, 역시 그를 기다리고 있었다. 나는 문제를 일으키지 말라고 미리 주의를 주었다. 그랬음에도 불구하고 밸푸어 씨가 모습을 드러내자 그들 가운데 한 명이 저주의 말이라도 퍼부으려는 듯 커다란 입을 열었다. 하지만 내가 한 손으로 그 입을 세게 막고, 다른 한 손으로 목을 쥐었기에 목소리는 나오지 않았다. 그러자 다른 한 사람이 지팡이로 내 머리를 내리쳤다. 그는 나의 동료에 의해서 곧 쓰러지고 말았다. 그러는 사이에 밸푸어 씨는 별 탈 없이 회장 안으로 들어갔고 우리 두 사람도 난투 때문에 헝클어진 머리로 그들 뒤를 따랐다. 그 후 밸푸어 씨와는 몇 번인가 만난 적이 있었지만 당신의 안전을 지키기 위해서 모자가 찌그러졌었다는 이야기는 하지 않았다.

나도 그렇고 아내도 그렇고 포츠머스에 남겨두고 온 문학협회와 정치가들과의 사이에 거리가 생겨버리고 말았다. 아내는 호감을 주는 관대한 사람으로 널리 인기를 얻고 있었다. 그러나 1890년도 얼마 남지 않았을 무렵, 우리는 부시 빌라의 문을 영원히 닫아버리고 말았다. 나는 8년이라는 세월 동안 머물렀던 포츠머스에서 궁핍함에 견뎌야 했던 시기도 있었고, 아주 조금씩이기는 하나 성공에 다가가고 있는 날들을 맛보기도 했다. 이제는 다음 단계를 향해서 출항하려 하고 있었다.

제10장 커다란 변곡점

1890년도 얼마 남지 않은 겨울의 어느 날, 당장이라도 눈이 쏟아질 것 같은 하늘 아래 긴 여행에 나섰다. 그러나 도중에 별 문제 없이 비엔나의 매우 추운 밤하늘 아래에 내려섰다. 하늘에서는 눈보라가 치고 있었으며 발아래에도 눈이 쌓여 있었다. 역에서 바라보니 까만 하늘을 배경으로 눈발이 전등에 반짝반짝 빛나며 은빛으로 흐르고 있었다. 음울하고 초라한 환영이었으나 30분쯤 뒤 호텔에 딸린 아담한 레스토랑에 들어갔을 때에는 마침내 마음이 가라앉았다.

내 처지에 맞는 소박한 하숙집을 찾아 그곳으로 옮겨 매우 쾌적한 4개월을 보냈다. 그 동안 나는 병원에 다니며 안과강의에 출석했는데 독일어 회화에는 상당한 자신이 있었지만 학술용어투성이에 빠른 어조로 진행되는 강의를 따라가는 것은 또 다른 이야기였다. 물론 전문의가 '비엔나에서 연구했다.'고 하면 듣기에는 좋을지 모르겠다. 그러나 일반적으로는 국내에서 연구를 전부 마쳤기에 외국으로 가는 것이지만 나의 경우는 결코 그렇지가 않았다. 따라서 안과에 관한 한, 한 번의 겨울을 헛되이 보냈다고 할 수 있으며, 정신적으로나 지적으로도 그 기간에는 성장하지 못했다. 그에 반해서 비엔나 사회의 밝은 면은 얼마간 보았다. 나는 『타임스』의 특파원인 프린즐리 리처드 부부의 따뜻한 환대를 받았으며, 멋지게 스케이트도 탔다. 그리고 짧은 장편인 『래플스 호 행장기』를 썼다. 대단한 것은 아니었으나 덕분에 당시 필요했던 비용을 충당할 수 있었기에 이 세상에서 유일한 재산이라고 할 수 있는 수백 파운드에는 손을 대지 않을 수 있었다. 그 돈은 한 친구의 권유로 투자를 했다가 결국은 전부 손해를 보았으나—그 외에 번 돈도 마찬가지였지만— 두 번 다시 그 일을 후회하지 않았으니, 그것도 다행스러운 일이리라.

봄과 함께 비엔나에서의 연구는 끝났다. 이것도 무엇인가를 한 것이라고 말할 수 있을지는 모르겠으나, 돌아오는 길에 파리로 가서 당시 프랑스에서 가장 유명한 안과의였던 란돌트를 찾아가 며칠을 보냈다. 런던으로 돌아와 이제부터가 마침내 진짜 전투라고 생각하자 몸이 떨려오는 듯했다. 배수의 진을 쳤으니 정복하느냐 파멸하느냐 둘 중 하나였다. 이제 와서 생각해보면 결과는 명백했다고 간단히 말할 수 있으나 당시에는 그렇지가 않았다. 나의 평판은 높아져 갔지만 수입은 얼마 되지 않았기 때문이었다. 내게 얼마간이라도 자신감을 갖게 해준 것은 그때도 아직 『콘힐』에 연재되고 있던 『백색 군단』의 변함없는 공적이었다. 사우스시에서 살았던 초기에는 개인적으로 충고를 해줄 사람이 아무도 없었으나 이제는 처자가 있었다. 엄격하다고까지 할 수 있을 만큼의 간소한 생활을 그 당시에는 영위할 수도 있었고 그것이 재미있기도 했으나 지금은 생각조차 할 수 없는 일이다.

우리는 몬태규 플레이스에 방을 빌렸고 나는 어디에 안과의의 간판을 내걸 만한 곳이 없을까 찾아다녔다. 위대한 의사들의 대부분은 시간적 여유가 없어서 굴절력은 살펴볼 수 없으며, 그것이 난시인 경우에는 검영법으로 조절을 하는 데 많은 시간이 걸린다는 사실을 나는 알고 있었다. 나는 그 작업을 할 수 있었으며 좋아하기도 했기에 이를 잘 이용하면 그럭저럭 일을 해 나갈 수 있으리라 생각했다. 그

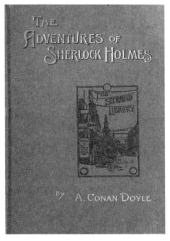

『셜록 홈즈의 모험』

러기 위해서는 거물급 안과의사들 사이에서 살 필요가 있었는데 그렇게 하면 그들이 환자를 쉽게 보내줄 터였다. 그렇게 의사들이 모여 있는 거리를 돌아다니다 데번셔 플레이스 2번가에서 적당한 집을 찾아냈다. 그 집은 윔폴 가의 윗부분에 자리하고 있었으며 전통이 있는 할리 가와도 가까웠다. 집세는 1년에 120파운드로 앞쪽 방을 2개로 나누어 한쪽 방에서 환자를 기다렸는데 양쪽 모두를 기다리는 방으로 쓰는 편이 나을 뻔했다는 사실을 곧 알 수 있었다. 그러는 편이 좋을 뻔했다.

매일 아침마다 몬태규 플레이스의 하숙에서 그곳까지 걸어갔는데 10시부터 3시나 4시까지 앉아 있어도 그곳의 정적을 깨는 벨소리는 한 번도 들리지 않았다. 묵상과 문학적 작업을 위해서 이보다 더 좋은 장소가 또 있을까? 그곳은 이상적인 장소였다. 환자를 진료하는 일에서 내가 조금도 성공을 거두지 못한다면 문학적 앞길을 개척할 기회는 얼마든지 있다고 할 수 있는 셈이었다. 그

랬기에 티타임에 집으로 돌아갈 때면 나는 언제나 종이뭉치를 손에 들고 있었다. 그때의 첫 번째 수확은 상당한 것이었다.

그 무렵 새로운 월간지가 속속 등장했는데 그 가운데서도 눈에 띈 것은, 당시부터 계속 그린하우 스미스가 편집을 맡고 있는 『스트랜드』였다. 여러 잡지에 관련성도 없이 여러 이야기가 실려 있는 것을 보고 나는 이렇게 생각했다. 한 사람의 인물이 매호마다 다른 사건으로 활약하는 것과 같은 이야기는 어떨까? 그렇게 해서 독자를 끌어들인다면 그 잡지에 독자를 끌어들이는 셈이 된다. 그에 반해서 일반적인 연속물은 무슨 일이 있어서 독자가 한 번 읽지 못하는 사정이 생기면 이후부터는 흥미가 떨어지기 때문에 잡지에 도움이 되기는커녕 오히려 방해가 된다. 따라서 가장 이상적인 형식은 한 사람의 인물이 계속 활약하지만 하나의 이야기가 한번의 게재로 완결되는 것이라는 사실이 명백하다. 그렇게 하면 독자는 언제라도 그 잡지를 완전히 즐길 수 있다. 이 생각을 처음 만들어낸 것은 나였으며, 그것을 실행에 옮긴 것은 『스트랜드』였다고 생각한다.

생각한 끝에 중심인물로는 셜록 홈즈가 적당하리라 생각했다. 그것은 이미 2권의 장편을 썼으니, 그러면 연속 단편에서 충분히 활약시킬 수 있으리라 생각했다. 이러한 생각들을 진찰실에서 주체할 수 없이 남아도는 시간에 써내려가기 시작했다. 그린하우 스미스는 처음부터 기뻐했으며 계속 글을 쓰라고 나를 격려해주었다. 글을 쓰는 쪽의 잡무는 뛰어난 대리인인 A. P. 와트가 맡아서 해주었는데 덕분에 번거로운 계약 등의 일에 골머리를 썩지 않아도 되었으며 돈이 오가는 등의 귀찮은 일들에도 신경을 쓰지 않을 수 있게 되었다. 그러는 사이에도 환자 한 명 온 적이 없으니 이는 매우 다행스러운 일이었다.

　나는 이때 다시 인생의 기로에 서게 되었다. 그리고 한 걸음 내디딜 때마다 느끼게 된 신의 뜻에 의해서, 그것은 험하고 힘든 길일 것이라고 생각하게 되었다. 어느 날 아침, 집에서 나섰는데 왠지 발걸음이 무겁고 갑자기 격렬한 오한이 들기 시작했다. 쓰러질 뻔했으나 간신히 집으로 되돌아갔다. 악성 인플루엔자의 발작이었다. 마침 그때 인플루엔자가 맹위를 떨치고 있었다. 3년 전, 여동생인 아네트가 평생 가족을 위해 희생하다 리스본에서 생을 마감한 직후였다. 조금만 더 살아주었다면 나도 문학 분야에서 성공을 거두기 시작했으니 그녀를 남의집살이에서 벗어나게 해주었을 텐데. 그런데 이번에는 나였다. 자칫했다가는 그녀의 뒤를 따라갈 판이었다. 괴로움도 없고 심한 불쾌감도 없었으며 심령적인 경험도 없었으나 일주일 정도는 위독한 상태에 있었다. 그 후부터 나는 어린아이처럼 나약하고 감상적인 상태에 있었으나 정신은 멀쩡했으며 머리는 수정처럼 맑았다. 그때부터 내 생애를 돌아보았는데 문학으로 기껏 얻은 수입을 윔폴 가 같은 데서 안과를 개업해서 낭비하는 것은 어리석은 일 아닐까, 그러니 이제는 거기에 묶어놓은 밧줄을 끊고 글을 쓰는 일에 나의 일생을 맡기기로 하자는 생각이 떠올라 미친 듯이 기뻐하며 그렇게 하기로 결심했다. 지금도 기억하고 있는데, 그때 나는 침대의 커버 위에 놓여 있던 손수건을 힘없는 손으로 쥐어 너무나도 기쁜 나머지 천장을 향해 던졌다.

　이것으로 나도 내 삶의 주인으로 살아갈 수 있다. 더는 직업에 얽매여 순응할 필요도 없고 다른 사람들의 눈치를 볼 필요도 없다. 마음에 드는 곳에서 자유롭게 생활하면 된다. 이는 내 생애 중에서도 커다란 환희의 순간 가운데 하나였다. 그것은 1891년 8월의 일이었다.

얼마 후, 나는 자리에서 일어날 수 있게 되었는데 지팡이에 의지하여 힘없이 걸으며 만약 80살까지 산다면 이와 같은 기분일 것이라고 생각했다. 나는 중개인들을 찾아다니며 교외에 있는 작은 집들의 일람표를 얻었다. 그리고 몇 주일쯤 지났을 때 건강도 예전만큼 회복되었기에 새로운 집을 찾기 시작했다. 여러 물건 가운데서 적당한 집을 찾아냈다. 소박하고 편안하고 독립된 공간이었는데 여러 집들이 늘어선 가운데 있는 한 집이었다. 사우스 노우드의 테니슨 로드 12번지였다. 그곳에 자리 잡고 난 뒤 오로지 펜에만 의지하는 생활의 첫 번째 노력을 기울이기 시작했다. 얼마 지나지 않아서 나의 힘으로 충분히 생활해나갈 수 있으며 충분한 수입을 얻는 데 커다란 지장이 없으리라는 사실을 알게 되었다. 나는 안온한 생활을 이어갈 수 있으리라 생각했으며, 뜻밖의 타격이 찾아오리라고는 꿈에도 생각지 못했다. 나의 방랑생활이 끝나기는커녕 이제부터 찾아오려 하고 있었던 것이다.

그런 사실을 몰랐기에 대담하게도 이름에 값하는 문학적 역작을 써야겠다고 굳게 마음먹었다. 셜록 홈즈 시리즈를 집필하는 데 있어서의 어려움은 모든 이야기를 장편에도 쓰일 수 있을 것 같은 명쾌함과 독창성으로 구성할 필요가 있다는 점이었다. 그렇게 막힘없이 술술 나오지는 않는 법이다. 자칫 구성이 허술해져서 발걸음이 흐트러지기 쉬운 법이다. 나는 지금부터 금전적 압박에는 절대로 굴하지 않겠다, 내가 할 수 있는 한 좋은 작품 외에는 절대로 쓰지 않겠다고 결심했다. 홈즈 시리즈도 가치 있는 구성이 아니라면, 내 스스로가 재미있다고 생각하는 것이 아니라면 절대로 쓰지 않겠다고 결심했다. 그것이 다른 사람을 재미있게 하는 필요조건이라고 생각했기 때문이었다. 나는 이 특성을 오래 유지할 수 있었다. 독자가 마지막 이야기를 첫 번째 이야기처럼 재미있다고 느껴준다면—그렇게 느껴줄 테지만— 그것은 내가 결코 이야기를 억지로 짜내려 하지 않았기 때문이다. 이야기에 힘이 떨어진 모습이 보인다는 사람도 있고, 코니시의 뱃사람은 "홈즈는 절벽에서 떨어졌지만 죽지는 않는 일도 있을 법하다고 생각합니다. 하지만 그건 아무래도 상관없습니다. 어차피 같은 인물로는 있을 수 없었을 테니까요."라고 내게 정확히 평해주었다. 그러나 단편의 순서를 반대로 해서 읽는다면, 특별한 이채로움을 발할 정도로 고급스럽다고는 할 수 없지만 대체로 마지막 이야기도 처음에 읽은 것만큼 좋았다고 말하리라는 점에서 틀림없이 나와 의견이 같을 것이라고 생각한다.

그런데 새로운 구상을 떠올리기가 어려워졌고, 물론 수입이야 줄어들 테지만 문학적으로 보아서 보다 야심찬 일을 해보고 싶다고 생각하게 되었다. 나는 오래 전부터 루이 14세[105] 시대에 대해서, 그리고 우리나라의 청교도에 해당하는 위그노에 대해서 흥미를 느끼고 있었다. 그 무렵의 실록에 대한 지식은 풍부하게 가지고 있었으며 여러 기록도 충분히 준비되어 있었기에 『망명자들』을 쓰는 데 크게 시간을 들이지는 않았다. 시간의 엄밀한 평가에도 충분히 버텨냈으니 그것은 성공이었다고 할 수 있으리라. 출판되자 바로 프랑스어로 번역되었는데 어머니가—그녀 자신이 훌륭한 프랑스어학자였다— 퐁텐블로[106]에 가서 여러 사람들과 공식 가이드의 설명을 듣고 있자니 이 궁전에 대해서 자세히 알고 싶다면 영국인이 쓴 『망명자들』이라는 책에 정확하고 상세하게 기술

되어 있으니 그것을 읽어보라고 말했다고 한다. 공식 가이드가 그 때 그 자리에서 한 나이 든 영국 여성으로부터 키스를 받았다면 틀림없이 깜짝 놀랐을 테지만 안타깝게도 그런 일은 일어나지 않았던 듯하다. 나는 또 그 작품을 쓸 때 파크먼[107]을 자주 인용했는데, 그 사람은 매우 경시되고 있는 듯하지만 내가 보기에는 미국이 낳은 가장 위대하고 진지한 역사가다.

『망명자들』에 관한 재미있는 일화가 있다. 아일랜드의 엄격한 수녀원에서 이 책을 낭독했을 때, 원장이 내 이름(conan)을 착각해서 나를 교회에 속한 사람(canon), 따라서 당연히 신앙심을 가진 사람일 것이라고 생각했다고 한다. 낭독은 대성공이었고 깊은 신앙심을 가진 자매들은 이야기가 끝날 때까지도 잘못을 깨닫지 못했다고 한다. 내 이름은 종종 착각을 불러일으켰다. 예를 들어 시카고에서 열렸던 한 커다란 만찬회 석상, 성직자는 당신 한 사람뿐이니 식사 전의 감사기도를 해달라는 요청을 받았다. 같은 자리에 있던 어떤 사람이 당신은 의사인데 살아 있는 환자는 한 사람도 없지 않느냐고 비꼬는 듯한 말을 했다.

이 노우드에서 사는 동안 나는 틀림없이 열심히 일했다. 앞서 이야기한 『망명자들』 외에도 『위대한 그림자』를 썼다. 이는 그렇게 긴 작품은 아니지만 완성도는 상당한 것이라고 생각한다. 그 외에도 대단할 것은 없지만 『기생충』과 『도시를 넘어』를 썼다. 내게 있어서는 조금 예외적인 일이지만 후자는 가정적인 작품이다. 이는 새로 제정된 저작권법이 시행되기 전의 일이었는데 뉴욕에서 해적판이 나왔다. 출판사에서는 무엇이든 상관없으니 저자의 초상이라 여겨질 만한 것을 표지에 실으면 좋으리라 생각해서, 매우 아름답고 요란하게 차려입은 젊은 여성을 나 대신 표지에 실었다. 이 세상에 영합한 대리인이 실린 책을 한 권, 지금도 가지고 있다. 이 책들은 특별히 뛰어나다고는 할 수 없으나 전부 상당한 성공을 거두었다. 대중적인 인기를 얻고 있는 것은 역시 셜록 홈즈 시리즈였기에 나는 꾸준히 쓰기 위해 노력했다. 단편집을 2권 낸 뒤의 일이었는데 나는 무리를 하고 있었기에 문학적 업적이라는 면에서는 바닥을 어슬렁거리고 있다는 사실을 깨달았다. 그랬기에 내 결심의 발로로 주인공의 생을 마감시키기로 했다. 이 생각은 아내를 데리고 스위스로 짧은 여행을 떠났을 때 라이헨바흐 폭포를 보고 마음속에 떠오른 것이었다. 그곳은 셜록의 무덤이 될 만한 가치가 있었으며 나의 은행거래가 그와 함께 멈추어도 상관 없다고 생각했다. 그랬기에 영원히 거기에 머물기를 바라며 절벽에서 떨어뜨렸다. 실제로 그로부터 몇 년 동안은 거기에 머물러 있기는 했으나. 그러나 대중의 관심이 그렇게 컸다는 데에는 놀라지 않을 수 없었다. 그들은 그가 죽었다는 사실을 확인하기 전까지는 죽음을 인정할 수 없다고 말했다. 내가 홈즈를 간단히 처치한 것에 대한 대중들의 항의가, 홈즈의 친구가 얼마나 많은지를 내게 가르쳐주었다. <짐승 같은 놈!> 한 여성이 내게 보낸 항의의 편지는 이렇게 시작되었다. 이는 그녀 혼자만의 말이 아니라 그녀가 만난 사람들의 말일 것이라고 생각한다. 많은 사람들이 울었다고 한다. 나는 너무 냉담했던 것이 아닐까 생각한다. 그리고 새로운 공상의 세계를 개척할 기회만을 노리고 있었던 것이다. 그러나 높은 수입에 대한 유혹이 홈즈에 대한 관심을 끊기 어려운 것으로 만들어버렸다.

대중에게 있어서 셜록 홈즈는 결코 신화적 존재가 아니었음은, 그에게 전달해달라며 홈즈에게 보낸 편지가 내게 수없이 도달했다는 사실로도 알 수 있었다. 왓슨에게도 홈즈의 주소를 알려달라거나, 그 빛나는 동료의 사인을 보내줄 수 없겠느냐는 내용의 편지가 여럿 왔다. 신문의 스크랩을 대신해주는 한 업자는 왓슨에게 편지를 보내 홈즈가 신문의 스크랩을 원하지 않느냐고 물어왔다. 홈즈가 은퇴를 했을 때는 나이 든 여성 몇 명인가가, 은거에 적당한 집이 있는데 어떻겠느냐고 물어왔다. 개중에는 꿀벌의 사육법을 잘 알고 있어서 여왕벌의 분봉도 할 수 있다고 말한 사람까지 있었다. 또 홈즈에게 여러 가지 가정적 미스터리를 조사해서 해결해줄 수 없겠느냐고 요청한 경우도 많았다. 그 가운데 하나는 폴란드에서 온 것이었는데 내가 직접 와줄 수는 없겠는가, 보수는 나의 판단에 맡기겠다는 것도 있었다. 그러나 그것을 거절할 정도의 분별력은 내게도 있었다.

당신은 자신이 묘사하고 있는 것과 같은 능력을 가지고 있는가? 아니면 단지 왓슨에 지나지 않는가? 이런 질문을 받는 경우가 종종 있었다. 물론 실제 문제를 마주하는 것과 내가 만들어낸 조건하에서 그 문제를 푸는 것은 전혀 다른 일이라는 사실을 나는 잘 알고 있다. 그 점에 대한 착각은 없다. 그와 동시에 사람은 자신의 의식 속에서 주인공을 짜내 그를 실재 인물처럼 활약하게 하려면 자신 속에 그 인물의 편영을 가지고 있어야 하는 법이다. 그 편영이 없다면, 그것은 불가능한 일이다. 따라서 나처럼 수많은 악당을 그려온 인물은 위험한 사람이라는 점을 인정한다. 「내면의 방」이라는 제목의 시에서 나는 이렇게 말했다.

　<내 방의

　어둡고 음침한

　한쪽 구석에 마지막 심판처럼

냉엄하게 그들은 앉아 있다

어둠 속 모습은 위엄이 있고 기묘하고

어떨 때는 잔인하고 또 성스럽고

어둠 속

희미하게 흔들린다>

이들 모습 가운데는 빈틈이라고는 찾아볼 수 없는 탐정도 섞여 있을 테지만, 실생활에서 그를 찾아내려면 다른 사람들은 전부 억제해서 방 안에 있는 것은 그 한 사람뿐이라는 기분이 들도록 해야 한다. 그래야 비로소 사건이 해결되기에, 경찰이 한껏 어려움을 겪고 난 뒤에야 홈즈의 방법을 응용해서 문제를 해결한 적도 한두 번이 아니었다. 하지만 실생활에서의 나는 결코 관찰력이 뛰어난 편도 아니고, 증거를 고려해서 사건의 귀결을 예상하기 전에 마음을 다잡은 뒤 임하지 않으면 안 되는 사람일 뿐이다.

제11장 셜록 홈즈의 다른 모습

여기서 이야기를 잠시 돌려 내 작품에 나오는 인물 가운데 가장 유명한 사람에 대해서 잠깐 이야기해보는 것도 독자들에게는 흥미로운 일이리라.

홈즈가 피와 살이 있는 실재 인물이라는 인상은, 그가 종종 무대에 모습을 드러냈기에 더욱 강해진 것이리라. 『로드니 스톤』의 상연을 철회하고 난 뒤, 나는 극장을 6개월 동안 빌렸으니 이번에는 매우 활기 넘치는 작품을 상연해야겠다고 생각했다. 극장을 놀려두는 것은 파멸을 의미하기 때문이었다. 앞뒤 사정을 잘 헤아려본 뒤 깊이 생각해서 이번에는 깜짝 놀랄 만한 셜록 홈즈 연극을 상연하기 위해 모든 힘을 쏟아 붓기로 했다. 각본은 일주일 만에 완성되었다. 제목은 같은 제목의 단편소설에서 그것을 취해 『얼룩 끈』으로 정했다. 채 2주일도 되지 않는 기간 동안에 연극 하나의 상연을 중지하고 다시 두 번째 연극을 써서 연습했다고 해도 결코 과장은 아니라고 생각한다. 상당한 성공을 거두었다. 얼마간 간질의 기미가 있으며 참으로 섬뜩한 그림스비 라일롯 박사를 연기한 린 하딩은 명연기자였고, 셜록 홈즈로 분한 세인츠버리도 굉

장히 좋았다. 한 연극이 끝나기도 전에 다른 연극으로 잃은 것을
되찾았으며, 거기에 얼마간의 재산도 모았다. 그리고 그것은 히트
작이 되어 지금도 지방 순회공연을 하는 극단이 있다. 주인공 역
할인 뱀으로는 멋진 바위뱀을 가지고 있어서 이는 내가 진심으로
자랑스러워하는 것이었는데, 한 연극 평론가가 비평의 마지막을
<극의 가장 커다란 위기는 명백히 인공으로 보이는 뱀의 출현에
의해서 빚어진다.>라는 폄하의 말로 마무리 지은 것을 보았으니
내가 얼마나 혐오스러워했는지 충분히 짐작하실 수 있으리라 여
겨진다. 인공이라고 생각한다면 그것을 안고 침대에 들어가보라
지, 그럼 내 얼마든지 돈을 줄 테니, 라며 나는 분개했다. 경우에
따라서 여러 가지 뱀을 사용했는데 하나같이 타고난 배우는 아니
었지만 모두 살아 있는 생물이 아니라 벨의 끈처럼 벽의 구멍에서
부터 늘어져 있기도 하고, 그 구멍으로 달아나기도 했다. 생물처
럼 보이기 위해서 소품 담당자가 꼬리를 힘껏 누르지 않으면 안
되었다. 상연이 끝날 무렵에는 모조품을 사용했는데 그것은 소품
담당자를 포함해서 우리 모두를 만족시켰다.

　이는 셜록 홈즈를 다룬 연극으로는 두 번째 작품이었다. 첫 번
째 작품에 대해서도 언급했어야만 했던 것이리라. 그것은 매우 이
른 시기에 상연되었는데, 좀 더 자세히 말하자면 아프리카 전쟁이
벌어졌을 무렵이었다. 연극화와 주인공 모두 미국의 유명 배우인
윌리엄 질레트[108]가 맡았다. 나의 인물을 사용했으며 구성도 일
부를 사용했기에 내 몫으로 얼마간의 돈을 주었는데, 그것을 보면
상당한 성공을 거둔 모양이었다. 한번은 <홈즈와 결혼해도 좋다.>
는 전보를 그로부터 받은 적이 있었다. 구성을 만들어내기 위해
고심을 하고 있을 때 그 전보를 받았다. <결혼을 하든지 살해를

하든지, 그 외에 무슨 짓을 하든지 상관없다.>는 것이 나의 매정하기 짝이 없는 답장이었다. 연극도 연출도 마음에 들었고 무엇보다 금전적인 결과가 좋았다. 금전이 도착하는 것은 크게 환영할 일이지만, 혈관 속에 예술적 피를 한 방울이라도 가지고 있는 사람이라면 누구나 그것을 생각하는 것은 가장 마지막이 되리라.

제임스 배리[109] 경은 신나는 패러디로 셜록 홈즈에게 경의를 표했다. 사실은 우리가 실패를 맛본 코믹 오페라에 대한 유쾌한 체념이 담긴 몸짓이었는데, 그는 그것을 대본으로 나타내려 했던 것이다. 코믹 오페라를 위해 그와 협력해서 커다란 노력을 기울였으나 결국 작품은 실패로 끝나버리고 말았다. 이에 배리는 책 끝 부분의 여백이 있는 페이지에 홈즈에 관한 패러디를 적어 보낸 것이다. 다음과 같은 내용이었다.

<「두 합작자의 모험」

우리의 친구인 셜록 홈즈의 모험담을 마무리 짓기에 앞서 그 탁월한 경력에 종지부를 찍게 되는 사건(그 내용은 곧 알게 될 것이다)이 떠올라, 그가 펜으로 생계를 꾸려나가는 사람이 관계된 사건에는 결코 손을 대지 않는다는 사실을 다시 되새기게 되었다. "일로 알게 된 사람에 대해서 이러쿵저러쿵 이야기할 마음은 없지만, 문학과 관계된 사람과는 일선을 긋겠다."고 그는 곧잘 말하곤 했다.

우리는 어느 날 밤, 베이커 가의 방에 있었다. 그때 나는 중앙에 놓인 테이블에 앉아 「코르크 다리를 잃은 사내의 모험」(이는 영국 학사원을 비롯해서 유럽의 과학자 단체 모두를 매우 난처하게 만들었다)을 쓰고 있었으며, 홈즈는 조그만 권총으로 사격연습을 즐기고 있었던 것으로 기억한다. 여름밤이면 내 얼굴을 스쳐지나도록 권총을 쏘아 맞은편 벽에 총알로 내 실루엣을 그리는 것이 그의 일상이었다. 이는 그가 사격에 매우 능하다는 사실을 나타내는 것이라고도 할 수 있는데, 그렇게 권총의 총알로 그린 나의 실루엣은 실물과 매우 닮은 것이었다.

문득 창밖을 내다보니 두 신사가 베이커 가를 서둘러 걸어오고 있기에 누굴까 하고 물어보았다. 그러자 바로 파이프에 불을 붙이고 의자 위에서 몸을 8자로 비틀며 홈즈가 대답했다.

"저 사람들은 코믹 오페라의 합작자들이야. 흥행은 대성공이었어."

나는 깜짝 놀라 의자에서부터 천장까지 튀어올랐다. 그러자 그가 설명을 해주었다.

"왓슨 군, 저 두 사람은 명백하게 낮은 직업에 종사하는 사람들이야. 그 사실은 얼굴을 보면 자네도 알 수 있을 거야. 화라도 난 사람처럼 내던진 조그맣고 파란 종이는 듀란트 신문의 전단지야. 누가 봐도 같은 종이를 몇 백 장이나 가지고 있어(주머니가 부풀어오른 것을 보게). 재미있는 것이 아니라면 저렇게 펄쩍펄쩍 돌아다니지는 않을 거야."

나는 다시 천장까지 튀어오른 뒤(상당히 찌그러지기 시작했다) 외쳤다. "놀랍군! 하지만 저 사람들은 평범한 작가에 지나지 않을 거야."

"그렇지 않아. 평범한 작가라면 신문 전단지는 일주일에 한 번 받을 뿐이야. 백 장이나 받는 건 범죄자나 극작가나 배우뿐이야."

"그렇다면 배우겠지."

"아니, 배우라면 마차로 올 거야."

"그 외에 두 사람에 대해서 더 할 말은?"

"얼마든지 있지. 키가 큰 남자의 구두에 묻어 있는 진흙으로 저 사람은 노스 노우드에서 왔다는 사실을 알 수 있어. 다른 한 사람은 누가 봐도 스코틀랜드인 작가야."

"그걸 어떻게 알 수 있단 말이지?"

"주머니에 『늙은 스코틀랜드』라는 제목의 책을 가지고 있는데(내 눈에도 분명히 보였다), 작가가 아니라면 누가 저런 책을 가지고 다니겠나?"

분명하게 말하겠는데 그럴 리 없다고 생각했다.

그 사내들(이렇게 불러도 된다면)이 우리 집을 찾고 있다는 것은 이제 분명해졌다. 우리의 홈즈가 웬만해서는 감정에 휘둘리지 않는다는 사실은 내가 종종 말해온 사실이지만, 지금의 그는 감정으로 새파랗게 질려 있었다. 그런가 싶더니 묘하게 승리감에 젖은 듯한 얼굴이 되어,

"왓슨 군, 저쪽의 키가 큰 사내는 몇 년 동안에 걸쳐서 나의 가장 멋진 일 덕분에 체면을 유지해온 사람인데 이번에야말로 꼬리를 잡았어, 꼬리를 말이야!"

나는 다시 천장까지 튀어올랐다. 그리고 내려와 보니 낯선 두 사내가 방 안에 들어와 있었다.

"여러분." 셜록 홈즈 군이 말했다. "여러분은 실제로 이상하고 진귀한 사건 때문에 골머리를 썩고 있는 것처럼 보이는군요."

두 사람 가운데 잘생긴 사람이 자못 놀랍다는 듯 그 사실을 어떻게 알았느냐고 물었지만, 키가 큰 사내 쪽은 씁쓸한 표정을 지었을 뿐이었다.

"새끼손가락에 반지를 끼고 계시다는 사실을 잊으신 듯하군요."라고 홈즈가 조용히 말했다.

나는 이때도 또 뛰어오를 판이었으나, 커다란 쪽의 사내가 홈즈의 말 사이를 비집고 들었다.

"그런 허튼 소리는 다른 사람에게 하도록 하게, 홈즈. 내게 그런 소리를 한다면 헛다리를 짚은 거야. 그리고 왓슨, 또 천장으로 뛰어오른다면 이번에는 내가 더는 내려오지 못하게 해주겠어."

여기서 나는 묘한 현상을 깨달았다. 홈즈가 기가 죽은 듯한 모습을 보이기 시작한 것이었다. 어딘지 모르게 작아졌다. 나는 미련이 남아 있는 천장을 올려다보았다. 그러나 뛰어오르지는 않았다.

"처음 4페이지는 생략하고 용건에 들어가기로 하지." 커다란 사내가 말했다. "내가 알고 싶은 건, 자네가 대체 어떻게 해서 ……."

"말씀 중에 죄송합니다만." 홈즈가 용기를 내서 말했다. "당신이 알고 싶으신 것은 당신의 오페라에 어째서 관객이 오지 않는가 하는 것입니다."

"맞아." 상대방이 비아냥거리듯, "이 셔츠에 달린 장식용 단추를 보면 알 수 있는 것처럼."이라고 말한 뒤 갑자기 진지한 표정으로, "알아주는 건 자네밖에 없으니 꼭 좀 부탁하겠네만, 오페라 전체를 봐주었으면 하네."

나는 걱정이 되어 몸이 떨려왔다. 홈즈가 간다면 나도 따라나서지 않을 수 없기 때문이었다. 그러나 홈즈는 황금과도 같은 마음을 가지고 있었다. "그건 곤란합니다."라고 단호하게 거절한 뒤, "다른 일이라면 뭐든 하겠습니다만."

"살아남으려면 그 길밖에 없어." 커다란 사내가 위협하듯 말했다.

"차라리 허공으로 녹아들고 싶군." 홈즈가 다른 의자로 옮겨가며 자랑스럽다는 듯 말했다. "하지만 세상 사람들이 왜 그것을 보러 가지 않는 건지, 그 이유는 알고 있습니다."

"어째서지?"

"그건 말입니다, 집에 있는 편이 낫기 때문입니다."

이 어처구니없는 말이 끝나자 두 사람 모두 입을 다물어버리고 말았다. 두 침입자는 잠시 멍한 표정으로 자신들의 의문을 멋지게 풀어준 사내의 얼굴을 바라보다 마침내 각자의 손에 칼을 꺼내들고—

홈즈는 점점 작아져갔으며 마침내 그 자리에서는 담배연기가 고리 모양이 되어 천천히 천장으로 올라가고 있었다.

위대한 인물이 마지막으로 남긴 말은 때로 주목할 만한 가치가 있는 법이다. "멍청이, 멍청이! 몇 년 동안이나 사치를 누릴 수 있게 해주었잖아. 내 덕분에 너희들은 마음껏 택시를 타고 다녔잖아. 그렇게 할 수 있는 작가는 한 사람도 없었다고. 그러니 앞으로는 너희들도 버스를 타고 다녀!" 이것이 셜록 홈즈가 마지막으로 남긴 말이었다.

불한당은 의자에 털썩 주저앉아버리고 말았다.

또 다른 작가 하나는 태연하게 있었다.

A. 코난 도일 군에게

벗 J. M. 배리가>

이 패러디는 무수한 패러디 가운데서도 최상의 것인데, 작가의 기지를 보여줄 뿐만 아니라 활달한 용기까지도 보여주는 일례로 인용한 것이다. 왜냐하면 당시 우리는 공동의 작업에 실패해 상당히 괴로워하고 있던 차였기 때문이다. 무릇 흥행에 실패하는 것만큼 비참한 일도 없다. 후원을 해준 많은 사람들이 피해를 입게 될 것이기 때문이다. 고맙게도 실패를 한 경험은 이때뿐이었다. 물론 배리에 대해서도 같은 말을 할 수 있으리라 생각한다.

셜록 홈즈의 수많은 전형이나 분장 등에 관한 주제에서 떠나기 전에 한마디 해두고 싶은 것은, 초상화를 포함해서 모든 것이 처음 내가 생각했던 사내와는 매우 다르다는 점이다. 『진홍빛에 관한 연구』에 <키도 6피트는 족히 넘지만 살이 거의 없었기에 실제로는 훨씬 더 커보였다.>라고 되어 있는 것처럼 내가 생각한 모습은 키가 매우 큰 사람이었다. 거기에 면도칼처럼 갸름한 얼굴, 매부리 같은 코를 가졌으며 작은 두 눈의 눈꼬리가 가늘고 길게 찢어진 인물이었다. 그것이 나의 개념이었다. 그런데 고 시드니 파젯—그는 젊은 나이에 세상을 떠났다—이 처음의 초상화를 전부 그렸다. 파젯에게는 월터라는 동생이 있는데 그가 형을 위해서 모델이 되어주었다. 미남인 월터가, 유력하기는 하나 못생긴 셜록을 대신해준 것이다. 그러나 이는 여성 독자의 입장에서 보자면 고마운 일이었다. 무대는 초상화에 따랐다.

단편이 나타나기 시작했을 무렵에 필름은 없었다. 그 원작권에 대한 논쟁의 결론이 내려진 뒤, 프랑스 회사로부터 얼마 되지 않는 금액에 요청이 들어왔는데 나는 돈이라도 캐낸 것 같은 기분이 들었기에 기꺼이 그 요구에 응했다. 나중에 그 권리를 다시 사들일 수밖에 없었기에 받은 돈의 딱 10배를 지불했다. 뜻밖의 재난이라고 할 수 있었으나 지금은 스톨 사가 에일 노우드에게 홈즈 역을 맡겨 제작한 것이 있는데 그 정도의 작품을 제작해준다면 비용을 들인 보람이 있다고 할 수 있으리라. 노우드는 그 이후 무대에서도 홈즈 역을 맡아 런던의 대중들로부터 호평을 받았다. 그는 매력이라고밖에는 달리 표현할 길이 없는 진귀한 자질을 가지고 있었기에 아무것도 하지 않을 때에도 관객은 시선을 열심히 고정시킬 수밖에 없었다. 눈이 많은 것을 이야기하고 있었기에 사람들로 하여금 기대를 품게 했으며 위장이 비할 데 없이 교묘했다. 영화에 대해서 한 가지 비판을 하자면 전화나 자동차, 그 외에 빅토리아 시대[110]에 살았던 홈즈는 생각조차 못했던 사치스러운 물건들이 무단으로 삽입되어 있다.

새로운 홈즈 이야기를 쓰기 전부터 결말이 어떻게 되는지 알고 있느냐고 묻는 사람들이 흔히 있었다. 물론 알고 있었다. 도착지를 모르는 채로 출항하는 사람은 아마도 없으리라. 무엇보다 먼저 아이디어를 얻어야 한다. 주요한 아이디어가 결정되면 다음으로 해야 할 일은 그것을 감춘 채 설명이 가능한 다른 모든 일들을 강조하는 것이다. 그러나 홈즈는 모든 착오도 양자택일도 훤히 꿰뚫어보고 있으며, 또 그는 한 걸음 한 걸음 참된 해결을 향해 조금은 극적으로 다가가는데 그러는 동안에 설명도 하고 정당성을 부여하기도 한다. 남미 사람들이 지금 '셜록홀미토스'라고 말하는 것은, 그것만으로 사건이 풀릴 리도 없는 경우가 많지만 아주 사소한 추론을 의미하는 것인데, 어쨌든 독자에게는 왠지 커다란 의미가 있는 것 같다는 인상을 주는 법이다. 같은 효과는 그에게 다른 사건을 넌지시 암시하게 하는 데서도 얻을 수 있다. 얼마나 많은 제목들을 멋대로 뿌려댔는지, 또 얼마나 많은 독자들로부터 「리골레토와 그의 혐오스러운 아내」, 「피로한 선장」, 「패터슨 일가의 우파 섬에서의 기묘한 체험」 등에 대한 호기심을 만족시켜달라는 편지를 받았는지 신만이 아실 것이다. 「두 번째 얼룩」은 내 작품 중에서도 괜찮은 작품 가운데 하나라고 생각하는데 그 속에서 나는 다른 작품과 비교해서 애매한 연차를 썼다.

　세계 각지에서 정기적으로 특정한 단편에 대해서 던져지는 질문이 있다. 「프라이어리 학교」에서 홈즈는 축축한 습지에 남아 있는 자전거 바큇자국을 보고 그것이 어느 방향으로 갔는지 알 수 있다고 했다. 그 점에 관해서 항의하는 편지가 참으로 많이 왔다. 그 내용은, 가엾게 여기는 것에서부터 화를 내는 것까지 각양각색이었다. 그래서 나는 내 자전거를 꺼내다 실험을 해보았다. 자전거가 완전한 직선을 달릴 때는 뒷바퀴의 자국이 앞바퀴의 자국 위에 올 테니 그것으로 달려간 방향을 알 수 있으리라 생각했다. 하지만 그것은 잘못된 생각이었고 투서 쪽이 옳다는 사실을 알게 되었다. 자전거가 어느 방향으로 달리든 바큇자국은 똑같이 보이기 때문이다. 그에 반해서 정답은 아주 간단한 것이었다. 습지는 완만한 기복을 이루고 있는데 자전거가 오르막을 오를 때는 바큇자국이 깊어지고, 내리막을 내려갈 때는 얕아진다. 따라서 홈즈의 지혜는 역시 옳은 것이었다.

　또한 정확한 환경에 대한 지식이 부족해서 위험한 입장에 내몰리게 된 적도 몇 번인가 있었다. 예를 들어서 나는 경마에 관계한 적이 없었지만 그래도 모험적으로 「경주마 실버 블레이즈」를 썼다. 그 소설에서의 주된 의혹은 경마의 훈련과 경주에 의존하는 것이었다. 이야기 자체에 미비한 점은 없었다. 홈즈도 커다란 활약을 했다. 그러나 나의 무지는 하늘까지 울려 퍼졌다. 나는 한 스포츠지에서 그 소설을 그대로 짓밟아버린 훌륭한 비평을 읽은 적이 있는데, 그것은 명백하게 그 분야에 통달한 사람이 쓴 글로 그 소설 속 인물이 소설에 있는 대로 행동을 했다가는 관계자가 한 사람도 남김없이 처벌을 받을 것이라는 내용이었다. 그 가운데 절반은 형무소행이고, 나머지는 징계를 당해 경마계에서 추방당하리라는 것이었다. 그래도 나는 세세한 부분에 그렇게 신경을 곤두세운 적은 없었다. 사람이란 가끔은 배짱을 퉁길 필요도 있는 법이다. 한 편집자가 놀라서 <그 지점에 제2의 철로는 없다.>고 편지로 말해왔기에 나는 <내가 하나 만들겠습니다.>라고 답장을 보냈다. 그에 반해서 정확성이 필요한 경우도 있다.

여러 가지 의미에서 좋은 친구였던 홈즈를 나는 고맙게 생각하지 않을 수 없다. 어쩌다 내가 그에게 싫증이 난 듯했다면 그것은 그의 성격이 명암을 용납하지 않기 때문이었다. 그는 계산기계다. 거기에 무엇인가를 덧붙이려는 것은 효과를 약하게 할 뿐이다. 따라서 이야기의 변화는 로맨스와 구성의 간결함에 의지할 수밖에 없었다. 왓슨을 위해서도 한마디 해두고 싶은데 그는 등장하는 7권 가운데서 한 조각의 유머도 보여주지 않으며 농담은 한 번도 하지 않는다. 참된 성격을 만들어내려면 사람은 온갖 것을 희생으로 삼아 견실화를 꾀하지 않으면 안 된다. 골드스미스[111]가 존슨을 논하며 <조그만 물고기를 묘사하다 고래로 만들어버린다.>고 말한 것을 잊어서는 안 된다.

순진한 독자들에게 실재하는 인물로서의 홈즈가 어떤 식으로 비쳐지고 있을지에 대해서는 생각해본 적조차 없었는데, 한번은 프랑스에서 온 관광버스 안의 학생들에 대한 이야기를 듣고 매우 재미있는 일이라고 생각했다. 그 학생들은 런던에서 가장 먼저 보고 싶은 것이 무엇이냐는 질문에 한목소리로 홈즈 씨가 살고 있는 베이커 가의 하숙이라고 대답했다고 한다. 많은 사람들이 어느 집이 그것이냐고 묻지만, 그럴 만한 이유가 있어서 거기에는 답을 할 수가 없다.

셜록 홈즈 이야기 가운데 어떤 인물들은, 그 출전을 분명하게 말할 수 없는 것은 아니지만, 마치 혜성과도 같은 정확함으로 일정한 간격을 두고 정기간행물들 속에 차례로 모습을 드러내곤 한다.

그 가운데 하나는, 마차의 마부가 나를 파리의 호텔로 데려다주게 되었을 때의 이야기다. 그는 나를 가만히 바라보다 "도일 선생님, 제가 보기에 당신은 얼마 전 콘스탄티노플에 다녀오셨군요. 그리고 부다에도 다녀오셨다고 생각할 만한 이유가 있습니다. 거기에 밀라노 근방에도 다녀오셨고요.", "놀랍군. 어떻게 해서 알아냈는지 그 비밀을 가르쳐주면 5프랑을 주겠네.", "그 트렁크에 붙어 있는 라벨을 봤거든요." 약삭빠른 마부는 이렇게 대답한다.

또 하나, 언제나 등장하는 것은 셜록과 상담하고 싶다는 여자의 이야기다. "정말 어떻게 된 일인지 모르겠어요, 선생님. 일주일 사이에 자동차의 경적과 브러시 한 쪽과 골프공 한 상자, 그리고 사전과 부츠를 벗을 때 쓰는 도구가 사라져버렸어요. 어떻게 된 걸까요?", "그건 별일 아닙니다." 셜록 홈즈는 대답한다. "근처에서 염소를 키우고 있는 게 분명합니다."

더 있다. 세 번째 이야기는 셜록 홈즈가 어떻게 해서 천국에 갔는가 하는 것인데, 뛰어난 관찰력에 의해서 아담에게 인사를 했다는 사실이 곧 밝혀진다. 그러나 이 이상 이야기하기에는 문제가 지나치게 해부학적인 듯하다.

어느 작가든 묘한 편지를 꽤 많이 받는 법이라고 생각한다. 나도 예외는 아니었다. 그 가운데 상당수가 러시아에서 왔다. 러시아어로 쓰인 경우는 읽은 척만 할 수밖에 없었으나, 영어로 쓰인 것 가운데는 지금 생각해봐도 재미있는 것이 있었다.

한 젊은 여성이 보낸 편지는 맨 앞을 반드시 Good Lord[112]라고 시작했다. 또 본질의 단순함 속에 자신의 교활함을 한껏 숨겨놓은 여자도 있었다. 바르샤바에서 온 편지로 몸이 좋지 않아서 2년 전부터 누워 있는데 나의 소설만이 유일한, 어쩌고저쩌고 쓰여 있었다. 그 찬사에는 나도 감동을 받아 그 몸이 좋지 않은 독자의 수집품을 완성하기 위해서 자필 서명이 들어간 책을 몇 권인가 바로 포장했다. 그런데 운 좋게도 나는 그날 작가 친구를 만났는데, 이런 가엾은 여자도 있다고 자세히 얘기했더니 상대방은 냉소를 지으며 주머니에서 비슷한 편지를 꺼냈다.

그 사람의 소설도 지난 2년 동안 그녀의 유일한, 어쩌고저쩌고 쓰여 있었다. 그 여성이 몇 명의 작가에게 그런 편지를 보냈는지는 모르겠으나 내 상상대로 그런 편지가 몇 개 나라에 걸쳐서 보내졌다면 그녀는 매우 재미있는 도서실을 가지고 있으리라.

내게 늘 굿 로드라고 말하는 그 젊은 러시아 여성의 습관과 비슷한 일로 가장 재미있었던 일은 우리 집에 관한 것이었는데, 그것도 이번 장에서 이야기하는 것이 좋으리라. 내가 기사작위를 받은 지 얼마 되지 않았을 무렵[113], 한 소매상인으로부터 청구서가 날아왔다. 살펴보니 매우 정확하고 꼼꼼하게 작성되어 있었는데 받는 사람의 이름이 셜록 홈즈 경이라고 되어 있었다. 나는 남들처럼 농담은 농담으로 받아들여야 한다고 생각하고 있었으나 이건 좀 도가 지나쳤다 싶었기에 그 내용을 편지로 써서 엄중히 항의했다.

그러자 호텔에 있던 내게로 지배인이 찾아와 크게 뉘우쳤다며 사과의 말을 하러 왔는데 거듭 사과의 말을 하는 것까지는 좋았으나, '선의에서 한 일'이라는 말을 되풀이했다.

"선의라니 무슨 뜻인가?"

"그게 말입니다, 가게의 동료가 말하기를, 당신은 기사작위를 받으셨는데 작위를 받고 나면 성함을 바꾸는 것이 일반적이어서 당신도 이 이름으로 바꾸셨다고 하기에."

나의 불만이 단번에 해소되었다는 것은 말할 필요도 없으리라. 나는 마음속으로 폭소를 터뜨렸다. 이 사내의 동료들도 모퉁이를 돈 순간에 폭소를 터뜨렸으리라.

다음에 마주한 두어 가지 문제는 내가 홈즈 군의 추리력을 내보이기 위해서 고안해낸 방법과 매우 흡사한 것이었다. 그 일례로 한 신사의 사고방법이 완전히 성공을 거두도록 모방되었다는 이야기를 인용하겠다. 이렇게 된 사건이었다. 한 신사가 실종되었다. 그는 은행예금 40파운드를 찾았으나 이를 누구에게도 지불하지 않고 자신이 가지고 있는 듯했다. 그 돈 때문에 살해당한 것이 아닐까 하는 염려도 있었다. 행방불명되기 전에, 그날 시골에서 나와 런던에 있는 한 커다란 호텔에 있었다는 사실이 밝혀졌다. 그날 밤 그는 한 음악회에 갔다가 10시쯤 회장에서 나와 호텔로 돌아와서는 야회복을 갈아입었는데, 그 야회복은 이튿날 방에서 발견되었지만 본인은 그 이후 행방을 완전히 알 수 없게 되었다. 호텔을 나서는 모습을 본 사람은 없으나 옆방에 묵었던 사람에 의하면 밤새도록 그 방에서 무슨 소리가 들려왔다고 증언했다. 내게 상의를 하러 온 것은 그로부터 일주일이 지난 뒤였는데 경찰도 아는 사실이 아무것도 없었다. 그는 어디에 있는 걸까?

시골에 있는 가족에게서 그러한 사실을 전부 들은 나는 홈즈의 눈을 통해서 사건을 해명하려 노력했다. 나는 시골로 답장을 보내서 틀림없이 글래스고나 에든버러에 갔을 것이라 여겨진다고 말했다. 나중에 에든버러에 갔었다는 사실이 밝혀졌지만 그 일주일 사이에 그는 스코틀랜드의 다른 지역으로 옮겨가 있었다.

나는 여기서 손을 떼었어야만 했다. 왓슨 박사도 종종 보여준 것처럼 설명에 의한 해결은 신비감을 훼손하는 법이다. 그 단계에 이르면 독자는 잠시 책을 내려놓고 자신이 문제를 해명하는 것이 얼마나 간단한지를 보여줄 수 있다. 모든 사실이 내게까지 알려져 있으니 독자도 알고 있다. 그러나 이와 같은 어려운 문제에 대처하는 방법을 잘 알지 못하는 사람들을 위해서 나는 사슬의 연결고리를 조금 지적해보겠다. 내가 가지고 있는 이점은 런던 호텔의 일상적인 관습을 잘 알고 있다는 점이다. 다른 곳의 호텔과는 조금 차이가 있다.

가장 먼저 해야 할 일은 사실을 잘 살펴서 근거가 없는 추측부터 선별하는 일이다. 행방불명이 된 사내가 밤중에 냈다는 소리 외에는 전부 확실한 사실이다. 커다란 호텔에서는 여러 가지 소리가 나는 법인데 들은 소리가 행방불명된 사내가 낸 소리라는 사실을 어떻게 알아낼 수 있겠는가? 커다란 줄기에 문제가 없다면 이 점은 무시해도 좋으리라.

첫 번째로 추론할 수 있는 것은 그가 행방을 감추고 싶어 했다는 점이다. 그게 아니라면 어째서 은행예금을 찾았겠는가? 그는 밤중에 호텔에서 몰래 나갔다. 그러나 호텔에는 야간경비가 있기 때문에 문을 닫아버리면 그에게 알리지 않고 밖으로 나갈 수 없다. 극장으로 갔던 손님이 돌아온 뒤면 출입문은 닫힌다. 그것을 12시라고 하자. 그렇다면 이 사내는 12시 이전에 호텔을 나선 것이다. 음악회에서 돌아온 것은 10시였고, 옷을 갈아입은 뒤 가방을 들고 내려와서 나간 것이다. 본 사람은 아무도 없다. 추정에 의하면 극장에서 돌아온 손님들로 홀이 붐빌 때 그는 나간 것이다. 이는 11시에서 11시 반 사이였으리라. 그 이후라면 설령 문이 열려 있었다 할지라도 드나드는 손님이 적기 때문에, 가방을 들고 나갔으니 반드시 눈에 띄었으리라.

여기까지는 분명하다고 말할 수 있는데 그렇다면 모습을 감추고 싶어 하는 사람이 어째서 그런 시간에 나서지 않으면 안 되었던 것일까? 런던에서 모습을 감출 생각이었다면 호텔 같은 데 갈 필요는 전혀 없다. 그렇다면 그 사람은 분명히 기차를 타고 어딘가로 갈 생각이었던 것이다. 그러나 기차로 어느 지방에 갔다 할지라도 밤에 내리면 사람들의 눈에 띄기 쉽다. 뿐만 아니라 일단 경보가 울려서 인상착의나 풍모가 알려지면 경비원이나 짐꾼이 그것을 기억하고 있을 것이다. 따라서 그것을 돌파하려면 어딘가 대도시가 좋을 것이며, 거기다 그곳이 종점이라면 승객들이 전부 우르르 내리기 때문에 그 사이에 섞여들어 사람들의 눈에 띄지 않게 내릴 수 있다. 시간표를 넘겨가며 에든버러가 됐든 글래스고가 됐든 스코틀랜드로 가는 급행을 타면, 그것도 밤에 출발하는 차를 선택하면 목적을 달성할 수 있다. 야회복을 남기고 간 것은, 다시 말하자면 버리고 간 것이니 앞으로는 격식을 차리지 않아도 되는 환경에서 보낼 생각이었던 것이리라. 이 추론 역시 옳았다는 사실을 알 수 있었다.

이 사건을 인용한 것은 홈즈에 의해서 고취된 추리의 과정을, 실생활에서도 응용할 수 있다는 사실을 보이기 위해서였다. 이 외에도 한 아가씨가 젊은 외국인과 약혼을 했는데 그가 갑자기 실종된 사건이 있었다. 이 사건도 같은 식으로 추리를 한 결과, 어디로 갔는지는 모르겠으나 사랑을 하거나 결혼을 할 만한 가치가 없는 변변찮은 사내라는 사실을 증명해보였다.

그에 반해서 이와 같은 반과학적 방법은 졸속적이고 실용적인 사람이 보여주는 결과에 비하자면 너무 힘들고 느린 경우도 가끔 있다. 나, 혹은 홈즈 군에게 꽃다발을 던지는 것처럼 여겨지는 것도 유감스러운 일이니, 마을의 여관에 든 도둑의 예를 들어보기로 하겠다. 그 여관은 우리 집에서 돌을 던지면 닿을 정도로 가까운 곳에 있었는데 마을의 경관이 아무런 증거도 없이 범인을 잡아들였다. 그때 나는 범인이 왼손잡이이고 부츠 안에 못을 감추고 있으리라는 사실밖에는 아직 아무것도 알지 못했다.

소설 속에서 홈즈 군의 소명을 이끌어내는 이상하고도 또 극적인 효과를 가진 사건은 물론 그를 지금의 모습에 이르게 하는 데 커다란 도움이 되었다. 단서라고 할 만한 것이 아무것도 없는 사건이 가장 효과적이다. 미국에서 그런 사건이 있었다는 이야기를 들었는데 틀림없이 무시무시한 문제로 발전할 듯한 것이다. 어디 한 군데 흠잡을 데 없는 생활을 하고 있던 신사가 어느 일요일 저녁에 가족들을 데리고 산책에 나섰다가 문득 무엇인가를 잊었다는 사실을 떠올린 모양이었다. 그래서 집으로 돌아갔는데 그때 현관의 문은 열려 있었다. 가족들은 밖에서 기다렸는데 아무리 시간이 지나도 그는 나오지 않았을 뿐만 아니라 어떻게 된 일인지 그날부터 행방이 묘연해졌으나 아무런 단서도 없다고 한다. 이는 나의 실생활 속에서도 들어본 적이 없는 기괴한 사건이다.

기괴한 사건이라면 내가 목격한 것 가운데 매우 신기한 일이 한 가지 더 있다. 런던의 한 유명 출판인이 들려준 이야기다. 그 사람의 고용인 가운데 한 부서의 장을 맡은 사내가 있었다. 그의 이름을 여기서는 머스그레이브라고 해두자. 머스그레이브는 근면

한 사내로 성격에도 이렇다 할 만큼 모난 구석은 없었다. 그 머스그레이브가 죽었다. 그의 죽음 자체에는 아무런 문제도 없었으나 그로부터 몇 년이 지난 뒤에 사장 전교로 그에게 한 통의 편지가 왔다. 소인을 보니 캐나다 서부의 관광지에서 보낸 것이었는데 봉투의 앞에도, 뒤에도 보낸 사람은 적혀 있지 않았다. 단 구석에 「첩보」라고만 조그맣게 적혀 있었다.

죽은 사내의 유족들도 어떻게 된 일인지 몰랐기에 출판인이 개봉을 해보았다. 그런데 내용은 백지가 2장 있을 뿐이었다. 한편 편지는 등기우편이었다. 출판인은 달리 뾰족한 수가 없었기에 편지를 그대로 내게 보냈는데 나도 달리 방법이 없었기에 내용물인 백지를 여러 가지 화학약품이나 열로 처리를 해보았으나 아무런 결과물도 얻지 못했다. 단, 필적으로 보아 여자인 듯하다는 사실 외에는 아무것도 알아낼 수가 없었다. 수수께끼는 지금도 풀리지 않은 채로 있다. 발신자는 머스그레이브 군이 수년 전에 죽었다는 사실을 모르는 채로 어떤 비밀을 통보하려 했던 것일까? 무슨 생각으로 백지를 등기우편으로 보낸 것일까? 나의 화학시험이 만전을 기한 것이라고는 할 수 없을지 모르겠으나 전문가에게 맡겼어도 거기서 어떤 결과를 이끌어냈으리라고는 여겨지지 않는다. 이는 명백히 실패한 예 가운데 하나다. 게다가 상당히 답답한 예 가운데 하나이기도 하다.

셜록 홈즈 군은 장난을 좋아하는 사람들의 좋은 표적이 되어왔는데 그들은 수준에 차이가 있는 여러 가지 가짜 사건을 내게 들이밀었다. 표식이 있는 명함, 묘한 경고장, 암호로 쓴 편지, 그 외에 기묘한 통신 등 여러 가지가 있었다. 어리둥절하게 만드는 것 외에 그 어떤 목적이 있는 것도 아닌데 그런 커다란 수고를 아끼지 않는 사람들이 있다는 데는 놀랄 수밖에 없었다. 어느 날 아마추어 당구대회에 참석하기로 되어 있어 홀에 들어가려 하는데 참가자 중 한 사람이 내게 작은 꾸러미를 하나 건네주었다. 열어보니 어느 당구장에서나 쓰는 작은 초크가 들어 있었다. 좋은 물건을 받았다고 생각했기에 조끼 주머니에 넣고 시합 때 그것을 쓰기로 했다. 그 이후 어느 날, 몇 개월인가 뒤의 일이었는데 큐 끝을 문지르고 있자니 초크에 구멍이 뚫려버리고 말았다. 구멍을 들여다보니 그 속에 작은 종잇조각이 있기에 뭘까 싶어 꺼내보니 그 종이에 <아르센 뤼팽이 셜록 홈즈에게>라고 적혀 있었다.

이런 결과를 만들어내는 게 고작인데 그런 귀찮은 일을 한 사람의 속내를 상상해보시기 바란다.

홈즈 군에게는 여러 가지 신기한 사건들이 보내지는데 다음에 들 일례는 심령적인 것이기에 아무리 홈즈라 해도 해결할 길이 없었다. 이야기는 매우 이상한 것으로 그것이 사실이라는 증거는 어디에도 없다. 단, 그 이야기를 보내온 여성의 편지는 매우 진지했으며 주소와 이름도 확실했다는 점뿐이다. 그 사람의 이름은 그냥 시그레이브 부인이라고 해두겠다. 그녀는 뱀 모양을 한 중고반지를 어떤 사람에게서 받았는데 그것은 금으로 만들어진 둔탁한 것이었다. 평소 잘 때는 반지를 뺐는데 어느 날 밤 깜빡하고 반지를 긴 채로 잤더니 무시무시한 꿈을 꾸게 되었다. 팔을 물어뜯고 있는 끔찍한 동물을 필사적으로 떼어내려 하는 꿈이었다. 잠에서 깨어난 뒤에도 팔의 그 부분이 아팠을 뿐만 아니라 이튿날에는 그 부분에 이빨 자국이 두 줄로 나타났고 아랫니가 하나 빠져 있었다. 살갗은 터지지 않았으나 이빨 자국은 검푸른 멍자국이 되어 있었다.

<마음에 걸려서 그 뒤로 몇 개월 동안은 반지를 끼지 않았는데 어느 날 다른 집을 방문할 일이 생겼기에 오랜만에 그 반지를 꼈습니다.>라고 편지에는 적혀 있었다. 자세히 얘기하자면 너무 길어질 테니 간단히 얘기하자면, 같은 일이 또 일어났기에 부인은 반지를 부엌의 아궁이 가운데서도 가장 뜨거운 곳에 집어던져 문제와 영원히 작별을 고했다고 한다. 이 신기한 이야기는 거짓이 아니라고 생각하는데, 그래도 우리 눈에 비치는 것만큼 초자연적인 것도 아니라고 생각한다. 어떤 종류의 강한 정신적 감명이 육체적 효과를 가져다주는 경우가 있다는 사실은 잘 알려져 있다. 그러니 악몽 속에서 무엇인가에 물리면 육체의 그 부분에 물린 자국이 남는 현상도 생각할 수 없는 일은 아니리라. 이와 같은 사례는 의학적 기록 속에서도 충분히 입증되어 있다. 두 번째 사건은 물론 첫 번째 사건에서 온 무의식적 암시에 의한 것이었으리라. 그것이 심령적인 문제였는지, 관능적인 문제였는지는 모르겠으나, 어쨌든 이 사건은 매우 흥미로운 작은 사건이었다.

홈즈에게 보내온 의뢰 내지 질문 속에는 당연히 묻힌 보물에 대한 문제도 섞여 있었다. 그 가운데 진실이라고 여겨지는 것 중 하나에는 다음과 같은 도형이 덧붙여져 있었다. 이는 1782년에 남아프리카 연안에서 조난을 당한 동인도회사의 무역선을 나타내는 것이다. 만약 내가 젊었다면 직접 현지로 가서 스스로 문제를 구명할 마음이 들었으리라.

그 배에는 델리 왕가의 보물을 포함해서 값어치 있는 물건들이 상당량 실려 있었을 것이다. 그들 귀중품이 부근의 해안에 묻혔을 것이라 추정되고 있는데 이 도면은 그 위치를 나타낸 것이라 여겨진다. 당시 동인도 회사의 무역선은 모두 독특한 통신용 수기신호

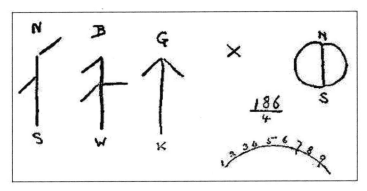

편지 속 암호

를 가지고 있었는데 그림의 왼쪽에 있는 3개의 십자는 3개의 수기신호에서 온 기호라 추측된다. 그것이 무엇을 의미하는지는 인도 관청의 오래 된 문서를 살펴보면 알 수 있으리라 여겨진다. 오른쪽의 원형은 방위를 나타낸다. 커다란 원호는 모래톱이나 바위의 선을 나타내는 것이리라. 아무래도 반원 위 4개의 점에서 186 피트 떨어진 곳을 나타내는 것인 듯하다. 난파 현장은 사람들이 사는 곳에서 떨어진 장소인데 이 수수께끼를 해명하러 가는 사람이 조만간 나타나리라. 실제로 소수의 사람들이 그 목적을 위해서 움직이고 있다.

　이야기가 옆길로 흘러가버린 것에 대해서 사과를 하며, 이쯤에서 장을 새로이 하여 이야기를 나의 올바른 경력으로 옮겨가지 않으면 안 되리라.

제12장 노우드와 스위스

　노우드에서의 생활 가운데 가장 커다란 사건은 아들 킹슬리가 태어난 일이었다. 아들은 제1차 세계대전[114]에 참가해 남자로서 자랑스러운 임무를 수행했으나 종전 후 얼마 지나지 않아서 세상을 떠났다. 나의 일상은 매우 바빠서 종교 방면의 발전에 기울일 시간은 거의 없었지만 심령문제에는 끊임없이 마음이 끌려 이 시기에 나는, 현재 선배 회원 자격으로 있는 심령연구협회에 입회했다. 나 자신은 심령적 경험이 거의 없었으며 나의 유물주의적 사상은 노우드 시대의 마지막 무렵에 쓴 『스타크 먼로 편지』에서도 볼 수 있는 것처럼 매우 견고해서 좀처럼 깨질 만한 것이 아니었다. 그렇다고는 하지만 몇 년 전부터 그런 심령학의 이론이나 경험에 관한 문헌을 읽음에 따라서 심령주의자들의 입장이 얼마나 굳건한 것인지에 대해서 감명받았으며, 동시에 그 반대자들의 태도가 얼마나 경솔하고 정확한 지식과 존엄이 결여된 것인지를 깨닫게 되었다. 이 문제의 종교적인 면에 마음이 움직이지는 않았으나 윌리엄 크룩스 경, 바렛, 러셀 월리스, 빅토르 위고, 체르너 같은 사람들이 증명한 현상들이 주는 매우 강한 인상은 그에 대한 반발을 찾아볼 수 없게 만들었다. "전혀 믿을 수 없는 일이지만, 그래도 역시 사실이다."라고 크룩스 경은 말했는데, 이 짧은 경구는 내 마음이 끌리는 이유를 잘 보여준 것이다. 나는 심령 신문인 『빛』을 통해서 매주 한 번씩 자극을 받았는데 그것은 지금에 이르는 오랜 세월 동안, 영국의 어떤 정기간행물에도 뒤지지 않는 지식을 내게 제공해주었다고 해도 좋으리라.

1880년부터 1893년에 걸친 나의 즐거운 추억은 내가 어쨌든 신진작가가 되어 런던 문단에 처음으로 등장했다는 사실에 있을 것이다. 당시의 런던 문단은 영국의 대문학자들이 사라져버렸으며, 그를 대신할 만한 신진작가는 아직 나오지 않은 한탄할 만한 풍조 속에 있었다. 그러나 사실은 상당히 활발한 모습을 보이고 있어서, 물론 디킨스나 새커리와 같은 대문호는 나오지 않았지만 재능 많은 작가들이 속속 자라고 있었기에 그 다채로움과 높은 수준이라는 면에서 말하자면 영국 문학사상 어느 시기에도 뒤지지 않는다고 나는 믿고 있다. 1888년부터 1893년에 걸쳐서 러디어드 키플링, 제임스 스티븐 필립스, 왓슨, 그랜트 앨런, 웰스, 배리, 버나드 쇼, H. A. 존스, 피네로, 마리 코렐리, 스탠리 와이먼, 앤서니 호프, 홀 케인과 그 외의 수많은 작가들이 등장했다. 나는 젊음과 힘으로 넘쳐나던 그들 가운데 여러 사람들과 만난 적이 있다. 중진들은 틀림없이 약간 쇠퇴한 모습을 보이고 있었기에 젊은 작가들이 독자를 얻는 데 그다지 저항을 느끼지는 못했다. 윌키 콜린스, 트롤럽, 조지 엘리엇, 찰스 리드는 이미 문단에서 떠난 뒤였다. 나는 찰스 리드를 늘 존경해왔다. 그도 그럴 것이 이야기의 재미뿐만 아니라 그는 새로운 기법의 개척자로서도 위대했는데 리얼리즘을 처음으로 확립해서 정성스럽게 조사한 사실에 바탕을 둔 작품을 썼기 때문이다. 그는 졸라[115]의 문학적 아버지였다. 조지 엘리엇은 긴장감이 약간 떨어지기에 나는 감탄하지 않았지만, 트롤럽은 제인 오스틴을 모방한 구석이 있다 할지라도 독창적인 작가라고 생각한다. 그 어떤 작가도 결코 완전하게 독창적일 수는 없다. 어딘가에서 자신이 가지로서 성장한 고목과 연결되어 있는 법이다.

아들 킹슬리

　이 무렵 내가 만난 문인들 가운데 가장 인상에 남아 있는 것은 새로 등장한 잡지 『아이들러』에 모여든 한 무리의 작가들이었다. 그것은 대단히 유머러스한 『보트 속의 세 남자』로 단번에 유명해진 제롬 K. 제롬이 시작한 것이었다. 이 작품은 청춘이 가져다주는 모든 활기와 기쁨을 가지고 있어서 지금도 아주 가끔이기는 하지만 슬픔에 갇힐 때면 이 책을 펼쳐 어둡고 음울한 기분을 웃음으로 날려버리고 있다. 대부분의 유머 작가가 그렇듯 제롬의 성격에는 매우 진지한 일면이 있는데, 이는 『3층의 끝』을 본 사람이라면 누구나 알 수 있을 테지만 그는 정치 문제에 있어서는 오로지 자신의 주장을 관철시키기 위해 열중해서 전투적이 되며 그렇기에 몇몇 친구들과는 사이가 벌어졌다. 『아이들러』는 그 외에도 로버트 바가 공동편집자였는데 그는 영국, 아니 오히려 스코틀랜드와 미국의 피가 섞인 다혈질적 거친 태도와 격한 말 속에 매우 친절한 마음씨를 품고 있는 인물이었다. 그는 내가 만난 가장 뛰어난 좌담가 가운데 한 명으로, 오히려 작가로서의 그는 거기에 미치지 못하는 것이 아닐까 늘 느끼고 있다. 디킨스의 작품에 나올 법한 기묘하고 다정한 인물을 닮은 조지 버긴이 부편집자였으며, 거기에 배리, 쟁월과 그 외의 신진작가들이 정기적으로 모여 식사를 했다. 나는 『스트랜드』를 배신한 것은 아니었으나 가끔 그 잡지에서 필요 없어진 원고가 나오면 『아이들러』에 넘겼기에 『아이들러』와도 관계를 맺고 있었다. 이 시절에 이런 경위로 나는 제임스 배리와 알게 되었다.

노우드에서 생활하던 때를 생각하면 2개의 서로 다른 추억이 곧잘 떠오르곤 한다. 그중 하나는 프랑스와의 전쟁이 일어날 것 같은 기운이 느껴진 일로 나는 『센트럴 뉴스』의 지중해 보도원에 지원했다. 지중해가 이 전쟁에서도 가장 활발하고 흥미로운 중심지구가 될 것이라 생각했기 때문이었다. 나는 승낙을 얻어 출발 준비를 완전히 마쳤으나 다행스럽게도 전쟁의 위험은 그냥 지나버리고 말았다. 두 번째 사건은 내가 처음으로 연극계에 발을 들여놓은 일이다. 나는 「1815년의 낙오자」라는 단편을 쓴 적이 있는데 거기서 노병과 그의 생활을 생생하게 재현했다고 생각한다. 작품을 쓸 때 나의 눈은 눈물로 흐려졌는데 이야말로 읽는 사람까지도 같은 감정에 빠지게 하는 가장 확실한 길이다. 이를 대본으로 고쳐 써서 대담하게도 헨리 어빙[116]에게 보냈다. 그리운 에든버러 대학 시절에 그의 『햄릿』과 『라이언스 메일』을 보기 위해서 밤마다 6펜스를 지불하고 가장 꼭대기 관람석에 올랐던 때부터 그의 팬이었다. 그런데 참으로 기쁘게도 그 명배우의 비서인 브램 스토커로부터 편지가 와서 이 작품의 상연권을 100파운드에

살 수 있겠느냐고 물어왔다. 상대방에게 있어서 이는 득이 되는
구입이 되었다. 왜냐하면 어빙은 이 연극의 그레고리 브루스터 상
병 역으로 호평을 얻었으며, 게다가 그가 나이를 먹을수록 자연스
럽게 연기할 수 있는 역이 되었기 때문이다. 관객은 내가 그것을
썼을 때와 똑같이 웃기도 하고 울기도 했다. 평론가 가운데 이러
한 성공은 전부 대배우의 연기력에 의한 것이지 평범한 원작 희곡
에 의한 것은 아니라고 평한 사람도 있었으나, 내가 마지막으로
이 연극을 본 것은 한 마을의 초라한 무대에서 근처 부대의 진짜
상병이 이 역을 연기한 것이었는데, 거기서 관객들에게 준 효과는
라이시엄 극장에서 어빙이 연기한 것과 완전히 똑같았다. 그러니
까 결국은 원작 희곡 속에 어떤 힘이 있었던 것이다. 게다가 모든
무대효과는 물론 원작 속에 적혀 있다. 덧붙여 말하자면 돈에 관
한 한 대범한 성격이었던 어빙은 이 작품의 상연권을 사들였음에
도 불구하고 상연할 때마다 내게 1기니씩을 반드시 보내주었다.
어빙의 사후에는 아들인 헨리 어빙이 상연권을 물려받아 출연했
는데 내 생각에는 아들이 아버지보다 더 잘 연기한 듯했다. 내가
그 사실을 이야기하자 그가 기쁨에 상기되어 내 손을 굳게 잡았던
사실을 지금도 기억하고 있다. 몸매까지 아버지를 빼닮은 그가 그
커다란 재능에도 불구하고 언제나 아버지의 명성 아래서 존재감
을 드러내지 못했으니 그 고뇌는 짐작하고도 남음이 있다. 장래성
있는 그가 젊은 나이에 세상을 떠나고, 동생인 로렌스 부부가 그
이름도 같은 캐나다의 로렌스 강에서 목숨을 잃은 일은 연극계에
커다란 손실이었다.

　여기서 우리의 생활을 어두운 쪽으로 바꾸게 한 커다란 불행에
대해서 이야기하기로 하겠다. 내가 아내를 데리고 스위스 여행을

했다는 사실은 앞서 이야기한 적이 있다. 이 여행에서 너무 많이 움직인 탓인지, 혹은 숙소의 침대에서 감염한 것인지 그것은 모르겠으나, 어쨌든 귀국한 지 몇 주 지나자 그녀는 옆구리의 통증을 호소하며 자꾸만 기침을 해댔다. 나는 별일 아닐 것이라 생각했으나 어쨌든 근처의 좋은 의사를 불러 진찰을 받게 했다. 그런데 놀랍게도 침실에서 내려온 의사는 양쪽 폐가 크게 손상됐으며 급성 폐결핵의 징후가 뚜렷하게 보이는데 그녀와 그 혈통의 가족력으로 봐서 근본적인 치료는 불가능한 중태라고 말했다. 4살과 1살이 된 두 아이가 있는데 이처럼 위험한 상태에 빠지다니 참으로 난처한 국면이었다. 나는 더글러스 파월 경을 모셔다 아내의 병상을 다시 한 번 확인했다. 그리고 이 난국을 타개하기 위해서 모든 힘을 쏟아 붓기 시작했다. 집은 비워졌고 새로 산 가구는 팔아치웠으며, 그녀의 몸을 급속하게 갉아먹고 있는 저주스러운 세균을 없애는 데 가장 좋은 장소라 여겨진 알프스 고지대의 다보스에 가기로 했다.

그것은 성공적이었다. 병은 이른바 '분마성 결핵'이라 불리는 것이었는데 몇 개월밖에 살지 못하리라 의사가 말했음에도 그 숙명적 결말을 1893년에서부터 1906년까지 연기할 수 있었으니 이는 우리가 취한 방법이 현명했기 때문이라고 해도 좋으리라. 환자의 일상도 행복했다. 그곳은 참으로 아름다운 풍광을 가진 곳이기 때문이었다. 통증으로 괴로워하는 일도 별로 없었으며 그 병 특유의 낙관적인 사고와 그녀 자신의 조용하고 불평을 모르는 성격 덕분에 요양생활을 계속할 수 있었다.

다보스에는 이렇다 할 사교적 모임도 없었고 우리의 생활은 눈과 전나무 숲에 둘러싸여 있었기에 나는 일에 마음껏 열중할 수 있었으며, 한편으로는 이 지방에서 유명한 겨울 스포츠도 즐길 수 있었다. 여기서 나는 제라르 준장 시리즈를 몇 편이나 썼는데 그들 단편은 주로 『마르보 장군의 추억』이라는 위대한 책에 바탕을 둔 것이었다. 이 책은 나폴레옹 시대에 대한 자세한 조사로 가득 차 있는데, 따라서 나의 군대에 관한 묘사는 매우 정확한 것이라 생각한다. ─그 증거로 나폴레옹 시대의 군사(軍事) 연구로 유명한 군사평론가 아치볼드 포브스 씨로부터 나는 칭찬의 편지를 받았다. 겨울이 끝나기 전에 아내 병의 진행이 멈추었음을 분명히 알 수 있었다. 하지만 병이 재발할까 두려워 영국으로 돌아갈 마음은 들지 않았기에 여름이 오자 엥가딘 계곡 안에 있는 다른 요양지인 말로야로 옮겨 거기서 지금까지 얻은 것을 유지하려 노력했다. ─그리고 그것은 때때로 예전으로 돌아가기는 했으나, 거의 성공적이었다.

여동생 로티가 지금까지의 일을 훌륭하게 마치고 자유의 몸이 되었기에 우리가 있는 곳으로 와서 합류했다. 그 아래 동생인 코니는 훨씬 더 전에 포르투갈에서 돌아와 노우드에서 우리와 합류했는데 거기서 소설가인 E. W. 호능[117]을 알게 되어 마침내 그와 결혼했다. 그야 어찌 됐든 로티가 왔고 환자의 회복도 현저한 것이어서 갑자기 나빠질 염려도 없었기에 나는 다시 자유로이 활동할 수 있게 되었다. 나는 아내가 병들기 전에 영국에서 문학에 관한 몇몇 강연을 했었는데 그 활기 넘치는 일은 내게 기분 좋은 것이었다. 그런데 이때 미국에서도 같은 일로 와주지 않겠느냐는 강한 요청이 있었기에 1894년 늦가을에 나는 그 새로운 모험을 위해 출발했다.

사우스시에서 막 살기 시작했을 무렵에 우리 집으로 와서 리치몬드의 퍼블릭 스쿨을 마친 남동생 이네스가 마침내 사관학교를 졸업하고 이제는 위관(尉官)이 되어 있었다. 나는 누군가 이야기 상대가 필요했으며 그에게도 좋은 기분전환이 되리라 생각했기에 같이 미국으로 가자고 요청했다. 이렇게 해서 우리는 불운으로 가득한 독일 기선 엘베 호를 타고 대서양을 건너게 되었는데 그 배는 그 바로 뒤에 북극해에서 석탄선과 충돌하여 침몰해버렸다. 그 무렵 이미 영국에 대한 이유 없는 증오가 보이기 시작했는데 이는 그로부터 20년 후 독일제국을 붕괴시키는 하나의 싹이 되는 것이었다. 배 위에서 어떤 기념일을 맞이하여 살롱 가득 독일과 미국의 깃발로 장식되어 있었으나, 상당한 숫자의 영국 승객이 있었음에도 영국 깃발은 하나도 보이지 않았다. 그랬기에 나는 이네스와 얘기해서 영국 국기를 꺼내다 그것을 높다랗게 내걸었다. 그러나 난처하게도 딱 하나밖에 없었기에 매우 눈에 띄었다.

미국에서는 폰드 소령이라는 사람이 주최자였는데 그는 특이한 인물이었다. 커다란 체구에 동작이 굼뜨고 둔감하고 염소수염을 길렀으며 코맹맹이 소리를 냈는데, 말하자면 그 나라의 모습을 그대로 인간화한 것 같다는 느낌이 들었다. 남북전쟁에 참전했으며 당시의 여러 역사적 사건에도 참여한 경험을 가지고 있었다.

그는 사람 좋고 친절한 사내로 우리는 그 후로도 오래도록 우정을 쌓았다. 항구까지 마중을 나온 그는 우리를 조그만 호텔로 안내해주었으며 그 옆에 있는 알라딘 클럽이라는 작은 클럽에서 식사를 함께 했다.

미국이라는 거대하고 복잡한 나라에 대해서는 훗날 좀 더 냉정한 상황에서 방문했을 때의 기록을 바탕으로 나중에 이야기하기로 하고, 이때는 시간조차 제대로 낼 수 없었기에 전체적인 관찰도 할 수가 없었다. 폰드가 매우 빡빡하게 일정을 잡아놓았고, 한편 나는 크리스마스에는 다보스로 돌아오겠다고 아내와 약속을 해두었기에 나의 봉사에는 한계가 있었다. 나의 첫 번째 낭독은 폰드가 새로운 강연자를 내세울 때면 언제나 사용하는 상류의 침례교회에서 행해졌다. 우리가 대기실에서 나와 청중 앞으로 나서려 한 순간, 나는 귀에 무엇인가가 긁히는 것을 느꼈다. 손을 들어 살펴보니 목깃이 떨어져 넥타이가 흘러내렸으며 그것이 원인이 되어 넥타이핀이 어딘가로 사라지고 없었다. 연단으로 나가는 출구 바로 앞에 서서 폰드가 자신의 넥타이핀을 떼어 내게 건네주었다. 나는 그것을 받아 내 목깃을 바로잡은 다음 아무 일도 없었다는 듯한 얼굴로 연단에 올랐다. 폰드는 차림새를 고치기 위해서 발걸음을 돌렸다. 대중 앞에서 창피를 당하기 직전에 도움을 받는 경우는 흔히 있는 법이지만 이는 참으로 묘한 경험으로 단순한 우연 이상의 일일지도 모른다.

낭독은 원만하게 진행되어 청중이 커다란 박수를 보내주었다. 낭독에 관해서 나는 내 나름대로의 이론이라 할 만한 것을 가지고 있는데 그것은 연기 같은 것은 가미하지 않고 가능한 한 자연스럽게, 또 알아듣기 쉽게 행해야 한다는 것이다. 이와 같은 방법은 틀림없이 청중을 따분하게 하지 않는다. 솔직히 말하자면 소년 시절에 어머니께서 읽어주신 것과 같은 방법으로 낭독한 것이다. 내용은 내 자신의 작품도 포함해서 영국의 최근 작가들의 작품에서 발췌한 것으로 심각한 내용과 가벼운 내용이 섞여 있었기에 1시간 정도는 청중을 그럭저럭 즐겁게 해줄 수 있었다. 몇몇 신문은 내가 낭독을 아주 못한다고 주장했는데, 그것은 아마도 내가 연기를 전혀 하지 않았다는 의미이리라. 나의 방법에 동조를 해주는 듯한 신문도 있었다. 어쨌든 나는 매우 흡족하게 받아들여졌기에, 그날 밤에는 미소를 지으며 잠들 수 있을 것 같다고 폰드는 말했다. 그 이후 그는 시간이 허락하는 한 많은 계약을 할 수 있었다. 북쪽으로는 보스턴에서부터 남쪽으로는 워싱턴까지 나는 크고 작은 도시들을 방문했으며, 서쪽으로는 시카고와 밀워키까지도 갔다.

가능한 한 서둘러야만 다음 강연 시간에 간신히 맞출 수 있는 경우도 종종 있었다. 예를 들어서 한번은 뉴욕의 데일리 극장에서 낮의 일정을 소화하고 그날 밤에 100마일이나 떨어져 있는 프린스타운 대학에서 강연을 했으며, 이튿날 오전에는 필라델피아에서 행사에 참석한 적도 있었다. 내가 더없이 피곤했던 것도 이상한 일은 아니었다. 특히 그때는 금주령118) 전의 떠들썩한 접대가 있어서 마치 방문자의 기력을 빨아먹는 듯했기에 더욱 그랬다. 이 모두가 친절함에서 나온 것이지만 일을 해야 하는 사람에게는 위험하다. 딱 한 번 마음 편안한 시간이 있었는데 그것은 러디어드 키플링119)을 방문했을 때로 아직도 유쾌한 추억으로 남아 있다. 이때의 며칠을 제외하고는 아침부터 밤까지 쉬지 않고 바쁘게 움직였기에 나는 녹초가 되어 뉴욕에서 리버풀까지 오는 배 안에서는 거의 침대 위에서만 시간을 보냈다.

이 여행에 대한 추억은 피곤에 절어버린 사람의 혼란스러운 것에 지나지 않는다. 유쾌했던 일이 하나 떠올랐다. 데일리 극장에서 힘차게 연단 쪽으로 향하던 순간, 무대 입구의 문턱에 발이 걸려 거기서부터 청중들이 있는 쪽으로 나무판자를 깔아놓은 경사면을 책과 서류 등을 흩뿌리며 비틀비틀 내려가버리고 말았다. 청중들은 박장대소하며 앙코르를 외치고 있는 듯했다.

우리의 미국 방문은 미국 전역에서 불고 있던 반영 감정의 소용돌이에 종종 상처를 받곤 했다. 이러한 감정은 미국 초기의 역사에 뿌리를 두고 있는데 그것이 아일랜드계 언론인이나 정치가들의 집요한 적개심에 의해서 끊임없이 과장되고 선동되어 일어난 것이다. 영국인 여행자에게 있어서 이러한 것은 매우 터무니없고 경멸스러운 것처럼 느껴진다. 왜냐하면 그러한 감정이 얼마나 일방적인 것이며, 또 예를 들자면 미국의 국기가 영국의 모든 회장에서 얼마나 환영받는지를 그들은 잘 알고 있기 때문이다. 자국에만 머물러 있는 미국인은 이러한 사실을 모르기에 아마도 미국인이 영국인을 함부로 대하듯 자신들의 나라도 영국에서는 그런 대접을 받으리라 생각하고 있기 때문인 듯하다. 던레이븐[120]에서의 요트경주가 이 만성적인 악감정에 박차를 가했기에 우리가 미국을 찾았을 무렵에는 한층 더 격렬해져 있었다. 한 가지 떠오르는 일은, 디트로이트의 한 클럽에서 우리를 위한 연회가 열렸을 때 술에 많이 취한 주최자 가운데 한 명이 자리에서 일어나 영국 제국을 심하게 공격하는 연설을 시작한 적이 있었다. 나와 동생, 그리고 마침 참석해 있던 한두 명의 캐나다 사람은 당연히 매우 분개했으나[121] 그것도 밤이 깊었기 때문이라 생각하고 간신히 참았다. 그래도 나는 그 연설에 대한 답변만은 허락을 구하고 행했는데 참석자 가운데 한두 사람은 내가 한 말을 결코 잊을 수 없을 것이라고 말해주었다. 그 답변 속에서 나는 "여러분 미국 사람들은 지금까지 자신들의 울타리 속에서만 생활을 해왔기에 지금의 바깥 세계에 대한 지식이 조금도 없습니다. 그러나 지금 여러분의 나라는 포화상태에 이르러 이제는 다른 나라와의 교섭이 반드시 필요하게 되었습니다. 그렇게 되면 여러분이 취하는 방법이나 그 소망을 정말로 이해해주는 나라는 딱 하나밖에 없다는 사실을 알게 될 것입니다. 적어도 그 나라가 공감을 잃는 일만은 없을 것입니다. 그것은 바로 당신들이 지금 모욕하고 있는 어머니의 나라 영국입니다. 영국은 지금 하나의 제국이며, 미국도 머지않아 제국이 될 것입니다. 그때가 되면 당신들은, 서로를 이해하는 참된 친구를 세계에서 단 하나 가지고 있다는 사실을 깨닫게 될 것입니다."라고 말했다. 그로부터 겨우 2, 3년 지나서 쿠바 전쟁이 일어났고 마닐라만에서 영국의 사령관이 미국인들과 공동으로 독일군과 싸우는 등 여러 가지 사건이 일어나 내 말의 진실성을 실증해 주었다.

　평균적인 수입을 가진 작가라면 강연여행에서, 설령 그것이 미국이라 할지라도 아주 오랜 시간, 그것도 매우 열심히 돌아다니지 않는 한 수입 면에서는 손실을 가져오는 경우가 흔하다. 손실이라고 했지만 실제로 돈을 쓰게 된다는 의미가 아니라, 서재에 들어앉아 있는 편이 훨씬 더 득이 된다는 의미다. 내 경우를 말해보자면, 두 사람이 쓴 돈을 제하고도 1000파운드 정도의 돈이 남았다. 이 1000파운드를 쓴 일을 통해서 나는 기도의 힘에 대한 기묘한 일례를 제공하게 되었는데 그 일에 대해서는 S. S. 매클루어 씨가 이미 글을 쓴 적이 있으니 여기서는 스스러워할 것 없이 말해도 좋을 듯하다. 그의 글에 의하면 잡지의 경영에 노력했으나 마침내 마지막 돈까지 전부 써버려 사무실 바닥에 무릎을 꿇고 앉아 도움을 청하는 기도를 하고 있는데 한 번도 본 적이 없는 영국인이 들어와 이렇게 말했다고 한다. "매클루어 군, 나는 자네와 자네 잡지의 장래성을 믿고 있다네." 그리고 1000파운드를 책상 위에 놓았다는 것이다. 참견하기 좋아하는 사람들은 그런 경영 상태에 있는 잡지사에서 잘 알지도 못하는데 신뢰를 해주는 사람에게 1000파운드 액면가격으로 주식을 파는 것은 도를 넘어선 일이라고 말할지도 모르겠다. 오랫동안 나는 샘 매클루어에게는 틀림없이 행운이 찾아올 것이라 내다보고 있었다. 그러나 나까지 그 행운의 덕을 입게 될지 어떨지는 전혀 알 수 없었다. 그러나 결국은 돌고 돌아서 그 거래가 양쪽 모두에게 행운을 가져다주었기에 나는 20년 후에 그 1000파운드의 주식을 상당한 이익과 함께 팔 수 있었다. 물론 그 당시에는 미국에서 번 돈을 전부 거기에 쏟아 부은 뒤, 앞날의 일에 대해서는 전혀 모르는 채로 다보스로 돌아갔다.

돌아와보니 다보스는 완전히 겨울 시즌이 되어 활기로 넘쳐나고 있었으며, 아내는 병을 잘 다스리고 있었다. 나중에 스포츠에 관한 장에서 다시 이야기하겠지만 이 무렵, 다시 말해서 1895년 초에 나는 스위스에서 스키를 발전시켰다. 우리는 다보스에서 오래도록 머물렀기에 그 사이에 내 손으로 골프 코스를 개척하기도 했는데, 거기서는 소가 붉은 깃발을 씹어 찢어놓는 등의 진귀한 일도 일어나곤 했다. 그러나 결국 우리는 다보스에서 제네바 호수 너머에 있는 코로 옮겼으며, 나는 거기서 몇 개월 동안 착실하게 일을 했다. 가을이 되어 여자들은 코에 남겨두고 영국으로 돌아왔는데 이 여행에서 나는 내 생애의 길을 새로운 방향으로 바꾸는 일을 만나게 된다.

제13장 1896년의 이집트

우리의 생활을 그토록 완전히 비참한 것으로 만들었던 파멸의 병균, 덕분에 말로 표현할 수 없는 고통을 견뎌야 했던 그것도 이제는 잠복상태에 들어간 듯 보였기에, 이집트 부근에서 한 겨울을 나면 완전히 건강을 회복하는 게 아닐까 여겨졌다. 짧은 기간이었기에 나는 영국에 와 있는 동안 여러 가지 용무를 처리하느라 밤낮으로 정신이 없었는데 어느 날 점심 모임에서 그랜트 앨런[122]과 만났다. 이야기가 폐병에 관한 것에 이르자 그는 자신도 폐병을 앓은 적이 있는데 서리 주의 힌드해드의 풍토와 공기 덕분에 건강을 완전히 회복했다고 말했다. 영국으로 돌아와 살 수 있다는 희망과 우리 누구에게나 불편한 외국생활과도 작별을 고할 수 있을 것 같다는 사실은 생각하는 것만으로도 기뻤다. 나는 지체하지 않고 움직였다. 우선 힌드해드로 직행해서 마음에 드는 땅을 사들인 뒤, 건축에 관해서는 옛 친구이자 심령연구에서도 동지인 사우스시의 볼 씨에게 일을 맡겼다. 그리고 1895년 가을에 영국을 떠나기 전까지, 건축사의 선정에서부터 그 외의 모든 일들이 순조롭게 진행되었다. 이집트에 갔던 일이 성공을 거두면 본국으로 돌아왔을 때 바로 살 집이 생기는 셈이었다.

그런 다음 나는 아내와 코에 있는 여동생 로티를 데리고 출발해서 우선은 이탈리아로, 가능한 한 편안하게 로마에서 며칠을 보낸 뒤 브린디시에서도 그렇게 했고 마침내 이집트로 가는 배에 올랐다. 카이로에 도착해서는 피라미드에서 가까운 메나 호텔을 숙소로 정하고 거기서 겨울을 날 준비에 들어갔다. 나는 여전히 제라르 준장을 집필 중이었는데 거기에는 많은 양의 역사적 자료가 필요했지만 재료는 충분히 가지고 있었기에 필요한 것은 정력뿐이었으나 이 나라의 풍토는 아무래도 정력을 앗아가는 듯했다.

전체적으로 봐서는 즐거운 겨울이었으며 생각지 못했던 즐거움도 극점에 달해 있었다. 커다란 피라미드에도 한 번은 올랐으나 그 뒤부터는 관광객들이 고생스럽기는 하나 그다지 보람은 없는 노력을 기울이는 모습을 바라보는 데만 만족했다. 여기에는 일종의 골프와 승마 같은 것이 있었다. 말에는 미숙했으나 이는 연습할 수밖에 없다고 생각했기에 조금은 미심쩍어 보이는 말 대여점으로 가서 말 한 마리를 빌렸다. 일반적으로 대여해주는 말은 둔감한 것이 많은데, 지금도 뚜렷하게 기억하고 있지만 그때 빌린 말은 평균을 뛰어넘는 것이었다. 나의 오른쪽 눈꺼풀이 약간 처져 있는 것처럼 보인다면 그것은 철학적 사색 때문이 아니라, 쓸데없이 예민하고 옆구리가 길고 언제나 쉬지 않고 귀를 움직이는 검은 악마 때문이다. 첫눈에 보기에도 마음에 들지 않았는데, 한쪽 발을 걸쳤는가 싶은 순간 마치 경주마처럼 내달리기 시작했다. 말은 황무지를 달리기 시작했고 나는 등자에 한쪽 발을 건 채 떨어지지 않기 위해 필사의 노력을 기울였다. 곧 지쳐서 멈추리라 생각했는데 어느 틈엔가 경작지까지 와 있었다. 그리고 양쪽 앞발 모두 말굽 위쪽의 돌기 부분까지 흙 속에 박혀버리고 말았다. 그렇게 해서 갑자기 멈췄기에 말의 머리 너머 앞쪽으로 날아갈 뻔했으나 있는 힘을 다해서 굴레에 들러붙어 있었다. 말도 있는 힘을 다해서 버텼는데 그때 머리로 내 눈 위를 세게 쳤기에 그곳이 별 모양으로 찢어져 피투성이가 되었다. 그 다음 나는 말을 끌고 돌아갔는데 그때는 베란다에 사람들이 가득해서 정말 볼 만한 광경이었다. 다섯 바늘을 꿰맸지만 다행스럽게도 실명은 하지 않았다.

아내의 건강도 좋아져 사교계에 나갈 수 있게 되었으며 동생도 그것을 즐길 나이였기에 카이로에서의 생활은 쾌적했다. 메나는 카이로에서 7마일 떨어져 있는데 그 길은 세계에서도 손꼽힐 정도로 단조로웠기에 카이로에서의 지나친 향락을 자제하게 해주었다. 오가기가 귀찮았기에 웬만한 유혹이 아니고서는 움직이지 않았다. 그래도 나는 남성들만의 사교계에 들어가 있었기에 새로운 이집트의 운명을 짊어지고 있는 훌륭한 사람들과 사귈 수 있었다.

1896년이 밝은 지 얼마 되지 않아서 우리는 쿡 회사의 배를 타고 나일 강을 거슬러 올라가 문명의 전진기지인 와디 하이파까지 갔다. 이 정도의 상류쯤 되면 강가는 그다지 안전하지 않아서 낙타를 탄 약탈자들이 종종 출몰하곤 하지만 물 위에서 그럴 일은 없었다. 동시에 이런 유람여행의 관리자들은 너무 커다란 위험을 무릅쓴다는 생각이 들었다. 한번은 아부시르의 바위 위에 아무런 힘도 없는 한 무리의 관광객 남녀가 뒤섞여 있었는데, 물론 우리에게는 아무런 일도 일어나지 않았지만, 지금 낙타를 탄 부족의 원정대가 나타나기라도 한다면 어떻게 되는 걸까 조마조마한 적이 있었다. 4명의 흑인 병사가 우리를 지켜주었으나 그들도 습격대가 나타나면 무기력하기는 마찬가지이리라. 이때의 강한 인상

이 훗날 『코로스코의 비극』이 되었으며, 미국에서는 『사막극』으로 출판되었고 나중에 이를 바탕으로 『운명의 빛』이 상연되었다.

이 여행에서 몇 개의 신전을 답사했는지는 모르겠으나 헤아릴 수 없을 정도로 숫자가 많았는데 태고의 것에서부터 클레오파트라를 거쳐 로마 시대의 것까지 있었다. 이집트 역사의 당당한 전통은 특별히 기술할 만한 가치가 있는 듯하다. 초대 왕조의 무덤은 아비도스에 가면 볼 수 있는데 거기서는 돌에 깊이 새긴 성스러운 독수리, 거위, 호루스와 오시리스의 상징인 물새 떼 등도 볼 수 있다. 이들은 피라미드가 세워지기 훨씬 전의 것들로 적어도 기원전 4천 년 전의 것들이다. 다음으로 프톨레마이오스 왕이 조영한 신전을 살펴보기로 하겠다. 이는 알렉산더 대왕 이전의 것으로 서로 다른 고대의 기호가 같은 방법으로 새겨져 있다. 이와 같은 것은 세계 어디에도 없다.

아내를 메나에 남겨두고 이집트군의 루이스 대령과 함께 길을 떠났는데 그는 훌륭한 길동무이자 안내자였다. 길가의 역에 도착해보니 어마어마한 마차가 우리를 기다리고 있었다. 서커스의 마차라고 해야 할지, 번쩍번쩍 빛나는 것이었다. 물어보니 나폴레옹 3세가 수에즈 운하 개통식에 참석할지도 몰랐기에 국가에서 준비했던 마차였다고 한다. 당시까지도 충분히 쓰이고 있었으니 틀림없이 잘 만들어진 것이라고 할 수 있었으나, 그런 사막 한가운데서는 어딘가 생뚱맞은 느낌이었다.

어쨌든 그것을 타고 출발했는데 길잡이가 되어준 것은 모래 위에 남아 있는 바큇자국뿐이었으나 그것도 지면이 딱딱한 곳에는 남아 있지 않았다. 어디를 봐도 광활한 모래 황무지가 커다랗게 물결치고 있었으며, 멀리 뒤편으로 보이는 녹색 나무의 행렬은 나일 강의 위치를 나타내고 있었다. 검은 점과 같은 것이 멀리로 한 번 보였는데, 점점 다가감에 따라서 그것은 동양인이 걸어오고 있는 것이라는 사실을 알게 되었다. 바로 옆까지 오더니 그 동양인이 거뭇한 입을 손가락으로 가리키며 "모야, 모야"라고 외쳤다. 그것은 물을 말하는 것이었다. 우리는 물을 가지고 있지 않았기에 뒤편의 녹색지대를 가리킬 수밖에 없었는데, 그 동양인은 무엇인가 한마디 내뱉고는 녹색지대를 향해 비틀비틀 걸어갔다.

생각지도 못했던 일이 벌어졌다. 하늘이 갑자기 어두워지더니 비가 쏟아지기 시작한 것이었다. 그 지방에서는 거의 볼 수 없는 현상이었다. 그래도 우리는 말 두 마리를 재촉해서 천천히 앞으로 나아갔으며 루이스 대령은 당황하지 않았다. 그런데 희미한 불빛 속에서 말이 발걸음을 늦추더니 흑인 마부가 뛰어내려 지면을 이리저리 자세히 살펴보다가 절망에 빠진 표정을 지어보였다. 바큇자국이 보이지 않아 어디로 가야 좋을지 모르게 된 것이었다. 그래도 우리가 길보다 남쪽에 있다는 사실은 알 수 있었다. 문제는 어느 쪽이 남쪽이고 어느 쪽이 북쪽인가 하는 점이었다. 식량도

물도 전혀 가지고 오지 않았기에 참으로 난처했다. 거기서 움직이면 일이 더욱 어려워질 터였다. 그러는 사이에 밤이 되어버렸다. 나는 어떻게 해야 좋을지 몰라 하늘을 올려다보았는데, 잠시 후 구름이 갈라진 틈으로 반짝이는 별이 언뜻 보였다. 그것이 북두칠성이라는 사실을 분명히 알 수 있었다. 나는 천문학자는 아니었으나 그 별이 북쪽에 있다는 사실 정도는 알고 있었다. 그렇게 해서 그 방향으로 100야드마다 성냥으로 지면을 살펴가며 나아가서 마침내 도로로 나갈 수 있었다.

하지만 그것으로 모험이 끝난 것은 아니었다. 지금 다시 생각해보면 모든 것이 마치 악몽과도 같았다. 어둠 속에서 길을 더듬어 간다는 것은 그리 쉬운 일이 아니었다. 우리는 등불을 들고 어둠 속을 걸어서 앞으로 나아갔는데 마차가 방해가 되었기에 참으로 난처했다. 기쁘게도 갑자기 어둠 속에서 밝은 불빛이 보였다. 발걸음을 서둘러 다가가보니 텐트가 있고 바깥의 조그만 테이블에서 적갈색 수염의 사내가 조그만 램프에 의지하여 무엇인가를 쓰고 있었다. 비는 완전히 그쳤으나 하늘은 여전히 어두웠다. 말을 걸자 그 사내가, 자신은 독일 사람인데 지금 사막을 측량하고 있는 중이라고 무뚝뚝하게 대답했다. 우리의 질문에 그는 손을 들어 손가락으로 가리키며 언짢은 목소리로 목적지는 가깝다고 말했다. 이에 그 사내와 헤어져 다시 행진을 시작했는데 바큇자국을 잃기도 하고 한껏 고생을 하기도 했다. 한두 시간쯤 지났을까, 앞쪽으로 등불이 보이기에 하룻밤 묵어갈 생각으로 다가가보니 목적지의 여관이 아니라, 아까 그 적갈색 수염의 사내가 작은 텐트 밖 테이블에 앉아 있었다. 우리는 빙글 커다랗게 한 바퀴 돌아 그 자리로 되돌아온 것이었다. 다시 설명을 듣고 이번에는 바큇자국을 놓치지 않도록 주의했기에 크고 황폐해진 목조 가건물에 다다를 수 있었다. 거기서 말을 풀어 쉬게 하고 우리들도 차가운 음식을 조금 먹은 뒤 완전히 녹초가 되었기에 그대로 쓰러져 잠자리에 들었다.

이튿날에는 기운을 회복했다. 아침에 일어나 그렇게 상쾌한 기분이 든 적도 거의 없었으리라. 옷을 갖춰 입기 전에 밖으로 나가 보았더니 노란색 모래와 검은 바위, 파랗게 아른거리는 지평선까지, 어디를 둘러봐도 온통 사막뿐이었다. 채비를 마친 뒤 몇 시간 후에 커다란 소금호수인 나트론 호수에 도착했다. 한편으로 조그만 집들이 흩어져 있었는데 거기서는 소금을 채집하는 사람들이 일하고 있었다. 2마일쯤 떨어진 곳에 한적한 수도원이 있어서 일단 관람을 해보았는데 지금은 그렇게 한적하지도 않지만 제염을 시작하기 전에는 상상할 수도 없을 만큼 접근하기 어려운 곳이었다. 그곳은 점토로 만들어진 단단한 외벽에 둘러싸여 있었다. 문도 없고 창도 없이 조그만 통로가 하나 있을 뿐이었는데 주변을 돌아다니는 아라비아인 정도는 충분히 막을 수 있을 듯했지만, 수비대원들도 그렇게 대담하지는 않은 것 같아 불안하게 여겨졌다. 허락을 받아 내부를 보았는데 나의 길동무 가운데 육군 무관이 있었지만 우리는 그다지 환영받지 못한다는 느낌이 들었다. 안뜰까지 보여주었는데 거기에는 종려나무가 몇 그루나 자라고 있었으며 정원도 있었다. 그리고 벽 안쪽으로 집이 여기저기 흩어져 있었다. 집 가까이에 무엇인가가 가득 든 나무통이 놓여 있었는데 무엇인가 궁금해서 살펴보고 만져본 느낌이 가벼운 돌과 같았기에 이건 아랍인들이 습격해왔을 때 던지는 것이냐고 물었더니 수도원을 위해 보존해둔 빵이라는 것이었다. 포도주를 내주었는데 짙은 붉은색에 단 것이었다. 성찬식에도 쓰는 것일 테니, 우리들의 일상이 동방 각국에 얼마나 전파되었는지를 알 수 있었다. 수도원장은 품위 있는 사내였는데 몸이 좋지 않다고 하기에 내가 전신을 진찰하고 가슴을 타진해주었더니 기뻐했다. 그리고 카이로에서 약을 보내주겠다고 약속하고 나중에 약속을 지켰지만, 교단 사람 가운데 타락한 자라도 있는 것인지 받았다고도, 받지 못했다고도 연락은 오지 않았다. 도서실도 있었는데 책이 바닥 위에 약간 흩어져 있을 뿐이었으나 전부 오래된 것으로 개중에는 진귀한 것도 있었다.

이튿날 저녁, 우리는 카이로로 돌아왔다. 그 전까지는 아무런 뉴스도 들을 수 없었다. 그렇게 터프 클럽으로 가 화장실에서 저녁 식사를 위해 손을 씻고 있자니 누군가가 들어와 루이스 대령에게 말을 걸었다.

"아니, 루이스 군. 여단에서 벗어나 있다니, 어떻게 된 일인가?"

"여단에서?"

"어디 다른 곳에 있었던 건가?"

"응, 나트론 호수에 다녀온 길이네."

"나트론? 그럼 아무 소식도 듣지 못했겠군."

"응, 아무것도."

"선전포고가 있었어. 모두 동골라로 진격했어. 모두가 전선으로 집결하고 있다고. 자네는 전진여단의 지휘관이잖아."

"아, 아!" 루이스는 비누를 물 속에 떨어뜨렸다. 그 자리에서 쓰러지지 않은 것이 다행이라고 생각한다. 그렇게 해서 우리는 우리와 대영제국 앞에 펼쳐질 새로운 일들을 처음으로 알게 되었다.

제14장 폭풍 주변

역사적인 사건에 가까이 다가가고 싶다거나 그 사건에 참여하고 싶다거나, 적어도 가까이서 관찰하고 싶다는 욕구를 억제한다는 것은 불가능에 가까운 일이다. 이집트가 갑자기 세계 동란의 중심이 되어, 내 앞으로 기회가 단번에 찾아왔다. 나는 그대로 카이로에 머물러 있을 수 없게 되었다. 어떤 수단을 강구해서라도 전선에 나가지 않을 수 없었다. 그때가 3월이었으니 병든 아내에게는 너무 더운 계절이 곧 찾아올 터였다. 그래도 4월이 지나기 전에 돌아오겠다고 약속한다면 동생과 함께 기다릴 수 있으리라. 지금 생각해보면 참으로 어처구니없는 짓이었으나, 그때는 당장 커다란 일이 벌어질 것 같다는 생각이 자꾸만 들었다. 어쨌든 나는 남쪽으로 가고 싶다는 커다란 충동에 휩싸여 있었다.

남쪽으로 갈 수 있는 방법은 하나밖에 없었다. 커다란 조간신문은 이미 사람을 파견했다. 그러나 석간신문이라면 아직 거기까지는 손을 쓰지 못했을 것이라 여겨졌다. 그랬기에 『웨스트민스터 가제트』에 전보를 보내서 명예직으로 임시 통신원이 될 수 없겠느냐고 물었더니 승낙하겠다는 답장이 왔다. 그 전보를 가지고 가서 관계 당국에 신청을 하자 하루이틀 만에 인가가 떨어졌다. 그 것으로 모든 절차가 마무리되었다.

준비는 전부 내 스스로가 해야 했다. 우선 장비를 갖추어야만 했다. 필수품을 서둘러 마련했는데 하나같이 끔찍한 물건들뿐이 었다. 이탈리아제의 끔찍하게 커다란 권총과 총알 100발을 샀다. 볼품도 없었고 그다지 의지가 되지 않는 물건이었다. 그리고 물통 도 하나 샀는데 수지를 포함한 재료로 만든 새것이어서 안에 넣은 액체는 종류와 상관없이 끔찍한 테레빈유 냄새가 났지만, 다시 돌 아오기까지 상당한 시간이 있었기에 니스든 뭐든 물기가 있는 것 이라면 무엇이든 마실 마음이 든 적도 있었다.

옅은 국방색 외투에 승마용 바지, 조그만 여행가방을 들고 기차 에 올라 카이로에서 아시우트로 출발했다. 거기서 조그만 보트가 기다리기로 되어 있었다. 보트는 전선으로 가는 장교들로 가득했 다. 아스완까지 가는 며칠 동안은 즐거운 여행이었다. 생각해보면 그 가운데는 젊은 장교가 몇 명인가 있었는데 훗날 세계적으로 이 름을 떨친 사람도 있었다. 예를 들어 맥스웰(지금의 존 맥스웰 경), 히크먼 등이 있었다. 그 무리들 가운데 스미스라는 젊은 기병 중위가 있었는데 도저히 앞길에 놓여 있는 거친 일을 해낼 수 있 을 것 같지 않은 얌전하고 상냥해 보이는 인물이었다. 그런데 훗 날 그 사람의 소문을 들은 바에 의하면 빅토리아 훈장을 받았다고 한다. 군인은 겉모습으로 판단할 수 없는 법이다. 기질이 사납고 용맹한 사람일수록 나약하게 보이며, 얌전한 학생처럼 보여도 강 철과 같은 속을 가지고 있는 법이다. 훗날 독일이 '전쟁을 좋아하 지 않는 섬나라 사람.'이라고 영국을 잘못 판단하는 과오를 범한 이유도 여기에 있었던 것 아닐까?

야전을 시작함에 있어서 가장 문제가 되는 것은 농민병들이 일어날까 일어나지 않을까 하는 점이었다. 흑인 대대가 5개 있었으나 이들은 그다지 걱정할 필요 없었지만, 8개인가 9개 있는 이집트인 대대는 마음을 놓을 수 없었다. 수단의 아라비아인들은 말릴 수 없을 정도로 열광적이고 광인과도 같은 어지러운 마음으로 죽음을 향해 돌진한다. 그리고 적병에 접근하기까지 맞은 총알을 몇 발인가 몸에 꽂은 채 그 적병을 창으로 찌른다. 이집트 병사들이 그런 맹렬한 공격을 버틸 수 있을까? 그것은 아무래도 생각할 수 없는 일이었다. 영국 병사들도 마찬가지였다. 그랬기에 전선을 강화하기 위해서 아일랜드 병사와 스태퍼드 병사와 그 외의 병사들이 투입되었다.

이들 부대의 장교와 병사들은 부자와도 같은 온정으로 연결되어 있었다. 흑인 부대의 장교는 카이로에 갈 때면 사탕과 그 외의 것들을 베갯잇에 가득 담아 돌아와 병사들에게 선물로 주었다. 이집트 부대의 경우는 참으로 이해할 수 없고 눈에도 띄지 않아서 애정이 가지 않았지만, 그래도 장교가 병사들에게 충실하다는 점에는 변함이 없었으며, 부대 안에 불신을 드러내는 자가 나타나면 매우 미워했다. 전투 초기에 영국군 장교가 적기를 빼앗은 뒤 외쳤다. "영국인이 이것을 취해서는 안 된다." 이집트에서나 인도에서나 원주민 부대의 지휘자로는 영국 장교가 이상적이라고 그들이 생각하는 데에는 이런 정신이 있기 때문이다. 인도 병사들의 대폭동이 일어났을 때조차 그들은 목숨을 잃을 때까지 부하들의 악행을 들으려 하지 않았다.

아스완에서 단 한 걸음도 앞으로 나아가는 것이 허락되지 않아 1주일을 기다려야 했다. 우리는 이미 아라비아인 침략자들의 활동

범위 안에 있었다. 작년에도 그들은 훨씬 더 북부까지 밀고 들었었다. 사막은 바다와 같고 낙타는 말하자면 배에 해당한다. 타격은 어디에도 가해질 수 있었으며, 타격이 가해지기 전까지는 깨달을 수조차 없었다. 대기하고 있던 한 무리의 영국 장교가 있었으나 그러한 사실은 조금도 마음에 걸리지 않는 듯, 마치 단체여행을 온 사람들처럼 그다지 위험도 느끼지 못하는 모양이었다. 사실은 매우 위험해서 힉스 파샤의 한 부대는 남쪽으로 간 채 한 사람도 돌아오지 않았다. 딱 한 번, 그들이 정말 흥분한 모습을 보았다. 사령부로도 쓰이고 있던 호텔로 돌아와 홀에 들어섰더니 장교들이 한 군데 모여 지금 막 붙여놓은 게시판의 전보를 보고 있었다. 모두 박차가 달린 군화의 발끝을 세우고 목을 길게 늘인 채 몸을 부르르 떨며 열심히 보고 있었다. '아하, 새로운 적군이 있는 곳을 알아낸 모양이로군. 칼리파가 공격을 해올 거야. 승마부대와 보병대, 대포도 있겠지. 전투의 전야다!'라고 나는 생각했다. 나는 사람들을 헤집고 앞으로 나아가, 몰려 있는 헬멧을 밀치고 전보를 들여다보았다. 그것은 옥스퍼드와 케임브리지의 보트경기에 관한 것이었다.

모두가 커다란 열의를 가지고 있다는 데 나는 놀랐다. 이는 타고난 감흥이었다. 히크먼은 보트에 관한 일이라면 무슨 일에나 투지를 불태우는 사내였다. 우리가 여기에 도착했을 때, 케나[123]로 가서 낙타를 구입하라는 지령이 그에게로 떨어졌다. 무엇인가 하고 싶어서 견딜 수 없어하는 사내에게 제동이 걸린 것이었다. 내가 가엾게 여겨 위로를 해주자, "아니, 이것도 상관없어. 부대는 낙타를 가지고 있어야만 해. 그것을 사는 것이 나의 역할이야. 우리의 목적은 하나니까."라고 말했다. 이런 종류의 자제심은 일반적인 것이었다. 최선을 다하려 할 때의 영국 장교는 훌륭하다. 모두 공립학교 출신이었다.

아스완은 커다란 계곡의 하류에 있는데 그 계곡은 30마일쯤이나 되었기에 화물은 전부 장난감 같은 협궤열차에 싣지 않으면 안 되었다. 그런 다음 쉘랄에서 다시 배에 실어야 했다. 이 일을 수행하기 위해서 모건 대위가 피로에 지친 한 무리의 이집트인과 사슬에 묶인 죄수를 부리며 고심하는 모습을 보고 크게 동정했다. 모건 대위는 내게 말을 무리하게 판 적이 있었기에 처음에는 부끄러워하는 듯 보였으나 내가 조금도 원망하고 있지 않다는 사실을 바로 알게 되었다. 물건을 사는 사람들은 조심하라! 그의 내면에 조직을 운영하는 재능이 있다는 사실을 나는 일찌감치 알아챘는데, 그것이 있었기에 보어 전쟁과 유럽 전쟁에서 참으로 뛰어난 일을 할 수 있었던 것이다. 그는 장관이 되었으며 명예를 가득 안은 채 세상을 떠났다(1923년이었다).

커다란 신문사의 기자들도 왔다. '시체가 있는 곳에 내가 있다.' 인 셈인데, 다행스럽게도 나는 그들과 친구가 되었기에 어디에든 동행하겠다는 협정을 맺었다. 『타임스』 기자의 선도로 우리는 5명에서 출발했다. 그는 키도 크고 체격도 건장했으며 요트에서는 이름이 알려져 있었는데, 여행가이자 보물 탐험가이자 싸움을 좋아했으며 학자이기도 했다. 마다가스카르 호를 타고 프랑스에서 막 도착했다. 다음은 『데일리 뉴스』의 스쿠다모어. 몸집은 작았으나 재치가 있고 실행력도 있었다. 이 사내는 낙타를 척척 사들였다. 물론 그 돈은 회사에서 냈는데 『데일리 뉴스』의 편집장인 로빈슨이 보어 전쟁이 일어났을 때 가장 먼저 한 말은 "남아프리카에는 낙타가 없어서 다행이야."라는 것이었다. 스쿠다모어가 낙타를 사는 현장을 보는 것은 동양적인 방법을 공부하는 데 도움이 되었다. 우선 아라비아인이 우스꽝스럽게 생긴 동물을 끌고 온다. 당신은 비난하는 듯한 얼굴로 그 짐승을 본다. 당신을 가만히 바라보는 낙타의 얼굴, 그렇게 밉살맞은 것도 없다는 듯. 얼마냐고 묻는다. 낙타상인은 16파운드라고 말한다. 새된 소리를 지르며 비웃고 저리 가라는 듯 두 팔을 흔들어 보인 뒤, 당신은 휙 방향을 바꾸어 어딘가로 가버릴 것처럼 한다. 얼마나 걸어갈지는 과장되게 부른 가격에 따라 달라진다. 만약 그것이 정말 비싸다면 당신은 이곳으로 다시 돌아오지 않고 저녁 식사를 하기 위해서 그냥 떠나버릴지도 모른다. 그러나 원칙적으로는 100야드를 가지 않는다. 조금씩 걷는 방향을 바꾸어서 낙타가 있는 곳으로 되돌아온다. 그리고 뭐야, 아직도 여기에 있었어, 라며 슬쩍 놀란 척해보인다. 그러면 낙타상인이 얼마를 줄 수 있느냐고 묻는다. 당신은 8파운드라고 대답한다. 이번에 괴성을 지르는 것은 낙타상인이다. 괴성을 지르고 서둘러 자리를 뜨지만 그도 100야드쯤 가다 돌아와서 14파운드에 주겠다고 말한다. 당신은 다시 소리를 버럭 지르며 손을 흔든다. 이렇게 해서 걷는 원은 조금씩 작아지고 마침내 중간 가격에서 거래가 성사된다.

그러나 문제는 그때부터다. 이 세상에 낙타만큼 이상하고 겉보기와는 다른 동물도 없다. 보기에는 참으로 훌륭해서 내부에 그렇게 흉악한 것이 숨어 있으리라고는 여겨지지 않는다. 얌전한 흥미를 가진 얼굴로 다가오는 모습은 마치 일요학교의 귀부인과도 같다. 그리고 입 끝을 앞으로 내민다. 눈빛은 꿈을 꾸고 있는 듯하다. "하하하, 내게 키스를 할 생각이로군."이라고 당신이 말한 순간, 녹색 이가 딱 당신 눈앞에서 울린다. 당신은 무심결에 뒤로 펄쩍 뛰어 물러나지만 나이로 봐서 위험한 재주다. 일단 베일을 벗고 나면 낙타의 얼굴만큼 흉악한 것도 없다. 아무리 소중히 다루어도, 아무리 오래 길러도 좀처럼 친숙해지지 않는다. 그래도 600파운드나 되는 짐을 하루에 20마일이나 옮겨주는 것은 낙타 외에 없을 뿐만 아니라 물은 조금도 주지 않아도 되고 먹을 것도 아주 조금이면 된다.

얘기가 잠시 옆길로 샜다. 다른 언론인으로는 『스탠다드』의 비맨이 가담했다. 콘스탄티노플에서 새로이 온 사람인데 완전히 동양화되어 있었다. 그리고 『펠 멜』을 대표하여 줄리안 코르베가 가담했는데 차분하고 호감이 가는 인물로 훗날에는 대전의 해군사가가 되었다. 나와 마찬가지로 이 사람은 전문 기자가 아니어서 정해진 날까지 카이로로 돌아가지 않으면 안 되었다.

커다란 변화가 일어날 것 같지도 않았기에 우리는 일부를, 육로를 통해서 가기로 했다. 기병부대가 전진하고 있으니 호위를 받기 위해서라도 거기에 가담하라는 명령을 받았으나 독자적으로 행진하는 편이 재미있을 것 같다고 의견이 모아져 이집트 사람들과 이탈하기로 했다. 강의 오른쪽 기슭을 우리들끼리 행진하는 것은 왼쪽 옆구리가 무방비 상태이기에 조금 위험한 일이기는 했으나, 기병대를 따라 걸으면 먼지 때문에 견딜 수가 없었다. 그랬기에 우리는 어느 날 밤, 각자 낙타에 걸터앉아 짐을 실은 낙타와 부리는 사람들을 데리고 출발했다. 사오일쯤 만에 코로스코에 도착했고 우리는 배에 올라 와디 하이파 전선으로 향하는 한편, 부리는 사람들과 낙타는 육로로 뒤를 따르게 했다.

당시의 일은 지금도 잊을 수 없다. 새벽 2시에 일어나 머나먼 길을 동틀 녘까지 걸었으니. 자줏빛이 감도는 벨벳 같은 하늘, 크고 헤아릴 수 없이 많은 별, 머리 위를 천천히 흐르고 있는 반달, 낙타의 발걸음이 소리도 없이 우리를 꿈의 세계로 데려가고 있는 듯했다. 스쿠다모어는 아름다운 바리톤의 목소리를 가지고 있었다. 나는 지금도 사막 위를 높고 낮게 흐르는 그 목소리를 듣고 있는 듯한 기분이 든다. 멋진 환영이었다. 내가 낙타에서 떨어지는 별것도 아닌 재주를 부렸을 때 한 번 끊어졌을 뿐, 언제까지고 계속되던 간주곡이었다. 나는 말에서 떨어진 적은 몇 번이고 있었지만 낙타에서 떨어진 것은 처음이었다. 낙타에는 안장이 없다. 가죽으로 얇게 만든 쟁반 모양의 깔개에 앉아 있을 뿐이었는데 낙타가 앞다리의 무릎을 접어 상반신을 구부리고—그때 낙타는 길 위에 있는 녹색의 어떤 물건을 본 듯했다— 머리를 획 숙였다. 나는 잠시도 버티지 못하고 낙타의 머리 위를 날아 앞쪽으로 내팽개쳐졌으나 다행히 어디도 다치지는 않았다.

한두 가지 일을 떠오르는 대로 써보겠다. 그 가운데 하나는 기묘한 영원—악어가 아니다—이 삼각주에 있었던 일이다. 나는 서둘러 이탈리아제 권총을 발사했다. 영원에 맞기는커녕 내 손에 부상을 입었을 뿐만 아니라 그놈은 강물 속으로 들어가버렸다. 한번은 밤에 침상을 펴고 있는데 길이 18인치쯤 되는 뿔이 달린 달팽이 같은 것이 슬금슬금 기어가더니 모습을 감추었다. 죽음의 뱀이었다. 클레오파트라가 죽은 것도 아마 그런 종류의 뱀 때문이었으리라. 그래서 우리는 폐허가 된 오두막으로 들어갔다. 거기서 잠을 잘 수 있을까 싶어서였다. 초의 희미한 불빛에 쥐처럼 보이는 동물이 벽 부근에서 빙글빙글 맴돌듯 달리는 것이 보였다. 그러는가 싶더니 놀랍게도 갑자기 벽을 달려 올라갔다가 다시 내려왔다. 커다란 거미였던 것이다. 한쪽에 가만히 앉아 앞발을 우리 쪽으로 향하고 흔들었다. 두려움에 소름이 돋았지만, 스쿠다모어가 공중으로 펄쩍 뛰어올랐다가 거미 위로 뛰어내려 그것을 밟아 죽였다. 그 부근에서는 그리 진귀할 것도 없는 독거미 타란툴라였다.

또 있다. 나일 강가를 따라 난 좁은 길에서 조금 들어간 곳에 있는 야자나무 숲속 안의 캠프, 그날 밤은 어떤 이유가 있어서 출발을 미루었다. 나는 잠이 오지 않아 담요를 덮은 채 그냥 누워 있었다. 묘한 사내가 말을 타고 지나가고 있었다. 흑인계의 누비아인인 듯했다. 커다란 몸집에 뺨이 홀쭉하고 사납게 생긴 사내로, 가슴에 은장식을 가득 달고 있었다. 등에 총을 메고 있는 것이 보였으며 검도 차고 있었다. 그처럼 섬뜩하고 야만적인 사람은 생각할 수도 없으리라. 예전에 조심하라고 주의를 받았던 만디의 습격자를 쏙 빼닮은 모습이었다. 나는 함부로 소란 피우는 것을 좋아하지 않는다. 더구나 전쟁과 위험 속에서 한껏 고생을 해온 사람들 사이에 있었기에 더욱 그랬다. 그래서 아무런 말도 하지는 않았으나 옆에 있던 자를 흔들어 깨웠다. 그러자 그 사람은 낯선 사내를 보고 한마디, "맙소사!"라고만 말했을 뿐이었다. 우리 쪽은 돌아보지도 않고 사내는 그대로 북쪽을 향해 말을 달려갔다. 그 부근의 부락민일 것이라고 생각했다. 실제로 우리가 그와 같은 자들을 몇 명 고용했기에 그렇게 생각한 것이었는데, 그가 만약 그런 사람이 아니었다면 우리의 운명이 어떻게 되었을지는 알 수 없는 일이다. 나는 이를 소재로 나중에 「세 명의 특파원」이라는 단편을 썼다.

유수프 베이라는 맹한 얼굴의 터키 병사가 이집트 부대에 있었는데 코로스코에서 부대를 지휘하는 사내였다. 그가 길고 빨간 병에 든 나무딸기 시럽을 주었으며 배까지 배웅을 위해 와주었다.

그 배는 우리를 하루이틀 만에 떠들썩한 와디 하이파의 강가에 내려주었다. 그곳은 아스완에서 헤어졌던 군대로 북적거리고 있었다.

하이파 역시 커다란 계곡 초입에 있기에 거기서 전원 배에서 내려 상류 쪽으로 30마일을 육로로 가지 않으면 안 되었다. 첫째 날 나는 도보로 작은 시발역까지 갔다. 키가 큰 장교가 하얀 재킷에 빨간 터키모자를 쓰고 단 한 명의 병사만을 거느린 채 필수품이 화물차에 실리는 것을 감독하고 있었다. 붉고 사나운 얼굴을 이쪽으로 돌렸는데 바라보니 전군의 지휘자인 키치너[124]였다. 나를 알아보았고—우리는 예전에 카이로의 경마장에서 한 번 만난 적이 있었다— 오늘 밤에 자신의 텐트에서 함께 식사를 하자고 초대를 해주었다. 그는 앞으로 있을 전쟁에 대해서 기탄없이 이야기했다. 참모장—아마도 드래지라는 이름이었을 것이다—이 내 옆에 앉았는데 피로에 완전히 지쳐 있었기에 식사가 나오는 사이사이에 잠들어버리고 말았다. 그것을 보고 키치너가 재미있어하며 미소 지었던 것을 기억하고 있다. 이런 상관을 만나면 처지 곤란이다.

그 시기에 새로이 알게 된 사람 가운데 신참 기자인 허버트 그윈이 있다. 틀림없이 『크로니클』의 기자였던 것으로 기억하고 있는데 상당한 수완가였다. 그 다음에 만났을 때는 로이터의 기자로 보어 전쟁을 취재하고 있었다. 그리고 얼마 지나지 않아서 『모닝 포스트』의 편집자가 되었고 지금도 그 지위에 있다. 하이파에서 만난 것이 30년에 걸친 우리들 교우의 시작이었지만, 두 사람 모두 바빠서 만날 기회는 거의 없었다.

그 무렵 나는 체구는 작지만 용감한 장교인 앙리를 알게 되었다. 그는 이집트 군대에 막 배속된 직후였다. 아직 신참이었으나 승진하리라 생각하기는 했지만, 만날 때마다 승진을 하다니 놀라지 않을 수 없었다. 제1차 세계대전 때, 나는 의용연대의 병사로 사람들 사이에 서 있었는데, 빨간 휘장에 금빛 모자를 쓴 장군이 지나갔다. 내가 있던 대열을 둘러보던 장군의 시선이 내게서 딱 멈췄다. 아, 아, 앙리였다. 그는 너무 놀란 나머지 군대의 예법도 잊은 채 미소 지으며 가볍게 고개를 까닥여 인사했다. 장군이 미소 지으며 인사를 하다니, 대열 속의 병사는 어떻게 해야 한단 말인가? 나는 정식으로 자세를 바로잡거나 경례를 할 수 없었다. 내가 한 일이라고는 앞으로 나서서 왼쪽 눈을 깜빡인 것뿐이었다. 그렇게 해서 나는 이집트군의 대위였던 사람이 준장이 되었다는 사실을 알게 되었다.

우리는 사라스까지 전진해서 사실상 문명의 전진기지라고 할 수 있는 곳의 모습을 엿보았다. 강을 조금 더 거슬러 올라가면 만디의 주둔지가 있었기 때문이었다. 거기서 남쪽을 바라보니 장관이었다. 멀리 보이는 봉우리는 동골라에 있는 것이라고 했다. 거기까지의 사이에는 야만과 살인이 있었다. 작은 요새에서는 전투의 냄새가 났지만 실제로 전투가 벌어지고 있는 듯한 기색은 보이지 않았다.

사실은 키치너 장군 자신의 입을 통해서 들은 말인데 낙타가 충분히 모이기까지—수천 마리라고 한다— 전쟁을 시작할 수는 없으니 내가 그것을 여기서 기다릴 필요는 없다는 것이었다. 나는 낙타가 필요 없어졌기에 군대에 헌상하고 코르베와 둘이서 그곳을 떠나기로 했다. 우리는 도중의 경계에만은 주의를 기울일 것, 짐을 내리고 강을 내려가는 배가 있으면 어떤 배든 상관없으니 뛰어오를 것, 이라는 말을 들었다. 어느 날 아침, 얼마 되지 않는 짐을 꾸려 그것을 실행했다. 배에 오르고 나서야 그 배에는 식량이 없다는 사실, 며칠 동안은 기항하지 않을 것이라는 얘기를 들었다. 나는 밧줄을 던진 뒤 배에서 내려 유일하게 이용할 수 있는 가게로 달려갔다. 군이 지나는 길에 버섯처럼 줄줄이 생겨나는 그리스인의 가게였는데 살구 통조림밖에 먹을 것이 없었기에 그것을 몇 개 샀다. 급히 서둘러 배로 돌아와 간신히 거기에 올랐다. 선원과 교섭을 해서 아라비아인의 빵을 조금 손에 넣었기에 그것과 살구로 하선할 때까지 버티기로 했다. 나는 이제 평생 살구 통조림은 쳐다보기도 싫다. 그 코를 찌르는 달착지근함은 루소의 『고백』을 떠오르게 하는 부분이 있다. 『고백』의 프랑스어판이 손에 들어왔는데 아스완에 도착하기까지는 그것을 읽는 것 외에 달리할 일이 없었기 때문이었다. 루소도 두 번 다시는 손에 쥐지 않을 생각이다.

이상으로 그 전쟁의 종군기는 끝이다. 전쟁에 종군하기는 했지만 주변을 서성이기만 했을 뿐, 그 중심으로는 들어가지 못했다. 실망하기는 했으나 카이로에 돌아와보니 4월도 거의 끝나가고 있었기에 환자에게는 너무 늦은 시기였다. 1주일 뒤에 런던으로 돌아왔다. 그리고 그해 5월 1일에는 왕립 미술원의 연회장에 앉아 있었는데 양쪽 손목이 조그맣게 부풀어 올랐고 그 끝이 벌어져 있었다. 나일 강가에서 노숙을 할 때 독충이 거기에 알을 낳았는데 그것이 벌링턴의 집에 있는 동안 부화한 모양이었다.

제15장 평화와 평화 사이

영국으로 돌아와보니 그곳에서 예후를 돌볼 생각으로 새로 짓기 시작한 집이 아직 완성되어 있지 않았다. 상당한 규모로 계획한 대저택이었기에 짧은 시간 동안 완성하지 못한 것은 당연한 일이었다. 어쩔 수 없이 해즐미어에 가구가 딸린 집을 빌려 1897년의 초기를 몇 개월간 보냈고, 이후 무어랜즈로 옮겼다. 힌드해드에 신축 중인 우리 집에서 가까운 하숙이었다. 그리고 여름 무렵이 되어 집이 완성되기까지 몇 개월 동안을 그곳에서 평화롭고 분주하게 보내며, 집이 완성되기를 기다렸다. 나는 승마를 시작했다. 원래부터 승마를 잘하지는 못했으나 이 무렵에는 건강도 회복되어 충분히 즐길 수 있었다. 워낙 산림이 많은 건강한 땅이기에 어느 방향으로 가도 아름다워서 승마에는 매우 적합했다. 그리고 사냥도 시작했는데 참으로 아름다운 지방이었다. 6월 무렵에 새로운 집으로 이사했는데 그 집을 언더쇼라고 부르기로 했다. 새로 만든 말이기는 하지만 가지가 늘어진 나무들 속에 있으니 멋진 앵글로색슨어라고 생각한다.

건강을 구하던 이 몇 년 동안의 일 가운데서 나의 문학적 저작

에 관한 이야기는 거의 하지 않았
는데, 이 시기의 주요한 작품인
『망명자들』은 섭정시대에 대한
연구에 미남자와 돈을 걸고 권투
를 하는 사람을 배치하여 쓴 것이
다. 나는 원래 돈을 걸고 하던 오
래 전의 권투선수에 대해서는 그
다지 아는 것이 없었고, 그러한
권투의 링에 대한 지식도 거의 없
었다. 그랬기에 이 소설에서 그와
관련된 부분은 내 마음대로 쓴 것

『망명자들』의 삽화

이다. 당시 권투는 아직 세상 일반의 인기를 얻지는 못했다. 어쨌
든 이 책이 권투를 다룬 최초의 책이라는 얘기를 들었다. 내가 무
엇을 썼는지 알게 되었을 때 조지 뉴웬즈[125] 경이 놀라던 모습은
지금도 잊을 수가 없다. "재료는 얼마든지 있을 텐데 왜 하필이면
이런 걸?"하고 그는 외쳤다. 그러나 『스트랜드』의 독자라면 내가
선택을 잘못한 것이 아니라, 옛날 거칠었던 시절의 모습을 생생하
게 묘사한 작품으로 이 책은 영원한 위치를 점하리라는 사실을 인
정해줄 것이라 믿는다. 이 시기에는 상당한 수의 단편도 썼는데
그 마지막은 가정문제를 연구한 「이중주」였다. 이 작품은 문학적
으로 매우 이색적인 시도였는데, 말하자면 정적인 생활이라고 할 수
있는 것이었다. 일부는 상상에 의한 것이지만, 일부는 나 자신과
친구들의 젊은 시절의 경험을 묘사한 작품이다. 아직도 기억하고
있는데 이 책은 그때까지 비평가로 훌륭한 일을 해온 로버트슨 니
콜 박사와의 공개 논쟁을 불러일으켰다. 박사가 책 속의 일부에

대해서 이의를 제기했는데 이는 당연한 권리다. 그런데 그것을 예닐곱 개의 신문에 발표했는데 그것들의 필명이 모두 달랐다. 그러면 사실은 한 사람인데 많은 평론가들이 나를 비난하고 있는 것처럼 일반 사람들에게는 보인다. 이는 나에 대해서 뭔가 앙심을 품고 있기 때문이라고 생각했기에 그 사실을 강하게 주장했더니 박사는, 지면에서 대항하거나 법정에서 얘기하라며, 자신은 모르는 일이라고 했다. 그러나 결국은 전부 잊기로 하고 이후 우리는 친한 사이가 되었다. 이 무렵에 쓴 책 가운데 『버낙 아저씨』가 있는데 이것은 어디까지나 만족스럽지 못한 작품이지만, 그 가운데 나폴레옹을 묘사한 2장만은, 나폴레옹을 묘사한 그 어떤 긴 책보다도 명확하게 묘사한 것이라고 자부하고 있다. 그러한 책들은 전부 다른 여러 책에서 가져온 것의 요약에 지나지 않으니 당연한 일이리라.

일에 관한 이야기는 이쯤에서 그만두기로 하고, 이 시기의 나는 반려자가 언제나 병든 몸이었다는 사실만을 제외한다면 남자로서 만족할 만한 일에 전념했다. 그래도 내심으로는 종종 불안에 휩싸였다. 혹시 나는 다른 일을 하기 위해서 태어난 것이 아닐까 여겨졌으나, 그 다른 일이 무엇인지 그것은 알 수가 없었다. 내심으로는 끊임없이 이 세상의 모든 종교에 대해서 살펴보았다. 그러나 어른이 어린아이의 옷을 입을 수는 없는 것처럼 오래된 종교에는 아무래도 따라갈 수가 없었다. 나는 역시 유물주의에 집착하고 있었다. 합리주의협회에 입회하여 그 방면의 온갖 출판물을 정독했으나 얻는 것은 조금도 없었으며, 사람은 그것만으로는 살아갈 수 없다는 사실을 알게 되었다. 한편으로 나는 심령현상이라는 것의 확실성은 깨닫고 있었지만, 경험에는 한계가 있다는 사실, 그 현상이 합리적 설명의 범위에서 벗어난 것이라는 사실도 역시 깨닫고 있었다. 따라서 사실을 이루고 있는 커다란 일들을 무시하고 있었기에, 그렇다고 해서 그것들과 모순되는 것은 아니나, 하나의 체계가 필연적으로 불완전해진 것이었다. 한편 나는 이들 이상 현상을 믿고는 있었지만 그 실상은 아무래도 이해할 수가 없었다. 친구가 밖에서 문을 노크하는 소리나, 전화벨 소리에 당혹감을 느끼는 것과 같은 상태였다. 때로는 절망상태에서 마음의 평정을 얻는 경우도 있었다. 부정적인 것 외에는 아무래도 결론을 얻을 수 없을 때 사람이 느끼는 것과 비슷한 것인데, 거기서 다시 새로운 마음속 충동이 일어나 탐구의 새로운 여행이 시작되었다. 온갖 방면으로 탐색의 손길을 내밀어보았으나 만족할 만한 결과는 얻지 못했다. 어떠한 형태로든 정통파적인 신앙에 진심으로 동의했다면 아무런 고생도 하지 않았을 테지만, 그것은 나의 이성이 아무래도 허락을 하지 않았다.

이집트와 그 외의 지역을 온 가족이 방랑할 때도 나는 심령문제를 엄밀하게 다루기를 한시도 잊지 않았다. 손에 넣을 수 있는 모든 자료를 독파했으며, 차례차례로 강신술 모임을 열어 그때마다 여러 가지 결과를 얻었는데, 특별한 영매는 얻지 못했다 할지라도 결코 부정적인 결과만 있었던 것은 아니었다. 그 문제의 원리가 점차 해명되어 갔다. 그리고 현상도 점차 설명 가능한 것이 되어갔다.

평범하고 일반적인 경우와는 달랐지만 나는 때때로 심령적 경험을 했다. 그 가운데 하나는 1892년인가 1893년, 노우드에 있을 때의 경험이었다. 나는 심령연구회로부터 도체스터의 차머스에 있는 유령의 집에서 행해지는 소위원회에 출석해서 보고서를 쓰지 않겠느냐는 요청을 받았다. 나는 승낙을 하고 스콧 박사라는 사람과 포드모어 씨와 함께 거기에 참석했다. 포드모어 씨는 심령술 세계에서는 이름이 알려진 사람이기도 했다. 지금도 또렷하게 기억하고 있는데 패팅턴에서 출발한 기차 속에서는 내내 셋집에 사는 사람을 견딜 수 없게 만드는 비상식적인 소리, 하지만 계약이 있어서 그 집을 떠날 수도 없다는 사정을 신중하게 읽었다. 그 집에서 이틀 밤을 묵었다. 첫째 날 밤에는 아무런 일도 일어나지 않았다. 둘째 날 밤에 스콧 박사는 그곳을 떠났기에 포드모어 씨와 둘이서 앉아 있었다. 물론 조작을 배제하기 위한 온갖 장치를 강구해두었다. 예를 들어 털실을 계단에 둘러치는 등의 일이었다.

한밤중이 되자 섬뜩한 소리가 갑자기 들려왔다. 누군가가 울림이 큰 테이블을 무거운 몽둥이로 힘껏 내리치는 듯한 소리였다. 어떤 이유로 나무가 뻐걱거리는 듯한 소리는 아니었다. 귀청이 떨어질 것 같은 소리란 이를 두고 하는 말이리라. 문을 전부 열어두었기에 우리는 곧장 소리가 들린 것이라 여겨지는 부엌으로 달려갔다. 아무 일도 없었다. 문과 창문 모두 잠겨 있었으며 둘러친 털실도 끊어지지 않았다. 포드모어 씨가 등불을 들고 부엌에서 나갔으며 그 집의 젊은 주인도 함께 나가 부엌에는 아무도 없는 것처럼 꾸미고, 나만이 거기에 홀로 남아 그 소리가 다시 들려오지 않을까 어둠 속에서 가만히 기다렸다. 아무런 일도 일어나지 않았다. 무엇이 원인이 되어 그런 일이 일어난 것인지 전혀 알 수 없었다. 기차 속에서 읽었던 것과 완전히 똑같은 소동이었으나 시간적으로 짧은 듯하다는 것뿐이었다. 그런데 이 이야기에는 후일담이 있다. 그 집에 들러붙어 있던 영혼이 한 짓인지 아닌지는 알 수 없지만, 몇 년인가 뒤에 그 집은 불에 타 없어지고 말았다. 그런데

10살쯤 되는 소년의 해골이 정원의 땅 속에서 나왔다. 그 사실을 내가 그 집안의 친척 가운데 권위 있는 사람에게 들려주었더니, 그 사람은 매우 난처해했다. 그 사람이 시사한 바에 의하면 오래 전에 아이가 살해당했는데 그 결과 우리도 극히 일부를 보았던 묘한 현상이 일어나게 되었다는 것이었다. 어린 생명이 갑자기 끊어지면, 그것도 부자연스러운 방법으로 그렇게 되면 사용하지 못하고 남아 있던 활력이 이상한 방향으로 표출되는 법이라고 한다. 미지의 기이한 압력이 사방에서 우리를 압박하고 있다.

이 사건은 비슷한 시기에 일어났던 기묘한 경험을 떠오르게 한다. 아마도 1898년의 일이었던 것으로 기억한다. 우리 집 근처에 조그만 의사가 살고 있었다. 키도 작았지만 개업의로서도 작은 규모였다. 이 사람을 브라운이라고 부르기로 하자. 그는 신비에 대해서 연구하는 사람이었다. 자신 이외에는 집 안에 아무도 들이지 않고 신비와 철학에 대한 연구실로 쓰고 있다는 말을 들었기에 나는 호기심을 느끼게 되었다. 내가 그런 일에 관심을 가지고 있다는 사실을 알고 브라운 박사가 어느 날 내게 밀교연구의 비밀조합에 입회하지 않겠느냐고 권했다. 초대는 예비적인 질문에 의해서 점차 진행되었다.

"뭔가 도움이 될 만한 것을 얻을 수 있습니까?"

"시간이 지나면 힘을 얻을 수 있습니다."

"어떤 힘입니까?"

"세상에서는 초자연적인 힘이라고들 합니다만, 절대로 그런 것이 아닙니다. 매우 자연스러운 힘입니다만, 자연적인 것의 보다 깊은 힘에 대한 지식을 통해서 얻을 수 있는 것입니다.

"그것이 선한 것이라면 어째서 세상 사람들이 모르는 것입니까?"

"나쁜 사람의 손에 들어가 좋지 않은 방향으로 전해지고 있기 때문입니다."

"나쁜 사람들 손에 들어가지 않도록 하는 예방법은 없습니까?"

"새로운 가입자를 주의 깊게 심사하고 있습니다."

"저도 조사를 받게 되나요?"

"그렇습니다."

"누구로부터?"

"런던에 있는 사람입니다."

"제가 거기로 가야합니까?"

"아닙니다. 당신도 모르는 사이에 조사할 겁니다."

"그런 다음 어떻게 됩니까?"

"그런 다음 당신은 학습을 해야 합니다."

"무엇을 학습합니까?"

"상당량의 재료에 대해서 전부 기억해야 합니다. 그것이 첫 걸음입니다."

"그 재료가 인쇄물이 되어 있다면 어째서 일반에게 공개하지 않는 것입니까?"

"인쇄물은 없습니다. 사본입니다. 모든 사본에는 면밀하게 번호가 매겨져 있으며 비밀리에 전수받은 사람이 책임을 지고 보관하고 있습니다. 실수가 있었던 적은 한 번도 없었습니다."

"오호, 매우 흥미로우니 그 다음도 이야기해주시기 바랍니다. 그 다음이 어떻게 되든 말입니다."

얼마 지나지 않은─일주일쯤 지나서였을까─ 어느 날, 매우 이른 아침에 나는 묘한 기분으로 눈을 떴다. 가위에 눌린 것도 아니고 악몽을 꾼 것도 아니었다. 또렷하게 잠에서 깨어난 뒤에도 계속되었으니 그런 성질의 것은 분명히 아니었다. 어떻게 설명하면 좋을지 모르겠는데 그저 지끈지끈 느껴지는 것이었다. 하지만 통증이나 고통이 있었던 것은 아니었다. 이상하게 불쾌한 기분이었다. 약한 전기충격이라도 받는다면 그런 느낌일까? 나는 바로 작은 의사를 떠올렸다.

이삼일쯤 뒤에 그가 나를 찾아왔다. "당신은 심사에 합격했습니다." 그가 미소 지으며 말했다. "이렇게 된 이상 당신은 입회할지 말지 분명하게 말씀해주셔야 합니다. 한 번 입회하면 탈퇴는 할 수 없습니다. 이 점에 있어서는 매우 엄격합니다. 입회하시지 않으신다면 모르겠지만, 입회를 하시면 진심에서 우러나는 노력이 필요합니다."

이는 만만찮은 일이었다. 바쁜 내 일상에 그런 것을 받아들일 만한 여유가 어디에도 없을 만큼 만만치 않은 일이라는 사실을 점점 알게 되었다. 하여 그러한 사정을 자세히 설명했더니 그도 잘 이해해주어서, "물론 상관없습니다. 당신의 마음이 변하지 않는 한, 이 이야기는 여기서 그만두기로 하겠습니다."

이 이야기에는 후편이 있다. 1, 2개월쯤 지난 어느 날, 쏟아지는 빗속으로 조그만 의사가 다른 의사를 데리고 찾아왔다. 그 의사는 어떤 조사와 열대지방 근무와 관련해서 나도 전부터 알고 지내던 사람이었다. 내 서재로 들어온 두 사람이 불 옆에 앉아 이야기를 시작했다. 나는 그 수많은 여행을 한 유명한 의사가 시골의 조그맣고 나이도 어린 의사에게 상당한 경의를 표하는 모습을 말없이 지켜볼 수밖에 없었다.

"이 사람은 회원 가운데 한 사람입니다." 조그만 의사가 말했다. "사실은 말입니다."라고 함께 온 사람에게, "도일 씨는 전에 입회를 하려 했던 적이 있었습니다." 그 말을 들은 사람은 매우 흥미롭다는 듯 나를 본 뒤, 자신의 멘토와 함께 본 경이로운 일에 대해서 이야기하기 시작했다. 나는 어처구니없는 심정으로 귀를 기울였다. 듣고 있자니 미치광이가 이야기하고 있는 듯했다. 다음의 말들은 지금도 기억에 남아 있다.

"제가 처음으로 당신에게 입회를 허락받았을 때는 당신도 저도 제가 오래도록 살아온 곳, 중앙아프리카의 그 거리를 돌아다니고 있었습니다. 저는 호수 속에서 처음으로 섬을 보았습니다. 그곳에 섬이 있다는 사실은 알고 있었지만 너무 멀어서 그때까지는 본 적이 없었습니다. 제가 영국에 살고 있는데 그런 것을 본다는 것은 묘한 일 아닙니까?"

"그렇습니다."라고 브라운은 말하고, "그때는 재미있는 일이 있었습니다. 둘이서 조그만 증기선을 만들어 구름 위를 달리게 했을 때, 당신은 한껏 웃으셨는데, 그 일을 기억하고 계십니까?"

여기에는 훨씬 더 가혹한 비판도 있다. "멍청한 사람들을 경탄시키기 위한 결탁이야."라고 회의파들은 말한다. 좋다, 그렇다면 회의파는 그냥 그렇게 생각하도록 내버려두자. 하지만 나는 약간 묘한 것에 맞닥뜨렸다고 생각한다. 내가 가입하지 않은 일이 안타깝기도 하다. 이는 심령론도 아니고 접신론도 아닌, 인류 구성 속에 잠재되어 있는 축적물에 의한 것이리라. 그것도 옛 그노시스파 기독교도나 인도의 근대적 수행자들이 행한 일이라고 볼 테지만. 단 하나, 내가 확실히 알고 있는 것은, 올바른 도덕을 지켜야 한다는 사실로 그렇게 하지 않으면 모두가 덧없는 것이 되어버리고 만다. 마오리의 식인종은 심령적 지식과 힘을 가지고 있지만 아무렇지도 않게 사람을 먹는다. 기독교도의 윤리는 심령술의 능력이 아무리 향상되어도 무너지지 않을 것이다. 하지만 기독교의 신학은 어떻게 될까?

작은 의사에게로 다시 이야기를 되돌리자면, 나는 그 사람을 한 번 더 만난 적이 있었다. 역시 심령술사로서였는데 장소는 오리건 주 포틀랜드, 1923년의 일이었다. 들은 것을 바탕으로 판단하자면, 그 사람이 속한 모임의 힘은, 회원들의 에테르체를 상실케 하고 다른 회원(예를 들어서 나)의 에테르체를 모아 의지의 힘으로 사상적 이미지(예를 들어서 증기선)를 형성케 하는 것인 듯하다. 하지만 그 이론이나 발전의 순서는 나도 모르겠다. 그 모임은 장미 십자회[126]의 일파를 이루고 있는 것이리라.

이 시기에는 모든 것이 평온하게 보였다. 겨울인데도 아내는 여름과 마찬가지로 별 탈이 없었다. 메리와 킹슬리, 두 아이는 여러 가지 일이 있던 중에도 건강하게 자라 일가에 커다란 행복을 가져다주었다. 시골은 훌륭했으며, 나의 생활은 일과 스포츠로 충만해 있었다. 국민들도 마찬가지였으리라. 번영과 성공의 나날이었다. 그러나 남아프리카의 검은 그림자가 영국을 덮치고 있었기에, 다른 대부분의 사람들도 마찬가지일 테지만 내 개인의 운명을 결정하기도 전에 그 검은 그림자에 휩싸일 것만 같았다. 어쨌든 나는 보어 국에 강한 관심을 품고 있었는데 무기를 다루는 그들의 솜씨와 접근하기 어려운 위치, 그리고 튜턴인[127]의 강인한 집념에는 존경심을 품고 있었다. 적으로 삼으면 가장 위험한 존재가 되리라 생각하고 있었기에 일의 경과를 공포 속에서 바라보았는데, 그릇된 판단으로 제임슨 습격을 감행해 전쟁을 결코 그만두려 하지 않았다. 마침내 전쟁이 시작되었을 때는 오히려 마음이 놓였을 정도였다. 그리고 우리의 일이 얼마나 중요한지도 분명해졌다. 그러나 그 당시에 그것을 이해하는 사람은 많지 않았다. 개전 전야에 나는 작가클럽에서 울즐리 경과 함께 저녁식사를 할 기회가 있었는데 그때 장군은 2개 사단이라면 아프리카에 보낼 수 있다고 단언했다. 이튿날 신문에서는 그와 같은 대군을 파견하는 것이 가능할지, 또 필요할지, 과연 징집이 가능할지를 매우 격렬하게 논했다. 승리를 거두기 위해서는 25만 명이나 되는 사람들(그들 대부분이 기병대인데)이 필요하다는 말을 들었다면 그들은 어떻게 생각했을까? 보어 전쟁에서 조기에 승리를 거둔 것은 남아프리카의 역사를 아는 사람에게는 조금도 놀라운 일이 아니었다. 영국제국의 건강을 지키고 싶다면, 먼저 잡아야 할 것은 와인 잔이 아니라 소총이다.

제16장 남아프리카로

  영국에게 있어서 1899년 12월 10일부터 17일까지는 불길한 일
주일이었다. 그 일주일 동안에 가타크레 장군이 스톰버그 전투에
서 패했고, 메수엔 경은 메저스폰테인에서 역시 패했으며, 불러
장군은 콜렌소에서 패했다. 세 사람이 한 일은, 그 뒤에 찾아온 대
전에 비하자면 그 조그만 일부에도 미치지 못하지만 그 당시에는
무시무시한 일이었다. 그 대륙에는 예전부터 불길한 풍설이 있어
서 연합이네 제휴네 하는 소문도 나돌고 있었다. 당시 독일 함대
가 아직 존재하지 않았던 것은 우리에게 행운이었다. 따라서 승패
의 열쇠를 쥐고 있는 것은 우리였으며 그렇기에 한시라도 빨리 라
피엣 급의 함정에 이어서 요크타운도 남아프리카로 파견할 필요
가 있었다. 그러나 형세가 불리함에도 불구하고 국민들은 무슨 일
인가 벌어지면 그에 맞서기 위해 일어나는 것이 빨랐다. 이 경우
에도 각 사람이 자신에게 가능한 일을 하기 위해서 결연히 일어났
다. 그랬기에 나는 하운즐로우—내 기억이 맞는다면—에 있던 어
느 날 아침, 미들섹스 주의 농기병대에 응모하는 시민들의 기다란
줄 속에 가담했다. 이 연대에는 한두 명의 친구가 있었다. 그래서

이 연대를 선택한 것이었다.

사무실의 전나무 테이블에 덩그마니 앉아 백발의 대령이 지원 자들의 접수 사무를 신속하게 처리하고 있었다. 그는 내가 어떤 사람인지 알지 못했으나 마흔 줄의 사내가 눈앞에 있는 것을 보고 는 설마 일개 병사로 지원하리라고는 생각지 못한 듯했다. 나는 어디까지나 임무가 주어지기를 바란다고 말했다. 그러자 대령이 내게 승마나 사격을 할 수 있느냐고 물었다. 양쪽 모두 어느 정도 는 할 줄 안다고 대답했다. 대령이 내게 다시 군대의 경험은 있느 냐고 물었다. 그에 대해서 나는 모험적인 반생을 보내왔으며 수단 에서 군대의 행동도 조금은 봤다고 말했는데, 당시 그것은 가능한 한 범위를 확대해서 말한 것이었다. 신사에게는 2가지 죄 없는 거 짓말이 허락되며, 여성에게는 비명이 허락되고, 만약 그것이 올바 른 싸움이라면 싸움도 허락된다. 그러니 나도 용서를 받을 수 있 으리라 믿는다.

그럼에도 불구하고 대령은 나의 이름을 대기인원에 등재시켰을 뿐, 내가 누구인지도 깨닫지 못한 채 다음 사람으로 일을 옮겨갔 다. 나는 실망하기도 했고 얼마간 이해할 수 없다는 마음도 있었 기에 그것으로 모든 절차가 끝났다는 사실조차 알지 못했다. 그런 데 그로부터 얼마 지나지 않아서, 모험이라는 면은 덜하지만 내 나이에 적합하다 여겨지는 역할에 대한 의뢰를 받게 되었다. 그 의뢰를 해온 것은 친구인 존 랭맨으로, 그의 아들인 아치와는 다 보스에 머물 때 잘 알고 지냈다. 랭맨은 자비로 침대 50개를 갖춘 병원을 아프리카에 열려 하고 있었다. 의사도 외과의는 전부 결정 되었지만 직원을 아직 결정하지 못했다는 것이었다. 아치 랭맨이 총 지배인으로 병원과 함께 움직이기로 되어 있었다. 랭맨의 생각

랭맨 병원의 직원들(1900)

은 내가 직원들을 찾아주었으면 하는 것, 그리고 내가 보조 의사가 되어주었으면 하는 것, 거기에 비공식적인 형태로 총감독이 되어주었으면 하는 것이었다. 이 모든 조건을 받아들여 나는 스탠호프 테라스에 있는 그의 집에서 일주일을 보냈다. 그 기간 동안에 적임자라 여겨지는 많은 후보자 가운데서 가장 적합한 사람이라 여겨지는 인물들을 선정했다. 전체적으로 봐서 모두 적절한 선택이었다. 해야 할 일들이 아주 많았다. 그러던 중에 나는 농기병 문제를 재검토해달라는 통보를 받았다. 그러나 그때는 이미 랭맨 병원 문제에 깊이 관여하고 있었기에 그럴 수가 없었다.

편성이 완료되고 보니 소규모지만 매우 훌륭한 구성이었으나 약점이 없는 것도 아니었다. 게다가 안타깝게도 그것은 수뇌부에 있었다. 오칼라한 박사는 랭맨과 개인적으로도 친구였기에 윗자리를 얻었는데, 그는 원래 산부인과의로서 뛰어난 수완을 발휘한 사람이었다. 그런데 아프리카에 그 방면의 환자가 그렇게 많으리라고는 여겨지지 않았다. 또 그는 지금까지 가만히 앉아서 하는 일만 해왔기에 앞길에 놓여 있으리라 여겨지는 괴로운 일에 어디까지 견딜 수 있을까 하는 것도 의문이었다. 이러한 점은 본인도 깨닫고 있었는데 남아프리카에서는 아주 잠깐 경험을 했을 뿐, 서둘러 영국으로 돌아왔다. 육군과의 약속에 따라서 우리는 군인을 지휘자로 맞아들이지 않으면 안 되었다. 그것이 드루리 소령이었는데 그는 유쾌한 아일랜드 사람으로 레버128)가 되살아난 것 같은 인물이었다. 군대에서 벗어나 '돈 많은 과부와 결혼하는 것'이 최대의 목표라고 했다. 평소에는 매우 유쾌한 상대였으나 임기응변을 요하고 일상적인 과정이 있는 근무에 있어서 그는 너무나도 켈트인(감정이 예민하고 강렬하다.)적인 부분이 있었기에 불화를 일으키는 경우가 있었으며, 때로 다툼이 벌어지면 나로서는 랭맨 씨의 의향에 따를 수밖에 없었으니 그는 나를 반항적인 개라고 생각했을 것임에 틀림없으나 나는 그를 —그래, 지금은 이미 고인이 되기도 했으니 그냥 재미있는 인물로만 기억하기로 하자.

오칼라한과 드루리 밑에 참으로 훌륭한 젊은 군의 찰스 깁스와 샤리브가 있었다. 후자는 유명한 여의사의 아들이다. 이 두 사람은 최대한의 노력을 기울였다. 그리고 그 외에도 병동장, 요리사, 지배인, 창고관리인, 마지막으로 15명에서 20명 정도의 간호병이 있었다. 전부 합치면 정확히 50명쯤 되었는데, 모두 랭맨 씨의 관대함에 의해서 훌륭하게 운영되고 있었다.

1, 2개월 지났으나 아직 떠나지 못하고 있었다. 그 사이에 재미있는 일이 있었다. 나는 은폐된 곳에 있는 사람을 공격하려면 어떻게 하는 것이 가장 좋을까 하는 문제를 진지하게 생각했는데 직접발포를 해봐야 무의미하다는 결론에 이르렀다. 공격을 받는 쪽

도 사태를 알고 있기 때문에 피해는 적으리라 여겨졌다. 그에 반해서 소총을 휴대용 곡사포로 사용할 수 있다면, 그리고 일정 면적에 어느 정도 정확하게 총알을 퍼부을 수 있다면 그 면적 안에 있는 생명은 어쨌든 끊을 수 있을 것이라 여겨졌다. 예를 들어서 그 면적이 2만 제곱야드라고 하자. 그리고 2만 자루의 소총이 거기에 사격을 가했다고 하자. 그런 다음 각 제곱야드를 살펴보면 거기서는 쓰러진 적병을 발견할 수 있으리라. 내가 전개한 생각의 참뜻은 나도 잘 몰랐지만, 대전에서 실시된 수직, 혹은 직화탄막 포화 기관총과 같은 것이었다. 이 원리는 절대로 옳다고 생각하지만 지금까지 그것이 응용되었다는 말은 아직 들은 적이 없다. 『타임스』에도 글을 보내서 이 견해를 설명했지만 내가 알고 있는 한 아무런 반응도 없었다.

한편 나는 어떻게 해야 소총을 곡사포처럼 쏠 수 있을까를 실험하고 있었다. 우선 실 끝에 묶은 커다란 바늘을 가늠자에 단단히 고정시키고 수직으로 총을 발사하자 바늘은 흔들흔들 흔들리며 개머리판에 부딪쳤다. 거기에 표시를 해두었다. 다음으로 생각한 것은 총을 조금씩 기울이는 것이었다. 200, 400, 이하 이 비율로 행했다. 그러자 개머리판에 눈금이 생겼다. 따라서 바늘이 개머리판의 일정 장소로 튕겨오도록 발사하면 총알은 일정 거리를 날아가게 된다.

그러나 난점은 정확한 사거리를 아는 것이었다. 이를 알아내기 위해 나는 프렌샴 폰드의 갈대 속에 서서 총을 아주 조금씩 앞쪽으로 기울이며 방아쇠를 당겼다. 총알은 내 머리 가까이에 떨어졌다. 어디에 떨어졌는지는 알 수 없었지만 떨어지는 소리가 꽤 분명하게 들렸다. 그때도 놀랐고 지금도 놀라운 것은 거기에 걸린 시간이었다. 발사에서 낙하까지 내 시계로 50초가 걸렸다. 독자는 믿지 않을 테지만 거기에 이의를 제기할 마음은 없다. 나 자신도 믿을 수 없을 정도라고 생각되지만 어디까지나 사실이다.

나는 조용한 호수의 수면에 총알이 떨어져 일어나는 물소리를 듣고 싶었으나 한 발, 또 한 발, 여러 각도로 발사했지만 단 한 발도 거기에 떨어지는 모습은 볼 수도 들을 수도 없었다. 마침내 한 조그만 사내가, 예술가일 것이라 생각하는데, 참견을 했다.

"쏜 총알이 어디로 갔는지 알고 싶으십니까?"

"그렇습니다."

"그럼 말씀드리죠. 전부 제 주위에 떨어졌습니다."

나는 곡사총이 첫 번째 희생자를 냈다고 소리 높여 말할 수 있지 않는 한 이 실험은 당장 그만두는 편이 좋겠다고 생각했다. 이런 가벼운 탄에 그처럼 강력한 화약을 사용해서 하늘 높이 쏘아 올리면 그것은 더 이상 내 마음대로 할 수 있는 것이 아니다. 총알의 무게를 2배로 하고 화약을 절반으로 줄인다면 내 목적에 맞는 것이 되었으리라. 거기에 이런저런 일들이 생겼기에 나는 그 이상 실험을 계속할 수 없었다. 그러나 조금 더 세세한 부분에 신경을 써가며 실험을 계속했다면 남아프리카의 어떤 언덕에서도 소탕전이 가능할 만큼의 집중 사격술이 태어났으리라 확신하고 있다.

나는 이 생각이 실용적이기도 하고 매우 필요한 것이기도 하다고 생각했기에 자세한 내용을 적어 육군성에 보냈다. 그 대답은 다음과 같았다.

<육군성

1900년 2월 16일

고각도 총화를 발포할 수 있는 소총의 채용에 관한 편지에 대해서, 국방부 장관으로부터 본 건으로 귀하를 번거롭게 하지 않도록 통보하라는 명령을 받았습니다.

삼가 올립니다.

병기부장>

이렇게 해서 나의 발명이 터무니없는 것이었는지, 혹은 내가 믿고 있는 대로 기초적이고 획기적인 것이었는지, 그것을 설명하고 예증할 기회를 잃고 말았다. 『타임스』에 보낸 글에서 말한 것처럼 '우리나라의 무기 개량이 이런 식으로 장려된다면 무기의 개량은 적의 손으로 옮겨가버릴 것이다.' 우리의 전통은 대전에서도 유지되어 체펠린 비행선을 격추시킨 가연탄의 발명자인 포메로이는 실의 속에 뉴질랜드로 돌아가려 했다. 그때 탄은 군용이 아니라 말하자면 사적인 탄이었다. 그러나 그의 발명이 얼마나 가치 있는 것인지를 보았기에 육군성도 늦게나마 채용한 것이었다.

마침내 때가 왔다. 아내는 나폴리로 가 있었는데 그곳은 기후가 따뜻해서 예후를 돌보기에 좋은 곳이라고 생각했다. 나는 모든 일을 정리했다. 여기에 온 것은 무보수라는 약속이었으나 집사에게는 내가 보수를 지급해왔다. 그는 세심하게 일을 돌보는 사내로 도움이 되었다. 이렇게 나는 자주성을 지켜왔기에 때가 되면 언제든 떠날 수 있었다. 이러한 상황은 일의 전개와 함께 내게 매우 유리하다는 사실을 알게 되었다.

우리는 런던의 한 교련 홀에서 캠브리지의 공작으로부터 검열을 받았다. 이 검열에서 내게 묘한 일이 일어났으나, 그러한 것이 다른 많은 타인에게 일어난다면 어떨지 모르겠지만, 내 생애에 있어서는 별것도 아닌 일이었다. 우리는 국방색 새 제복에 열대용 헬멧을 쓰고 늘어서 있었다. 공작의 검열에 대비해서였다. 만약 4열로 정렬하라고 했다면 커다란 혼란이 일어났을 테지만 다행스럽게도 2열로 늘어서 있었기에 그대로 있었다. 나는 오른쪽 열의 앞에 있었다. 눈은 전방을 향한 채 고정되어 있었지만 그래도 나이 든 공작이 수행원을 데리고 내 쪽으로 오고 있는 모습이 눈 끝에 들어왔다. 나이 든 공작이 내 앞에 멈춰 서더니 갑자기 움직이지 않았다. 나는 경직된 채 나이 든 공작이 지나가기를 기다렸다. 그러나 나이 든 공작은 멈춰 선 채 움직이지 않았다. 그것도 너무 가까이 있었기에 헐떡이는 숨소리가 들려올 정도였다. '대체 왜 그러지?'라고 생각했으나 그런 기색은 조금도 내비치지 않았다. 마침내 상대 쪽에서 입을 열었다. "이건 뭔가?" 뒤이어 커다란 목소리로, "이게 뭐야?"라고 말했는데 완전히 흥분한 모습이었다. 나는 눈 하나 깜빡하지 않았으나 오른쪽에 있던 한 무리의 저널리스트들이 미친 듯이, 그러나 소리를 죽여서 웃기 시작했다. 수행원들 사이에서 속삭임이 들려왔다. 뭔가 설명이 행해지자 나이 든 공작은 그대로 지나쳤다. 가장 광기어린 시절의 레버였다 할지라도, 그 주인공이 처음으로 제복을 입은 날에 영국 육군의 전 최고사령관이자 여왕 폐하의 삼촌을 이렇게 화나게 만들 수 있었을까?

이 친애하는 노신사—나이 든 공작은 당시 80세였다—를 당혹스럽게 만든 것은 내가 입고 있던 제복 상의의 단추가 아무런 무늬도 없이 매끈매끈해서 당신은 본 적도 없는 것이었다는 점이었다. 왕관이든, 혹은 단순한 별이든 있었다면 괜찮았을 텐데 아무 것도 없었기에 흥분을 하게 된 것이었다. 올바른 군장에 집착하는 성격이었기 때문이다. 에드워드 왕도 물론 마찬가지였다. 나의 한 친구가 인도의 무도회(왕실에서도 참석했다)에서 매우 흥분한 부관에게 어떤 이유로 밀려 넘어진 적이 있었다. 그리고 그 부관은 "전하께서 제게 말씀하시길……."하고 친구의 복장에 대한 결점을 지적했다. 이에 친구는 "그 얘기를 옷 만드는 사람에게 전해주겠소."라고 대답했다. 이는 일을 온화하게 마무리하는 멋진 방법이라고 생각한다.

1900년 2월 28일에 우리는 전세를 낸 운송선 오리엔탈 호를 타고 틸버리 항을 출발했다. 혼성 파견부대 한 무리와, 퀸스타운의 스코틀랜드 재향군 등이 승선해 있었다. 출항을 할 때 와 있던 아일랜드의 한 시끄러운 여자가 하얀 손수건을 갑판으로 던지고 "도움이 될지도 몰라."라고 외쳤다. 스코틀랜드 사람들 가운데는 지역의 유력자도 있었지만, 굳이 말하자면 거친 사람들이 많았고, 그 장교들로는 헨리 스콧 경, 튜크스베리 경, 뉴포트 경, 브래클리 경 등이 있었다. 전체를 통솔한 것은 미들섹스의 가스틴 대령이었다. 3주일 동안에 걸친 단조로움을 깨준 것은 케이프 드 베르데스에서 크리켓 시합을 한 일과 열대의 달빛이 쏟아지는 갑판에서 내가 장의 감염에 대해서 강연을 한 일이었다. 이는 자발적으로 한 일이었으나 장의 감염 때문에 죽은 사람도 많았으니 오히려 강제적으로라도 듣게 했어야 했던 것이리라. 내 자신의 목숨조차 방심했다면 어떻게 됐을지 몰랐다. 이 처리가 얼마나 중요한지는 대전이 잘 입증해주었다. 남아프리카에서는 총알에 의한 죽음보다 장의 질환에 의한 죽음이 더 많았다. 앰로스 라이트[129]의 발견이 올바르게 인식되기만 했더라도 그 대부분은 죽지 않고 살았으리라는 점을 생각하면 슬퍼진다. 그 사람의 동생이 같은 배에 타고 있었다는 사실이 떠오르는데—공병 장교였다— 우리들 대부분도 그랬지만, 그는 특히 악성 병균에 감염되어 적당한 투약도 아직 발견되지 않은 상태에서 매우 고통스러워했다.

3월 21일 저녁, 케이프타운에 도착했는데 항구는 배들로 가득했다. 대형 기선이 50척이나 정박해 있었지만 대부분은 빈 배였다. 개중에는 좌초한 것도 있었다. 그런데 우리들 배 안에서 난처한 일이 벌어졌다. 항구 안에 커다란 파도가 일어 예인선이 뱃전으로 오려하지 않은 것이었다. 따라서 상륙하려면 파도의 물결을 살펴서 적당한 때에 외차(外車) 덮개에서 뛰어내려 밑으로 늘여놓은 키에 착륙하면 기다리고 있던 조타수가 안아 붙들어야 했다. 그 정도의 일은 아무렇지도 않게 생각하는 사람도 있었으나, 개중에는 두려워하는 자도 있었다. 아무런 사고도 없었다는 게 내게는 신기하게 여겨진다. 딱 한 번 실수가 있었는데 그것은 기묘한 일이었다. 병사들의 얼굴이 뱃전에 일렬로 늘어서서 우리들을 내려다보고 있었는데 그 가운데 이를 보이며 웃고 있던 병사 한 명이 갑자기 끔찍한 표정을 지으며 비명을 질렀다. 그래도 그 병사는 그 자리에 선 채로 있었으며 여러 전우들이 달려갔다. 바로 뒤에 들은 바에 의하면 어떻게 된 일인지 커다란 철봉이 발 위로 떨어져 그를 그 자리에 못 박힌 듯 서 있게 했다는 것이었다. 구조작업을 하는 동안 그 병사는 기절해버리고 말았는데, 그대로 밑으로 내려져 치료를 받았지만 뼈가 으스러져 있었다고 한다.

이튿날은 육상에서 보냈다. 본부로는 마운트 넬슨 호텔을 사용했다. 부상 장교, 여성 모험가, 코스모폴리탄 등으로 북적였다. 잠시 후, 키치너 장군이 와서 깨끗하게 내몰았다. 전투원에게 유혹자는 방해가 되기 때문이었다. 전황은 매우 유리하게 전개되고 있었다. 파아데버그 전투가 있었다. 로버츠 경이 블룸폰테인[130]으로 진격했으며, 킴벌리는 프랑스군이 구원했다. 프랑스군이 방향을 틀어 크론제를 물리친 것은 이 전쟁에 사기를 불어넣어주는 사건 가운데 하나였다.

런던에 있을 때 자선사업에 쓰라며 얼마간의 돈을 위탁받았기에 보어 병사의 포로수용소에 어딘가 쓸 데가 없을까 싶어 가보았다. 그곳은 경마장에 철조망을 둘러놓은 곳이었는데 포로들은 수염이 덥수룩하고 빗질도 하지 않았으며 더러운 모습이었으나 그래도 태도만은 어디까지나 보통 사람들과 다르지 않았다. 잔인한, 혹은 난폭한 얼굴을 한 사람도 몇 명인가 있었고 개중에는 배타계급적인 자도 두엇 있었지만, 대부분은 선량하고 정직해 보이는 사람들뿐이어서 전체적으로는 무시할 수 없는 한 무리였다. 몇몇 사람은 사자와도 같은 갈기를 기르고 있었다. 그런 다음 환자들의 텐트로 가보았다. 몇 사람인가가 찡그린 얼굴로 빙 둘러 앉아 있었는데, 그중에 한 사람은 착란상태로 헛소리를 중얼거리고 있었다. 그것을 듣고 다른 사람들 모두 슬프다는 듯 웃었다. 한 사람이 구석에 앉아 자부심 강한 얼굴에 독수리 같은 눈빛을 번뜩이고 있었다. 담뱃값에라도 쓰라고 얼마간의 돈을 거기에 놓았더니 그 사내가 정중하게 인사했다. 위그노라고 말한다면 나의 잘못일까?

명령이 떨어지기를 기다리다 3월 26일에 갑자기 케이프타운을 떠나게 되었고, 28일에 이스트 런던[131]에 도착했다. 거기에 상륙하고 나서 깜짝 놀랄 일이 있었는데, 아마추어 배우로 유명한 레오 트레버가 수송지휘관으로 일하고 있었다. 그가 여러 가지로 힘을 써주었지만 병원의 간부들은 2개 조로 나뉘어 기차에 오르게 되었다. 며칠 뒤 블룸폰테인에 도착하고 나서, 다른 절반의 인원들이 어딘가에서 길을 잃어 대혼란에 빠졌다는 사실을 알게 되었다. 며칠 밤인가를 보냈던 그 여행은 잊을 수 없으리라. —기다란 열차가 어둠을 뚫고 전진하다보면 양쪽으로 불이 타오르는 곳이 있고, 불꽃을 배경으로 사람의 실루엣이 보이며 "누구냐?"라고 외친다. 이쪽에서는 누군가가 "카메론 부대."라고 대답한다. 그 유명한 연대가 우리들의 동행이었기 때문이다. 전쟁의 분위기는 참으로 신비한 것이다. 새천년이 오면 얻는 것도 많을 테지만 가장 커다란 흥분은 잃게 되리라.

남아프리카의 초원이란 기묘한 곳이다. 녹색 평원은 드넓고 산 위까지 평평해서 지질학상의 특이한 삽화라도 되는 듯했다. 목초가 얼마 되지 않고—2에이커에서 양 1마리밖에 기를 수 없다— 따라서 사람도 조금밖에 살 수 없다. 각각 작은 유칼립투스 숲과 댐을 가진 조그만 농장이 그 위에 있었다. 임시로 설치한 다리를 이용해서 자유주의 경계를 건넜는데 옆에 낡은 다리의 잔해가 남아 있었고 그 부근의 조그만 집들에는 전부 백기가 걸려 있었다. 시민과 병사 모두 친절했으나 나중에 게릴라전이 벌어지고 난 뒤부터는 그 기풍이 단번에 바뀌었다.

4월 2일 오전 5시, 마침내 자유주의 수도에 도착하여 시외에 펼쳐진 녹지 속에 짐을 내렸는데 주위는 야영하는 사람들과 동물들로 북적이고 있었다. 시 가까이에 보어의 대군이 있다는 말이 있었는데 그들은 이삼일 전에 사나 포스트에서 우리 군의 일부를 격파했다. 우리 군이 행동을 개시했기에 나는 이집트에서 알게 된 그윈과 클로드 드 크레스피니와 함께 포병이 빌려준 짐말을 앞세워 무슨 일이 일어날지 보러 갔다. 그러나 아무런 일도 일어나지 않았다. 보어인들이 쓰는 방법이, 우리가 원할 때는 결코 나타나지 않고 안심하고 있을 때 기습을 가하는 식이었기 때문이다. 동료들이 주고받는 언행이 재미있었을 뿐 무더운 하루 동안 아무것도 얻지 못했다.

좋은 동료들은 전장에서 언제나 좋은 위안이 된다. 나는 예전의 친구들 여럿과 우연히 만나게 되었다. 군인도 있었고 의사도 있었고 저널리스트도 있었다. '매'의 기사라 불리는 친구는 안타깝게도 이른 시기에 적의 총알에 맞아 병원에 있었다. 미국의 베테랑 기자인 줄리안 랄프, 무뚝뚝하지만 노련한 베넷 버얼리, 평범한 학교의 교장처럼 보이는 멜턴 프라이어, 눈동자가 검은 『크로니클』의 도너휴, 오스트레일리아 사람으로 스노이 강으로 유명한 패터슨 등은 멋진 조합이었다. 그러나 나는 그들 속에 섞여 환담을 즐길 여유가 없었다. 끝도 없이 이어진 측선의 짐을 실은 화물열차 속에 행방이 묘연했던 우리들의 장비 절반이 있다는 사실을 발견하고 피로에 지친 동료들에게 알린 뒤 그곳으로 안내했기 때문이었다. 하루 종일 고생을 해서 저녁까지는 침대도 갖췄고, 병원은 언제든 개원할 수 있게 되었다. 그로부터 이틀 뒤에는 부상병들이 차에 실려와 우리들의 참된 일이 시작되었다.

우리는 크리켓 경기장을 캠프로 할당받았으며 병동으로는 크고 훌륭한 텐트를 쓰게 되었다. 다른 설비도 곧 건설되었다. 텐트라면 얼마든지 가지고 있었기 때문이었다. 각 사람이 텐트 하나씩을 썼으며 식료품을 위해서는 대형 텐트가 쓰였다. 얼마간 무리를 하는 것이라면 아무렇지도 않았을 테지만, 우리를 덮친 것은 우리의 힘을 넘어서는 것으로 그 때문에 1개월쯤은 커다란 고생을 했다. 골칫거리가 시작될 전조는 매우 간단하고 극적인 형태로 찾아왔다. 대형 텐트 안에 욕실이 설치되어 있었는데 내가 거기로 가서 수도꼭지를 돌렸으나 물이 나오지 않았다. 전날 밤에는 그렇게도 잘 나왔는데 한 방울도 나오지 않았다. 이 조그만 일이, 보어인이 마을의 수도관을 끊었다는 사실의 첫 번째 표현이었고 덕분에 우리는 한 걸음 물러나 우물에 의지할 수밖에 없었다. 그 때문에 장에 병이 발생했고 5천 명이 목숨을 잃기에 이르렀다. 로버츠 경의 커다란 결함은, 출정 부대를 다루는 일에는 훌륭하지만 그와는 달리 자유롭게 움직일 수 있는 사람을 바로 동원해서 문제를 처리하게 하지 않는다는 점에 있다고 생각한다. 예를 들어 이번 물 문제만 해도 겨우 20마일 떨어진 곳에 원인이 있었다. 그런데 그것을 해결하지 않고 그는 문제가 회복되기만을 기다렸다. 그렇게 해서 간단히 전염병에 노출되었다. 일이 벌어지고 난 뒤에 현명해지는 것은 언제나 쉬운 법이다.

소동은 무시무시한 것이었으나 공공의 소모에 의해서 완화되었다. 그리고 신문 보도는 엄하게 규제되어 있었으나 우리는 죽음 속에서 생활했다. 가장 끔찍한 형태의 죽음이었다. 우리의 설비가 감당할 수 있는 인원은 50명이었으나 거기에 120명이나 되는 환자들이 밀려들었다. 침대 사이의 바닥에 지푸라기를 깔고 거기에 병든 병사와 죽음의 경계를 넘나드는 사람들을 수용했다. 그런 사태는 전혀 예상하지 못했던 것이었기에 이불이나 그 외의 용구에 여분은 없었다. 병의 성질상 오염이 매우 심했는데 그 오염이 견디기 어려운 악취를 내뿜었다. 당시의 어려움이 어땠는지는 독자의 추측에 맡기겠다. 전투 후에 볼 수 있는 외과병동의 상태가 아무리 나쁘다 해도 텐트로 세운 분관보다는 나았다. 한쪽 끝에 『군함 피나포어』의 무대장치처럼 장식된 무대가 있었다. 이는 비틀거리면서라도 그곳까지 갈 수 있는 사람들을 위한 화장실로 개조되었다. 그 외에도 가능한 일들을 해주었기에 우리 역시 우리의 최선을 다했다. 그러나 쇠약해진 병사들의 행렬을 유치하기 짝이 없는 스테이지가 내려다보고 있는 모습을 베레스트샤긴[132]이 보았다면 틀림없이 그림의 소재로 사용했을 것이다. 그런 최악의 상태에 있을 때 간호사 2명이 왔다. 그녀들이 왔을 때의 밝음, 가엾은 병사들을 간호하고 갓난아기처럼 다루어 여러 가지 욕망을 다정하게 달래주고 용기를 불어넣어준 일 등, 두 사람의 활약은 잊을 수가 없다. 신이시여, 두 사람이 무사히 와준 일을 감사하게 생각합니다.

안락함 속에서 보내는 4주일은 짧게 느껴질 테지만 이와 같은 상태 속, 이와 같은 광경, 소리, 악취, 어디를 둘러보아도 새카만 파리가 음식물에 몰려들고, 병균을 가지고 입 속까지 밀고 들려 하는 곳에서는 결코 짧지 않았다. 직원들이 전부 모였을 무렵에는 최악의 상태에 있었기에 직원들 모두 과로로 몸이 약해져 있었다. 대부분이 랭커셔에 있는 면직물 공장에서 왔는데 몸집이 작고 영양이 부족한 무리들이었으나 정신적으로는 다부진 사람들이었다. 15명 가운데 12명이 병에 걸려 생존자들의 노동량이 더욱 늘어났다. 3명이 목숨을 잃었다. 다행스럽게도 본부에 있던 우리는 일을 계속할 수 있었으며 케이프타운의 슈와르츠 박사의 원조를 얻을 수 있었다. 압박감은 컸지만 일이 크면 클수록 아프리카에서 우리 존재의 필요성을 입증하는 것이 되는 셈이라고 생각했다. 무엇보다 중요한 것은 우리들의 노동이 환자들에 대한 훌륭한 약이(藥餌) 덕분에 가벼워졌다는 사실이었다. 긴장을 놓지 않고 인내하며 환자들이 고통을 견뎌내는 모습을 보는 것은 정말 멋진 일이었다. 영국의 병사는 평화의 날이 오면 불평을 늘어놓을 테지만, 혐오스러운 죽음과 대면했을 때 그들이 불평을 늘어놓는 소리는 들어본 적이 없다.

우리의 병원이 다른 곳에 비해서 좋지 않은 점은 어디에도 없었다. 병원은 많았지만 마을의 일반적 상태는 매우 좋지 않았다. 관 같은 것은 바랄 수조차 없었다. 환자가 죽으면 갈색 담요에 싸서 얕은 무덤 속에 묻었는데 하루에 평균 60구에 달했다. 상처를 입은 마을에는 구역질이 날 정도의 악취가 감돌고 있었다. 기분전환을 위해서 한두 시간쯤 마을을 벗어난 적이 있었는데, 적어도 6마일은 떨어져 있었는데도 바람의 방향이 바뀌자 악취가 났다. 블룸폰테인의 상황을 눈으로 보기 훨씬 전부터 냄새로 알 수 있었다. 병과 소독제가 합성된 죽음의 냄새를 맡으면 나는 지금도 마음이 가라앉아버리고 만다.

마침내 전환점이 찾아왔다. 부대가 이동을 한 것이었다. 군의 방침에 따라서 두어 명의 환자를 다른 곳으로 이송했다. 무엇보다 고마운 일로 수도가 복구되었는데 그 복구를 방해하는 세력은 보이지 않았다. 그것을 복구할 때는 나도 군을 따라 나갔다가 밤에 얇은 코트를 입은 채 짐마차 밑으로 들어가 잠을 잤는데 그렇게 추웠던 적은 내 평생에 두 번 다시 없었다. 겉의 피부만 추운 것이 아니라 몸 안에 무엇인가 딱딱한 것이라도 들어 있는 듯한 기분이었다. 이튿날 아침, 어느 면에서 보더라도 전투가 벌어질 것이라 예상되었다. 전날 밤에 포격을 받았기 때문인데 아무래도 현상을 유지하기 위한 것인 듯했다. 그랬기에 사령관인 이안 해밀턴은 조심스럽게 전진했다. 그러나 멀리 언덕 위에서 우리를 지켜보는 자는 있었으나 적은 아니었던 듯 조금의 저항도 받지 않았다. 적은 밤 동안에 달아난 것이었다.

진군을 거듭하던 우리는 사나스 포스트의 흐름이 완만한 강을 건넜다. 그곳은 몇 주 전에 커다란 불행이 있었던 곳이었다. 가엾은 포병대의 말들이 겹겹이 쓰러져 있었다. 거기서 총에 맞아 쓰러진 것이었는데 부근에는 온갖 잔해들이 어지러이 흩어져 있었다. ─각반, 콜레라 예방 복대, 잡낭, 깨진 헬멧 등. 거기에는 또 보어의 탄약을 싸는 종이가 흩어져 있었다. 모두 분열탄이라고 표시되어 있었다. 영국군을 위해 런던에서 제조한 것이었다. 그것이 무엇을 의미하는지, 또 어디에서 왔는지 나는 전혀 알 수 없었다. 우리 군은 언제나 틀림없이 리멧포드를 사용하고 있었기 때문이었다. 그 점은 수많은 벨트를 살펴보았으니 틀림없는 사실이었다. 이 일은 잔학행위를 주장하기 위한 교묘한 책략인 듯했다. 그러나 보어군은 종전에 이르기까지 전체적으로 공정하고 활기찬 면이 있는 투사였다.

해밀턴 부대의 이동은 대대적인 전진의 시초였다. 수도 문제가 해결되자 장군은 진로를 북쪽으로 꺾어 군의 우익이 되었다. 그 왼쪽에는 터커 장군의 제7사단이 있었으며, 그 다음으로 켈리 케니의 제6사단, 폴 캐어루의 제1사단에 근위연대가 가담했고, 마지막으로 농기병을 포함한 기마보병의 대부대, 식민병 및 비정규 부대가 다수 있었다. 그 대부대가 5월 초에 블룸폰테인에서부터 프리토리아까지 소탕전을 벌였다. 병원은 평온해졌다. 그랬기에 나는 아치 랭맨과 미리 이야기를 나눈 뒤 병원에서 빠져나와 진격의 초기 단계를 보기 위해 부대에 가담했다. 나의 기억이 희미해지기 전에 쓴 체험담이 있는데, 20년 이상이나 지나 희미해진 지금의 기억에 의지하여 글을 쓰기보다는 앞서 이야기한 글의 일부를 인용할 테니 독자들도 양해해주시기 바란다.

제17장 종군의 나날

　밝은 아침 햇살 속, 커리 협곡에 서서 북쪽을 바라보았다. 광활하고 둔탁한 녹색 평야가 펼쳐진 가운데 하얀 농가가 여기저기 흩어져 있었다. 커다란 협곡이 하나, 그 가운데를 가로지르고 있었다. 어디를 봐도 멀리로는 언덕이 중첩되어 있었다. 그 가운데 정면으로 희미하게 보이는 언덕의 기슭에는 집들이 일렬로 늘어서 있고 첨탑이 있었다. 그곳이 브랜드포트로 10마일 떨어진 곳에 있었다. 지금부터 그곳을 공략하려는 것이다.

　부대는 진격 중이었다. 포병부대를 포함해서 새빨간 얼굴에 국방색 옷을 입은 병사들이 줄줄이 전진하고 있었다. 우리 옆에서는 두 사내가 말에 올라 둥근 언덕을 전진하며 멀리 있는 집들을 쌍안경으로 살펴보고 있었다. 두 사람 모두 훌륭한 모습이었는데 한 사람은 다부진 모습에 예의바르고 말쑥한 차림, 눈가에 웃음기를 머금고 있었고 위로 솟아오른 수염이 있는 얼굴은 개구쟁이 학생을 떠오르게 하는 면이 있었다. 다른 한 사람은 코와 눈썹 모두 매섭게 보였는데 구릿빛으로 탄 얼굴 곳곳에 하얀 반점이 있었다. 전자는 폴 캐어루 사단장이고 다른 한 사람은 스티븐슨 준장이었다. 우리는 인물을 찾고 있었는데 이 두 사람도 그들 가운데 포함되어 있었다.

　주목해야 할 인물은 그 외에도 또 있었다. 당신이 인물을 찾으려고만 한다면 그에게도 주목하지 않을 수 없으리라. 건장하고 어깨가 넓었으며, 검고 풍만한 수염을 가슴까지 기르고 한쪽 팔을 목에서부터 늘어뜨린 붕대에 걸고 있는 모습은 중세의 기사단원을 떠오르게 했다. 근위보병 제1연대의 크랩이었다. 그는 위병이 지나는 동안 말고삐로 제어하여 말을 멈추고 있었다.

　"제 몫은 이미 받았습니다. 총알 4발입니다. 오늘은 그만 사양하고 싶습니다."

　"입원해야 합니다."

　"죄송한 말씀입니다만, 동의할 수 없습니다." 이렇게 말하고 위병과 함께 전진했다.

　위병의 젊은 장교들을 보기 바란다. 메이페어[133]의 세련된 사내들이다. 그저 겉모습뿐인 평범한 군인들이 아니다. 초원에서 6개월 동안이나 고생을 해온 무리들이다. 벨몬트에서 블룸폰테인까지 싸우면서 온 자들이다. 걸음걸이는 화사하고 각반을 단단히 두르고 있다. —거기에도 서부지구[134]를 떠오르게 하는 부분이 있다.

　쌍안경을 왼쪽으로 향하면 멀리 지평선에서 움직이는 모습이 보이리라. 허턴 기마보병대. 적의 저항이 있으면 그 측면을 수천 명의 병사로 찌르려는 것이다. 오른쪽으로 끝도 없이 보이는 것은 터커의 사단이다. 그 너머로는 이안 해밀턴 장군의 기마보병과 프렌치 장군의 기병부대가 있다. 전선은 30마일이나 되며 3만 5천 명의 병사들이 배치되어 있다.

우리는 광활한 평야를 진격했다. 보병대는 넓은 범위에 걸쳐서 질서를 유지했는데 1개 중대가 대략 0.5마일을 담당했다. 정찰병과 공격부대를 보기 바란다. ―6개월 전이었다면 이런 식의 전진은 불가능했을 것이다. 우리 세력을 얕볼 수 없게 한 것은 병력의 투입이나 무기가 늘어났기 때문이 아니었다. 커다란 협곡까지는 이제 200야드밖에 남지 않았다. 우리는 멈춰 서서 가만히 관찰했다. 포는 앞바퀴를 떼어내고 발포 준비를 시작했다. 폴 캐어루는 휴일을 맞은 학생처럼 목깃이 빠져 위로 올라가 있었다.

"누가 터커 군을 보았는가?" 그가 말하는 것이 들려왔다. 쌍안경을 눈에 대고 있었다. 그는 정찰대 쪽으로 사람을 보냈었다. "자, 나의 부관을 보게. 보어군이 있는지 없는지 보기 위해 대협곡을 따라 말을 달려갔네. 무슨 권리가 있어서 그렇게 했을까? 내가 책망하면, 내가 있는 줄 알았다고 말할 테지만……. 오오, 왔는가? 어째서 바로 돌아오지 않았는가?"

"바로 돌아온 겁니다."

"아니, 자네는 저 대협곡을 따라서……."

"장군께서 계시는 줄 알았습니다."

"거짓에 거짓을 더해서는 안 되네."

부관이 싱글싱글 웃으며 돌아왔다. "저를 향해 발포가 있었습니다만 노인에게는 결코 말하지 않을 생각입니다."

앗, 큰일이다! 전방에 소총이 보인다. 모두 귀를 기울였다. 저격수의 일시적인 행동일까, 전투 개시를 알리는 신호일까? 사격은 건너편 농가 부근에서 행해진 듯했다. 제83 야포대가 포 주위에서 움직이기 시작한 모양이었다. 장교도 허둥지둥 농가의 모습을 살펴보고 있는 듯했다. 양쪽에서 두 사내가 기다란 줄을 꺼내더니 무엇인가 단조롭고 긴 소리를 냈다. 거리를 측정하고 있는 것이다. 앞차 위의 포수는 턱을 손으로 괸 채 싸구려 잡지에 빠져 있었다.

"정찰병이 저 집을 지났습니다." 장교가 말했다.

"됐어." 소령이 말했다.

포대가 앞차를 연결했고 전원이 농가를 향해 진군했다. 점심을 먹기 위해 말에서 내려 잠시 휴식을 취했다.

아아! 보라, 사태가 좋지 않은 쪽으로 새로운 전개를 보이기 시작했다. 한 병사가 2륜 마차를 몰아 2마리의 말을 단 채 농가의 정원에서 나왔다. 군용으로 쓰기 위해서였다. 농가는 전쟁의 사냥물이다. 그들이 우리 군을 향해서 발포하지 않았기 때문일까? 아니 그들은 발포하지 않을 수 없었다. 가엾은 사람들이여, 그래도 숨어서 쏘는 것을 멈추게 하지 않으면 안 되었다. 우리는 이 전쟁에 진지하게 임할 마음이 든 것이다. 그러나 자세한 내용은 결코 생각만큼 좋지가 않았다.

겁먹은 아가씨가 뛰쳐나왔다.

"새는 죽여도 된다는 거야?" 아아, 이 문제는 이제 와서 논할 필요도 없었다. 새는 이미 죽었기 때문이었다. 그대로 멈춰 섰다가 아가씨는 세 마리 칠면조 쪽으로 갔다. 병사들이 신기하다는 듯 아가씨를 보았으나, 아가씨와 칠면조에게는 조금도 손을 대지 않았다.

평온한 일만 있었던 것은 아니다. 하얀 돼지 한 마리가 온통 피투성이가 되어 달려 지나갔다. 한 병사가 그 돼지와 맞닥뜨렸다. 총에 검을 장착하고 있었다. 그 병사가 총검으로 돼지를 몇 번이고 찔렀다. 돼지는 끔찍한 비명을 질렀다. 이래서는 사람이 찔려 죽는 모습을 보는 편이 낫지 않을까 여겨질 정도였다. 개중에는 다락방으로 달려 올라가 여물을 던지는 자도 있었다. 다른 무리는 채소를 뿌리째 뽑아버렸다. 동료들이 웃으며 떠드는 가운데 이상한 용기로 우유를 마시는 자도 있었다. 뭐라 표현하기 어려운 이상한 풍경으로 중세를 떠오르게 하는 부분이 있었다.

장군이 말을 타고 다가갔으나 여자들에게는 아무런 관심도 보이지 않았다. "농장은 그냥 내버려두게." 이렇게만 말하고 장군은 말을 타고 떠나버렸다.

한 사내가 말을 타고 다가갔다. "이런 곳을 어째서 태워버리지 않는 걸까?"

조그만 네덜란드인 소년이 커다란 잿빛 눈으로 이상하다는 듯이 나왔다. 우리가 무덤에 들어갈 무렵이면 이 소년이 손자들에게 자세한 이야기를 들려주리라.

"전쟁이란 무서운 거야." 어머니가 네덜란드어로 말했다. 병사들이 호기심어린 눈으로 문과 창문에 한 무리씩 모여 가족을 들여다보았다. 개인적인 폭력은 없었다.

한 카피르[135] 사람이 실내로 들어갔다. "카피르다!" 소녀가 불타오르는 듯한 눈으로 외쳤다.

"맞아, 카피르야. 그게 어쨌다는 거지?" 그는 대담하게 응했으나 그대로 나와버렸다.

"이 집을 불태우지는 않겠지요?" 어머니가 말했다.

"괜찮아. 불태우지 않을 거야." 우리가 대답했다.

우리는 점심을 먹고 다시 나섰다. 민가와 첨탑이 아주 가까워졌다.

쿵! 쿵! 쿵! 마침내 포성이 울려 퍼지기 시작했다.

그러나 멀리서 울리는 소리로, 터커의 군 쪽에서 들려왔다. 멀리 푸른 언덕 위로 모락모락 하얗게 피어오르는 것이 보였다. 포탄이 작렬하고 있는 것이다. 쌍안경으로 보면—8마일 떨어져 있기는 하지만— 영국군 포대의 활약상이 잘 보이리라. 그때 흙먼지가 일었다. 이는 보어군의 포탄이다. 보어군은 여기서 보이지 않았다.

쿵! 쿵! 쿵!

포성이 단조로워지기 시작했다. "터커 장군이 열을 올리기 시작했군." 시끄러운 장군이야. 드디어 브랜드포트를 향해서 진격!

다시 대평원으로 행진이 시작됐다. 오른쪽의 포화가 잠잠해지기 시작했다. 1문의 포에서 바퀴가 떨어져나갔으며 10명의 병사가 쓰러졌다. 그러나 이제는 허턴의 군이 완전히 방향을 틀어 브랜드포트의 좌익으로 육박해 들어갔다. 펑, 펑. 마치 무시무시한 새의 울음소리 같은 총성이 언덕 쪽에서 들려왔다. 우리 군의 포병대도 사격을 하고 있다. 유산탄이 뿜어내는 하얀 연기가 산등성이를 따라 보였다. 선두에 있는 보병대가 등을 구부린 채 속도를 더했다. 우리도 말의 속도를 더해 전선에 접근했으나 저항은 없었다. 말에 탄 자들 모두 앞을 서둘렀으나 포는 침묵하고 있었다. 햇빛이 비치는 기다란 언덕이 고요히 앞에 펼쳐져 있었다.

보병대 속으로 말을 다시 전진시켰다. "발꿈치의 물집이 터졌어.", "이 빌어먹을 물통." 사내들 모두 바짝 마른 입에 파이프를 물고 있었다.

마을은 오른쪽에 있었다. 거기까지는 2마일쯤 평야가 펼쳐져 있었다. 평야에서는 말을 탄 사내가 몇 마리인가의 암말과 망아지를 모으고 있었다. 지나가며 보니 버넷 코트—사교계에서는 잘 알려진 사람—였다. 『모닝 포스트』의 맥스웰 씨가 말을 타고 마을로 들어가 무슨 일이 일어나는지 살펴보자고 제안했다. "물론 우리 군이 들어가 있을 거야." 우리 군이 평야를 지난 흔적은 없었으나 그래도 들어가보기로 했다. 맥스웰은 일단 나를 지나쳐 앞으로 나갔으나, 그래도 예의바르게 기다렸다가 둘이서 함께 마을로 들어갔다. 역시 그랬다. 리밍턴의 정찰대가 큰길에 무리를 지어 있었다.

새로이 붙잡힌 젊은 보어인이 말을 탄 사람들 가운데 있었다. 약간 불안해하는 듯했다. 힘이 세 보였는데 험악한 표정을 짓고 있었다. 복장은 좋았다. 여기가 영국의 사냥터였다면, 그렇게 서 있는 모습을 보고 틀림없이 농기병대의 젊은 농부라고 생각했을 것이다.

"여자가 좋아서 온 모양이군." 오스트레일리아인 병장이 말했다.

"마을 밖으로 데리고 나가려 생각한 겁니다." 보어인이 말했다. "지금 당장이라도 달아나고 싶습니다."

"배짱만 좀 있었어도 벌써 달아날 수 있었겠지." 그를 잡은 병사가 말했다. 이것으로 대화는 끊어졌다.

그곳으로 말을 타고 참모가 당당하게 들어왔다. 마을은 우리 군의 것이 되었다.

우리가 묵었던 작은 호텔의 안주인은 눈에 눈물이 고여 있었다. 그녀의 남편이 소총을 숨기고 있던 것이 발각되어 감옥에 들어갔다는 것이었다. 어떻게든 꺼내주어야겠다는 생각에 운동을 벌여 성공했다. 그 사내는 반 병의 맥주 값으로 4실링을 요구했다. 다시 감옥에 넣을 수는 없을까?

"이 집은 저희 것입니다만 주위에 난폭한 거한들이 있습니다."

라고 그가 두 눈에 눈물을 글썽이며 말했다. 바 안에는 단순한 농부들을 즐겁게 해주기 위한 춘화가 걸려 있었다. 전원생활과 청교도적 신조가 반드시 높은 덕의를 의미하는 것은 아니라는 사실에 대한 예로, 이런 풍경을 본 것은 처음이 아니었다.

우리는 베란다에 앉아 달빛 속에서 담배에 불을 붙였다.

취한 주민이 큰길을 따라 걸어왔다. 경계를 서고 있던 꾀죄죄한 병사가 앞을 가로막았다.

"멈춰라! 누구냐?"

"아군입니다."

"암구호는?"

"저는 자유로운 영국인입니다!"

"암구호는?"

"저는 자유민이니—." 쩔꺽 소리가 나고 보초가 총을 어깨에 댔다. 총검이 달빛에 반짝였다.

"이봐! 멈춰!" 선배 통신원이 외쳤다. "저런 멍청이! 총을 쏠 거야! 쏘지 마, 보초!"

보초가 총을 겨눈 채 마지못해 남자에게 다가갔다. "이 남자를 어떻게 할까요?" 통신원에게 물었다.

"아! 당신 마음대로 하세요." 그렇게 해서 그 사내는 역사 속에서 사라졌다.

나는 자유주에 사는 사람과 정치에 대해서 이야기를 나눈 적이 있었다. 가장 좋은 방법은 질문 형식으로 시작하는 것이다. "귀국은 어째서 우리나라에 선전포고를 했습니까?" 전쟁을 시작한 것이 그들 자신이었다는 사실을 떠올리는 순간 상당한 충격을 받아 결백함에 상처를 입은 것 같은 상태에 빠지게 되는 것이다. 이 소크라테스적 방법으로 사람은 재미있는 결과에 도달한다. 그들은 모두 쉽게 이길 수 있으리라 생각했으나, 지금은 트란스발에 대해서 매우 분하다는 생각을 가지고 있다. 그들은 전쟁이 정말 지긋지긋하다고 생각하고 있다. 그러나 그 점에 있어서는 영국의 장교들도 대부분이 그렇게 생각하고 있다.

우리의 철도 기술은 굉장한 것이다. 철교가 끊어지고 암거가 무너지고 레일이 비틀어지는 등 온갖 피해가 있었음에도 불구하고 이튿날에는 벌써 브랜드포트까지 열차가 들어왔다. 그렇게 해서 우리 군은 프리토리아를 향해 20마일을 더 공격해나갈 준비를 마쳤다. 이번에는 베트 강이 목표지점이었다. 이른 아침에 출발했다.

다시 녹색 대평원이 펼쳐졌다. 곳곳에 경작지가 있는 곳을 기다란 국방색 줄이 종렬로 천천히 나아갔다. 태양은 뜨거웠다. 근위대에서부터 10마일까지는 안전했다. 낙오자가 풀 위에 아주 많았지만 중대는 대오를 흐트러뜨리지 않고 2열로 쉬지 않고 걸었다. 10마일이라고 하면 간단히 들리겠지만 더운 날, 총을 어깨에 메고 100파운드나 되는 탄약에 담요, 식료품, 빈 물통을 짊어지고 바짝 마른 혀로 흙먼지 속을 걸어보기 바란다.

하얀 수염이 있는 목사가 다리를 절뚝이며 병사들 옆을 따라갔다.

"아니, 됐소." 내가 나의 말을 주려하자 거절하고, "나의 기록을 망치고 싶지 않소."

병사들은 묵묵히 행군했다. 악대도 없고 노래를 부르는 자도 없었다. 음침하고 음울하게 종대는 초원을 줄줄이 흘러갔다. 장교도 병사도 기분이 매우 좋지 않았다.

"너는 어째서……"라고 하사관 가운데 하나가 푸념했다.

"하시는 말씀이 들리지 않기 때문입니다." 상병이 대답했다.

정오의 휴식을 위해 모두가 멈춰 섰다. 그들 속을 돌아다녀보니 내게는 장교들 가운데 투덜투덜 불평을 늘어놓는 자가 많은 듯 여겨졌다. 우리는 독일식 방법에 너무 주의를 기울여왔다. 미국식을 진정한 모델로 삼았어야 했다. 앵글로 셀틱족이 지금까지 겪은 최대의 전쟁 경험을 통해서 앵글로 셀틱족 스스로 진화시킨 것이니.

우리는 다시 대평원을 전진했다. 낮은 언덕들이 늘어서 있는 곳 부근에서 우리를 기다리고 있는 것은 누구인가? 보어족은 언제나 강을 지켰다. 모더에서도 그랬다. 투겔라에서도 그랬다. 베트에서도 역시 그럴까? 저들은 누구인가?

무엇인가에 놀란 듯한 사내가 취침용 모자를 쓴 모습으로 얼룩덜룩한 말 위에 앉아 있었다. 손짓을 해가며 말을 걸어왔다. "50명쯤 됐습니다. ―뒤쫓아 왔습니다. ―헬멧을 잃어버려서―." 얘기를 대충은 짐작할 수 있었다. 하지만 그 말의 옆구리는 어떻게 된 것이란 말인가? 알았다. 총에 맞은 것이다. 김이 오르고 있는 옆구리에서 피를 몇 줄기고 흘리며 조용한 눈으로 풀을 뜯고 있었다.

"오스트레일리아인입니다. 달아나기 전에 50야드 이내에 있었기에 심하게 맞았습니다."

"어느 언덕이지?"

"저쪽의 저 언덕입니다."

우리는 전진을 시작했다. 그리고 근위대의 첨병 사이를 지나쳐 갔다. 후방에서는 해군의 커다란 포 2문이 거대한 포도주 병과 같은 모습으로 30마리의 소가 끄는 수레에 실려 언덕을 오르기도 하고 내려가기도 하며 전진하고 있었다. 전방에서는 포대가 발포 준비를 하고 있었다. 우리는 그곳으로 말을 타고 갔다. 전방 멀리 언덕 중턱에 슬레이트 지붕을 얹은 농가가 1채 서 있었다. 말을 탄 보병 한 무리가 이쪽으로 달려왔다. "볼 만하겠습니다. 전투가 벌어질 것 같습니다." 미국전쟁 당시 보병대가 자주 쓰던 말이었다. 볼 만한 것이 곧 시작되려 하고 있었다. 적도 물러서지는 않으리라.

포대(84야전포대)가 포를 고정하기 시작했다.

쿵! 멀리 맞은편 언덕의 중턱에서 포탄 터지는 것이 보였다. "3천 5백." 누군가가 말했다. 쿵! "3천 2백 5십." 다시 목소리가 들려왔다. 쿵! "3천 3백." 멀리 있는 잿빛 지붕에서, 굴뚝이 연기를 내뿜듯 하얀 연기가 솟아올랐다.

전투는 우리에게 다소 일방적인 것 같았다. 그러나 저 멀리서 쏘고 있는 것은 누구란 말인가?

"피이이이이이." 얼마나 슬픈 울음소리란 말인가. 뒤이어 그 소리를 지우는 듯한 둔탁한 소리가, "퍼억!" 포열의 100야드쯤 앞에서 짐수레 절반 정도의 흙이 공중으로 튀어 올랐다. 포수들은 그것을 커다란 감자만큼도 여기지 않았다.

"피이이이이, 퍼억!" 이번에는 50야드 앞이었다.

"쿵! 쿵!" 영국군의 대포가 울렸다.

"피이이이이, 퍼억!" 이번에는 포열의 50야드 후방이었다. 다음에는 반드시 명중하리라. 포수들은 한가롭게 자신들의 작업을 계속하고 있었다. "피이이이, 퍼억!" 이번에야말로 포열 중간이었다. 2문의 포가 흙먼지 때문에 보이지 않게 되었다. 아아, 포수 가운데 몇 명이나 살아남았을까?

흙먼지가 가라앉자 전원이 무릎을 굽히고 긴장한 채 작업을 계속하고 있는 모습이 보였다.

1발, 또 1발. 이번에는 달랐다. 이번 탄은 공중 높이에서 파열하여 피이이이, 투둥, 커다란 현악기의 줄을 튕긴 것처럼 음악적인 울림을 올리더니 유산탄이 파열하여 1에이커쯤 되는 땅이 흙먼지를 일으켰다. 포수들은 전혀 무관심했다. 충격을 주든 유산탄을 쏘든 그건 당신 마음이지만, 영국의 포병대를 처리하기 위해서는 포차를 부수거나 병사가 스스로 목숨을 끊거나 하는 수밖에 없다.

그러나 포탄은 1발, 1발 확실하게 폭발했다. 중대의 절반 이상이 살아 있는 것은 단순한 행운에 지나지 않았다. 자신의 눈앞에서 포탄이 폭발했을 때 병사가 몇 인치 머리를 뒤로 젖히는 것을 한 번 본 적이 있었다. 다른 사람들은 자동기계의 일부라도 되는 양 거기에는 눈길조차 주지 않았다. 그러나 장교는 포를 이동시킬 결심을 했다. 그리고 실제로 이동시켰다. 서둘러 반 마일쯤 오른쪽으로 이동시켜 바로 활동을 시작했다.

고독한 영웅은 존경 받아 마땅하다. 집단 속에서 용감해지는 것은 쉬운 일이다. 부대 안에서 개인의 질량은 사라진다. 우리는 포병대를 멀리 오른쪽에 두고 평원 속에 우두커니 서 있었다. 익숙하지 않은 자는 폭발음에 온 신경이 곤두서지만 거기에도 일종의 흥겨움 같은 것이 없지는 않았다.

200야드쯤 떨어진 곳에 울타리가 있었다. 우리는 거기에 말을 묶고 보어군의 포는 어디에 있는지 쌍안경으로 들여다보며 왔다 갔다 했다. 여러 가지로 의심을 해보았으나 그뿐, 그 이상은 아무것도 없었다. 우리 군의 포병대는 무엇인가 알고 있을지도 모르지만 그것도 확실하지는 않았다. 1문의 숨겨진 포가 있으면 눈에 띄는 곳에 설치한 포 6문에 맞먹는다. 이 부근의 농부가 우리 군의 포수에게 농사를 가르친다면 세계의 포병조직을 변경시킬 가능성이 충분히 있으리라. 우리 군의 포병과 그들과의 싸움은 마치 눈이 보이지 않는 자와 보이는 자와의 싸움 같은 것이었다.

포병 대령이 혼자 이곳저곳 돌아다니고 있기에 우리는 말을 걸어보았다. 딱히 해야 할 일이 없기에 마치 휴일을 맞은 마부처럼 다른 부대의 움직임을 보러 온 것이라고 했다. 포탄이 1발 그다지 멀지 않은 곳에 떨어졌다.

"다음 1발은," 하고 대령이 말했다. "머리 위를 지나쳐 갈 겁니다. 이쪽으로 와서 있으세요." 나는 그의 말대로 했다. 하고 싶은 말이 아주 많았지만 그것을 꾹 참고서. 피이이이이이이.

"오고 있습니다! 저쪽으로 갈 겁니다!" 탄은 우리가 있는 곳과 같은 높이에서 터졌지만 40야드 쯤 오른쪽으로 벗어나 있었다. 덕분에 한 조각의 기념품을 얻었다.

"1발 더 오기를 기다릴까요?" 나는 대령을 만난 것을 후회하기 시작했다.

그런데 새로운 일이 일어났다. 돌아보니 괴물과도 같은 해군포가 2문, 우리들이 묶어놓은 말에서 50야드도 떨어지지 않은 곳에서 발포 작업을 하고 있었다. 우리는 간신히 말을 다른 곳으로 옮겼다. 그 순간, 쿵! 지금까지와는 비교가 되지 않는 폭발음이었다. 하얀 연기가 솟아오르더니 맞은편 언덕에서 검은 연기가 기둥처럼 솟아올랐다. 말을 탄 사내들이 개미처럼 언덕을 옆으로 이동하는 것이 보였다. 집단으로 이주한 한 무리의 보어인들이었다. 병사들은 포에서 커다란 놋쇠 약협을 빼내고 있었다.

"그걸 주실 수 있으십니까?"

"그럼요." 중위가 말했다.

나는 그것을 안장에 묶었다. 거듭 고생을 해온 말에게는 미안한 일이라는 생각이 들었다. 거대한 포가 계속해서 울려대자 맞은편 언덕에서 거대한 연기의 기둥이 차례차례로 피어올랐다.

보병부대 하나가 산개대형으로 와서 거대한 포 앞으로 나아갔다. 나는 그들을 따라서 조금 전진했는데 그들은 스코틀랜드의 근위대였다. 제1선이 전진하자 제2선은 정지하여 매복했다.

"됐어! 자네는 어디에 있는 거지?" 제2선의 지휘자인 듯한 사람이 비웃듯 커다란 목소리로 말했다. 나는 요점을 이해할 수 없었지만 제1선의 젊은 장교는 매우 화가 난 듯했다.

"닥쳐!" 시뻘게진 얼굴로 돌아보고, "명령이 너무 많아. 명령을 내리는 건 나 하나면 족해." 부하들은 일제히 매복했다. 태양은 낮게 저물어가고 있었다. 예정된 보병의 공격은 실현되지 못할 것이 분명했다. 해군포가 1발 머리 위 높은 곳을 날아갔다. 멀리서 기차가 터널을 통과하는 듯한 소리였다.

한 남자가 말을 탄 채 어깨에 들것을 짊어지고 지나갔다. 말은 천천히 걷고 있었으나 어깨의 짐이 너무 무거운 듯했다. 남자는 포병진지를 지나 보병들 사이를 통과하여 옥수수 밭 둘레를 따라 말을 몰았다. 벌써 반 마일이나 앞으로 갔을까, 언덕을 목표로 하고 있는 듯했다. 당장에라도 말에서 떨어질 듯하여 지켜보고 있었는데 땅이 움푹하게 꺼진 지대로 들어섰기에 갑자기 모습이 사라지고 말았다.

잠시 후, 또 들것이 보이기 시작했다.

이번에는 두 사내가 들것을 옮기고, 말을 탄 사람이 옆에 붙어 있었다. 나는 주머니에 붕대를 가지고 있었기에 말을 그쪽으로 몰았다.

"군의에게 보였습니까?"

"아니요." 두 사람이 들것을 땅에 내려놓았다. 얼굴에는 수건이 덮여 있었다.

"상처는 어딘가요?"

"배와 팔입니다." 셔츠를 올려보니 모제르 탄알이 피부 아래에 분명히 박혀 있었다. 몸 안으로 뚫고 들어간 것이 아니라 표면을 감싸고 돈 것이다. 펜나이프로 피부를 살짝 찢으면 꺼낼 수 있을 테지만 클로로포름을 사용해 야전병원에서 하는 편이 좋을 듯했다. 팔의 상처는 깨끗했다.

"곧 나을 겁니다. 이름은?"

"스미스 이등병입니다. 뉴질랜드 출신입니다." 나는 내 이름과 블룸폰테인의 랭맨 병원에 있다는 사실을 밝혔다.

"당신 책을 읽었습니다."라고 말한 뒤 옮겨져 갔다.

포격이 잠시 잦아들었고 태양은 훨씬 더 낮아졌다. 긴 간격을 두고 보어군의 마지막 포탄이 날아왔다.

명백한 모욕이었다. 무엇을 겨냥한 것도 아니었다. 조소가 담긴, 잘 자라는 인사였다. 해군의 포 2문이 기다란 목을 치켜세우더니 울부짖는 소리를 올렸다. 영국제국의 마지막 한마디, —널따란 초원을 향해 울부짖는 마지막 분노의 포효였다. 붉은 원이 가라앉아 주위는 온통 자줏빛과 새빨간 빛으로 물들었고, 하얀 달이 서쪽 하늘에 높다랗게 걸려 있었다. 무슨 일이 있었을까? 어디가 이겼을까? 다른 부대도 싸웠을까? 그 누구도, 그 무엇도 알지 못했으며, 또 알고 싶지도 않은 모양이었다. 그런데 그날 밤 늦게, 나는 별빛 아래에서 야영을 하고 있었는데 강 건너편 전선 쪽에서 발화 신호가 오르는 것이 보였다. 허턴의 부대가 거기에 있을 터였다.

과연 그랬다. 아침이 되어 적이 달아났다는 사실이 캠프 안에 알려졌다. 그리고 부대는 이른 아침부터 행동을 개시했다. 날이 밝기 훨씬 전부터 기묘하고 거칠 것 없는 북소리가 울려 퍼졌으며 야전 냄비를 사용해 아침을 짓기 위해 가지를 부러뜨리는 소리가 들려왔다. 마침내 주위가 밝아지기 시작하면서 묘한 광경이 눈에 들어왔다. 괴물 같은 것이 부풀어 오르며 조용히 초원 위로 떠오르기 시작했다. 기구에 바람을 넣고 있는 것이었다. 숨어서 행해지는 포격에 대한 우리의 대답이었다. 이제는 그 어떤 기회도 놓치지 않으려는 것이다. 쓸 수 있는 방법은 우리 손으로 전부 써야 한다. 이것도 전쟁이 우리의 마음속 깊이 새겨준 교훈이었다. 부대는 어마어마한 바람주머니를 선두의 머리 위에 펄럭이며 전진을 시작했다. 적이 웅크리고 있던 언덕을 기어올라 모제르 총알의 빈 상자가 흩어져 있고 돌로 정교하게 쌓은 참호 등이 있는 속을 전진했다. 돌 사이에 아직 사용하지 않은 녹색 탄약통이 떨어져 있었다. 모두 독이라도 발라놓은 것이라고 말했지만 내 생각은 달랐다. 푸른 녹은 상처에 독이라기보다 소독제가 될 것이다. 그것은 총알을 담가두었던 왁스가 분해한 것이라 여겨졌다. 보어의 형제들도 결국은 부시맨이 아니다. 그들은 끈질기고 강인해서 치열하게 전투를 벌이기는 하지만 속임수를 쓰지는 않는다.

우리의 임무는 후방에 있고 군대는 전선에서 일을 해야 하니 우리는 여기서 작별하기로 했다. 그들에게는 탄환이 있고 우리에게는 세균이 있다. 양쪽 모두 국가의 명예를 짊어지고 있는 것이다. 여기저기에 흩어져 있는 짐수레의 바퀴자국, 병원의 수레, 개인 소유의 이륜차, 온갖 종류의 치중수레가 부대에서 멀어져 후방으로 물러나는 가운데 우리도 후퇴를 했다. 그들 모두가 눈에 보이지 않을 때쯤이면 해가 저물리라. 우리는 그들의 가장 후미를 따라 물러났다. 브랜드포트까지 이어진 20마일의 광활하고 적막한 들판은 기묘한 풍경이었다. 만약 보어인이 말을 타고 이 부근을 돌아다니고 있다면, 군대의 끝자락에 매달려 있는 우리를 한심하게 바라보았으리라.

전날 밤 벌어진 전투의 흔적이 남아 있는 곳으로 접어들었기에 발길을 멈추고 포탄으로 생긴 구멍을 다시 살펴보았다. 10야드 이내에 3발이 떨어졌는데 부근의 개미집은 무사했다. 그러나 아무리 피해가 없었다 할지라도 가장 맹렬한 포화는 보병을 격멸하는 것이 아니면 안 된다. 점토에 난 흔적으로 보아 커다란 포탄이었음을 알 수 있었다. —어느 면에서 살펴봐도 40파운드는 되는 탄이었으리라. 근위병들의 장비가 작은 산이 되어 남아 있었다. — 숟가락, 물통, 컵, 각반 같은 것들까지 있었다. 복수의 의미에서 알몸으로 만들어버린 것이다. 가엾게도 지금은 어떤 어려움에 처해 있을지.

카피르인 하나가 말을 타고 평원을 돌아다니고 있었다. 우리 쪽으로 달려왔다. —털이 텁수룩한 바수토 말 위의 새카만 모습이 아름다웠다. 한쪽 손으로 동쪽을 가리키더니 힘껏 흔들었다.

"영국인이 저기에—, 언덕 위에—, 부상당해서—, 네덜란드 사람이 왔습니다." 정보는 분명했다.

"아직 살아 있는가?" 그는 고개를 끄덕였다.

"언제 발견했지?" 그 사내는 태양을 가리킨 다음, 훨씬 더 동쪽을 가리켰다. 2시간쯤 전의 일인 듯했다.

"거기로 데려다줄 수 있겠는가?" 그 사내를 2실링에 사게 되었다. 우리는 그쪽을 향해 함께 말을 달렸다.

옥수수 밭을 빠져나가 초원으로 나섰다. 아아, 저건 뭐지? 그곳

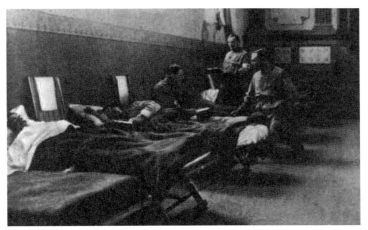

아프리카의 병원에서

의 공터에 단 한 사람, 움직이지 못하는 검은 모습이 있었다. 나는 곁으로 달려가 말에서 내렸다. 키는 작지만 근육질의 거뭇한 사내가 누런 얼굴을 한 채 거기에 쓰러져 있었다. 입 주위에 피가 말라붙어 있었다. 머리카락과 수염 모두 검은색이었고 평온한 얼굴은 잘생긴 것이었다. ―뉴 사우스 웨일즈 기마보병대의 제410호 병사였다. ―적의 탄에 맞은 것을 아무도 보지 못했기에 그대로 방치되어 있었던 것이다. 이 카피르인이 발견했을 때 이미 숨이 끊어져 있었다는 사실은 분명했다. 총도 없고 말도 없었다. 앞면을 위로 해서 곁에 떨어져 있는 시계는 오전 1시를 가리킨 채 멈춰 있었다. 가엾게도 의식이 있을 때 그것을 바라보았던 것이리라.

상처를 살펴보았다. 분명히 출혈과다로 죽은 것이었다. 복부에 끔찍한 상처가 있었다. 팔에도 총알이 관통한 흔적이 있었다. 곁에 떨어진 물통에는 물이 조금 남아 있었다. 갈증으로 인한 고통만은 맛보지 않은 듯했다. 이상한 일이 있었다. 물통 위에 빨간 체스 알이 하나 놓여 있었다. 이 사내는 체스를 두며 죽은 것일까? 그렇게밖에 여겨지지 않았는데 그렇다면 다른 말들은 어디로 갔을까? 그것들은 이 남자의 손이 닿지 않는 곳에 있는 잡낭 속에 있었다. 야전에 나서는데 체스의 말을 가지고 나오다니 참으로 기묘한 병사다. 아니면 농가에서 약탈한 물건일까? 듣기 안 좋을지 모르겠지만 내게는 그렇게 여겨졌다.

우리는 불행한 410호의 소지품을 챙겼다. ─탄약띠가 하나, 만년 펜이 한 자루, 비단 손수건이 한 장, 접이식 칼이 하나, 워터베리 시계가 하나, 낡은 지갑에 들어 있는 돈이 2파운드 6실링 6펜스. 그리고 사체를 들어올려 손이 피로 끈적끈적해지는 것을 참으며 나의 안장에 태웠다. ─그 순간 파리가 날아와 안장 덮개로 몰려드는 모습은 참으로 끔찍한 것이었다. 안장 한쪽으로 머리를 늘어뜨리고, 다른 한쪽으로는 두 다리가 늘어져 있었다. 그런 다음 말을 끌고 걸었는데 걸핏하면 시체가 미끄러져 떨어질 듯했기에 그때마다 발목을 잡아 끌어올려야 했다. 그러나 고맙게도, 한 번도 떨어지지는 않았다. 2마일 떨어진 곳에 도로가 있었는데 거기서 전봇대 아래에 시체를 내려놓았다. 호송차가 오고 있었다. 그들에게 부탁해서 적당히 매장해달라고 하면 된다. 410호는 경직된 팔을 위로 치켜든 채 주먹을 쥐고 있었다. 팔을 내려주었으나 소용없었다. 시비를 걸며 위협하듯 바로 위로 획 치켜져 올라갔다. 외투를 벗겨 위에 덮어주었으나 그래도 소용없었다. 조금 가다 뒤를 돌아보니 팔 부분이 불룩하게 솟아 있었다. 그는 그런 모습으로 목숨을 잃었는데 누구의 아들일까? 공정한 전투, 널따란 야외, 커다란 주장, ─이렇게 훌륭한 죽음은 본 적이 없었다.

끝도 없는 평원을 지친 말로 어디까지고 달렸다. 말을 탄 카피르인들이 곳곳에 모여 있기도 하고 무엇인가를 덮치고 있기도 했다. 우리 바로 뒤에 소수의 기마경찰을 남겨두면 좋을 것이라고 생각했다. 부녀자들만 남아 지키고 있는 쓸쓸한 농원에서 그들 카피르인들이 무슨 짓을 할지 알 수 없는 일이기 때문이었다. 저렇게 열심히 타고 돌아다니는 말도 자신들의 것인지 의심스러웠다.

10마일쯤 가다 말에게 물을 먹이기 위해 도로에서 벗어나 댐 쪽으로 갔다. 성격이 거친 암말 1마리가 펄쩍펄쩍 뛰어오르며 발길질을 하고 있었다. 다시 바라봤을 때는 매우 얌전하게 웅크려 앉아 있었다. 우리는 댐 옆에 앉아 담배를 피웠다. 도로로 식민 부대의 기병대가 보였다. ―쌍안경으로 살펴보았는데 모자의 마크로 유명한 부대라는 사실을 알 수 있었다. 우리는 어떻게 군무에 임해야 하는가를 배우기 전에 얼마나 많은 재난과 굴욕을 견뎌야 하는 걸까? 연대는 선발대도 없이 도로를 지나고 있었다. 정찰부대도, 측면 경호부대도 없이 여기저기서 협곡이 교차하고 있는 적지를 말이다. 나폴레옹과 같은 장군이 만약 이런 연대를 봤다면 대령의 견장을 뜯어내고 그 자리에서 바로 좌천시켰을 것이다. 그런 힘을 가진 인물이라야 비로소 우리 군을 전면적으로 재편할 수 있으리라.

대평원을 6마일쯤 더 나아갔다. 그곳은 브랜드포트에서 1, 2마일 떨어진 곳인데 민병대의 호위를 받고 있는 작은 호송대가 있었다. 엉뚱한 방향을 감시하고 있기에 올바른 방향을 가르쳐주었다. 대장인 대위는 신경질적으로 흥분해 있었다.

"보어 병은 저쪽 언덕에 있습니다." 그 언덕은 왼쪽으로 반 마일쯤 떨어진 곳에 있었다. 이거 재미있는 일이라고 생각했기에, "그들은 카피르족입니다."라고 암시해주었다.

"아니요. 탄약띠를 어깨에 늘어뜨리고 총을 들고 있는 놈들입니다. 저들이 왜 지금 저기에 있지?" 움직이는 모습이 보였는데 우리는 역시 카피르족이라고 넌지시 암시해주었다. 결국 서로의 말을 믿지 못한 채 헤어지게 되었는데, 이때는 우리가 잘못 안 모양이었다. 왜냐하면 이튿날 아침, 우리는 기마보병대가 우리가 본 움직이는 모습을 밤새도록 쫓아다녔다는 말을 들었기 때문이었다. 거기에 우연히도 호송대가 있었기에, 뜻밖에도 먼 길을 돌아왔어야만 했는데 그렇게 하지 않아도 되었던 것인 듯했다.

브랜드포트에서 하루를 보내고 그날 밤 오픈 트럭에 올라 카페 엔터리크에 도착했다.

제18장 남아프리카에서의 마지막 경험

육군 군인들은 참으로 경계심이 많아서 내가 만난 어떤 사회의 사람들보다 분파를 이루어 무리 짓는 경향이 강하다. 남아프리카에서도 그들은 다툼으로 분열되어 있어서 한 장군이 다른 장군과 사이가 좋지 않다는 이야기를 곳곳에서 들었다. 그러나 무엇보다 커다란 분열은 로버츠파와 불러파의 대립이었으리라. 로버츠 장군이 레이디스미스[136]를 구제해준 사람을 매우 모질게 대했다는 것은 틀림없는 사실로, 장군이 야간에 보낸 전보와 이튿날 아침에 보낸 전보의 차이가 어땠는지는 참으로 듣기에도 괴로울 정도였다. 그러나 나는 불러 장군을 그다지 동정하지는 않았다. 불러 장군은 용감하기는 하나 매우 거친 사람이기 때문이었다. 몇몇 믿을 만한 일화가 그의 이해력에 문제가 있음을 이야기해주고 있다. 예를 들어 레이디스미스에 입성했을 때, 그곳을 지키고 있던 병사들은 해방될 날에 대비해서 얼마 되지 않는 케이크와 그 외의 사치품을 간직하고 있었다. 환영 오찬 때 그것을 불러 장군에게 그대로 바쳤다. "이 도시는 꽤나 굶주리고 있는 줄 알았는데……"라고 말하며 장군은 주위 사람들을 둘러보았다. 이 일화를 몇 사람으로부터 들었는데 모두 씁쓸한 표정으로 이야기했다. 불러 장군의 오랜 공로와 고군분투로 쌓은 업적이 헛되이 무너지는 것은 슬픈 일이지만, 그는 콜렌조[137])를 구원하지는 못했다. 전쟁이 끝난 뒤 이 사람이 런던의 한 오찬회에서 행한 기묘한 연설은, 그가 현실을 제대로 파악할 능력이 없다는 사실을 보여준 것이라 생각한다. 이 불행한 논쟁에 있어서 로버츠 장군은 언제나처럼 가능한 한 당당하게 행동했다.

"나는 할 수 있는 한 친절하게 불러 군을 대할 거야."라고 자신의 참모 가운데 한 사람에게 말했는데, 실제로도 그 말대로 행동했다.

돌아와 보니 병원은 크게 개선되어 있었다. 그러나 내가 병에 걸려버리고 말았다. 그래도 업무를 수행하지 못할 정도는 아니었다. 만약 그때 내가 예방접종을 하지 않았다면 장티푸스에 걸렸을 것이며, 그게 아니라도 내 몸에 어떤 변화가 있었을 것이라고 지금도 생각한다. 소화력을 회복하기까지 그로부터 10년이라는 세월이 필요했기 때문이다. 그 무렵 나의 건강상태는, 눈코 뜰 새 없이 바쁜 일에서 사람들의 기분을 해방시켜주기 위해 우리가 설립한 병원 사이의 축구경기를 추진했는데 그 경기에서 반칙 때문에 입은 옆구리의 심한 타박상이 충분히 회복되지 않아, 좋다고는 할 수 없었다. 찰스 깁스가 다친 곳에 석고를 대고 코르셋을 입혀 주었는데, 젊었을 때라면 웃어넘겼을 거친 치료를 받기에 나는 나이가 너무 많았다.

그 무렵 나는 기묘한 경험 하나를 했다.

육군 부대장으로 일상의 규율을 대표하는 드루리와, 요리사 및 일반고용인 등 비전투원의 자유사상을 대표하는 자 사이에 격렬한 다툼이 있었다. 잘못된 조치로 혼란에 빠지게 되었고, 내가 전선에서 돌아왔을 때 고용인들이 완전한 스트라이크에 들어가 일을 방치했기에 환자들은 고통을 받고 있었다. 드루리는 흥분해서 걷잡을 수 없을 만큼 화가 나 있었으나 그것은 고용인들을 더욱 강경하게 만들 뿐이었다. 거기에는 복잡한 사정이 있으리라 여겨졌기에 이번에야말로 랭맨 씨가 처음부터 내게 바라던 중재 역할을 맡을 때라고 생각했다. 그랬기에 드루리 소령에게 이번 일에서는 손을 떼라고 권하고, 나머지는 내가 맡아서 문제를 해결하겠다고 했다. 더는 손을 쓸 방법이 없었기에 소령도 매우 기뻐하는 듯했다. 어찌 됐든 이번 일이 표면화되면 사령관으로부터 신임을 잃게 될 것이기 때문이었다. 이에 나는 길고 지저분한 식탁을 앞에 두고 자리에 앉아, 일렬로 늘어선 채 얼굴에 치밀어 오르는 반항을 담고 있는 6명의 주모자들과 대면했다. 나는 우선, 그들 가운데는 나의 주선으로 취직한 사람도 있으니 이번 일은 내게도 일정부분 책임이 있다는 말부터 조용히 시작했다. 그들이 겪은 모든 일에 동정을 표하고 우리 모두 조금 긴장해서 신경이 날카로워져 있으나, 책임과 규율이 우리의 육체적 결점보다 더 높은 곳에 있어야 한다고 말했다. 물론 그들의 상급자들도 일을 너무 많이 시킨 면도 있지만 지금은 서로가 양보를 해야 한다고 말했다. 그리고 나는 한층 더 엄중한 어조로, "이번 일은 군법회의에 부쳐질 예정이었으나 마지막 순간에 내가 양자 사이에 서게 된 걸세. 자네들도 물론 지금의 입장은 이해하고 있겠지? 자네들은 적 앞에서 전시 복무 명령을 위반한 거야. 그러한 위반에 대한 처벌은 한 가지뿐이야. 그건 죽음이야." 여섯 쌍의 눈이 광기어린 빛으로 나를 노려보았다. 효과가 있다고 생각했기에 그들의 불평이 무엇인지를 듣고 깊이 고려해보겠다고 약속한 뒤, 앞으로 일이 어떻게 되든 일단은 드루리 소령에게 사과할 것을 요구했다. 그들은 대형 텐트에서 오기는 했으나 지금까지의 사나운 태도는 어디로 갔는지, 죄의식에 풀이 죽었기에 이후 캠프에서는 아무런 소동도 벌어지지 않았다.

이 무렵, 생각지도 못했던 일이 일어나 근심거리가 되었다. 병원장인 아치 랭맨은 앞서 이야기한 종군 때도 나를 매우 잘 대해 주었는데, 이때 다시 의용농기병과 함께 손수레를 끌고 시골을 돌아다니다 드 웨트[138]에게 잡혀버리고 말았다. 드 웨트는 마침 우리 군의 전열을 습격하여 루데발이라는 곳에서 조그만 승리를 손에 넣은 참이었다. 그 게릴라의 수뇌에는 엄격하지만 공정한 부분도 있어서 병원관계자에게는 적절한 조치를 취했기에 아치는 무모한 행동에도 불구하고 곧 돌아올 수 있었다. 그러나 붙잡혔다는 말을 들은 이후 석방되었다는 사실을 알게 되기까지, 우리는 하루 이틀 동안 애가 타는 줄 알았다.

군은 커다란 저항을 받지 않았으며 프리토리아[139]도 우리의 손에 들어왔다. 이에 전투는 끝났고 이제는 전장을 정리하는 일만 남은 듯 여겨졌다. 나는 유럽으로의 귀환을 생각하게 되었다. 거기에는 2가지 커다란 이유가 있었다. 병원에 더는 이렇다 할 일이 없으리라는 사실은 제외하고 하는 말이다. 이유 가운데 하나는, 그 무렵의 나는 목격자들의 이야기를 적극적으로 활용해서 전쟁사를 집필하고 있었는데 전장 가운데서만 얻을 수 있는 재료도 상당히 많았다. 그런데 나의 책이 경쟁자들의 책보다 먼저 출판되기 위해서는 현지에 머물 필요가 있었다. 두 번째 이유는 정치적 위기와 총선거가 점점 다가오고 있다는 사실로, 나의 입후보가 예정되어 있었기 때문이었다. 그러나 나는 프리토리아를 보기 전에는 아프리카를 떠날 수 없었다. 따라서 약간의 어려움이 있기는 했지만 휴가를 얻었고, 심하게 파손되어 위험한 철도를 이용하기 위해 6월 22일에 기차에 올랐다.

이 여행은 내 생애 중에서도 가장 기이한 여행이었다. 무슨 일이 일어날지 단 한순간도 알 수 없었다. 밀너 경의 비서인 핸버리 윌리엄스 소령이라는 좋은 길동무가 있어서 특별실에 동승할 수 있게 해주었다. 몸집은 작지만 영리한 애머리[140]라는 사내도 있었는데 당시는 아직 유명하지 않았으나, 지금은 당연한 보답으로 유력자의 자리를 차지하고 있다. 그 외에 다른 사람들도 있었지만 지금은 잊어버렸다. 초원 한가운데서 열차가 멈춰서는 일이 자주 있었는데 그럴 때면 5분 만에 다시 움직이기 시작할지, 혹은 5시간이 걸릴지 알 수 없었다. 그냥 앉아서 기다릴 수밖에 없었다. 창이 전부 깨져버린 하행 열차가 왔는데 보어의 복병이 나타나서 20명 정도가 부상을 입었다는 것이었다. 우리도 언제 습격을 당할지 몰랐기에 조마조마했다. 한번은 오랜 정차 중에 말을 타고 널따란 초원을 달려 이쪽으로 다가오고 있는 사내의 모습이 보였다. 우리는 기차에서 내려 그 사내를 만나보았다. 키가 아주 큰 사내로 무기는 가지고 있지 않았지만 가벼운 몸짓에 건강해 보이는 사람이었다. 영국에 충실한 농부라고 스스로는 말했으나 보어군의 정찰병으로 이 열차가 무엇을 실어 나르고 있는지 알아보기 위해서 온 것임에 틀림없다고 나는 내심 생각했다. 말에 탄 채 한동안 우리들과 이야기를 나누었는데 갑자기 말을 휙 돌려 그대로 달려 나갔다. 선로에서 조금 떨어진 곳의 농가가 불에 타고 있고 조금 전의 그 사내가 잿빛 말을 타고 그 주위를 뛰어다니고 있는 모습이 얼핏 보였다. 그것은 드 웨트의 지배 아래에 있는 농가 가운데 하나인데 배신에 대한 보복이라는 것이었다. 모든 것이 중세적, —예를 들자면 영국 국경을 침범했던 산적들[141]의 이야기와도 같았다.

루데발의 참사가 있었던 곳, 가슴 아프게도 더비셔 의용군이 드 웨트에게 패한 장소에서 열차가 멈춰 섰다. 선로를 복구하고 있었기 때문이었다. 그래서 우리는 지상으로 내려갔는데 부근에는 약탈한 열차에서 빼앗은 중포의 약협이 흩어져 있었다. 그리고 불에 탄, 혹은 반쯤 탄 편지 등도 부근 몇 에이커에 걸쳐서 흩어져 있었다. 바람에 사방으로 날아가버린 것은 드 웨트가 우편물 자루에 불을 붙였기 때문인데 그것은 웨트의 정정당당한 행동에 오점이 되는 행동 가운데 하나였다. 그러나 나폴레옹도 비슷한 행동을 해서 빼앗은 영국인의 편지를 공시했는데, 그 때문에 영국에서도 같은 수단으로 보복했으나 그것은 가족의 평화에 조금도 도움이 되지 않았다. 나는 날아온 편지 하나를 주워 펜으로 거칠게 쓴 내용을 읽어보았다. <지금쯤은 보어인들을 몰살했겠지요.>라고 적혀 있고, 아래에 x(키스)가 잔뜩 적혀 있었다. 여러 가지 유실물 가운데는 몇몇 악기도 있었다. 그것을 울리며 드 웨트는 무거운 짐수레를 달리게 한 것이었다.

어느 날 이른 아침에 밖을 내다보니 인적이 없는 승강장에 프리토리아라고 적힌 이정표가 있었기에 묘한 기분이 들었다. 마침내 모든 일의 중심지인 이곳에 다다른 것이었다. 트란스발 호텔이 영업을 하고 있었기에 그곳이 며칠 동안 여러 사람들과 일들을 조사할 우리의 본거지가 되었다. 나의 첫 번째 일은 로버츠 경을 만나는 것이었다. 나는 병원의 상황에 대해 런던의 신문에 글을 보내 발표한 적이 있었는데 상당한 화제가 되었기에 나를 만나보고 싶어 했던 것이다. 물론 병원의 상태는 대부분, 혹은 전부 심각한 것이었는데 그 이유는 끔찍할 정도로 많고 갑작스러운 위급상황 때문이었다. 각자가 그에 대해서 최선을 다하기 위해 노력했으나 하나하나가 놀라울 정도의 어려움을 가져다주었기에 그 일들을 전부 처리할 수는 없었던 것이다. 나는 그 사실을 로버츠 경에게 설명했다. —그것은 곧 런던의 국가기관을 향해 설명하는 것이기도 했다. 보수를 받지 않는 자원봉사자이기에 나의 말은, 개인적으로 관계하고 있는 보다 유력한 권위자의 그것에 비해서 더 무게가 있었으리라. 로버츠가 자기 방의 조그만 책상 앞에 앉아 있던 모습은 지금도 눈앞에 그려볼 수가 있다. 그의 얼굴은 붉게 충혈되어 있었는데, 그것은 물론 강한 햇볕 아래에서의 생활이 그렇게 만든 것이었다. 그는 정중하면서도 빈틈없었던 지난번의 런던에서의 만남을 그 자리에서 떠오르게 했다. 그의 푸르스름한 두 눈은 지성과 호기심으로 넘쳐나고 있었지만 나이에는 이길 수 없는 법인지 박력은 없었다. 나는 육군사를 아무리 넘겨보아도 70세가 넘어 은퇴했던 몸으로 이처럼 고생스러운 전쟁을 지도한 사람은 찾아볼 수가 없었다. 게다가 그들이 아무리 오랜 시간 저항하는 모습을 보였다 할지라도 결국은 보어군을 격퇴시킨 파데버그[142]로의 측면 공격을 생각해낸 것이 바로 이 사람이었다. 이때는 짧은 시간이었지만 강렬한 이야기를 나눈 뒤 헤어졌는데, 이후 1902년에 힌드헤드의 우리 집으로 소총사격장을 보러 올 때까지는 만날 기회가 없었다.

키치너 경에 대해서는 프리토리아에서 본 것은 아무것도 없었지만, 어느 날 갈색의 커다란 말을 탄 사내가 초원을 달려가다가 내 앞을 지나칠 때 한 손을 들어 인사를 했기에 그가 그 유명한 장군이었다는 사실을 알게 되었다. 그는 파데버그 이후 신뢰를 잃게 되었다. 그는 보어군을 공격하다 2000명쯤의 병사를 잃었고 그들은 적을 피해서 진로를 바꾸었는데, 아무리 항복할 운명에 놓여 있었다 할지라도 그의 전술이 정당한 것이었다고 변명하기는 참으로 곤란한 일이다. 일반인에게는 이해할 수 없는 이유가 있었을지 모르겠으나, 군인이 그에 대해서 따뜻하게 설명하는 것을 들은 적이 있었다. 공격자들의 일부는 기마대여서 협곡의 가장자리를 달려갈 수밖에 없었는데 도착해보니 아무것도 할 일이 없었다는 것이었다. 하네이 대령은 본인뿐만 아니라 많은 부하들이 죽을 수밖에 없었던 명령에 복종하기 전에 어떤 종류의 이의를 제기했다. 그러나 통신선의 기구에 급소가 있음에도 불구하고 그가 실전을 잘 알고 있다는 사실 때문에 사람들의 시선은 키치너에게로 쏠렸다. 나는 그와 행동을 함께 했던 한 사람으로부터 들은 적이 있는데 그는 실전에 임하면 신경질적이 되어 차분함을 잃지만, 로버츠는 위험이 닥쳐오면 닥쳐올수록 냉정해진다는 것이었다. 그러나 편성에 있어서 키치너는 비인간적일 정도로 냉정하고 정확했다. "커다란 다이너마이트 폭발사고가 일어나 카피르인 40명이 사망." 한 장교가 보고하자 "다이너마이트의 보충이 필요한가?"라고 키치너 경은 대답했다.

우리가 묵던 호텔 밖에 벤치가 하나 있었는데 수염을 기른 나이 많은 시민들이 늘 모여서 담배를 피웠다. 어느 날 나는 그곳으로 가 그들 속에 앉아서 보어에서 만든 파이프에 마갈리스버그의 고급 담배를 채웠다. 나는 아무 말도 하지 않았지만 그들이 말을 걸어왔다. 목에 막힌 듯한 목소리였으나 훌륭한 영어였다. 보타가 이 마을에서 멀지 않은 곳에 있었는데, 보어인 스파이들이 매일 밤 정보를 전해준다는 것은 누구나 알고 있는 사실이었다. 여기에 모인 노인들도 명백하게 정보수집원들이었다. 따라서 나는 무엇인가 생각할 거리를 주면 도움이 될 것이라고 생각했다. 평범한 대화를 한동안 나누다 그중 한 사람이 말했다. "어떻습니까? 언제쯤 평화가 찾아올까요?" 그들은 영국인 전체가 평화를 고대하고 있다는 인상을 가지고 있는 것이다. 그렇기에 오히려 저항을 계속하는 것이다. 나는 이렇게 말해주었다. "가능한 한 오래 찾아오지 않았으면 좋겠습니다." 서로의 얼굴을 마주보던 노인 가운데 한 사람이 말했다. "어째서 그런 말씀을 하십니까?" 내가 말했다. "그건 말입니다, 이 나라는 영국의 식민지가 될 겁니다. 위험한 인물을 가득 끌어안은 채 식민지로 삼는 것은 우리에게 좋지 않습니다. 식민지가 되면 그들을 죽일 수 없게 됩니다. 안 그렇겠습니까? 법률의 보호 아래 모두가 시민이 되어버리니까요. 우리와 같은 시민이 되어버리니까요. 따라서 그들을 지금 제거해버려야 합니다. 하지만 그것도 시간이 허락할 때의 얘깁니다만." 노인들 모두 앓는 소리를 내며 힘껏 파이프의 연기를 피워 올렸지만 어떻게 대답해야 좋을지 모르는 모양이었다. 추측컨대 그들의 견해는 내가 생각했던 것과 다르지 않은 듯했다.

우리가 가장 멀리까지 가서 본 곳은 워터발이었는데 베넷 버얼리가 4인승 2륜마차로 데려가주었다. 한번은 보어군의 순찰대에 상당히 가까이까지 접근했었다. 기마대 12명이었다. 순찰대의 말 가운데 백마가 몇 마리 있었는데 이는 우리 군에서는 전혀 볼 수 없는 점이었기에 내가 그 사실을 지적할 때까지 버얼리는 적이라고 생각지 못했다. 그리고 쌍안경으로 바라보았는데 그제야 비로소 내 말이 옳았다는 사실을 깨달았다. 그들은 명백하게 무엇인가를 탐색하고 있었다. 그 증거로 우리를 죽이려 했다면 아주 간단히 그렇게 할 수 있었을 텐데도 우리에게는 신경조차 쓰려 하지 않았다. 마차를 달려 앞으로 나아가니 캠프의 형무소가 있었다. 수많은 영국 병사와 식민지 병사들이 굴욕적인 생활을 하던 곳이었다. 1주일인가 2주일 전에 수형자들은 석방되었고, 몇 에이커나 되는 그 형무소 자리는 다양한 종류의 기념품들로 뒤덮여 있었다. 나는 영국인 수감자에 의해서 부서진 보어의 카빈총과 삼각 악기, 뜨다가 만 양말, 철조망으로 만든 뜨개질 바늘, 캠프의 형무소에서 주운 족쇄 한 쌍으로 만족했다. 일제 석방 직전에 경기병대 소속이었던 수감자가 팠다고 하는 터널이 있었다. 주로 숟가락으로 팠다고 하니, 그리고 석방 직전에 완성했다고 하니 참으로 놀라운 작업이었다. 나는 거기에 들어가 보았는데, 거기서 나오는 모습을 버얼리가 사진으로 찍었다. 굳이 말하겠는데 많은 친구들이 그 사본을 가지고 있다. 거기에는 내 펜으로 이렇게 적혀 있다. <영국제국처럼 구멍에서 벗어나는 모습>

요하네스버그[143]에서 하루를 보냈다. 인적이 없는 거리를 걸었는데 커다란 금산도 불이 꺼진 듯하다고 말해야 할지, 적어도 휴식 상태에 있었다. 깊은 갱도 가운데 하나로 로빈슨이라 불리는 곳에 들어가 보았는데 그 광산은 승강기계가 고장 나서 움직이지 않았기에 어둠 속의 계단을 수백 개(수천 개처럼 여겨졌다)나 내려가야 했다. 그런데 그 계단은 미끄러운 나무로 만들어져 있었다. 내려가는 동안 양동이가 끊임없이 물을 흩뿌리며 귀 옆을 지났기에 생각했던 것보다 재미있지 않았다.

평온한 여행 뒤, 7월 4일에 랭맨 병원으로 돌아갔다. 정세는 평온했으나 가엾게도 간호병이 한 사람 또 단독(丹毒)으로 목숨을 잃었다. 병동에서 그 균이 발생한 것이었다, 외상에 의한 단독이 아니라. 명확한 원인도 없는데 일어나는 하나의 변종이었다. 이 사례를 이야기하는 이유는, 장티푸스가 너무나도 흔했기 때문에 병이라고 하면 그것밖에 없었던 줄 알고 있

아서 코난 도일

으며 모든 병이 다 그와 같은 모습이었을 것이라고 생각하고 있기 때문이다. 군 전원에게 예방접종을 했더라면 틀림없이 기록적으로 건강한 전쟁이 되었을 것이라고 생각한다. 외과적 증례는 많지 않았지만, 딱 하나 잊을 수 없는 것이 있었다. 토론을 위한 학술적 증례에 지나지 않았지만 그래도 그 장면을 지금까지 확실하게 기억하고 있다. 보어의 네덜란드 공사에 있던 무관이었는데 부상 이후 한동안 교전이 있었고 그 이후에 수용되었다. 그 사람은 유산탄에 맞아 경추 가운데 하나가 부러졌고, 신경이 뼛조각에 눌려 기능을 잃은 상태였다. 런던의 왓슨 체인이 수술을 담당했다. 그는 우선 뼈를 임의로 잘라 강한 집게로 아치형을 이루고 있던 뼈 부분을 들어 올리려 했는데 그때 커다란 일이 벌어지고 말았다. 새빨갛게 물든 커다란 절개 부위에서 투명한 물이 2피트쯤이나 수직으로 뿜어져 오른 것이었다. 꼭대기에서 수평으로 퍼져 야자나무 같은 모습을 보였다. 그러나 물은 점점 줄어들었고 잠시 후 몇 인치 높이로밖에 솟아오르지 않았으며 결국은 그것도 사라져버렸다. 솔직히 말하자면 그것이 무엇이었는지 나는 몰랐다. 자리에 모여 있던 외과의사 대부분이 나만큼이나 놀랐을 것이라 생각

한다. 그 분야에 관한 한 나의 스승인 찰스 깁스가 그 비밀에 대해서 설명했다. 그의 말에 의하자면, 평소에는 인대를 적실 정도밖에 되지 않던 뇌척수가 부러진 뼈의 압박으로 커다란 자극을 받아 양이 늘어났고 그것이 싸개에 압력을 가하게 됐으며 그 결과 싸개 전체가 팽창하게 된 것이다, 그리고 집게 때문에 그 싸개에 조그만 구멍이 생겼다, 그 결과 액이 그 구멍으로 뿜어져 나온 것이다, 나머지는 우리들이 본 그대로라는 것이었다. 아마도 긴장이 너무나도 급격하게 해소되었던 것이리라. 환자는 수술대에서 옮겨진지 얼마 지나지 않아서 목숨을 잃었다.

찰스 깁스는 지금도 여전히 제일선에서 활약하고 있다. 차링 크로스 병원의 선임의로 재직하고 있다. 그런데 그의 애제자가 스승을 이긴 적이 있다는 사실을 여기서 공표해도 그것을 용서해줄 수 있을까? 나의 환자가 장티푸스로 목숨을 잃어가고 있었는데, 그런 상태에 있었으면서도 뭔가 단단한 음식을 먹고 싶다고 계속해서 중얼거렸다.

장티푸스 환자를 다루는 첫 번째 원칙은 물론 유동식을 제공해야 한다는 것이다. 그렇게 하지 않으면 체내에 궤양이 생기고 그것 때문에 천공이 생기면 복막염으로 목숨을 잃게 되기 때문이다. 내가 깁스 선생에게 물었다. "이 사람은 반드시 죽을 것이라고 생각하십니까?", "이렇게까지 악화되었으니."라는 것이 대답이었다. "그럼 딱딱한 음식을 먹여보는 건 어떻겠습니까?" 깁스 선생은 머리를 흔들었다. 깜짝 놀란 듯한 모습이었다. "자네가 하려는 행동은 커다란 책임문제가 될 걸세.", "그건 상관없습니다. 어차피 얼마 남지 않은 목숨 아닙니까?", "맞아, 자네가 죽이느냐, 병이 죽이느냐 하는 차이밖에 없어.", "어쨌든 해보기로 하겠습니다." 나는 내 생각대로 했다. 그로부터 1년여쯤 지나서였을까, 공적인 모임에서 다음과 같은 편지를 받았다. 진료에 대한 기담을 모은 책 속에서 내용을 발췌하겠다.

<런던 남동구

케닝턴 공원

로열 가 128

1900년 10월 1일

선생님.

블룸폰테인의 랭맨 병원에서 치료를 받았던 사람 가운데 하나로, 에든버러에서의 귀하의 성공을 비는 자입니다. 이는 단지 정치적 원칙에 의한 것만이 아니라, 저의 목숨은 다른 수많은 사람들과 마찬가지로 귀하의 친절한 행동과 간호에 의한 것이라고 생각하고 있기 때문입니다. 귀하께서는 기억하지 못하실지도 모르겠으나, 저는 마음 깊이 새겨 단 한순간도 잊은 적이 없었습니다. 펜을 놓기에 앞서 다시 한 번 귀하의 성공을 기원하며, 무례함을 용서해주시기 바랍니다.

M. 핸론>

M. 핸론이란 내가 돌봤던 장티푸스 환자로, 이후 한 번도 떠올린 적은 없었으나 딱딱한 음식을 제공했던 것만은 틀림없는 사실이었다. 하지만 가정의들이 이 일을 따라해야 한다고는 생각지 않는다.

7월 11일에 나는 브리턴 호를 타고 케이프타운으로 갔다. 그리고 다시 영국으로 돌아왔다. 돌아오기 전에 알프레드 밀너[144]를 방문했다. 그런데 몇 년 전에 처음 아프리카로 왔을 때보다 훨씬 더 늙었다는 사실에 깜짝 놀랐다. 머리가 하얗게 변했고 등은 구부러져 있었다. 단, 그 굳건한 마음만은 조금도 변하지 않아서, 힘들기만 하고 되돌아오는 것은 얼마 되지 않는 일에도 굴하지 않고 끝까지 성공을 거두었다. 그런 그도 딱 하나 실수를 한 것이 있다고 생각한다. 그것은 전쟁 종료 후에도 아프리카를 계엄령 아래에 두려 했다는 점이다. 그러나 누가 그보다 더 일을 잘 처리할 수 있었겠는가? 하물며 그가 직면했던 견디기 힘든 상황 속에서.

브리턴 호의 승객 명단은 주목할 만한 것이었다. 그리고 그 항해는 매우 즐거운 것이었다. 가장 활달했던 사람은 노퍽 공작과 그의 동생인 에드워드 탤벗 경이었다. 영국의 원로 남작과 거친 네덜란드 사람이 둥근 목재 위에 얼굴을 마주하고 앉아서 입에 침을 튀어가며 서로 으르렁거리는 모습은, 누가 먼저 꼬리를 내릴지 참으로 볼 만한 광경이었다. 확실히 피는 속이지 못하는 법이라고 생각했다. 제임슨[145] 사건으로 유명한 존 윌러비, 마페킹[146]의 사라 윌슨 부인, 말버러 공작, 아서 그로브너 부인, 이버 게스트 씨와 그 외의 여러 유명한 군인들이 있었다. 특히 플레처 로빈슨 및 네빈슨과 친해지게 되었다는 사실은 내게 커다란 행운이었다. 이 황금빛 항해의 평온함을 더럽힌 것은 유일하게 타고 있던 외국인 군인이었다. 그 사람의 이름은 밝히지 않겠지만, 보어군에 있던 사람으로 자신의 경험과 견해를 매우 무분별하게 입에 담았다. 한번은 내 앞에서 영국군이 덤덤탄을 상용했다고 말했기에 나는 벌컥 화가 나서 너는 거짓말쟁이라고 말했다. 그에 대한 그 사내의 태도는 꽤나 훌륭한 것이었다. 그때는 아무런 말도 하지 않았지만, 나중에 생각해보고 좀 심했다 여긴 것이리라. 내 친구인 로빈슨을 나의 선실로 보내 사과를 하고 싶은데 받아줄 수 있겠느냐고 묻게 했다. 나는 사과 같은 건 받지 않겠다고 대답하고 모욕을 받은 건 군대지 내가 아니라고 말했다. 한 시간쯤 지났을 때 로빈슨이 다시 찾아와서 다음과 같은 편지를 건네주었다. 그것으로 중대한 결과를 초래할 것 같았던 사건도 그럭저럭 잘 마무리되었다.

　<선생님.

　덤덤탄 건에 관한 저의 발언을 매우 유감으로 생각하며, 그것은 항간에 떠도는 유언비어를 듣고 그만 입에 담은 것이었습니다. 앞으로는 그와 반대되는 사실을 굳게 믿을 것이라는 점을 귀하께서 항간에 널리 알려주시기 바랍니다. 저는 영국 사람들 모두와 더없이 친밀해지기를 원하니 귀하께 그 중개를 청하는 바입니다.

삼가 올립니다.>

　8월 1일에 나는 다시 런던으로 돌아왔다. 그렇게 모든 기묘한 일화들—녹색 대초원도, 정상이 평평한 언덕도, 장티푸스 병동도—은 꿈속의 환영이 되어버렸다.

제19장 세계의 여론에 호소하다

　내 생애 가운데 가장 유쾌하고 만족스러운 삽화는 남아프리카에서 보여준 우리 군의 방식과 목적에 대해서 내가 쓴 소책자에 관한 것이다. 그것은 여러 나라—유럽 대부분의 나라라고 말하는 편이 나으려나—에서 일어난 이상한 험담을 저지하기 위한 것으로, 어쨌든 절대적으로 조작된 이야기라 여겨지는 강력한 정치적 결합이 우리를 중대한 전쟁으로 끌어들이지나 않을까 염려되었기에 작성한 것이었다.

　내 기획의 발단에 대해서는 분명하게 기억하고 있다. 날짜는 1902년 1월 7일, 그리고 화요일이었다. 그날 밤은 헨리 톰슨[147] 경이 매력적인 '옥타브'의 만찬회를 열기로 되어 있었는데, 그 모임에는 나도 출석할 수 있는 특권이 있었기에 정해진 시간에 늦지 않도록 힌드헤드에서 출발하여 런던으로 가던 길이었다. 나는 차 속에 오도카니 앉아서 『타임스』의 외신란을 읽고 있었다. 1단 기사 가운데 유럽 각지의 회합에 관한 소식이, —그 가운데서도 라인란트[148]의 목사 수백 명이 모여서 적에 대한 우리나라의 잔인성에 항의하는 내용이 실려 있었다. 뒤이어 단 하나를 전부 사용해서 외국신문 기사의 요점을 실어놓았다. 우리 군의 잔인성에 대한 터무니없는 기술이 있었다. 우리 군 병사의 느긋함이나 그 통솔자의 성격을 아는 자에게, 거기에 적혀 있는 내용은 말도 되지 않는 황당한 것이었다. 나는 신문을 옆에 놓은 뒤 가만히 생각에 잠겼다. 이는 대륙의 사람들이 사심 없이 관대한 동기에서 그런 말을 하는 것이라고밖에 여겨지지 않았다. 그 자체는 그들 마음이니 상관없지만, 어째서 그런 생각을 하게 된 것일까? 회합에 의한 것일까? 기사에 의한 것일까? 혹은 어떤 수단에 의해서 그런 말을 공언하기에 이른 것일까? 그들을 너무나도 쉽게 속는 무리들이라고 비난할 수 있을까? 물론 비난하고 싶었다. 하지만 그 문제를 문명사회에서 심사할 수 있도록 배심원들에게 그 내용을 전달하지 않은 것은 누구의 책임이란 말인가? 아마도 우리는 너무나도 자만했던 것이리라. 너무나도 무신경했던 것이리라. 그러나 태만의 결과로 판정이 우리에게 불리하게 내려질 것이라는 점은 너무나도 명백한 사실이었다. 그들은 이 사실을 어떻게 알게 되었을까? 어디서 찾아냈을까? 그들은 어떤 문서를 손에 넣었을까? 이런 질문들을 받는다면 나는 뭐라고 답을 해야 하지? 영국 의회의 보고서나 정치보고서 등과 같은 문서는 대중의 손에 쉽게 들어가지 않는다. 피츠패트릭[149]의 『내부에서 본 트란스발』이나 E. T 쿡의 『옳고 그름』이라는 책도 있지만 이들은 비용이 매우 많이 드는 것이어서 번역이 쉽지는 않다. 간단한 방법으로 전체를 설명한 가운데서 어디를 발췌했는지는 아무도 알 수 없었다. 어째서 영국인 가운데 누군가가 작성하지 못하는 것일까? 그러자 그 순간 어떤 생각이 퍼뜩 떠올랐다. '어째서 네가 그것을 작성하지 않는 거지?'

　다음 순간 나는 이미 계획에 불타오르고 있었다. 이때만큼 명령적인 유혹을 직접 느낀 적은 거의 없었다. 다른 생각은 머릿속에서 완전히 내몰리고 말았다. 만약 내가 일개 선도자에 지나지 않는다 할지라도 그것 역시 매우 좋지 않은가. 도끼를 갈지 않아도 되니. 나는 이 문제에 있어서는 이미 잘 알려진 사람이었다. 나는 이번 전쟁의 잠정적인 역사서를 썼다. 실전의 모습을 어느 정도는 보았고 관계 자료도 여럿 가지고 있다. 나의 계획은 시시각각으로 확장되어 갔다. 대중에게 돈을 모으고 집에 있는 책을 팔아서 자금을 마련하자. 그것으로 모든 나라의 언어로 번역하자.

그리고 그들 번역서를 대대적으로 배포하는 것이다. 교수와 목사와 기자와 정치가 모두가 각자 자신들의 언어로 적힌 그 책을 읽게 될 것이다. 장래에 만약 그들이 우리를 비난한다면 그것은 이 문제에 다른 측면이 있다는 사실을 모른다는 점을 폭로하는 꼴밖에 되지 않으리라. 런던에 도착하기까지 나의 계획은 뇌리에 분명하게 그려졌다. 그 세세한 부분 가운데 실현되지 못한 것은 하나도 없었다는 사실을 여기에 덧붙여두기로 하겠다.

행운은 나의 친구였다. 그날 밤에 헨리 톰슨 경과 식사를 함께 했다는 사실은 이미 이야기했다. 식탁에서 내 옆자리에 앉은 신사의 이름을 나는 알지 못했다. 머릿속이 한 가지 생각으로만 가득했기에 나는 바로 그에 대한 이야기를 시작했다. 그래도 옆자리 사람이 지루해하지 않고 예의를 갖춰 동감한다는 듯 들어주었기에 나는 더욱 신이 나서 그에게 더 커다란 인내를 요구하는 듯한 행동을 했다. 스프가 나왔을 무렵부터 후식이 나올 무렵까지(이 이상 떠올리면 나는 양심의 가책에 시달리게 된다) 내 이야기를 들어주던 그가 마무리로 그런 대대적인 계획에 필요한 자금을 어떻게 조달할 생각이냐고 물었다. 나는 대중의 도움을 얻을 생각이라고 대답했다. 거기에 얼마쯤 들 것 같냐고 묻기에 처음에는 100 0파운드 정도로 시작할 생각이라고 대답했다. 그는 그 정도로는 안 될 것이라고 말하고, "하지만 1000파운드로 어떻게든 시작할 수 있다면 틀림없이 그 돈을 받을 수 있을 겁니다."라고 덧붙였다. "누구에게서?"라고 묻자 그 신사는 자신의 주소와 이름을 밝히고, "말씀하신 대로 계획을 수행하신다면 자금은 조달할 수 있을 겁니다. 일을 시작하시게 되면 저를 찾아오십시오. 어떻게 진행하는 것이 가장 좋을지 협의하도록 하겠습니다."라고 말했다. 나는 그렇게 하겠다고 약속하고 그의 격려에 감사했다. 이 꿈과 같은 스폰서의 이름은 외무성의 에릭 배링턴 경이었다.

이것이 나의 첫 번째 행운이었다. 두 번째 행운은 이튿날 아침에 찾아왔다. 나는 다른 용건으로 스미스 엘더 출판사를 찾아갔다. 이야기를 나누던 중, 레지널드 스미스 씨에게 내가 세운 계획을 들려주었다. 그러자 스미스 씨는 그 자리에서 이 세계적인 조직 전부를 1페니의 대가도 바라지 않고 제공하겠다고 약속해주었다. 그 순간부터 그는 이번 기획에 대한 나의 파트너가 되어주었다. 그리고 나는 그가 관대하게 경영하고 있는 출판사업에 보이고 있는 것과 같은 정도의 커다란 협력을 사업의 모든 단계에서 얻을 수 있었다. 그는 자금 면에서 커다란 절약을 할 수 있게 해주었을 뿐만 아니라 계획에 수반되는 외국과의 복잡한 교섭을 성공적으로 진행해주었다.

그날 아침 육군성을 찾아갔더니 정보국으로 안내해주었다. 거기서는 가지고 있는 모든 정보를 내 마음대로 볼 수 있게 해주었다. 그리고 『타임스』에 글 하나를 보내, 내가 하려는 일에 대해서 설명하고 이 목적에 공감하는 사람은 협력을 해주었으면 좋겠다고 말했다. 어떤 호소가 이처럼 흔쾌하고 신속하게 받아들여진 것을 나는 본 적도 없고, 들은 적도 없다. 이튿날 아침, 우리 집의 우편함에는 127통의 편지가 들어 있었는데 그 편지 대부분에 각종 사회의 각종 계급에 속한 사람들이 보낸 헌금이 들어 있었다. 로즈베리 경의 50파운드에서부터 일개 병사의 미망인이 보낸 반 크라운에 이르기까지 액수는 제각각이었지만. 보내온 돈의 대부분에는 편지가 동봉되어 있어서, 사람들이 아무리 그것을 무시하고 있는 듯 가장하고 있어도 외국 비판자들의 태도가 우리 국민들의 마음에 깊고 쓰라린 손톱자국을 남겼다는 사실을 잘 보여주고 있었다.

내가 일을 시작할 수 있었던 것은 1월 9일이었고 17일에는 그 일을 마쳤다. 문제의 양을 생각하고 거기에 따르는 입증자료의 숫자를 고려한다면 내가 그 일에 전력을 기울였다는 사실은 말할 필요도 없으리라. 굳이 말하자면 나는 그 일을 위해서 하루에 16시간을 투자했다. 나의 개인적 견해는 가능한 한 겉으로 드러내지 않고 목격자들의 말을 기술했다. 목격자의 대부분은 보어인이었고 농가의 화재와 폭행, 강제수용소와 그 외의 문제가 되는 논쟁에 대한 내용이었다. 설명은 가능한 한 간단하고 짧게 했는데 어디까지나 정확한 사실로 일관했으며, 불에 탄 농가의 실제 숫자에 대해서만은 자신이 없었지만, 그렇다고 해서 중대한 질문을 받은 적은 한 번도 없었다. 나의 기술이 충실하고 효과적인 것이라고 생각하며 펜을 놓았을 때는 너무나도 기뻐서 견딜 수가 없었다.

한편 기부금도 꾸준히 들어와서 소책자의 집필을 마쳤을 무렵에는 1000파운드 이상이 은행에 예금되었다. 대부분은 그다지 여유도 없는 사람들이 무리를 해서 보내온 소액이었다. 그 가운데서

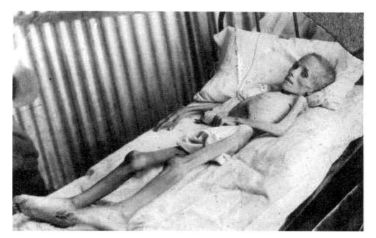

영국군이 설치한 보어인 강제수용소

도 눈에 띄는 특징은 매일처럼 눈앞에서 행해지는 비방에 답을 할 수가 없어서 비참한 경험을 하고 있던 외국 재주 여교사들로부터의 기부가 많았다는 점이었다. 그들의 대부분은 아주 적은 액수를 기부했다. 두 번째로 재미있는 특징은 나의 계획을 지지하는 영국 재류 외국인이 자국민에게 보다 올바른 견해를 갖게 하기 위한 목적으로 기부를 했다는 점이었다. 노르웨이인에게서만도 나는 이 목적을 위해서 50파운드 가까운 돈을 받았다. 만약 영국의 자손들이 조국의 위기 앞에서 조국을 배신하는 일이 생긴다면 조국은 적어도 국내의 외국인 속에서 따뜻한 손길을 내밀어주는 사람을 발견할 수 있으리라. 그 외에 특히 주목할 만한 점은 성직자들로부터 뜻밖이다 싶을 정도로 많은 금액이 보내졌다는 사실이었는데, 일부 사람들의 설명에 의하면 전쟁이 시작된 이후 그들은 늘 반국가적 문학 때문에 골머리를 썩혀왔기에 그에 대한 항의의 의미로 그런 행보를 보인 것이라고 한다.

교정쇄가 나왔기에 나는 약속대로 외무성의 친구에게 그것을 보냈다. 그러자 곧바로 만나고 싶다는 답장이 왔다. 그를 찾아갔더니 일에 동의를 표하며 500파운드의 은행권을 건네주었는데 이 돈은 자신의 것이 아니라고 말했다. 그럼 익명의 인물이 보낸 것이라고 생각해도 되겠냐고 물었더니 "보낸 사람도 이의는 없을 겁니다."라고 말했다. 그래서 나는 '충성스러운 영국인' 500파운드 기부라고 대장에 적어 넣었다. 첩보국으로 갔다면 그 돈이 어디에서 왔는지 알 수 있었을 것이다.

이 무렵에는 은행의 예금이 2000파운드쯤 되었기에 외국어 번역도 가능하게 되었다. 영어판은 이미 발간되었는데 배포는 뉴스 상회가 전부 맡아 배포에 온 힘을 기울였다. 책의 소매가는 6펜스였으나 우리로서는 1부라도 더 많이 팔고 싶었기에 실제로는 3펜스 정도에 팔았던 모양이다. 그 결과 이 사업의 이익은 주로 소매상들의 것이 되었다. 소책자의 매출은 매우 커다란 것이었다. 당시로서는 하나의 기록을 세우지 않았을까 여겨질 정도였다. 국내에서만 순식간에 25만 부가 판매되었으며 2개월도 지나지 않아서 30만 부쯤에 달했다. 이윤은 얼마 되지 않았지만 매출액이 컸기에 결국은 기금에 커다란 여유를 가져다주었다. 그랬기에 우리의 재정적 입장은 외국어판을 제작하는 데 있어서도 매우 커다란 힘이 되었다.

프랑스어판은 하버드 대학의 수미크라스트 교수에 의해서 작성되었다. 그는 프랑스계 캐나다인이다. 애국적 입장에서 보수를 거부했으며 훌륭하게 주장을 관철시켰다. 그것은 별 문제 없이 갈리냐니에서 출판되었고 프랑스, 벨기에, 스위스 등의 도움이 될 만한 곳에 수천 부가 보내졌다. 이 판은 2만 부가 인쇄되었다.

독일어판에는 약간의 어려움이 있었다. 독일에서는 어느 출판사도 일을 맡아주지 않았다. 온갖 예를 다 갖추어 간신히 발견한 타우흐니츠 남작이 유명한 영국의 문고 속에 그것을 넣어주었다. 우리의 진출은 냉대받기도 하고 때로는 모욕이 가해지기도 했다. 우리에게 온 극단적인 편지를 하나 소개해보겠다.

<스미스 상회 귀중. 1902년 1월

독일의 책은 징고 당[150]의 명령에 의한 것이거나, 적어도 그 영향에 의한 것이라는 인상을 받았습니다. 아시는 바와 같이 영국의 전쟁당(물론 트란스발의 장교 및 병사들도 포함하여)은 비겁하기 짝이 없는 악인, 부녀자를 살상한 비열한 폭한으로 문명사회로부터 경멸의 대상이 되고 있습니다.

영국 문학을 독일, 오스트리아, 러시아에 수입하고 있는 제가 그처럼 경멸의 대상이 되고 있는 무리들과 관계가 있다는 의심을 받을 만한 행동을 한다는 것은 매우 경솔한 행동일 것입니다.

저는 귀사의 편지를 몇몇 사람들에게 보여주었습니다만, 누구 하나 그 일을 맡으려 하지 않았습니다.>

내 기억 속에 뚜렷하게 남아 있는데 이 편지에는 악의와 자만의 혼합물이 가득 담겨 있었다. 그런 항의가 있었음에도 불구하고 일을 맡아줄 영국계 독일 출판사를 베를린에서 찾아냈고, 쿠르트 폰 머스그레이브 씨의 협력을 얻어 훌륭한 번역서가 완성되었기에 독일 신문의 논조를 완화시키는 효과를 얻었다. 전부 합쳐서 2만 부가 독일과 독일어를 사용하는 오스트리아에 배포되었다.

이 무렵에 있었던 재미있는 일이 떠오른다. 책자를 인쇄에 넘겼을 무렵, 나는 약간 피곤했기에 휴식을 위해서 시포드로 갔다. 그곳에 있는 동안 전독일[151]의 예비군 장교가 런던으로 와서 나를 만나고 싶어 한다는 연락이 왔다. 나는 내가 갈 수는 없지만 이곳으로 와준다면 만나겠다고 전보를 보냈다. 그러자 그 사내가 시포드로 왔는데 품위 있고 늘씬하고 군인다운 사내로 훌륭한 영어를 구사했다. 그는 독일의 증명서를 보여준 뒤, 독일 국민이 영국 국민에게 품고 있는 적의를 내가 말한 것은 우리 국민의 독일에 대한 감정 문제도 있기에 매우 난처한 부분이라고 말했다. 그날 우리는 하루 종일 앉아서 그 문제에 대해 이야기를 나누었다. 그의 논거는 전독일주의자의 입장에 바탕을 둔 것이었는데 언젠가 독일은 영국과 손을 잡고 러시아와 전쟁을 하게 될 것이다, ──영국은 인도를 위해서, 독일은 아마도 발트 해 연안 국가들을 위해서. 따라서 지금부터 긴밀하게 손을 잡아야 한다는 것이었다. 나는 우리 국민의 감정이 러시아보다 독일에 대해서 더 좋지 않다고 말했다. 그러자 그는 내 말에 고개를 갸웃거렸다. 그랬기에 나는 그에 대한 시민들의 생각의 지표로 시내를 달리는 아무 버스나 붙잡고 운전수에게라도 물어보라고 말했다. 그는 내 책자의 2, 3장을 꼭 좀 수정해달라고 열망했다. 나도 거기에는 단호하게 반대했다. 내게는 진상을 이야기하고 있는 것이라는 자신감이 있었다. 결국 목적을 이루지 못한 채 런던으로 돌아갈 때가 되어서 그는, "저는 당신을 만나기 위해서 800마일을 달려왔습니다. 마지막으로 부탁드리고 싶습니다만, 그 장의 첫 부분에 <아아>라는 한마디를 덧붙여주실 수 없으시겠습니까?" 그 말은 전면적으로 받아들일 용의가 있었다. 따라서 그는 1600마일이나 되는 긴 여행에 대한 보상으로 이 한마디를 가지고 돌아갔다.

독일어판과 관련된 매력적인 사건 하나는 스위스(이 소수민족만큼 마음 따뜻한 친구가 어디에 있을까)의 작은 단체가 자신들의 번역에 지도를 더해 출판하겠다는 열의를 보여준 일이었다. 그리고 취리히에서, 역시 같은 곳에 살고 있는 영국 영사 앤스트 박사의 도움을 얻어 독자적으로 출판했다. 진실을 위해서 열심히 싸우고, 악평에 시달리면서도 이 어려운 사업을 완수한 사람들로는 제네바의 유명한 이집트 학자인 내빌 교수, 로잔의 유명한 '세계문고'의 편집자인 탈리체트 씨 등이 있다. 후자는 우리의 운동을 지지하기 위해 오래 전에 창간된 잡지의 배포를 희생해가면서까지 힘을 써주었다.

프랑스 및 독일어판에 관한 이야기는 위와 같다. 미국과 캐나다는 자신들의 판을 마련했다. 남은 것은 스페인, 포르투갈, 이탈리아, 헝가리, 러시아였는데 그들 모두 신속하게 준비되었고 지체 없이 유통되었다. 단, 러시아판은 오데사에서 출판되었는데 마지막 단계에서 검열에 걸렸다. 하지만 우리는 그 거부권을 제거했다. 이들 각 나라에 수천 권의 소책자를 유통시킬 수 있었다. 어느 나라에서나 생각했던 것보다 더 많은 부수가 팔렸다. 이 모두가 각지에 살고 있는 영국인이 이웃사람들에게 우리의 입장을 이해시키기 위해 열성적으로 노력한 결과였다.

네덜란드판은 하나의 걸림돌이었다. 이 작지만 용감한 나라의 국민들은 무장을 하고 우리에게 저항하는 친족들에게 자연스럽게 동정심을 느꼈고 우리에게 심하게 악용되었다고 믿고 있었다. 우리에게도 당연히 같은 감정을 품고 있었으리라. 그 결과 우리는 출판사와 유통해줄 곳을 끝내 찾아낼 수 없었다. 반대가 많다는 것은 그만큼 수요가 많다는 사실을 의미한다. 그랬기에 레지널드 스미스 씨가 현지에서 인쇄를 하여 네덜란드 언론계의 주도자 전원에게 직접 보냈다. 보낸 것은 5천 부쯤이었는데 그 가운데 반송

되어 온 것은 20부도 되지 않았다.

노르웨이판에도 약간의 문제가 있었지만 그것은 『베르덴스강』 신문의 토마센 씨의 도움으로 극복할 수 있었다. 이 사람의 신문은 애초부터 우리와는 반대 입장에 있었으나, 공정함이라는 입장에 서서 우리 책자를 대중 앞에 내놓는 일을 도와주었다. 사태를 숙려한 결과 그 신문의 우리에 대한 태도가 완화되었는데, 비열한 원인 때문에 하나의 국민이 여러 해에 걸쳐서 커다란 희생을 치러서는 안 된다는 사실을 깨달았기 때문이 아닐까 여겨진다. 노르웨이판에 관한 또 하나의 추억은, 떠올리는 것만으로도 즐겁다. 대륙에서 발간되는 책에는 각국의 언어로 짧은 서문을 덧붙여 그 국민이 특별히 주목할 수 있도록 했는데, 노르웨이판의 경우는 크리스티아니아에서 인쇄에 넘겨졌는데도 번역자로부터 그 서문이 도달하지 않았다. 역자는 브록만 부인으로 100마일이나 떨어진 곳에 살고 있었는데 이상 폭설로 교통이 막혀 있었던 것이다. 이번에는 서문을 생략할 수밖에 없겠다고 생각했는데 눈의 꼭대기에서 꼭대기로 일광 반사통신이 성공을 거두어 나의 짧은 인사를 서문에 덧붙일 수 있었다.

또 하나의 언어로 번역할 필요가 있었다. 그것은 웨일즈어였다. 웨일즈어로 발행되는 신문은 대부분 보어 편에 서 있었으며, 같은 국민이 그처럼 용감하게 야전을 펼치는 원인에 대해서 잘못된 지식을 퍼뜨리고 있었기 때문이었다. 번역은 W. 에반스 씨가 맡아주었으며 카디프 시의 『웨스턴 메일』의 대리점을 통해서 유통시키기 위해 약 1만 부를 인쇄했다. 이것으로 수고로운 작업은 끝났다. 전체 발행부수는 영국판이 30만, 캐나다 및 미국판이 5만, 독일판이 2만, 프랑스판이 2만, 네덜란드판이 5천, 웨일즈판이 1만, 헝가리판이 8천, 노르웨이 및 스웨덴판이 5천, 포르투갈판이 3천 5백, 스페인판이 1만, 이탈리아판이 5천, 러시아판이 5천이었다. 타미르[152]와 카나라족[153] 언어로 된 책자도 나왔지만 그 숫자는 파악하지 못했다. 전체적으로 말하자면 나의 소책자는 20개 국어로 출판되었다. 들어간 비용은 5천 파운드쯤 되었는데 어림잡아 절반은 기부금이었고 나머지 절반은 책자를 판 금액으로 충당했다.

이 노력이 성공적이었다는 가장 기뻐할 만한 증거를 손에 넣기까지 그리 오랜 시간이 걸리지는 않았다. 대륙 각 신문의 논조에 급속하고도 눈에 띄는 변화가 나타나기 시작했다. 어쩌면 그것은 우연일지도 몰랐으나 어쨌든 분명히 만족스러워할 만한 일이었다. 그러나 공론의 중요한 기관인 경우는 우연의 일치라고 할 수 없다. 소책자에서 제언한 논의나 예증된 사실이 그들의 사설에 인용되었고, 동시에 그들이 앞서 발표한 반영 의견에 수정이 가해지게 된 것이었다. 이는 빈의 신문인 『타크블라트』의 예인데, 그 회사의 런던 주재 대표인 모리스 에른드트 박사는 오스트리아 대중에게 다가가기 위해 온갖 수단으로 나를 도와주었다. 베를린의 『내셔널 차이퉁』, 브뤼셀의 『안데판다스 벨주』와 그 외의 많은 언론도 마찬가지였다. 그러나 대부분의 경우, 신문이나 잡지가 공공연하게 자신들의 말을 기꺼이 철회한다는 것은 있을 수 없는 일이며, 우리가 기대할 수 있는 가장 좋은 결과는 덜 신랄한 논조로의 변화였는데, 이는 우리가 가장 많이 얻은 결과이기도 했다.

레지널드 스미스 씨와 나는 기울일 수 있는 모든 힘을 기울여서 일을 완성했다는 매우 만족스러운 기분이었는데 그래도 수중에는 상당한 돈이 남아 있었다. 그 돈을 어떻게 하면 좋을까? 기부자들에게 돌려줄 수도 있었으리라. 적어도 남은 돈의 절반은 소책자의 판매를 통해서 얻은 것이니 우리들의 소득으로 삼아야 했던 것일까? 생각건대 기부자들은 그 돈을 우리 뜻대로 쓰라고 맡긴 것이니 국가를 위해서라면 어디에 쓰든 우리의 생각대로 해도 상관없으리라 여겨졌다.

첫 번째 사용처는 우리의 일과 직접적인 관계가 있는 것이었다. 소책자의 효과를 강화하기 위해서 오스트레일리아 사람인 페르디난트 히르츠 박사의 『보어 전쟁의 옳고 그름』이라는 뛰어난 저술을 대대적으로 유통시켰다. 우리는 가장 적당하다고 여겨지는 곳에 600부를 뿌렸다.

다음으로 취한 행동은 금으로 만든 멋진 담배케이스를 6개 구입한 일이었다. 각각의 뒷면에 '영국의 친구가 영국의 친구에게'라고 새겼다. 이는 우리 편에 서준 가장 신뢰할 수 있는 사람들에게 보내졌다. 그 하나는 프랑스의 유명한 정치기자인 이브 기요에게, 두 번째는 로잔의 타리슈에게, 세 번째는 수미크라스트에게, 네 번째는 내빌 교수에게 보내졌다. 다행스럽게도 네 번째 신사는 당시 우리나라에 있었기에 나는 애서니엄 홀에서 교수가 코트를 막 걸친 순간 찾아가서 말없이 그 조그만 기념품을 건네줄 수 있었다. 그렇게 깜짝 놀란 사람의 얼굴은 본 적이 없었다.

그래도 여전히 상당한 금액이 남아 있었는데 뭔가 영속적인 사용처를 찾고 싶다는 나의 의견에 레지널드 스미스 씨가 동의를 해주었고, 그 사용처는 남아프리카 원주민에게 행복을 가져다주는 것으로 하자는 데 합의를 보았다. 그랬기에 1000파운드를 에든버러 대학에 기탁하고 1년에 40파운드의 배당이 있는 곳에 투자하여 가장 우수한 성적을 거둔 남아프리카 학생에게 수여하기로 했다. 에든버러에는 아프리카 학생들이 많았다. 따라서 우리는 보어인을 위해서도 영국 출신 학생들을 위해서도 공통의 즐거움과 이익을 함께 취한 것이라고 생각했다. 그런데 1년이 지났을 때 한 학생으로부터 편지를 받았는데, 자신은 장학금을 받을 수 있으리라 믿고 있으며, 자신은 순수한 줄루[154]인이니 적임자임에 문제는 없다고 적혀 있었다.

그래도 자금은 고갈되지 않았기에 '민간 소총수 모임'의 운동에 기부하기도 하고, '유니온 잭 클럽'과 인도 기근과 일본의 보육회와 아일랜드 재향군인회와 보어의 구휼금과 그 외의 가치 있는 목적을 위해 출자되었다. 기부액은 50기니에서부터 10기니까지 다양했다. 그래도 잔액은 309파운드 4펜스에 달했다. 레지널드 스미스 씨와 나는 이 금액에 대한 2사람만의 회의를 열어 영국을 위한 최선의 사용처가 어디에 있을지 이야기를 나누었다. 우수리인 4펜스는 창밖에 보이는 교차로의 청소인부에게 주어 정리를 했으니 문제될 것 없었다. 그들은 델리의 기근 때 커다란 공을 세웠었다. 9파운드는 노병을 위한 크리스마스의 담뱃값으로 첼시[155]에 기부했다. 나머지는 우수리 없는 300파운드였다. 우리는 숙고한 끝에 영국제국의 안위는 12인치 포 1발에 달려 있으니 그 돈 전부를 들여 멋진 컵을 만들어 영국해협의 함대 가운데서 가장 뛰어난 포수에게 1년 동안 그것을 주기로 했다. 컵의 받침은 승리의 상징인 참나무로 만들었고 트로피 자체는 순은에 금을 입혔다. 사격연습의 검사관인 해군대장 퍼시 스콧 경의 사려 깊고 친절한 협력에 의해서 해협 함대의 사령관인 해군대장 아서 윌슨 경에게 전달되었고 그해의 자격자에게 수여 되었으며, 지금도 여전히 승선원들 사이에서 치열한 경쟁이 펼쳐지고 있다고 들었다. 우리가 요구한 유일한 조건은 컵을 승선원의 식당 같은 데 두지 말고 우승한 병사가 늘 볼 수 있도록 갑판에 장식해줬으면 한다는 것 하나뿐이었다. '엑스머스' 호가 뱃머리 포탑의 꼭대기에 이 컵을 장식한 채 플리머스 항구로 들어왔다는 이야기를 들었다.

이 일을 통해서 내 가슴속에 깊이 새겨진 인상은, 정부가 자신의 일임에도 불구하고 충분한 설명과 방어에 나서지 않았다는 점이다. 한 개인이 1개월이라는 짧은 시간 동안 3천 파운드를 사용해서 세계 각국의 여론에 현저한 감명을 주었으니, 올바른 자금력과 지적 능력을 갖춘 조직이었다면 어떤 일을 할 수 있었을까? 그러나 그렇게 하는 데 있어서 가장 필요한 것은 국가의 정당한 이유를 정직하게 파악해야 한다는 점이다. 끊임없이 계속되었던 아일랜드 문제[156]를 해결하기 위해서 우리가 얼마나 커다란 노력을 거듭해왔는지 영국인 이외에 그 누가 알겠는가? 프랑스인이 말한 것처럼 "우리의 방어법은 좋지 않았다." 사건을 내팽개쳐둔 채, 어찌 우리에게 유리한 판정이 내려지기를 기대할 수 있겠는가?

제20장 나의 정치적 모험

　나는 국회의원에 2번 입후보했었는데 어째서 입후보한 것이냐고 진의를 물어오면, 나 스스로도 명쾌하게는 답하지 못할 듯하다. 내가 입후보한 것은 그 신성한 의원들의 일원이 되고 싶다는 열렬한 소망 때문이 아니었다. 만약 그랬다면 전문가들이 불가능하리라 여긴 지역에서 굳이 입후보하지는 않았을 것이다. 한 번은 전문가들의 예상을 뒤집을 뻔한 적도 있었지만, 내 자신의 행동은 최고 득표를 목적으로 한 것이 아니었다. 그것을 위해서라면 다른 당선이 확실한 지역이 주어져 있었기 때문이었다. 1900년의 선거 때 입후보한 센트럴 에든버러 지역의 경우는, 감상적인 매력도 어느 정도 더해져 있었던 것이리라. 왜냐하면 그 시의 그 지역은 내가 교육을 받은 곳으로 소년 시절의 몇 년 동안인가를 보낸 곳이기 때문이다. 그곳은 스코틀랜드 중에서도 급진파가 가장 강세를 보이는 곳이라 일컬어지고 있었다. 여러 가지 면에서 나 자신도 급진적이기는 했지만, 우리가 보어 전쟁에서 진다면 국가적 치욕일 뿐만 아니라 제국의 존망에 영향을 주게 될지도 모른다는 것이, 유권자들에게 호소하고 싶은 진정한 문제였다.

신의 뜻이 사람으로부터 그가 가진 모든 힘을 이끌어낸다고 믿어도 좋을 테지만, 사람 역시 자신이 가진 모든 힘을 다해서 신의 뜻에 따르려고 노력하는 것이 중요하다. 자신에게 끊임없이 기회를 부여할 필요가 있다. 만약 그것이 당신의 운명이라면 당신은 승리할 것이다. 만약 당신의 길이 다른 곳에 있다면 실패를 통해서 깨닫게 될 것이다. 나중에 과거를 돌아보고 "그때 했더라면 성공했을지도 모른다."는 등의 푸념을 해서는 안 된다. 나는 마음속 깊은 곳에서 내가 이 땅에 태어난 이유는 어떤 커다란 목적을 위해서라고 느끼고 있었다. 나는 원래 하나의 당파에 속하거나, 모든 미덕이 한 무리의 인간에게만 있다고는 생각지 않는 사람이었으나 나의 커다란 목적이 정치에 있는 것인지 아닌지를 시험해봐야겠다고 생각한 것이었다.

나의 정치적 노력은 헛된 것이 아니었다. 나는 스코틀랜드에서도 야유가 가장 심한 2개의 지역에서 입후보했다. 그리고 끔찍할 정도의 야유를 받으며 연단에서 냉정함을 유지하는 법을 익혔으며, 방해나 술렁임을 무시하는 기술을 배워 훗날의 자신에게 도움이 되었다. 틀림없이 이 2번의 시련을 견딘 것이 훗날의 참된 일을 위한 혹독한 단련이 되었다고 생각한다. 하원의 군대에 있던 동생이 내가 싸우는 모습을 보러 왔었는데 나의 말에 청중이 감동하는 모습을 보고 깜짝 놀랐던 것이 떠오른다. "형의 참된 일은 문학이 아니라 정치에 있어." 그 말에 나는 이렇게 대답했다. "어느 쪽도 아니야. 종교적인 일이 천직이야." 두 사람은 놀라 서로의 얼굴을 마주보고 커다란 소리로 웃었다. 나의 대답이 참으로 한심하게 들렸기 때문인데, 그 당시에 그런 가능성은 조금도 생각할 수 없었기 때문이었다. 이 일은 우리 안에 숨어 있는 무의식적 예언력의 묘한 일례라고 할 수 있지 않을까?

나는 남아프리카에서 돌아오자마자 바로 에든버러 지구의 선거 운동에 나섰다. 크랜스턴 씨, 훗날의 로버트 크랜스턴 경이 나의 선거위원장이 되었다. 이 사람은 널리 알려진 시민이었는데 내가 달려가보니 작은 모임을 열어 모두가 진지하게 유불리에 대해서 토의를 하고 있었으며, 중요한 질문에 입후보자가 어떻게 대답해야 할지 그 견해를 정리하고 있었다. 피곤했던 나는 말없이 그것을 듣고만 있었는데 마침내 모두는 만족스러운 결론에 도달하여 선거 연설의 초안으로 그 여러 가지 점들을 필기했다. 반쯤은 재미삼아 말없이 듣고 있던 나는 그것이 완성되었을 때 이렇게 말했다. "여러분, 그런 공약에 대한 책임은 누구에게 있는지 물어도 되겠습니까?", "물론 당신이지요." 모두가 이렇게 말했다. "그렇다면 제가 직접 만드는 편이 좋을 듯 합니다만."하고 나는 그들이 마련한 초안을 꼬깃꼬깃 구긴 뒤 펜을 들어 나의 견해와 연설을 작성했다. 그것은 평판이 좋아서 뜻밖의 간섭만 없었다면 매우 불리했던 선거—앞선 선거에서는 수천 표의 차이가 있었다—에서 멋지게 승리를 거둘 수 있었을 것이다.

그 선거를 기억하고 있는 사람은 그것이 흥분으로 가득한 선거였다는 나의 말을 지지할 것이다. 나의 상대는 브라운 씨였는데, 선거구에서 널리 출판업을 운영하고 있던 넬슨 사의 일원이었다. 전장에서 막 돌아온 나는 열기에 넘쳐서 어떻게든 군대를 돕고 싶은 마음이었다. 그랬기에 어떤 일에나 있는 힘껏 임했다. 길모퉁이에서는 나무통 위에서라도 이야기를 했으며, 어떤 연단에서도 통행인에게 말을 걸었고, 어느 거리에서나 사람들이 모이면 연설을 했다. 언제나 많은 사람들이 모여들어 떠들썩했다. 나는 할 수 있는 일이라면 무엇이든 했다. 하지 않은 일은 아무것도 없었다. 내 상대가 강적은 아니었으나 그의 등 뒤에는 표밭 다지기를 하는 강력한 당 조직과 불패의 과거가 자리하고 있었다. 스코틀랜드인은 종교라면 간단하게 개종해버리지만, 선거에서는 쉽게 투표자를 바꾸지 않는다. 심각한 불행이 하나 발생했다. 나는 스스로가 진심으로 믿고 있는 것 외에는 무엇 하나 행하려고도 말하려고도 하지 않았는데, 그 사실이 아일랜드인을 남쪽에서부터 북쪽에 이르기까지 역사상 처음으로 결속하게 만들어버리고 말았다. 아일랜드인의 표는 적지 않았기에 이는 중대한 일이었다. 상속권에 대해서는 찬성했으나 지방자치에 대해서는 마음을 바꾸지 않았기에 남부 아일랜드인과 싸움이 벌어지고 만 것이었다. 또한 북부 사람들은 내가 더블린의 가톨릭 대학을 지지했기에 화를 냈다. 이렇게 해서 아일랜드에서는 한 표도 얻지 못하게 되었다. 아일랜드 지역인 카우게이트의 연설회장에 갔을 때는 내가 설 연단을 뒤엎을 계획이라는 말을 들었다. 거짓말이라고는 생각지 않았으나 그래도 나는 다행히 청중들과 진지하게 이야기를 나누는 데 성공했으며, 개중에는 눈물을 흘리는 사람도 있었다. 더블린 보병연대의 2개 대대가 레이디스미스에서 회합한 모습 등을 들려주어 많은 사람들을 감동시켰기 때문이었다. 그 후에 험상궂은 얼굴을 한 이 지역의 도살업자가 연단 가까이로 다가왔는데 청중들은 그것을 말없이 바라보았다. 그는 내 곁으로 천천히 다가와 언론의 자유에 대해서 발언했다. 여기서 나나 나의 동조자가 폭력을 쓰면 폭동이 일어날 것이라 생각했기에 나는 단지 이렇게만 말했다. "그래, 저리 가, 저리 가!" 그는 얌전하게 연단 반대쪽으로 가서 모습을 감추었다. 이 조그만 불상사 외에는 모든 일이 평온하게 진행됐다.

투표일이 다가옴에 따라서 나의 선거가 하루하루 위태로워지고 있다는 사실은 알고 있었으나 마지막에 묘한 방해가 있어서 완전히 나가떨어지고 말았다. 지금 와서 생각해보면 그것은 행운이었다. 던펌린에 플리머라는 복음파 신자가 살고 있었는데 그는 로마 가톨릭파 후보자를 의회에서 내모는 것을 자신의 천직이라 믿고 있었다. 투표 전날 밤, 그것도 11시가 되어 지역 전체에 커다란 현수막이 내걸렸는데 거기에는 내가 로마 가톨릭 신자이며 예수회파의 교육을 받았다는 글, 또 내가 입후보한 것은 수도원과 교회와 교회문답 등 스코틀랜드인이 가장 중요하게 생각하는 모든 것에 대한 공격이라는 글이 대대적으로 적혀 있었다. 이는 참으로 교묘한 방법이었다. 게다가 거기에 드는 비용은 물론, 그런 광신자 혼자서 부담할 수 있는 것이 아니었으나 그래도 브라운 씨가 도운 것이라고는 믿고 싶지 않다. 나의 지원자들은 많은 노동자들이 그 말도 안 되는 현수막을 읽고 커다란 소리로 "이런 후보자는 안 돼!"라고 외치는 모습을 보았다. 어쨌든 그 결과 나는 겨우 몇백 표 차이로 당선을 놓치고 말았다. 선거법 위반 소송이 논의되었지만 방법도 교묘했고 문제가 되는 논점도 미묘했다. 나는 틀림없이 예수회파의 교육을 받았다. 그렇다고 해서 당시 나의 사상이 그 영향을 받은 것이라고 단언하는 것은 진실이 아니었다. 그러나 그 점을 법정에서 다투기는 쉬운 일이 아니었기에 결국은 말없이 지나가기로 했다.

돌아보면 나는 지금 그 플리머 씨를 평생의 커다란 은인 가운데 한 사람이라 생각하고 싶다. 내가 곁길로 빠져, 아마도 막다른 곳에 다다랐을 방향을 마지막 순간에 그가 바꾸어주었기 때문이다. 정치에서는 당원 외에 살아갈 길이 없는데 나는 애초부터 당원이 될 수 있을 만한 성격이 아니었다. 당시 나는 약간 화가 나서 나를 종교적으로 예단한 잡지 『스코츠맨』에 편지를 보냈는데, 그것이 적지 않은 논의를 불러일으켰다. 다음의 편지는 우리 당의 조직자인 존 보라스톤이 보낸 것인데 앞부분에서는 법적 항의를 행할 가능성에 대해서 언급했다.

<그레이트 조지 가 6,

웨스트민스터,

런던 남서구

1900년 10월 18일

친애하는 도일 씨—

에든버러 구위원들이 당신께 한 말은 아마도 옳을 테지만, 당신에게 그와 같은 공격을 가한 무리들을 그대로 묵과할 수밖에 없다는 사실은 참으로 안타까운 일입니다.

당신의 싸움은 실로 경이로운 것이었습니다. 실제로 당신은 의석을 획득하지는 못했지만 다른 2개의 에든버러 지역에서 자유주의통일당의 당선에 커다란 공헌을 했다는 점은 누구나 인정하고 있는 사실입니다.

정계로의 첫 출마에서 보여주신 활약으로 다음 성공이 멀지 않았다는 사실을 확신하셨으리라 믿습니다. 조만간 직접 뵙고 여러 가지로 말씀을 듣고 싶습니다.

당신에게 경의를 표하며,

존 보라스톤>

나는 더 이상 정계에서 활약하고 싶다는 의욕은 가지고 있지 않았지만 1905년에 관세개정선거가 행해졌을 때는 내가 가진 정치적 신념을 위해서 다시 한 번 헌신할 필요가 있다고 생각했다.

지금은 쇼 경, 당시는 '토미' 쇼[157]라 불렸던 나의 상대는 스코틀랜드에서도 가장 활동적인 급진파 당원이자 가장 탄탄한 지반을 가진 사람이라는 평판을 얻고 있었다. 그곳은 '변경 자치도시'라 불리는 하윅, 갈라쉴스, 셀커크의 조그만 3개 도시로 이루어져 있으며 모두 양모가공업을 주력으로 삼고 있었는데 독일과의 경쟁으로 커다란 타격을 입고 있었다. 조지프 체임벌린 씨가 주장하는 보호관세에 적합한 지구로 그보다 더 어울리는 곳도 없었을 것이다. 그곳은 개방시장이 커다란 고통과 손해를 주고 있는 지구였기 때문이다. 나의 분석은 충분히 옳은 것이었으나, 스코틀랜드인 속으로 깊이 파고든 보수성에 대해서는 계산하지 못했었다. 그것은 하나의 원칙을 믿으면 그것을 끝까지 밀고나가서 특수한 경우에도 조정할 수 없는 성향으로, 이는 틀림없이 훌륭한 성질이라고 할 수 있지만 때로는 실용적이지 못한 경우도 있다. 정당의 정책은 엄격하게 지켜야만 하는 것이 아니라, 목적을 위한 수단에 지나지 않으니 목적이 바뀌면 정책도 조정을 해야만 한다.

이번에는 나의 정력만이 아니라 돈도 꽤나 쏟아 부었다. 왜냐하면 만약 당신이 자신만을 위해서가 아니라 다른 사람들을 위해서도 입후보한 것이라면 마지막 1파운드까지 쏟아 붓는 것 외에 길은 없을 것이기 때문이다. 다른 일에도 참가를 하지 않을 수 없었다. 예를 들어 지역민들과의 친밀감을 형성하기 위해 하윅에서는 '공유지 승마'라 불리는 행사에도 참가했다. 그날은 공휴일로 선포되며 모두가 공유지 주위를 말로 달려 경계를 정한다. 그 행사 가운데 하나로 각 사람은 말에 올라 가도를 0.5마일 정도 전속력으로 달려야 하는데, 지팡이나 우산을 든 지역 주민들이 그것을 흔들며 응원한다. 나는 그때까지 본 적도 없을 만큼 사나운 사냥용 말에 태워졌다. 다행스럽게도 이 끔찍한 거리 질주는 오후 늦은 시간에 중단되었다. 그때까지 나는 그 말을 타고 공유지를 돌아다니며 상당히 길을 들여놓았었다. 솔직히 말해서 나는 솜씨 좋은 기수라고는 할 수 없다. 그랬기에 하마터면 하윅 거리의 통행세를 받는 문과 진하게 인사를 나눌 뻔했다. 언젠가는 누군가가 그 게임에서 목숨을 잃을 것이며, 매해 절름발이가 되는 말이 생겨날 것이다. 이후 오래도록 민요를 불렀는데 요란스러운 합창이 거듭되었고 주위 사람들 모두 발을 구르며 박자를 맞췄다. 거기에 가담하지 않으면 냉담하게 보일 것이라 생각했기에 나도 발로 박자를 맞췄다. 그런데 나중에 런던으로 돌아와서 신문을 보니 내가 유권자 앞에서 혼파이프[158]를 추었다고 보도되어 있었다. 뭐가 어찌 됐든 나는 하윅의 그 행사에 또 참가하고 싶다는 생각은 들지 않는다.

　3개의 도시가 서로를 시샘하고 있는 이 선거구에서는 무엇을 하든 반드시 3번을 하지 않으면 불평이 쏟아진다는 것이었다. 그랬기에 결국에는 나도 완전히 질려버려서 선거가 끝나고 나서야 비로소 한시름 놓을 수 있었다. 어쨌든 그 당시뿐만 아니라 지금도 믿고 있는데, 무역에 있어서 활척관세는 비록 하나의 편법이기는 하지만 우리나라에 이익을 가져다주었을 것이며, 또 몇몇 경쟁국이 우리나라에 대해서 문호를 닫는 것도 막아주었을 것이다. 그리고 그 각국은 또 우리나라가 제공하는 개방무역도 자유롭게 이용했을 것이다. 체임벌린의 계획 전체는 훌륭한 것이었지만 그것이 좌절된 이유는 전달상의 오류와 거짓선전 때문이었다. 그것의 주요 원인은 중국인 노동자와 값비싼 식료품에 있었다. 변경 지구의 해체된 공장 터에 선 나는, 그것이 독일과의 경쟁에서 어떻게 파괴되었는지, 그리고 영국이 그들의 제품을 무관세로 들여오고 있는데 독일은 영국 제품에 관세를 부과하고 그것을 통해 얻은 수익으로 장래의 위협이 될 전함을 어떻게 건조하고 있는지를 설명했다. 그 전함들은 언젠가 영국의 손으로 청산하지 않으면 안 될 터였다. 나의 논의에 대한 대답은 대부분 트란스발 광산159)에서 사슬에 묶여 일하는 중국인의 채색만화를 보여주거나, 그와 비슷한 종류의 한심한 것들이었다. 나는 정말 열심히 활동했다. 운동 마지막 날 나는 언덕이 있기에 몇 마일이나 되는 언덕길로 나뉘어 있는 3개 도시의 회장에서 연설을 행했는데 이는 전무후무한 일이었다고 믿고 있다. 그런 노력도 전부 헛된 것이었다. 당에 대한 표는 스코틀랜드의 어느 지역과 비교해도 적지 않았지만, 그것도 도움은 되지 않았고 나는 낙선했다. 이 선거에서 무엇보다 화가 났던 것은 나의 상대인 토미 쇼가, 내가 알고 있는 한 선거구에 딱 한 번밖에 모습을 드러내지 않았다는 사실이었다. 나머지는 전부 대리인이 일을 처리했다. 트란스발 광산에서의 중국인 학대를 선전했던 이 급진파 위원장은 그로부터 몇 개월 뒤에 파산했는데, 그것이 모직 제품 무역에서의 외국 상사의 압박 때문이라는 사실을 알았을 때 나는 슬픈 만족감을 느꼈다.

사람을 단련하는 효과가 있다고는 하지만 선거전은 참으로 불쾌한 것이었다. 진흙에 몸을 담그는 요법은 몸과 정신에 좋다고 하는데, 선거전만큼 그와 비슷한 것도 없으리라. 더구나 다른 어느 곳에서보다 더 철저하게 상대방을 짓밟는 스코틀랜드에, 그 비유는 특히 잘 들어맞는 것이라고 생각한다. 후보자의 공적 안건에 대한 의견이 어떠한 것인지를 알기 위한 솔직한 마음에서 나온 것이라면 그 질문은 참으로 환영할 만한 것이다. 그러나 그런 질문이 나오는 것은 예외적인 경우이고, 불행한 후보자는 무책임하고 악의에 찬 무리들이 발하는 여러 가지 비열하고 하찮은 질문을 받게 되는데 이는 그를 화나게 만들어 어리석고 무지한 사람으로 보이게 하기 위한 미끼인 것이다. 이 점에 대해서는 어떤 식으로든 개정이 필요하다. 나는 종종 1시간 동안의 연설에 이어 1시간 동안이나 질문을 받곤 했는데 하찮은 질문에 이은 하찮은 질문이었다. 신문보도를 보면 알 수 있을 테지만 나는 나의 입장을 고수했다. 문제를 잘 파악하고 있었으며, 그 무렵에는 연단에서의 경험도 상당히 쌓였기 때문이었다. 때로는 거세게 반박을 가하기도 했다. 한번은 건장한 어떤 남자가 와서 면밀하게 준비한 질문을 회장 뒤편에서 외친 적이 있었다. 외국 무역의 관세에 관한 보복조치에 대해서 이야기하던 참이었는데 그는 이렇게 질문했다. "후보자에게 묻겠소. 보복은 기독교의 7대 죄악 가운데 하나인데 그걸 어떻게 하시겠소?" 나는 그 자리에서 대답했다. "이 현실 사회에서는 최고의 이상에 좀처럼 다다를 수 없는 법입니다. 당신은 당신의 재산을 전부 팔아서 가난한 자들에게 나누어 주셨습니까?" 그 사람은 이 지역에서 그런 일은 무엇 하나 하지 않았다는 사실이 알려져 있었기에 청중들은 한꺼번에 기쁨의 함성을 올렸고 그 사내는 슬금슬금 달아나버렸다.

스코틀랜드인의 기지에는 특유의 천연덕스러움이 있고 재치가 있기에 그것을 익힌다면 커다란 도움이 될 것이다. 한 극장에서 연설을 하고 있을 때, 어떤 고지식해 보이는 남자가 막대기 끝에 빵 덩어리를 끼워 그것을 들고 자리에서 일어난 적이 있었다. 그는 그것을 높이 치켜든 채 내 쪽으로 다가왔는데 그 빵은 죽은 사람의 얼굴처럼 보였다. 아무래도 우리 당 때문에 빵 값이 오를 것이라는 뜻 같았다. 그것을 무시하고 이야기를 계속하기란 쉬운 일이 아니었으나, 그렇다면 어떻게 대응해야 좋을지 나로서는 알 길이 없었다. 그때 우리 당 사람 가운데 한 명이 그 지방의 사투리로 커다랗게 외쳤다. "집에 가져가서 먹으랑께!" 그것으로 소동은 완전히 가라앉았다. 이와 같은 야유는 보통 매우 한가롭고 의뭉스럽게 던져졌다. 트란스발 전쟁에 대해서 이야기하던 중 내가 열을 올리며 "누가 이 전쟁의 비용을 지불하겠습니까?"라고 외친 순간, 벽 쪽에 서 있던 가난해 보이는 사내가 말했다. "어쨌든 나는 낼 돈이 없어!" 여기에는 청중과 나 모두 웃음을 터뜨리고 말았다. 또 떠오르는 일이 있는데, 나로서는 이해할 수 없는 농담 때문에 연설이 한동안 중단된 적도 있었다. 미국 공장의 노동자들이 얼마나 자부심이 강하며 얼마나 품위 있는 옷차림을 하고 있는지에 대해서 이야기하고 있을 때 의뭉스러운 목소리가 울려 퍼졌다. "브룬의 공장에 가보랑께!" 브룬이 브라운의 사투리라는 점은 그렇다 해도, 그의 공장이 정말 청결하고 훌륭한지, 아니면 그 반대인지 나는 아직도 알지 못한다. 어쨌든 그 농담 때문에 회장이 발칵 뒤집어졌던 것은 틀림없는 사실이었다.

내가 연설을 할 때면 급진당 사람들이 대대적으로 몰려들었는데 그들은 정말 골치 아픈 청중들이었다. 나는 그들을 상대로 이야기하지 않으면 안 되었다. 급진당의 후보는 거의 집회를 열지 않았기에 나만 노리갯감이 되었다. 개회 전부터 회장은 만원으로 피아가 한데 뒤섞여 노래나 구호 외치기에 열중했기에 회장에 다가가면 마치 식사 때의 동물원에 온 듯한 느낌이 들 정도였다. 그 요란한 소리를 들으면 마음이 가라앉아 이런 사람들 앞에 서는 것이 무슨 의미가 있을까 자문하고 싶어지곤 했다. 그러나 일단 연단에 서면 나는 투지를 불태우듯 어떤 소란에도 굴하지 않았다. 당시로서는 알 수도 없었지만 나중이 되어서야 그것이 참으로 좋은 훈련이 되었다는 사실을 깨닫게 되었는데, 나는 단지 내면의 본능이 명하는 대로 행동한 것뿐이었다. 무엇보다 나를 몸서리치게 만든 것은 제멋대로 행동하는 야비한 무리들로, 이는 가난한 사람들의 태도가 대부분 훨씬 더 조심스럽고 감정도 섬세한 것과는 대조적이었다. 나는 사람들과의 교제에서 내 멋대로 행동하지는 않는다. 그렇기에 상대방이 그런 태도를 보이면 나의 마음속에서는 분노가 불타오른다. 후보자는 자신의 생각 전부를 그대로 내보일 수는 없다. 그렇게 하면 당에 피해가 가기 때문이다. 그런 일로 피해를 주어서는 안 된다고 나는 늘 조심하고 있었다. 지금도 기억하고 있는데 내 스스로 돌아봐도 3일에 걸친 선거운동 기간 동안 여러 비천한 행동들에 대해서 잘 참고 견뎠다고 생각한다. 그러나 거기에도 한도라는 게 있는 법이다. 마지막 순간에 그것이 폭발하고 말았다. 승강장에서 런던으로 가는 기차를 기다리고 있을 때였다. 우리 당 사람 가운데 한 젊은이가 다가와서 요란한 몸짓으로 사뭇 친한 척 인사를 하며 내 오른손을, 그야말로 반지 때문에 손가락이 부러질 정도로 꾹 쥐었다. 둑은 단번에 터져버리고 말았다. 그리고 입에서는 벌써 먼 옛날에 잊은 줄 알았던 포경선원 시절의 말이 봇물처럼 터져나왔다. 이 폭발은 젊은이를 승강장 끝까지 날려버리는 것 아닐까 여겨질 정도였고, 덕분에 후원자들과 어색한 작별을 하게 되었다.

이것으로 정계에서의 내 활동은 끝났다. 나의 친구인 켄드릭 뱅스에게도 말한 것처럼 '선거민이 나를 돌려보내 주었다. ―우리 집으로.'였다. 더할 나위 없이 유쾌한 선거구이기는 했다. 이제는 그 길을 철저하게 탐구하여 나의 길이 거기에 있지 않음을 깨달은 것이었다. 그래도 대중을 위해 봉사할 수 있는 길은 어딘가에 있으리라 굳게 믿고 있었다. 누구나 자신이 살아 있는 시대의 여러 문제에 대해서, 자신이 어떤 공헌을 했다고 생각하고 싶어 하는 법이다. 어쨌든 나는 공인이 되지는 못했지만, 정치와는 상관없는 몸이었기에 오히려 몇몇 소책자와 신문 기고에 의한 발언이 공평한 판단을 민중에게 부여한 것이라 생각하며 스스로를 격려하고 있다.

제21장 전쟁과 전쟁 사이

　남아프리카에서 돌아와 보니 나폴리에 있던 아내의 건강이 매우 좋아졌다. 그랬기에 다시 힌드해드로 가서 일을 하기도 하고 사냥과 크리켓을 즐기기도 하는 등 즐거운 나날을 보냈다. 그러나 급히 처리해야 할 일이 없었던 것은 아니었다. 에든버러에서의 허무한 선거전 외에도 나는 보어 전쟁사를 계속해서 쓰고 있었는데 그 전쟁은 여전히 진행 중이었기에 끊임없이 개정을 해야 했고, 최종적으로 결정이 난 것은 1902년이었다. 제목은 『대 보어 전쟁』이라고 했는데, 이는 그 전쟁이 역사적으로 커다란 의미가 있다는 뜻이 아니라 1881년에 있었던 소규모의 보어 전쟁과 구별하기 위해서였다. 아군뿐만 아니라 반대편에서 싸웠던 사람도 이 책을 좋아해주었다. 잡지 『콘힐』에 보어 쪽의 한 지도자가 이 책의 공평함을 칭찬한 글을 실은 것만 봐도 그 사실을 분명히 알 수 있으리라. 지금 이 책은 넬슨 사에서 보급판이 나왔는데 그 전쟁의 역사서 가운데서는 어느 면에서 보나 불멸의 가치를 가진 것이 되어 있다. 다른 공식적인 전쟁사로 출판된 책에는 2만 7천 파운드 이상의 비용이 쓰였는데, 그 책에 내가 기록하지 않은 요점은 하나도 없으며, 단지 각 군의 세부에 대해서 장황하게 늘어놓은 부분이 있다는 점만이 다를 뿐이다. 그 책의 편집 주임이었던 역사가에게 내 책이 도움이 되었는지를 물었더니, 당신의 책이 기둥이 되었다고 솔직하게 인정해주었다.

나의 이 역사서는 양이 방대한데 이 책과는 별도로 『남아프리카 전쟁의 원인과 경과』라는 소책자를 내서 영국의 입장을 간단히 옹호한 것이 있으니 두 책을 혼동 말아주시기 바란다. 이 소책자를 쓴 이유와 결과에 대해서는 이미 이야기했다. 1902년에 나는 기사작위를 받았고 서리 주 부지사에 임명되었는데 이는 의심의 여지도 없이 소책자를 썼기 때문이었다.

그 수여식이 있어서 버킹검 궁전으로 갔는데 각각의 영예를 받기 위해 모여든 사람들이 각자의 위계에 따라 조그만 방에 나뉘어 들어가 식을 기다렸다. 내가 들어간 방에는 우연히도 역시 같은 날 기사작위를 받을 올리버 로지[160] 씨가 있었기에 두 사람은 곧 심령술연구에 대해서 이야기를 나누었고 그 때문에 나는 내가 어디에 있는지, 무엇 때문에 왔는지조차 잊어버리고 말았다. 당시는 로지 씨가 나보다 더 깊이 연구하여 확고한 견해를 가지고 있었다. 나 역시도 그 현상의 진실성에 대해서는 확신을 가지고 있었지만, 단지 그 배후에 육체와는 관계가 없는 지성의 작용 등과 같은 새로운 해석이 발견될지도 모른다는 생각을 품고 있었다. 그 가능성을 오랜 시간 동안 결코 무시하지는 않았지만 그래도 결국에는 실증이 가진 힘이 그런 생각을 앞질렀기에 나는 심령술 신앙에 발을 들여놓게 되었다. 요즘처럼 우리의 신념을 둘러싼 오해와 난무하는 거짓, 그리고 로지와 내가 각각 아들의 죽음 때문에 심령술 신앙에 들어간 것이라는 등의 말을 들으면, 나는 그 궁전에서 있었던 로지와의 대화를 떠올리지 않을 수 없다. 우리는 그 무렵 이미 몇 년 동안이나 이 연구에 몰두해 있었다.

내가 작위를 받은 일에 대해서는 수많은 축사가 쏟아졌는데 그 가운데서도 특히 기뻤던 것은, 오랜 친구이자 남아프리카의 사정에 밝은 H. A. 그윈이 보낸 것이었다. 그는 이렇게 말해주었다. "그 끔찍했던 남아프리카 전쟁에서 당신이 행한 일은 훌륭한 한 장군의 공적에 필적할 만한 것입니다." 이는 우정에서 과장스럽게 표현한 말이라고 생각하기는 하지만, 적어도 공평한 판단이 가능한 사람이 나를 단지 걸리적거리기만 하는 애물단지들과 동일시하지 않았다는 사실을 알고 기뻤던 것이다.

당시의 일들 가운데 지금도 유쾌한 추억으로 남아 있는 것이 하나 있다. 나는 근육을 만들기 위해 예의 강자인 샌도우 씨의 지도를 받았고 그와 친해지게 되었다. 영국의 상이용사를 위해 무엇인가를 해야겠다고 생각한 샌도우 씨는 1901년에 앨버트 홀에서 '근육 콘테스트'를 열겠다고 발표했다. 먼저 그 자신이 본보기가 되어 근육을 보이고 뒤이어 몇몇 선수가 멋진 힘과 근육을 보여 상을 겨루었다. 상은 3가지로 높이 2피트인 금제 입상, 은으로 만든 복제품, 역시 청동으로 만든 것이었다. 샌도우는 조각가인 로즈와 내게 심사를 부탁했으며 자신이 심판을 맡았다.

이는 뜻밖의 인기를 얻어 앨버트 홀은 사람들로 가득했다. 출장 선수는 80명이나 되었는데 표범과도 같은 피부를 그대로 드러낸 채 무대 위에 섰다. 로즈와 나는 그들을 10명씩 세운 뒤 그 가운데서 한두 명을 뽑았고, 마지막에는 6명으로 압축했다. 그 다음부터가 문제였다. 모두 멋지게 발달한 근육을 가지고 있었기 때문이었다. 결국 상을 3개 더 늘여 3명에게 수여하고 나머지 3명에게 미리 준비한 입상을 주기로 했는데 3개의 입상은 각각 그 가치에 아주 커다란 차이가 있었기에 그 순위를 정하기도 매우 어려운 일이었다. 세 사람 모두 훌륭한 몸매를 가지고 있었지만 자세히 보니 그 가운데 한 사람은 약간 품새가 떨어졌고 한 사람은 등이 약간 미약했다. 그래서 우리는 가운데 있는 사람, 랭커셔에서 온 머레이라는 젊은이에게 고가의 금상을 주기로 했다. 이 판정까지는 오랜 시간이 걸렸지만 수많은 관객은 참을성 있게 기다려주었으며 그 결과에도 동의를 표했다. 이 심사가 끝나고 난 뒤 샌도우는 세 입상자와 우리 심사위원, 그리고 몇몇 친구들을 늦은 만찬에 초대했다. 그것은 샴페인이 한없이 흐르는 호화로운 것이었다. 끝난 것은 새벽이었다. 연회장에서 밖으로 나왔는데 예의 1위 입상자가 커다란 금상을 옆구리에 낀 채 런던의 밤거리를 걸어가고 있는 모습이 보였다. 나는 그가 매우 순진한 시골 청년으로 런던의 지리에도 밝지 못하다는 사실을 알고 있었기에 그의 뒤를 따라가 불러 세운 다음 어디로 갈 생각이냐고 물었다. 그가 털어놓은 바에 의하면 돈은 한 푼도 없고 단지 볼턴이었나 블랙번이었나로 가는 표만 가지고 있기에 이대로 역까지 걸어가서 북부로 가는 열차에 오를 생각이라는 것이었다. 그래서는 금상을 가진 이 사내에게 어떤 무시무시한 강도가 덮칠지 알 수 없는 일이었고 그런 일이 있어서는 안 되겠다고 생각했기에 내가 묵고 있는 몰리 호텔까지 같이 가는 편이 좋지 않겠느냐고 권했다. 마차가 보이지 않았기에 둘은 걸어서 갔는데 알몸의 커다란 금상을 낀 사내와 함께 새벽 3시에 런던 시내를 걷는 것은, 마치 스티븐슨의 괴기소설 속을 실지로 걷는 듯한 느낌이었다. 그렇게 해서 마침내 호텔에 도착한 나는 보이에게 이 사람에게 방을 내주라고 말하고 "정중히 모셔야 해,

알겠지? 이 분은 조금 전에 영국에서 제일 강한 사람이라고 인정을 받으신 분이니." 이 말이 호텔 전체에 퍼졌다. 그리고 이튿날 아침에는 그가 아직 금상을 옆에 두고 침대에 누워 있을 때부터 여종업원과 보이가 그의 방으로 축하의 인사를 건네려 몰려들었다. 그는 그 상을 팔고 싶다고 내게 말했다. 워낙 값이 나가는 물건이어서 자신에게는, 가난한 사람이 흰 코끼리를 가지고 있는 것이나 다를 바 없는 일이라는 것이었다. 나는 그보다 자네의 고향에 체육관을 차리고 거기에 장식해두는 편이 좋을 듯하다고 말했다. 그는 나의 말대로 했고 지금은 상당히 번창하고 있는 모양이다.

남아프리카 전쟁 이후에는 소총 클럽을 창립했다. 왜냐하면 전쟁 중에 소총이 얼마나 유효한 무기인지를 뼈저리게 느꼈기 때문이었다. 이제 병사는 더 이상 개인의 힘이 문제가 아니라, 소총을 얼마나 잘 쏘느냐로 그 용감함이 판정된다고 해도 좋으리라. 나는 언더쇼 클럽을 창설하고 로버츠 경과 실레이 씨를 고문으로 모셨는데, 이 클럽에 자극을 받아 많은 클럽이 생겨나서 1, 2년 사이에 영국 구석구석의 마을에까지 작은 클럽이 만들어졌다. 하지만 그 많은 클럽들이 지금도 여전히 명맥을 유지하고 있는지는 알 수 없다.

나는 현대 전쟁에서의 소총의 위력을 통감하고 아프리카에 있을 때 그 사실을 깊이 생각했기에 귀국한 뒤 그에 대한 글을 대담하고 과격한 어조로 썼다. 그 때문에 얼마 지나지 않아서 『타임스』의 론즈데일 헤일 대령, 저명한 군사평론가 모드 대령과의 격렬한 논쟁에 휩싸이게 되었다. 원래대로 하자면 일개 시민에 불과한 나는 조금 더 온건하게 글을 써야 했을지도 모르겠지만, 그때까지 나는 우리 군 병사들의 생명이, 심지어는 영국 자체가 육군의 보수주의 때문에 위험에 처한 실상을 보아왔고, 새로운 군사적 견해가 태어나지 않는 한 앞으로도 같은 위험이 일어날 것이라 굳게 믿고 있었기에 그런 식으로 글을 쓴 것이었다. 나는 이 견해를 그 후로 10년 동안 계속 품어왔고 이번 전쟁[161]의 경험을 통해서 보아도 역시 거의 옳은 것이었다고 믿고 있다. 내가 주장한 요점은 다음과 같은 것이었다.

소총(혹은 그 개량형인 기관총)은 전쟁에서 결정적인 힘을 갖는다. 따라서 다른 모든 것을 희생해서라도 여기에 힘을 집중해야 한다.

장검, 창과 같은 과거의 하찮은 무기들은 전부 박물관으로 보내야 한다. 총검도 효력은 매우 의심스럽다.

기병대는 장검과 소총을 함께 사용하는 전투를 그만두어야 한다. 이들 무기는 서로 전혀 다른 전장의 환경에서 쓰이기 때문이다. 장검은 평평한 전장에서 쓰이지만 소총은 차폐물을 필요로 한다. 따라서 기병대는 곧 기마소총대로 바뀌어야 한다.

군의 성곽이나 군함에 배치한 매우 무거운 대포도 다음 전쟁에서는 육상으로 옮겨져 야전포로 사용되어야 한다.

야전포는 소총병과 마찬가지로 차폐물을 필요로 한다.

비용이 많이 드는 의용농기병 제도는 자전거 부대로 전환해야 한다.

단, 동부 사막지대에서 보여준 의용농기병 부대의 훌륭한 활약을 생각하면 나의 이 마지막 항목은 다시 생각해보아도 좋으며, 총검에 관한 점도 역시 논의의 여지가 있을 테지만, 다른 점들은 지금도 틀리지 않았다고 믿고 있다. 또한 현재의 군대 훈련기간이 너무 길다는 점, 적당한 청년을 모으면 보다 우수한 군대를 좀 더 짧은 기간 안에 조직할 수 있다는 점을 강조했다.

적당한 무기와 기병의 유효성에 대한 논쟁의 자리에 참석했던 날의 일이 떠오른다. 수염을 기른 기병 장교들이 위엄을 갖춰 화려하게 꾸민 차림으로 늘어앉아 자신들의 무장을 해제하려 하는 상대방을 노려보았다. 타우브맨 골디 경이 의장석에 있었다. 우리 쪽은 3명 모두 민간인이었는데, 기병대는 과거의 영광 따위 버리고 단순하지만 치명적인 소총대가 되어야 한다는 주장을 양보하지 않았다. 이 3사람은 어스킨 차일더스, 라이오넬 애머리, 그리고 나였는데 지금 와서 생각해보면 참으로 묘한 조합이었다. 차일더스는 아일랜드, 심지어는 영국을 배신한 매국노로 새벽 빛 속에서 총살당했고, 애머리는 훗날 해군본부 위원[162])이 되었으며 나는 이런 회상록을 쓰고 있다. 기병대가 칼과 창을 유지한다는 것은 대륙의 적군도 그러한 무기로 응해왔을 때만 유효한 것이라며 애머리는 웃고, 지금도 기억하고 있는 유쾌한 비유를 들었다. "코뿔소와 싸울 때 여러분은 자신의 코에 뿔을 붙이고 싸우겠습니까?" 이 논의에 대해서는 흥미로운 실례를 들 수 있다. 대전 중의 어느 날 아침에 일어난 영국과 독일 기병대 간의 전투인데 처음 전투에서는 양 군 모두 창을 든 기병대가 서로 뒤엉켜 싸웠고 상당한 사상자를 냈지만 승패는 갈리지 않았다. 두 번째 전투는 독일의 창을 든 기병대와 영국의 경기병대 사이에서 벌어졌는데 영국 군대가 말에서 내려 카빈소총으로 달려드는 적을 단숨에 전멸시켰다.

보어 전쟁 이후 긴급한 일들을 처리한 뒤 나는 차분하게 앉아서 지금까지 상당한 노력을 기울여온 셜록 홈즈 이야기와 제라르 준장 이야기보다 훨씬 더 야심에 찬 문학작품을 쓰기 시작했다.

그것이 『나이젤 경』이었다. 여기서는 그 『백색 군단』의 웅장한 시절로 되돌아가 동일인물을 몇 명인가 등장시켰다. 『나이젤 경』은 나의 작품 중에서도 높은 지위를 차지한다고 생각한다. 지금은 이러한 평가를 아무도 인정하지 않을지 모르겠으나, 작가야말로 자기 작품의 좋고 나쁨을 누구보다 잘 알고 있는 법이라고 말해두고 싶다. 이는 비평가로부터도 일반 독자들로부터도 제대로 인정받지 못해, 솔직히 말하자면 나는 크게 낙담했다. 영국에서는 다재다능함이 오히려 미움을 받는다. 누군가가 유행가를 작곡해도 상관없고, 본격적인 오페라를 작곡해도 상관없다. 그러나 같은 사람이 그 2가지를 동시에 작곡해서 2가지 모두 성공시킨다는 것은, 영국 사회에서는 인정받지 못하는 일이다.

오랜 시간 참으로 훌륭하게 견뎌주었던 병에 이기지 못하고 아내가 1906년에 세상을 떠나고 말았다. 그 죽음은 고통 없는 편안한 것이었다. 그 길고 긴 싸움은 결국 패배로 끝났지만 우리 두 사람은 의사가 포기한 이후로도 13년 동안이나 고독한 싸움을 계속해온 것이었다. 그 어둠의 날이 지난 이후 나는 한동안 일을 할 수가 없었다. 그런데 에달지 사건이 일어나 나의 모든 힘을 전혀 생각지도 못했던 방향으로 쏟아 붓게 되었다.

그 악명 높은 사건이 일어난 것은 1907년으로, 나는 그 때문에 나의 시간 대부분을 써야 했지만 노력 끝에 재판상의 매우 중대한 오류를 바로잡은 것만으로도 헛수고는 아니었다고 생각한다. 사건의 개요는 조금 복잡했는데 조사하면 조사할수록 더욱 복잡해져만 갔다. 조지 에달지는 법률을 공부하고 있는 청년으로 아버지는 S. 에달지 신부라고 해서 그레이트 와일리 교구의 목사로 있는 페르시아의 망명자였으며, 어머니는 분명한 영국인이었다. 어째서 페르시아인을 목사로 채용한 것인지, 또 어떻게 해서 그가 목사가 될 수 있었던 것인지는 전혀 알 수 없었다. 아마도 보편성을 중요하게 여기는 후원자라도 있어서 영국 교회의 포용력을 보여주려 했던 것이리라. 하지만 그러한 실험은 두 번 다시 되풀이하지 않는 편이 좋으리라. 그 이유는 아직 편협하고 투박한 지방에서는 설령 그가 아무리 온후하고 경건하다 할지라도, 흑인 목사가 혼혈인 아들을 데리고 살면 귀찮은 일이 일어나는 것을 피할 수 없기 때문이다.

하지만 이러한 상황이 얼마나 심각한 문제로 발전할지는 아무도 예상하지 못했다. 결국 그들 일가는 이웃 주민들의 악의에 넘친 장난의 표적이 되었고, 심지어는 참으로 심한 말들이 적힌 익명의 편지까지 뻔질나게 날아들었다. 터무니없는 사실을 적은 것도 있었다. 그런데 더 좋지 않은 일이 벌어졌다. 말을 죽여 아무짝에도 쓸모없게 만드는 악질적인 행위가 연달아 일어난 것이었다. 명백히 가학적 습성을 가진 변태 성향의 피에 굶주린 행동이라 여겨졌으나, 그 폭행은 장기간에 걸쳐서 계속되었고 지역 경찰은 아무것도 하지 않는다는 비난을 받게 되었다. 실제로 경찰은 아무것도 하지 않고 가만히 있는 편이 좋았으리라. 범인으로 조지 에달지가 체포되었기 때문이었다. 주요한 증거는 조지 에달지의 필적이 어떤 익명의 편지와 필적이 비슷하다는 것이었는데, 그 편지를 쓴 사람이야말로 범죄에 대해서 무엇인가를 알고 있다는 것이었다. 증거는 매우 빈약한 것이었으나 경찰은 모든 것을 자신들에게 유리하게 왜곡해서 해석했고, 1903년에 스태퍼드 계절 법원에서 유죄판결이 내려졌다. 피고는 7년의 징역형을 선고받았다.

당시 안식 있는 사람들 사이에서는 이미 여러 가지 의견이 오갔고 잡지 『트루스』의 볼레스 씨가 그러한 목소리를 높이려 노력한 기록이 있지만, 실질적으로 구체적인 수단을 쓰기 시작한 것은 가여운 청년이 형기 가운데 3년을 복역한 이후부터였다. 1906년 말에 그다지 유명하지 않은 신문 『엄파이어』가 문득 나의 눈에 들어왔는데, 청년 스스로가 쓴 이 사건의 수기에 주목하게 되었다. 읽어가는 동안 진실을 이야기하고 있다는 생각을 품게 되었기에, 이는 참으로 비극적인 사건이다, 그것을 바로 잡기 위해 내가 할 수 있는 일을 해야겠다고 마음먹게 되었다. 나는 그 사건에 관한 다른 신문의 기사를 모으고, 재판 기록을 연구하고, 스태퍼드셔로 가서 가족들을 만나고, 범죄현장을 둘러본 뒤, 사건에 대한 일련의 기사를 1907년 1월 12일부터 『데일리 텔레그래프』에 발표하기 시작했다. 이는 처음부터 저작권 없이 계약을 했기에 곧 다른 여러 신문에도 실리게 되었고 1펜스에 길가에서 팔려나간 덕분에 세상에 널리 퍼져, 조지 에달지의 불법적 재판에 관한 건이 삽시간에 영국 전체에 알려지게 되었다.

만약 그처럼 불행한 결과가 나오지 않았다면 이 불법 재판은 우스운 희극이라고 받아들일도 수 있었으리라. 영국 전체를 찾아보아도 그처럼 어울리지 않는, 오히려 그러한 범죄를 저지를 수 없으리라 여겨지는 인물을 찾아내기도 불가능할 것이다. 그는 비난의 여지가 없는 훌륭한 인물이었다. 지금까지 단 한 번도 범죄를 저지른 적이 없었다. 그가 다녔던 학교의 교장은 그가 온순하고 얌전한 성격이었다는 사실을 증언했다. 그가 버밍엄에서 인턴으로 있었을 때의 변호사는 그를 높이 평가하는 추천장을 써주었다. 그가 잔학성을 내보이는 모습은 단 한 번도 본 적이 없다고 했다. 일도 매우 열심히 했으며 법과에서는 최고 명예상을 받았을 뿐만 아니라 27세라는 젊은 나이에 이미 철도법에 관한 책도 냈다. 마지막으로 그는 철저한 금주가에 시력이 매우 안 좋아서 6야드 떨어진 곳에 있는 사람조차 식별할 수 없었다. 그런 성격을 가진 인물이 그처럼 잔인하고 피비린내 나는 범죄를 연달아 저지른다는 것은 거의 있을 수 없는 일이니 남은 것은 정신착란 때문에 저질렀을지도 모른다는 점뿐이었다. 그러나 조지 에달지에게 이상한 점은 털끝만큼도 없었다. 없었을 뿐만 아니라 보통사람이라면 정신착란을 일으킬 만한 입장에 놓였으면서도 자신을 옹호하는 글은 오히려 논리정연한 것이었다.

재판에서 처음으로 문제가 됐던 것은 그가 어느 날 밤 말 한 마리를 죽였다는 점이었다. 그러나 그러한 주장은 완전히 무너졌다. 그가 알리바이를 제시한 것이었다. 그러자 경찰 측은 도중에 방침을 바꾸어 범행은 이른 아침에 행해졌다고 주장하기 시작했다. 그런데 당일 조지 에달지는 목사인 아버지와 같은 방에서 자고 있었다. 아버지는 잠귀가 밝았고, 또 대부분의 사람들이 사생활을 지키기 위해서 하는 것처럼 침실을 잠그고 자는 습관이 있었다. 아버지는 맹세컨대 그날 밤 내내 조지는 침실 밖으로 한 발짝도 나가지 않았다고 말했다. 법률적으로 말하자면 이는 절대적인 알리바이를 구성하지 못하는 것일지 모르겠으나, 그렇다면 밤새 방 밖에 보초라도 세워두지 않는 한 그 어떤 알리바이도 성립하지 못할 것이다. 이것 자체로도 거의 알리바이에 가까운 것이었기에 부모의 배려심이라는 것을 가진 자라면 누구도 그것을 무너뜨릴 수는 없었을 것이다. 설령 그런 배려심은 가지고 있지 않다 할지라도 사건 자체가 억지로 끼워맞춘 것이라는 점은 명백했기에 그것을 배심원이 진실로 받아들이리라고는 누구도 생각지 못했을 것이다. 비록 변호가 매우 형편없이 행해졌다 할지라도. 실제로 변호는 참으로 저급한 것이어서 내가 조사한 바로는, 처음부터 끝까지 피고의 시력이 아주 좋지 않아서 한낮의 밝은 곳 이외에서는 거의 장님이나 다를 바 없다는 사실은 단 한 번도 문제로 삼지 않았다. 그런데 그의 집과 상해가 행해졌던 곳 사이에는 런던에서 노스웨스턴 철도만큼의 거리가 있고, 그 사이에는 레일과 전선과 그 밖의 장애물이 놓여 있으며, 또 넘지 않으면 안 될 울타리도 있어서 나처럼 건강하고 활동적인 사람도 낮의 밝을 때조차 쉽게 지날 수 없을 정도였다.

내가 분개하여 이 사건을 철저하게 조사한 첫 번째 이유는, 이 기묘한 입장에 처한 흑인 목사, 용감해 보이는 푸른 눈과 회색 머리를 가진 그의 아내, 그리고 나이 어린 딸로 이루어진 일가가 아무런 도움도 얻지 못한 채 가엾게도 고립되어 있었기 때문이었다. 매정한 시골사람들에게 시달림을 당하고, 원래대로 하자면 그들을 보호했어야 할 경찰조차 애초부터 냉혹한 태도로 바라보아 이 일가를 눈엣가시처럼 여긴 끝에 박해를 가한 것이었다. 이러한 태도가 글래드스턴 경과 내무부의 모든 사람들에 의해서 지지를 얻었다는 건, 내 스스로가 실정을 조사하고 확인하지 않았다면 도저히 믿을 수 없는 사실이었을 것이다.

내가 쓴 일련의 기사가 전국에 분노의 폭풍을 일으켰다. 『트루스』, 조지 루이스[163] 경과 그 외의 사람들이 적극적으로 협력해 주었다. 조사와 보고를 위해서 정부가 위원회를 임명했다. 위원회는 아서 윌슨 경, 존 로이드 와튼 각하, 앨버트 드 루첸 경 3사람이었다. 6월에 3사람이 제출한 보고서는 타협적인 것이었다. 이렇게 말한 이유는, 틀림없이 그들도 에달지의 유죄를 부인하고 그는 그 범죄와 아무런 관계도 없다고 보고했지만, 그래도 여전히 예의 익명의 편지를 쓴 것은 에달지라는 이론을 버리지 않았고, 따라서 재판의 오심을 부른 데에는 그의 책임도 있으니 그가 장기에 걸친 부당한 형을 받은 것에 대한 보상금 문제는 부정해야 한다고 주장했기 때문이다.

이는 비겁한 결정이었다. 이에 조지 루이스 경의 설득에 따라서 법률협회는 에달지를 변호사회의 정회원으로 다시 입회시켜서 항의를 표현했는데, 에달지가 불명예스러운 행동을 할 만한 사람이라고 생각했다면 협회는 결코 그러한 태도를 취하지 않았을 것이다. 그러나 결정된 사항은 바뀌지 않았다. 지금에 이르기까지 이 불행한 청년은, 그리고 그를 위해서 수백 파운드를 쓴 일가는 자신들이 받은 부정에 대한 보상금을 1실링도 받지 못했다. 이는 영국 법정의 역사에 남을 만한 오점으로 지금이라도 바로잡아야 할 일이다. 그가 익명의 편지를 썼다는 혐의에 대해서는 정식으로 재판을 받지 않았다는 사실을 잊어서는 안 된다. 이 혐의가 정식으로는 입증되지 않았으니, 그는 재판에서 유죄로 인정받은 죄 이외의 일 때문에 3년 동안 복역했으면서도 아직 정정되지 않았고 보상도 전혀 받지 못한 셈이 되는 것이다. 이 얼마나 우스꽝스러운 정의란 말인가! 『데일리 텔레그래프』가 그를 위해서 구원모금을 했고 300파운드 정도를 모았다. 그 돈을 그가 처음으로 사용한 곳은 자신의 변호를 위해 나이 든 숙모가 내준 비용의 변제였다. 그는 나의 결혼식에도 와주었는데 나는 그 어떤 손님보다도 그가 와준 것이 자랑스러웠다.

여기까지는 나의 작업도 만족스러운 것이었다. 그런데 훨씬 복잡한 문제가 일어났다. 그것은 내가 와일리 지방으로 조사를 위해

가서 익명의 편지를 보낸 사람(2명 이상?)과 말을 죽인 범인(2명 이상?)에 관한 상당히 중요한 단서를 잡은 데서 시작되었다. 나는 흥미를 느꼈다. 사건이 매우 복잡했고 상대는 범죄를 저질렀을 뿐만 아니라 정신질환의 경향도 있는 무리였기에 한층 더 흥미롭게 느껴졌다. 나는 나를 죽이겠다는 편지를 몇 통 가지고 있는데 그 편지들의 필적은 에달지의 집에 왔던 편지의 필적과 같은 것이었다. 그러나 이러한 사실로도 내무부의 관리들은 조지 에달지가 그 편지들을 쓴 것이라는 의견을 조금도 바꾸려하지 않았다. 나는 내심 내무부 사람들을 정신이상자들로 분류했다. 슬프게도 영국의 관료들은 매우 단단한 결속력을 가지고 있어서 그들을 공격해야만 할 때는 그들로부터 정의나 공평함을 기대해서는 안 된다. 오히려 그것은 서로의 불리함을 폭로하지 않겠다고 굳게 맹세한, 국민의 이익보다 잘못된 충성관을 더 소중히 여기는 완고한 조합이다. 같은 관료들 사이에서 한 사람을 궁지로 내모는 듯한 행동은 결코 용납되지 않으며, 하물며 가엾은 희생자를 고통에 빠뜨린 죄로 동료 관료를 벌한다는 것은 꿈에도 생각지 못하는 무리들이다. 벌써 오랜 시간이 지난 지금까지도 이 사건이 어떻게 다루어졌는지를 생각하면 화가 난다.

진범에 대한 증거자료를 완벽하게 갖추지 못한 채 경찰과 내무부에 알린 것이 나의 실수였다. 입증해야 할 증거들은 일단 전부 모았다. 그러나 그것을 정식재판으로 가져가기 위해서는 호의와 협력이 필요했다. 그런데 그 협력이 없었던 것이다. 그 지방의 경찰 입장에서 보자면 수긍이 가는 부분도 있다. 왜냐하면 그렇게 하면 그들이 전에 행했던 수사의 결론과 유죄판결을 뒤집는 결과가 되기 때문이다. 그러나 내무부도 같은 태도였다는 것은 용납하기 어렵다. 국왕 직속 사법관들은 사건이라고 할 만한 사건이 보이지 않는다는 견해를 보였다. 의식적이든 무의식적이든 어떤 조합적 결속이 여기에서도 작용하고 있는 것처럼 보였다. 이에 나의 주장을 간단히 늘어놓아 일반인들의 판단을 기다리기로 하겠다. 용의자를 'X'라고 부르기로 하겠다. 그 인물에 대해서 나는 다음과 같은 점들을 밝힐 수 있다.

1. 'X'는 특수한 한 자루의 칼, 혹은 말을 치료할 때 쓰는 의료용 칼을 누군가에게 보여주며 이것으로 죽였다고 말했다고 한다. 나는 그 칼을 가지고 있다.

2. 얕은 상처의 상태로 봐서도 그 칼, 혹은 비슷한 물건이 틀림없이 그 범죄에서 몇 차례 사용되었다.

3. 'X'는 도살장, 혹은 가축운반선에서 일한 적이 있었기에, 가축을 잔인하게 다루는 데 익숙해져 있다.

4. 그는 과거에도 익명의 편지를 쓴 적이 있고, 폭력성향을 보인 명백한 전력이 있다.

5. 그의 필적과 동생의 필적이, 예의 익명의 편지의 필적과 완벽히 일치한다. 이 점에 관해서 나는 독자적인 증거를 가지고 있다.

6. 그는 발작적 폭력성을 예전부터 보였으며, 또 그의 집과 침실은 야간에 누구도 알지 못하게 밖으로 나올 수 있는 구조로 되어 있다.

이 외에도 증거가 될 만한 사실은 많지만 이들이 주요한 증거다. 그 가운데 하나를 들어보자면 'X'가 그 지역을 몇 년간 떨어져 있었을 때는 그와 같은 편지가 오거나 말이 살해당하는 일이 전혀 없었다. 그런데 그가 돌아오자 다시 시작되었다. 그리고 에달지가 형무소에 수감된 뒤에도 그런 폭행은 여전히 끊이질 않았다.

도저히 믿을 수 없는 일이지만 내가 이러한 사실을 내무부에 제공한 뒤에도 그들은 공식 의견으로 이는 입증할 수 없는 사건이라고 하원에 보고했을 뿐만 아니라 정부의 고관 가운데 한 사람은 내게 이렇게 말하기까지 했다. "그들 형제에 대해서는 증거를 전혀 찾을 수가 없네. 그들은 나와 내 동생만큼이나 결백해." 앞에서 든 몇 가지 점들은 내가 형사소송 담당 법관에게 제출한 문서 속에서 발췌한 것으로 그 문서는 이 글을 쓰고 있는 지금도 내 눈앞에 있다.

스태퍼드셔의 경찰로부터도 불만을 토로하는 편지가 왔는데 그것은 누가 봐도 'X'라고 짐작할 수 있는 사내를 감싸는 내용으로, 그 사내를 모욕하는 행동은 그만두었으면 좋겠다고 적혀 있었다.

그 후 'X'가 어떻게 되었는지, 또 처벌을 받았는지 어땠는지도 알 수 없지만 내가 가지고 있는 기록에 의하면 마지막으로 판사는 그에게 6개월의 징역형을 선고 하고 이렇게 말했다고 한다. "피고는 매우 악질적인 성격이며 방화로 1번, 절도로 3번, 상해로 1번 단죄를 받은 적이 있으니 이는 성격이 매우 좋지 않은 것이라 여겨진다. 본인의 자백에 의하면 노모의 물건을 교묘하고 무정하게 훔친 적도 있다고 한다. 따라서 본건의 중대함을 간과할 수 없다고 생각한다." 내가 중상을 한 것이라고 하는 청년에 관한 일은 이 정도로 해두겠다. 하지만 에달지의 3년 동안의 복역은 어떻게 되는 건지?

1907년 9월 18일에 나는 진 레키 양과 결혼했다[164]. 그녀는 블랙히스에서 살았는데 내가 오래 전부터 친하게 지내던 일가의 딸로, 우리 어머니와 여동생과도 친한 사이였다. 너무 친하기에 생각을 자유롭게 표현할 수는 없지만, 단지 그 후의 세월이 맑은 가을과 그 뒤에 이어지는 황금빛 가을로 한순간도 어둠의 그림자가 드리운 적이 없었다는 점만은 분명하게 말할 수 있다. 아내와의 사이에서 낳은 세 어린 아이들은, 나이 많은 두 아이들과도 친하게 지내며 우리 가정을 진정으로 행복하게 해주고 있다.

아내의 친정이 크라우보러에 집을 가지고 있었기에 그곳으로 이주했다. 아내가 집안사람들에게 커다란 애정을 품고 있어서 나도 그들과 함께 사는 것이 좋겠다고 생각했기에 처가 근처에 집을 하나 사서 '윈들샴'이라고 이름 지었다. 그 집을 위해 지불한 돈 일부에 상대방이 부정취득을 노린 금액이 포함되어 있었다는 사실을 알았기에 나는 그 돈을 돌려받았는데, 어떤 친구가 그 사실을 알고 그 집을 '스윈들샴[65]'이라고 부르는 게 더 좋겠다고 말했다. 어쨌든 이렇게 해서 나는 1907년에 10년 동안 살아왔던 힌드해드의 언더쇼를 떠나 식구들을 데리고 이 서식스의 고지대로 이사를 했다. 지금도 여기저기 멀리로 여행을 다니는 사이의 몇 개월 동안은 여기서 안식을 취하고 있다.

결혼을 한 직후 에달지 사건을 마무리 짓자마자 나는 숨 돌릴 틈도 없이 오스카 슬레이터 사건에 휘말리게 되었다. 이는 연쇄반응이라고 할 만한 것이었다. 왜냐하면 에달지의 고통은 주로 나의 노력에 의해서 해결된 것이라고 사람들이 믿고 있었기에, 오심 때문에 슬레이터가 복역을 하게 된 것이라고 믿고 있던 사람들이 내게 의뢰하면 슬레이터도 어떻게든 되지 않을까 생각했기 때문이었다. 나는 마지못해서 그 문제에 손을 댔는데 막상 손을 대고 보니 이는 에달지 사건보다 훨씬 더 악질적이어서, 그 가엾은 사내는 그 사건 때문에 죄를 뒤집어쓴 살인죄와는 아무런 관계도 없으리라는 사실을 알게 되었다. 사형 선고를 받은 순간 그 사내는 재판관에게 살해당한 여성은 전혀 모르는 사람이라고 외쳤다고 하는데, 그것이야말로 진실의 목소리였다고 확신하게 되었다.

코난 도일 부인

어떤 면에서 오스카 슬레이터 사건은 에달지 사건보다 덜 심각하다고 할 수 있다. 사회적으로 봐서 슬레이터는 전혀 바람직하지 않은 인물이었기 때문이다. 알려진 바에 의하면 그에게 전과는 없었지만, 그는 도박꾼으로 도리에 어긋나는 일이나 의심스러운 행동을 해온 독일 출신 유대인으로 이름도 가명을 사용했다. 이에 반해서 에달지는 그러한 오점이 없는 청년이었다. 하지만 다른 측면에서 보자면 문제가 살인죄였기에 슬레이터 사건은 에달지의 그것보다 훨씬 더 심각했다. 그는 하마터면 교수형에 처해질 뻔했으나 그 직전에 결국은 종신형이 되었고, 오심은 바로 잡히지 않은 채 지금도 복역 중에 있다. 이는 스코틀랜드 사법행정 역사에 남아 있는 혐오스러운 오점이다. 이와 같은 재판상의 죄악은 아무리 조그만 것이라 할지라도 그대로 눈을 감고 지나쳐서는 안 된다고 확신한다. 어떠한 방법으로, 어딘가에서 국민에 의해 처벌받아야 한다.

사건의 개요는 다음과 같다. 미스 길크리스트라는 초로의 여성이 하녀 헬렌 램비가 심부름을 위해 10분이라는 짧은 시간 동안 집을 비운 사이에 자신의 아파트에서 잔인하게 살해당했다. 뭔가 단단한 물건으로 두부를 마구 내리쳤다. 이웃사람들도 그 소리를 들었고, 그 가운데 한 사람은 하녀와 함께 그 범인을 목격했는데 젊은 남자가 아파트에서 나가던 참이었다. 당시 경찰의 조사에 의하면 그 사람의 인상착의는 슬레이터와 결코 일치하지 않았다. 살인 동기는 물건을 훔치기 위한 것이 아닌 듯했다. 다이아몬드 브로치 하나가 없어졌을 뿐, 다른 물건은 아무것도 없어지지 않았기 때문이었다. 뿐만 아니라 서류상자가 부서졌고 안을 뒤진 흔적이 있었다. 1908년 12월 21일의 일이었다.

그런데 여기서 누구나 인정하는 중대한, 그리고 불가능하지는 않지만 있을 것 같지 않은 하나의 사실이 떠오른다. 다이아몬드 브로치는 도둑맞았다고 상정했다. 그런데 미국을 향해 떠난 떠돌이 슬레이터라는 사내가 다이아몬드 브로치를 전당잡혔다는 사실이 밝혀졌다. 그렇다면 그가 범인임이 명백하지 않은가? 바로 뉴욕에 경보가 발령되었다. 마침내 슬레이터는 체포되었고 글래스고로 송환되었다. 그런데 여기에 커다란 실수가 있었다. 문제의 브로치는 지난 몇 년 동안 슬레이터가 계속 가지고 있던 것으로 미스 길크리스트의 것과는 아무런 관계도 없다는 사실이 명확하게 실증된 것이었다.

이 시점에서 슬레이터의 혐의는 완전히 풀린 셈이다. 경찰이 글래스고의 전 주민 가운데서 우연히도 범죄에 엮을 수 있을 만한 인물을 찾아낸 것이라고 하면 너무나도 우스운 이야기일 테지만, ─그것이 사실이었다. 그러나 시민들은 냉정함을 잃었으며 경찰 역시 마찬가지였다. 첫 번째 증거가 완전히 능력을 상실했다 할지라도 물론 새로이 재구성할 수 있다. 슬레이터는 가난하고 친구도 없었다. 그는 한 여성과 동거하고 있었는데 그 사실이 스코틀랜드 사람들의 도덕관을 심하게 자극했다. 한 기자가 신문에 쓴 것처럼 <설령 그의 범행이 아니었다 할지라도 어쨌든 벌을 받기에 충분한 악인이라는 사실에는 변함이 없다.>는 것이었다. 이렇게 해서 참으로 황당무계한 날조가 행해진 것이다. 그가 가지고 있던 상자 안에서 카드에 쓰는 싸구려 도구들이 발견되었다. 그 가운데 섞여 있던 허접한 망치로 그 여성의 머리를 내리쳤다는 것이었다. 틀림 없이 피가 묻어 있었을 자루는 깨끗하게 닦여 있었다. 경찰에서 작성한 용모파기는 슬레이터에 맞게 수정되었다. 유대인으로 얼 굴이 창백하고 머리카락이 짙은 그는, 증인들에 의해 훌륭한 스코 틀랜드 시민들 가운데서 범인으로 선택되었다. 범행이 있기 며칠 인가 전날 밤에 한 남자가 그 거리에서 무엇인가를 기다리고 있었 는데 거기에는 목격자가 있었다. 그 한 남자라는 것이 여러 증인 에 의해서 여러 가지 모습으로 진술되었다. 그 가운데 어떤 사람 은 슬레이터와 정확히 일치했으나 전혀 다른 모습도 있었다. 달아 나는 범인을 본 사람 가운데는 슬레이터였을지도 모르겠다고 말 한 자도 있고, 또 어떤 사람은 분명하지 않다고도 말했다. 주요한 증인인 애덤스는 시력이 매우 좋지 않았고, 거기에 안경도 끼고 있지 않았다. 슬레이터 쪽에서 확실한 알리바이를 제출했지만 그 증인이라는 것이 그의 정부와 하녀였기에 받아들여지지 않았다. 그가 집안사람 외에 누구를 증인으로 내세울 수 있단 말인가? 슬 레이터와 미스 길크리스트 사이에 어떤 관계가 있었는지는 한 번 도 언급되지 않았고, 또 하녀 램비에 대해서도 마찬가지였다. 글 래스고에 그리 오래 산 것도 아닌 그가 은퇴한 이 노처녀에 대해 서 무엇인가 알고 있을 리 없다는 사실도 전혀 언급되지 않았다.

그의 변호는 미약한 것이었으며, 반대로 스코틀랜드 검사인 우레씨는 가장 격한 어조로 기염을 토했는데 판사인 거스리의 방임하에 부정확하기 짝이 없는 논고를 행해서 배심원들의 마음을 흔들어놓았다. 결국 판결은 9표 대 6표(이 가운데 5표는 증거불충분)로 유죄가 되었다. 잉글랜드의 법 아래였다면 이는 재심에 부쳐졌을 테지만, 스코틀랜드에서는 그렇지가 않았으며 형이 확정되어 이 가엾은 외국인은 사형을 받게 되었다. 실제로 교수대까지 준비되었으나 형 집행 이틀 전에 중지 명령이 떨어져서 합법적 살인은 저지당했다. 이렇게 해서 그 사내는 수감자가 되어 지금도 복역 중에 있다.

이는 참으로 잔혹한 이야기여서 나는 그 경과를 읽어감에 따라, 이 남자를 위해서라면 할 수 있는 일은 전부 해주고 싶다고까지 마음먹게 되었다. 나는 허버트 스티븐 경이 증거서류를 일람하고 그 남자의 범행이라고 입증할 수 있는 내용이 아무것도 없다고 단언한 데 커다란 힘을 얻어 우선 신문을 이용한 흔들기에서부터 시작하여 전체를 다룬 소책자를 썼다. 양심 있는 몇몇 사람들이 거기에 호응해서 일어났고 결국은 나까지 가세하여 정부를 압박, 위원회를 임명하고 군의 치안관인 밀러에게 재조사를 명령하게 하는 데 성공했다. 그러나 그것은 아무런 목적도 없이 행해져 조사는 희극으로 끝나버리고 말았다. 조사범위는 참으로 협소한 것이어서 경찰의 행동에 대한 조사는 완전히 배제되어 있었다. 그러나 하나의 증거가 무너졌는데 다른 조그만 재료로 배심원의 평결까지 끌고간 것은 경찰이니 이를 배제한다는 것은 중심에서 완전히 벗어나는 일이다. 또한 증거는 선서가 없어도 인정된다는 것이었다. 결과적으로는 아무것도 얻어내지 못했다. 그런 협소한 조사로 무엇인가를 끌어낼 수 있을 리 없었다. 그럼에도 불구하고 새로운 증거들이 몇몇 제시되었으나 그것은 구형하기에는 너무나도 빈약했던 증거들을 더욱 빈약하게 만들었을 뿐이었다. 예를 들어 글래스고에서 리버풀로 간 슬레이터는 경찰의

오스카 슬레이터

눈을 피하려는 듯 가명으로 호텔에 묵었다고 했다. 그러나 그것은 사실이 아니었다. 그는 글래스고에서 쓰던 이름으로 숙박부에 서명했다. 그가 글래스고에서 쓰던 이름이라고 한 것은, 그 이전까지의 바람직하지 않았던 그의 전력 속에서 몇 개인가의 가명을 썼기 때문인데, 실제로 그는 미국으로 출발하기에 앞서 새로운 생활로의 출발을 위해 또 다른 가명을 썼다. 그 자신의 설명에 의하면 그는 어떤 여자에게—아마도 정처이리라— 쫓기고 있었기에 그 추격을 피하기 위해서 가명을 쓴 것이라고 했다. 어쨌든 그가 리버풀의 호텔에서는 글래스고에서 쓰던 이름을 썼다는 사실은, 그가 가명으로 영국 경찰의 눈을 피하려 한 것이 아니라 미국인 여성의 눈을 두려워했기 때문이며, 그가 글래스고 경찰의 추적 따위 생각하고 있지도 않았다는 사실을 말해주고 있는 것 아니겠는가?

우리는 그 이상 어떻게 해볼 수도 없었고 사건은 그것으로 종결되었다. 사건의 여파로 매우 추한 다툼이 일어났다. 심문에서 우리도 지지하는 피고에게 유리한 증언을 한 형사 트렌치 씨를 탄핵하려는 움직임이었다. 슬레이터의 변호에 임해서 눈에 띄는 활

약을 한 변호사 쿡 씨도 가세해서 일신상의 문제에까지 영향을 줄 변호가 곧 행해졌다. 그 일 때문에 두 사람은 마음고생뿐만 아니라 커다란 비용까지도 지불해야 했다. 이 다툼에는 가장 불쾌한 정치적 색채도 가미되었으나 다행히 문제가 보수파 판사인 스콧 딕슨 씨 담당이 되었고, 그는 이와 같은 고소는 두 번 다시 행해져서는 안 된다며 경멸과 함께 기각해버렸다. 이 글을 쓰고 있는 지금은 1924년인데 기묘하게도 판사 거스리, 쿡, 트렌치, 헬렌 램비, 밀러 씨 모두 세상을 떠났지만 오직 슬레이터만은 아직도 살아남아 피터헤드 형무소에서 원한의 나날을 보내고 있다.

한 훌륭한 왕실 변호사가 심령술 모임에서 있었던 기묘한 일을 내게 알려주었다는 사실을 이야기해야겠다. 폴커크에서 자주 모임을 갖는 한 심령술 서클이 있는데 슬레이터의 재판이 끝난 직후 살해당한 여성으로부터 이야기를 들었다는 내용이었다. 어떤 흉기로 살해당했냐는 질문에 그녀는 쇠로 만든 상자따개라고 대답했다는 것이었다. 나는 그 전부터 그 여자의 얼굴에 있던 흉터에 대해서 생각하고 있었는데 그것은 중앙에 상처를 입지 않은 피부가 남아 있는 2줄기 흉터였다. 이는 장도리의 못을 뽑는 쪽으로도 낼 수 있는 흉터지만, 한편으로는 여자의 한쪽 눈알이 뇌 속에 박혀 있었는데 장도리로 그렇게 한다는 것은 불가능한 일이어서 억지로 그렇게 하려 들면 뇌에 박히기 전에 눈알이 터져버리고 말 것이다. 나는 이 양쪽 모두가 가능한 도구를 아무래도 떠올릴 수가 없었다. 그런데 상자따개라면 가능할 듯했다. 왜냐하면 그것은 끝이 2갈래로 갈라져 있어서 2줄기의 흉터를 낼 수 있으며, 또 똑바로 뻗어 있기에 눈알을 뇌 속까지 밀어넣을 수도 있기 때문이다. 그렇다면 심령술사가 어째서 그녀에게 범인이 누구였는지를 묻지 않은 것이냐고 독자들은 당연히 궁금해 할 것이다. 아마 심령술사도 물었고 답까지 얻었을 것이라 생각한다. 그러나 그와 같은 증거는 단서가 되지 않으며, 또 공표되어서도 안 된다고 생각한다. 단지 수사의 출발점은 될지도 모르겠다고 말할 수 있을 뿐이다.

이 시기의 일들 가운데 만족스럽게 떠올릴 수 있는 일이 한 가지 있다. 그것은 에드워드 왕의 대관식에서 행할 선서에 내가 항의를 한 일이었다. 그 선서는 후에 실제로 바뀌었는데 그와 같은 역사적 사실에 나 같은 사람의 항의가 영향을 주었다고는 생각지 않지만, 어쨌든 그 문제에 관한 한 『타임스』에 처음으로 실린 글이었다. 다음과 같은 내용이었다.

<삼가 올립니다.

한 종파를 결속시키는 가장 확실한 방법은 역사에서도 살펴볼 수 있듯 그들을 박해하는 것입니다. 이는 샌디스 중령이나 종교개혁협회의 여러분들이 그저 상대방의 입장에서 생각해보면 쉽게 알 수 있는 일입니다. 대관식 선서에서 다른 종파에 대해서는 언급하지 않고 로마 가톨릭파만 좋지 않게 이야기한다는 것은 단지 그들을 결속시키는 데 지나지 않는다는 사실은 불을 보듯 뻔한 일입니다. 제국의 모든 로마 가톨릭 교회가 선왕의 죽음을 애도하여 상복을 입었는데 그 뒤를 이은 왕이 법률로 그들 상복 입은 자들의 신앙을 경시한다는 것은 참으로 당황스러운 일 아니겠습니까?

또한 지금과 같은 관용의 시대에 젊은 왕이 아일랜드, 캐나다 및 그 외에서 살고 있는 수많은 가톨릭교 국민의 감정을 상하게 한다는 것은 참으로 편협하고 어리석은 정책 아니겠습니까? 가톨릭 신자가 아니라 할지라도 우리나라의 마음 넓은 수많은 사람들은 그와 같은 신교적 외침을 폐기해야 한다고 생각하고 있으며, 또 온갖 종파의 사람들도 제국의 국민인 이상 동등한 존경심을 가지고 다루어야 한다고 믿고 있음에 틀림없습니다. 이와 같은 중세의 원한에 종지부를 찍는 일이야말로 새로운 왕의 통치에 어울리는 훌륭한 첫 걸음이 될 것이라 말씀드려야 할 것입니다.

경의를 표하며,

아서 코난 도일.>

제22장 속 전쟁과 전쟁 사이

결혼 후는 평화롭게 일을 하는 날들이 계속되었는데, 그것을 깬 것은 2번의 지중해 방면으로의 여행뿐이었다. 그 여행에서 우리 부부는 그리스의 좀 외딴 지역을 탐험했으며 이집트도 방문했는데, 그곳은 예전에도 간 적이 있었고 모두 좋은 사람들뿐이었으나 이번에는 아는 사람을 1명도 만나지 못했다. 도중에 콘스탄티노플에 들렀는데 다르다넬스 해협이 내려다보이는 요새의 대포를 보면서도, 거기서 북쪽 해안으로 내려가는 음울하고 잡초로 뒤덮인 사면에서 수많은 영국인들이 희생되었다는 사실은 거의 생각하지 못했다. 콘스탄티노플에서는 압둘 하미드 왕이 여는 금요예배에 참석해서 염색한 수염을 가진 임금과 그의 여자들이 기도를 위해 지나가는 모습을 바라보았다. 장교와 관리들이, 그들의 대부분은 뚱뚱하고 키가 작았는데, 어떻게든 왕의 눈에 띄려고 마차 뒤를 헐떡이며 달려가는 모습이 우리 서양인의 눈에는 참으로 신기하게 보였다. 단식 주간이었기에 나이 든 왕은 편지를 보내, 나의 책은 언제나 읽고 있으며 만약 성스러운 달이 아니었다면 기꺼이 인견했을 것이라고 말해주었다. 그리고 시종을 통해서 메드제디 훈장을 내게, 그리고 더욱 기쁘게도 아내에게는 체베카트 훈장을 수여하셨다. 아내의 훈장은 자비를 나타내는 것인데, 아내는 이 지역에 들어온 이후 늘 거리를 배회하는 굶주린 개들에게 무엇인가를 주었으니 이보다 더 적절한 선물도 없다고 해도 좋으리라.

힘의 밤이라 알려진 성스러운 축제가 행해지는 동안 우리는 소피아 시의 커다란 회교 사원에 특별한 호의로 들어가볼 수 있었다. 기둥이 받치고 있는 높은 대 위에서 내려다보니 6만 개의 램프가 빛나고 있었고 1만 2천 명이나 되는 예배자들이 일어서기도 하고 앉기도 하며 파도와도 같은 소리를 내는 모습에는 참으로 놀라지 않을 수 없었다. 높은 단상에서 성직자들이 외치는 소리는 갈매기 소리처럼 들렸으며, 주위는 열광으로 넘쳐나고 있었다. 그 순간 나는 한 여성이—성인이라고는 할 수 없으리라— 어린 말괄량이였는데, 돌난간 밖으로 몸을 내밀어 1만 2천 명의 남자들을 내려다보고 있다는 사실을 깨달았다. 신자가 아닌 사람이 해서는 안 될 행동이었다. 더구나 이 사원에서 여성은 가장 불길한 존재로 여겨지고 있었다. 낮은 웅성거림이 들리고 수염으로 가득한 얼굴 여럿이 우리 쪽으로 향해졌다. 만약 그 가운데 한 사람이 벌떡 일어서기라도 한다면 우리는 곧 그들의 공격을 받아 참살당하고 말리라. —게다가 그것은 우리 쪽에서 잘못한 일이니 어쩔 수 없는 일로 여겨지리라. 그러나 곧바로 그녀의 몸을 뒤로 물리게 했으며 우리는 가능한 한 조용히, 그리고 빠르게 옆문을 통해서 밖으로 나왔다. 정말 위험한 순간이었다.

이 여행에서는 기묘한 일 하나가 기억에 남아 있다. 아주 맑은 날 기선을 타고 그리스 남동부의 아이기나 만의 조용한 해면을 건널 때였다. 친절한 이탈리아 선장이 함교에 오르는 것을 허락해주었기에 우리는 맑은 바다 위를 둘러보았는데 그때 둘은, 내가 알고 있는 한 누구도 학계에 아직 보고한 적이 없는 생물을 보았다. 어룡과 매우 닮았는데 길이는 4피트쯤, 가느다란 목과 꼬리를 가지고 있었으며, 4개의 뚜렷한 배지느러미를 가지고 있었다. 다른 사람을 부를 사이도 없이 배는 지나쳐버리고 말았다. 그로부터 몇 년 뒤에 안스투루더 해군대장이 아일랜드 연안 바다에서 보았다며 『이브닝 뉴스』에 발표한 기사 속 그림의 괴물과 똑같았다. 이 세상에는 아직 우리를 놀라게 할 만한 비밀이 숨어 있는 듯하다.

그 무렵의 행복했던 날들을 떠올려보면 곳곳에서의 추억이 선명한 영상으로 반짝이며 되살아난다. 나는 신문과 관계된 일은 거의 하지 않았다. ―남의 영역을 침범할 필요가 어디 있겠는가? 하지만 1908년의 올림픽166) 때는 좋은 자리를 주겠다는 유혹을 이기지 못하고 『데일리 메일』의 기자가 되어 마라톤을 보러 갔다. 틀림없이 멋진 경험이었다. 도란도의 경기는 역사에 이름을 남길 만한 것이었다. 당시 썼던 나의 기사를 잠간 인용하는 것만으로도 그때의 흥분을 다시 전할 수 있으리라 여겨진다. 5만이나 되는 수많은 관중들의 눈이 선두 주자가 모습을 드러낼 경기장의 어두운 입구로 쏠려 있었다. 그리고―

<마침내 모습을 드러냈다. 그러나 그것은 기대하고 있던 의기양양한 모습과 얼마나 달랐는지! 어두컴컴한 입구로 지칠 대로 지친 작은 사내가, 빨간 러닝팬츠를 입은 어린아이 같은 사내가 비틀거리며 들어섰다. 경기장으로 들어선 그는 비틀거리며 수많은 관중들의 환호에 답했다. 그리고 왼쪽으로 꺾어져 불안한 모습으로 트랙을 느릿느릿 달리기 시작했다. 친구와 응원자들이 그를 둘러싸고 함께 달렸다.

그 무리들이 갑자기 멈춰 섰다. 모두가 흥분한 듯한 몸짓이었다. 웅크렸는가 싶더니 모두가 몸을 일으켰다. 큰일이다! 그가 기절한 것이었다! 마지막 순간에 이르러 1등의 영관이 그의 손에서 빠져나갈 듯했다. 모두 어두컴컴한 입구 쪽으로 시선을 가져갔다. 두 번째 주자는 아직 모습을 드러내지 않았다. 안도의 한숨이 사람들 사이에서 흘러나왔다. 수많은 관중 가운데 마지막 순간에 이르러 승리가 이탈리아의 조그만 사내의 손에서 빠져나가기를 바란 사람은 단 1명도 없었으리라. 그는 승리한 것이나 다를 바 없었다. 영관은 그의 것이 되어야만 했다.

다행스럽게도 그는 다시 일어났다. ―가느다랗고 붉은 두 다리가 비틀거리면서도 강철과도 같은 의지의 힘으로 대지를 밟으며 움직였다. 그가 다시 쓰러지면 탄식하는 소리가 관중들 사이에서 흘러나왔으며, 다시 비틀비틀 일어나면 격려의 함성이 일었다. 목표를 향해 나아가려는 강한 의지와 완전히 지쳐버린 육체와의 투쟁은 보는 이들의 마음을 아프게 하고, 또 한편으로는 흥분시키는 것이었다. 아직 100야드쯤, 그는 여전히 맹렬하지만 아슬아슬하게 달리고 있었다. 그러다 다시 힘없이 쓰러졌다. 이번에는 쓰러질 때의 커다란 충격을 막기 위해 내밀어진 사람들의 손 사이로.

내가 있던 자리에서 몇 야드밖에 떨어지지 않은 곳에서의 일이었다. 웅크린 채 부축하고 있는 사람들의 팔 사이로 그의 노랗게 수척해진 얼굴이 얼핏 보였다. 흐리고 표정이 없는 눈, 이마 위로 헝클어진 검은 머리카락. 분명 그는 이제 끝난 듯했다. 두 번 다시 일어설 수 없으리라.

어두컴컴한 입구로 두 번째 주자인 헤이즈가 달려 들어왔다. 가슴에 성조기를 달고 아직 충분한 힘을 남긴 채 성큼성큼 달려왔

다. 이제 20야드밖에 남지 않았으니 이탈리아 선수에게 일어날 힘만 있으면 될 일이었다. 그는 흐느적흐느적 일어났다. 이를 악문 그 얼굴에는 의식조차 없는 듯했고, 빨간 러닝팬츠를 입은 두 다리를 인형처럼 기묘하게 움직였다.

또 쓰러지는 것 아닐까? 아니, 흐느적흐느적 일어나 결국은 테이프를 끊고 주위 사람들의 가슴 속으로 쓰러졌다. 그는 인내의 한계에 도전한 셈이었다. 1908년의 올림픽에서 그만큼 영예를 얻은 로마인은 없으리라. 위대한 혈통은 아직 끊어지지 않은 것이다.>

물론 1등상은 미국인의 것이었다. 그가 도중에 다른 사람의 도움을 받았기 때문인데, 그래도 관중들은 물론 그 가운데 있었던 스포츠를 좋아하는 미국인까지 전부가, 그 조그만 체구의 이탈리아인에게 동정적이었을 것이다. 나는 마라톤에 대해서 보도했을 뿐만 아니라 『데일리 메일』을 통해 그를 위한 모금도 행했다. 그 것이 300파운드가 되었다. 이는 그가 살고 있는 이탈리아의 가난한 마을에서는 커다란 금액이라 할 수 있었고, 올림픽 메달만으로는 불가능했을 빵집을 그 돈으로 열 수 있었다. 우리 아내가 영어로 증정식에서의 인사를 했고, 그는 이탈리아어로 거기에 답했다. 서로 상대방의 말은 알아듣지 못했지만 그래도 마음만은 통했으리라.

런던 대회에서 미국 팀의 평판이 좋지 않았다는 것은 부정할 수 없는 사실이었다. 하지만 그런 평판이 전국적인 것이었다고는 말할 수 없으리라. 경기장 여기저기에 미국 국기가 장식되었을 정도였으니. 미국 팀이 하나같이 훌륭한 스포츠맨들로 구성되었다는 사실은 누구나 인정했으나 때로는 그 행동이 경솔해서, 영국 팀이 뉴욕에서 그랬다면 비난을 받았을 만한 행동을 그들이 하는 장면을 내 눈으로도 직접 보았다. 그러나 여기에는 서로에 대한 오해가 있기도 하고, 또 일반인으로서는 이해하기 어려운 부분도 있었다고 여겨진다. 던레이븐의 요트경주나 이 올림픽을 본 나는, 모두가 주장하고 있는 것처럼 스포츠가 국제친선에 정말 도움이 될지 의심을 품고 있는 부분도 있다. 고대 그리스의 모든 전쟁은 올림피아의 상(賞)에 참된 원천이 있었던 것 아닐까 여겨지기까지 한다. 여기서 한 마디 덧붙이자면 나는 윈들샴으로 12명 이상의 미국 선수들을 초대했는데 모두 쾌활하고 훌륭한 사람들로 매우 유쾌한 날을 보냈다. 나는 당구 올림픽 대회를 개최했는데 그 가운데 한 사람이 상을 휩쓸었다. 하나같이 즐거운 일들뿐이었다.

결혼 후 2, 3년 동안 나는 연극 쪽의 일에 힘을 기울였다. 수입이라는 면에서 그것은 그다지 좋은 편은 아니었으나, 적어도 즐거움과 흥분만은 한껏 제공해주었다. 결국에는 좋은 결과로 막을 내렸다 할지라도, 때로는 그러한 흥분에서 오는 자극이 조금 지나치게 강한 경우도 있었다. 나는 나의 작품인 『로드니 스톤』을 『템퍼리의 집』이라는 제목으로 바꾸어 연극화했는데 거기에 상금을 걸고 행해지는 권투 장면도 삽입하여 매우 사실적으로 연기하게 했다. 우수한 권투 코치에게 작은 역을 주어 고용했더니 그 자신은 아주 짧은 권투 장면에만 등장함에도 불구하고 다른 배우들에게까지 상당한 권투 기술을 가르쳤다. 그것이 매우 사실적이었기에 초연이 있던 날 밤, 악역을 맡은 벅스가 긴 싸움 끝에 멋진 어퍼컷을 맞고 매트에 쓰러지자 공연장을 가득 메운 관객들이 자신도 모르게 비명을 질렀다. 마치 '아아, 하룻밤의 즐거움 때문에 사람 하나가 목숨을 잃었어.'라고 말하기라도 하는 듯한 비명이었다. 정말 믿을 수 없을 정도로 훌륭한 연기여서 누구의 눈에도 그것이 꾸며진 권투라고는 보이지 않을 정도였지만, 그렇다고 모든 일이 무사히 끝난 것은 아니었다. 예를 들어서 글로스터 딕 역을 맡은 렉스 데이비스는 이와 갈비뼈와 손가락이 하나씩 부러졌다. 극 자체의 완성도는 그리 높지 않았지만 좋은 장면은 매우 참신해서 흥분으로 가득했기에 성공에는 의심의 여지가 없었다. 상연을 해줄 매니저를 찾지 못했기에 나는 대담하게도 스스로 아델피 극장을 6개월 동안 빌렸다. 그 비용은 극단과 함께 일주일에 600파운드 정도였다. 이것을 최고 비용으로 제작비가 합계 2000파운드 정도였으니, 내가 상당히 위험한 수렁에 빠졌다는 사실은 누구나 알 수 있으리라.

게다가 행운도 찾아오지 않았다. 권투의 열기는 아직 일반적인 것이 아니었으며, 여성들은 잔인한 연극일 것이라 지레 겁을 먹고 보러 와주지 않았다. 관람을 한 사람들은 아주 재미있어 했으나 일반인들의 편견은 바뀌지 않았다. 거기에 도무지 손을 쓸 수 없을 정도로 연극계의 불황이 찾아왔고, 마지막으로 에드워드 왕의 죽음이 결정타를 날렸다. 나의 입장은 매우 심각한 것이었다. 극장은 아직 어깨 위에서 나를 짓누르고 있었다. 그것을 다른 사람에게 다시 빌려주거나 하지 않는 한 비용이 더욱 늘어나서 파산할 것은 뻔한 일이었다.

앞서도 이야기한 것처럼 내가 「얼룩 끈」을 연극화하기 위하여 기록적인 속도로 대본을 완성하고 그것을 상연한 것은 바로 이런 상황에 놓여 있을 때였는데 덕분에 난국을 극복할 수 있었다. 그 연극의 가장 커다란 결점은 홈즈에 대항할 만한 인물을 만들기 위해 그를 약간 지나칠 만큼 악덕한 모습으로 그려, 악당치고는 지나치게 흥미로운 인물로 연출했다는 점에 있었다. 끔찍한 결말에도 약간 흠이 있었다. 그러나 이는 이상할 정도의 성공을 거두어 어려움에 빠졌던—거의 파국적인— 상태에서 나를 구해주었다.

『운명의 불꽃』도 나의 연극적 모험 가운데 하나로 이는 내가 상연한 것 가운데서도 최상의 완성도였다. 하지만 더위가 한창 극성을 부리던 시기에 상연되었다는 점이 불운했다. 당연히 관객이 들어오지 않은 2개월 동안의 여름휴가 기간은 내 돈을 투입해서 버텼는데, 주연을 맡은 루이스 월러가 순회공연을 마치고 런던으로 돌아와서부터 다른 새로운 연극에 참여해버렸기에 '불꽃'은 거의 꺼져버리고 말았다. 지금도 종종 그것은 기회만 주어진다면 다시 불타오를 것이라 여겨지는 경우가 있다. 이 연극은 거의 대부분이 나의 연출에 의한 것이었기에 결과적으로는 특징이 있는 작품이 되었다. 연극에는 일종의 관습이라는 것이 있어서 배우 이외의 사람이 아니면 깰 수 없는 틀이 존재한다. 남녀 몇 명으로 이루어진 무력한 여행객들이 아라비아인에게 박해를 받는 장면이 있는데 리허설에서는 상투적인 장면이 되었다. 나는 아라비아인들에게 모조 채찍과 몽둥이를 들려주고 여행객들을 매우 잔혹하게 다루게 했다. 효과는 참신하고 끔찍했다. 무대 바로 앞자리에 웨일즈 출신의 젊은 장교가 있었는데 그는 우리 동생의 친구로 빅토리아 훈장과 수훈장을 모두 가지고 있는 사람이었다. 그 사내가 이 장면에 커다란 자극을 받아 가엾은 여행객을 구하기 위해 자신도 모르게 무대 위로 뛰어올랐다. 이 연극의 결말은 피를 흘리는 포로들이 끌려가고 아라비아인들이 단조로운 노래 속에서 행진하면, 자리에 쓰러진 채 남겨진 루이스 월러가 몸부림치며 나일 강 너머로 도움을 요청하는 신호를 보내는 장면이다. 그 장면에 이르면 극장 안의 관객들은 자신도 모르게 일제히 자리에서 일어서게 된다. 이런 순간 극작가 느끼는 흥분과 만족감은, 아무리 성공한 사람이라 할지라도 소설가로서는 결코 맛볼 수 없는 것이다. 자신의 작품에 만족하고 있는 사람에게 있어서 어두운 객석에 앉아 무대가 아니라, 그런 관객을 바라볼 때만큼 표현하기 어려운 기쁨이 느껴지는 경우도 없는 법이다.

나는 자신의 극을 하나 더 상연한 적이 있었다. 그것은 『제라르 준장』이었는데 이것도 그럭저럭 성공을 거두었다. 솔직히 말해서 나의 작품 가운데 그 불운했던 『제인 애니』를 제외하고는 무대에서 실패한 적은 없었다. 루이스 월러가 준장을 연기하여 과감하고 용맹한 경기병 대장의 모습을 보여줬다. 훌륭한 연기였다. 여기서도 나는 연출의 형식주의와 충돌했다. 극에 나폴레옹의 마지막 원정에 따라나섰던 몇 명의 경기병 장교를 등장시켰는데, 의상을 차

려입고 연습을 할 때 모두가 새 군복을 입고 있는 것을 보고 깜짝 놀랐다. "이게 뭐야!" 내가 외쳤다. "이건 코믹 오페라가 아니야!", "어떻게 하란 말씀이십니까?" 월러가 되물었다. "어떻게라니, 이 사람들은 군인이라고. 발레리노가 아니야. 몇 개월 동안이나 비바람 속을 밤낮 행군해서 왔다고. 그런 모습으로 무대에 나서면 실감이 완전히 사라져버리고 말잖아." 그 군복은 전부해서 100파운드 이상이나 했지만 나는 거기에 진흙과 때를 묻히고 구멍을 냈다. 그 결과 먼지투성이의 얼굴과 함께 한 무리의 진짜 나폴레옹 군대가 탄생했다. 월러만은 얼굴에 화장을 하고 새 군복을 입겠다고 고집을 부려 그런 모습으로 무대에 올랐는데, 여자 관객들은 어땠을지 모르겠으나 그도 다른 사람들처럼 꾸몄다면 관객들이 훨씬 더 좋아했을 것이다. 가엾은 월러여! 아무래도 그의 혈관 속에는 뭔가 특이하고 묘한 피가 흐르고 있었던 듯하다. 그는 영광스러운 인물이었는데 젊은 나이로 세상을 떠났기에 극단에는 커다란 타격이 되었다. 놀라운 활력! 그 훌륭한 용모와 자태! 세상 사람들은 '신여성의 우상'이라고 했는데 그는 그 말에 참으로 잘 어울리는 인물이었다. 신여성들에게 있어서 그처럼 건강하고 씩씩한 모습의 남성이 또 있을까? 그는 군대의 위문공연에 나섰다가 죽을 병에 걸리고 말았다. 그의 가장 커다란 힘 가운데 하나는 성량에 있었다. 윈들샴을 방문한 적이 한 번 있었는데 음악실에서 낭독을 할 때, 그의 울림 좋은 목소리가 벽에 놓인 램프의 유리 갓을 공명시켜 마치 와인 잔이 울리는 것 같은 희미한 소리를 내곤 했었다. 이후 나는 램프의 유리 갓이 좀 더 강한 소리를 만나면 깨질 수 있다는 사실을 분명히 믿게 되었다. 잘은 모르겠지만 그 사람에게는 유대인이나 바스크[167]인의 피가 흐르고 있었던 것이리

라. 어쨌든 그것이 그 멋진 인물을 형성하고 있었던 것만은 틀림없는 사실이었다. 자신이 맡은 역할에 그토록 열정적으로 몰두할 수 있었다는 것이 그의 특징 가운데 하나였으며, 또 그것이 배우로서 성공할 수 있었던 원인기이도 했다. 그러나 골프를 칠 때면 그는 그렇게까지 열중하지는 못했다. 그가 마지막 티샷을 위해 다가가며 중얼거린 말을 들은 적이 있다. "신이시여, 멋진 드라이브를 부탁드립니다!" 그러나 그의 소망은 헛된 것이었다.

1910년, 내 앞에 새로운 일이 펼쳐졌다. 그것은 아프리카의 콩고에서 벨기에인들의 우두머리가, 벨기에 왕도 아니면서 가혹한 폭정을 펼치고 있다는 증거서류를 읽고 마음이 크게 움직인 데서 비롯된 일이었다. 그 증거라는 것을 문제 삼기 전에 나는 주의 깊게 살펴보아 5명의 영국 영사와 크로머 경을 비롯해서 벨기에, 프랑스, 미국, 스위스 및 그 외 다른 나라의 여행자들도 이를 인정하고 있다는 사실을 알게 되었다. 그러한 박해 사실을 숨기기 위한 움직임도 활발했으며, 로저 케이스먼트[168)가 자신의 사악한 이익을 위해서 사람들을 선동하고 있는 것이라고 전해졌으나, 그래도 벨기에인들 사이에서조차 잔학한 핍박 사실에 대한 증인이 나왔기에 더는 숨길 수 없는 문제가 되었다. 나는 2년 정도 모렐 씨와 함께 활동했는데 이 문제를 위해 지방으로 강연을 가기도 했다. 이렇게 해서 우리가 대표하는 콩고협회는 마침내 이 문제를, 그 훌륭한 인물인 알베르 왕에게 제출할 수 있었다. 그 덕분에 문제는 수습되었고 지금의 콩고 식민지와 같은 정돈된 모습이 되었다. 케이스먼트는 열광적인 면이 있기는 했으나 좋은 사람이었는데 어떻게 된 일인지 비참한 최후[169)를 맞이했으며, 모렐 씨는 전쟁에 대한 견해에 있어서는 내게 환멸을 맛보게 했지만, 이 두 사람은 불행하게 학대받는 흑인들을 위해서 존귀한 일을 해주었다고 늘 존경하고 있다. 나의 저서인 『콩고의 죄악』은 유럽 각국에서 번역서가 나왔는데 그것도 이 목적을 수행하는 데 얼마간 도움이 되었다고 생각한다.

1912년 초여름에 노스클리프[170] 경으로부터 전보를 받았는데 그것은 이전까지 받았던 그 어떤 소식보다도 내게 번거로운 일을 가져다주었다. 내용은 스톡홀름 올림픽에서 영국은 명성을 완전히 잃고 말았는데 이를 계기로 어떻게 해서든 명성을 회복하고 싶다, 그를 위해서는 뿔뿔이 흩어져 있는 각 스포츠 단체를 통일할 필요가 있는데 그 일을 할 수 있는 사람은 영국 전체를 찾아봐도 당신 한 사람밖에 없는 듯하다는 것이었다. 이는 매우 커다란 칭찬이었으나 사실은 노스클리프 경 스스로가 이 문제를 위해 오래도록 헌신해오다 그 가운데 일부를 내게 떠넘기려 한 것에 지나지 않았다. 노스클리프 경의 서류는 매우 어수선한 것이어서, 내가 그 의견대로 행하면 부하로부터 공격을 받곤 했다.

조사를 해보니 틀림없이 혼란스러운 상황이었다. 한편에는 영국 올림픽위원회라는 건전하고 훌륭한 조직이 있어서 데즈버러 경을 위원장으로 삼고 있었다. 그들은 최선의 노력을 했지만 어떻게 된 일인지 신문 및 대중과의 접촉이 좋지 않아 반감을 샀기에 평판이 좋지 않았다. 한편 『타임스』에서는 위원회의 행동을 끊임없이 공격했는데 그 독설이 다른 신문에도 커다란 영향을 주었다. 노스클리프 경은 위원회에서 내리는 지령 및 그 외의 것들을 완전히 무시했으며, 위원회 쪽도 노스클리프 경을 배격했다. 무엇보다 먼저 이 문제를 풀어야 했는데 여기에는 발칸 문제를 해결하는 것에도 뒤지지 않을 만큼의 외교적 수완이 필요했다. 나는 위원회에 전혀 새롭고 독립적인 조직을 만들 필요가 있다고 제안했다. 그것이 승인되자 나는 『타임스』로 가서 이렇게 말했다. "당신은 지금 올림픽위원회를 상대하고 있는 것이 아니오. 전혀 새로운 조직이오. 이를 인정하시겠소?" 이것도 이해를 얻어 일단은 정리를 마쳤으나 그 새로운 조직이 아직도 존재하지 않는다는 사실에 대해서는 언급을 피하기로 하겠다. 나는 예전의 유명한 크리켓선수로 지금은 공예학교장으로 있는 스터드 씨에게 이 새로운 조직을 만들기 위한 협력을 요청했다. 우리는 서로 협력하여 급속하게 강력한 조직을 만들어냈다. 현재 오스트레일리아 총독으로 있는 포스터 경, 그 외에도 스포츠계의 유력인사들을 포함한 강력한 것이었다. 나는 물론 위원회의 대표이기도 했기에 서로 힘을 합쳐 각 방면과의 연락을 원만하게 주고받았고, 모든 것이 순조롭게 진행되어 나가는 형세가 되었다.

그러나 얼마 지나지 않아서 커다란 실수를 범하고 말았다. 나라고 해서 지혜의 원천이 되기를 바라고 있는 것도 아니며 물론 동료들과 같은 실수도 종종 범하기는 하지만, 이 문제에 있어서만은 내가 그 자리에 있었다면 그런 실수는 하지 않았으리라 생각한다. 그러나 마침 외국에서의 부름을 받아 국내에 없었기에 그 중요한 위원회에 참석할 수 없었다. 그 전부터 각 멤버들의 이름을 공개한 뒤, 대중들에게 기금 모집을 어필하기로 결정되어 있었다. 그러나 금액에 대해서는 아무런 이야기도 없었으며, 나는 내심 1만 파운드만 있으면 충분할 것이라고 생각했다. 그런데 휴가를 마치고 돌아와 보니 그들이 10만 파운드를 어필하고 있었기에 깜짝 놀랐다. 그 금액은 터무니없는 것이었기에 곧 곳곳에서 스포츠를 직업화할 생각이냐는 거친 비난이 쏟아졌다. 나는 입장이 매우 난처해졌다. 항변을 했다가는 어필 자체가 엉망이 되어버릴 터였다. 그렇다고 해서 모금을 그만둘 수도 없었다. 결국 나는 다른 사람들과 하나가 되어, 스스로는 잘못되었다고 생각하는 방향으로 열심히 노력할 수밖에 없었다. 실제로는 7천 파운드 정도가 모였다. 그러나 결국은 대중이 반감을 품고 있거나 무관심할 뿐이라는 사실을 알게 되었기에 그 7천 파운드는 올림픽위원회에 건네주었다. 그리고 전쟁[171]이 시작되었다. 1916년의 올림픽은 베를린에서 열릴 예정이었기에 우리들의 노력은 헛된 것이 되어버리고 말았다. 그 무렵에는 다른 게임—살상이 행해졌던 것이다. 이 일은 내 생애 가운데서 1년 정도를 앗아갔지만 결국은 아무런 결실도 맺지 못했다. 그런 면에서 내가 한 일 가운데 가장 보람 없는 일이었다고 할 수 있으리라. 누구로부터도 감사의 말 한마디 듣지 못했다. 그 이후부터 노스클리프 경이 보내는 전보에는 커다란 주의를 기울이고 있다.

이 무렵 일어났던 기묘한 일화가 떠오른다. 나는 런던의 노섬벌랜드 거리에 있는 호텔에서 묵고 있었는데 어느 날 밤, 기분전환을 위해 호텔에서 나와 어두운 템스 강가에 있는 공원을, 수면에 비친 등불 등을 바라보며 걷고 있자니, 갑자기 한 남자가 뒤에서부터 다가와서는 밑도 끝도 없는 말을 하며 빠르게 앞질러 갔다. 그 모습이 너무나도 절망적이었기에 나도 발걸음을 빨리하여 뒤를 따라갔다. 그는 갑자기 강가의 난간으로 뛰어 오르더니 물속으로 몸을 던지려 했다. 나는 그에게로 달려들어 두 다리를 잡았고, 내게서 벗어나려 발버둥치는 그를 있는 힘껏 도로로 끌어내렸다. 그리고 남자를 달래 사연을 들어보았다. 가정의 불화도 있는 듯했으나 주요한 이유는 빵을 만들어 파는 그의 사업에 있는 듯했다.

그는 존경할 만한 사람인 듯했으며 실패도 사실인 듯했다. 하여 그 남자를 진정시킨 뒤 가지고 있던 약간의 돈을 내주며 집으로 돌아가라고 설득했고, 앞으로 어려운 일이 있으면 내게 연락할 것을 약속하게 했다.

흥분이 가라앉은 뒤, 이는 일종의 사기로 교묘한 덫에 걸린 걸지도 모르겠다는 생각이 들기 시작했다. 그랬기에 며칠 뒤, 주소와 이름이 적힌 편지가 왔을 때에는 진심으로 마음이 놓였다. 그 후 그가 어떻게 되었는지는 알지 못한다.

제1차 세계대전 전인 그 무렵부터 지금에 이르기까지 내가 크게 신경을 써온 일 가운데 하나가 이혼법 개혁 문제다. 10년에 걸쳐서 개혁동맹 회장을 맡아 왔는데 더욱 유능한 후계자인 버컨헤드 경에게 그 자리를 물려주기 위해서 최근에 은퇴했다. 반대자들의 논의에는 지금도 맞설 생각이다. 결혼에 의한 결속력이 약해지는 것은 악임에 틀림없지만 어째서 세계의 개신교 국가 가운데 영국만이 뒤쳐져야 하는 것인지, 심지어는 스코틀랜드에게조차 뒤쳐져야 하는 것인지 나는 이해할 수가 없다. 그러면서도 어떻게 노동조합처럼 정나미가 떨어질 정도로 비열한 것을, 식민지는 물론 다른 모든 나라보다 앞서 지지할 수 있는 것인지. 도덕성이라는 면을 놓고 봤을 때, 보다 합리적인 법률을 가지고 있는 나라, 스칸디나비아나 네덜란드, 독일보다 영국이 높다고는 결코 말할 수 없다. 미국의 어떤 주에서는 이혼법을 극단적인 곳까지 끌고 갔으나 미국조차 결혼에 대한 행복과 도덕은 우리나라에 뒤쳐지지 않는 높이에 있다고 할 수 있다. 이 문제에 있어서 상원은 하원보다 조금 관대한 태도를 보였는데, 왜냐하면 상원은 하원만큼 이 문제와 관련된 교회의 압력을 두려워하지 않았기 때문이다. 이러한 점에서 생각해봤을 때, 나는 우리나라의 정치를 한동안 노동당에게 맡겨보았으면 좋겠다는 생각이 들기도 한다. 우리나라에서는 이혼법, 토지법, 재판 비용의 경감 외에도 여러 가지 법률이 개정을 기다리고 있으니 만약 보수정당이 그것을 해주지 않는다면, 그 일을 해줄 새로운 정당을 요구하지 않으면 안 되리라.

우리 국민들의 생활이 점차 나이아가라를 향해 조용히 미끄러져 가는, 이처럼 길고 행복한 세월 속에서도 나는 심령술 문제에 관한 흥미를 잃은 적은 없었으나 그렇다고 해서 이 문제를 통해서 종교적, 또는 심령적 면에서 보다 깊은 이해를 얻은 것도 아니었다. 그래도 여러 가지 것들을 읽기도 하고, 혹은 기회가 있을 때마다 조사를 하기도 했다. 한 신사가 런던 북부에서 일련의 강신술 실험을 행한 적이 있어서 나도 거기에 참석했는데, 영매는 세실 허스크와 크래독이었다. 실험은 내게 혼란스럽다는 인상을 주었다. 그도 그럴 것이 어떤 것은 매우 의심스럽게 여겨졌으며, 또 어떤 것은 진짜라고 여겨졌기 때문이었다. 원래 진짜 영매는 수단을 가리지 않는 사람으로 실체가 없는 영을 불러내지 못하면 속임수를 쓸지도 모른다는 점이 문제였다. 그러나 일반적으로는 자신이 진짜라고 믿을 때에만 주의를 기울여 거기서 결론을 이끌어내는 것이리라. 그 실험에서는 수의를 입은 여러 망령들이 어두컴컴한 방 안을 돌아다녔는데, 개중에는 내 얼굴에서 1피트밖에 되지 않는 거리까지 와서 아래에 장치한 형광판이 반사하는 빛에 그 용모가 비친 적도 있다는 사실을 기억하고 있다. 영매가 압둘라라고 부른 훌륭한 아랍인이 그런 식으로 다가왔었는데 그 얼굴은 사람의 것보다 조금 크고 거뭇하고 수염을 기르고 있었으며 위엄을 내보이고 있어서 마치 W. G. 그레이스를 이상적으로 형상화해놓은 것 같았다. 서로의 코와 코가 몇 인치밖에 떨어지지 않은 곳에서 나는 그것을 가만히 바라보았는데 이는 정교하게 만들어진 밀랍 인형이 아닐까 의심하기 시작한 순간, 갑자기 그 입이 열리더니 섬뜩하게 외치는 소리가 흘러나왔다. 나는 의자에서 벌떡 일어날 뻔했다. 번뜩이는 이와 빨간 혀가 분명하게 보였다. 아무래도 내 마음을 읽고 그처럼 멋진 방법으로 대답을 한 것인 듯했다.

금전상의 혼란이 있기는 했지만 이 무렵부터 몇 년 동안인가 내 생활에 흥분을 가져다 준 것은 주로 내가 가지고 있는 투기성에서 일어난 일들이었다. 하지만 수익을 올리고 싶다는 마음보다는 모험을 사랑하는 마음에서 일어난 일들이었다. 만약 수익을 얻어 그것을 정원의 구덩이에라도 묻어두었다면 나는 지금보다 훨씬 더 큰 부자가 되었을 것이다. 예전에 내가 여러 기회에 시험한 투기를 생각해보면 나는 경마에 빠진 사람들을 책망할 마음이 들지 않는다. 그래도 나는 다음과 같은 점에서 단순한 도박꾼들보다는 낫다고 생각한다. 즉, 나는 내가 얻은 돈 전부를 무엇인가의 발전을 위해서 썼으며 노동자들의 주머니를 채워주기 위해서 썼지, 자본가에게서 이익을 얻은 사람이 입을 씻는 것과 같은 행동은 하지 않았다. 결산 때 이익을 얼마나 얻었는지 살펴보는 것 자체가 가장 흥미로운 일이었다.

때로는 순수한 도박에 손을 댄 적도 있었지만 커다란 타격이 될 만한 금액은 결코 걸지 않았다. 나는 남아프리카의 구아노 섬에 대한 씁쓸한 기억을 가지고 있다. 우리 보물탐사단은 거기에 상륙 허가조차 받지 못했는데 그 섬에 있는 새의 둥지에는 전부 다이아몬드가 있다고 일컬어졌다. 토버모리 만에 있던 커다란 스페인 범선도 돈을 먹기만 했을 뿐, 그것을 돌려주는 일은 없었다.

그리고 내게 돌아온 몫은 한 무더기의 유리와 녹슨 철제 봉뿐이었다. 하지만 이것도 그나마 나은 편으로 칼굴리나 쿨가디, 그 외의 금광이라 불리는 장소에서는 금이 나오기는커녕 내가 그것을 쏟아 붓기만 했다. 이와 같은 광산은 그 유명한 우스갯소리와도 같은 존재였던 듯하다. 전신으로 돌을 분쇄하라는 명령을 받은 담당자가, 역시 전신으로 이렇게 답했다. "보내준 샘플을 돌려줄 때까지는 분쇄할 돌이 없다."

랜드 앤드 로디지아 회사의 발전에 있어서는 마음에도 없는 일을 하고 말았다. 당시는 아직 모든 것이 정비되지 않은 시대였는데, 금액에 대한 내용을 잘못 읽어서 60파운드를 투자할 생각으로 신청했더니 이튿날 아침, 900파운드의 청구서가 되어 내게 되돌아왔다. 때로는 투자에 성공한 적이 있는 것도 사실이지만, 솔직하게 말해서 나는 선택에 대체로 현명하지 못한 편이었다.

어쨌든 내가 좀 더 자유롭게 투자한 건 국내였다. 나는 켄트 탄광에서 커다란 가능성을 발견했다. 당시 나는 기업이 성공하려면 커다란 규모를 가진 경영이어야만 한다는 점을 그다지 중요하게 여기지 않았으며, 지금도 그 사실을 충분히 이해하고 있는 것은 아니다. 우리 투자자는 탄광의 갱 속에 돈을 헛되이 버린 꼴이 되어버리고 말았다. 나는 갱 속으로 1000피트나 내려가 거기에 석탄이 있다는 사실을 내 눈으로 직접 확인했다. 내가 보기에는 멋진 석탄이었으나, 단지 불연성이라는 결점이 있었다. 주주들에 의한 만찬회가 있었을 때는 요리용 석탄을 다른 곳에서 가져왔을 정도였다. 그런데 좀 더 아래층에 불에 잘 타는 질 좋은 석탄이 있었다고 한다. 켄트 탄광 외에 나는 버밍엄의 기계공장에 손을 내밀었다가 커다란 손해를 입은 적도 있었다. 그 회사에는 어떻게든 손해를 만회하기 위해 계속해서 돈을 쏟아 부었지만 결국은 도저히 손을 쓸 수 없는 상황이 되어 포기할 수밖에 없었다. 공장은 전쟁 중에 생산제품을 자전거에서 군수품으로 바꾸었다. 그리고 4년 동안 전쟁에 필요한 물자를 만들기 위해 100명의 직공과 함께 1페니의 배당금도 없이 열심히 일했다. 이것은 하나의 기록이 되어야 할 것으로, 적어도 사람들로부터 돈독이 올랐다는 말을 들을 이유는 없다. 결국 회사는 금속노조와 탄광노조의 거듭되는 파업으로 쓰러지고 말았다. 한 무리의 노동자 집단이 다른 집단을 간단하게 파멸시키고, 그런데도 피해자로부터 아무런 비난도 받지 않는다는 것은 참으로 신기한 일이라고 할 수밖에 없다. 다음으로는 건축용 조각기에 투자했다가 또 하나의 실패를 맛보았다. 그것은 참으로 커다란 능력을 가지고 있었지만, 수주를 따내지 못했다. 나는 이 회사의 회장이었기에 2년 동안 열심히 일하며 마음고생을 한 끝에 불명예스러운 결말을 피하기 위해 손해를 내 돈으로 메꿨다. 그것은 수많은 모험을 수반한 괴로운 경험으로 매우 재미있는 한 편의 소설이 될 만한 일이었다.

한 사람의 생애를 돌아볼 때 이러한 일들은 무시할 수 없는 파란이라고 할 수 있으리라. 왜냐하면 그러한 것들은 생애 가운데 없어서는 안 될 일부를 형성하기 때문이다. 내게는 불운도 있었지만 행운 역시 없었던 것은 아니다. 행운 가운데서도 특히 말해두고 싶은 것은 내가 라파엘 턱 회사의 사장을 21년 동안이나 해왔다는 사실이다. 그것은 21년이라는 길고 유쾌한 시간 동안 단 한 점의 어두운 구름도 없는 날들이었다. 또 나는 수년 동안 그 유명한 베슨 황동 회사의 사장으로도 있었다. 사람은 인생의 모든 면을 알아야 한다고 생각한다. 그런데 실업에 참가한 적이 없다면 그 사람은 인생의 중대한 일면을 모르는 채 지나는 셈이 될 것이다. 투자에 있어서도 나는 매우 운이 없었다는 식으로 말하고 싶지는 않다. 나는 투기적 모험에서는 손을 뗐지만 대영제국이 존재하는 한 내 생활에 필요한 것은 유지해 나갈 수 있으리라는 점만은 분명히 말할 수 있다.

제23장 스포츠에 대한 추억

맥스웰이 '커다란 중단'이라고 말한 것[172]에 들어가기에 앞서, 이쯤에서 이 자서전의 한 장으로 스포츠에 관한 경험을 이야기하기로 하겠다. 왜냐하면 스포츠는 내 생애에서 꽤 커다란 역할을 수행했으며 기쁨을 주기도 했는데, 시대를 따라서 이야기하기보다는 여기서 한꺼번에 이야기하는 편이 좋겠다고 생각했기 때문이다. 또한 이 시기가 나의 스포츠 경력에 있어서 최전성기였다는 점도 있기에 이쯤에서 장을 하나 만들어 이야기하는 것이 좋으리라 여겨진다.

사람은 나이를 먹어감에 따라서 스포츠에 대한 자신의 이력은 끝났다고 생각하기 쉬운 법이다. 그래도 나는 될 수 있으면 그것과의 연을 끊지 않으려 노력했다. 44세 때 축구시합에 나가서 열심히 뛰었으며, 크리켓은 그로부터 10년 뒤에도 했다. 나는 하나의 종목에 전념하지 않았기에 어느 종목에서나 2류에 지나지 않았다. 나는 만능선수를 목표로 임했고, 바로 그랬기에 스포츠의 즐거움을 누구에게도 뒤지지 않을 만큼 맛보았다고 생각한다. 이런 사람이었으니 스포츠에 대해서 조금은 흥미로운 경험을 가지고 있으며, 기록으로 남길 만한 일이나 이야깃거리를 가지고 있다고 해도 그리 이상한 일은 아니리라. 우선, 나의 친구들 대부분이 '협소'하다고 생각하고 있는 나의 스포츠관의 범위에 대해서 이야기하겠다. 나는 아무래도 평지 경마를 참된 스포츠라고는 생각할 수가 없다. 스포츠란 사람이 하는 것이지 말이 하는 것이 아니다. 물론 기술과 판단은 전문적인 기수들이 선보이는 것이지만, 굳이 말하자면 10번 가운데 9번까지는 좋은 말이 이기는 법으로 말의 머리만 똑바로 들고 있게 할 수 있다면 기수가 인형이어도 이길 수 있을 것이라고 나는 생각한다.

어쨌든 스포츠적인 즐거움이나 마필의 개량 등과 같은 이점이 있기는 하지만(물론 마필 개량을 위한 노력 따위 쓸데없는 짓이라는 의견도 들은 적이 있지만), 한편으로는 도박에서 오는 도덕적 부패와 예상가들의 악랄함, 경마 때문에 바람직하지 않은 사람들이 모인다는 점 등을 생각해봤을 때, 국가적 견지에서는 해가 되는 부분이 훨씬 더 크다고 결론 내릴 수밖에 없다. 하지만 물론 이 놀이가 인간성에 깊이 뿌리 내리고 있으며, 놀이 가운데서는 아마도 가장 오래된 것 가운데 하나일 것이라는 점은 인정하지 않을 수 없다. 따라서 사회로부터 추방하자는 것은 아니지만, 권투가 원래는 주먹다짐에서 진보하여 글러브를 끼게 된 것처럼 경마도 언젠가는 진보하고 또 순화되고 순화되어 점차 과격함을 배제해 나가는 것이 바람직하다고 생각한다.

나는 이유가 있어서 굳이 '평지 경마'라고 말한 것인데, 왜냐하면 어려운 장애물 경마는 완전히 건전하다고는 할 수 없지만, 예외라고 말하고 싶기 때문이다. 군중이나 내기 돈을 제외한다면 난관이 많은 장애물 경마는 인간이 연마한 기술과 불굴의 정신이라는 점에서 다른 스포츠에도 뒤지지 않는 것으로, 그랜드 내셔널[173])에서 높은 장애물을 뛰어넘는 자는 참된 스포츠 정신을 가지고 있다고 할 수 있으리라. 경마도 예전의 권투와 마찬가지로 해가 되는 것은 사람이나 말이 아니라 거기에 몰려드는 군중들이다. 의심스럽다면 워털루 역으로 나가 경마장에서 돌아오는 승객을 태운 열차를 보기 바란다.

경마에 대한 비판적인 태도로 독자들의 절반을 실망시켰을지도 모르겠는데, 다음으로 내가 오락을 위해서 동물의 목숨을 빼앗아도 된다는 생각에는 동의할 수 없다고 말한다면 나머지 절반도 기분 나빠할까? 인간이 먹지 않으면 안 되는 생물인 이상, 식량을 위해서 수렵을 하는 것은 허용을 할 수밖에 없다. 다른 동물을 죽여 살아가는 동물을 사냥하는 것이라면(예를 들자면 여우) 옳다고 하지 않을 수 없다. 그 1마리를 죽임으로 해서 다른 많은 생명을 구하게 되는 것이다. 그러나 죽이기 위해서 새를 기르거나 토끼나 사슴 같이 죄 없는 동물을 쏘아 죽이는 것은 아무래도 정당화될 수가 없다. 나도 이 결론에 도달하기 전까지는 활발하게 사냥을 했었다는 사실을 인정한다. 나의 그러한 경험이 있었기 때문에 나의 말이 잔소리처럼 들리지 않고 오히려 더욱 진실한 것으로 들리지 않을까 싶다. 지금도 실제로 좋은 사냥터가 아주 가까이에 있어서, 당신이 가을빛으로 물든 숲의 입구에서 기다리고 있다가 몰이꾼들이 바스락바스락 나뭇가지를 밟아 부러뜨리며 다가오는 소리가 들리고 갑자기 "위를 잘 봐."라는 날카로운 외침과 함께 꼭대기의 나뭇가지를 스치며 장끼 한 마리가 지나가는 것을 겨냥해서 당신이 탕 하고 1발 쏘아, 100야드나 뒤편으로 떨어뜨릴 때의 스릴을 생각하면 손이 근질거릴 정도다. 그러나 그 흥분된 순간이 지나면 당신은 그 아름다운 동물을 한순간에 죽였다는 사실을 깨닫고, 더 이상은 아무것도 생각하지 않는 편이 좋을 것이라며 서둘러 실탄 2발을 총에 장전하고 다음 사냥감을 기다릴 것이다. 상처 입은 토끼의 어린아이 같은 울음소리를 들으면 더욱 마음이 아프다. 그런 소리를 듣고도 자신의 행동에 죄책감을 느끼지 못하는 스포츠맨은 아무도 없을 것이다. 꿩이 크게 다쳐서 두 다리를 배 아래로 축 늘어뜨린 채 날아가는 모습을 본 사람도 마찬가지일 것이다. 꿩은 깊은 숲속으로 들어가 모습을 감춘다. 하지만 그러는 편이 당신 마음의 평안을 위해서는 더 나으리라.

물론 스포츠를 위해서가 아니라면 태어나지도 않았을 동물도 있으니 총에 맞아 죽는다 할지라도 전혀 태어나지 않은 것보다는 행복할 것이라고 용감하게 말하는 사람도 있다. 그 말은 틀림없는 진리다. 그러나 스포츠가 인간에게 어떤 효과를 가져다주는가 하는 점에서 살펴보자면 다른 측면도 있다. ―그러한 종류의 스포츠는 인간의 선한 감정을 둔하게 하고 동정심을 식게 만들며 인간의 성격을 잔인하게 한다는 점이 문제인 것이다. 겁쟁이도 용감한 사람과 마찬가지로 할 수 있다. 마음이 약한 사람도 강한 사람처럼 할 수 있다. 거기에 궁극의 선은 없다. 그렇다면 오락을 위해서 동물을 죽여도 된다는 도덕상의 권리를 가지고 있는 것일까? 다정한 마음씨를 가진 훌륭한 사람이 사냥을 한다는 사실을 알고 있다. 그러나 시대가 조금 더 발전한다면 그런 행동은 더 이상 하지 않게 될 것이라 생각한다.

이렇게 말하고 있지만 나는 낚시를 좋아하며 낚시를 할 수 있는 곳만 있다면 지금도 잠깐 해보고 싶다고 생각한다는 데에는, 나 스스로도 모순을 느낀다. 하지만 이를 완전히 모순되는 것이라고 말할 수 있을까? 물고기처럼 하등한 냉혈동물도 사냥개 앞에서 비명을 지르는 토끼나 배에 총알이 박힌 채 달아나는 사슴과 동등하다고 생각해야 하는 것일까? 잔인함이라는 점을 놓고 보자면 물고기 쪽이 훨씬 덜하다. 게다가 낚시를 하는 사람들의 마음을 끄는 것은, 실제로 물고기를 잡는 행위보다 자연의 한적함이나 낭만적인 여행이 아닐까? 송어나 연어가 첫 번째 바늘을 물었다가 달아난 뒤, 몇 분도 지나지 않아서 다시 바늘을 물었다는 이야기를 자주 듣는데, 그처럼 그들이 느끼는 아픔은 인간이 느끼는 아픔과는 전혀 다른 것인 듯하다.

나는 낚시에 대해서 다른 사람과 한 번 이야기를 나눈 적이 있었는데 그것은 나의 성실함을 입증하는 것이라고는 여겨지지 않는다. 버밍엄의 여관에서 있었던 일로 떠돌이 장사군이 아주 자랑스럽다는 듯 낚시 이야기를 하고 있었다. 나는 내가 최근에 낚은 것 가운데 마지막으로 잡은 3마리와, 언제 잡은 것이든 상관없으니 그가 낚은 물고기 3마리 중 어느 쪽이 더 무거운지 내기를 하자고 했다. 그가 내기에 응하며 자신이 잡은 대어에 대한 이야기를 꺼내고 100파운드 이상은 됐다고 말한 뒤, "그런데 당신이 잡은 3마리는 어느 정도였지?"라고 자랑스럽다는 듯 물었다. "200톤은 넘었지."라고 나는 대답했다. "고래였나?", "맞아, 그린란드의 고래 3마리였어.", "내가 졌군."하며 그는 억울해 했다. 하지만 나는 낚시에서 이긴 것인지, 낚시 이야기에서 이긴 것인지, 그것은 잘 모르겠다. 사실은 그해에 북극해에서 막 돌아온 것일 뿐이며, 문제의 3마리는 내가 포획을 도운 마지막 고래였던 것이다.

고래와 곰을 쫓던 북극에서의 경험은 나의 스포츠 이력 가운데서도 가장 멋진 것이었지만, 앞에서 이미 이야기했으니 여기서는 더 이상 언급하지 않겠다.

나는 기품 있는 스포츠로 영국에 오래 전부터 전해 내려오던 권투에 항상 관심을 가지고 있었으며, 내 스스로 어느 정도 수준에 달했다고는 말하지 않겠지만 자세라는 점에 있어서는 아마추어 가운데 상당한 수준에 이르렀다고 말할 수 있으리라 생각한다. 가르치는 것보다 배우는 것을 더 많이 했다면 나는 훨씬 더 강해졌으리라 생각하지만, 처음 연습기간 외에는 프로선수에게서 배울 기회가 없었다. 그래도 지금까지 여러 스타일의 사람들과 권투를 해봤기에, 다른 어떤 스포츠에도 뒤지지 않을 만큼의 즐거움을 얻었다. 그것은 포경선에서도 도움이 되었다. 첫날 밤에 뛰어난 스포츠맨인 뱃사람과 열전을 펼쳤는데 나중에 선실의 칸막이 너머로 그가 이렇게 말하는 것을 들었다. "콜린, 이번 의사는 솜씨가 가장 좋은 사람이야. 내 눈에 검은 멍을 만들어놓다니." 이것이 내 의학적 능력에 대한 유일한 시험일까 싶어 한심하다는 생각이 들었지만, 그래도 감히 말하자면 나 때문에 다른 사람이 피해를 입지는 않았다.

아직 개업의였을 무렵, 서식스의 한 한적한 마을로 보험업무 때문에 어떤 남자를 진찰하러 갔을 때의 일이 떠오른다. 남자는 그 마을 농가의 신사로 활달한 스포츠맨이었다. 찾아간 것이 토요일이었기에 신사가 권하는 대로 월요일까지 머물렀다. 아침 식사 후에 마을의 남자들 몇 명이 찾아왔는데 그 가운데 권투를 좋아하는 젊은 농부가 한 명 있었다. 이야기를 나누는 동안 나도 권투를 매우 좋아한다는 사실이 알려졌다. 결과는 분명했다. 장롱 구석에서 낡은 글러브 2짝을 찾아 꺼냈고 몇 분도 지나지 않아서 둘은, 처음에는 가볍게 마침내는 격렬하게 맞섰다. 그러나 중량급인 두 사

람에게 집 안은 너무 좁다는 사실 정도 바로 알 수 있었기에 우리
는 앞마당의 잔디로 나갔다. 그 옆으로 마을의 길이 뻗어 있고 거
기에 담이 있었는데 팔꿈치를 대고 구경하기 딱 좋은 높이였기에
마을사람들이 기뻐하며 구경을 했다. 우리는 활기차게 몇 라운드
를 겨루었으나 어느 쪽이 이겼다고는 말할 수 없었다. 단, 그 시합
이 영국 전원풍경 속의 특이한 장소에서 벌어진 것이었기에 내게
는 특별한 기억으로 남아 있다. 그것은 내 생애 속에서도 기묘하
고 즉흥적인 시합 가운데 하나였다. 또 하나의 시합은 다른 장소
에서 다른 사람과 벌인 것이었는데, 여름의 새벽 5시에 그 남자와
무도회에서 돌아와 그 남자의 방에서 그날 저녁의 연습을 위해서
라며 야회복을 입은 채로 활기차게 몇 라운드를 겨루었던 기억이
있다.

어떤 지식이든 언젠가는 도움이 되는 법이라고 사람들은 말한
다. 틀림없이 나의 권투에 대한 경험과 내기 권투의 역사에 관한
넓은 지식은 훗날 『로드니 스톤』을 쓸 때 도움이 되었다. 그 세세
한 부분은 권투를 해보지 않은 사람은 잘 알 수 없을 뿐만 아니라
맛볼 수도 없는 것이라 생각한다. 보이 짐이 벅스와 겨루는 한 장
면을 내 친구가 커다란 병에 걸린 권투선수에게 읽어주었는데, 병
든 선수가 점차 흥분하며 귀를 기울이더니 세컨드가 보이 짐에게
권투 용어로 적의 약점을 찌르는 조언을 하는 장면이 나오자 침대
에 있던 환자가 "맞아! 그렇게 해서 해치워버려!"라고 외쳤다고 한
다. 이 이야기를 듣고 나는 기뻐서 견딜 수가 없었다.

옛 방식의 내기 권투가 국민적 견지에서 봤을 때 훌륭한 것이
었다는 나의 의견을 숨기지 않겠는데, 그것은 글러브를 사용하는
새로운 권투가 현대에 그런 것과 완전히 똑같다. 우리나라의 스포

츠는 유약해질 위험을 피하기 위해서 늘 약간은 거친 편이 좋다. 단, 이 옛날 방식의 권투가 시대의 흐름에서 멀어진 것만은 사실이다. 변변치 못한 무리들이 기사도 정신이나 영국의 페어플레이 전통은 내팽개친 채 돌아보지도 않고 오로지 돈을 벌 수 있는 방향으로만 머리를 굴렸기 때문이다. 그들의 악행이 선량한 사람들을 내몰고 말았다. —그들 선량한 사람들에 의해서 지켜지던 전통기술, 그 버팀목이 사라졌기에 모든 제도와 관행이 쇠퇴하고 부패해버린 것이다. 그러나 지금은 글러브를 사용하는 권투가 국가 스포츠클럽과 그 외의 통제 아래에서 두 번 다시는 부패적 요소가 스며들지 못하도록 주의를 기울이며 행해지고 있다. 잔인성이 없는 격렬한 다툼, 흉포성이 없는 과감한 정신, 속임수 없는 높은 기술, 이러한 것들의 표출이야말로 참으로 고귀한 스포츠다. 글러브를 끼고 싸우는 모습을 보고 세상 사람들은 웃을지도 모르겠지만 4온스짜리 글러브를 끼고 20라운드를 겨루는 것은 인간이 견딜 수 있는 한계라고도 할 수 있는 고통이다. 거친 옛 방식의 권투에 겁쟁이는 도저히 발을 들여놓을 수 없었지만, 새로워진 권투도 버텨내야 한다는 점에서는 예전과 비교해도 결코 커다란 차이는 없으리라.

사람들은 현대의 챔피언과 과거의 강호 중, 누가 더 셀지 궁금해 할 것이다. 나는 양자 가운데 한쪽 편은 잘 알고 있다. 현대의 위대한 권투선수인 J. L. 설리번에서부터 토미 번스, 카르팡티에, 봄바르디어 웰스, 베켓, 그리고 그 작은 체구의 기적과도 같은 지미 와일드에 이르기까지 대부분은 보아왔기 때문이다. 그렇다면 다른 한쪽, —구시대의 사내들은 어떨까? 이 양자의 연결고리는 쨈 메이스뿐이었다. 그는 1860년대에 구식 권투, —맨주먹으로 싸우는 권투선수로 유명했다. 그가 훗날 미국에서, 그리고 특히 오스트레일리아에서 글러브를 사용하는 권투를 적극적으로 전개했다. 오스트레일리아에서는 메이스의 지도도 있었기에 프랭크 슬라빈, 피츠시몬즈 등의 뛰어난 선수들이 배출되었다. 그들은 영국의 구식 권투에서 글러브를 끼고 하는 권투로 진출한 사람들이다. 그들이라면 구식 권투와 신식 권투를 비교할 수 있는 가장 정확한 실례를 도출할 수 있었으리라. 그러나 그들 정도의 기술과 경험을 가진 사람이라 할지라도 어쩌면 비참한 결과를 맞이했을지도 모른다. 구식 권투선수도 글러브를 끼면 더없이 나약해져버리는 것이 일반적인 예였기 때문이다. 톰 세이어스도 글러브를 끼고 링에 선다면, 누구라도 매 라운드 그를 마음껏 때릴 수 있을 테지만, 글러브를 끼지 않는다면 로프를 넘어 링에 들어가려 하는 자가 아무도 없을 것이다. 나는 메이스가 시합하는 모습을 본 적이 있는데 당시 그는 60세가 넘었음에도 불구하고 그의 왼손이 똑바로 뻗어나가는 모습, 발놀림의 경쾌함, 견고한 방어는 참으로 훌륭한 것이었다.

제1차 세계대전 후에 권투의 부흥을 위해 노력한 우리들의 성과가 어떤 것이었는지를 사람들은 똑똑히 보았을 것이다. 왜냐하면 이 위기에 있어서—역사의 미래를 결정하는 순간에 있어서—권투가 커다란 역할을 수행했기 때문이다. 물론 전장에서 병사들이 맨주먹으로 겨루었다는 등의 얘기를 하려는 게 아니다. 하지만 실제로 경험을 한 사람들은 누구나 수긍하리라 생각하는데 권투는 병사들에게 감투정신과 적극적인 행동력을 길러줬으며, 특히 백병전에서는 도움이 되었다. 이러한 점에서는 영국보다 동맹국인 프랑스에 보다 커다란 이익을 주었다고 해도 좋으리라. 권투선수인 카르팡티에는 실제 전쟁에 임했던 정치가나 장군을 제외한다면 프랑스를 위해 전쟁에서 가장 커다란 공을 세운 사람이라고 말해도 과언은 아니니라. 르두가 경량급에서 그랬던 것처럼 한 프랑스인이(카르팡티에가) 그 체급에서 최고의 권투선수가 되었다는 사실이 국민 전체의 육체적 자신감을 향상시켰고, 그것이 국민 한 사람 한 사람에게까지 스며들었던 것이다. 권투, 럭비와 그 외의 영국 스포츠가 바다를 건너 프랑스로 들어가, 젊은이들이 사랑놀음이나 결투 등을 이상으로 생각하지 않게 되었다는 사실은, 프랑스에게 있어서는 기쁜 일이었다. 영국은 유럽 대륙에 여러 가지 것들을 전파했지만 이보다 더 가치 있는 것도 없으리라.

권투와 관련된 나의 조그만 경험으로 되돌아가겠다. 나는 딱 한 번, 아주 커다란 기회를 얻은 적이 있었다. 그도 그럴 것이, 그것이 마지막이 되리라 일컬어졌던 백인과 흑인의 챔피언 결정전에서 심판이 되어달라는 부탁을 받았기 때문이었다.

가장 먼저 전보가 왔고 뒤이어 다음과 같은 편지가 날아들었다.

<뉴욕

1909년 12월 9일

존경하는 선생님.

얼굴 한 번 뵌 적 없는 제가 갑자기 제프리와 존슨의 선수권 시합에서 심판을 맡아달라는 전보를 보낸 무례함을 용서해주시기 바랍니다. 사실을 말씀드리자면 시합계약서에 사인을 할 때, 심판을 누구로 해야 좋을까 하는 이야기가 나왔는데 많은 사람들의 입에서 선생님의 성함이 나왔습니다. 그 중에서도 주최자인 텍스 리카드가 가장 적극적이었습니다. 이렇게 말씀드리면 출장에 동의하는 쪽으로 마음이 움직이시리라 생각합니다만, 투표로 심판을 결정하기로 했는데 여러 사람들이 선생님의 성함에 표를 던졌습니다. 미국에서도 최고 수준의 스포츠에 관계하고 있는 사람 가운데 한 명인 저를 신뢰해주십시오. 선생님은 우리 미국에도 수많은 숭배자를 가지고 계십니다. 권투를 소재로 한 작품의 작가이신 선생님은 위대한 스포츠인 권투에 대한 당신의 공헌 덕에 이곳에도 수많은 선생님의 친구가 생겼다는 사실을 믿어주시기 바랍니다.

선생님에 대한 미국인들의 참으로 친밀한 감정에 기대어 전보를 보낸 것입니다. 이 편지에 대한 답장을 주신다면 더없이 행복하겠습니다.

위대한 흑인 복서가 백인인 제프리와 세계 챔피언의 자리를 놓고 겨루는 시합에서 선생님의 모습을 볼 수 있다면 우리나라 사람들에게 얼마나 커다란 기쁨을 줄 수 있을지 모르겠습니다.

뉴욕 모닝 텔레그래프 편집장

어빙 제퍼슨 루이스 올림>

친구들은 한쪽 귀에는 권총을, 다른 한쪽에는 면도칼을 들이밀 것이 뻔하다고 말했지만, 나는 이 명예로운 초대에 응하고 싶었다. 그러나 워낙 먼 곳이었고 직업상의 예약 등이 있었기에 결국은 승낙하지 못했다.

혼자서 하는 스포츠 가운데 가장 훌륭한 것이 권투라면, 단체로 하는 스포츠 가운데서는 럭비가 으뜸이라고 생각한다. 힘, 용기, 스피드, 지략의 4가지 요소는 하나의 스포츠가 가진 중요한 요소이다. 나는 내 생애에 있어서 럭비를 좀 더 오래 하고 싶었지만, 나의 럭비는 다른 많은 사람들과 마찬가지로 학생 시절에는 그 지방 고유의 로컬룰이 적용된 시합이었기에 엉망이 되어버리고 말았다. 그러한 시합도 그 자체로는 훌륭한 게임이지만 누가 뭐래도 소년들에게는 적합하지 않다. 그와 같은 각 지역의 변칙적인 게임이나 이스턴 학교 방식의 풋볼이나 윈체스터식 게임 및 그 외의 것들은 국민들에게 있어서 불행한 것이다. 왜냐하면 우리나라의 청소년들이 훌륭한 선수로 성장해야 할 시기에 그런 게임으로 에너지를 소비해버리기 때문이다. 또한 정식 럭비로 육성된 남아프리카나 뉴질랜드의 청소년들이 우리나라의 시들기 시작한 화환 속에서 다시 몇 개의 월계수 잎을 뽑아갈 것이기 때문이기도 하다. 오스트레일리아의 빅토리아 시에서 로컬룰이 적용된 시합이기는 했지만 참으로 훌륭한 럭비 경기를 본 적이 있다. 로컬룰이 적용됐다고는 하지만 그 외의 부분에서는 라인을 형성해야 할 만큼의 감각을 가지고 있었으며, 다른 스포츠에서 도달한 것과 같은 고도의 기술도 가지고 있었다. 우리나라의 교장들도 이와 같은 방식을 받아들여야 한다고 생각한다.

　따로 훈련을 하는 정도까지는 아니었으나 에든버러 대학 팀에서는 잠시 포워드를 맡은 적도 있었다. 그러나 게임에 대한 지식이 부족했기에 내게는 짐이 너무 무거웠다. 나중에는 축구로 전향해서 그 유명한 포츠머스 팀이 아직 아마추어였을 때, 처음에는 골키퍼를, 나중에는 후위를 맡았다. 그 팀은 당시에도 꽤나 좋은 팀이어서 내가 마지막으로 뛰었던 시즌에는 우리가 속한 주에서 2위를 차지했었다. 그 시즌에 나는 주의 대표 가운데 한 사람으로 뽑혔다. 킥은 멀리까지 확실하게 보낼 수 있었으나 좋은 후위가 되기에는 움직임이 너무 둔했다. 그 이후 오랜 시간 뛰지 않았지만, 훗날 남아프리카에서 다시 시작했고, 블룸폰테인 시에서는 병원과 병원 사이의 시합을 편성해 장티푸스에 대한 근심에서 사람들을 벗어나게 했다. 그러나 오래 전부터 사귀어왔던 이 스포츠도 내게는 친절하지 못해서 한 사내의 과실로 가슴을 차였고, 갈비뼈가 2개 부러진 탓에 결국 이 스포츠와는 작별을 고하게 되었다. 그 후에도 가끔 시합에 나서기는 했으나, 사람은 나이를 먹으면 상대편과 힘껏 부딪쳤을 때, 젊었을 때와는 달리 커다란 충격을 받는 법이다. 그럴 때 골프로 전향했고 내가 놓쳐서는 안 될 스포츠가 아직 남아 있었다는 사실을 알게 되어 감사하는 기분이 들었다. '부자나 노인들의 놀이'라고 비웃을 사람이 있을지도 모르겠으나 플레이를 위해서 들판을 4마일이나 걸어야 한다는 데 그 권위가 있다.

개인적인 일을 말하자면 나는 골프에 열중했으나 솜씨는 조금도 늘지 않았다. 가장 좋을 때도 핸디는 10이었으며, 최악일 때는 핸디의 숫자를 도무지 헤아릴 수 없을 정도였다. 그러나 하나의 스포츠에 열중했는데도 실력이 늘지 않는다는 것은 그 스포츠가 높은 수준에 있다는 사실을 증명하는 것이다. 이는 적어도 골퍼가 골프를 즐기는 것이지 과시나 체면을 생각해서 하는 것이 아니라는 증거는 된다. 골프는 요부(妖婦)다. 사람을 유혹해놓고 교묘하게 달아나버린다. 나는 10년 전에 골프를 마스터했다고 생각했다. 지금도 그렇게 생각하고 싶지만 스코어를 보면 이 요부는 아직 손에 잡히지 않은 듯하다. 나이 든 애인은 이 여성의 미소를 손에 넣기가 어려운 모양이다.

골프를 처음 시작했을 무렵에는 피라미드 바로 아래에 위치한 메나 호텔 앞의 매우 초보적인 링크에서 연습하곤 했다. 썩 기분 좋은 코스는 아니어서, 공이 왼쪽이나 오른쪽으로 벗어나면 람세스였나 토스메스였나, 아무튼 고대 이집트 왕의 무덤으로 날아들었다. 여기서 내가 비능률적으로 분투하는 모습을 보고 있던 한

익살스러운 사람이, 이집트에서 발굴을 하려면 세금을 내야 하는 것으로 알고 있는데, 라는 우스갯소리를 했다. 이집트에서의 골프 시합 가운데서는 당시 정보부장이었던 고 군사령관과의 시합이 즐거운 기억으로 남아 있다. 내가 공을 티에 올려놓았을 때, 그의 흑인 캐디가 손가락 2개를 내밀더니 거기에 침을 뱉는 모습이 눈에 들어왔다. 이는 이제 시작될 나의 게임을 저주한다는 의미인 듯했다. 그 때문인지 어떤지는 모르겠지만 이후 나는 거듭 실수를 되풀이했다.

그때는 수단을 재탈환하기 전이었는데 윈게이트 당시 대령의 말에 의하면 옴두르만에서 온 그의 첩보원은 종종 골프장 링크에서 그의 클럽을 짊어지고 정보를 보고하곤 했다고 한다. 왜냐하면 카이로에는 칼리파[174]의 첩보원들이 아주 많아서 그들의 눈을 피할 필요가 있었기 때문이었다. 어쨌든 이때는 군사령관이 이겼지만, 그 다음에는 던바에서 기독교도 캐디와 함께 시합에 임한 내가 적을 쓰러뜨렸다. 그리고 두 사람은 결승전을 누구의 주문(呪文)도 없이 카르툼에서 행하기로 약속했다. 생각해보면 그 첫 번째 시합 이후 다음에는 달에서 치자고 약속하는 편이 더 현명했을지도 모르겠다.

때로 나는 내 실력에 짜증이 나서 골프를 포기해보기도 했으나, 그럴 때마다 다시 시작할 마음이 들었다. 낡은 책상 속을 살펴보다 심하게 실망했을 때 쓴 것인 듯한 골프와의 결별문을 발견했다. 거기에 의하면 <나의 골프 이력에 대한 추억에 바친다. 무너지는 스탠스와 성숙하지 못한 스윙이 화가 되어 나의 골프는 영원히 발전하지 못하리라. 그 나약함에도 기꺼이 인내해왔으나, 결국은 굴복하고 수많은 캐디들의 아쉬움 속에서 제18번 홀에 이것을

묻노라.> 일단 그만두었다 할지라도 신경 쓰지 말고 다시 시작하면 된다. 너무 이른 매장 따위에 연연할 필요는 없다.

흔히 골프와 당구는 공통점이 매우 많아서 한쪽을 잘하면 다른 쪽에서도 뛰어난 기량을 발휘하는 법이라고들 말한다. 그러나 개인적으로는 그렇게 생각하지 않는다. 왜냐하면 나의 경우 당구는 아마추어의 평균을 훨씬 뛰어넘는 수준에 있지만 골프는 훨씬 아래에 있기 때문이다. 당구에서의 나는 100점 이상의 연속 득점까지는 이르지 못했지만, 80점 때로는 90점 정도는 어렵지 않게 냈기에 조금만 기다려봐, 하는 심정이었다. 당구에 있어서는 위대한 권위자였던 친구 고 드레이슨 장군은 어느 경기자에게나 자신이 주장하는 이른바 '십진법'이라는 것을 확인하라고 말했다. 이는 점수를 냈을 때나 내지 못했을 때나 전부 합쳐서 100점에 이르기까지 몇 라운드를 쳤는지 알라는 의미로, 물론 그 라운드 수는 공의 움직임에 따른 운이나 경기자의 컨디션에 따라서 변하는 법이지만 12번에서 20번쯤 계산을 해보면 그 경기자의 평균 실력을 대충은 알 수 있게 된다는 의미다. 이 방법이라면 혼자서도 자신의 실력을 가늠해볼 수 있다. 어떤 경기자가 100점을 따는 데 평균 20라운드를 필요로 한다면, 그 사람의 실력은 대충 5쯤 되는 것인데 아마추어치고 상당한 실력이라고 해도 좋을 것이다. 만약 연속해서 10라운드 대의 기록을 꾸준히 낸다면, 그는 일반적으로 만나게 되는 상대에게는 거의 지지 않는다고 생각하면 될 것이다. 내 자신의 실력을 굳이 말하자면 연습 때에는 6에서 8정도의 실력이라고 생각한다.

나는 커다란 시합에서는 아무래도 강하지 못한 듯하다. 아마추어선수권 시합에 출장한 적이 있었던 것도 나의 실력이 뛰어나다고 착각했기 때문이 아니라, 아마추어들의 시합이라는 분위기를 분명하게 연출하기 위해서는 내가 출장하는 것이 좋으리라는 생각에서 특별히 요청을 받았기 때문이었다. 행운의 부전승과 나 정도의 실력을 가진 사람 1명을 이긴 덕분에 3회전에 진출했으나 거기서 나를 이기고, 연달아 여러 사람을 제압해서 마지막에는 결승전에까지 진출한 에반스 씨와 맞닥뜨리게 되었다. 그의 1000점에 대해서 나는 650점을 땄는데, 며칠 전에 모터바이크에서 심하게 떨어졌던 나로서는 이미 예상하고 있던 점수였다. 빨간 공을 빼고, 42점이 나의 최고 기록이었다. 당구는 모든 실내 경기의 왕으로 이는 존 나이렌이 크리켓을 멋지게 묘사한 것처럼 누군가가 산문으로 이야기를 해주었으면 한다. 수구에 맞은 목적구가 포켓 속으로 떨어지는 굉장한 기세, 태양의 빛이 닿은 것만큼 약하게 쳤지만 그래도 움직이는 공의 섬세함, ―당구의 이런 여러 모습을 글로 재현한 사람은 아직 아무도 없다. 무엇보다 멋진 것은 쿠션에 달라붙은 공이 기다란 쿠션을 따라 천천히 움직여서 모서리의 주머니에, 모든 물리적 법칙을 무시하고 소용돌이 속으로 빨려 들어가듯 떨어지는 순간이다. E. V. 루카스 씨라면 이를 자신 있게 해낼 수 있는 사람이다.

당구에 관해서는 재미있는 추억이 하나 있다. 사우스시 해안의 해수욕장에 있는 조그만 호텔에 홀쩍 들어갔을 때의 일인데, 시간을 보내기 위해서 그곳의 채점자와 당구를 쳤다. 플록코트를 입은 거만한 태도의 사내였는데 실력에는 자신을 가지고 있었지만 막상 공을 칠 때면 손을 획 잡아채는 나쁜 버릇이 있었다. 나는 어렵지 않게 시합에서 이긴 뒤, 친절을 베풀고 싶은 마음에 그의 결점에 대해서 가르쳐주었다. 그러나 그는 그 말에 화를 내며, 자신은 손님을 상대로 그냥 져주는 것이라고 말했다. 그 말에는 나도 화가 났기에 이렇게 말했다. "그래? 저녁을 먹은 뒤 다시 올 테니 그때는 진짜로 쳐보라고. 만약 나를 이긴다면 1파운드 금화를 주기로 하지." 저녁을 먹은 뒤의 시합에서 그는 전보다 더 좋지 않은 경기를 했지만 나는 뜻밖의 행운이 찾아와서 100점을 3라운드 정도 만에 쳤을 정도였다. 상의를 걸치고 그곳에서 나오려 하자 그 기묘하고 조그만 사내가 곁으로 다가와서 물었다. "실례합니다만, 당신의 성함은 로버츠175)이신가요?"

크리켓에 관한 나의 첫 번째 추억은 유쾌한 것이 아니다. 사립 예비학교의 아직 어린 학생이었을 때 나는 주위에 서서 부럽다는 듯 구경하는 무리 중 한 명이었다. 한번은 유명한 젊은 선수가 경기하는 모습을 보고 있었는데 그 선수가 있는 힘껏 친 공이 내 무릎에 맞았다. 그리고 그 유명한 선수의 팔에 안겨 학교의 보건실로 옮겨졌다. 그의 이름은 톰 에밋, 그의 유명세가 어느 정도인지 그 실체는 몇 년 전에야 비로소 알게 되었지만, 그런 일이 있었기에 이름만은 훨씬 전부터 내 머릿속에 남아 있었다. 대부분의 소년들과 마찬가지로 나도 2류 선수의 친절보다는 1류 선수에게 맞아 쓰러지는 것을 더 기뻐하는 소년이었다.

이것이 그 게임과의 첫 번째 만남이었는데 그 후 나는 다른 어떤 스포츠에서보다 그 게임에서 강렬한 즐거움을 얻었다. 그러나 결국에는 그 게임의 희생자가 되었다고 말해도 좋으리라. 왜냐하면 몇 년 전에 강속구를 던지는 투수가 내 왼쪽 무릎 아래의 같은 곳을 2번이나 맞혔는데 그것이 아직도 낫지 않았기 때문이다. 나는 지금까지 웬만한 사람에게는 지지 않을 정도로 수많은 이닝을 거듭해왔는데, 그와 함께 수많은 우정과 추억을 가지고 있다.

소년 시절의 나는 크리켓에 열정적이었다. 그러나 학생 시절에는 너무 바빠서 짬을 낼 수가 없었다. 그 이후 다시 시작했지만 일과 여행 때문에 실력 향상은 중단되기 일쑤였다. 청년 시절에 그 즐거움을 충분히 맛보지 못했기에 나중에야 집착하게 된 것인데 결국 나는 이 은밀한 야심을 최고 수준을 가진 크리켓선수들의 끝자락에 들어감으로 해서 채웠다. 물론 그것은 나의 실력이라기보다 다른 사람들의 호의에 의한 것이었을 테지만, 그래도 나의 마지막 시즌에 켄트, 더비셔, 런던 카운티 등과 대전한 최고 시합에서 각 게임마다 평균 332점을 기록했으니 부끄러운 성적은 아니라고 생각한다. 그러나 나는 아마추어 팀에서 오히려 더 좋은 역할을 했던 것이리라. 왜냐하면 나는 꽤 좋은 투구를 했기에 그 자리를 지킬 수 있었지만, 매릴리번 크리켓 클럽과 같은 프로에서는 모두가 뛰어난 타격 능력을 가지고 있기에, 아마추어선수는 아무리 좋은 수비 능력을 가지고 있다 할지라도 그것만으로는 좋은 활약을 할 수가 없기 때문이다. 그러나 그런 매릴리번 크리켓 클럽에서도 때로는 성공의 영예를 얻곤 했는데 워릭 신사 클럽과의 대전에서 내가 3사람을 연속해서 아웃시켰을 때는 팀에서 내게 은으로 만든 조그만 모자를 선물해주었다. 내게 아웃 당한 희생자 가운데 한 명은, 내가 왼손 투수라고만 생각하고 있었는데 오른손으로 던지기에 크게 당황했다고 말했다. 이 이유는 그나마 나은 편이었고, 다른 한 사람은 더욱 궁색한 변명을 했다. ―그 사람은 내게 아웃 당하자 이렇게 외쳤다. "뒤의 배경이 연두색인데 저런 분홍색 셔츠를 입고 던지는 놈의 공을 어떻게 치란 말이야!"

나는 크리켓선수 가운데서 가장 위대한 W. G. 그레이스를 운좋게 아웃시킨 적이 있다. W. G.는 곧바로 복수에 들어갔다. 그는

공을 천천히 가볍게 던졌는데 마치 유치한 속임수 같았으나, 그러면서도 참으로 미묘해서 포착하기가 어려운 것이었다. 그는 언제나 위킷이나 그 부근에 던졌으며 진짜 강속구는 결코 던지지 않았지만 언제나 거리를 완벽하게 조절했다. 이 마지막 요소 때문에 나는 지고 말았다. 나는 30점인가 40점을 딴 뒤 그와 상대했기에 커다란 자신감을 가지고 있었다. 나는 그로부터 4점을 빼앗았고 다음 공도 쳐주겠다고 의욕을 불태우고 있었다. 좋은 투수가 늘 그렇듯 그는 나의 의도를 꿰뚫어보고 1, 2피트 앞에서 떨어지는 공을 던졌다. 나는 간신히 그것을 쳐서 다시 4점을 얻었다. 그것으로 완전히 우쭐해져서 상대방이 던지는 유쾌한 느린 공은 전부 4점을 얻을 수 있을 듯한 기분이 들었다. 다음 공은, 공이 튀어오르자마자 치려고 나는 몸을 앞으로 내밀고 있었다. 공을 약간 높게 던졌기에 배트에 제대로 맞을 줄 알았는데 사실은 내가 때릴 수 없는 곳에 떨어졌고 포수인 릴리가 순식간에 위킷 위의 베일즈를 떨어뜨렸다. 이렇게 해서 물러났는데 그때 내가 어떻게 했어야 했는지 하루 종일 생각했으며, 그것은 아직도 풀리지 않은 의문이다. 나이 든 크리켓선수가 추억에 잠기는 것은 위험한 일이다. 여러 가지 일들이 끝도 없이 솟아오르기 때문이다.

펜싱에 관해서는 한정된 경험밖에 가지고 있지 않지만, 그 연습이 얼마나 격렬한 것인지는 잘 알고 있다. 나도 연습 중에 커다란 부상을 입을 뻔한 적이 있었다. 사우스시에 있었을 무렵 펜싱이 특기인 한 의사를 찾아간 적이 있었는데, 그 사람의 말에 따라 한판 승부를 벌였다. 마스크와 장갑은 착용했으나 무거운 몸통 가리개는 귀찮아서 착용을 하지 않으려 했다. 그러자 상대방이 반드시 착용해야 한다고 주장했다. 그 덕분에 커다란 부상을 입지 않을 수 있었던 것이다. 왜냐하면 그가 힘차게 찔렀을 때 그 검의 끝에서부터 몇 인치쯤 되는 부분이 부러져 몸통 가리개에 깊이 박혔기 때문이었다. 그날은 소중한 교훈을 얻은 셈이었다.

나는 여러 가지 스포츠를 즐겼지만 그에 비해서 커다란 부상은 당하지 않았다. 축구를 하다 손가락 하나가 부러졌고, 크리켓을 하다 2개(같은 시즌에 차례로 부러졌다), 그리고 무릎 부상이 1번.
―대략 이 정도였다. 덩치가 커서 승마는 서툴렀지만 사냥에서든 어디에서든 말에서 떨어져도 부상은 전혀 입지 않았다. 전에도 이야기했지만 한번은 말에서 떨어졌을 때 말이 앞발로 내 눈가를 찬

적이 있었다. 그때도 잘못했으면 크게 다칠 뻔했지만, 가벼운 찰과상 정도로 넘어갔다.

재난을 피한다는 점에서 나는 참으로 운이 좋은 사람이었다. 최악의 경우는 자동차사고로, 1톤이나 되는 차가 높다란 둑 위로 올라섰고 거기서 나를 자갈길로 내던진 다음 나를 덮치려 했다. 핸들이 시트보다 약간 튀어나와 있었기에 그것이 버팀목이 되어 차 밑에 깔리는 것을 면하기는 했으나 핸들이 차 무게를 버티지 못하고 휘어 차 전체가 내 목 바로 아래에 걸쳐졌으며 얼굴이 자갈에 처박힌 몸은 소리조차 지르지 못했다. 무게가 시시각각으로 더해져 척추가 얼마나 버텨줄지 의문이었는데 그때 마침 사람들이 몰려와 차를 들어 나를 꺼내주었다. 1톤이나 되는 무게가 척추에 가해져 그것을 버텼는데 어디에도 마비 하나 일어나지 않고 이렇게 지낼 수 있는 사람은 그리 많지 않으리라. 두 번 다시 되풀이하고 싶지 않은 행운의 묘기다.

자신의 자동차를 운전해서 수많은 역경과 모험을 만나는 것은 꽤 좋은 스포츠라고 생각한다. 자동차는 지금처럼 튼튼하게 만들어지지 못했고, 운전수도 미숙했으며, 말은 지금보다 훨씬 더 잘 놀랐던 몇 년 전에는 이러한 일도 훨씬 더 격정적인 것이었다. 자동차만큼 인간의 사고력과 판단력을 발달시킨 새로운 발명품도 없으리라. 갑작스러운 위험에 응해서 그것을 극복하는 것은 인간을 훈련하기에 가장 좋은 방법이다. 만약 누군가가 상당히 긴 여행에 나섰는데 그 자신이 드라이버이자 수리공이라면 거기서 상당히 귀중한 경험을 얻을 수 있으리라.

자동차가 아직 초기 단계에 있었을 무렵 새로운 12마력짜리 울즐리를 가지러 버밍엄에 갔을 때의 일을 생생하게 기억하고 있다.

당시에는 드라이버의 제모라 여겨지고 있던 높은 요트모자 같은 것을 쓰고 있었다. 그런데 뉴스트리트 역 승강장을 걷고 있자니 그 모자 때문에 착각을 한 것인지 한 부인이 오만한 태도로 월솔 행 열차는 어디서, 언제 출발하느냐고 물었다. 역무원인 줄 안 모양이었다. 차는 무사히 집까지 가지고 왔다. 당시로서는 상당히 고급스러운 차였다. 그러나 안전 브레이크의 비밀은 아직 발견하지 못했기에 우리 부부는 브레이크를 마치 유리제품처럼 조심스럽게 다루었다. 나는 구불구불한 언덕길을 브레이크 없이 후진으로 내려오는 것이 얼마나 무서운 일인지를 몇 번이고 경험했다. 당시를 생각해보면 차동차 위에 있었던 것과 비슷한 정도로 자동차 밑으로 기어들어갔었던 듯하다. 자동차 수리는 전부 차 밑으로 들어가서 해야 했기 때문이다. 차동 톱니바퀴가 찌그러지거나 엔진이 멈추거나 기어가 망가지는 고장은 그리 많지 않았다. 그런 일을 당했다면 견딜 수 없었을 것이다. 당시의 차는 체인구동이었다. 한번은 그 체인이 톱니바퀴에서 벗겨져 길 위로 떨어져버린 어처구니없는 고장이 있었다. 마침 3마일쯤 되는 내리막길이어서 엔진을 돌리지 않았기에 그 사실을 전혀 알지 못했다. 언덕길을 내려서자 자동차는 당연히 멈춰 섰다. 그랬기에 차에서 내려 보닛을 열고 전기 관계 등을 살펴보았으나 어디가 고장인지 전혀 알수가 없었다. 어쩔 줄 몰라 하고 있는데 짐마차를 타고 우리 뒤를 따라온 시골사람이 우리 차의 동력원인 체인을 머리 위로 흔들며 다가오고 있었다. 도중의 길바닥에서 주웠다는 것이었다.

후세 사람들은 이 자동차가 발명되었을 무렵 말들이 자동차를 얼마나 두려워하며 놀랐는지, 그리고 그 때문에 얼마나 우스꽝스러운 광경들이 연출되었는지 조금도 상상하지 못할 것이다. 어느 날 나는 뒤쪽의 오픈 시트에 어머니를 태우고 노퍽의 좁은 길을 달리고 있었다. 교차로에서 연달아 달려오는 2륜마차 2대와 맞닥뜨렸다. 그때까지 자동차를 본 적이 없었는지 앞에 있던 말이 갑자기 앞발을 높이 치켜들고 귀를 쫑긋 세우고 두 눈을 부릅뜨는가 싶더니 갑자기 방향을 휙 바꾸어 둑 위로 달려 올라가 뒤에 있는 말 뒤로 숨으려 했다. 그 말이 짐수레를 끌고 있지 않았다면 그것도 가능했을 테지만 말은 짐수레를 끌고 있었기에 그 짐수레까지 둑 위로 올라서고 말았다. 그리고 앞에 있던 말은 짐수레와 함께 뒤에 있던 짐수레 위로 떨어지고 말았다. 그때의 혼란은 정말 대단한 것이었다. 짐수레에 순무가 가득 실려 있었기에 그것이 뒤엉킨 차축과 말 위에 흩뿌려졌다. 나는 얼른 뛰어 내려서 미친 듯이 화를 내는 농부를 달래다 문득 자동차 쪽을 바라보았다. 그 차도 하마터면 그 소동에 휘말릴 뻔했으나 노모는 그 소동 속에서도 태연하게 당신의 자리에 앉아 뜨개질을 하고 있었다. 마치 꿈속에서의 일처럼 떠오른다.

자동차와 관련된 경험 중에서 가장 주목할 만한 것은 1911년에 프러시아 황태자인 헨리가 조직한 국제 자동차경주에 나의 16마력짜리 디트리히 로레인으로 참가한 일이었다. 이 일에 대해서는 뒤의 「대전 전야」에서도 이야기하겠지만, 나는 거기서 참으로 불길한 예감을 안고 돌아왔다. 그 인상이 어떤 것이었는지는 런던으로 돌아오자마자 내가 경영하던 회사에, 베를린에 맡겨둔 돈의 대부분을 바로 인출하라고 명령했다는 사실 하나만 봐도 분명할 것이다. 베를린에 놓아두면 머지않아 전부 잃게 될 것이라는 사실을 나는 분명하게 알고 있었던 것이다. 경주 자체의 결과는 영국 팀의 승리로 끝났다. 이는 어려움에 직면했을 때 보여준 우리의 군센 단결력이 효과를 발휘했기 때문으로, 그런 점에서 독일 팀은 오히려 개인들의 모임이라는 인상이 강했다. 그들의 차는 우수했으며 운전기술도 서툴지 않았다. 나의 자동차는 잘 달렸지만, 딱 1번 요크셔의 그 무시무시한 서튼 뱅크에서 감점 당했으며 U턴하는 곳에서 1번 실수를 저질렀다. 우리 자동차가 숨을 헐떡이며 멈춰 서버렸을 때, 나는 작의 체구의 운전조수에게 핸들을 맡기고 차에서 뛰어내리자마자 뒤로 달려가 있는 힘껏 차를 밀어서 다시 시동을 걸게 했다. 그러나 내가 핸들에서 떨어진 일 때문에 거기서 커다란 감점을 받았다. 그래도 시동이 전혀 걸리지 않았다면 3배로 실점했을 테니 이는 옳은 방법이었다고 정당화할 수 있으리라.

미래의 항공과학은 지금의 자동차 운전이 가진 모든 특질을 더욱 높은 수준으로 발전시킬 것이다. 이 스포츠에 대해서 나는 커다란 야심과 얼마 되지 않는 경험밖에 가지고 있지 않다. 기구에 의한 비행은 6천 피트 높이로 올라가 25마일을 이동한 경험 1번밖에 없지만, 이는 매우 유쾌한 경험이었기에 나로서는 다시 한 번 좀 더 긴 거리를 날아보고 싶다. 처음 대지에서 하늘 위로 떠오르려 할 때는 누구나 자연스럽게 겁을 먹게 되는 법인데, 내가 바구니 옆에 서 있을 때 머리 위 기구가 흔들려서 조수들이 밧줄에 매달렸고 그 가운데 누군가가 나이 지긋한 신사를 가리키며 "저 분이 그 유명한 기구 조종자 ○○씨야."라고 말하는 소리가 들렸다. 나는 그 존경할 만한 사람을 보고 몇 번 정도 하늘을 날았냐고 물었다.

"천 번쯤은 되려나."라고 그는 대답했다. 나를 용감한 마음으로 바구니에 태우기에 다른 어떤 웅변도, 논증도 이 한마디에는 미치지 못했을 것이다. 그래도 처음 몇 분 동안은 아주 묘한 기분이 들어서 나도 모르게 옆에 있는 밧줄을 힘껏 쥐었다. 그러나 그 묘한 기분은 바로 사라졌고 눈앞에 펼쳐진 멋진 풍경과 어디에도 구애되지 않는 자유로운 기분에 넋을 잃고 말았다. 배와 마찬가지로 착륙할 때 약간 위험이, —적어도 불안이 따라오지만 우리는 한두번 흔들렸을 뿐, 켄트 주의 홉 농장 가운데에 조용히 착륙했다.

극히 초기 단계였을 때 딱 1번 비행기를 타본 적이 있었는데 그것은 도저히 유쾌한 경험이라고 할 수 없는 것이었다. 당시는 엔진의 힘도 강하지 않았기에 바람에 좌우되는 경우가 매우 많았다. 헨던에서 비행을 했는데—날짜는 1911년 5월 15일이었다— 비행기는 무거운 복엽이었다. 바람을 타고 제비처럼 날 때는 좋았으나 선회하여 바람을 안고 날 때는 크게 마음을 졸였다. 내려다보니 아래의 물체는 조금도 움직이지 않았으며, 오히려 기체가 뒤로 떠밀려가고 있는 것처럼 여겨지기도 했다. 그래도 마침내 비행장에 돌아올 수 있었는데 그때는 조종사도 나만큼이나 안심했으리라 여겨진다. 무엇보다 인상에 남는 것은 프로펠러의 소음으로, 그것은 기분 좋은 기구 여행과는 비교도 되지 않는 것이었다.

나는 내가 하나의 스포츠를 실제 이익에 도움이 되는 것으로 만들었다고 생각한다. 그도 그럴 것이 스위스의 그리슨 현에 처음으로 스키를 소개하여 적어도 동절기에는 그것으로 계곡과 계곡 사이를 건너는 것이 얼마나 편리한 일인지를 실제로 보여준 것이 바로 나이기 때문이다. 1894년에 나는 난센[176]의 그린란드 횡단기를 읽고 그때부터 스키에 흥미를 갖기 시작했다. 나는 그해의 겨울을 마침 스위스의 다보스에서 보내게 되었기에 마을에서 스포츠 용품점을 운영하고 있는 토비아스 브랜저에게 그 얘기를 했더니 그가 자신의 형에게 다시 이야기를 했다. 우리는 노르웨이에 스키를 주문했고, 이후 몇 주일 동안은 어설픈 동작과 묘한 모습으로 나뒹그러져 지켜보던 많은 사람들의 순수한 웃음거리가 되었다. 브랜저 형제는 나보다 훨씬 더 빨리 실력이 늘었다. 1개월쯤 지나자 우리는 어느 정도 실력을 갖추게 되었다는 자신감이 생겼기에 다보스 호텔 바로 앞에 상당한 높이로 솟아 있는 야콥스호른에 오르기로 했다. 우리는 사면에 늘어선 전나무 숲을 지날 때까지는 거추장스러운 스키를 등에 짊어지고 올라갔으나 널따란 장소에 이른 뒤부터는 편안히 오를 수 있었으며, 정상에 이르러서는 우리를 축복하기 위해 마을 사람들이 흔드는 깃발을 흡족한 기분으로 내려다보았다. 그러나 스키의 참된 맛을 알게 된 것은 내려오는 길에서였다. 올라갈 때는 갈지자로 걸었으며 스키의 효용이라고는 그것이 없으면 눈에 파묻힐 만한 곳도 성큼성큼 걸을 수 있다는 것뿐이었다. 그러나 내려올 때는 스키의 기다란 끝을 돌려서 슬쩍 밀어주기만 하면 완만한 경사에서는 기분 좋게 미끄러져 내릴 수 있었으며, 경사가 급한 곳은 단번에 활강할 수 있었다. 때로는 공중제비를 돌며 고꾸라지기도 하지만 지상에 발을 붙이고 있는 사람이 그야말로 나는 듯한 기분을 맛볼 수 있다는 점에서는 이것이 최고이리라. 그 빛나는 대기 속에서 이는 말로 표현할 수 없을 만큼 상쾌한 기분이었다.

야콥스호른에서의 성공에 고무된 우리는 이 유효한 도구를 이용해서 아로자와의 교통을 개척하기로 결의했다. 그 마을은 옆 계곡의 같은 높이에 있었는데 겨울에 그곳으로 가려면 매우 멀리 돌아가는 철도를 이용할 수밖에 없었다. 우리의 계획을 실행하려면 높은 봉우리를 넘어 맞은편 계곡으로 내려가야만 했다. 그것은 매우 흥미로운 여행이었으며 아로자에 도착했을 때는 우리가 개척자라는 자부심을 느꼈다.

노르웨이 사람이나 그 외의 스키에 익숙한 사람들이라면 우리가 한 일 정도는 말할 필요도 없이 아무것도 아니었을 테지만, 우리는 모든 것을 자신들의 손으로 하지 않으면 안 되었으며, 때로 그것은 무시무시한 일이기도 했다. 우리가 지나야만 할 급경사지에서는 태양이 아직 눈을 부드럽게 하지 않았기에 스키로 눈을 밟아 발 디딜 곳을 만들며 나아가야 했다. 왼쪽으로는 눈의 사면이 갈라져 끊어져 있었고 거기서는 연푸른색의 연기인지 안개인지가 아침 대기 속으로 피어오르고 있었다. 그쪽은 정면으로 바라보기조차 무서웠으나 심연에서 피어오르는 연무가 눈가에 어른거렸다. 나는 발을 구르며 나아갔는데 용감한 두 스위스 사람은 왼쪽으로, 만약 내가 미끄러지면 그들을 튕겨냈을 법한 곳으로 나아갔다. 세 사람을 연결할 밧줄은 가지고 있지 않았다. 그래도 그곳을 무사히 지났다. 위험을 필요 이상으로 크게 느낀 것일지도 모르겠지만 어쨌든 그것은 기분 좋은 경험은 아니었다.

뒤이어 우리는 깎아지른 듯한 절벽에 이르렀다. 여름이었다면 그곳에는 틀림없이 지그재그로 이어진 길이 있었으리라. 물론 수직은 아니었으나 눈이 간신히 쌓여 있을 정도로 경사가 급한 절벽이었다. 거의 지날 수 없을 것처럼 보였으나 그때 브랜저 형제가 아주 좋은 방법을 생각해냈다. 그들은 스키를 벗어 가죽 끈으로 함께 묶더니 완성된 썰매 위에 앉아 절벽 끝으로 가서는 눈보라를 일으키며 단번에 미끄러져 내려갔다. 안전한 곳에 도착하자 그들은 자신들을 따라하라며 내게 손짓을 했다. 나는 그들을 따라 준비를 한 뒤 스키에 앉아 미끄러져 내려가려 했는데, 그때 무시무시한 일이 벌어졌다. 스키가 내 엉덩이에서 빠져나가 사면을 넘어서 눈이 울퉁불퉁한 아래쪽으로 멋대로 춤을 추며 내려가더니 시야에서 사라져버린 것이었다. 한심한 순간이었다. 난처해진 브랜저 형제가 수백 피트 아래서 암담하다는 듯 나를 올려다보았다. 달리 방법이 없었기에 나는 마지막 수단을 쓰기로 했다. 우선 절벽 끝까지 가서 탄력을 죽이기 위해 팔과 다리를 뻗은 뒤, 그대로 눈에 범벅이 되어버린 두 사람의 발아래로 미끄러져 내려갔다. 스키는 수백 야드 떨어진 곳에서 발견했으니 결국은 아무런 손해도 보지 않고 일을 마친 셈이었다.

호텔 숙박부에 서명할 때 토비아스 브랜저가 나의 이름 뒤 빈칸의 직업란에 독일어로 스포츠맨이라고 써서 나를 기쁘게 해주었다. 어쨌든 이는 기차에서 잊어버렸다가 되찾은 나의 골프 클럽에 '어린아이의 장난감'이라는 독일어 딱지가 붙어 있었던 것보다는 훨씬 기뻤다. 스키 이야기로 되돌아가자. 지금은 사람들이 널리 이용하게 되었지만 당시의 작은 여행을 시작으로 한 일련의 시도가 비로소 스키의 실용성과 가능성을 그 나라 사람들에게 보여주었기에, 이후 수천 파운드의 돈이 스위스에 떨어지게 했다고 말해도 좋으리라 생각한다. 나의 스포츠에 대한 약간은 분방한 이력 가운데서 어떤 실용가치를 찾자면 이 사실을 들 수 있을 것이며, 또 하나는 1901년에 개설한 소형 소총사격장을 들 수 있을 것이다. 당시는 우리나라에도 이러한 생각은 보급되어 있지 않았을 때로, 힌드해드에 있던 나의 사격장은 그 후 많은 사격장들의 모범이 되었다.

소총 클럽을 만든 나의 조그만 일에 대한 기념은 코난 도일 컵에 나타나 있다. 그것은 친구인 존 랭맨 경이 기증한 것으로 지금도 여전히 비즐리 마을에서 민간인들이 컵을 다투고 있다.

돌아보면 나는 스포츠에 열중한 시간에 그 어떤 후회도 남기지 않았다. 그것은 건강과 힘을 기르게 해주었으며, 무엇보다 좋았던 것은 마음의 균형을 잡을 수 있게 해주었다는 점이다. 그것이 없다면 인간은 완전하다고 할 수 없다. 상대방과의 경쟁, 승리를 겸손한 마음으로 받아들이고 패배를 깨끗하게 인정하는 것, 불리함과도 맞서 싸우는 것, 자신의 신념을 버리지 않는 것, 적에 대해서도 신뢰를 품는 것, 우리 편을 올바로 판단하는 것, —이러한 것들이야말로 스포츠가 주는 참된 교훈 가운데 몇 가지이다.

제24장 1914년의 로키 산

1914년에 우리 부부는 세계 역사상의 커다란 참사가 곧 찾아오리라고는 꿈에도 생각지 못한 채 캐나다 정부로부터 로키 산맥의 북부에 위치한 재스퍼 공원의 국립보호지구를 시찰하지 않겠느냐는 초대를 받았다. 캐나다의 그랜드 트렁크 철도가 관대하게도 우리의 여행에 편의를 꾀해주어 객차 1대를 전용으로 제공했다. 그것은 응접실과 식당과 침실로 구성되어 있어서 참으로 작고 편안한 집이라고 할 수 있었는데, 그 철도회사 사장인 체임벌린 씨 개인 소유품을 우리에게 빌려준 것이었다. 기대에 부풀어 오른 가슴으로 우리는 5월에 이 유쾌한 장거리 여행에 나섰다. 첫 목적지는 뉴욕이었는데 아내가 미국은 처음이었기에 거기서 일주일 동안 머물며 관광한 뒤 북상하여 캐나다로 들어가 여러 친절한 사람들과 만날 예정이었다. 뉴욕에서는 프라자 호텔의 편안한 방에서 묵으며 열광적인 일주일을 보냈다. 다음은 그 도시에 대한 몇 가지 인상이다.

우리는 우선 야구를 보러 갔다. 미국인들은 '작은 시합'이라고 했으나 우리가 보기에는 일류의 시합이었다. 나는 경험은 있지만 나이 든 크리켓선수의 눈으로, 비판적이지만 공감하는 마음을 가지고 구경했다. 선수들은 우리나라의 프로스포츠선수보다 다부지고 훌륭했다. ─그들은 꾸준히 단련하고 있었으며, 어떤 팀에서는 금주법이 시행되기 전부터 완전 금주를 실행했는데, 그것은 육체를 위해서만이 아니라 이 게임에 필요한 머리의 빠른 회전에도 좋은 결과를 가져다준다고 알려져 있다. 포구는 매우 좋은 듯 여겨졌다. 특히 외야수가 커다란 플라이를 잡을 때가 그랬다. 투구도 놀라울 정도로 빠르고 정확했는데, 만약 크리켓에 적용한다면 우리나라의 타자 대부분이 깜짝 놀라지 않을까 싶을 정도였다. 그들의 대부분은 1시즌에 1000에서 1500파운드를 번다. 이 금전 문제가 우리나라의 축구시합과 마찬가지로 이 게임의 약점이다. 왜냐하면 커다란 지갑을 가진 사람이 최강의 팀을 만들 수 있으며, 선수와 그들이 플레이하는 지역과는 아무런 필연적인 관계도 없기 때문이다. 따라서 우리는 뉴욕 팀이 필라델피아 어슬레틱스를 이기는 시합을 보았으나, 그렇다고 해서 이 2팀 가운데 1팀이 실제로 뉴욕 시에서 탄생했고 다른 1팀은 필라델피아에서 태어난 것이라고는 생각할 수 없었다. 이런 이유로 오히려 지방의 소도시나 대학 등의 작은 팀 사이의 시합이, 실제로 그 선수들이 그 지역의 대표라는 의미에서 내게는 훨씬 더 흥미롭게 여겨졌다.

투수는 최고 급여를 받는데, 그런 만큼 시합에서 가장 어려운 부분을 담당하고 있다. 그들의 투구는 훌륭해서 어떤 크리켓선수가 던지는 공보다 훨씬 빨랐다. 물론 위에서 아래로 던지는 것이기에 크리켓에서는 볼 수 없는 방법이다. 캐나다에 갔을 때 방망이를 쥐어주고 야구의 시타식을 해달라는 요청을 받아 불안한 경험을 해야 했는데, 다행히도 투수가 친절한 사람이어서 공이 빠르기는 했으나 직구였기에, 내가 쥐고 있는 것은 크리켓 방망이이고 던진 공도 전력으로 던진 것이다, 라고 스스로를 납득시킬 수 있었다. 앞에 쳐놓은 줄 너머로 치기만 하면 된다고 했는데 다행히도 나는 공을 방망이의 중심에 맞힐 수 있었지만, 그 공이 나를 향해 촬영준비를 하고 있던 사진사의 귀를 스치고 지나갔다. 내가 아주 가볍게 치리라 생각하고 있던 사진사는 매우 놀란 듯했는데, 그런 경험은 그다지 되풀이하고 싶지 않다.

뉴욕에 머물던 중에 유명한 형무소인 툼스와 싱싱 2곳을 견학할 기회를 얻었다. 툼스는 그 시의 중심지에 있었는데 음울하고 불길하게 보이는 건물이었다. 내부도 역시 음울했다. 나는 약간 멋쩍은 기분으로 둘러보았다. 자신의 힘으로 구제할 수 없는 고통에 시달리고 있는 사람들을 보면 누구나 그런 기분이 드는 법이다. 그러나 교도관이나 수감자들은 활기찬 듯 보였으며, 우리나라의 엄격한 규칙에 비추어보자면 신기할 정도로 편안해 보이기까지 했다. 예를 들어서 한 중국인 수감자가 승강기 아래에 서 있었는데 교도관이 확성기를 통해서 그에게 "3호실에 중국인 1명이 더 들어갈 자리가 있어?"라고 외치는 것을 들었다. 나는 또 야수처럼 갇혀 있는 기묘한 영국인과도 이야기를 나누었다. 그는 여러 곳의 형무소에 대해서 이야기했는데 아주 잘 알고 있는 듯, 마치 마음에 든 호텔과 마음에 들지 않은 호텔에 대해서 이야기하는 것 같은 태도였다. "토론토는 정말 형편없어. 음식이 정말 엉망이야. 토론토 형무소에는 두 번 다시 가고 싶지 않아. 디트로이트는 좋았지. 거기서는 꽤나 편하게 지냈어."라는 식이었다. 마치 신사와도 같은 얼굴을 했으며 말투도 그랬지만, 그 부드러운 태도와는 달리 굉장한 악당이라는 사실을 바로 알 수 있었다. 자리를 떠나려는 내게 이렇게 말했다. "그럼 잘 가게. 자네가 가는 건 안타까운 일이지만 그렇다고 해서 두 군데에 동시에 있을 수는 없는 법이니. 안 그런가?"

같은 주에 나는 싱싱 교도소에도 갔는데 그곳은 허드슨 강 연안으로 시의 중심지에서 20마일 정도 떨어진 곳에 있었다. 앞선 세기의 중반 무렵에 지어진 낡은 건물로 주위의 부유한 지구에게는 수치스러운 것이었다. 그날은 마침 수감자들에게는 1년에 몇 번밖에 없는 축제와도 같은 날이었기에, 나는 그들이 커다란 홀에 모여 뉴욕에서 온 악단의 연주에 귀 기울이는 모습을 보았다. 가엾은 사람들, 저속하고 야비한 노래와 반라의 여자가 그들의 가슴에 얼마나 끔찍한 반응을 일으켰는지! 대부분이 두개골과 얼굴 표정에 이상 현상을 일으켰는데 자신들의 행동에 책임을 지지 않는 사람들이라고 나는 생각했다. 상당한 숫자의 흑인이 섞여 있었다. 개중에는 영리해 보이는, 혹은 훌륭한 얼굴을 한 사람도 있었다. 어째서 여기에 온 것일까 의심스럽게 여겨지는 사람도 있었다.

그리고 감방 가운데 하나에도 들어가 보았다. 7피트에 4피트 넓이의 방이었다. 또 사형에 쓰는 전기의자에도 앉아보았는데 그것은 등나무로 견고하게 만든 것으로 주위에 기분 나쁜 전선이 가득 늘어져 있었다. 소장과도 오래 이야기를 나누었는데 그는 자신을 인정 있는 사람이라고 생각하는 듯했으나, 사실은 자신이 다스리고 있는 끔찍한 건물 때문에 외모에 커다란 손실을 입고 있었다.

6월 초의 어느 날 '선샤인 부인(『뉴욕 프레스』가 우리 아내에게 붙여준 아름다운 이름을 여기서 사용하는 것을 용서해주기 바란다)'과 나는 뉴욕을 떠나 파크먼 랜드로 향했다. 오래 전부터 가

보고 싶었던 곳이었다. 그때까지 정력적인 기자들에게 꽤나 시달렸기에 그곳을 빠져나올 수 있다는 사실이 기뻤다.

이 사람들의 10명 가운데 9명까지는, 개인적으로는 좋은 사람들이어서 내가 예의바르게 대하면 그들도 가능한 한 체면을 차렸다. 여행자가 그들을 무례하게 대하는 것은 어리석은 짓이지만, 방랑의 영국인은 아무래도 그렇게 되어버리는 모양이다. 기자는 신문사의 명령을 띠고 온 것이기에 아무런 수확도 없이 돌아가면 안타깝게도 딱한 일을 당하게 될 것이다. 기자는 당신을 만나서 그것을 묘사하기 위해 온 것이니 만약 당신의 성격이 좋지 않고 비뚤어졌다는 사실을 알게 된다면 당연히 그대로 쓸 것이며, 그러한 경우 당신의 희생으로 신랄한 기사가 완성되는 것이다. 화난 영국인은 이를 복수 때문이라고 해석하리라.

'파크먼 랜드'에 대한 이야기로 돌아가자. 대부분의 미국인과 캐나다인이 이 위대한 역사가의 진가를 이해하고 있지 못하다는 사실을 알고 나는 깜짝 놀랐다. 파크먼만큼의 열의를 가지고 일에 몸을 바쳤던 문인이 또 있을까? 스콧[177]이 변경의 행진을 알고 있었던 것처럼, 그는 예전의 피비린내 나는 개척자들을 잘 알고 있었다. 그는 뉴잉글랜드[178]의 전통에 심취해 있었다. 그는 인디언에 대해서 쓰기 위해 몇 개월을 원주민의 텐트 속에서 생활했다.

또한 프랑스 이민의 오래 전 생활에도 조예가 깊었으며, 초기 캐나다 역사에서 중요한 역할을 했던 정신을 포착하기 위해 한 교회에서 생활하기도 했다. 그 무엇보다 그는 균형 잡힌, 편견 없는 기록자로서의 마음을 가지고 있었다. 또한 지루함이나 오만함이 없는 훌륭한 문체를 가지고 있었다. 그의 노력과 굳은 결의는, 그가 실명이라는 불행에 휩싸인 뒤에도 책을 완성했다는 사실에 충분히 나타나 있다. 이와 같은 자질을 갖춘 다른 역사가를 찾기란 쉬운 일이 아니다. 그의 『신세계의 개척자들』에서부터 『폰티악[79]의 음모』에 이르는 12권을 나는 2번 읽었으며, 그 영향은 나의 작품 『망명자들』에 약간 나타나 있다.

우리는 아름다운 비극의 호수인 조지 호수뿐만 아니라 역사적 추억으로 가득한 근처의 샴플레인 호수도 둘러보았다. 그 가운데 작은 쪽 호수의 위쪽 끝 가까이에 프랑스의 캐나다군 주요 진지인 타이콘데로가가 있다. 그곳은 조지 호수에서 5마일 쯤 떨어진 곳에 있는데 그들이 전력을 비축할 때마다 영국군이 공격을 가했다. 한번은 타이콘데로가의 방어벽 앞에서 영국군이 커다란 패배를 맛보았다. 그래도 다시 한 번, 새로 가담한 블랙 워치의 용기에 힘입어 그들은 마침내 그곳을 점령했다. 스티븐슨은 그 음산한 노래 —이런 종류의 우리나라 문학 가운데서는 2번째 걸작이라고 생각한다—, 그 노래를 쓰기 전에 실제로 이 땅을 보았을까 의심스러웠다. 그는 이 부근의 애디론댁에 종종 머물렀으니 봤을 수도 있었으리라. 독실한 사람들이 흔적도 없이 사라진 타이콘데로가의 옛 요새를 재건하고 있었다. 우리는 하루 종일 샴플레인 호수를 둘러보았다. 그곳은 옛 프랑스의 탐험가가 처음으로 이 길을 발견하여 인디언 전쟁에 휘말리는 실수를 범했고, 그렇게 해서 이제 막 생겨난 프랑스 개척지에서 5개 국의 피비린내 나는 복수전이 일어나게 한 장소였다. 그 호수의 위쪽 끝에 플래츠버그가 있다. 1812년의 전쟁에서 미국군이 승리를 거머쥔 곳이었다. 이러한 전장의 광경은, 그것이 미국이나 영국이 승리를 거둔 곳이라 할지라도 나의 마음을 늘 공포로 가득하게 했다. 1776년의 전쟁이 나의 주장대로 영광스러운 과오였다면, 1812년의 그것은 무의미한 착각이었다. 이 두 번의 전쟁이 일어나지 않았다면 북아메리카 전체는 지금 하나로 결합된 위대한 나라가 되어 그 독자적인 길을 걸었을 것이며, 또 영국과도 흠결 없는 혈연관계를 유지하여 서로 돕는 사이가 되었으리라. 말할 필요도 없이 영국 국민은 자신들보다 커다란 것에는 의지하지 않는 편이 좋으리라. 그러나 나는 이들 분쟁에서 어떠한 영광도 느끼지 못하며, 그것을 일으킨 정치가에게서는 어떠한 현명함도 찾아볼 수가 없다. 그들은 하나의 인종을 둘로 갈라놓아 버렸다. 그것으로 득을 본 자는 누구일까? 자신의 착한 아들들 여럿을 내친 영국이었을까? 아니면 캐나다를 잃고, 통일국가를 가지고 있었다면 남북전쟁도 피할 수 있었을 미국이었을까? 어느 쪽도 아니었다. 그렇다고는 하지만 어딘가에서 제어력이 작용하여 모든 일이 최선의 결과를 맞이하도록 꾀한 것이라고 믿는 것이 가장 지혜로운 모습이리라.

저녁에 우리는 캐나다 국경을 횡단했다. 이 리슐리외 강은 예전에 이로쿼이족의 암살부대가 땅거미 속에서 차가운 칼날을 번뜩이며 출몰하던 곳이다. 국경을 건넜다는 느낌은 어디에도 없었다. 같은 토지에 같은 농작물, 똑같이 평범한 통나무집이 있을 뿐이었다. 아무런 변화도 느끼지 못한 채 가다가 갑자기 낡고 작은 영국국기가 처마 끝에서 펄럭이고 있는 것을 보았다. 한동안 그것을 보지 못했기에 가슴이 벅차오르는 것을 느꼈다.

여행자가 새로운 상황이나 새로운 문제에 직면하게 되는 것은 초원지대에 접어든 이후부터다. 온타리오 주를 횡단할 때는 풍요로운 농장과 과수원 마을을 보게 되는데, 그 전체적인 인상은 미국의 동부와 똑같다. 그리고 오대호의 웅대한 광경, 그 경탄할 만한 내해를 지나는 커다란 외양 선박. 우리는 새로 건조한 노로닉

호를 보았는데 그것은 객선으로 만들어진 것으로, 내장도 외관도 대서양을 오가는 배와 충분히 비교할 수 있을 만한 것이었다. 인디언들은 라 살[180]의 조그만 배를 보고도 깜짝 놀랐다. 라 살과 그의 부하들이 노로닉을 본다면 뭐라고 할까? 이틀 동안 우리는 그 내해 위를 한가롭게 항해했다. 참으로 평화로운 항해였지만 겨울의 돌풍과 돌아오지 못한 배가 있다는 암울한 말을 들었다. 사고가 일어나는 것도 당연하다는 생각이 들었다. 그냥 보기에도 배의 숫자가 많았을 뿐만 아니라, 오직 짐을 최대한으로 옮기는 것 하나만을 생각해서 만들어졌기에 매우 불안정한 모습을 하고 있었기 때문이었다. 그러나 이는 귀갑 갑판을 가진 화물선에 대해서만 한 말이지, 아직 한 번도 사고를 일으킨 적이 없는 훌륭한 여객선에 대해서 한 말은 아니다.

배의 숫자가 매우 많다고 했다. 두 호수를 연결하는 수 세인트마리를 통과하는 배의 톤수는 세계 어느 항구보다 많다고 들었다. 서쪽으로 가는 보급품과 공업제품이 이 통로를 지나며, 한편으로는 대초원의 곡물과 슈피리어 호수의 동과 철광산에서 나온 광석이 반대 방향으로 간다. 가을에는 수확의 멋진 행렬이 이어진다. 조금 더 시적인 시대였다면 깃발이 펄럭이고 심벌즈가 울리고 케레스[181]의 사제들이 선두에 서서 찬가를 부르며 그 행렬이 유럽의 기근을 구하기 위해 가는 것을 배웅했으리라.

우리는 휴런 호수와 슈피리어 호수를 모래시계의 목과 같은 모습으로 연결하고 있는 수 세인트 마리에서 묵었다. 거기에는 기록할 만한 가치가 있는 것이 몇 가지 있었다. 두 호수는 수위에 차이가 있어서 그 급류를 조절하기 위한 대규모의 수문이 두 호수 사이에 있었다. 뿐만 아니라 주의 깊은 관찰자가 아니라면 놓쳐버리고 말, 겨우 도랑 정도의 돌담으로 만들어진 수로도 있었는데 그것은 몇 세기에 걸쳐서 고독한 항해자와 사냥꾼과 탐험가들이 수호수와 폭포를 돌아가기 위해 카누를 조정했던 우회로였다. 그 바로 옆 허드슨 만에 오래 된 목조 요새가 하나 있는데 방화 지붕과 총안의 구멍 및 그 외에도 인디언의 습격을 막기 위한 장치가 온전히 남아 있었다. 거대한 수문과 대형기선에 비하자면 그 요새는 극히 작고 초라한 것이었다. 그러나 개척자들이 목숨을 바쳐 길을 닦지 않았다면 여기에는 그러한 수문도 기선도 없었을 것이다.

슈피리어 호반에 있는 포트 윌리엄과 포트 아서, 두 쌍둥이 도시는 캐나다의 번영을 짊어진 채 번성하고 있다. 실제로 이 2곳은 쌍둥이 도시라 불리고 있는데 샴의 쌍둥이처럼 머지않아 하나의 도시로 합쳐질 것이라 여겨진다. 이미 두 도시의 외곽은 서로 맞닿아 있다. 물론 서로의 근접이 언제나 합체로 발전하지는 않는다는 사실은 세인트 폴(St. Paul) 시와 미니애폴리스 시만 봐도 분명하다. 미국의 한 소년이 주일학교에서 성 바울(Saint Paul)을 박해한 것이 누구냐는 질문을 받자 미니애폴리스 시라고 대답했다고 한다. 포트 윌리엄과 포트 아서는 서로 의존하는 비중이 매우 높으니 합병을 방해하는 일은 거의 일어나지 않으리라. 합병이 행해진다면 이 두 도시는 캐나다의 시카고 시로 성장해서 이 나라 최대의 도시가 되리라. 호수를 지나는 모든 배와 함께 동서로 다니는 모든 것이 이곳을 통과해야 한다. 내가 만약 부자이고, 또 돈을 벌고 싶다면 틀림없이 이 쌍둥이 도시에 땅을 샀을 것이다. 두 도시는 대륙의 한가운데 있지만 수로가 잘 닦여 있기 때문에 영국의 리버풀이나 글래스고에서 대서양을 건너온 배도 그 화물을 이곳 항구에 내릴 수 있다.

포트 윌리엄에 장엄하게 솟아 있는 곡물 엘리베이터는 모습을 조금만 바꾼다면 미적으로도 뛰어난 건조물이 될 것이다. 지금도 곡물을 나누어 담는 거대한 원통들은, 멀리서 보면 룩소르[182]의 원기둥과 얼마간 닮은 것처럼 보이기도 한다. 인간의 발명에 의한 이러한 방면의 기술은 포트 윌리엄에서 최고 수준에 달해 있다. 곡물을 다루는 문제에 관한 한, 여기서는 모든 것이 고려되어 있다. 나의 비과학적인 머리로는 도저히 전부를 설명할 수 없지만, 여기서는 어떤 방법으로 곡물의 품질까지 기계로 선별하고 있으며, 특수한 회복용 원통에서는 손상된 불량곡물을 좀 더 품질이 좋은 것으로 바꾸고 있기도 하다.

덧붙여 말하자면 이 시의 훨씬 끝에 있는 부두의 배에서 나는 캐나다의 재래생물을 알게 되었다. 배 맞은편으로는 널따란 초원이 수백 야드 너머의 숲까지 펼쳐져 있었다. 갑판에 서 있던 나는 말처럼 생긴 동물이 숲에서 초원으로 나와 풀을 뜯기 시작하는 모습을 보았다. 그 생물은 말이라고 하기에는 목이 조금 가늘었다. 그래서 더욱 자세히 살펴보았더니 그것은 다름 아닌 뿔이 없는 커다란 야생 사슴이었다. 캐나다의 현상을 보여주는 것으로 이보다 더 적절한 예가 또 있을까? 한쪽에는 바로 가까이에 기계산업을 대대적으로 발전시키고 있는 포트 윌리엄 시가 있고, 또 다른 한쪽에서는 이와 같은 야생 동물이 뛰어놀고 있다. 몇 년 뒤면 이 대도시 시민들은 나의 이 기록을 놀라움과 불신이 섞인 마음으로 읽으리라. 마치 어떤 기록자의 할아버지가 마이다 베일[183]에서 사슴을 쏘았다는 글을 읽고 우리가 놀라는 것처럼.

캐나다를 동서로 나누는 진짜 선은 수로로 유용한 오대호가 아니라 호수 지대와 위니펙 사이에 놓여 있는 500마일 정도의 지대다. 채벌하기에는 적합하지 않은 나무가 숲을 이루며 일대를 뒤덮고 있어서 자원은 없지만 아름다운 땅이다. 계곡의 물이 여기저기로 흐르고 작은 나무들이 우거진 널따란 평지다. 땅은 척박하다. 이 지대를 어떻게 할지는 참으로 어려운 문제다. 물론 캐나다 전체를 놓고 보자면 이곳은 좁은 지대지만 그래도 실제로는 런던에서 에든버러까지의 거리가 있을 정도다. 광물이 발견되지 않는 한 이 지역은 마치 영국에서 스코틀랜드의 고원지대가 그렇듯, 캐나다의 특수지대가 되리라. 다시 말해서 다른 어떤 경제적 가치도 없으니 수렵지에 그치고 말 것이다. 이 거친 숲 지대의 특색은 그것이 위니펙의 동쪽 부근에서 갑자기 비옥한 평야로 바뀐다는 데 있다. 어떤 지질학상의 원인이 있을 테지만, 어쨌든 거친 땅이, 마치 바다에서 뭍으로 변하듯 뚜렷하게 변화하는 모습을 보는 것은 참으로 신기한 일이다.

그리고 위니펙의 서쪽에서는 캐나다뿐만 아니라 세계적으로도 매우 중요한 평원을 만날 수 있다. 이 대평원을 여름의 이른 아침부터 석양빛이 떨어질 때까지 달리며 여행하면 보이는 것이라고는 오로지 언제까지나 똑같은 집의 군락, 똑같이 멀리까지 보이는 밭, 똑같이 거대한 평야가 멀리 지평선까지 펼쳐져 있고 가축들이 점점이 흩어져 있기도 하고 반쯤 자란 농작물이 파랗게 바람에 흔들리기도 하는 모습뿐이어서 참으로 인상적이다. 그곳에 사는 사람들은 외로울 것이라고 당신은 생각하리라. 그렇다면 다시 그 너머, 가장 작은 농장이라 할지라도 160에이커쯤 되는 그 한가운데에 소박한 오두막을 지어 살고 있는 집은 어떨까? 물론 그들도 외롭다. 그러나 거기에는 외로움을 달래주는 것도 있다. 남자와 여자가 자신의 땅에서 일하며, 거기서 자신의 재산이 성장하는 것을 볼 때, 그들은 외로움을 달래줄 친구를 발견하게 되는 것이다. 누군가에게서 들은 말인데 이러한 마음을 더욱 강하게 느껴 대초원을 좋아하게 되는 것은 주로 여성이라고 한다. 요즘은 그들도 전화선을 설치해서 작은 범위의 농가들끼리의 통화로, 존스 부인이 차로 위니펙에 가서 새로운 모자를 샀다는 등의 지역소식을 주고받으며 생활의 즐거움을 찾고 있다고 한다. 또한 고독하다고 해도 초원의 그것은, 영혼을 압살하는 것 같은 도회의 고독보다는 훨씬 낫다. '들판에는 언제나 바람이 불고 있다.'는 말처럼. 게다가 지금은 라디오가 들어와 외로운 사람들의 가장 좋은 친구가 되었다.

지금의 이민들은 철도선로 부근의 160에이커가 무료였던 옛 시대만큼 토지를 손에 넣기가 쉽지는 않다. 1914년에는 아직 무료 토지도 있었으나 그것은 훨씬 더 안쪽에 있는 땅이었다. 그러나 오늘은 오지에 있는 토지라 할지라도 철도의 지선이 발달하고 있기 때문에 내일은 개척될 가능성이 언제든지 있다. 전체적으로 말해서 만약 이민에게 돈이 있다면 처녀지를 개척하기보다 잘 손질된 토지를 사는 편이 경제적으로 득이 되는 듯하다. 이곳으로 들어오는 미국의 이민들은 그렇게 하고 있다. 왜냐하면 그들도 국경 너머의 이곳과 똑같은 시골에서 오는 경우가 대부분인데, 차이라고는 단지 미네소타나 아이오와에서는 1에이커밖에 살 수 없는 돈으로 캐나다에서는 10에이커를 손에 넣을 수 있기 때문이다. 그들은 곧바로 캐나다 국적이 되며, 또 가장 훌륭하고 만족스러운 시민이 된다고 한다. 그들의 정력과 근면함은 대단한 것이다. 우리가 서부에 있었을 때 그들의 한 무리가 구입하려고 하는 토지로 찾아왔다. 그들은 짐수레와 말과 쟁기를 가지고 국경을 넘어왔다. 토지 알선업자의 안내로 그 지점에 도착하자 그들의 리더가 땅을 살펴보고 주위 일대로 날카로운 시선을 던진 뒤 커다란 목소리로 말했다. "여기라면 괜찮겠어. 이봐, 모두 쟁기를 내리게." 거기에 있던 알선업자의 말에 의하면 그들은 잠들기 전에 1에이커의 토지를 일구었다고 한다. 그들은 미네소타에서 온 독일계 루터교파 신자들인데 스콧 부근에 정착했다고 한다. 농장에서 얻는 이득은 굉장한 것이다. 정착민 가운데 한 사람이 토지의 가격까지 포함해서 모든 비용을 처음 2년 만에 전부 만회하는 것도 드문 일은 아니라고 한다. 그 이후부터는 운이 아주 나쁘지 않는 한 가족을 부양하며 풍족하고 여유 있는 생활을 할 수 있게 되는 것이다. 만약 그가 영국 사람이어서 태어난 고향으로 돌아가고 싶어졌다면, 10년이나 12년쯤 일해서 모은 돈에 그 농장까지 팔면 귀국한 이후 평생을 안락하게 살아갈 수 있으리라. 이는 오랜 인연을 끊고 고국에서 영원히 떠나기를 주저하는 수많은 사람들에게 커다란 격려가 되는 사실이라 생각한다.

농사와 농장에 관한 이야기는 이쯤 해두기로 하겠다. 이 서부에 대해서 글을 쓸 때, 하늘 끝까지 초록과 황금빛으로 펼쳐진 풍경을 이야기하지 않는 사람은 아무도 없을 것이다. 그 외에는 아무것도 없다. 지난날의 흔적은 어디에도 없다. ─이정표도 없고 기념탑도 없다. 여기에도 생활은 있었지만 발자취 하나 남기지 않았다. 아니, 잠깐. 옛 생활이 남긴 유일한 흔적이 바로 이것이다. ─발자취. 물가로 내려가는 검고 가느다란 길에 있는 그 발자취, 구불구불 뻗어 있는 가느다란 바퀴자국. 그것은 옛날에 들소가 달리던 자취였다. 그들을 사냥하던 크리족과 블랙풋족들도 사라졌다. 가죽을 사러 오던 모피 상인들도 사라졌다. 팩터 맥타비쉬 추장, 소년 시절에 군대에 들어가 요새 여기저기를 돌아다니며 점차 승진했고 인디언 아내를 훌륭한 기독교도로 만들었으며, 노년에는 들판에서 야수들을 내쫓는 모습을 주위 사람들이 공포의 시선으로 지켜보았던 그도 이제는 없다. 인디언 사냥꾼과 모피 상인의 생계수단이던 그 위대한 짐승들의 무리도 사라졌다. 인디언, 상인, 버펄로 모두가 과거로 사라졌으며, 지금은 이 대평원의 한 구석에 이와 같은 가느다란 길만이 사라진 것들의 마지막 흔적으로 남아 있는 것이다.

위니펙이 평야의 동쪽에 있다면, 에드먼턴은 서쪽의 수도다. 일반적인 영국 사람이라면 위니펙의 쾌적함에 대해서 아무것도 모르리라. 거기에 있는 포트 개리 호텔이 노섬벌랜드에 있는 어떤 호텔보다 더 호화롭다고 하면 깜짝 놀라리라. 그러나 1914년의 에드먼턴에 그런 호화로움은 없었다. 거리는 기묘하고 어중간한 상태로 투박하고 원초적인 면이 있었지만, 동시에 활기차고 활발해서 장래성 넘쳐나는 기운으로 가득했다. 철도의 분기점이고 수로도 있어서 미래에 대도시가 될 가능성은 충분히 있었다. 우리가 방문했을 때는 거리에 실업자들이 가득했다. 왜냐하면 철도건설이 중단되었기 때문인데 대부분은 다부지고 훌륭한 체격을 가진 사내들이었다. 곧 재취업할 수 있을 것이라고 말하기는 했지만, 내가 보기에 실제로는 가장 좋지 않은 경제적 실물교훈이었다. 여기에 언제든 일을 하겠다며 기다리고 있는 건장한 사내들이 있다. 또 여기에는 온갖 방면에서 노동력을 필요로 하는 새로운 나라도 있다. 그런데도 비록 일시적일지는 모르겠지만, 어째서 이 양자가 손을 잡지 못하는 것일까? 답은 하나밖에 없다. 자본이 부족하기 때문이다. 그렇다면 어째서 자본이 부족한 것일까? 어째서 철도건설 사업이 중단된 것일까? 런던의 금융시장이 위축되었기 때문이다. 최근의 통계에 의하면 캐나다의 발전에 사용되는 전 금액의 73%는 런던에 있다고 한다. 진짜 원인이 여기에 있다. 그것을 바로잡을 수 있는 것은 무엇일까? 자본이 올바른 통로를 흐르도록 하려면 어떻게 해야 할까? 좋은 배당과 희망과 격려가 필요하다. 이것이야말로 자본주의의 중심기능이다. 사회주의 조직에서는 어떠한 것도 스스로의 중심기능을 부정하는 행위를 했다는 얘기는 한번도 들어본 적이 없다. 일을 하려는 인간이 여기에 있고 일도 있는데 그 양자를 결합시킬 힘을 누구도 가지고 있지 않다는 것은 참으로 슬픈 일이다.

1500마일 동안이나 거의 평탄하게 이어지던 평야 너머로 마침내 야트막한 언덕이 나타났다. 그 언덕 위 여기저기로 하얀 눈을 뒤집어쓰고 있는 봉우리가 보였다. 메인 레이드[184]의 세계, 로키 산이다. —나의 그리운 로키! 여기에 와본 적이 있냐고? 그 무슨 우문인가? 나의 꿈의 나라로, 나는 10년 동안 여기서 산 적이 있었다. 이 원시세계에서 인디언과 사냥꾼과 회색 곰을 상대로 여러 가지 일들을 해왔다. 그리고 지금 그 산들이 이른 아침의 반짝임 속에 솟아 있는 것이다. 나는 적어도 내 꿈속의 산들을 내 눈으로 보고 있는 것이다. 대부분의 소년들에게는 이런 행운이 찾아오지 않으리라.

재스퍼 공원은 캐나다 정부가 현명하게도 시민을 위해 보존했기에 지금은 국가 소유의 일대 유원지 겸 요양지가 되었다. 캐나다가 곧 급격한 인구증가를 맞이하게 되면, 경치가 가장 아름다운 지역의 대부분을 국유지로 삼아 토지 알선업자들이 헤집고 다니지 못하도록 한 정치가들의 선견지명에 국민은 감사하게 될 것이다. 밴프 국립공원은 최근 20년 사이에 관광객들의 메카가 되었다. 여건상 동부 캐나다에서 서부로 갈 수 없는 관광객에게는 알곤킨에 있는 공원이 커다란 유람지가 되어 있다. 그런데 이 재스퍼 공원은 이들 가운데 가장 새로워서 야성미로 넘쳐난다. 몇 년 전까지만 해도 이곳은 울창한 삼림지대여서 사람은 거의 들어올 수 없었다. 지금은 로저스 대령의 노력 덕에 각 방면으로 수많은 길들이 닦여 있다. 지금까지 미지의 세계였던 나라로 들어가는 듯한 흥미로운 여행을 편안히 할 수 있게 되었다. 동부에서는 드래고맨(통역), 여기서는 패커(짐 싸는 사람)라고 불리는 사람들이 여러 조건에 맞추어 여정, 식료품, 요리 등 모든 준비를 해준다. 게다가 예를 들어서 프레드 스티븐슨이나 오토 형제와 같은 로키 산의 일류 패커를 만나면 비용 면에서 안심할 수 있을 뿐만 아니라 참으로 기분 좋은 길동무를 한 사람 얻었다는 사실을 알게 될 것이다. 여기서 사냥은 할 수 없다. ―모든 야생동물이 보호되고 있기 때문이다. ―그러나 멋진 낚시는 할 수 있으며 곳곳에 멋진 풍경이 있고, 밤이면 패커가 모아다준 향기로운 전나무 가지를 침대로 삼아 별 아래에서 잠들 수 있다. 야트막한 물을 만나 낚시를 할 수 있을 것 같다는 생각이 들 때만큼 마음 설레고 활력 넘치는 순간이 또 있을까? 우리는 일주일 동안 간소한 자연 속의 삶에 잠겨 있었다.

이 공원은 보호지가 된 지 몇 년 지나지 않았음에도 불구하고 야생동물은 그리 많지 않았다. 여기에 살던 인디언들이 지정 보호구역으로 옮기기 전에 잡을 수 있는 것을 전부 잡아버렸기 때문이다. 그래도 곰이 숲 속을 돌아다니고, 독수리가 호수 위를 날아다니고, 회색늑대가 밤에 어슬렁거리고, 사슴이 계곡에서 먹을 것을 찾아다니고 있었다. 설선(雪線) 부근의 고도에서는 야생 염소를 자주 볼 수 있었으며, 낮은 곳으로는 산양들이 모습을 드러내곤 했다. 우리가 방문한 마지막 날에는 보기 드문 미국 검은곰이 마을에서 겨우 수백 야드 떨어진 곳에 있는 공터에 그 누런 모습을 드러냈다. 그 투박하고 쾌활한 머리가 쓰러진 나무 위로 우리를 바라보는 모습을 보고, 나는 그 곰에게 안전한 땅을 제공한 캐나다 법률에 감사하는 마음이 들었다. 동물의 눈에 사냥을 하는 사람들은 얼마나 흉악하게 보일까? 만약 초인적인 악마가 있어서 우리들이 꿩에게 하는 것처럼 인간을 쏘아 죽이며 즐거워한다면 우리도 사냥이라는 스포츠에 대해서 다시 생각하게 될 것이다.

고슴도치도 이 숲에서 많이 살고 있는 동물이다. 나는 한 번도 본 적이 없으나 한 친구가 개와 마주한 고슴도치의 모습에 대해서 이야기를 해준 적이 있었다. 이 동물은 불쾌함을 느끼면 몸에 난 바늘을 곧추세울 수 있다. 따라서 개와의 싸움이 끝났을 때는 어느 쪽이 개고 어느 쪽이 고슴도치인지 알아볼 수 없게 되었을 정도였다고 한다.

재스퍼에서의 생활은 극히 초기 단계의 캐나다 부락 생활을 경험했다는 점에서 흥미로웠다. 훗날에는 상당한 마을이 될 테지만 이때는 로저스 대령의 집과 역을 제외하면, 나머지는 통나무집과 조그만 목조 주택이 있을 뿐이었다. 분쟁이 없는 간소함 속에서의 기독교적 신앙은 사도적인 것이었다. —물론 그러한 특색은 사도 시대 중에서도 극히 초기까지 거슬러 올라가지 않으면 볼 수 없는 것이지만. 교회 2개를 건축 중이었는데 양쪽 모두 목사가 석공과 목수의 우두머리 역할을 하고 있었다. 그 가운데 내가 초석을 놓는 명예를 얻은 쪽의 교회는, 비국교도 각 단체도 순서대로 쓸 수 있게 한다는 것이었다. 축하식에는 반대파인 국교파 목사도 와서,

자신의 건축공사 때문에 지저분해진 몸으로 라이벌의 행복을 빌어주었다. 꾀죄죄한 차림의 사람들이 보슬비 속에서 모자도 쓰지 않은 채 서서 식을 거행하는 모습에서 나는 종교의 본질을 본 듯한 느낌이 들었다. 굳이 말하자면 기쿠유[185]와 재스퍼는 런던에 몇 가지 교훈을 주는 것이리라.

우리는 브리티시 컬럼비아 주의 경계선을 넘어 동부와 서부의 분수령 역할을 하고 있는 테트 존 카슈 산으로 하루 동안 기차여행을 다녀왔다. 거기서 우리는 이미 상당한 유역을 차지하고 있는 프레이저 강이 태평양을 향해 흘러가는 것을 보았다. 산길 초입에 철도 노동자들의 마을이 있는데, 이는 진짜 악인이 없다는 점만 제외한다면 브렛 하트[186]가 묘사한 광산촌을 쏙 빼닮은 곳이었다. 거기에도 주로부터 인정을 받은 악당이 1명 있었는데, 빨간 서지 코트에 중절모를 쓴 그 사내는 주의 경계를 넘어오는 거칠고 악한 무리들을 진압하여 법에 따르게 만드는 역할을 담당하고 있었다. 그러나 총잡이만 제외한다면 그 마을은 위대한 미국 작가에 의해서 우리에게도 이미 친숙해진 기묘한 오두막과 이상한 간판과 도박장 등을 전부 갖추고 있었다.

그 이후 우리는 귀국길에 올랐다. 에드먼턴을 지나 위니펙을 거쳐 신흥 도시인 포트 윌리엄을 뒤로 했다. ─그러나 오대호는 건너지 않았다. 그쪽 길이 아니라 캐나다 퍼시픽 회사의 호의로 슈피리어 호수의 북단을 돌아가는 기차를 탔는데 그 지대는 광물이라도 발견되지 않는 한, 나무들이 멋들어지게 우거진 채 황량하게 버려진 땅으로 남아 장래성은 보장받지 못할 듯 보였다. 거기서 북쪽으로 200마일쯤 떨어진 곳에, 대영제국의 위대한 개척자인 그랜드 트렁크 회사에서 개발한 철도가 1000마일쯤 달리고 있어서 새로운 곡창지대와 산림지대를 조성하려 하고 있다. 캐나다는 개화하려 하고 있는 꽃과 같다. 어디로 눈을 돌려도 새로운 꽃이 피려 하고 있는 모습이 보인다.

우리는 알곤킨 공원에서 3일을 머물렀다. 그곳은 몬트리올이나 오타와에서 가볍게 갈 수 있는 곳으로 영국의 낚시꾼과 자연애호가에게는 절호의 행선지가 되리라. 누가 뭐래도 런던에서 일주일쯤이면 갈 수 있는데, 핀란드의 어느 강을 가려 해도 같은 시간이 걸린다. 훌륭한 설비를 갖춘 호텔도 있고, 그곳의 거대한 자연공원에는 1000개가 넘는 호수가 있기에 거기서 어떤 종류의 낚시도 즐길 수 있다. 물론 정말 좋은 낚시터는 가장 멀리 떨어진 호수까지 가지 않으면 안 된다. 나는 그렇게 커다란 행운을 잡지는 못했지만, 아내는 8파운드나 되는 송어를 잡았으며, 공원의 친절한 관리인인 바틀릿 씨가 의심을 받지 않도록 그것을 박제로 만들어주었다. 사슴은 공원 어디에나 있고, 흑곰도 드물지 않았다. 밤이 되면 늑대가 울부짖는 소리를 종종 들을 수 있었다.

캐나다의 운명은 어떻게 될까? 사람에 따라서는 의문이라고 말하기도 한다. 나로서는 아무런 말도 할 수 없다. 캐나다는 앞으로 2세대까지는 현상을 유지하리라. 그것이 지나고 나면 커다란 문제에 대해서 재고해야 할 시간이 올 것이다. 특히 자신보다 커다랗게 성장한 자식이 같은 지붕 아래서 살고 있다는 사실을 깨닫게 될 영국에서는 진지하게 고려할 필요가 있으리라.

캐나다와 미국이 합병할 가능성은 전혀 없다고 생각한다. 두 나라 사이에 친밀한 감정이 있기는 하지만 두 나라의 역사를 보건대 양국이 현재 단계에서 결합하는 것은, 커다랗게 성장한 참나무와 넓게 뿌리를 내린 소나무를 한 그루의 나무로 만드는 것에 뒤지지 않을 정도로 어려운 일이다. 양국의 뿌리는 너무 깊이까지 내려갔다. 불가능한 일이다.

그렇다면 캐나다가 독립국이 되는 선택은 어떨까? 그것은 미국과 합병하는 것만큼 불가능하지는 않지만, 극도로 일어날 것 같지 않은 일이다. 캐나다가 어찌 독립을 바라겠는가? 캐나다는 지금 필요한 모든 것을 가지고 있다. 지금 필요한 것은 그 광대한 영토와 자원을 활용할 수 있는 인구와 자본력이다. 그 모든 자본력 가운데 캐나다는 1914년 현재, 영국으로부터 73%를 공급받고 있으며, 또 미국으로부터 14%, 자력으로 나머지 13%를 충당하고 있다. 또한 영국으로부터 받아들이는 이민의 수는 자본력의 비율만큼 높지는 않지만, 다른 어느 나라보다도 많다. 거기에 더해서 영국 해군이라는 거대한 방어력을 무료로 사용하고 있다. —물론 장래에는 그 명예에 대한 어떤 대상이 요구될 테지만— 그리고 외교기관도 돈을 지불하지 않고 이용하고 있다. 전체적으로 봐서 캐나다는 현재의 방식으로 물질적 이익을 얻고 있는 것이다. 그런데 거기에는 같은 견해를 가진, 보다 고차원적이고, 보다 정신적인 의견도 존재한다. 대표적인 캐나다인의 대부분은 1782년에 영국의 깃발을 지키기 위해 모든 것을 버리고 미국에서 나온 '연합제국 충성당'의 자손들이다. 그들의 대영제국 애호정신은 우리 본국인들과 같거나 훨씬 더 열렬하다. 그리고 곳곳에 제국의 영광과 그 빛나는 장래에 대한 의식이 있으며, 같은 깃발 아래서 같은 언어와 운명을 짊어지고 힘차게 성장해 나가겠다는 의식이 있다. 이러한 감정이 물질적 이익과 하나가 되어 캐나다의 독립이라는 생각을 앞으로도 더욱 방해할 것이라 여겨진다.

그렇다, 캐나다는 이번 세기가 끝날 때까지는 이대로 유지될 것이다. 이번 세기가 끝날 무렵 캐나다의 인구와 자원은 모국을 훨씬 뛰어넘어, 아마도 우리의 손자쯤이 어려운 문제의 해결에 직면하게 될 것이다. 프랑스계 캐나다인에 대해서 말하자면 그들은 언제나 보수적 세력으로 작용하리라. —그들이 자신들을 뭐라고 부른다 할지라도. 때로 프랑스 국기를 치켜드는 약점이 있다 할지라도, 그것은 화를 낼 일이 아니라, 오히려 과거에 대한 감상으로 받아들이면 된다. 그것은 화이트 홀에 있는 찰스의 기념상에 매해 장식을 하는 것과 다를 바 없는 일이다.

캐나다에 머무는 동안 문제가 터질 것 같다는 예감을 가지고 있기는 했지만, 그래도 세계대전이 그렇게 가까이 다가왔을 줄은 꿈에도 생각지 못했다. 나를 깜짝 놀라게 한 것은 시크교도를 가득 실은 배가 밴쿠버 항으로 들어와서 캐나다로의 입국을 허락하라고 요구한 사건이었다. 그 요구는 이민법에 따라 거부되었다. 이 사건은 이상한 일이라 여겨졌다. —태양을 사랑하는 인도인들이 어째서 캐나다에 오고 싶어 한 것일까? —그 배후에 뭔가 커다란 목적이 있으리라 여겨졌다. 머지않아 밝혀졌지만, 그 목적은 영국의 영토에 있는 각 민족 간의 불화를 조장하려는 것이었다. 그 배를 고용한 것이 독일 자본이라는 사실에는 의심의 여지가 없었다.

나는 캐나다의 유력자들이 모인 자리에서 몇 번인가 연설을 했는데 그때마다 영국 본국의 건전한 상태를 반드시 이야기했다. 캐나다인들은 우리를 흔히 흐리터분한, 본국에서 보내는 돈으로 생활하는 게으른 사람이라고 생각하곤 하는데, 실제로 그들 앞에 나타나 영국인의 표본이 된 것은 그런 사람들이 많았다. 나는 그러한 사람들까지 옹호해서 그들은 캐나다에 온 순간 그런 모습을 보이는 것이라고 말했다. 그리고 또 우리나라의 훌륭한 보이스카웃 운동과 예비군을 형성하고 있는 퇴역병들의 운동에 대해서 이야기했다. "노소 모두가, 새롭고 희생적인 애국심으로 가득한 운동을 전개할 수 있는 나라야말로 살아 있는 나라입니다. 만약 우리가 시련을 받는다면 우리 역시 옛 사람들에게 조금도 뒤지지 않는다는 사실을 증명할 수 있을 것입니다."라고 나는 말했다. 그 말을 하던 당시에는 그 시련이 얼마나 가까이에 있는지, 얼마나 격렬한 것인지, 또 얼마나 훌륭하게 그것을 극복할지 꿈에도 생각지 못했었다.

그럼 이제부터는 대전에 대해서 이야기하겠다. 모든 남녀의 생활이 그랬던 것처럼 나의 생활 중 가장 괴로웠던 날들의 이야기다. 너나할 것 없이 모두가 조그만 파편이 되어 무시무시한 소용돌이에 휘말렸고, 그 속에서 4년 동안 빙글빙글 맴돌다 어떤 사람은 영원히 잠겨버렸고, 어떤 사람은 녹초가 되었으며, 우리 모두 너무 긴 시간 동안의 끔찍한 경험을 각자의 영혼과 몸에 남겼다. 지금부터 나는 전쟁이 내게 어떻게 작용했는지, 또 주제넘은 얘기를 하고 싶지는 않지만, 반대로 내가 조그만 점으로서 전쟁에 어떤 영향을 주었는지에 대해서 이야기하겠다.

제25장 대전 전야

　나는 오랫동안 독일의 위협을 진지하게는 받아들이지 않았다. 교양 있는 영국인과 동석한 자리에서 독일의 위협 따위 존재하지 않는다, 적어도 과장된 것이라고 발언하는 사람은 나밖에 없다는 사실을 종종 깨닫곤 했다. 이러한 결론은 2가지 점에서 내 마음에 떠오른 것이었다. 첫 번째는, 독일이 심하게 도발을 해오지 않는 한 전쟁은 일어날 수 없다는 점. 우리 정부의 상태에서는 상층부가 전쟁을 바란다 할지라도 그것만으로는 어떻게 해볼 수가 없다. 왜냐하면 외국과의 전쟁은 국민 대부분이 그것을 승인하지 않는 한, 결코 이길 수 없는 법이다. 국내 정책도 그렇지만 영국의 외교 정책은 무산계급의 투표에 지배를 받는다. 국민이 그 정의와 필요를 확신하지 않는다면 어떤 나라에 대해서도 침략적 전쟁을 할 수는 없으리라. 이러한 이유로 우리나라는 독일을 공격할 수 없었다. 그리고 독일도 역시 같은 이유로 우리나라를 공격할 수는 없으리라 생각했다. 그런 행위로 무엇을 얻을 수 있겠는가? 독일은 동쪽과 서쪽 국경에 이미 적을 두고 있었으니, 거기에 다시 강력한 영국과 맞선다는 것은 아무래도 있을 것 같지 않은 일이었다.

만약 독일이 전쟁을 해서 지기라도 한다면 그 상업은 파멸할 것이며 상승기류를 타고 있던 식민지는 엉망이 되어버리고 말 터였다. 이긴다 할지라도 어떤 전리품을 얻을 수 있을지 의문이었다. 영국은 독일이 이미 누리고 있는 무역상의 이익에 더 많은 이익을 줄 방법이 없었다. 독일이 원주민의 반항 없이 소유할 수 있는 식민지를 발견할 수는 없을 테니, 우리도 백인이 살 수 있는 식민지를 독일에 제공할 수는 없으리라. 배상금도 강요할 수는 없으리라. 기껏해야 석탄 산지나 열대 식민지 정도일 테지만 그러한 것은 독일이 실제로 가지고 있는 것이다. 전쟁까지 해서 겨우 그 정도의 보상을 받을 필요가 있을까? 내게는 그런 질문에 대한 답이 하나밖에 없는 듯 보였다.

나는 아직도 이러한 생각에는 변함이 없으나, 불행하게도 국가 사이의 일들은 늘 이성의 지배를 받는 것은 아니며, 때로는 모든 계산을 무시한 광기에 휩싸이곤 한다. 나는 또한 문제를 우리 영국과 독일 사이로만 한정하여 바라보았다. 영국이 자신의 의지에 반한다 할지라도 벨기에를 지키기 위해, 프랑스의 붕괴를 막기 위해 전쟁에 휘말리게 될지도 모르겠다고는 생각지 않았다. 만약 벨기에가 공격받는다면 조약상의 의무 때문에라도, 또 인도적인 입장에서라도 영국이 싸워야 한다는 것은 명백한 사실이었으니, 독일이 그 외의 일을 기대하며 행동을 일으키리라고는 누구도 생각할 수 없었다. 그런데 그 누구도 생각하지 못했던 일이 일어난 것이었다. 독일은 영국 국민이 완전히 유약해졌다고 잘못 판단하여, 그 겁쟁이 거한은 조그만 친구들이 시달림을 당해도 팔짱을 낀 채 바라보기만 하리라고 생각한 것이었다. 이는 영국 국민의 성격에 대한 무지에서 온 것인데, 어리석다고는 하지만 세계사의 중대한 시기에 결정적인 영향을 주었다.

전쟁의 위험을 진심으로 생각하게 한 첫 번째 일은 독일에서 계획하고 독일에서 행해진 장거리 자동차 경주였다. 그 경주에는 나도 참가했지만 「스포츠」장에서 간략히 이야기했으니 여기서 되풀이하지는 않겠다. 그런데 그것이 전부였다면 특별히 이렇다 할 생각도 없었을 테지만, 직후 베른하르디[187]의 『독일과 다음 전쟁』이라는 책을 손에 넣었을 때 그것을 꼼꼼하게 연구하고 그 인상을 정리하여 「영국과 다음 전쟁」이라는 제목으로 1913년 여름에 『격주간 리뷰』에 발표했다. 지금도 그 글을 가지고 있는데 미래의 가능성에 대한 당시 나의 추정이 대부분 맞아떨어졌다는 사실이 흥미롭게 여겨진다.

<나는 베른하르디의 논의를 요약하는 것에서부터 시작하겠는데, 설령 그의 말에 찬성하지는 않는다 할지라도 그 논의는 진지하게 받아들이지 않으면 안 된다. 그는 독일의 사상계급 가운데 하나를 대표하는 자, 즉 지금 커다란 세력을 이루고 있는 군인계급의 리더이기 때문이다.>라고 썼다. 그는 같은 숫자의 프랑스군이라면 독일군이 이길 것이라고 주장했는데 그에 대해서 나는 이렇게 썼다. <독일이 전술적인 면에서 세계의 스승이라는 점은 부정하지 않겠지만, 제자들도 그의 가르침을 충분히 흡수했다는 점을 베른하르디 같은 권위자조차 간과한 모양이다. 이전까지 독일이 승리를 거두어온 것은 세부에 대한 관심, 완전한 동원체제, 주의 깊은 준비 등에 의한 것이었으나, 그것이 지금은 오히려 독일을 향하고 있어서 다른 나라도 독일의 장점에 필적할 정도가 되었다.> 그런 다음 나는 베른하르디의 영국에 대한 강한 불만을 검토하고, 그것이 얼마나 근거 없는 트집인지, 이겼다 할지라도 얻는

것이 얼마나 적을지를 보여주었다. 나는 그의 독설적인 문장을 인용했다. <화해를 시도할 영국의 태도도 참된 상황에 대한 우리의 시선을 어둡게 할 수는 없다. 우리는 그것을 최대한 이용하여 우리나라가 전쟁에서 반드시 이긴다는 자신감을 갖게 될 때까지 언젠가 일어나고야 말 전쟁을 지연시키면 된다.> 나는 이 말에 비평을 가했다. <위 글의 마지막 부분은 지난날 양국의 우호감정을 키우기 위해 노력해온 영국 사람들의 마음조차 경직시키고 말 것이다.>

그런 다음 나는 베른하르디가 솔직 대담하게 이야기한 전략계획을 요약하고, 영국의 그에 대한 대비가 얼마나 늦었는지, 우리나라의 군비에 있어서 무엇이 중요한지를 간단히 설명했다. 그 결론의 대략적인 개요는 다음과 같다.

1. 영국 침략은 거의 생각할 수 없으나 그렇다고 해서 우리나라의 계획이 틀어져서는 안 된다.

2. 만약 침략이 불가능하다면, 해외로 나가지 않는 한 국방의용군은 필요치 않다.

3. 우리 국민의 전통에 반하는 이상, 징병은 최후의 수단이 되어야 한다.

4. 방호물 등에 영향을 받지 않는 잠수함과 비행선이야말로 우리나라에게는 가장 커다란 위협이다.

잠수함을 논하며 나는 이렇게 썼다. <영국해협 입구와 아일랜드 해에 숨어 있는 적의 잠수함들이 이러한 섬들에 식량을 공급할 때 얼마나 커다란 장애가 될지는 상상을 초월하는 문제이다. 영국뿐만이 아니라 다른 나라의 배들도 침몰될 것이며 거기서 국제문제가 발생할 것이다. 적 잠수함이 우리의 보급로를 완전히, 혹은

대규모로 저지하리라고는 여겨지지 않는다. 그러나 틀림없이 그것은 영국에 도달하는 식료품의 가격을 매우 비싸게 만드는 효과가 있을 것이다. 항복할 수밖에 없을 정도까지는 아니겠지만, 틀림없이 상당한 고통을 줄 것이다. 전쟁이 시작되자마자 국내 산물의 증산을 장려하기만 한다면 수입식품이 극도로 감소되기 전에 국내 식품으로 부족분을 보충하기까지에 이를 수 있을 것이다.> 이는 이후 실제 일어났던 일을 대체로 잘 예측한 것이라고 생각한다.

5. 영국이 벨기에나 프랑스에 군대를 보내게 된다면, 적 잠수함은 전략에도 영향을 줄 것이다.

6. 따라서 영국해협을 연결하는 터널이 반드시 필요하다.

7. 모든 필요 없는 지출을 당장 줄여야 한다. 그렇게 하면 어려움에 처했을 때라도 영국의 경제적 신용은 높이 평가될 것이다.

이상이 대체적인 결론이다. 이 글은 세상의 이목을 약간 끌기는 했으나 정치적으로는 영향을 주지 못했다. 나의 설을 강조하기 위해 나는 『스트랜드 매거진』에 「위험!」이라는 제목의 소설을 발표하여 군사력이 변변치 않은 나라라도 잠수함을 사용하면 영국을 항복시킬 수 있다는 사실을 보여주었다. 이는 참으로 예언적인 것이 되었다. 왜냐하면 머지않아 실제로 일어났던 상황에 가까운 내용이 묘사되어 있을 뿐만 아니라 여러 세세한 점에서도, ―예를 들자면 상선의 지그재그 항법, 어뢰의 사용, 야간에는 모래섬으로 물러나 피해 있을 것이라는 사실 및 그 외의 실제로 일어났던 내용이 적혀 있기 때문이다.

자동차 경주에서의 경험과 독일의 책을 꼼꼼하게 읽고 나서 전쟁이 머지않았음을 확신하게 된 이후부터 나는 종종 예감을 갖게

「위험!」의 삽화

되었는데, 그것은 지성에 의한 것이라기보다 영감에 의한 것으로 나의 힘을 초월하여 작용한 듯했으며, 또 그것이 실제로 찾아왔을 때는 예감이 틀리지 않았다. 단, 나의 편견이나 지성이 방해를 하면 위험한 과오가 생겨났다. 이때는 독일과 영국의 해전이 어떤 결과를 맞이하게 될지 매우 뚜렷하게 내 눈앞에 떠올랐다. 우리나라의 심각한 위험은 적이 잠수함을 사용하여 우리의 식량선을 침몰시키면 우리가 기아 때문에 항복할지도 모른다는 것이었는데, 나는 이에 대해 한 점의 의심도 품지 않았다. 우리나라가 해전에서는 한 번도 진 적이 없었다 할지라도 이 보이지 않는 것은 역시 우리를 굴복시키리라. 그 정경이 내 가슴 속에 선명하고 자세하게 떠올랐다. 훗날 독일의 카펠[188] 장군이 독일연방의회 하원에서 나의 이름을 들고, 이번 전쟁에서 경제적인 측면을 꿰뚫어본 것은 나뿐이었다고 발언했을 정도였다. 경제적 측면에 관한 한 어쩌면 그의 말대로였을지 모르겠으나, 전략상 잠수함의 중요성에 관해서는 퍼시 스콧[189] 경이 훨씬 더 권위 있는 언급을 했다.

나는 그러한 생각에 사로잡혀 매우 불안해졌다. 그 점에서 몇몇 해군 장교들의 동의를 구하려 했으나 아무런 반응도 얻지 못했기에 더욱 침착할 수가 없었다. 그 가운데 한 사람은 영국해협에 방어벽을 세울 테니 그런 걱정은 하지 않아도 된다고 말했으나, 그것은 강을 판자 하나로 막아놓고 더는 뱀장어가 하류로 내려갈 염려는 하지 않아도 된다고 말하는 것과 다를 바 없는 일이라고 생각했다. 나는 이 문제에 대해서 머리를 짜낸 끝에 해결책은 아니지만 일시적 회피수단으로 3가지 수단이 있다는 견해를 밝혔다.

첫 번째는, 보조금을 지불하거나 관세를 올려서 국산 식품의 증산을 장려하는 수단이다. 이를 위해 농업보호법을 실현시킬 생각으로 하원 버그법과의 투쟁에 1000파운드나 되는 돈을 사용했으나, 그 결과는 우리 정부의 어리석은 정당정치가 움직이기 어려운 것이라는 사실을 깨달았을 뿐이었다.

두 번째 수단은, 잠수함에 대항하기 위해서 잠수용 식량운반선을 사용하는 것이다. 이는 결정적인 해결책이라고 생각했으나 그런 배는 진수되지 않았을 뿐만 아니라 건조 계획조차 세워지지 않았다.

세 번째는, 영국해협에 터널을 뚫는 수단이었다. 그것도 하나가 아니라 2개 이상을 건설한다면 더욱 좋으리라. 나는 이 계획을 몇 년이나 전부터 주장해왔는데, 하나의 국가로서 영국은 수에즈 운하 때와 다를 바 없이 자기 스스로를 웃음거리로 만들어왔다는 느낌이 든다. 영국이 와이트 섬[190]만 한 작은 섬이라면 그렇게 겁을 먹는 것도 이해가 되는 일이지만, 일대 제국이 길이 27마일짜리 해저 터널을 통한 침입 따위에 떤다는 것은 한심하기 짝이 없는 생각에 지나지 않는다. 한편 이를 무역이나 관광의 통로로 사용할 때의 이익은 누구의 눈에도 명백한 것이다. 그것이 이제는 훨씬 더 중요한 역할을 수행하게 될 터였다. 만약 영국이 잠수함에 의해 봉쇄된다면, 그리고 그때 프랑스가 중립이나 우리 편으로 남아준다면, 영국은 동쪽에서 수입한 다량의 식품을 마르세유로 실어나른 뒤, 거기서부터 런던까지는 직통으로 무사히 보낼 수 있다. 이 의견을 한 신문에 발표했더니 어떤 군사평론가가 이렇게 말했다. "만약 잠수함이 영국해협을 봉쇄할 수 있을 만큼 강력하다면, 지중해까지도 봉쇄해버릴 것이다." 이것이 설마 정론이라고는 여겨지지 않았다. 당시 잠수함의 행동반경은 그렇게 넓지 않았을 뿐만 아니라, 가상의 적인 독일은 지중해에 기지를 전혀 가지고 있지 않았다. 모든 논의는 불가능할 뿐만 아니라 도움이 되지도 않는 징병제 쪽으로 기울었으며, 보다 실제적이고 유효한 것은 무시되었다.

나는 터널 문제에 대해서 기회가 있을 때마다 국민들에게 호소했는데, 전쟁이 일어나기 바로 1년 전에 의회가 이 문제는 정신병자의 헛소리라고 단정 지었을 때, 나는 그것을 계기로 『타임스』 지상에서 논의를 시작한 적이 있었다. 또한 그 무렵에 캐넌 스트리트 호텔에서 경제계 인사들의 모임이 있었는데, 거기에 모인 유력자들이 나의 계획을 지지해주었다. 이튿날 『타임스』가 나의 연설을 극히 간결하게 다음과 같이 보도했다.

<앞으로의 전쟁에 대비하기 위해서는 해협에 터널을 즉시 건설하는 것이 가장 중요하다고 코난 도일 경은 말했다. 왜냐하면 영국은 식량의 6분의 5를 외국으로부터의 수입에 의존하고 있는데,

한편으로 잠수함은 일반 사람들이 이해하고 있는 것 이상으로 급속하게 발전하고 있기 때문이다.> 잠수함은 봉쇄 함정의 빈틈을 뚫고, 어뢰정의 방어선까지도 깨닫지 못하도록 통과할 수 있다. 그들이 우리나라 상선의 항로에 출격하라는 명령을 받는다면, 반드시 어뢰로 그것을 실행할 것이다. 만약 켄트 주 앞의 바다에 25척, 그리고 아일랜드 해협에 25척의 적 잠수함이 있다면 우리나라의 식량보급은 어떻게 될까? 식료품은 상당한 고가의 품목이 될 것이다. 『타임스』의 군사기자는 이 터널 안에 늘 적극적으로 반대했으며, 언제나 그것을 웃어넘겼다. 그러나 며칠 전에 그는 지중해에 대한 논설을 쓰는 가운데 해협 터널 안에 대한 사실은 잊고 이렇게 말했다. <우리는 영국의 식량 절반 이상이 지중해를 통해서 운반되고 있다는 사실을 잊어서는 안 된다.> 만약 그것이 지중해를 통해서 옮겨져 마르세유에 하역된다면, 해협 터널이 있는 경우는 이후부터 간단하게 런던까지 옮길 수 있게 된다.

제26장 어두운 날들의 추억

유럽의 전 기구가 파멸의 갈림길에 직면하여, 마침내 파멸하게 되다면 어떤 일이 일어날지 짐작조차 할 수 없는 상황이 사람의 가슴속에 어떤 영향을 주는지 나는 결코 잊을 수 없을 테지만, 후세 사람들은 상상조차 할 수 없을 것이다. 군사적인 돌발 상황, 기아, 혁명, 파산, ―어떤 뜻밖의 일이 일어날지 아무도 알 수 없었다. 한편으로는 막을 수 있을 듯했으나 모든 것이 전혀 불가능했다. 독일인들이 유럽이라는 기구 속에 스패너를 집어던져 기계가 원활하게 돌아가지 못하게 되었기 때문이었다. 일반적으로 사람들은 사나운 꿈을 꾸어도 눈을 뜨면 현실의 건전한 사람으로 돌아간다. 그러나 그 무렵의 나는 매일 아침에 눈을 뜨면 거기서 악몽의 세계를 발견하곤 했다.

전쟁이 확실해진 8월 4일, 나는 마을의 배관공인 골드스미스 씨로부터 편지를 받았다. <크라우보러는 지금 무엇이든 하지 않으면 안 된다는 분위기로 가득 차 있습니다.> 처음에는 그냥 웃어넘겼지만, 곧 진지하게 생각하게 되었다. 어쨌든 크라우보러는 헤아릴 수 없이 많은 소도시 가운데 하나였다. 여기서 계획을 실행하는 것은 모두를 위한 일이라고 생각했다. 이에 나는 공고문을 써서 서둘러 인쇄에 넘겼다. 그것을 배부하고 길거리에 내붙였다. 같은 날 밤(8월 4일)에 마을의 집회가 열렸고 지원자들의 모집이 시작되었다. 이 부대는 순식간에 20만 명의 병력으로 성장했다.

10년인가 12년 전에 국방군 병단이라는 것이 조직된 이후, 지원병은 사라져버리고 말았다. 그러나 내가 생각해낸 이 새로운 부대는 매우 보편적인 것으로 노소를 막론하고 모든 시민이 훈련을 받는 것이기 때문에, 국가가 필요한 만큼 거기서 떠낼 수 있는 커다란 스프 냄비와도 같은 것이었다. 우리는 이를 시민예비군이라고 이름 지었다. 당시와 같은 시대에 훈련을 받기도 하고 사격을 배우기도 하고, 또 어떤 조직 하에 모이는 것은 누구에게도 해가 되지 않을 것이라고 생각했다. 정부가 무엇을 하기에는 너무 바빴기에 우리가 솔선해서 할 수밖에 없었다. 내가 계획을 발표하고 스스로 등록하자 뒤이어 120명이 참가했다. 지원병단의 시초였다. 이튿날 저녁, 우리는 훈련장에 모여 누가 훈련을 시킬 수 있는지 찾아내 하사관 역할을 맡을 사람을 선정했으며, 자신들을 우수한 부대로 완성하기 위한 작업에 들어갔다. 미국의 배우이자 친구인 질레트가 영국에 발이 묶여 있었는데, 우리의 모습을 재미있다는 듯이 구경하곤 했다. 한동안은 내가 지휘를 맡았다.

나는 우리가 한 일을 육군성에 보고하고 정식으로 인가를 해달라고 요청했다. 우리는 정식 모병에 방해가 되지 않도록 주의하여, 합리적으로 정식모병에 응할 수 있는 자는 받아들이지 않기로 했다. 이 계획이 실행에 옮겨졌을 때 나는 그 방법에 대한 설명을 써서 『타임스』에 실었다. 그 이후 1200개 소도시로부터 규칙과 방법에 대한 문의를 받았다. 비서와 둘이서 그에 대한 답장을 쓰기에 꼬박 하루를 투자했다. 그 결과 수많은 소도시에서 비슷한 부대가 생겨났다.

2주일쯤 모든 일이 순조롭게 진행되었다. 무기는 없었지만 우리는 매일 훈련했다. 그런데 육군성으로부터 강력한 명령이 떨어졌다. '허가받지 않은 부대는 당장 해산할 것.' 전시 하에서는 아무런 불평도 하지 말고 씩씩하게 따르는 것이 첫 번째 원칙이다. 그때 우리 부대는 행진 중이었는데 나는 그 전문을 읽어준 뒤 말했다. "우향우! 해산!" 이 간단한 명령으로 시민예비대는 영원히 자취를 감추고 말았다.

그러나 그것은 신속하고 영광스러운 부활을 이루었다. 런던에는 예전의 지원병 조직과 약간의 관계를 가지고 있는 중앙단체가 있었다. 위원장은 데즈보러 경이었는데 그와 같은 적임자도 또 없었으리라. 정부는 지원병 편성에 관한 일을 이 위원회에 맡겼으며 나도 위원 가운데 한 사람으로 선정되었다. 퍼시 해리스 씨가 사무총장을 맡아 커다란 활약을 펼쳤다. 나는 전국 1200개 소도시에 이 새로운 센터를 알렸으며, 우리 크라우보러 부대는 새로이 제6 서식스 지원부대의 크라우보러 부대가 되었다. 우리가 최초의 부대였음은, 그 공적으로 상을 받았을 때 발행된 『지원병 관보』에 기록되어 있다. 이 새로운 조직의 지휘는 정규군 출신인 퀸틴 대위가 맡았으며 크리켓선수로 유명했던 스레슨 씨와 드루스 씨가 중위에 임명되었다. 골드스미스 씨는 하사관 가운데 한 명으로 임명되었으며, 나는 전쟁 중의 4년 동안과 그 후 부대가 해산되기까지의 6개월 동안을 일개 사병으로 남아 있었다. 대원에는 끊임없이 변동이 있었다. 병역 연령이 점차 높아져감에 따라서 정규 군대에 입대하는 자가 많아졌기 때문이었다. 하지만 그때마다 새로

운 대원을 모집하여 대체적으로는 늘 100명 정도의 대원을 유지
했다. 우리 부대의 훈련과 기강은 우수했다. 총과 검을 지급받자
마자 곧 그 사용법을 배웠다. 대원의 대부분이 50대, 때로는 60대
도 섞여 있었지만 행진하는 모습은 부끄러운 것이 아니었다. 크라
우보러에서 프랜트까지 완전무장으로 행진했고, 그곳의 습지대에
서 장시간 훈련을 받은 뒤 다시 노래를 부르며 돌아오곤 했다. 훈
련을 제외하고도 14마일은 충분히 되었으리라.

　이 긴 대원생활 동안에는 몇몇 즐거운 추억도 있었다. 나는 같
은 대열에 늘어선 이웃사람들을 잘 알게 되었다. 상대방도 다른
경우였다면 바랄 수 없을 정도로 나에 대해서 잘 알게 되었으리라
생각한다. 우리는 자주 캠프를 차리기도 하고 야외훈련과 검찰을
받기도 했다. 한번은 이러한 부대가 8000명 정도 모였는데 그 모
습은 정규군이라기보다 경찰에 가까웠지만 아주 훌륭한 것으로
사기가 매우 높았다. 만약 기회만 주어진다면 실전에 임해서도 멋
지게 활약할 것이라고 생각했다. 그러나 그런 기회는 적군이 영국
을 침략할 때 이외에는 생각할 수 없었다. 우리는 후방에 남은 국
민생활의 중심축이었기에 훈련에 많은 시간을 할애할 수는 없었
다. 그렇게 했다면 국내는 커다란 혼란에 빠졌을 것이다. 그래도
만약 적이 침공했다면 1주일이나 2주일 정도는 버텨냈을 것이며,
그런 기회를 간절히 바라는 것 같은 마음가짐이었다. 의심의 여지
도 없이 그런 우리가 있었기에 정부에서도 일반적으로는 생각할
수 없을 정도의 대규모 정규군을 해외에 파병할 수 있었던 것이리
라. 레핑턴[191]의 『회고록』에 의하면, 우리 조직을 실전부대로 전
환하자는 논의가 2번 있었으나 그때마다 위기를 잘 극복했다고
한다.

나는 일개 병사로서의 생활이 즐거운 것이라는 사실을 알게 되었다. 지도하는 입장이 아니라 그 지도를 받는 입장에 선다는 것은 참으로 마음편한 일이었다. 자신의 단추와 버클의 광택을 내는 일이나 총의 손질에만 신경을 쓰면 되었기에 마음은 언제나 한가로웠다. 그 오랜 기간 동안 나는 언제나 동료 병사들과 모든 생활을 함께 했다. 나는 환영의 맥주를 받기 위해 철제 잔을 들고 줄을 섰다. 또한 여름밤이면 종 모양의 텐트 속에서 높다랗게 코를 고는 서식스의 농부들 틈에 껴서 나란히 잠을 잤다. 때로는 유쾌한 일도 있었다. 신임 부관이 와서 우리를 검열했을 때의 일이 떠오른다. 내 앞에 섰을 때, 남아프리카 전쟁에서 받은 내 가슴의 훈장이 그의 눈에 띄었다.

"자네는 군대 경험이 있군.", "네, 그렇습니다." 작은 체구에 시건방진 사내로, 나이만 놓고 보자면 아들뻘 정도였다. 대열 끝까지 일단 검열을 마치고 난 뒤, 우리의 지휘관인 퀸틴에게 물었다. "저 뒷줄 오른쪽의 커다란 사내는 뭐 하는 사람이지?", "저 사람은 셜록 홈즈입니다."

전쟁 기간 내내, 그리고 그 후로도 한동안 계속된 또 하나의 커다란 일은 세계대전사를 쓰는 것이었는데 이는 『프랑스 및 플랑드르192)에서의 영국의 군사작전』이라는 제목으로 차례차례 출간되었다. 나의 정보망은 특히 뛰어난 것이었다. 그도 그럴 것이 각 장군들로부터 정보를 받는 커다란 체계를 가지고 있었는데, 장군들에게 자신을 선전하겠다는 마음은 없었으나 자신들 부대의 공적이 올바로 전달되기를 바라는 뜨거운 마음이 있었기 때문이었다. 이 방법으로 나는 각 사단 최전방의 상황뿐만 아니라 여단의 정확한 위치까지도 늘 파악하고 있었기에 몬스193)에서부터 전진하여 휴전에 이르기까지의 행동을 직접적인 자료로 써내려갈 수 있었다. 식민지 전쟁 시절에 한 기자가 단 하나의 정보를 먼저 입수한 일 때문에 커다란 소동이 벌어졌었다는 사실을 생각해본다면, 이번에는 이 6권의 책을 비평하면서 어느 신문사에서도 나만이 정확하고 상세한 정보를 독점하고 있었다는 사실에 대해서 비난하지 않았다는 점은 놀랄 만한 일이었다. 아마도 그들은 그런 일이 실제로 가능하다고는 생각지 못했던 것이리라. 육군성으로부터는 방해 외에 아무런 도움도 얻지 못했다. 내가 정보를 입수한 방법은 원한다면 누구나 가능한 수단에 의한 것이었다. 물론 삭제나 정정을 명령받기도 했으나 그래도 12개에 이르는 주요 전선이 나에 의해 처음으로 설명되었다는 사실에는 변함이 없다. 이후부터 현재까지 나온 공식 발표 전부를 살펴보았지만 나의 저작을 변경해야 할 만한 부분은 거의 발견되지 않았다.

전쟁 중에는 사소하기는 하나 중요한 문제가 몇 가지나 발생했다. 모두가 여성의 영역을 침범하는 문제였으니 여성에 의해서 적절히 기록되어야 할 테지만 아직 누구도 그것을 행하지는 않았다. 정부는 국민들에게 최소한의 것만을 주고 최대한의 것을 거두어들이기 위해 국민 전부를 등록하고 분류하여 배급의 단위로 삼았는데 그것이 무엇을 의미하는지 후손들은 상상도 하지 못하리라. 국민들은 언제나 식권을 사용해야 했는데, 식권을 사용한다 해도 최소량밖에는 손에 들어오지 않았다. 때로는 도움이 되지 않는 경우도 있었다. 나는 영국 고관들의 절반쯤이 모여서 수상의 연설을 듣는 대연회에 참석한 적이 있었는데 나온 음식이라고는 아일랜드풍 스튜와 쌀로 만든 푸딩뿐이었다.

그런 전쟁이 다시 한 번 일어나지 않는 한 충분한 설명은 도저히 불가능하리라. 어떠한 식량에도 마음을 설레게 하는 불안이 있었다. 어떤 음식이 손에 들어올지, 언제나 모험심과 경이로운 마음이 작동했다. 그 덕분에 식욕이 강해지곤 했다. 어두운 창, 조금이라도 빛이 새어나가면 경찰의 날카로운 노크, 하찮은 일에도 바로 소환을 하는 경찰, 기차의 창에 전부 블라인드를 내려야 하는 등의 일상이었다. 밤이 되면 어떤 무시무시한 새가 하늘을 날아와 어떤 끔찍한 알을 떨어뜨릴지 알 수 없는 일이었다. 어느 날, 나는 이스트본의 극장에 앉아 있었는데 비행선의 울림이 머리 위에서 들려왔다. 관객의 절반은 밖으로 나갔고 등불은 꺼졌으며 무대에 촛불만 켜놓고 공연이 계속되었다. 내가 런던에서 강연을 할 때도 같은 일이 일어났다. 나는 어둠 속에서 강연을 마쳤다.

모두가 손에 익지 않은 낯선 일을 하게 되었다. 나는 지원부대의 일개 병사였을 뿐만 아니라 신호수였으며, 때로는 기관총의 1번 사수였다. 아내는 크라우보러에서 벨기에 피난민들의 수용소를 시작했다. 아들은 처음부터 끝까지 병사였다. 딸 메리는 국가를 위해 모든 것을 내버리고 처음에는 비커스에서 포탄을 만들었으며 나중에는 매점에서 일했다.

집집마다 정원에서 채소를 길렀으며 아무리 가난한 사람이라 할지라도 배급을 받았기에 국민들은 평화를 얻을 때까지 최저한도이기는 하나 살아갈 수 있었다. 설탕 부족과 홍차 제한이 가장 괴로웠다. 아내가 충실한 하인인 제이크먼의 커다란 도움을 받아 식료품 절약에 수완을 발휘했기에 우리는 언제나 배급품만으로 충분히 생활할 수 있었다. 그런데 인도에서 선물로 보내온 상당한 양의 홍차를 받았을 때는 경찰의 조사를 받았다. 그러나 그때는 이미 동네의 부족한 집들에 그 대부분을 나눠준 뒤였기에 특별히 문제가 되지는 않았다.

독일 포로들이 작업하는 것을 감시했던 일은 특별한 기억으로 남아 있다. 국방군 대원이 교대로 이 일에 임했기에 우리는 루이스 형무소에서 잠을 잤다. 우리는 어두컴컴하고 짙은 안개가 낀 이른 아침에 집합해야 했고, 1사람 앞에 5명의 포로가 할당되었다. 내가 감시해야 할 5명은 마을에서 4마일 떨어진 농장에서 일을 하는 사람들이었기에 나는 총을 어깨에 메고 뒤를 따라 거기까지 가야만 했다. 한적한 시골길로 접어들었을 때 더러워진 회색 군복을 입은 독일 병사의 모습을 보고, 불쌍하게 어깨를 움츠린 이 사람들과 인간적인 접촉을 해보고 싶어졌다. 그래서 그들을 세워 1렬로 서게 한 뒤 각자의 고향을 물었다. 3명은 뷔르템베르크, 나머지 2명은 프로이센 출신이었다. 나는 뷔르템베르크 출신에게 포로가 된 지 얼마나 지났느냐고 물었다. "14개월입니다.", "그럼 자네들은 이런 날쯤에 이프레194)에서 캐나다 부대에게 붙잡혔겠군."이라고 말하자 그들은 깜짝 놀랐다. 그들의 눈에는 내가 일개 병사로밖에 보이지 않았을 테니 그럴 만도 했다. 내 머릿속에는 전쟁의 경과가 세세한 부분까지 분명하게 담겨 있었기에 아군의 뷔르템베르크 대공격이 언제였는지 알고 있었던 것이다. 그들은 지금도 내가 어떻게 알고 있었는지 궁금해 하고 있으리라. 그들이 비료를 짐수레에 싣는 것을, 안개비 속에서 총을 지팡이 삼아 8시간이나 선 채로 감시했기에 그날의 일은 잊을 수가 없다. 그들은 성실하게 일했으며 순종적이고 예의를 아는 사람들이었다는 사실을 덧붙여두겠다.

1915년에 나는 마그데부르크에 있는 우리 군 포로와 비밀리에 통신하는 데 성공했다. 특별히 어려운 방법도 아니었으니 하려고

만 했다면 누구나 실행할 수 있었으리라. 당시 독일 쪽의 신문밖에 허용되지 않았던 그들에게 전황의 진상을 알려주는 일은 그들에게 매우 커다란 용기를 북돋아주는 일이었다. 그 방법은 다음과 같았다. 아내의 친구인 릴리 로더 시몬스 양의 동생으로 월트셔 출신인 윌리 로더 시몬스 대위는 르 카토[195] 전투 전날 밤에 제7여단의 반격을 받아 부상을 입고 포로가 되었다. 머리가 매우 명석한 사람으로 고향에 편지 한 통을 보냈는데 그것이 독일군의 검열을 통과했다. 왜냐하면 그것이 농장의 모습을 적어놓았을 뿐인 것처럼 보였기 때문이었는데 주의 깊게 읽어보면 자신이나 전우들의 소식을 전하는 내용이었다. 이런 편지를 쓸 줄 아는 사람이라면 반대로 본국에서 비슷한 것을 보내도 틀림없이 해독할 수 있으리라 나는 생각했다. 이에 나의 책 1권을 뽑아 제3장부터—왜냐하면 검열관은 앞부분만 살펴볼 것이라 생각했기에— 여러 가지 글자 아래에 핀으로 조그만 구멍을 뚫어 그것으로 우리 쪽의 소식을 적었다. 그런 다음 그 책을 편지 1통과 함께 보냈다. 그 편지 속에, 첫 부분은 지루할지도 모르겠지만 제3장부터는 재미있어질 것이라고 썼다. 그 이상 대담한 암시는 적을 수가 없었다. 로더 시몬스는 나의 암시를 완전히 놓쳐버리고 말았다. 그러나 다행스럽게도 그는 그 편지를 랜드레시에서 포로가 된 근위연대의 루퍼트 케펠 대위에게 보여주었다. 대위는 눈치를 채고 책을 빌려 암호를 풀었다. 그리고 그는 아버지인 앨버말 경에게 편지를 보내, 코난 도일이 책을 좀 더 보내줬으면 좋겠다고 말했다. 그 이후부터 나는 1개월이나 2개월 간격으로 품이 많이 드는 바느질을 해서, 정보를 보냈다. 그러다 마침내 포로들도 영국의 신문을 읽을 수 있게 되었기에 나의 바느질은 필요 없게 되었다.

우리 가족은 전쟁으로 커다란 타격을 받았다. 그 첫 번째 타격은 아내의 동생인 말콤 레키의 죽음으로, 그는 육군 군의부대에 있었는데 그의 용감한 행동은 사후에 수훈장으로 표창되었다. 유산탄의 파편을 가슴에 맞아 치명상을 입었으면서도 곁에 있던 부상병에게 붕대를 감아주었던 것이다. 그 다음으로는 우리와 함께 생활했으며 가족에게 사랑을 받던 로더 시몬스 양이 있다. 그녀의 동생들 3명이 전사했으며, 넷째는 부상을 입었다. 그리고 결국에는 그녀도 우리들의 슬픔 속에서 세상을 떠나고 말았다. 다음으로는 용감한 조카들인 알렉 포브스와 오스카 호능이 머리에 적탄을 맞고 세상을 떠났다. 우리의 용감한 처남 올덤 소령은 처음 참호로 나간 날, 적의 저격병에게 살해당하고 말았다. 그리고 마지막으로, 아아, 이것으로 끝인가 싶은 순간 나는 연달아 충격을 받았다. 첫 번째는 전처와의 사이에서 낳은 외아들 킹슬리 때문이었다. 세상의 어느 아버지도 그런 아들을 얻지는 못하리라 여겨질 만큼 육체와 정신 모두 훌륭한 아들이었다. 그는 일개 병사로 시작했으나 제1 햄프셔 부대에서 대위로까지 승진했는데, 솜므196) 전투에서 중상을 입었다. 런던으로 송환된 그의 목숨을 빼앗아간 것은 폐렴이었다. 저주스러운 같은 병이 동생인 이네스를 데리고 갔다. 예전에 사우스시에서 몇 년 동안 함께 고생을 나누던 사이였다. 그의 미래는 유망했다. 왜냐하면 아직 40살밖에 되지 않았는데 군단의 고급 부관으로 레지옹도뇌르 훈장을 받았고, 그 외에도 수많은 공적을 가지고 있었기 때문이었다. 그러나 그는 신의 부름을 받고 영웅으로 떠나고 말았다. "괴롭다고는 한 번도 말씀하지 않으시는군요." 간호병이 말하자, "나는 군인이야."라고 죽음의 침상에서 장군이 말했다. 그들이 세상을 떠난 이후, 다행스럽게도 그들과의 사이에 존재하는 문은 완전히 닫히지 않았으며, 참된 열의를 가지고 구하는 자에게는 얼마간 문이 열렸다. 앞서 말한 사람들 가운데서 사후의 존재에 대한 확증을 얻지 못한 것은 1사람뿐이다.

제27장 영국군의 전선

　당연한 일이겠지만 나는 일찍부터 영국군의 전선으로 가서 실정을 내 눈으로 직접 보고 싶었다. 그러나 주저하는 마음도 있었다. 병사들이 힘든 일에 종사하고 있는데 단순한 방관자나 구경꾼이 설쳐대는 것은 적합하지 않기 때문이었다. 틀림없이 성가신 존재가 될 것이라고 생각했기에 참가를 망설였다. 그러나 한편으로 나는 전쟁사를 편집하고 있을 뿐만 아니라 군사문제에 대해서 끊임없이 신문에 기고를 해왔다는 점에서는 분명히 그럴 만한 자격이 있었다. 그래서 참가를 결심했지만 그 기회는 좀처럼 찾아오지 않았다.

　그런데 그 기회가 엉뚱한 방향에서부터 찾아왔다. 1916년 초여름, 뉴턴 경으로부터 외무성으로 와서 만나주지 않겠느냐는 편지가 왔다. 무슨 일인지 전혀 짐작이 가지 않았지만 나는 물론 만나러 갔다. 경은 독일에 억류되어 있는 우리 군 포로의 보호, 언론에 대한 대응, 대사관 및 공사관의 관리 등 여러 가지 일반실용 방면의 일을 하고 있는 듯했다. 포로문제 하나만 해도 혼자 처리하기에는 벅찰 정도로 일이 많았기에 그는 이 방면에서 만족스럽게 일하지 못한다는 비판의 표적이 되었다. 전쟁 전에 유행했던 한심한 노래인 「길버트는 필버트[197)」를 패러디하여 「뉴턴은 튜턴[198)」이라고 포로들은 노래했다. 그러나 나는 그가 진심으로 최선의 노력을 다했으며, 그 방법도 현명했다고 생각한다. 독일과 우리나라가 서로 야만적인 복수를 주고받았다면 그 결과는 뻔한 것이기 때문이다. 윈스턴 처칠[199)이 잠수함 승무원 장교들을 대상으로 이를 시험해보았으나, 우리 군의 우수한 장교 30명이 죄수로 가혹하게 시달렸기에 그 방침은 재고를 필요로 한다는 사실을 알게 되었다.

뉴턴 경은 기지에 넘치는 사람으로, 그 유머러스한 얼굴은 유능한 역량에 커다란 도움이 되었다. 그는 곧 당면한 일에 대해서 이야기하기 시작했다.

"이탈리아군에 관한 일이네만, 그들도 조금은 각광을 받고 싶어 한다네. 그래서 그들의 활약에 대해서 써줄 단기 보도원을 보내기로 하고 몇 명을 뽑았는데, 거기에 자네 이름도 포함되어 있다네. 상대방은 승인을 해주었네만, 가줄 수 있겠는가?"

이때만큼 머리를 바쁘게 굴린 적도 없었다. 경을 만나기 전까지는 어떤 용건인지 조금도 알지 못했으나, 한순간에 좋은 기회를 잡게 된 것이었다.

"어렵겠습니다."

내가 말했다.

"왜 어렵다는 게지?"

뉴턴 경이 놀랐다는 표정으로 물었다.

"지금 이탈리아군에 대해서 쓴다는 건 순서가 잘못된 일이라고 생각하기 때문입니다. 무엇보다 비교할 수 있는 것을 아무것도 가지고 있지 않습니다. 저는 아직 영국군의 모습조차 보지 못했습니다. 그런 제가 칭찬이 됐든, 질책이 됐든 이탈리아군에 대해서 무엇인가 쓴다는 건 터무니없는 일입니다."

"일을 순서대로 진행한다면 가줄 수 있겠나?"

"경께서 그렇게 해주실 수 있다면 모든 일을 경께 맡기겠습니다."

"그런데 자네가 전선으로 가려면, 특히 이탈리아 전선에서는 제복이 필요하네. 자네는 어떤 제복을 원하는가?"

"저는 의용군의 병사입니다."

"도착한 순간 양쪽 군의 총격을 받게 될 거야. 아주 진귀한 표본이라 여겨질 게 뻔해. 그래서는 안 되지."

경이 웃으며 말했다.

머릿속에 좋은 생각이 떠올랐기에 나는 이렇게 말했다.

"저는 서리 주의 부지사입니다. 따라서 군대와 행동을 같이 할 때는 그 군복을 입을 권리가 있습니다."

그가 외쳤다.

"그렇군! 내가 졌네. 그럼, 머지않아 연락이 있을 게야."

나는 곧장 양복점으로 달려갔다. 재봉사가 대령도, 준장도 아닌 멋진 국방색 옷을 마련해주었으며, 견장으로는 별도 왕관도 아닌 은색 장미를 달아주었다. 거기에 남아프리카 전쟁 때 받은 훈장 및 여러 가지를 장식할 수 있었기에 전체적인 효과는 상당히 좋은 것으로 기분은 괜찮았지만, 왠지 내가 사기꾼 같다는 생각이 자꾸만 들었다. 그래도 역시 진귀한 표본임에는 틀림없어서 3개 국의 여러 장교들이 은색 장미에 대해서 물었다. 영국에서 부지사는 그리 대단할 것도 없을지 모르겠지만 프랑스어로 번역을 하면—나의 프랑스어로 말이다— 커다란 경외심을 가져다주는 효과가 있다. 사람들은 나를, 나만의 전용 군복을 입은 거물이라고 생각하곤 했다.

뉴턴 경을 두 번째로 만난 것은 5월이었고, 같은 달 말에는 영국군 전선으로 갈 수 있는 통행증을 발급받았다. 내가 실전에 참가하는 것이라고 착각한 가족들의 걱정하던 얼굴이 떠오른다. 그들의 다정한 걱정을 달래주기 위해 나는 이렇게 말했다. "걱정할 거 없어. 나는 언제나 훨씬 후방에 있어야만 해. 멀리 지평선에서 실탄이 작렬하는 것을 보게 된다면 그나마 운이 좋은 편일 거야." 그러나 실제로는 나도 가족들만큼이나 잘못 생각하고 있었다는 사실이 곧 밝혀졌다.

로버트슨[200] 장군과는 이전부터 편지를 주고받았고, 나의 전쟁사를 헌정하기도 했는데, 전쟁 초기의 공적에는 감명받을 만한 것이 있었다. 그 무렵 장군은 마침 프랑스로 갈 일이 있었기에 내게 편지를 보내서 기차는 자신과 같은 차실을 쓰지 않겠느냐, 해협을 건널 때도 일반적인 기선이 아니라 자신이 타는 구축함을 타지 않겠느냐고 물어왔다. 나는 물론 기꺼이 그 이야기를 받아들였다. 장군은 다부지고 군인답고 야무진 사람으로 불도그 같은 얼굴을 하고 있었는데, 화를 내면 틀림없이 고집스럽고 불쾌한 표정을 지을 것 같은 성격으로 보였다. 이런 사람은 적을 상대할 때면 커다란 힘을 발휘하지만, 그것이 우리 편으로 향하면 위험한 경우도 있다. 틀림없이 장군은 해외뿐만 아니라 국내에서도 크게 싸우고 있어서, 전쟁 후기에는 당국자들과 끊임없이 갈등을 겪었고 총리와도 대판 싸움을 벌였다. 그러나 그들 가운데 누가 옳았는지를 한마디로 판단하기란 쉽지 않다. 로버트슨과 레핑턴 및 그 외의 사람들이 압력을 행사하지 않았다면 1918년에 영국을 구해준 수

십만 국민의 동원은 어려웠을 것이다. 거물급 인사 대부분이 그렇지만 장군의 경우도 겉모습은 실체와 매우 다른 인상을 준다. 장군은 영국의 어떤 상사에서도 사장으로 임무를 훌륭하게 수행할 수 있을 정도의 경영수완을 가지고 있지만, 겉모습만 봐서는 그러한 면모를 엿볼 수가 없다. 런던에서 뉴헤이븐까지 가는 기차 안에서는 장군이 서류에 몰두했기에 우리는 거의 한마디도 이야기를 나누지 못했다.

우리는 곧바로 구축함에 올랐고 몇 분 뒤에 출항했다. 해협 횡단은 내가 크게 기대하고 있던 일이었기에 내내 함교에 서서 전쟁의 표출이라 여겨질 만한 것을 찾아보았으나 아무 것도 눈에 띄지 않았다. 함교 바로 아래에 건장해 보이는 사내 하나가 해군복에 해군모를 쓴 모습으로 속사포 방아쇠에 손을 건 채 가만히 움직이지 않고 서 있었다. 등을 조금 구부린 그 긴장된 자세는 함이 항해하는 1시간 동안 조금도 움직이지 않았으며, 단지 그의 머리와 포신만이 오른쪽에서 왼쪽으로 천천히 돌고 있을 뿐이었다. 이름은 잊어버렸지만 함장이었던 젊은 중위가, 추운 날에는 그 역할이 얼마나 '지옥적'인지를 이야기해주었다. 물론 혹독한 추위 속에서의 감시가 뜨거운 '지옥'적이라는 것은 적합한 말이 아닌 듯했으나. 그 함의 이름은 줄루였는데 내가 승선했던 항해로부터 얼마 지나지 않아서 동료 함인 누비안 호와 함께 어뢰에 맞았다. 그러나 2대의 함 모두 절반 정도는 사용할 수 있을 정도였기에 2대를 합쳐 훌륭한 함을 만든 뒤, 주비안이라고 명명했다. 영국의 조선소는 영국이 낳은 해군처럼 불사신과도 같았다. 그날 저녁 우리는 프랑스 북부를 20마일쯤 달려 평범한 여관에 들어갔는데, 보도관계 일을 하고 있다는 거릿하고 사람 좋은 윌슨 대령과 정보부장으로 활달하고 혈색이 좋은 채터리스 준장이 저녁식사를 함께 했다. 기분 좋은 식사였으나 음식물의 내용은 간소한 것이었다. 전선의 후방에 있으면서 사치를 부리는 것만큼 증오스러운 일도 없다. 이튿날 나는 병사들과 끊임없이 접촉하며 12시간 정도 멋진 시간을 보냈다. 당시의 모습을 노트에 의지하여 이야기해보겠는데, 지금은 전쟁도 끝났으니 실명을 밝혀도 상관없으리라.

그 멋진 하루를 통해서 내가 얻은 가장 커다란 인상은 영국 육군에 대한 크고 흔들림 없는 신뢰와 그 조직, 통제, 물자, 인원이 더할 나위 없이 원활하게 활약하고 있다는 느낌이었다. 나는 단 하루 만에 군대의 모든 표본이라고 할 수 있는 사람들을 만났다. 군사령관, 군단장, 2명의 사단장, 각 계급의 참모장교들, 그리고 무엇보다 영국이 낳은 가장 위대한 2종류의 인간, 즉 병사들과 연대 장교들과는 몇 번이고 만났다. 곳곳에서, 그리고 그들의 얼굴 전부에서 밝은 용기를 읽을 수 있었다. 이상한 양심 때문에 적과 싸우기를 거부하던 반광란 상태의 괴짜들까지 이 강력한 분위기 속으로 빨려들어가 버린 듯했다. 대부분은 안경을 쓰고 있는, 하나 같이 신경질적으로 보이는 무리들이었는데 모두가 길가에서 열심히 일하고 있었다. 또한 쓸데없이 허세를 부리거나 적을 가볍게 여기는 듯한 모습도 없이, 오로지 눈앞의 일에만 주의를 기울여 민첩하게 해나가고 있었는데, 그러한 모습은 보는 사람을 크게 감탄케 하는 것이었다.

"저 차를 치워. 여기에 둬서는 안 돼. 표적이 될 거야." 본부 장교의 이러한 말이, 여기가 실제 전장이라는 사실을 일깨워주었다. 그 전까지는 런던 교외의 영국군 훈련지인 올더숏 쯤의, 인구가 얼마 되지 않는 월솔 지역을 도로를 따라 달리고 있는 것 같다는 느낌이 들곤 했었다. "이 철모를 쓰십시오. 당신의 그 모자는 쥐새끼 같은 독일 놈들을 흥분하게 만들 겁니다." ―이는 나의 군복을 비꼬는 말이었다. "이 가스마스크를 받아두십시오. 쓸 일은 없을 테지만, 규정이니까요. 자, 출발!"

우리는 목초지를 지나 참호로 들어갔다. 참호는 곳곳에서 사각(死角)을 이루는 땅 위로 나갈 수 있게 만들어져 있었다. 그 사각 가운데 한 곳에 오래된 교회가 서 있었는데 그 벽에는 불발포탄이 박혀 있었다. 지금부터 1세기쯤 지나면 이곳은 좋은 관광지가 되리라. 그리고 다시 끝도 없이 이어지는 참호였다. 바닥은 미끄러운 점토였다. 나의 군화에는 징이 박혀 있지 않았고, 머리에는 철제 냄비를 쓰고 있었으며, 그 위로 태양이 내리쬐고 있었다. 그 참호는 뚜렷하게 기억하고 있다. 전화선이 한쪽으로 달리고 있었다. 점토질의 벽에는 엉겅퀴와 다른 풀들이 자라나 있어서, 이 전선이 움직일 수 없는 곳임을 보여주고 있었다. 곳곳에 누덕누덕 기운 듯한 지점이 있었다. "포탄 때문입니다."라고 장교가 간결하게 말했다. 전방과 후방, 특히 후방에서 포성이 들려왔는데 활기 찬 병사들이 주변에서 일하는 모습을 보고 있자니 위험은 조금도 느껴지지 않았다. 심하게 지저분해진 한 무리의 젊은이들 옆을 지나다 그들의 어깨를 힐끗 보고, 그들이 공립학교 출신의 퓨젤리어 연대원이라는 사실을 알았다. "자네들은 모두 장교가 된 줄 알았는데."라고 말하자, "아닙니다, 이쪽이 더 좋습니다."라고 대답했다. "그건 훌륭한 생각일세. 국민은 자네들과 같은 사람들에게 고마움을 느낄 거야."

우리는 모두가 경례하는 곳을 지나쳐왔다.

지금까지는 양쪽으로 진흙 벽만이 끝없이 이어진 무더운 일정이었으나, 상공에 영국 비행기가 날아다니는 모습이 보이는 부근에 이르자 마음이 조금은 가벼워졌다. 그 주위에서는 유산탄이 연달아 터지고 있었지만 비행기는 파란 하늘을 배경으로 유유하게 아름다운 모습을 보이며 지나갔다. 1대가 지나가면 다시 1대가 지나갔다. 오전 중에 우리 비행기는 유유히 하늘을 자유롭게 날아다녔지만 독일 비행기는 전혀 모습을 드러내지 않았다. 물어보니 언제나 이런 식이라고 한다. 즉, 제공권은 우리 손에 있어서 이른 아침을 제외하면 독일 비행기가 오는 경우는 극히 드물다는 것이었다. "영국군의 비행기는 언제 만나도 늘 전투준비가 되어 있었다."고 포로로 잡힌 독일의 비행장교가 말했다. 양쪽 군의 비행대 사이에는 훌륭하고 엄격한 예의가 있어서 서로 편지를 투하하여 행방불명이 된 상대방 대원의 소식을 알려주었다. 이들 독일 비행대처럼(단, 체펠린 비행선의 살인자들은 별개다) 모든 독일군이 훌륭한 태도로 전투에 임했다면 곧 찾아올 평화도 매우 순조롭게 진행되었으리라.

얼마 지나지 않아서 그곳—세상에서 가장 놀라운 곳—, 독일군의 파도를 가로막고 있는 최전선에 이르렀다. 동쪽에서 서쪽에 걸친 두 세력이 대립하는 장소가 플랑드르의 아름다운 목장이라는 사실이 기묘한 느낌을 주었다. "얼마나 떨어져 있지요?"라고 물었더니, "180야드입니다."라고 안내자가 대답했다. "펑!" 전방에서 제삼자의 소리가 들려왔다. "저격수입니다."라고 안내자가 말했다. "잠망경으로 보시기 바랍니다." 나는 그의 말대로 했다. 바로 앞에는 녹슨 철조망이 있고, 그 너머로 완만한 오르막에 풀이 무릎 높이쯤으로 자란 초원이 있었는데 소리쟁이와 회향, 쐐기풀 등이 우거져 있었다. 그 너머에 다시 철조망이 있었는데 그 위로 띠처럼 붉은 흙이 드러나 있었다. 움직이는 것은 아무 것도 없었으나 주위 병사들이 감시를 하고 있는 것처럼, 이쪽을 감시하고 있는 날카로운 시선이 느껴졌다. 눈앞 풀 속에는 독일 병사의 시체가 누워 있었다. 그것은 보지 않아도 알 수 있는 일이었다. 한 병사가 부상당한 다리를 끌어안고 구석에 웅크려 있었다. 곳곳의 대피호에서 사람들이 토끼처럼 얼굴을 내밀었다. 다른 사람들은 발판에 걸터앉아 있거나 토벽에 기대어 담배를 피우고 있었다. 그런 대담하고 태연한 모습을 보고 있자면 여기가 최전선으로 언제 잿빛 파도에 휩쓸릴지도 모르는 곳이라는 생각은 꿈에도 들지 않았다. 그런 한가로운 분위기였지만 모두가 자신의 가스마스크와 총만은 바로 곁에 두고 있다는 사실을 깨달았다.

전선을 1마일쯤 걸었고, 그런 다음 그 긴 길을 되돌아왔다. 그리고 10마일을 자동차로 되돌아왔다. 군단 사령부에서 점심식사와 잠간의 휴식을 취한 뒤, 베튠의 시장 광장에서 열리는 훈장 수여식에 따라갔다. 용맹한 세 장군이 영국 측의 대표였다. 영국의 보병대가 정렬해 있었다. 그 앞에 온갖 직업의 평상복을 입은 프랑스 사람이 50명 정도 2열로 늘어서 있었다. 모두 부상을 입어 평상복으로 갈아입은 것인데, 지금 그 부상에 대한 위로가 행해지려는 것이었다. 모두 몸을 비튼 듯한 자세로 목발에 의지하고 있었으나 그 얼굴은 자부심과 기쁨으로 반짝이고 있었다. 프랑스 장군이 검을 뽑고 연설을 시작했다. 모두 묵묵히 짚은 목발에 몸을 얹은 채 하얀 수염 사이에서 흘러나오는 말을 가만히 듣고 있었다. 그리고 훈장을 각 사람들의 가슴에 달아주었다. 한 가엾은 젊은이는 커다란 부상을 입어 2개의 목발을 사용하고 있었다. 어린 소녀가 꽃을 들고 달려갔다. 젊은이가 그 소녀에게 키스하려고 몸을 앞으로 내민 순간 목발이 미끄러져 하마터면 소녀 위로 쓰러질 뻔했다. 가슴 아프고도 아름다운 광경이었다.

다음으로 영국 측의 용사들이 훈장을 받기 위해 한 사람씩 앞으로 나갔는데 하나같이 볕에 그을린 씩씩한 사내들이었다. 수많은 용사들 가운데 고지 출신의 기묘한 병사도 있었다. 스프 접시 같은 철모를 쓰고 소년처럼 웃는 얼굴에 주름투성이 군복을 입은 조그만 체구의 사내였다. '여러 용감한 행동'이라는 말과 함께 훈장을 받았다. 부상당한 프랑스인들조차 그 기묘한 모습에는 미소를 지었는데, 식사 중에 불려온 것처럼 검을 씹으며 훈장을 받기 위해 앞으로 나선 또 한 명의 영국인 때에도 그랬다. 그리고 국가 연주로 식은 끝났다. 영국 대대가 4열로 행진했다. 나에게는 그것이 가장 인상적인 광경이었다. 나는 외국에 나와 있는 영국인이 일반적으로 받는 감격보다 더 커다란 감격으로 눈물을 흘렸다. 그들 가운데 몇 사람이 지금까지 살아 있을지!

그 의식이 끝난 뒤 다시 한 번 전선으로 향했다. 목적지는 루스의 돌출부와 정면으로 마주보고 있는 포병대의 관측소였다. 1시간쯤 가서 도착했는데 날카로운 인상의 젊은 관측관과 뛰어난 스포츠맨인 러시아 왕자와 좁은 장소로 들어가 틈새로 독일군의 전선을 바라보았다. 전방에 커다란 들판이 있고 곳곳의 초지에 자갈 구덩이라도 있는 것처럼 지면이 그대로 드러나 있었다. 하늘을 나는 까마귀 떼 외에는 사람의 그림자도 아무런 움직임도 없었다. 그렇지만 겨우 1마일쯤 앞에 한 도시의 인구만큼이나 되는 사람들이 있는 것이다. 독일군 너머 저 멀리에서는 열차 하나가 연기를 올리고 있었다. 우리는 분명한 임무를 가지고 그곳을 찾은 것이었다. 오른편 멀리, 3마일쯤 떨어진 곳으로 작고 빨간 집이 1채 보였다. 육안으로는 잘 보이지 않았지만 쌍안경을 사용하면 분명하게 보였는데, 그곳이 독일군의 관측소 아닐까 여겨지고 있었다. 그곳을 오늘 오후에 격파하기로 되어 있었다. 대포는 약간 떨어진 지점에 있었지만 전화로 지령은 확실하게 전달되었다. "어머니가 녀석을 당장 혼내줄 겁니다." 포수가 활기차게 말했다. 어머니란 그 대포에게 붙인 애칭이었다. "5634로 설정하라." 지휘관이 전화로 외쳤다. 어머니가 우리보다 약간 오른쪽 지점에서 무시무시한 소리를 올렸다. 10초 뒤, 빨간 집 부근에서 커다란 연기가 솟아올랐다. "약간 앞쪽이야."라고 우리 포수가 말했다. "2푼 5리 좌측." 하고 다른 각도에서 관측하고 있던 사람의 조그만 목소리가 뒤를 이었다. "7.5도 올려라."하고 포수장이 말했다. 어머니는 앞서보다 더 화난 듯한 포성을 올렸다. "이번에는 어때?"라고 어머니는 말하는 듯했다. "1.5도 우측." 모습은 보이지 않고 목소리만 들려왔다. 포탄이 점차 가까워지고 있다는 사실을 알고 저 집에 있는 사람들은 어떤 기분일까 나는 생각했다. "준비 완료."라는 소리가 전화기에서 흘러나왔다. "발사!" 나는 쌍안경으로 바라보았다. 그 집 위에서 불기둥이 번쩍이더니 흙먼지 섞인 연기가 거대한 기둥처럼 피어오르다 그것이 잦아들자 거기에는 평평한 들판만이 남아 있었다. 독일군 관측소는 공중으로 날아가 버리고 말았다. "작지만 멋진 대포야."라고 젊은 장교가 말했다. "우리 군의 포탄은 정말 듬직해." 상급 장교가 뒤에서 말했다. "포탄은 구경에 따라서 여러 가지가 있지만, 어머니는 결코 벗어나는 법이 없어."

독일군 전선은 매우 조용했다. "상대편은 어째서 반격하지 않는 겁니까?" 러시아 왕자가 프랑스어로 물었다. "글쎄요, 오늘은 조용하네요. 하지만 언젠가는 녀석들도 매운 맛을 보여주려 할 겁니다." 상급 장교가 대답했다. 우리는 안내를 받아 어머니를 만나러 갔다. 그녀는 자신의 시중을 들며 손질을 해주고 있는 20명의 꾀죄죄한 아들들 사이에 새카맣고 단단한 모습으로 앉아 있었다. 탄환을 주면 줄수록 기분이 좋아지는 이 대식가는 참으로 중요한 무기였다. 전쟁이 진행됨에 따라서 여러 가지 간편한 총기들이 나왔지만, 라인 강으로 가는 길을 열 수 있는 것은 크고 묵직한 이 대포뿐이라는 사실이 분명해졌다.

그날 밤, 나는 동생 이네스를 만나는 기쁨을 누렸다. 그는 대령으로 승진해서 제24사단의 부보좌관으로 있었는데 그 사령부가 전선에서 6마일쯤 떨어진 바이율에 있었다. 거기서 식사를 하고 그날 밤은 마을의 작은 여관에서 묵었다.

제28장 이탈리아 전선

　이탈리아 전선으로 향하는 길을 따라 이틀 동안 평온한 여행을 한 끝에 파도바에 도착했다. 한밤중에 포탄의 무시무시한 소리와 대공포화의 울림 때문에 눈을 뜬 나는 이탈리아 전선이 수고스럽게도 여기까지 마중을 나와준 듯한 느낌이 들었다. 침대에 있는 편이 어디에 있는 것보다 안전할 것이라 생각했는데, 과연 그랬다. 그다지 피해는 크지 않았지만 파도바와 그 외의 도시들은 난처한 입장에 놓여 있었다. 왜냐하면 이탈리아 쪽에서 폭격을 하면 국경 부근에 있는 지역의 동족을 살해하는 셈이 되니 그럴 수 없었기에, 폭격은 독일 쪽의 일방적인 형태가 되어 있었기 때문이었다. 50명의 일반 시민 가운데 있는 1명의 적병을 쓰러뜨리기 위해서 폭탄을 떨어뜨리는 것이 이 전쟁의 가장 끔찍한 일면을 나타내는 것이었는데, 이는 온전히 독일군이 시작한 일이었다. 국제법으로 이를 제지하지 않는 한, 다음 전쟁에서는 시민 모두가 산의 중턱에라도 구멍을 파고 들어가지 않으면 안 되리라.

　어쨌든 이탈리아군 사령부가 있는 프리울리의 우디네에 도착했다. 그곳의 중앙에 커다란 무덤이 있었는데 인공의 것 치고는 매우 커다란 것으로 아틸라[201]가 만든 것이라 전해지고 있다. 지시에 따라서 영국 파견군 본부로 갔더니 말수도 적고 무뚝뚝한 델름라드크리프 준장이 반갑게 맞아주었다. 본부는 마을 외곽에 있는 하얀 집에 자리 잡고 있었다. 내가 묵기로 한 3층 방 외벽의 하얀 칠 위에 검고 긴 얼룩이 묻어 있었다. "저건 제빵사의 창자입니다." 당번병이 웃으며 말했다. 농담인 줄 알았는데 그건 사실이었다. 며칠 전에 폭탄이 떨어져 이 집 앞을 지나던 사람을 날려버렸고, 그 사람의 일부가 벽에 부딪쳤다는 것이었다. 내 방의 천장은 그때와 그 이전의 폭격으로 온통 구멍이 뚫려 있었다.

이탈리아군은 어째서 오스트리아군에게 자신들의 힘을 보여주지 않은 것이냐고 비난하는 분위기가 생겨나 있었다. 사실은 그들도 다른 전선과 마찬가지로 철조망과 기관총에 발이 묶여 있는 것이었다. 이튿날 아침에 전선으로 나갔을 때 나는 바로, 기후는 온화하고 그렇게 궂지도 않지만 실정은 플랑드르와 거의 비슷하다고 생각했다. 나는 바로 이탈리아 정보부의 관리를 받게 됐는데 그 장관은 상냥한 후작 바르바리체 대령과 클라리세티 대령이었다. 두 사람이 곧 내게 참모총장인 포로 장군을 소개해주었는데, 거뭇하고 주름투성이 얼굴을 한 그 장군이 몇 가지 계획을 제시하여 여러 가지로 힘이 되어 주었다.

우디네에서 7마일쯤 떨어진 곳에 적과 가장 가까운 참호가 있었다. 둑에 올라서 보니 플랑드르와 마찬가지로 뒤편에 소시지 모양의 기구를 늘어놓은 양 군 참호의 곡선과 오스트리아군의 위치 등이 선명하게 내려다보였다. 전방으로는 이탈리아군이 용감하게 사수한 이존초 강이 흐르고 있었다. 햄프턴 코트 부근에서 바라보는 템스 강 정도의 크기였다. 왼편의 저지대로는 이탈리아군이 빼앗으려 하고 있는 고리치아 마을의 지붕이 보였다. 그 남쪽으로 황량한 카르소의 봉우리가 내달려서 바다 근처까지 뻗어 있었다. 정상은 오스트리아군이 점령하고 있었으나, 이탈리아군의 참호가 그 50야드 가까이까지 접근해 있었다. 활발한 포격이 양 군 사이에서 벌어졌으나 보병전에 관한 한, 플랑드르에서 본 것처럼 쉴 새 없이 펼쳐지는 악의적이고 조그만 전투는 없었다. 나는 영국군의 방법과 비교해보기 위해서 이탈리아군의 참호를 얼른 보고 싶었으나, 보급연락용 참호 외에는 듣기 좋은 말로 점잖게 거절당하고 말았다.

대략적인 위치는 내려다보았기에 그날 오후에는 오스트리아군에게서 탈취한 조그만 조선소가 있는 아드리아 해안의 몬팔코네를 방문하고 싶었다. 그러나 친절한 안내자인 이탈리아 장교는 손님을 불시의 위험으로부터 지키는 것이 접대의 하나라고 생각한 듯 그 작은 여행에 찬성해주지 않았다. 몬팔코네로 가는 유일한 통로는 론키 마을 부근에서 오스트리아 진지 근처를 지나며, 거기서부터 몇 마일 동안 적의 진지와 나란히 달리고 있었다. 들은 얘기에 의하면, 이 지구에서 오스트리아군의 대포는 홀수에 해당하는 날에만 활동을 한다는 것이었다. 그날은 홀수가 아니라는 사실에 의지하여 출발했으나, 역대급으로 가장 좋지 않은 날을 맞이했기에 우리는 목적지에 끝내 도달하지 못했다.

군인들은 나날의 생활 속에서 위험과 모험을 말없이 견디지만, 민간인은 아주 작은 모험이라도 겪으면 그것을 매우 과장해서 생각하기 쉬운 법이다. 그러나 이 경우는 나에게만 일어난 일이 아니며, 그것을 극적으로 만든 특별한 요소도 있었다. 나는 쫓기는 들꿩이 날갯짓하며 이쪽으로 오기를 기다리는 그 긴장된 기대감을 잘 알고 있다. 총을 겨눈 채 기다린 경험이 몇 번이고 있었다. 우리가 론키로 다가가자 길 전방에서 유산탄이 폭발하는 것이 보였다. 그때까지는 아직 오스트리아군이 통과하는 차만을 노리고 있으며 조준도 정밀하게 해놓고 기다리고 있었다는 사실을 알지 못했다. 우리는 시속 50마일로 계속 달렸다. 마을이 가까워져 위험지대는 지난 것이라 여겨졌다. 그러나 사실 우리는 위험지대에 막 다다른 것뿐이었다. 그 순간 마치 타이어 4개가 동시에 터진 것과 같은 무시무시한 소리가 귀에 울렸으며, 뒤이어 거대한 공이 울린 것 같은 두 번째 소리가 들려왔다. 눈을 들어 위를 보니 머리 바로 위에 3줄기 연기가 있었는데 그 가운데 2개는 흰색이었고 나머지 하나는 적갈색이었다. 하늘 가득 포탄의 파편이 쏟아져 내렸고, 나중에 들은 바에 의하면 도로는 완전히 마구 뒤틀어져 버렸다고 한다. 탄저 하나가 우리 차가 있던 도로 중앙에 수직으로 박혀 있었다. 우리가 살아날 수 있었던 것은 차의 속도 덕분이었다. 자동차는 오픈형이었는데 함께 타고 있던 이탈리아인 포병장교의 말에 의하면 우리의 머리 위 10m 부근에서 3발의 포탄이 터진 것이라고 한다. 그러나 포탄의 파편은 앞으로 튀었고 우리는 빠른 속도로 그 밑을 통과한 것이었다. 두 번째 탄이 날아오기 전에 우리는 방향을 틀어 어떤 집 뒤로 달려들었다. 대령이 말없이 내 손을 쥐었다. 다른 군인들도 나를 이와 같은 위험에 빠뜨렸다는 생각에 풀이 죽은 표정이었다. 그러나 진짜로 사과해야 할 사람은 나였다. 방문자의 변덕스러운 기분을 맞춰주기 위해서 이런 위험에 뛰어들지 않더라도 나날의 일 때문에 위험에 노출되어 있는 것은 그들이니.

우리의 어려움은 그것으로 끝이 아니었다. 우리는 같은 지점에서 구급차 1대와 비에 젖은 것 같은 표정으로 웅크려 있는 보병 몇 명을 발견했다. 도로는 앞뒤 모두 격렬한 포화에 휩싸여 있었다. 오스트리아군이 그때 고성능 폭탄을 우리 머리 위로 떨어뜨렸다면 커다란 수확을 얻었을 것이다. 그러나 그들은 명백히 어려운 목표물만 노릴 뿐, 앉아 있는 표적 따위에는 관심이 없는 듯했다. 잠시 후 조금 잠잠해졌기에 우선 구급차가 움직였는데, 그러자 곧바로 그것을 쫓아서 포성이 요란스럽게 들리기 시작했다. 우리 동승자들은 그 이상 목적지에 다가가는 것은 불가능하다고 판단했다. 결국은 잠시 기다렸다가 차는 나중에 가지러 오기로 하고 도보로 퇴각했다. 그렇게 해서 끝내는 그 모습을 보지 못한 채 몬팔코네 방문을 마쳤다. 들은 바에 의하면 오스트리아군은 그 항구에 1만 톤급 기선을 2척 남기고 갔는데 퇴각하기 전에 그것을 움직이지 못하게 했다는 것이었다.

둘째 날에는 카닉 알프스에 있는 이탈리아군의 산악전선을 보기로 했다. 2개의 커다란 전선, 즉 방어선(트렌티노)과 공격선(이손초) 외에도 조그만 계곡이 여럿 있어서 거기도 방어하지 않으면 안 되었다. 전선의 총 길이는 400마일 이상이나 되었는데 전부가 침공 받지는 않는다 할지라도 기습에는 대비를 해야만 했다. 그것은 참으로 장관이라고 할 수 있을 만한 것이었다. 로콜라나 계곡 위 멀리로 알프스 전초기지가 보였으며, 그 뒤로는 용케도 끌어올린 대포가 자리를 잡고 있었다. 등산가가 배낭조차 가져갈 수 있을 것 같지 않은 곳으로 8인치 포를 끌어올린 것이었다. 적과 아군 모두 치열한 공격은 가하지 않았지만, 대포와 대포, 또는 알프스 부대와 저격병 사이에서는 끊임없이 작은 전투가 벌어졌다. 길가의 조그만 집이 포병대대의 사령부였는데 나는 그곳으로 점심 초대를 받았다. 그때의 일들은 기억할 만한 것이었다. 그들은 영국을 위해서 건배해주었다. 나는 잃어버린 이탈리아의 국토, —곧 회복할 국토를 위해서 잔을 들었다. 바로 자리에서 일어난 그들의 거뭇한 얼굴이 불꽃처럼 번뜩였다. 그들은 살아 있는 영혼과 감정을 가지고 있었다. 그에 비해서 영국 국민은 지나치게 자신을 억제하려 들기에 위축되어버릴 우려가 있다.

이탈리아 전선에서 보낸 마지막 날에는 트렌티노로 갔다. 베로나에서 25마일쯤 가면 아디제 계곡이 나온다. 그리고 오스트리아군에게는 흉조가 되어버린 리볼리 들판을 지난다. 마지막으로 구불구불 길게 뻗은 언덕을 아디제 강변에 이르기까지 가면 알라에 다다른다. 최근의 전투에서 훌륭한 전과를 올린 사령관을 만났다. "자, 저희의 전선을 보십시오. 단, 자동차로는 안 됩니다. 적의 대포를 자극해서 맞는 것은 당신만이 아닐 테니까요." 이에 우리는 도보로 계곡을 올라갔는데 그 길은 안쪽에서 둘로 갈라졌다. 양쪽에서 격렬한 전투가 벌어지고 있었기에 점점 다가갈수록 총성이 요란해졌고 계곡과 봉우리에 커다랗게 울렸다. 때마침 산 속에서 매우 무시무시한 소리가 들렸다. 신성 로마제국이 성난 목소리일까? 그 소리가 들려오자 다른 소리는 모두 사라져버리고 말았다. 물어보니 그것은 포대의 포로, 리에주[202]와 나무르[203]에서 적의 자존심을 무너뜨린 42센티미터 포라고 한다. 오스트리아군은 인스부르크에서 12문을 가지고 온 듯했다. 그러나 이탈리아 병사들은, 참호전에서 대포의 크기는 크게 문제될 것 없다고 했으며, 나도 그 사실을 내 눈으로 직접 확인했다.

길가에 있는 무너진 참호 옆을 지났는데 거기서는 얼마 전에 군의 장교 8명이 1발의 포탄에 당했다는 이야기를 들었다. 그러나 그 계곡이 특별히 위험한 것은 아니었으며, 탄환은 전부 위쪽의 두 고개에 있는 전선으로 날아갔다. 오른쪽에 있는 부엘로 계곡은 격렬한 전투가 있던 곳이었다. 이들 2개의 고개는 이탈리아군의 좌익을 이루고 있는데 굳건하게 지켜지고 있었다. 우익도 마찬가지였다. 중견만이 집중포화를 당해 뒤로 밀려나 있었다.

계곡이 둘로 갈라지는 지점까지 갔을 때 정지 명령을 받았다. 앞쪽 산에 있는 전선의 참호까지 가는 것은 허락되지 않았다. 적과 아군 사이의 거리는 1000야드 정도였다. 보스니아인과 크로아티아인 포로 가운데서는 지능과 신체 모두 떨어지는 부류의 사람들을 볼 수 있었으나, 이탈리아 사람들은 헝가리군과 오스트리아 예거군의 용감함을 기사도적인 입장에서 칭찬하고 있었다. 그러나 오스트리아군의 방침에는 화를 내고 있었다. 격렬한 포화 속에서 그들이 포로들에게 참호를 파게 한 일이 그 일례였다. 이는 명백한 사실이었다. 러시아인 포로 가운데 일부를 구출해서 프랑스에 있는 동료에게로 돌려보냈기에 밝혀진 일이었다. 대체로 이탈리아군과 오스트리아군의 전투에서는, 영국군이 있는 서부전선에서 볼 수 있는 것과 같은 격렬한 적의는 볼 수 없었다. 독일군이 있는 곳과 없는 곳에는 커다란 차이가 있었다.

당시는 후퇴한 뒤였기에 트렌티노 전선에 낙담하는 분위기가 감돌고 있었다. 그런 와중이었기에 단 한 사람이기는 하나 영국군 제복을 입은 사람이 모습을 드러냈다는 사실이 그들에게 커다란 용기를 심어준 듯했다. 그들은 동맹군에 대한 소식을 신문에서 읽기는 했으나 실제로는 본 적이 없었다. 만약 보았다면 이후 있었던 카포레토에서의 패전은 면했을지도 모른다. 거기서는 진심어린 환영을 받았으며 나를 상당히 주요한 인물로 봐준 수많은 병사들이 언제나 나를 감싸고 있었다.

그날 밤 나는 베로나로 돌아갔으며, 이튿날 아침에 파리로 향했는데 가방 안에는 이탈리아군 병사들에 관한 원고가 한가득 담겨 있었고, 곧 영국 국민들의 동정어린 마음이 거기로 모여들리라 생각했다. 나중에 외무성 관계자에게서 들은 말인데, 나의 이탈리아 행은 흠잡을 데 없는 성공이었다고 한다.

이탈리아 전선에 관한 이야기를 하나 더 덧붙여두겠다. 심령술 연구협회의 연감에도 기록되어 있는 사실이다. 지금까지의 인생에서 나는 잠을 자던 중에 어떤 강한 인상을 받아 잠에서 깨어난 적이 몇 번인가 있었다. 예를 들어서 한 번은 잠을 자던 중에 날데라라는 기묘한 이름이 분명하게 떠올랐는데 너무나도 또렷했기에 비몽사몽간에 일어나 곁에 있던 무엇인가에 그것을 적어놓고 다시 잠들어버렸다. 이튿날 아침에 보니 그 이름이 수표책의 표지에 적혀 있었다. 그로부터 1개월 뒤에 오스트레일리아로 떠났는데 그때 탄 배의 이름이 날데라라는, 들어본 적도 없는 이름이었다. 이탈리아를 여행할 때도 잠을 자던 중에 피아베라는 이름이 내 머릿속에 선명하게 떠올랐다. 나는 그것이 전선에서 후방으로 70마일 떨어진 곳에 있는 강의 이름이라는 사실은 알고 있었으나 전쟁과 어떤 관계가 있는 것인지는 알지 못했다. 하지만 인상이 너무나도 강렬했기에 그것을 종이에 써서 두 증인에게 서명을 받았다. 몇 개월 뒤에 이탈리아군이 퇴각을 거듭해서 피아베 강까지 물러났기에 그 이름이 사람들에게 널리 알려지게 되었다. 더욱 퇴각할 것이라 생각하는 사람도 있었으나 나는 그렇게 생각하지 않았다. 왜냐하면 초자연적인 힘이 그 강의 이름을 내 인상에 깊이 새겨준 것이라면, 그것은 틀림없이 내게 힘을 북돋아주기 위해서라고 생각했기 때문이었다. 당시 나는 그러한 것을 바라고 있었다. 그랬기에 나는 이 강의 이름은 전쟁의 상황이 승리 쪽으로 이어지는 것과 관계가 있으리라 믿고 있었다. 그러한 확신이 강했기에 당시 이탈리아 전선에 있던 친구 라콘 왓슨에게 편지를 보냈다. 그것이 이탈리아의 신문에 보도되었다. 그 내용이 이탈리아군의 사기를 올리는 정도의 효과는 가지고 있었을 테고, 결국은 역사가 그 내용대로의 결과를 보여주었다. 전체의 전쟁사를 놓고 보아도 빛나는 대승리라 할 수 있는 승리를 이 강에서 거두어 나의 인상이 옳았음을 실증해주었다.

이러한 사실은 그 외에도 있다. 그에 대한 설명으로 어떤 사람은, 인간의 잠재의식은 예지력을 가지고 있는 것이라고 말할지도 모르겠다. 그렇다면 그 힘은 사용되지 못하고 가사 상태에 있는 것이라 할 수 있으리라. 어떤 사람은 그 가사 상태에 있는 힘이 더 멀리까지 볼 수 있으며, 잠을 잘 때나 영혼과 교감을 나눌 때 우리에게 지혜와 위로를 주는 것이라고 말한다. 그 신비한 힘에 대해서는 나 역시 같은 생각을 가지고 있다.

제29장 프랑스 전선

파리로 돌아온 나는 끔찍한 환영을 받았다. 객차에서 내리자마자 빨간 납작모자를 쓴 영국 헌병이 다가와 경례를 하고 말했다.

"좋지 않은 소식이 있습니다."

"무슨 일이지?" 나는 깜짝 놀랐다.

"키치너 경이 익사하셨습니다."

"정말인가?"

"그렇습니다."라고 말한 뒤 헌병은 곧 냉정을 되찾아, "이 전쟁에 대해서 이야기하는 것은 금지되어 있습니다."라고 차분하게 말하고 나서 탈주병을 찾아 서둘러 떠나갔다.

키치너가 죽었다! 이것은 내 마음속에 흙더미를 던진 것과도 같은 말이었다. 정력과 활력의 원천과도 같았던 원수가 세상을 떠날 줄이야, 꿈에도 생각지 못한 일이었다. 무거운 마음으로 차에 올라 전에 묵었던 크리용 호텔로 갔는데 그곳은 붉은 견장에 군도를 쩔꺽거리는 러시아 장교들로 전보다 더욱 북적였다. 그들을 보자 나는 저주스럽다는 생각이 들었다. 그들의 썩어 무너져가는 나라를 방문하던 중에 우리의 영웅이 뜻밖의 죽음을 맞이했기 때문이었다.

호텔에서는 미리 약속해두었던 대로, 나의 기사를 연재 중이던 『데일리 크로니클』의 편집장 로버트 도널드 씨를 만났다. 훌륭하고 다부진 체격을 가진 스코틀랜드 출신의 도널드는 프랑스어에 능했으며, 또 프랑스의 여러 가지 사정도 잘 알고 있었다. 이 사람과 함께 클레망소204) 씨를 방문한 적이 있었는데 당시 씨는 탁월한 비평가였을 뿐, 전쟁에 직접 관여하는 직에는 있지 않았다. 조그만 집에서 검소하게 생활하고 있었는데, 이는 그가 국가나 저널리즘에서 가지고 있는 자신의 권력을 사리에는 사용하지 않았다는 사실을 보여주는 것이었다. 방으로 들어온 그는 주름투성이 까무잡잡한 얼굴에 백발, 까다로워 보이는 불도그 같은 얼굴에 베레모를 쓰고 있었다. 그때만 해도 그가 설마 로이드 조지205)와 함께 전쟁을 승리로 인도할 인물이라고는 생각지도 못했었다.

도널드가 예전부터 준비를 해두었기에 당시 가장 치열한 전쟁이 벌어지고 있던 베르됭에서 가장 가까운 아르곤의 프랑스 전선을 둘이서 시찰하게 되었다. 그러나 출발까지 며칠 여유가 있었기에 『내셔널 리뷰』의 편집자인 레오 맥스와 영국의 전쟁협력에 관해 훌륭한 저서를 낸 슈비용 씨를 동반하여 수아송 전선을 보게 되었다. 작은 체구에 까무잡잡한 피부의 맥스는 전쟁이 일어날 것이라 꿰뚫어보고 거기에 대비해야 한다고 소리 높여 주장한, 몇 안 되는 사람 가운데 하나였다. 슈비용은 온건한 인물로 영어를 매우 잘했기에 프랑스어가 서툰 나는 그에게서 커다란 친밀감을 느꼈다. 프랑스 정보부의 작고 말이 없는 대위가 자동차 앞좌석에 앉았다.

파리에서 전선까지 가서 하루 종일 그곳을 충분히 둘러본 뒤

저녁식사 전에 돌아왔다고 한다면, 전선이 파리에서 얼마나 가까이까지 왔는지를 후세 사람들도 추측할 수 있으리라. 가장 먼저 빌라르 코트레의 숲을 지났는데 그곳은 1914년 9월 1일에 근위연대가 독일군 선발대와 전투를 벌인 곳이었다. 근위병 80명이 그 마을에 묻혔는데, 그 가운데 한 명이 맥스의 조카였기에 우리는 그 무덤을 경건하게 참배했다. 그 외에도 도로 양편의 가로수 사이에 병사들의 무덤이 있었는데 그것은 쓰러진 자리에 그대로 묻은 것임에 틀림없었다.

이프레만큼은 아니었으나 수아송도 많이 파괴되어 있었다. 그곳의 대성당은 프랑스의 애국심 강한 사람들의 눈물을 자아내리라. 야만스러운 무리들은 아름다운 성당에 손을 대지 않고는 그냥 지나치지 못하는 것이다. 그곳은 바로 성 루이가 십자군에 몸을 바친 곳이었다. 그로부터 몇 세기에 걸쳐서 옛 모습을 그대로 지켜온 곳이었다. 돌 하나까지도 성스러운 곳이었다. 그런데 오래되고 아름다운 스테인드글라스는 깨져 바닥에 떨어졌으며, 지붕은 커다란 산이 되어 회당 중앙에 쌓여 있었다. 익살스러운 얼굴의 성직자가 무너진 성당 안을 안내해주었다. 나는 아내에게 선물로 주기 위해 스테인드글라스 파편을 주워 모았는데 성직자가 관대하게 봐주었다.

무너진 도로를 따라 조금 가니 참호의 입구가 있었다. 그곳의 벽에는 독일군 점령 당시의 방향 표지판이 걸려 있었다. '베를린 ―파리'라는 지명과 방향을 가리키는 화살표가 적혀 있었다. 다른 곳에는 제76연대가 1870년과 1914년에 이곳을 지켰다는 사실을 기념하는 것이 걸려 있었다. 수아송 사람들이 영리하다면 이와 같은 기념품은 그대로 남겨 후세에 전할 테지만, 그곳 사람들은 그러한 것들을 전부 씻어내고 소독하여 잊으려 하는 경향이 있는 듯했다.

무너진 벽의 모퉁이를 돌아들자 연락용 참호가 나왔다. 안내자는 참모의 지휘관으로 키가 크고 말랐으며 회색의 엄격한 눈빛을 가진 사람이었다. 그 엄격한 눈빛은 특히 우리를 향해 있는 듯했다. 그도 그럴 것이 그는 영국이 병력의 6분의 1만 전선에 투입했다고 착각하고 있는 듯했기 때문이었다. 그러나 이야기를 나누는 동안 점점 사이가 좋아졌고, 특히 나와는 지팡이를 교환할 정도로 친한 사이가 되었다.

미로처럼 복잡한 참호 속에서는 젊고 잘생긴 포병 장교가 안내를 해주었는데, 우리는 프랑스의 75포와 독일의 77포가 머리 위 높은 곳에서 허공을 가르며 지나는 아래를 여기저기 돌아다녔다. 참호 양쪽 면에 판자를 대서, 플랑드르의 참호보다는 견고하고 내구성이 있는 것처럼 보였다. 조금 가자 철모를 쓴 보병 대위가 우리 일행 속에 가담했다. 마침내 우리는 최전방 참호에 도달했다. 우리는 덥수룩한 수염에 꼬질꼬질한 프랑스 병사를 예상했으나 그런 사람은 어디에도 없었다. 거기에는 말쑥하고 청결하고 매우 세련된 사람들만 있었다. 그러나 겉모습과는 달리 실제로는 여러 가지로 고생을 하고 있으리라 짐작할 수 있었다. 어떤 곳의 판자 위에는 다음과 같은 오래된 글귀가 적혀 있었다. '이는 독일군이다. 프랑스군과는 떼려야 뗄 수 없는 사이다.' 그리고 그 위에 서툰 솜씨로 이가 그려져 있었다.

정교하게 만들어진 총안으로 안내를 받았다. 그 틀을 통해서 프랑스의 전원풍경을 바라보았다. 밭이 있고, 도로가 있고, 가로수 너머로 완만한 언덕이 있었다. 겨우 30, 40야드 떨어진 바로 앞에 빨간 지붕을 얹은 야트막한 집이 있었다. "저기에 놈들이 있습니다. 적의 전초기지로 녀석들이 기침하는 소리까지 들립니다." 단, 그날 아침에는 총만이 기침을 하고 있었기에 다른 소리는 아무것도 들리지 않았다. 그러나 이처럼 적과 가까이에 있는데 안전하다는 것은 멋진 일이었다. 아마 맞은편에서도, 베를린에서 찾아온 방문자를 저 집까지 안내하여 프랑스인의 기침소리를 들려주고 있으리라. 근대전이란 때로 더없이 묘한 일면을 가지고 있기도 하다.

그 다음, 지난 1년 동안의 경험을 바탕으로 동맹군의 지혜가 고안해낸 여러 가지 발명품을 우리에게 보여주었다. 온갖 형태의 폭탄, 비행기 사출기, 박격포 등이 갖춰져 있었다. 거센 비가 내리기 시작했다. 우리는 저격병들의 참호로 피할 수밖에 없었다. 일행 8명은 어두컴컴한 속에서 어깨를 나란히 하고 쭈그려 앉았다. 8명 중에는 담배를 피우는 사람도 있었다. 만약 프랑스 장교가 이 세상에서 무엇보다 싫어하는 것이 있다면, 그것은 비와 진흙이리라. 왜냐하면 그들은 자신을 말쑥하게 꾸미고 싶어 하는 사람들이었기 때문이다. 그 멋진 파란 제복, 목깃과 소매의 자수, 갈색 각반, 군화와 벨트는 언제나 새것처럼 맵시가 좋았다. 그들은 유럽군 속의 멋쟁이였다. 참호에 있는 장교들이 바지를 정성스럽게 다림질하는 모습을 본 적이 있었다.

비가 그쳤기에 구멍 속에서 나왔다. 다시 기다란 연락용 참호를 따라, 무너진 곳에서 발이 걸려 넘어지기도 하며 차가 기다리고 있는 가로까지 간신히 나왔다. 머리 위에서는 서로 포탄을 교환하는 날카로운 소리가 아직도 활발하게 들려오고 있었다. 적의 1발에 대해서 프랑스군은 3, 4발을 쏘았는데, 이는 내가 동맹군의 전선에서 경험한 것과 마찬가지였다. 프랑스 노동자들, 그중에서도 여성들의 적극적인 협력과 기사들의 솜씨 좋은 기계 조작 덕분이었고, 포탄의 보급도 충분했다.

다음 목적지는 옛날 훈족의 침입을 받았던 땅인 샤롱이었다. 샤롱에서 20마일쯤 떨어진 곳에 센트 메네오르가 있다. 거기서 참호까지는 북쪽으로 10마일쯤이었다. 그 견학에는 도널드 외에도 또 1명의 특이한 스페인 사람이 가담하였다. 얼마간은 돈키호테 같기도 했고, 얼마간은 서정시인 같기도 한 사람이었다. 납작모자에 갈색 코르덴 옷을 입고 있었다. 한쪽 팔은 싸움을 하다 잘렸다며 팔은 한쪽 밖에 없었다. 자국어밖에 할 줄 몰랐기에 나는 끝내 친해지지 못했다.

우리가 찾아간 그 지구의 전선은 제10사단을 이끄는 엥크 장군이 맡고 있었다. 그는 참으로 군인다운 사람으로, 이 사단의 공격을 받은 독일군은 하늘에 자비를 바라야 했을 것이다. 중간 정도의 키에 거뭇한 피부, 독수리와도 같은 회색 눈을 가진 사람이었는데 쓰러져가는 마을을 지나 자신이 직접 전선까지 안내해주었다. 도로가 숲 속으로 들어가려 하는 지점은 독일군 포병관측소에서 매우 잘 보이는 곳이었다. 장군이 그 사실을 우리에게 가르쳐주었는데, 그 말에서 자신의 신변을 걱정하는 듯한 기색은 조금도 느껴지지 않았다. 그 지점이 얼마나 위험한 곳인지는 저녁이 되어 돌아올 때 아주 잘 알게 되었다.

　우리는 숲 속으로 들어갔다. 두꺼운 점토질의 땅 위에 자란 참나무와 너도밤나무의 원시림으로, 너도밤나무가 자라기 좋은 환경이었다. 앞서 내린 비 때문에 숲길이 질척여 발목까지 진흙에 빠졌다. 좌우 곳곳에 파놓은 구멍에서는 1년 동안의 야외생활로 단련된 병사들의 얼굴이 우리를 올려다보고 있었다. 잠시 후, 진흙투성이 파란 옷을 입은 사내가 숲길에 서서 경례를 했다. 이 지구의 대령이었다. 코는 그렇게 크지 않았으나 고 코클랭이 묘사한 시라노 드 베르주라크와 이상할 정도로 닮아 있었다. 몸에 지니고 있지 않은 것은 장갑과 결투용 장검뿐이었다. 뭔가 기쁜 일이라도 있었던 듯 시라노는 콧수염을 떨며 웃음을 참고 있었고, 파란 눈은 기쁨으로 반짝이고 있었다. 독일군의 작업원 한 무리를 발견하여 그들에게 총화를 집중했기에 곧 들것의 행렬이 생겼다는 것이 시라노의 설명이었다. 이것이 기쁨의 씨앗이 되다니 이상히 여길지도 모르겠으나, 프랑스인들은 이 전쟁을 우리와는 다른 각도에서 바라보고 있는 것이다. 독일군이 2년 동안이나 머리 위에 앉아 있는데, 언제 그들을 쫓아낼 수 있을지조차 알 수 없다면 누구라도 시라노 같은 견해를 갖게 될 것이다.

　우리는 프랑스 병사들 사이를 한 줄로 지났다. 그러면서 여러 가지 방비 방법을 보았는데, 병사들에게 있어서 우리는 단조로운 생활을 깨는 위로였던 것이리라. 그랬기에 길가에 늘어서서 신기하다는 듯 나의 영국군 제복과, 함께 온 2사람의 민간인 복장을 바라보았다. 그들은 장군을 볼 때도 영국군보다 훨씬 더 편안한 태도를 취했다. 장군도 때때로 '우리 아들들'이라고 부르곤 했다.

어떤 참호도 참호에 지나지 않는다. 그러나 아르곤 지역의 참호는 적과 가까이 있다는 점에 특색이 있었다. 어떤 곳에서는 양 군의 참호가 서로 맞물려 있기도 했으며, 전초기지가 매우 접근해 있어서 그 양쪽을 한 장의 철판으로 덮어버릴 수 있을 것 같은 곳도 있었다. 우리는 좁은 숲길 맞은편에 있는 독일군 참호의 끝머리까지 안내를 받아 갔다. 몸을 내밀어 팔을 뻗고, 맞은편에서도 독일 병사가 갖은 자세를 취한다면 두 사람이 악수를 나눌 수 있을 정도였다. 여기저기 둘러보았으나 철조망과 말뚝만 보일 뿐이었다. 그 전선 지대에서는 속삭이는 것조차 허락되지 않았다.

그 고요한 위험지대에서 벗어나자 시라노가 자신의 대피호로 우리를 안내했다. 언덕 중턱을 깎아 통나무로 만든, 약간 세련된 오두막이었다. 그는 거기에 성의 성주 같은 모습으로 들어앉아 있었다. 가구는 많지 않았으나 어딘가의 무너진 저택에서 가져온 것이리라, 난로 위 벽에 철제 장을 달아놓았다. 중세의 훌륭한 작품으로 한가운데 고풍스러운 차림을 한 사랑의 여신이 새겨져 있었다. 그것이야말로 참으로 용감한 시라노의 모습을 완성하는 화룡점정이었다. 나는 그날 이후 그를 만나지 못했으며 앞으로도 만날 날은 없을 테지만, 그래도 당시의 시라노는 뚜렷하게 기억 속에 남아 있다.

그날 밤, 우리는 또 다른 스타일의 프랑스 군인과 식사를 함께 했다. 그는 나의 친구가 1개 사단을 지휘하고 있는 군단의 사령관인 앙투안 장군이었다. 이와 같은 프랑스의 장군은 모두 말로는 표현하기 어려운 독특한 개성을 가지고 있었다. 공통점이 있다면 모두가 비할 데 없이 훌륭한 군인이라는 점뿐이었다. 이 군단장은 그리스 출신으로 다르타냥[206]과 같은 느낌을 주는 인물이었다. 6피트가 넘는 장신에 활달하고 화통했으며 커다랗게 솟아오른 콧수염과 천둥과도 같은 목소리를 가지고 있었다. 참으로 당당한 사람으로 반 다이크[207]였다면 목깃 장식을 더하고 팔에 검을 들리고 손을 허리에 댄 모습으로 그렸을 것이다. 언제나 밝게 웃었지만, 그 웃음 뒤에는 엄격한 군인정신이 숨어 있었다. 그의 이름은 역사 속에도 나타나 있다. 그의 이름은 앙베르[208]. 한번은 그 작고 날카로운 눈을 내게 돌려 난처한 질문을 했다. "셜록 홈즈? 그는 영국군에 있는 병사 아닌가요?" 식탁에 있던 사람들 모두가 숨을 죽이고 대답을 기다렸다. "그게 말입니다, 장군. 그는 군대에 있기에는 나이를 너무 많이 먹었습니다." 모두가 웃었다. 나는 난처한 입장에서 가까스로 벗어난 것이었다.

난처한 입장이라는 말이 나와서 생각났는데, 나는 독일군 관측소가 우리의 차를 내려다 볼 수 있는 그 지점에 관한 이야기를 잠시 잊고 있었다. 그 독일 병사는 그곳에 조준을 해놓고 하루 종일 우리가 돌아가기를 기다리고 있었다. 우리가 그 사면에 모습을 드러내자마자 유산탄이 머리 위에서 폭발했으나 그것은 조금 뒤편, 그리고 왼쪽으로 벗어나 있었다. 만약 바로 위에서 터졌다면 런던 대형 신문사의 편집장 자리가 하나 비었을 것이다. 이러한 장소에서 사람은 소음에 대해 불감증에 걸린다. 주위에 있는 대포가 상대편에서 날아와 폭발하는 포탄보다 더 커다란 소리를 내기 때문이다.

이튿날 아침, 우리는 다시 그 전선의 다른 장소에 있는 참호로 들어갔다. 관측소라 불리는 지점에서 훨씬 오른쪽으로, 베르됭 전선의 오른쪽 끝이 보였으며 필 모르테 상공에서 탄환이 폭발하고 있었다. 북쪽으로는 밝은 프랑스의 풍경이 펼쳐져 있었는데 조그만 마을, 여기저기 산재한 옛 성, 소박한 교회 등이 달 위에라도 있는 것처럼 다가갈 수 없는 세상으로 늘어서 있었다. 그것을 가로막은 독일군의 방해선은 무시무시한 것이었다. 영국인으로서는 상상도 못할 일이었다. 예를 들어서 요크셔의 끝자락에 서서 랭커셔를 바라보고 있는데, 그곳이 다른 나라의 수중에 떨어져 동포들이 시달림 속에서 도움의 손길이 이르기를 기다리고 있지만 2년이 지났음에도 조금도 다가가지 못하고 있다면 어떤 생각이 들겠는가? 우리는 관측소에서 독일군 참호가 파괴되는 모습을 눈으로 직접 보았다. 그곳에서는 전부터 적이 활동하고 있는 징후가 보였기에 그곳을 무너뜨리기로 결정한 것이었다. 1000야드쯤 떨어진 곳에 갈색 선으로 뚜렷하게 보였다. 후방에 있는 75센티미터 포에 명령이 전달되었다. 머리 위에서 포탄 소리가 들려왔다. 포탄 소리 아래에 서 있는다는 것은 그것이 독일군의 것이든 영국이나 프랑스의 것이든 용기가 필요한 일이었다. 처음에는 겨울바람 소리 같지만 곧 한 무리의 늑대의 울부짖음처럼 높아졌다가 연기가 가라앉으면 완전히 잠잠해진다. 참호를 만들고 있던 독일 병사들은 어디로 갔을까? 그 밑에 묻혀버렸는지, 다른 곳으로 달아나버렸는지, 아무도 알 수 없었다.

특정 계급 이상의 프랑스 장교들은 각자의 개성을 충분히 발휘하는 경향이 있었다. 계급이 낮은 자들은 임무에 대한 중압감 때문에 모두가 획일적인 면이 있었다. 영국 장교는 무엇보다 먼저 영국 신사이고, 그 다음으로 영국 군인이었다. 프랑스인의 경우에는 우선 장교가 앞에 있고 그 뒤에 신사가 서 있었다. 그런데 그 아르곤 숲에서 나는 아주 묘한 스타일의 사내를 만났다. 프랑스계 캐나다인인 프랑스 병사로, 저 멀리 캐나다 앨버타 주에서 농장을 경영하고 있었는데 국적은 영국이었으나 자신의 의지에 따라 옛 국기 아래로 돌아온 것이었다. 영어를 할 줄 알기는 했으나 억양도 단어도 기묘한 영어였다. 독일군에 대한 증오심은 누구보다도 강했다. "저 짐승만도 못한 놈들!" 그가 북쪽 숲을 향해 주먹을 흔들며 외쳤다. 가슴에 훈장이 달려 있었다. 지뢰가 잔뜩 깔려 있는 285고지를 몇 명이서 지키라는 명령과 함께 도움이 필요하면 전화를 하라는 말을 들었으나 그는 전화도 하지 않고 3주 동안 버텼다. "우리는 구멍 속의 토끼처럼 앉아 있었어."라고 말했는데, 단 한 가지 아쉬웠던 점은 숲 속에 멧돼지가 아주 많았지만 사냥을 할 수 없었다는 점이었다고 했다. 그는 주머니에서 눈에 뒤덮인 목조가옥의 사진을 꺼냈다. 현관에는 부인 1사람과 아이들 둘이 서 있었다. 캘거리에서 북쪽으로 70마일 떨어진 트로추에 있는 그의 집이었다.

사흘째 밤에 마침내 파리 쪽으로 발걸음을 향했다. 프랑스군을 보는 것은 그것이 마지막이었다. 그들의 포성이 어디까지고 들려 왔다. 그러나 그들의 용감함에도 불구하고 프랑스를 구한 것은 딱 2가지였다. 즉, 그 야전포와 영국군의 개입이었다. 프랑스는 전쟁 전의 군사 당국자들을 질책해야 하리라. 전쟁을 싫어하는 영국, 게다가 바다가 지켜주고 있던 영국조차 높은 수준의 소총부대와 각 사단에는 중포, 그리고 국방색 군복을 갖추고 있었는데, 전쟁을 좋아하는 프랑스, 게다가 독일의 위협 속에 서 있던 프랑스가 빈약한 소총부대, 낡은 군복밖에 가지고 있지 않았으며 중포에 이르러서는 1문도 가지고 있지 않은 형편이었으니. 더구나 초기의 전략을 살펴보자면, 프랑스의 전략은 참으로 한탄스러운 것이었다. 키치너 경을 비롯한 영국의 모든 군사평론가들은 공격이 벨기에 쪽에서 시작될 것이라 예견했다. 그런데 프랑스는 그들의 방어력 전부를 동부전선에 집중시켰다. 또한 열세에 있는 군대라 할지라도 방어에 힘쓰면 적군에게 커다란 손해를 줄 수 있다는 것은 누구나 잘 알고 있는 사실이다. 그런데도 프랑스는 승산 없는 전투에 스스로가 공격에 나서서 자멸하고 말았다. 누군가가 그 책임을 져야만 했다. 프랑스뿐만 아니라 영국의 운명까지 프랑스 참모본부의 그 잘못된 전략 때문에 위태로웠던 것이다.

이번 여행으로 얻은 나의 작은 성과는 부상자에 대한 표창을 제정케 한 일이었다. 이는 부상당한 자에게 명예와 위로를 주는 것으로, 프랑스군의 지극히 인간적인 제도에 감명 받았기 때문이었다. 귀국하자마자 바로 그 표창을 제안했다.

제30장 힌덴부르크 선 돌파

일기에 의하면 나는 1917년 4월에 총리 로이드 조지[209]로부터 조찬에 초대를 받았다. 다른 한 사람이 동석할 예정이었으나 그가 참석하지 않았기에 나 혼자서 다우닝 가 10번지에 있는 총리관저의 한 오래된 방에서 총리가 나오기를 기다리고 있었다. 회색 옷을 말쑥하게 차려 입고 미소를 지으며 마침내 방으로 들어온 수상의 모습 어디에서도, 그 양 어깨에 전 유럽에 걸친 전쟁의 무게가 걸려 있다는 인상은 찾아볼 수 없었다. 그때만큼 부드럽고 민주적인 태도도 없었으리라. 거기에는 하인이 없어서 당신 스스로가 차를 따라주었고, 나도 사이드테이블에서 2인분의 베이컨과 달걀을 옮겼기 때문이다. 그는 틀림없이 사람을 매우 편안하게 해주는 켈트인[210] 특유의 힘을 가지고 있었으며, 거드름을 피우거나 형식을 따지는 부분은 전혀 없었다.

여러 가지 이야기를 나누던 중, 마침 그 무렵에 들어온 뉴스 가운데 러시아에서 혁명[211]이 일어났다는 사실에 이야기가 미치자 그는 매우 흥분했다. 근위연대가 반역을 한 것이니 그것은 누구나 배신할 수 있다는 사실을 의미했다. 러시아 황제는 선인이었으나 유약했다. 러시아 황제의 성격과 미래의 운명은 마리 앙투아네트의 그것과 닮지 않은 것도 아니었다. 실제로 사건의 모든 과정이 프랑스 혁명과 매우 흡사했다. "그렇다면 이번 혁명은 몇 년 계속되다가 나폴레옹 같은 독재자에 의해서 종결되겠군요."라고 내가 말하자 그도 거기에 동의했다. 모든 사건이 비잔틴적[212]이어서 옛 역사를 떠오르게 했다. 나는 강력하고 기민한 손이 우리나라의 방향키를 잡고 있다고 느끼며 집으로 돌아왔다.

나는 실제 전장을 더 볼 수 있으리라 기대하지 않았다. 그런데 1918년 9월 초에 오스트레일리아 정부로부터 그들의 전선을 방문해달라는 초대를 받았다. 그 일 덕분에 이번 전쟁의 승리로 이어지는 전투를 목격하게 될 줄은 꿈에도 생각지 못했다. 실제로 출발한 것은 9월 26일이었는데 일행은 오스트레일리아 공화국의 해군 장관인 조셉 쿡 경, 그 부관인 래섬 씨, 『선데이 타임스』의 경영자인 윌리엄 베리 경 등이었다. 양쪽에서 거품을 일으키며 전진하는 구축함의 경호를 받으며 강한 바람을 뚫고 구명정으로 해협을 횡단했다. 우리는 모두 구명의를 입었다. 배 안에는 몇 명인가의 미국인 신문기자가 섞여 있었다. 늦은 시간에 상륙했기에 우선은 여관에서 하룻밤을 묵고 이튿날 아침 일찍 아베빌과 아미앵을 지나 오스트레일리아군의 전선으로 갔다. 아미앵에는 사람의 그림자가 거의 없었으며 상상했던 것 이상으로 황폐해져 있었다.

적이 아미앵에서 7마일 부근까지 밀고 들어왔을 때, 이 도시를 지켜 동맹군을 커다란 위기에서 구한 것이 바로 오스트레일리아군이었다. 따라서 전투 직후의 전장을 보게 된 것도 이상한 일은 아니었다. 작은 숲을 보여주었는데 그곳이 독일군 진격대의 선봉이 이르렀던 곳이었다고 한다. 조금 더 가자 독일군이 몸을 숨겼던 마을인 빌레르 브레토노우가 나타났는데, 거리 모퉁이마다에 저격 장소와 기관총이 활약했던 곳임을 나타내듯 탄피가 산더미처럼 쌓여 있었다. 조금 더 나아가자 아주 거대한 포가 3개로 갈라져 길가에 나뒹굴고 있었다. 그것은 영국 전함에 탑재된 가장 커다란 포보다 더 커 보였는데, 전국이 커다랗게 변한 7월 5일 직전에 독일군이 그곳으로 가져온 것이었다. 퇴각에 앞서 폭파할 수밖에 없었던 것이다. 영국 근위연대의 병사들이 모여 그것을 조사하고 있었는데 나는 그 병사들과 잠깐 이야기를 나누었다. 그런 다음 다시 전진했는데 그 부근은 내게 매우 흥미로운 곳이었다. 왜냐하면 그곳은 고프[213]가 퇴각한 지역으로 영국에 있을 때 당시의 상황을 자세히 조사해보았기 때문이었다. 왼쪽으로 맑은 강물이 천천히 흐르는 솜 강이 있고, 그 너머로 그 역사적인 8월 8일, 즉 루덴도르프가 전쟁에서 졌다고 깨달은 날에 우리의 제3군단이 버텨냈던 고지가 있었다. 우리가 지나는 평지는 오스트레일리아와 캐나다의 사단이 탱크를 앞세워 영국군으로서 진격한 곳으로, 먼 옛날 부디카[214]가 전차를 앞세워 진격한 모습이 그랬으리라. 마침내 왼쪽 전방으로 언덕 하나가 모습을 드러냈는데 그것이 바로 생 캉탱 언덕으로 오스트레일리아군이 눈부신 공적을 올린 곳이었다. 그곳은 프러시아 근위연대를 포함한 정예 부대가 지키고 있었는데 영국군의 측면 공격도 있었기에 그 대부분은 포로로 잡히거나 목숨을 잃었다.

월터 경 이하 스코틀랜드 근위병에게는 영원히 잊을 수 없는, 페론의 오래된 성벽으로 둘러싸인 마을이 눈앞에 나타났다. 강과 운하와 널따란 해자가 거의 말굽처럼 둘러싸고 있어서 공략이 불가능하리라 여겨졌으나, 현대전에서는 그것이 가능하다. 왜냐하면 50마일 앞쪽 지점에서 무슨 일인가가 벌어지면 그곳은 고립되어 버리기 때문이다. 거기서 드라이브는 끝났고 우리는 그 지역의 지휘를 맡고 있던 베넷 대령의 손에 맡겨졌다. 대령은 키가 크고 당당한 체구를 가진 사람으로, 군복을 벗고 벨벳으로 만든 가운을 걸친다면 스코틀랜드의 소설에 등장하는 백전노장처럼 보일 듯했다.

우리에게는 나무로 지은 작은 오두막이 주어졌다. 거기서 조셉 쿡 경과 작은 칸막이를 사이에 두고 잠자리에 들었는데 굉장히 추웠다. 그것은 경도 마찬가지였으리라. 자꾸만 뒤척이는 소리가 들려왔다. 가지고 있는 옷 전부를 위에 덮었으면 좋았으련만, 당시에는 그것을 생각지 못했다. 게다가 아래는 캔버스 천 1장을 간 것이 전부였으니 추운 것도 당연한 일이었다. 아래에 까는 매트리스가 따스함을 유지하는 데 얼마나 중요한 역할을 하는지 평소에는 잘 알지 못하는 법이다. 그날 밤, 우리 둘은 제대로 잠을 잘 수 없었다.

이튿날인 9월 28일 아침, 우리는 예정된 시간에 출발했다. 왜냐하면 봐야 할 것이 많았기 때문이었다. 그 가운데서도 평화가 찾아오면 다시 한 번 가보겠다고 마음속으로 다짐한 오래된 도시가 있었다. 생 캉탱 산을 내려서자 거기서 벌어졌던 격전의 흔적이 여러 가지 형태로 눈에 들어왔다. 허술한 무덤도 아주 많이 보였는데 기묘한 문구가 새겨진 것도 있었다. 예를 들어 '무덤 파는 두 사내를 만난 1명의 독일인이 여기에 잠들다.'라는 말도 있다고 한다. 오스트레일리아의 젊은이가 무덤 파는 사람이라는 별명으로 불린다는 것은 널리 알려진 사실이다. 그들은 용감하고 활달하지만 거친 행동을 좋아하는 면도 있었다. 그들은 포로들의 소지품을 갈취했으며 때로는 장교들까지도 갈취의 대상이 되었다. 한 독일 병사가 철십자장을 가슴에 달고 있었는데 어떤 오스트레일리아 병사가 그것을 잡아 뜯었다. 그 독일 병사가 훌륭한 태도로 오스트레일리아 병사에게 도전하여 오스트레일리아 병사를 녹아웃 시켜버렸다. 그 모습을 지켜본 다른 오스트레일리아 병사들이 크게 기뻐하며 철십자장을 돌려주고 그 독일 병사를 영웅 취급했다. 아마도 그 오스트레일리아 병사는 평판이 좋지 않은 사람이었던 것이리라.

그날 나는 존 모내시 경의 사령부에서 점심식사를 했다. 모내시 경의 공적은 빛나는 것이었는데, 특히 진격이 시작된 이후 멋진 전과를 올린 우수한 군인이었다. 실제로 7월 5일에 보여준 경의 지휘력 덕분에 퇴각하던 영국군이 진격으로 돌아설 수 있었던 것이다. 그는 여호수아215)에서 시작된 유대인의 군인정신을 현대에 이어받은 사람으로, 그 흐름이 현재도 끊어지지 않았음을 훌륭하게 보여준 인물이었다. 오스트레일리아 사단의 로젠탈 장군도 역시 유대인이었으며, 참모본부에는 코가 뾰족하고 머리가 검은 유대계 군인이 아주 많았다. 이는 우수하기만 하다면 인종은 따지지 않는다는 오스트레일리아군의 멋진 평등주의를 잘 보여주는 사실이다. 오스트레일리아군의 좌익으로는 영국의 제3군단이 배치되었는데 그 부대의 버틀러 장군 아래서 동생이 부관보로 근무하고 있었다. 그들이 친절하게도 동생에게 전화를 해주어 동생은 그날 점심 때 내 옆자리에 앉아서 식사를 함께 했다. 그리고 동생은 저녁을 자기 부대의 사령부 식당에서 함께 하자고 초대해주었다.

그날 저녁 식사는 멋진 경험이었다. 이튿날 아침의 대진격을 앞둔 전야였는데, 그 진격은 독일군의 실질적인 생명선인 힌덴부르크216) 선을 돌파하기 위한 것이었다. 그 조그만 농가의 식당에 모인 것은 단 6명뿐이었다. 엄격하고 차분한 얼굴을 한 버틀러 장군, 공병부대장, 포병대장, 동생, 제1·제2 참모 등, 마음고생으로 지친 사람들이었다. 곧 거대한 드라마가 펼쳐질 바위 위에 서 있는 셈이었으나 누구도 드라마에 대해서는 말을 하지 않았다. 이따금 옆방에서 전화벨이 울렸고, 그럴 때마다 참모장교가 그곳으로 가서 전화를 받았다. 자리로 돌아와서도 그 장교는 아무런 말도 하지 않았다. 지금도 기억하고 있는데 그날 밤에는 새카만 어둠 속으로 자동차를 타고 10마일을 달려 숙소로 돌아왔다. 빛이라고는 마치 자동차의 전조등을 하늘에 달아놓은 것과 같은 2개의 노란 점이 가끔 나타날 뿐이었다. 독일의 침략군과 구별하기 위해서 불을 켠 영국의 비행기였다. 동부전선은 지평선 일대가 오렌지색 포화로 물들었으며, 멀리서 울리는 포성이 바위 절벽에 대서양의 파도가 부딪치는 것과 같은 소리를 냈다. 도로를 달리는 자동차는 불을 켜는 것이 금지되어 있었다. 앞의 어둠 속에서 한층 더 검은 그림자가 불쑥 나타났는데 그것이 화물차라는 사실을 알고는 허겁지겁 커다란 소리를 질러 충돌을 면했다.

이튿날 아침에는 일찍 일어나서 출발했는데, 일행 중 몇 명인가는 도중에서 우리 연장자들이 초대받은 지점보다 훨씬 더 많은 모험이 기다리고 있을 것 같은 쪽으로 갔다. 하지만 기대했던 정도의 일은 없었던 듯하다. 그래도 그들 역시 많은 것들을 본 듯, 그 가운데 1명이 내게 불행한 포탄에 휩싸인 미국의 젊은 병사 18명이 길가에 쓰러져 죽어 있는 가엾은 광경을 보았다고 말해주었다.

공격의 대략적인 계획은 우리에게도 알려져 있었다. 뉴욕과 서부에서 온 27사단 및 30사단, 2개 사단이 중앙선을 돌파하면, 그 뒤에서부터 오스트레일리아의 각 사단이 전진하여 전선을 전방으로 펼쳐나가는 역할을 맡기로 되어 있었다. 전장에 도착한 순간 미국군이 그 임무를 다했으며 오스트레일리아군이 지금 막 진격을 시작했다는 기쁜 소식이 들려왔다. 또한 독일군이 용감하게 거기에 맞서고 있다는 소식도 있었다.

우리를 실은 차가 폐허가 되어버린 템플루의 복잡한 거리를 뚫고 나갈 때, 맞은편에서 부상병들이 돌아오는 모습이 보였다. 몇 대나 되는 차가 지나갔으나 밖으로 삐져나온 전투화만 보였으며, 걸어서 돌아오는 무리들의 흐름은 다리를 절기도 하고 팔이나 손에 붕대를 감고 있기도 하고, 혹은 적십자사 사람의 부축을 받기도 하며 끝도 없이 이어졌지만, 고통스러운 표정은 많지 않았고 대부분은 담배를 문 얼굴에 굳은 미소를 짓고 있었다. 그 사이로 포로의 첫 번째 무리가 모습을 드러냈다. 넋이 나간 표정의 50명 이상이나 되는 한 무리였는데 불쌍하다는 생각은 들지 않았다. 고개를 숙인 채 다리를 끌고 있는 그 얼굴과 태도에서 늠름한 모습이라고는 찾아볼 수가 없었다.

마을은 미국 병사와 오스트레일리아 병사로 가득했는데 양쪽 모두 스타일은 매우 비슷했다. 그들의 모습을 둘러보는 것도 매우 흥미로운 일이었으나, 더욱 커다란 흥미가 전방에 있었기에 우리는 언덕을 향해 차를 달렸고 정상에 이르러서는 차에서 내려 도보로 이동했다. 마침내 한 농가에 다다르자 영국의 대공고사포가 대기하고 있었다. 우리는 다시 넓게 펼쳐진 평원으로 나갔고 낡은 참호와 녹슨 철조망 등의 사이를 지나 전선으로 다가갔다.

이제 우리는 중포 진지를 지나 야전포 진지 속에 있었기에 그 무시무시한 소리 때문에 귀가 먹을 지경이었다. 영국의 곡사포 부대가 활발하게 활약 중이었는데 그 부대의 소령과 잠시 이야기를 나누어보니 그들은 벌써 6시간째 그 작전을 수행 중이라고 했다. 그럼에도 대원들은 매우 활기차서, 너무 앞으로 나선 우리의 귀가 포성에 먹먹해지자 모두가 낄낄거리며 웃었다. 마치 귓속에 벨을 밀어 넣은 것 같은 느낌이었다. 그것을 기념으로 우리는 활달한 영국군 포수들에게 작별을 고하고 아군의 포가 울리는 가운데 동쪽으로 나아갔다. 그 부근은 인기척이 없는 거친 들판으로 가끔 야트막한 채석장과 자갈 채집장이 모습을 드러냈는데 거기에서 사람들이 움직이는 것이 보였다. 그 가운데 하나는 100명쯤 되는 미국과 오스트레일리아의 포수 및 간호병으로 구성된 전선의 구호소였다. 그 평평한 땅의 움푹 패인 곳 끝자락에 참호가 있었는데 몇 시간 전까지만 해도 미국군의 대대 사령부가 있던 곳이었다. 이제 우리는 힌덴부르크 전선에서 1000야드 정도 떨어진 곳에 있었는데, 그 장소가 에그 리다우트, 즉 이번 전쟁 가운데서도 가장 커다란 전투로, 3월 21일의 그 비극적이자 동시에 빛나는 승리를 거둔 고프 장군의 전선이었다는 사실을 알고 나는 크게 감동했다. 우리가 이렇게 에그 리다우트에 서 있다는 사실은, 연합군이 잃었던 땅을 얼마나 회복했는지, 보복의 날이 얼마나 가까워졌는지를 가장 웅변적으로 이야기해주는 것이었다.

우리는 채석장의 동쪽 끝자락에 서서 아래쪽을 내려다보았는데 그때 비로소 전쟁에는 상대방이 있다는 사실을 깨닫게 되었다. 이전까지는 아군의 포격만 보아왔는데, 그때 전방 40야드 부근에 연달아 포탄이 2개 떨어져 높다란 흙먼지를 일으킨 것이었다. "기관포입니다." 안내를 맡은 장교가 한가로이 말했지만 나는 적의 포탄이 눈앞에 떨어졌다는 사실에 정신이 팔려 그럴 수가 없었다.

그 유명한 전선에서 1000야드도 떨어지지 않은 곳까지 접근했기에 대성공을 거두었다고 생각했는데 그보다 더욱 커다란 행운이 우리를 찾아왔다. 오스트레일리아군의 포병 대위로 젊지만 머리끝에서부터 발끝까지 참으로 군인다운 사람이 자신이 알고 있는 어떤 지점까지 안내를 해주겠다고 나선 것이었다. 그렇게 해서 다시 동쪽으로 진격! 인기척도 거의 없는 거친 벌판의 완만한 오르막길을 따라 나아갔다. 가끔 포탄이 폭발한 연기가 보였으나 모두가 안심해도 좋을 거리였다. 전방의 지평선으로 선명하게 보이는 것이 있었다. 탱크 1대였는데 승무원들이 스패너와 지렛대를 들고 무엇인가를 하고 있었다. 전우들이 전진한 뒤를 따라갈 준비를 하고 있는 것이었다. 아무래도 안내자가 목표로 삼은 곳은 전망대인 듯했다. 우리는 그 위로 올라갔다. 그러자 500야드도 떨어지지 않은 전방으로 힌덴부르크 전선이 끊어진 곳, 불과 몇 시간 전에 돌파한 곳이 보였다. 그 너머 다갈색 언덕에서는 커다란 전투가 벌어지고 있었다. 우리는 그것을 볼 수 있었다. 그러나 볼 만한 것은 그다지 없었다.

등성이를 지나자 내리막이 시작되었는데 영국의 힌드헤드처럼 음울하고 히스로 우거져 있었다. 전방에 마을이 있었다. 벨리코였다. 힌덴부르크 선은 이곳을 지나고 있었다. 이제는 고요함에 잠겨 있었으며 육안으로도 벌겋게 녹슨 철조망을 볼 수 있었다. 그러나 철조망은 아무런 도움도 되지 않았으며 그 너머에 있는 참호도 마찬가지였다. 그 너머에 있는 노로이 마을 옆의 희고 긴 선에서 증기와 같은 연기가 비를 머금은 어두운 하늘로 솟아오르고 있었다. "저것은 독일군의 연막입니다." 안내자가 말했다. "그들도 반격을 가할 생각인 겁니다." 그것만이, 어두운 평야에서 피어오르는 희고 긴 연기만이 전방에서 전투가 벌어지고 있음을 이야기해주고 있었다. 쌍안경으로 탱크 같은 것을 보았으나 부서진 것인지 행동 중에 있는 것인지 분간할 수 없었다. 저 너머에서 전투가 벌어지고 있었다. 최대의 전투였다. 그러나 어디를 보아도 움직이는 것은 눈에 들어오지 않았다. 요란스러운 소리만은 적막한 풍경 속에서도 뚜렷하게 들려왔다. 그러나 어디를 가든 소음은 들리는 법이다.

오스트레일리아군은 연기가 선을 이루고 있는 곳까지 전진해 있었다. 황야에서 솟아오른 사면에는 임무를 마치고 승리를 거둔 미국군이 대기하고 있었다. 지금 바라보고 있는 것이야말로 확실한 승리였다. 그것도 순식간에 달성한 것이었다. 그 증거로 우리는 지금 하루 만에 승리를 거두어, 빼앗겼던 땅보다 훨씬 앞쪽에 이렇게 서 있지 않은가? 부상병이 후방으로 호송되고 있었지만 전사자는 전혀 보이지 않았다. 왼편에서는 전투가 매우 격렬하게 펼쳐졌는데, 독일 병사는 커다란 동굴에 숨어 있다가 갑자기 모습을 드러내 공격을 방해하는 평소의 수법을 쓰고 있었다. 그 사실은 나중에 안 일이었고, 그때는 단지 전방에 펼쳐진 파노라마에만 정신이 팔려 있었다.

독일군의 포가 갑자기 눈을 떴다. 우리가 거기에 있었기에 수리 중이던 그 탱크에 적의 시선이 닿은 것이 아니기를 지금도 빌고 있다. 1발, 또 1발, 그 방향으로 탄이 떨어졌다. 전부 그곳까지 이르지는 못했지만 그래도 사격을 할 때마다 점점 다가왔다. 물러나야 할 시간이 온 것이었다. 의무도 아닌데 그러한 포탄 아래에 있는 것이 좋다고 말하는 사람이 있다면 나는 그 사람의 말을 결코 믿지 않을 것이다. 개중에는 폭발과 동시에 적갈색 연기를 피워

올려 가스탄임을 알려주는 것도 있었다. 우리는 전장으로 가도 좋다는 허가를 얻기 전에 한 사람씩, 작은 통이 악마의 연기를 내뿜는 방으로 들어가 제대로 하지 않으면 끔찍한 일을 당하게 된다는 위협을 받으며 가스마스크의 착용법을 배웠다.

허둥지둥 서두른 정도까지는 아니었으나, 그래도 우리는 지체하지 않고 황야를 가로질러 포탄이 점점 가까워지고 있는 가운데 채석장의 움푹 파인 곳까지 물러났다. 거기서 기분 좋게 휴식을 취했다. 왜냐하면 예의 포병 대위가 참호의 조그만 구멍으로 우리를 데리고 갔기에 적어도 더는 유산탄에 대한 위험은 느끼지 않아도 되었을 뿐만 아니라, 오스트레일리아 특유의 식사인 차와 육포를 내주었기 때문이었다.

독일군의 포화가 상당히 격렬해졌다. 전문가인 대위의 설명에 의하면 총공격을 받았던 적이 그 충격에서 벗어나 진지를 재구축하고 이제는 정상 전력을 회복해가고 있기 때문이라는 것이었다. 앉아 있는 곳보다 훨씬 후방에서 커다란 포탄이 터지는 것이 보였다. 만약 이처럼 든든한 베테랑과 함께 이야기를 나누며 오후의 차를 마시는 것이 아니었다면 커다란 두려움을 느꼈을지도 모른다. 화난 듯한 얼굴의 독일 포로가 구석에 앉아 있었고, 얽은 자국이 있는 기다란 얼굴의 오스트레일리아 병사는 찢어진 바지 사이로 무릎을 그대로 드러낸 채 한손에 시계 4개를 들고 그것을 팔기 위해 돌아다니고 있었다. 설마 시드니에서부터 이곳까지 들고 와서 그런 짓을 하는 것이라고는 여겨지지 않았다. 실제로 묵직해 보이는 독일풍의 시계였는데, 포로들은 그것을 또 다른 흥미로 바라보고 있는 듯했다.

거기서 돌아오는 길에 영국의 포병 중대를 가장 먼저 만났는데 전진을 위해 차에 포를 싣기에 여념이 없었기에 우리와 이야기를 나눌 여유조차 없는 모양이었다. 조금 더 가다 역시 영국의 고사포 부대를 만났는데, 이번에는 멈춰 서서 잠깐 이야기를 나누었다. 그들은 목표로 삼을 만한 적이 전혀 보이지 않아서 완전히 무료해진 모양이었다. 적색, 청색, 백색의 연합군 비행기가 제공권을 장악했기 때문이었다. 잠시 후 우리를 실은 차는 한 무너진 집 뒤에 멈췄다가 거기서부터 놀랄 만큼 다양한 색채의 사내들 사이를 뚫고 앞으로 나아갔다. 미국인, 오스트레일리아인, 영국인, 독일인, 그런 사람들이 도로를 걸어가고 있었다.

그 이후 참으로 섬뜩한 일이 일어났다. 전장을 어슬렁거리면 언제가 됐든 어떤 비극에 휘말리게 되는 것은 당연한 일일 테지만, 우리는 그때 중포가 아니라면 포탄이 미치지 못할 거리에 있었으며, 또 그 사격도 간헐적으로 행해지고 있었다. 우리는 차를 멈추고 래섬 대장이 길가에서 발견한 독일군 헬멧을 주워올리려는 모습을 바라보고 있었다. 그 순간 바로 앞에 있던 마을길의 모퉁이에서 커다란 폭발이 일어났다. 붉은 벽돌의 파편이 공중으로 날아올랐다. 그 바로 뒤에 우리는 차를 몰아 그 모퉁이로 돌아들었다. 그때의 광경은 누구도 잊지 못하리라. 중상을 입은 몇 필의 말이 괴로움에 몸부림치고 있었다. 머리를 치켜들기도 하고 땅에 처박기도 했다. 그 옆의 한 사내는 한쪽 팔이 날아가 위쪽으로 향한 소매로 피를 내뿜으며, 본인은 비틀비틀 걷고 있었다. 말 옆에는 한 남자가 머리끝에서부터 발끝까지 피로 물든 채 쓰러져 있었는데, 커다란 눈이 피투성이 얼굴 속에서 하늘을 올려다보고 있었다. 두 전우가 어떻게든 도움을 주려 하고 있었다. 그 끔찍한 정경을 마음에 새긴 채 우리는 앞으로 나아갈 수밖에 없었다.

템플루를 지나 페론으로 가는 큰길로 나서자 흥분되는 광경은 사라졌고 900명의 포로들이 줄줄이 지나는 것이 눈에 띄었다. 둑방길의 양편에는 오스트레일리아 병사들이 날카롭고 야무진 독수리와도 같은 표정으로 늘어서 있었다. 그 사이로 턱이 넓고 눈썹이 짙고 촌스러운 독일 병사들이, 이제 막 포로가 되어 당혹스러운 얼굴로 승리자들의 밝은 얼굴을 바라보며 걸어가고 있었다. 책에서 읽은, 전쟁에서 해방된 자의 안도감 같은 것은 그들의 표정에서 찾아볼 수 없었다. 두려움의 기색도 없었으며, 단지 둔감한 소와 같은 얼굴만 있을 뿐이었다. 사람의 행렬이라기보다는 짐승들의 무리 같았다. 저런 제복을 입은 시골뜨기가 위대한 독일제국을 대표하고 있었던 걸까 하는 생각이 들자, 우스워졌다. 한편으로 길가에 서 있는 용감한 병사들을, 독일 병사들은 겁쟁이라며 경멸하고 있었던 걸까 생각하자, 더욱 우스워졌다. 그들 가운데 한 사람이 쥐어짜내는 듯한 영어로 이렇게 외쳤다. "낡은 독일은 끝났다!"

　그날 저녁 나는 1200명 정도의 오스트레일리아 병사들 앞에서 이야기할 기회를 얻었다. 그들의 멋진 활약을 칭찬함과 동시에 그 군대의 72퍼센트, 부상자의 76퍼센트가 영국 출신의 영국인임을 상기시켰다.

　전쟁이 끝난 지금도 오스트레일리아 사람뿐만 아니라 전 세계가 이 사실을 알아야 한다고 생각하고 있다. 아무래도 영국인 이외에는 영국 병사의 빛나는 행동을 일부러 과소평가하려는 경향이 전 세계에 퍼져 있는 듯하다. 시골 취급을 받기에 영국은 너무 크다. 그러한 점을 이용하여 파고들려 하는 자는 소인배다. 당시의 오스트레일리아 신문은 그런 연설을 했다며 나를 비난했다. 그러나 나는 그것을 말할 필요가 있다고 느꼈던 것이다. 게다가 장교 가운데는 내게 감사의 말을 한 사람까지 있었다.

이것으로 오스트레일리아군 전선으로의 분주한 여행은 끝이 났다. 마침내 축하해야 할 종전의 날이 찾아왔다. 우리는 그날 아침 11시에 런던의 조용한 호텔에 있었다. 그 순간 수수하지만 멋진 드레스를 입은 부인이 회전문을 지나 안으로 들어왔다. 두 손에 조그만 국기를 들고 왈츠의 스텝을 밟으며 홀을 돌더니 단 한마디도 하지 않고 밖으로 나갔다. 그것이 그날 있었던 일의 시작이었다. 나는 거리로 뛰어나갔다. 물론 소식은 즉시 사방으로 퍼져갔다. 버킹검 궁전까지 걸어갔는데 군중들이 노래를 부르기도 하고 환호성을 지르기도 하고 있었다. 젊고 늘씬한 아가씨가 차 위로 올라가, 마치 구름에서 내려온 현대 복장의 천사처럼 사람들의 합창을 지휘하고 있었다. 우리는 커다란 자신감을 얻은 것이었다. 영국은 약해지지 않았다. 예전의 영국 그대로였다.

제31장 심령탐구

    나이를 먹어감에 따라서 점점 더 중요하게 여겨져 일상의 모든 에너지를 그곳에 쏟아 붓게 만든 것으로는 심령문제가 있으나, 나는 그것을 독자들에게 강요하려 하지는 않았다. 그러나 사상과 행동 면에서 내가 겪은 여러 모험에 대한 이야기를 마무리 짓는 단계에 이르러, 내 생애 가운데서도 가장 중요한 것이 되어버린 이 문제를, 설령 불완전한 형태라 할지라도 잠깐 이야기하지 않고 그냥 지나친다는 것은 있을 수 없는 일이다. 나의 생애는 그야말로 이것을 위해서 준비된 것이었다고 해도 좋을 정도다. 종교를 향한 마음의 점진적인 발전, 대중에게 이야기할 수 있는 길을 열어준 나의 책, 돈이 되지 않는 일에도 힘을 쏟을 수 있게 해주었던 얼마간의 자산, 생각을 전달하는 데 도움이 되어주었던 강연의 경험, 힘든 여행에도 버틸 수 있으며 커다란 홀에서도 여전히 1시간 반 동안이나 청중을 사로잡을 수 있는 목소리를 가진 육체상의 건강, 이 모든 것이 나도 모르는 사이에 준비되어 있었던 것이다.

    이 짧은 글 속에서 문제의 세세한 부분에 대한 이야기나 완전한 논의의 전개는 불가능하다. 게다가 심령연구에 대한 여러 저서에서 내가 어떻게 현재의 지식에 이르게 되었는지 명쾌하게 밝혔으니 여기서 다시 말할 필요는 없으리라.

라헬[217]의 목소리가 지상을 뒤덮고, 슬픔과 상실의 나날이 계속되고 있는 지금, 이와 같은 지식이 나를 찾아온 이유는 나 자신에 대한 위로뿐만이 아니라 그것을 필요로 하는 세계에 전하게 하기 위해 신께서 나를 특별히 선택하셨기 때문이라 여겨진다.

나는 이 활동을 통해서 나에게도 뒤지지 않을 만큼 명확하게 진리를 발견한 사람들을 여럿 알게 되었다. 그러나 생명의 본질에 반하는 '종교가'의 외침이나, 실험도 하지 않는 자들을 믿음으로 해서 과학의 모든 법칙을 깨버린 '과학자적'인 사람들, 이해도 하지 못한 채 하나의 운동으로 파렴치한 사기꾼들을 뒤에서 부추기고 있는 신문사의 목소리 등이 너무 요란스러워서, 사실을 알고 있는 사람들이 자신의 견해를 밝히기 꺼려하고 자신도 모르게 위축되어 있는 것이다. 이처럼 떠들썩한 사람들과 싸우기 위해서 나는 1916년에 하나의 운동을 시작했는데, 이는 상대방이 전부 쓰러질 때까지 계속할 생각이다.

나는 하나의 커다란 원조를 얻었다. 그때까지 아내는 나의 심령 연구를 위험하고 섬뜩한 것이라 여겨 늘 싫어했다. 그런데 아내 자신도 마침내 자신의 생각과 반대가 되는 경험을 하게 되었다. 즉, 몽스에서 전사한 그녀의 동생이 의심의 여지도 없이 뚜렷한 모습으로 우리를 찾아온 것이었다. 그때부터 그녀는 자신의 관대한 성질 모두를 바쳐, 우리 앞에 놓인 문제에 헌신해왔다.

커다란 애정을 가진 어머니였던 그녀는 아무래도 자녀들과 떨어질 수밖에 없는 경우가 종종 있었다. 가정을 사랑하는 그녀였으나 때로는 몇 개월 동안이나 집을 비울 수밖에 없는 경우도 있었다. 바다를 무서워하는 그녀가 기꺼이 나의 항해에 동행해주었다. 우리는 지금까지 심령연구를 위해서 5만 마일 이상을 여행했다. 우리는 25만 명이나 되는 사람들과 직접 이야기를 나누었다. 그녀의 사교성, 밝은 온건함, 커다란 자애, 연단 위에서의 우아한 모습, 그리고 개인적인 친밀함과 동정심이 하나가 되어 나의 일에 커다란 도움을 주었으며, 커다란 기쁨을 주었다. 사랑하는 아이들이 동행해서 우리 두 사람의 마음을 밝게 해주었다.

이 문제에 대한 공개 설명회는 국내에서의 3년 동안에 걸친 간헐적 강연 여행을 통해서 시작되었는데, 그 기간 동안 나는 주요한 도시 거의 대부분을 찾았으며, 심지어는 두어 번 방문한 곳도 있다. 어디서나 청중의 반응은 당연히 비판적이었으나 이치를 믿지 못하는 사람은 없었다. 반대한 것은 나의 이야기를 진지하게 듣지 않은 무리였으며, 문밖에서 반대 데모가 행해지기는 했으나 회장은 언제나 정숙했다. 수많은 강연회 중에서 방해를 받은 적은 한 번도 없었다. 내가 얼마나 커다란 격려를 받았는지는 흥미로운 문제다. 나는 강연 전이면 곧잘 몸이 무거워지는 것을 느끼고 전쟁에 대한 강연을 할 때는 답답함을 느끼는 적도 있었으나, 심령 문제에 대한 강연을 할 때면 강연 전이고 후고 피로는 전혀 느껴지지 않았다.

1920년 8월 13일에 우리는 오스트레일리아로 출발했다. 이번 전쟁에서는 오스트레일리아도 영국 못지않은 전사자를 냈다. 따라서 내가 뿌리는 씨앗이 커다란 열매가 되기를 기원했다. 나는 오스트레일리아와 뉴질랜드의 모든 대도시에서 수많은 청중에게 강연했다. 불행하게도 항만의 파업 때문에 태즈메이니아[218]에는 갈 수 없었으나 그 외의 활동은 완전한 성공이었다. 예상과는 달리 나는 다수의 일행(7명)의 비용 전액을 지불할 수 있었을 뿐만 아니라 후계자가 될 인물이라고 내가 선택한 사람을 위해서 약간의 자금도 남겨줄 수 있었다.

1921년 3월 말에 나는 다시 파리로 가서 대담하게도 프랑스어로 심령문제에 대한 강연을 했다. 그런 다음 영국으로 돌아왔지만 거기서도 차분하게 머물지는 못했다. 운동이 심하게 쇠퇴하고 있던 미국에서 다급하게 초대를 했기 때문이었다. 1922년 4월 1일에 일행은 미국으로 출발했다. 거기서 어떤 일이 있었는지는 『미국에서의 모험』에서 자세히 이야기했으니 여기서는 그 여행이 대성공이었으며, 보스턴에서부터 워싱턴까지, 뉴욕에서부터 시카고까지 수많은 도시에서 강연을 해서 이 문제에 관한 커다란 관심과 흥미를 다시 불러일으켰다고만 말하면 충분하리라. 1922년 7월 초에 영국으로 돌아왔다.

그러나 이 여행에서 거대한 서부, 미래의 토지인 서부로 발걸음을 옮기지 못했다는 사실이 마음에 남았다. 이에 우리는 1923년 3월에 다시 출발하여 8월에 돌아왔다. 이는 심령적으로 매우 흥미로운 것이었는데 그 모든 내용은 『나의 두 번째 미국 모험』에 기록되어 있다. 그 여행에서 돌아왔을 때 나는 3년 동안 5만 마일을 답파하고, 25만 명에게 이야기를 한 상태가 되었다. 그래도 아직 남부 사람들에게는 이야기를 하지 못했다는 점에서 나는 만족하지 못한다. 언젠가는 세 번째 여행을 하고 싶다.

나는 우리들의 경험을 기록해왔으나 그것이 일반 대중에게는 그다지 흥미 없는 것이라는 사실도 알고 있다. 그러나 지금 힘 쏟고 있는 운동이야말로 2000년 동안의 세계사 가운데서도 가장 중요한 것이라는 사실을 이해할 날이 올 것이라 생각한다. 인간 사상의 진보를 이해하는 현명한 사람들에게, 이와 같은 선구자들의 노력이 참으로 유익한 것이 될 날도 머지않은 듯하다.

나는 진리를 위해서 활동하는 수많은 인자 가운데 하나에 지나지 않는다. 그러나 적어도 이 문제에 적극적, 전투적인 힘을 불어넣은 것은 나라고 할 수 있을 것이다. 이전까지 전투적 요소는 완전히 결여되어 있었으나, 지금은 일반에게 강력하게 호소한 결과 어느 신문을 보아도 독자는 거기서 심령문제에 관한 기사나 비평을 볼 수 있을 것이다. 그러한 신문 가운데 설령, 참으로 무지하고 편견으로 가득 찬 것이 있다 할지라도 그것이 진리를 위해서는 조금도 방해가 되지 않는다.

수많은 심령가들은, 자신들은 이 멋진 마음의 위안을 가지고 있으나 세상 사람들이 그것을 거의 인정하지 않으니 세상 따위에는 신경 쓰지 말고 우리들만 확신을 가지고 행복을 맛보면 된다고 생각한다. 그러나 내게 그러한 견해는 부도덕한 것이라 여겨진다.

만약 신께서 지상에 위대하고 새로운 기쁨을 가르쳐주셨다면 그것을 명확하게 파악한 우리는 시간과 금전과 노력을 아끼지 말고 그것을 다른 사람들에게 전파해야 한다. 그것은 우리의 개인적인 기쁨을 위해서 주신 것이 아니라 세상 사람들을 위로하기 위해서 주신 것이다. 만약 환자가 의사에게서 등을 돌린다면 도울 방법이 없지만, 그래도 치료약만은 건네주어야 한다.

무감동, 무지, 물질주의의 벽을 깨는 것이 어려우면 어려울수록 오히려 우리는 포슈219)가 독일군에 대항했던 것처럼 불굴의 정신으로 거기에 맞서고 그 어려움에 도전해야 할 것이다.

지금까지 이 자서전을 읽어온 독자라면 내가 나름대로 건전하고 균형 잡힌 판단력을 유지해왔다는 사실은 인정해주시리라. 실제로 지금까지 나는 극단적인 견해를 품은 적은 없었으며 내가 한 말은 전부, 현실에서 일어난 사실을 반드시 증거로 가지고 있다. 그러나 이전까지의 사상이나 행동 그 어느 것도, 이번만큼 강한 확신을 주지는 못했다. 지금의 이 새로 얻은 지혜는 지상으로 퍼져나가 엄연한 근본 이론을 배제한 모든 인간사상을 완전히 혁신할 것이다. 이에 대한 확신만큼 강력한 것은, 나의 지난 경험 가운데 단 하나도 존재하지 않았다.

이 심령적 모든 사실과 비교하자면 모든 근대적 발명과 발견은 무의미한 것으로, 이 심령현상이야말로 몇 년 지나지 않아서 전 세계 인류의 마음으로 스며들게 될 것이다.

부차적인 여러 문제들, 흥미롭지만 중요하지 않은 문제들, 때로는 전혀 무관한 문제들의 개입 때문에 문제의 핵심이 흐려지고 말았다. 어떤 파의 연구자들은 중심문제의 바깥쪽만을 맴돌고 싶어 하며, 굳건한 확신을 갖고 있지 못한 사람들을 그런 곁길로 끌어들이려 한다. 언제나 자신의 머리만을 과신하는 과오를 범해서, 간단명료한 설명조차 진실이라는 사실을 결코 이해하지 못한다. 그는 자신의 지성 때문에 오히려 덫에 걸리는 것이며, 지성을 사용하기 때문에 진실한 길을 잃게 되는 것이다.

그러나 자신이 정한 목표를 향해서 착실하게 걸어가고 있는 훌륭한 연구자에게, 내가 위에서 한 말은 적용되지 않는다. 누구에게나 지식에 대한 이와 같은 소박한 태도가 필요하다. 이 문제는 이와 같은 겸허한 지적 태도로 받아들여야 할 문제로, 결코 가볍게 다루어져서는 안 된다.

나는 속임수가 전혀 존재하지 않는다고 주장하려는 것이 아니다. 그러나 속임수는 사람들이 생각하고 있는 것보다 훨씬 적다.

마술사나 일부 비평가들처럼 일반적으로는 속임수라고 생각하기 쉬우나 그런 의견은 논의의 대상조차 되지 않는다. 3개 대륙에서 맛본 뛰어난 영매들과의 경험 가운데, 가짜를 만난 것은 서너 번밖에 되지 않았다.

거짓 영매에는 의식적인 자와 무의식적인 자가 있다. 후자의 존재가 문제를 매우 복잡하게 만든다. 의식적인 거짓 영매는 참된 심령능력을 일시적으로 잃어 다른 것으로 대신하려는 데서 생겨나는 것이다. 무의식적인 거짓 영매는 내가 '반몽환 상태'라고 부르는 기묘하고 어중간한 상태에 떨어짐으로 해서 태어나는데, 그때 영매는 평상시와 다름없이 보이지만 그 행동에 대해서는 책임을 지지 못한다.

이는 유사피아 팔라디노의 경우에서 눈에 띄었지만 그 외에도 몇 번인가 보았다. 그러한 경우에는 영매가 밀실을 떠나 앉아 있는 사람들 사이를 돌아다니는데, 이는 코너 부인이나 마담 데스페랑스, 크래덕의 경우에서 일어났다. 이들 영매는 모두 자신의 참된 힘을 훌륭하게 증명해보였으니, 모든 것을 속임수라고 보는 것은 잘못이라고 확신한다.

한편 때로는 영매가 기묘한 헝겊이나 부속품을 사용하는 경우도 있는데 이야말로 인간이 범할 수 있는 가장 저급한, 그리고 혐오스러운 범죄라고 해도 좋으리라.

당연한 일일 테지만 사람들은, 어째서 그것을 진실이라고 확신하느냐고 내게 종종 묻는다. 내가 확신하고 있다는 사실은 다음과 같은 단순한 사실이 분명히 보여주고 있다고 생각한다. 즉, 그 진실을 사람들에게 이해시키기 위해서 나는 내가 좋아하고 내게 유리한 일도 내팽개치고, 오랜 시간 집을 비워야 하며 불편과 손해와 모욕을 감수해야 하는 생활을 오해도록 해오고 있다는 사실이다.

나의 설명을 자세히 쓰려면 1장이 아니라 책 1권이 필요할 것이다. 그러나 그것을 간단히 말하자면, 머리뿐만 아니라 나의 육체적 감각까지 영의 존재를 확인했기에, 내가 경험한 영의 출현의 대부분에 대해서 적절한 설명이 가능하다. 미스 베넷을 영매로 삼고, 다른 몇 명인가의 증인도 참석한 곳에서 나는 우리 어머니와 어린 조카인 오스카 호눙을 마치 살아 있는 사람처럼 분명하게 보았다. 어머니 얼굴의 주름과 조카의 주근깨까지 헤아릴 수 있을 정도로 분명하게 보였다.

어둠 속에서 어머니의 얼굴은 평화롭고 행복한 듯, 두 눈을 감고 머리를 약간 기울인 채 빛나고 있었다. 오른쪽에 앉았던 아내와 왼쪽에 있던 다른 여성, 두 사람 모두 내게도 뒤지지 않을 만큼 뚜렷하게 그 모습을 보았다. 왼쪽에 있던 여성은 생전의 어머니를 알지 못했는데 그녀는 이렇게 말했다. "어머님이 아드님을 정말 꼭 닮으셨네요." 이는 그녀가 얼마나 확실히 보았는지를 보여주고 있다.

어떤 때에는 아들이 돌아오기도 했다. 6명이 나와 아들의 대화를 들었고, 나중에 그 내용이 틀림없다는 증서에 서명을 해주었다. 그것은 아들의 목소리였으며, 의자에 앉아 깊은 숨을 쉬고 있는 영매는 전혀 알지 못하는 일들에 대해서 이야기를 나누었다. 만약 명예롭고 훌륭한 그 6명의 증언이 진실로 인정받지 못한다면, 그 어떤 사람이 하는 말도 진실로 인정받지 못할 것이다.

또 다른 때이기는 했으나 동생인 도일 장군도 같은 영매를 찾아왔다. 그는 남겨진 아내의 건강에 대해서 이야기했다. 그녀는 덴마크인이었는데, 그는 코펜하겐에 있는 안마사의 진료를 받으라고 말했다. 동생이 안마사의 이름까지 말했기에 조사를 해보니 그런 사람이 분명히 있었다. 이러한 지식은 어디에서 온 것일까? 그 부인의 건강을 그토록 걱정한 것은 누구일까? 만약 죽은 남편

아서 코난 도일

이 아니라면 그는 대체 누구란 말인가?

잠재의식에 대한 미묘한 이론 따위는, '나는 영이다. 나는 이네스다. 당신의 동생이다.'라는 간단명료한 한마디 앞에서 산산이 깨져버리고 만다.

나는 구체적인 손을 현실에서 몇 번이고 잡았다.

나는 그 당사자의 목소리와 기다란 대화를 나누었다.

나는 심령체 특유의 오존과도 같은 냄새를 맡았다.

내가 들은 예언 가운데 몇몇은 바로 적중했다.

나 외에는 손을 대지 않은 사진의 감광판에 '죽은 자'의 그림자가 희미하게 나타난 것을 보았다.

나는 아내가 전혀 알지 못하는 여러 가지 사실들을 적은 수첩을 아내에게서 직접 받았다.

나는 누구도 손을 대지 않았는데 무거운 물체가 공중을 떠가는 모습과, 그것이 보이지 않는 조종자가 명령한 쪽으로 움직여가는

것을 보았다.

밝은 방 속에서 심령들이 돌아다니며, 그 자리에 있던 사람들의 대화에 참가한 것을 보았다.

나는 그림에 서툰 여성이 예술가의 영에 씌워 그 자리에서 그림을 그렸다는 사실을 알고 있다. 그 그림이 지금 우리 집 거실에 걸려 있는데, 그것은 현존하는 수많은 화가들조차 미치지 못할 정도의 완성도를 가진 그림이다.

나는 위대한 사상가나 학자가 쓴 것이라 여겨지는 책을 몇 권이나 읽었는데 사실 그것은 학식 없는 사람이, 눈에 보이지는 않지만 자신보다 훨씬 더 우수한 영의 매개체가 되어 쓴 것이었다. 나는 어떤 작고한 작가의 독특한 문체를 읽었는데, 그것은 그 어떤 모방작가도 흉내 낼 수 없는 글이었으며 그 작가의 필체로 적혀 있었다.

나는 이 세상 사람의 성량을 뛰어넘는 목소리로 부르는 노래를 들었다. 또 숨을 들이쉴 틈도 없이 불어대는 휘파람도 들었다.

문과 창을 닫아버린 방 안에서 멀리 떨어진 곳에 있는 물체의 모습이 투영되는 것을 보았다.

만약 누군가가 이 모든 것들을 보고 듣고 느꼈으면서도, 여전히 자신 주위에 있는 보이지 않는 영의 힘을 믿지 않는다면, 그 사람은 오히려 자신이 정상인지 의심할 필요가 있으리라. 이처럼 수많은 증거를 본 사람이 저널리스트의 무책임한 언사나 경험이 부족한 과학자들의 비웃음을 마음에 둘 필요가 어디에 있겠는가? 이 문제에 관한 한, 그런 사람들은 어린아이여서 그의 까마득한 발 아래에 앉아 있는 존재에 불과하다.

그러나 이는 베이컨 이론[220]이나 아틀란티스[221]의 존재를 이야기할 때처럼 냉정하고 객관적인 논조로 이야기되어질 문제는 아니다. 이는 마지막 한 점까지도 개인적이고 개인적이며 근본적인 문제이다.

닫힌 마음은 지상에 묶인 혼으로, 당연히 어둡고 비참한 미래를 의미한다. 만약 미래에 무엇이 올지 알 수 있다면 그것을 피할 수도 있다. 알지 못하면 커다란 위험에 노출되어 버린다. 이를 세상 사람들의 귀에 들려줄 예레미야[222)나 사보나롤라[223) 같은 인물이 필요하다.

과학이 이 문제를 검토할 때 범하는 가장 커다란 오류는 심령 현상을 만들어내는 것이 영매가 아니라는 사실을 파악하지 못하는 데서 오는 것이다. 과학은 영매를 마치 마술사처럼 다룬다. 그리고 그것이 그에게서 생겨나는 경우는 거의 없으며, 단지 그를 통해서 오는 것이라는 사실을 이해하지 못한 채, '이러쿵저러쿵' 말한다. 나는 거의 없다고 말했다. 왜냐하면 매우 간단한 현상, 예를 들어서 톡톡 두드리는 것과 같은 현상은 영매 자신의 의지로도 어느 정도까지는 만들 수 있기 때문이다.

과학의 이와 같은 잘못된 견해 때문에 일반인들도 오해를 하게 된다. 즉, 초자연적인 힘과의 조화를 꾀하기 위해서는 의뢰자의 순수하고 민감한 마음, 영매에게는 편안하고 자연스러운 분위기가 절대로 필요하다는 사실을 무신론자들은 언제까지고 이해하지 못하는 것이다.

만약 모든 강령현상 가운데 최대의 것이라 할 수 있는 그 성령 강림[224)의 날 위쪽 방에서 일어났던 그 현상에, 적극적인 무신론자가 어리석은 논리를 들이댈 생각이라면 그 커다란 바람과 불의 말은 어떻게 설명할 것인가? '모든 것이 그 조화대로'라고 사도행

전의 필자는 말했는데 그것이 참된 조건인 것이다. 나는 성스러운 사람과 마주앉은 적이 있었는데 역시 세찬 바람을 느꼈으며 번뜩이는 혀를 보았고, 위대한 목소리를 들었다. 조화가 지배하지 않는 곳에 어찌 그와 같은 결과가 있을 수 있겠는가.

여기에 과학이 범한 커다란 과오가 있다. 누구나 알고 있는 것처럼 과학 자신의 어설픈 실험에서조차 한 조각 금속의 존재가 커다란 자기장치를 망칠 수 있다는 사실이 이를 보여준다. 그러한 사실이 있음에도 불구하고 하나의 심령 조건이 정신상의 실험을 뒤집을 수 있다는 사실을, 믿는 사람들이 들려주어도 그들은 결코 믿으려 들지 않는다.

그러나 이러한 관점에서 과학을 논하는 것은 사상의 혼란이리라. 랭키스터[225]와 같은 위대한 동물학자, 혹은 틴들[226]이나 패러데이[227] 같은 대화학자들도 그들이 전문으로 삼고 있는 것 이외의 문제에 대해서 발언하면 그 의견은 그다지 중히 여겨지지 않는다. 실제적인 일에 20년이나 종사해온 수많은 평범한 사람들이 그 편협한 과학자들보다 훨씬 더 견고한 입장에 자신을 두고 있는 것이다. 또한 참된 심령 지도자들, —수많은 경험과 독서와 사색을 행한 사람들이야말로 세계를 지도할 수 있는 입장에 선 참된 과학적 전문가들이다. 인간은 심령가가 되어도 자신의 판단력을 잃는 경우는 없다. 언제나 변함없는 연구가이며, 단지 그가 연구하고 있는 것을, 그 방법을 보다 잘 이해하는 사람이 될 뿐이다.

이 건방지고 무지한 사람들과의 논쟁은 그때만의 문제일 뿐 무엇 하나 해결하지 못한다. 참으로 중요한 논의는, 심령체와 그 외의 반물질적 대상을 연구하고 있으면서도 그 배후에 독립되어 있는 심령을 보려하지 않는 대륙 사람들과의 논쟁이다.

이와 같은 설명은 낡은 물질주의자들이 지키는 마지막 방어진지처럼 여겨진다. 그들은 브루스터[228]의 말에 동조하여 '영만은 우리가 끝까지 용납할 수 없는 것이다.'라고 말하며, 그 이유로 이렇게 덧붙인다. '그것은 50년에 걸친 우리의 연구를 뒤집는 것이기 때문이다.' 틀림없이 한 사람이, 두뇌가 정신을 지배한다고 평생에 걸쳐서 가르치면, 정신은 인간의 두뇌와 독립해서 작용한다는 생각은 도저히 승인할 수 없을지도 모른다. 그들의 견고한 물질주의야말로 우리가 지금 싸우려 하고 있는 진짜 적이다.

이 싸움의 최후는 어떻게 될까?

나는 짐작조차 할 수 없다. 근육의 전기적 경련을 처음으로 발견한 사람이 대서양 해저 전선이나 아크등을 어떻게 예상할 수 있었겠는가? 내가 알고 있는 것은 단지, 어떤 커다란 충격이 곧 인류를 찾아와 그것이 마침내 인류의 무감동성을 깰 것이며, 어떤 심령 현상에 의해서 후세 사람들도 우리가 이야기하는 모든 진리를 부정할 수 없게 되리라는 것뿐이다.

그렇게 되면 우리 운동의 참된 의미도 명확해질 것이다. 우리가 일반 사람들에게 이와 같은 생각을 제공하기 위해서 과학적 및 종교적 교사단을 준비하여 세상 사람들을 언제라도 지도할 수 있도록 해왔다는 사실이 새로이 인식될 것이기 때문이다.

커다란 재난에 대한 예언은 조심스럽게 행해져야 한다는 사실을 우리는 알고 있다. 그리스도를 둘러싼 사람들조차 철저하게 속아서 자신들의 시대에 세계가 파멸할 것이라고 분명하게 예언했다. 그 외에도 여러 신앙이 세계의 종말에 대한 공허한 예언을 행해왔다.

나는 이러한 사실 전부를 잘 알고 있으며, 한편으로는 그때를 예측하는 것이 얼마나 어려운 일인가도 잘 알고 있다. 이러한 모든 것을 고려한다 할지라도 이 문제에 대한 지식이 너무나도 자세하게 제시되었기에 나는 그것을 진지하게 받아들이지 않을 수 없는데, 인간의 경험에 어떤 커다란 분수령이 될 만한 일이 몇 년 안에 찾아올 것이라 생각하지 않을 수 없다.

이 문제에 접해본 적이 없는 사람들은 이렇게 물을지도 모르겠다. '그렇다면 당신은 거기서 어떻게 벗어날 생각이지? 어떻게 해야 안심할 수 있는 거지?' 이에 대해서 우리는, 그 결정적인 지식이 찾아온 이후 우리의 인생이 완전히 바뀌었다고 대답할 수밖에 없다. 더 이상 우리는 죽음에 갇혀 있지 않다. 우리는 계곡을 올라 봉우리 위에 서 있기에 전방에는 광활하고 맑은 광경이 펼쳐져 있다.

죽음이야말로 지상에서는 얻을 수 없는 행복으로 가는 입구라고 확신하고 있는 우리에게 죽음이 어찌 두려움일 수 있겠는가?

바로 뒤를 따라서 갈 것을 알고 있는데 우리가 어찌 사랑하는 사람들의 죽음을 두려워할 필요가 있겠는가?

만약 나의 아들이 아직도 살아 있어서 멀리 떨어진 곳의 육군 간호부대에서 일을 하고 있다면, 나는 지금 죽은 아들과 더 가까이 있다고 할 수 있다. 지금은 1개월에 1번, 아니 때로는 일주일에 1번이나 그와 교감하고 있다. 이와 같은 사실이 생명의 모든 양상을 변화시키고 죽음의 회색 안개를 장밋빛 새벽으로 바꾸는 것은 당연한 일 아니겠는가?

이러한 모든 확신은 기독교의 계시 속에 이미 존재하고 있다고 당신은 말할지도 모르겠다. 그것은 사실이다. 따라서 기독교가 오만한 태도가 아니라 겸허하게 그리스도의 가르침을 전한다면, 우리는 반기독교주의자가 아니다.

기독교의 모든 형식은 우리의 여러 계급 사이에서 태어났으며 때로는 여러 종파의 목사에 의해서 제시되었다. 그러나 성경에 제시되어 있는 한, 다른 세계의 모습은 어디에도 나타나 있지 않다. 우리가 얻을 수 있는 정보에 의하면 천국은 조화로운 일과 친밀한 유희로 성립되어 있으며, 생명의 모든 심적·물적 활동은 더욱 높은 영역에서 수행되고 있다.

반면 우리는 그들로부터 때로는 직접적으로 지옥에 대한 이야기를 듣는다. 그것은 죄를 씻기 위한 일시적인 영역인데 안개, 어둠, 정처 없는 방황, 마음의 미혹, 회한 등이 있다고 한다.

"우리의 상태는 끔찍한 것입니다." 얼마 전에 어떤 강신회의 한 사람이 내게 이런 내용의 글을 보냈다. 그러나 이러한 것들은 우리에게 진실이자 명확 것이며 증명할 수 있는 것이다. 바로 그렇기 때문에 우리는 참된 종교의 부활을 위한 거대한 힘인 것이며, 목사들이 우리에게 반대를 할 때면 그렇게도 안색을 바꾸는 것이다.

과학적 사상도 끝까지 파고들면 결국은, 모든 힘의 원천으로 물질적 원인이 아니라 정신적 원인을 추구할 수밖에 없게 되지 않는가?

모든 종교는 평등하다. 왜냐하면 모든 종교가 신의 뜻대로 온순하고 사심 없는 영혼을 낳기 때문이다. 기독교신자, 유대교신자, 불교신자, 회교신자 모두 자신들만의 교리는 버리고 각자의 고매한 교사를 따라서 하나의 공통되는 도의의 길로 나아가, 종교 세계를 기쁨이 아니라 저주로 만들로 있는 모든 적대감정을 잊어야 한다.

내가 희미하게나마 볼 수 있는 한에 있어서는 이상이 미래의 모습이다. 이 모든 것이 지금 우리가 이 가혹하고 차가운 세계 한가운데서 물을 주며 기르고 있는 씨앗 속에서 태어날 것이다.

내가 이 운동 속에서 어떤 특별한 지도력을 과시하고 있는 것이라고는 생각지 말아주었으면 한다. 나는 내가 할 수 있는 일을 하고 있는 것일 뿐이며, 나 외에도 많은 사람들이 각자가 할 수 있는 일을 하고 있다. 고난과 모욕을 견뎌 마침내는 현대의 사도로 인정받게 될 수많은 경건한 사람들이다.

이야말로 목소리와 펜을 동원해 내 남은 생애를 바쳐야할 일이다. 인간의 계획이란 덧없는 것으로, 커다란 손이 그것을 다시 움직일 때까지 가만히 기다리는 것이 현명하리라.

사전으로 보는 아서 코난 도일

1. 개요

1859년 5월 22일에 스코틀랜드 에든버러에서 측량기사인 찰스 도일의 아들로 태어났다. 아일랜드계 가톨릭 가정이었다. 대부(할머니의 오빠)로부터 '코난'이라는 성을 받아 '코난 도일'이라는 복합성이 되었다. 할아버지와 삼촌 3명은 성공했으나 아버지는 출세하지 못했으며 훗날에는 알코올 중독자가 되어 정신병원으로 보내졌기에 유소년기, 청년기에는 생활고를 겪었다.

삼촌들의 지원으로 예수회 계열의 학교를 졸업한 후, 1876년에 에든버러 대학 의학부에 진학, 1881년에 학위를 취득하고 졸업했다. 대학졸업 후, 의사로서 진찰소를 개업했으나 커다란 성공은 거두지 못했다.

환자를 기다리는 한가로운 시간을 이용하여 부업으로 소설을 집필, 잡지사에 투고하기 시작했으며 1884년에 셜록 홈즈 시리즈의 첫 번째 작품인 장편소설 『진홍빛에 관한 연구』를 발표했다. 1889년에 출판된 역사소설 『마이카 클라크』, 1890년에 출판된 홈즈 시리즈의 두 번째 작품인 『4개의 서명』, 1891년에 출판된 역사소설 『백색 군단』 등을 통해 소설가로 성공했다.

1891년에 이전까지의 진찰소를 닫고 무자격 안과의사로 활동을 시작했으나 환자가 전혀 오지 않았다. 이를 계기로 집필활동에만 전념하게 되었다.

1891년부터 『스트랜드 매거진』에 홈즈 단편소설을 연재하기 시작하여 폭발적인 인기를 얻었다. 그러나 그는 역사소설을 자신의 본분으로 생각하고 있었기에 홈즈 시리즈가 커다란 인기를 누리자 홈즈를 싫어하게 되었고 1893년에 발표한 「마지막 사건」에서 홈즈를 사망에 이르게 했다. 이후 나폴레옹 전쟁 시대를 무대로 한 제라르 준장 시리즈의 연재를 시작했다.

1900년에 보어 전쟁이 발발하자 의사 자격으로 의료봉사단에 참가하여 전장으로 향했다. 같은 해 10월에 행해진 해산총선거 때, 여당인 자유통일당의 후보로 에든버러 센트럴 선거구에 출마하여 전쟁 지지를 호소하였으나 낙선했다. 보어 전쟁이 게릴라전으로 치달아 초토화 작전이나 강제수용소 등 영국군의 잔학행위에 대한 국내외의 비판이 높아지자, 1902년에 『남아프리카 전쟁의 원인과 경과』를 발표하여 영국군의 오명을 씻기에 진력했으며, 그 공로를 인정받아 국왕 에드워드 7세로부터 기사에 서훈되었고 '서(Sir)'라는 칭호를 받았다.

1901년에는 오랜만의 홈즈 작품인 장편소설 『배스커빌 가의 개』를 발표했다. 작품 속 사건의 발생 연도가 「마지막 사건」보다 이전으로 설정되어 있어 사망한 것으로 되어 있는 홈즈가 이 작품에서 부활한 것은 아니었다. 1903년부터 재개된 홈즈 단편연재부터는 홈즈가 다시 살아난 것으로 설정되었다.

그는 "내게 홈즈와 같은 추리력은 없다."고 말했으나, '조지 에달지 사건'이나 '오스카 슬레이터 사건' 등에서 경찰의 잘못된 수사를 폭로하여 범인으로 지목된 사람들의 누명을 벗기기에 힘썼다.

1912년 4월에 있었던 타이타닉 호 침몰사건을 둘러싸고는, 승객·승무원의 영웅담의 진위 여부를 놓고 조지 버나드 쇼와 논쟁을 벌이기도 했다.

1912년에 챌린저 교수 시리즈의 첫 번째 작품인 『잃어버린 세계』

를, 이듬해에는 두 번째 작품인 『독가스 지대』를 발표하여 SF소설에도 진출했다.

1914년에 제1차 세계대전이 발발하자 정부와 군의 전쟁수행을 전력으로 지원했다. 군의 사기를 진작하기 위한 집필활동과 각 전선으로 돌아다니며 전의를 북돋우는 연설을 행하기에 힘썼다.

제1차 세계대전 이전부터 심령주의에 관심을 갖고 있었는데 전쟁 중에 가족들이 연달아 전사·병사하자 전후 심령주의에 한층 더 경도되었다. 만년에는 거의 모든 활동을 심령주의에 바쳤다. 1925년에는 챌린저 교수가 심령주의에 눈뜨는 『안개의 나라』를 발표했다.

1930년 7월 7일에 세상을 떠났다.

여러 분야의 작품을 썼으나 추리소설인 셜록 홈즈 시리즈의 명성이 가장 높았으며, 이 작품을 통해서 추리물의 여러 원형을 구축했다. 정치사상 면에서는 중세 기사도를 기초로 한 국가주의, 제국주의, 반공주의, 부인참정권 반대, 이혼법 개정 찬성 등의 입장을 취했다. 크리켓을 비롯하여 여러 가지 스포츠에 몰두한 스포츠맨이기도 했다. 전처는 루이스, 후처는 진. 전처와의 사이에 1남 1녀, 후처와의 사이에 2남 1녀를 두었다.

2. 출생과 출신

1859년 5월 22일에 스코틀랜드 노무국 측량기사보인 찰스 도일과 그의 아내인 메리의 장남으로 스코틀랜드 에든버러의 피카디 플레이스 11번지에서 태어났다.

찰스, 메리 부부의 자녀는 9명(무사히 자란 것은 7명)이었는데 그 가운데 아서와 누나인 아네트는 대부인 미술비평가 마이클 코난으로부터 '코난'이라는 성을 받아 '코난 도일'이라는 복합 성을 쓰게 되었다.

도일 집안은 14세기 프랑스에서 아일랜드로 이민한 노르만인의 가계였다. 경건한 가톨릭 일족이었기에 박해를 받는 경우가 많았다고 한다.

도일 가가 세상의 주목을 받게 된 것은 아서의 할아버지인 존 도일이 더블린에서 런던으로 나가 'H.B.'라는 필명으로 저명한 풍자화가가 된 뒤부터였다. 존의 장남인 제임스는 화가, 차남인 리처드는 일러스트레이터, 삼남인 헨리는 아일랜드 국립미술관 관장으로 각각 성공을 거두었다. 그러나 넷째 아들(다섯째 자녀)인 찰스(아서의 아버지)만은 일개 측량기사에서 출세하지 못했으며, 거기에 알코올 의존증이 있었기에 1876년에 직장을 잃고 요양소(후에 정신병원)에 들어가게 되었다. 그 때문에 유소년기 · 청년기의 아서는 가난한 환경 속에서 자랐다고 한다.

어머니 쪽인 폴리 가도 프랑스에서 아일랜드로 이주한 가톨릭 집안이었는데 계보를 거슬러 올라가면 프랑스에서 건너온 영국 왕실인 플랜테저넷까지 이어진다고 한다. 어머니는 그 사실을 늘 자랑스럽게 여겼다고 한다.

3. 학생 시절

유복한 큰아버지의 지원으로 1868년에 잉글랜드 랭커셔에 있는 예수회 계열의 기숙학교 호더 학원에 입학했다. 1870년에는 그 상급학교인 스토니허스트 칼리지에 진학했고 거기서 5년 동안 수학하였다. 만능 스포츠맨이었던 도일은 학교 크리켓부의 주장을 맡기도 했으나, 훗날에는 학교의 엄격한 체벌과 예수회 교사들의 '고집스러움'을 비판하기도 했다. 1875년에는 독일어 공부를 겸해 오스트리아 펠프키르히에 있는 예수회 계열의 학교에서 1년동안 유학했다.

오스트리아에서 귀국했을 무렵 어머니 메리는 생활비에 조금이라도 보태기 위해 한 의사에게 방을 빌려주고 있었다. 그 세입자의 영향을 받아 의사를 꿈꾸게 된 도일은 1876년에 에든버러 대학 의학부에 진학했다.

5년에 걸쳐 그 대학에 재학했으나 도일은 '신물이 날 정도로 길고 지루한 학업의 나날. 식물학, 화학, 해부학, 생리학과 대부분은 의료기술과는 그다지 관계가 없는 그 외의 필수과목을 배워야 했다.'고 당시의 상황을 말했다. 그러나 그곳에서 알게 된 조셉 벨 교수로부터는 커다란 영향을 받았다. 벨 교수는 조그만 특징에서 환자의 상황이나 경력을 유추해내는 인물이었는데, 도일은 그를 모델로 '셜록 홈즈'의 인물상을 만들어냈다고 한다. 또한 해부학 교수인 윌리엄 러더퍼드 교수의 호쾌함은 챌린저 교수의 인물상의 모델이 되었다고 한다.

대학 재학 중에 다윈의 진화론에 공감하게 되었기에 점차 가톨릭 신앙에서 멀어지게 되었다고 한다.

대학 통학로에 고서점가가 있었기에 헌책도 자주 읽게 되었다. 타키투스나 호메로스 같은 고전, 클래런던 백작의 『잉글랜드 반란사』, 스위프트의 『통 이야기』, 알랭 르네 르사주의 『질 블라스 이야기』, 윌리엄 템플 준남작의 에세이, 올리버 웬델 홈즈의 에세이, 토머스 매콜리의 에세이, 에드거 앨런 포의 소설 등에서 커다란 영향을 받았다.

스포츠에도 적극적으로 참가했다. 상대방만 나타나면 바로 권투 시합을 했으며, 럭비부에서는 포워드를 맡았다.

당시 도일의 두 누나가 포르투갈에서 일하며 집에 돈을 보내주고 있었기에 도일도 돈을 보태지 않으면 장남으로서 체면이 서지 않는다고 생각한 듯, 종종 의사 밑에서 조수로 일했으며, 1880년에는 7개월 동안 포경선에 선의로 승선했다.

1881년 8월에 의학사와 외과 석사학위를 취득했으나 성적은 평범했다.

4. 의사로서

대학 졸업 후인 1881년 10월에 아프리카 기선회사에 선의로 취직했다. 10월 말에 리버풀에서 출항한 아프리카행 마윰바 호에 승선했는데 승객이 차례차례로 말라리아를 앓아 그 치료에 악전고투하다 자신도 말라리아에 걸려 한때 생사의 경계를 오갔다. 기후도 더워서 견딜 수 없었다고 한다. 1882년 1월에 리버풀로 돌아왔는데 더 이상은 아프리카행 배의 선의를 계속할 마음이 들지 않아 퇴직했다.

그 후, 런던에 살고 있는 삼촌들을 만나 지원을 받으려 했으나 경건한 가톨릭 신자였던 그들은 신앙심을 잃은 도일을 돕지 않았다.

1882년 5월에 에든버러 대학의 동급생인 조지 버드의 권유로 플리머스의 버드 진찰소의 공동경영자가 되었다. 버드의 진찰은 파격적인 것으로 평판이 좋아서 손님이 많았으나 도일이 진찰을 분담하면서부터 손님이 줄었기에 2개월도 지나지 않아 둘의 관계는 파국을 맞았다. 버드가 "도일의 간판이 밖에 있기 때문에 손님이 주는 것이다."라고 비난한 것을 계기로 도일은 버드와 헤어질 결심을 하게 되었다.

1882년 6월 말부터 포츠머스의 교외인 사우스시에서 진찰소를 개업했다. 8년 동안 진찰소를 계속했으나 그 수입이 300파운드[229]를 넘는 해는 없었다. 이미 의사가 많은 지역이었기에 그 이상의 성공은 바랄 수 없는 상황이었다고 한다. 스포츠에 재능이 있었기에 지역사회에는 바로 녹아들어 볼링대회에서 우승하기도 하고 크리켓 클럽의 주장을 맡기도 하고 축구 클럽의 창립에 참가하기도 했다.

1885년에 병사한 환자의 누나인 루이스 호킨스와 첫 번째 결혼을 했다.

5. 부업으로서의 초기 집필활동

도일은 환자를 기다리는 동안 단편소설을 집필, 잡지사에 투고하기 시작했다. 1882년에는 「나의 벗, 살인자」를 『런던 소사이어티』에서 10파운드에 사주었다. 뒤이어 같은 해 말에는 포경선에서의 체험을 바탕으로 쓴 「북극성 호의 선장」을 『템플 바』에서 10기니에 샀다. 그리고 1883년에는 메리 실레스트 호 사건에 자극을 받아서 쓴 「J. 하버쿡 제프슨의 증언」을 『콘힐 매거진』에서 29기니에 사주었는데 이는 도일 초기 집필활동의 가장 커다란 성공이었다. 단, 팔리는 원고는 극히 일부였으며 대부분은 반환되어 돌아왔다.

단편소설은 푼돈벌이가 되기는 했지만 작가의 이름이 실리지 않았기에 일회성이라는 어려움이 있었다. 도일은 1885년의 결혼 이후 이대로 단편소설을 계속 써봐야 진전을 없을 것이라 생각했기에 단행본이 될 정도의 장편소설을 쓰기로 했다. 처음으로 『거들스톤 상회』라는 장편소설을 썼으나 출판해주겠다는 출판사가 좀처럼 나타나지 않아, 1890년에야 간행하게 되었다.

그 후인 1886년 3월부터 4월에 걸쳐서 집필한 장편소설이 셜록 홈즈 시리즈의 첫 번째 작품인 『진홍빛에 관한 연구』였다. 이것도 출판사가 좀처럼 나타나지 않았으나 1886년 10월 말에 워드 로크 사에서 25파운드라는, 단편 작품 정도의 가격으로 원고를 사주었다. 이 작품은 1887년 11월에 출판된 『비튼의 크리스마스 연감』에 게재되었다. 그 이듬해에 단행본으로 출판되었는데 반응은 그럭저럭 괜찮았다.

6. 소설가로서의 성공

『진홍빛에 관한 연구』가 출판되기까지의 사이에 『가스 앤드 워터 가제트』로부터 의뢰를 받아 독일어로 된 「가스파이프의 누출 검사」를 영어로 번역했다. 훗날 도일은 "세상 사람들은 『진홍빛에 관한 연구』가 내 일의 돌파구가 되었다고 생각할지도 모르겠지만, 사실은 그렇지 않다. 내가 투고한 것이 아니라 출판사로부터 의뢰를 받은 첫 번째 일이었다는 의미에서 이 번역이 나의 돌파구가 되었다."라고 이야기했다.

1887년 7월부터 1888년 초에 걸쳐서 17세기 후반에 있었던 몬머스의 반란을 묘사한 역사소설 『마이카 클라크』를 집필했다. 이 작품은 롱맨즈에 팔렸고 1889년 2월에 출판되었다. 평판이 꽤 좋아서 1년 사이에 3판을 찍었다. 훗날 도일 자신도 '이 작품이 나의 첫 번째 출세작이었다.'라고 말했다.

1889년에 미국의 J. B. 리핀코트 사로부터 의뢰를 받아 셜록 홈즈 시리즈의 두 번째 작품인 장편소설 『4개의 서명』을 집필했으며 1890년 2월에 영국과 미국에서 출판되었다. 이 작품의 평판도 좋았다.

『4개의 서명』 집필 후, 14세기를 무대로 한 역사소설 『백색 군단』의 집필로 되돌아갔다(이 소설은 집필과 사료 조사에 2년을 투자했다). 『마이카 클라크』와 『4개의 서명』의 평판이 좋았기에 콘힐 사가 잡지게재를 위해 200파운드, 단행본화를 위해 350파운드라는 높은 보수로 원고를 사주었다. 단행본은 전3권으로 출판되었는데 판매가 매우 좋아서 코난 도일의 소설가로서의 명성을 높여주었다. 이 책은 훗날 학교의 역사교육 교재로도 사용되었는데 그에 대해서 도일은 "오래도록 읽혀서 영국의 전통이 영광스럽게 빛나기 바란다."는 감상을 밝혔다.

7. 안과의로의 전직 실패와 본격적인 집필활동

1890년 8월에 독일 베를린에서 개최된 국제 의학회에서 로베르트 코흐가 새로운 결핵치료법을 발견했다고 발표했다. 여기에 마음이 끌린 도일은 곧 독일로 갔으나 코흐의 강연회 티켓을 손에 넣지 못했다. 포기하지 않고 코흐의 집으로 찾아갔으나 만나주지 않았다. 그러나 코흐가 행한 강연회의 메모를 입수하여 그것을 읽은 도일은 『데일리 텔레그래프』에 투고하여 코흐의 연구는 불완전한 것으로 결과가 나오지 않았다고 비판했다. 후에 코흐의 연구는 불충분한 것이라는 사실이 판명되어 가장 먼저 그것을 지적했던 그는 자부심을 느꼈다고 한다.

베를린에 머무는 동안 도일은 갑자기 안과의가 되겠다고 생각했다. 1890년 11월에 사우스시로 돌아와 진찰소를 닫고 1891년 1월[230]에 아내를 데리고 오스트리아의 수도 빈으로 이주하여 안과의 실습을 받았다. 그러나 도일의 독일어 능력이 전문적인 수업을 받을 수 있을 만한 수준이 아니었기에 곧 수업을 따라갈 수 없게 되어 빈에서의 안과의 자격취득을 포기했다. 6개월 예정이었으나 실습을 2개월만에 그만두고 1891년 3월 말에 런던으로 돌아왔다.

귀국 후에는 런던 몬태규 플레이스 23번지의 저택에서 생활하며 어퍼 윔폴 가에서 무자격 안과의를 시작했다. 그러나 런던에는 자격을 가진 안과의가 여럿 있었기에 무자격 안과의에게 진찰을 받을 환자는 없었다. 도일은 이 한가로운 시간을 이용하여 소설 집필에 힘썼다. 환자가 전혀 찾아오지 않는 안과 진찰소는 결국 문을 닫고 집필활동에만 전념하게 되었다.

진찰소의 문을 닫고 사우스 노우드의 교외인 테니슨 로드 12번지로 이사했다.

8. 셜록 홈즈의 대성공

이 무렵 도일은 같은 인물을 주인공으로 한 단편 연작물을 써보기로 한다. 그 주인공으로 선택된 것이 셜록 홈즈였다. 홈즈를 시리즈화하기로 한 것은 앞서 홈즈의 작품을 2편 냈기에 시리즈화에 가장 용이할 것이라고 판단했기 때문이었다.

이렇게 해서 쓰게 된 6편의 홈즈 단편소설을 1891년 1월에 막 창간한 『스트랜드 매거진』에서 편당 35파운드에 사주었고, 1891년 7월호부터 순차적으로 게재했다. 이 연재는 첫 회부터 화제가 되었으며 홈즈 시리즈가 폭발적인 인기를 얻어 『스트랜드 매거진』의 판매 부수도 증가했다. 호평에 응하여 다시 6편의 홈즈 단편소설을 썼고 1892년 1월호부터 연재되었다. 이 연재가 끝난 1892년 6월에 그때까지 발표한 12편의 홈즈 단편소설을 모아 『셜록 홈즈의 모험』이라는 제목으로 단행본을 출간했다.

도일 앞으로 홈즈 독자들의 편지가 여럿 오게 되었으나 그 대부분은 도일에게 보낸 것이 아니라 홈즈에게 보낸 것이었다고 한다(도일은 홈즈 앞으로 보낸 편지에 대해서는 '닥터 존 왓슨'의 이름으로 '안타깝지만 홈즈 씨는 외출 중입니다.'라는 답장을 보냈다고 한다). 또 사인을 요청하는 일도 많았으나 그것도 역시 '코난 도일'의 사인이 아니라 '셜록 홈즈'의 사인을 요청하는 경우가 많았다고 한다.

이 무렵 도일은 『북맨』에서 '전국에서부터 셜록 홈즈 앞으로 수많은 편지가 날아들고 있습니다. 어떤 때는 학생으로부터, 어떤 때는 열렬한 독자인 순회 세일스맨으로부터. 때로는 변호사로부터 법률상의 오류를 지적받는 경우도 있습니다. 셜록의 젊은 시절을 알고 싶다는 편지도 많습니다.'라고 말했다.

9. 역사소설을 지향

그러나 도일 본인은 역사소설이 자신의 본령이라고 생각했기에 역사소설가로 이름을 남기고 싶어 했다. 따라서 홈즈의 평판이 너무 높아지자 오히려 홈즈에 싫증을 내게 되었다.

첫 번째 홈즈 연재가 끝나자 홈즈는 잊고, 17세기 프랑스의 칼뱅주의에 대한 탄압과 그들의 미국 망명을 그린 역사소설 『망명자들』을 집필했다. 1892년 2월에 『망명자들』을 완성하여 『스트랜드 매거진』과 미국의 『하퍼스 뉴먼리스』에 발표했으며, 1893년에 단행본으로 발간했다. 나름대로 팔리기는 했으나 홈즈의 인기에는 미치지 못했다.

『스트랜드 매거진』은 도일에게 역사소설보다는 홈즈 시리즈의 속편을 써주었으면 좋겠다고 계속 요청했다. 그에 대해서 도일은 '1000 파운드의 보수를 준다면 12편의 홈즈 단편을 쓰겠다.'는 조건을 제시했다. 파격적인 보수를 조건으로 제시하여 『스트랜드 매거진』 쪽에서 포기하도록 만들 생각이었던 듯했으나 잡지사에서 이 조건을 진짜로 수락했기에 작품을 쓸 수밖에 없었다.

이렇게 해서 다시 쓰게 된 12편의 홈즈 단편소설은 『스트랜드 매거진』에 1892년 12월부터 발표되었으며 후에 『셜록 홈즈의 회상』으로 단행본화 되었다. 그러나 이 연재의 마지막 작품으로 1893년 12월호에 실은 「마지막 사건」에서 홈즈를 라이헨바흐 폭포에 떨어뜨려 죽은 것으로 묘사했기에 물의를 빚었다. 도일은 이 연재를 시작하기 전에 어머니에게 보낸 편지에서 '나는 마지막에 홈즈의 목숨을 빼앗음으로 해서 이 일을 끝마치려 하고 있습니다. 홈즈 때문에 다른 훨씬 더 멋진 일을 생각할 여유가 없어졌기 때문입니다.'라고 토로했다.

홈즈의 존재를 지운 도일은 1894년부터 나폴레옹 전쟁시대를 묘사한 '제라르 준장' 시리즈의 집필을 시작했다. 처음 8편은 1896년에 『제라르 준장의 공적』으로 단행본화 되었으며, 뒤를 이은 8편은 1903년에 『제라르의 모험』으로 단행본화 되었다. 제라르 준장 시리즈도 상당한 인기를 얻었으나 세상에서는 여전히 홈즈 시리즈의 재개와 홈즈의 부활을 요구하는 목소리가 컸다.

10. 보어 전쟁에서의 의료봉사활동

남아프리카에 제국주의적 야심을 품고 있던 솔즈베리 후작 내각의 식민지 장관 조지프 체임벌린은 남아프리카의 보어인 국가인 트란스발 공화국을 몰아붙여 1899년 10월에 트란스발 공화국이 영국에 선전포고를 하게 만들었다. 그러나 보어인이 지리적 이점을 이용하여 전투에 임했기에 침공해온 영국군에게 커다란 타격을 주었다. 전사자가 증가하자 영국에서는 인도인 등 식민지 사람들을 대신 싸우게 하여 영국인의 인적 손실을 줄여야 한다는 주장이 활발하게 진행되었다.

이에 대해서 도일은 『타임스』에 '식민지 사람을 병사로 전장에 보내자는 의견이 각 방면에서 강해지고 있는데 영국인이 한 사람도 전장에 나가지 않고 식민지 사람들로 메우려는 것은 명예롭지 못한 일이다.'라고 주장함과 동시에 자신도 영국군에 종군하기로 결심한다. 종군을 반대하는 어머니에게 편지를 보내 도일은 '저는 어머니로부터 애국심을 배웠습니다. 그러니 저를 원망하지 마십시오. 병사로서 어느 정도 도움이 될지는 모르겠지만, 저는 모범을 보이는 사람으로 국가에 봉사할 수 있으리라 생각합니다. 아마도 저는 누구보다도 영

국의 젊은이들, 특히 스포츠를 사랑하는 젊은이들에게 강한 영향을
줄 수 있으리라 여겨집니다. 그러니 젊은이들의 모범이 되는 것이 중
요합니다.'라고 설득했다.

그러나 도일은 이미 40세를 넘은 나이였기에 육군의 병역검사에서
떨어졌다. 도일은 어쩔 수 없이 종군을 포기했으나, 그 대신 50명으
로 구성된 의료봉사단을 전지로 파견하겠다는 친구 존 랭맨의 계획
에 의사 자격으로 참가하게 되었다.

랭맨 의료봉사단은 1900년 3월에 영국령 케이프 식민지의 수도인
케이프랜드에 도착하여 로버츠 경이 이끄는 영국군의 진군로를 따라
가며 부상자 · 발병자를 치료했다. 도일도 쉴 새 없이 헌신적으로 일
했다.

1900년 6월에 영국군은 트란스발의 수도인 프리토리아를 함락시
켰다. 도일은 점령지인 프리토리아에서 영국군 사령관인 로버츠 경과
회견하고 의료봉사단의 활약을 보고했다. 프리토리아 함락으로 전쟁
의 대세는 이미 기운 듯 보였기에(실제로는 게릴라전이 펼쳐져 2년
동안 더 지속되었으나), 도일은 이번 전쟁에 대한 총괄적인 집필을
위해, 그리고 곧 행해질 총선거에 출마하기 위해, 7월에 귀국길에 올
랐다.

귀국 후에 곧 『대 보어 전쟁』을 집필했으나 이 저작은 프리토리아
함락으로 보어 전쟁이 끝난 것이라는 전제하에 쓴 것이기에 그 후 보
어 전쟁이 게릴라전으로 번지자 시류에 맞지 않는 것이 되어버렸다.

11. 총선거 출마와 낙선

도일은 보어 전쟁 이전부터 정계진출에 대한 의욕을 매스컴 지면
에서 표명해왔다.

그랬기에 1900년 10월의 해산총선거를 앞두고 보수 여당인 자유통일당과 야당인 자유당에서 저명한 작가인 도일을 자기 당의 후보로 세우려 했다. 도일은 자유통일당에서 출마하기로 결정했다. 이 당은 조지프 체임벌린과 데번셔 공작 등 아일랜드 자치에 반대하는 자유당 의원이 자유당에서 탈당하여 만든 정당으로 이 무렵에는 보수당과 연립하여 여당을 형성하고 있었으며, 전쟁 지지를 표명했다.

자유통일당 집행부에서는 여당후보의 당선이 유력한 선거구를 마련해주겠다고 했으나, 도일은 그것을 거절하고 '스코틀랜드 급진파의 보루'라 불려 여당후보의 당선이 쉽지 않은 에든버러 센트럴 선거구에서 출마했다.

그 선거구의 자유당 후보는 출판업자인 조지 매켄지 브라운이었는데 도일은 자신과 그 사이에 사회문제나 지역 선거구에 대한 관심사항에는 커다란 차이가 없음을 강조함으로 해서 쟁점을 보어 전쟁의 찬반으로만 좁힌 뒤, '남아프리카의 밝은 미래에 대한 전망'과 '커다란 흐름 속에서 말[馬]의 방향을 바꾸는 것의 위험성'을 주장하여 여당 지지를 호소했다.

그러나 선거 전날, 복음파 신자가 도일을 '교황파 공모자', '예수회의 밀사', '프로테스탄트신앙의 파괴자'라고 비방·중상하는 현수막을 들고 행진했고 그로 인하여 도일은 유권자들로부터 광신적인 가톨릭교도라는 오해를 받아 선거의 흐름이 불리해졌다고 한다(적어도 도일 본인은 그렇게 생각했다).

선거 결과는 브라운 3028표, 도일 2459표로 도일은 낙선했다. 그러나 이전 선거에 비해서 자유당 후보의 표를 1500표나 잠식한 결과가 되었기에 당에서는 일정한 성과가 있었다고 평가한 듯했다. 참고로 총선거 전체의 결과는 여당의 압승이었다.

12. 영국군 옹호운동

한편 보어 전쟁은 게릴라전쟁으로 바뀌어 있었다. 민가가 게릴라의 활동거점이 되고 있다고 본 영국은 초토화 작전을 실시했다(1900년 9월에는 게릴라가 공격한 지점에서 직경 16km 내에 있는 마을은 불태워도 좋다는 방침이 세워졌다). 영국군의 초토화 작전으로 마을에서 쫓겨난 보어인은 대부분 강제수용소에 수용되었는데 그 환경이 열악해서 2만 명 이상이 목숨을 잃었다.

국내외에서 영국군의 잔학성에 대한 비판의 목소리가 커졌다. 그러나 대영제국의 확대가 세계에 도덕과 질서를 가져다준다고 믿었던 도일은 이러한 비판에 철저하게 반론을 가했다. 도일은 1902년 3월에도 영국군을 옹호하는 소책자인 『남아프리카 전쟁의 원인과 경과』를 저술했다. 그 안에서 그는 영국군의 초토화 작전에 대해 '영국군이 민간인의 집을 불태운 것은 그곳이 게릴라의 거점이 되었을 경우뿐', '책임은 애초에 게릴라 전법을 쓴 쪽(보어인)에 있다.'고 옹호했다. 강제수용소에 대해서는 '불에 탄 마을의 부녀자를 보호하는 것은 문명국 영국의 의무다. 수용소 내에서는 식량도 충분히 공급하고 있다. 그럼에도 불구하고 수용자들의 사망률이 높은 것은 질병 때문이다. 영국군 내에서도 병사자가 속출하고 있으니 차별적인 대우 때문이 아니다.'라고 옹호했다. 또한 영국 군인에 의한 보어인 부녀자 강간에 대해서는 '어떠한 전쟁에서도 여성은 기혼·미혼과는 상관없이 증오에 노출된다. 피할 수 없는 일이다.'라며 비판을 일축했다.

이 소책자는 정부와 전쟁 지지자들로부터 열렬한 지원을 얻어 발매 6주 만에 30만 부를 돌파했다. 도일은 자신의 주머닛돈과 모금한 자금으로 이 소책자를 가능한 한 여러 언어로 번역하고 각국에 배포하여 영국의 국제적 오명을 씻기 위해 노력했다. 이 활동을 정부로부터 인정받아 1902년 10월 24일에 국왕 에드워드 7세로부터 기사작위를 받았다. 이후 '서'라는 칭호를 사용하게 되었다. 그와 동시에 명예직인 서리 주 부지사에도 임명되었다.

13. 홈즈의 부활

보어 전쟁에서 돌아온 지 8개월쯤 지난 1901년 3월에 도일은 친구와 노퍽의 온천에 갔는데 거기서 친구로부터 다트무어에 전해지는 마견(魔犬)에 관한 전설을 들었다. 흥미를 느낀 도일은 현지조사를 행한 뒤 몇 개월간에 걸쳐 홈즈 장편소설인 『배스커빌 가의 개』를 완성했다. 이 작품은 『스트랜드 매거진』 1901년 8월호부터 8회에 걸쳐서 연재되었다.

오랜만에 발표된 홈즈 작품에 홈즈 팬들은 크게 기뻐했으나, 그것은 사망한 홈즈가 부활한 것이 아니라 사건 발생일을 「마지막 사건」 이전으로 설정한 이야기였다.

홈즈의 부활에 대한 열망이 더욱 높아져가고 있는 가운데 도일은 마침내 홈즈를 부활시키기로 결심하고 1903년의 『스트랜드 매거진』 10월호부터 새로 연재하기 시작했는데, 그 새로운 연재의 첫 번째 작품인 「빈집의 모험」에서 '바리쓰'라는 일본 무술을 사용하여 홈즈가 죽지 않을 수 있었다고 설정했다. 이 새로운 연재 13편은 1905년에 『셜록 홈즈의 귀환』이라는 제목으로 단행본화 되었다.

1906년의 『스트랜드 매거진』 7월호부터 『백색 군단』의 자매편인 역사 장편소설 『나이젤 경』을 발표했다. 도일은 이를 자신의 최고 걸작이라고 자부했다.

1906년에 아내 루이스가 결핵으로 사망했다. 도일은 1897년에 만

낳을 때부터 첫눈에 반했으나 아내에 대한 배려 때문에 프라토닉적 관계에만 머물러 있던 진 레키와 1907년에 재혼했다. 이를 계기로 크라우보러로 옮겨 신혼생활을 시작했다.

14. 형사사건에 개입

도일 스스로는 '내게 홈즈와 같은 추리력은 없다.'고 말했으나, 그는 다음의 2가지 사건에서 억울한 사람의 누명을 벗기는 데 공헌했다.

14-1. 에달지 사건

그 첫 번째 사건은 버밍엄에서 가까운 그레이트 와일리에서 발생한 '조지 에달지 사건'이었다. 이는 1903년의 6개월 동안에 걸쳐서 지역의 우마들이 누군가에 의해 배를 찔려 살해당한 사건이었다(상처는 깊지 않았으나 길었으며, 가축들은 출혈과다로 죽었다).

지역 경찰로부터 의심을 받은 것은 인도계 변호사인 조지 에달지였다. 에달지는 이전까지도 심한 인종차별을 받았으며 지역 경찰과 주민들의 혐오의 대상이었다. 위의 사건이 발생하자 에달지를 범인이라고 고발하는 괴문서가 지역 경찰과 주민들에게 보내졌다. 경찰은 그 괴문서도 에달지의 자작극이라고 판단하여 에달지의 집을 가택수사했다. 그리고 혈흔인 듯한 작은 얼룩과 말의 털이 부착된 옷이 발견되었다며 에달지를 가축 살해 용의자로 체포했다. 괴문서의 필적도 에달지의 필적이라고 감정되었다. 재판에서 에달지에게 유죄 판결이 내려졌고, 채석장에서의 중노동형 7년에 처해졌다.

그러나 경찰이 필적 감정을 의뢰한 감정관은 다른 사건의 재판에서도 감정을 제대로 하지 않은 것으로 악명이 높은 인물이었으며, 에달지가 채석장에서 중노동을 하고 있는 동안에도 가축이 살해당하는 사건이 발생했기에 에달지 누명설이 강해져 내무성에 재심을 청구하는 목소리가 쇄도했다. 내무성은 1906년 10월에 에달지를 가석방했으나 가석방 이유는 설명하지 않았으며, 유죄판결을 거두어들인 것도 아니었다. 이러한 처사에 분개한 에달지는 신문을 통해서 스스로의 무죄를 호소했다.

이를 읽고 사건에 관심을 갖게 된 도일은 재판기록을 살펴보고 범행현장을 둘러보았으며, 또 에달지 본인과도 만났다. 도일은 에달지를 만난 순간 그의 무죄를 확신했다고 한다. 도일이 에달지를 방문했을 때, 에달지는 눈을 가까이 대고 옆으로 비끼듯 해서 신문을 읽고 있었는데 예전에 안과 공부를 했던 도일은 그 모습을 보고, 그가 안경으로도 교정하기 힘들 정도의 근시와 난시를 가지고 있다는 사실을 꿰뚫어보았다. 그랬기에 그가 어두운 밤의 들판 속에서 축사나 가축의 위치를 특정하여 살해하는 것은 불가능한 일이라고 생각한 것이었다.

도일은 증거의 재감정을 실시하여 경찰의 엉터리 수사를 차례차례로 폭로했다. 에달지가 쓴 것이라 감정된 괴문서를 다른 필적 감정인에게 보였더니 에달지의 필적이 아니라는 결과가 나왔다. 말의 털이 부착되어 있던 웃옷은, 그 옷을 경찰서로 가져갈 때 말가죽 자루에 넣었기에 부착되었을 뿐이라는 사실도 밝혀냈다. 또한 같은 옷에 묻어 있던 혈흔인 듯한 얼룩에 대해서는 '제아무리 솜씨 좋은 암살자라 할지라도 어둠 속에서 말을 찔렀는데 3펜스짜리 동전만 한 혈흔 2개밖에 남지 않는다는 것은 도저히 있을 수 없는 일.'이라며 문제 삼지 않았다.

저명한 작가인 코난 도일이 사건에 대해서 발표했기에 사건에 대한 국내외의 관심도가 매우 높아졌다(미국의 『뉴욕 타임스』는 1면으로 보도했다). 그랬기에 영국 정부로서도 이 사건을 어중간한 상태로 내버려둘 수 없게 되었다. 1907년 봄에 사건의 재심사를 행할 '에달지 위원회'가 설치되었다. 그러나 그 멤버로 경찰에 유리한 사람들을 뽑았기에 위원회는 가축 살해에 대해서 에달지의 무죄를 인정했음에도 불구하고 괴문서를 쓴 건에 대해서는 유죄를 뒤집지 않았다. 그 결과 에달지는 특사를 받았지만, '어느 정도까지는 에달지에게도 책임이 있다.'고 결론 났기에 3년 동안의 중노동형에 대한 형사보상은 인정되지 않았다. 도일은 여기에 실망해서 서로를 감싸고도는 관리들의 체질을 비판함과 동시에 이 사건은 영국 재판의 오점이 될 것이라고 주장했다.

14-2. 슬레이터 사건

1908년 12월, 스코틀랜드 글래스고에서 매리언 길크리스트라는 나이 많은 여자가 다이아몬드 브로치를 도둑맞은 채 살해당했다. 경찰이 용의자로 지목한 것은 유대계 독일인 오스카 슬레이터였다. 슬레이터는 도박과 범죄에 가까운 행동을 일삼는 등, 평소 소행이 좋지 않았고 그 직전에 다이아몬드 브로치를 전당잡혔을 뿐만 아니라 가명으로 배를 타고 뉴욕으로 도항했기에 한편으로는 의심스러운 인물로 보이기도 했다. 또한 유대인이었기에 사람들에게 인종적 편견으로 바라보게 하기에도 아주 좋은 표적이었다.

경찰조사는 엉성했다기보다, 그를 범인으로 몰아가기 위한 악의를 담고 있었다. 예를 들어서 증인들에게 범인의 사진이라며 슬레이터의 사진을 미리 보여주어, 슬레이터가 범인이라고 증언하도록 유도했다. 유일한 물적 증거인, 슬레이터가 전당포에 맡겼다는 다이아몬드 브로치도 길크리스트의 것과 일치하지 않았으며 전당포에 잡힌 시점 역시 살인사건 전이라는 사실이 판명되었으나 경찰은 그러한 정보들을 은폐했다.

뉴욕에 있던 슬레이터는 범죄인도에 관해 당국으로부터 협박을 받았기에 자발적으로 영국에 귀국해서 체포되었다. 그리고 재판을 받았는데 경찰에 의한 증거 날조와 은폐, 변호사와 재판관의 엉성함으로 인해서 사형 판결을 받고 말았다. 당시의 스코틀랜드에는 형사사건의 상소제도가 없었기에 슬레이터가 할 수 있는 일이라고는 이제 국왕 에드워드 7세에게 자비를 청하는 것밖에 남아 있지 않았다. 여론은 슬레이터를 동정했으며 2만 명이나 되는 사람들이 감형탄원서에 서명했다. 아마도 그 영향 때문일 테지만 사형집행 이틀 전에 종신중노동형으로 감형되었다.

도일은 1910년에 이 사건에 관한 증거의 모순을 다룬 윌리엄 러프헤드 변호사의 소책자를 읽고 사건을 알게 되었으며, 누명을 쓴 것이라고 확신했으나 에달지 사건에서 본 관리들의 결탁·은폐에 넌덜머리가 났기에 이번에는 쉽사리 일에 관여하려 들지 않았다.

그러나 조사하면 조사할수록 에달지 사건보다 더 억울한 누명이라는 사실을 알게 되었기에 결국 그는 일에 관여하기로 결정했다. 1912년 여름에 소책자 『오스카 슬레이터 사건』을 출판했다. 그 속에서 도일은, 슬레이터가 가명을 사용하여 미국으로 도망친 것은 젊은 정부와 함께 있다는 사실을 아내에게 들킬까 두려워했기 때문이지 경찰에게서 벗어나기 위해 그렇게 한 것은 아니라고 지적했다. 또 흉기라 여겨진, 슬레이터 소유의 소형 망치에 대해서는 '압정을 뽑거나 작은 석탄 덩어리를 깨는 것 이상의 일을 하면 한계를 뛰어넘게 된다.'고 지적했다. 또한 유대인에 대한 인종적 편견이 그가 누명을 쓴 이면에

뿌리 내리고 있다는 점도 지적했다.

　도일의 개입으로 사건이 이목을 끌게 되자 사건을 담당했던 형사 존 트렌치 경장이 양심의 가책을 견디지 못하고 경찰에서 증언을 날조했다고 폭로했다. 그러나 재판소는 이 폭로가 재심의 이유가 되지는 않는다며 기각했고, 또 트렌치 경장은 경찰 상층부의 압력으로 해고되어 연금을 받지 못하게 되었다. 부패한 경찰의 모습에 깜짝 놀란 도일은 잡지 『스펙테이터』에서 '이 사건은 경찰의 무능함과 완고함을 보여주는 가장 좋은 예로, 범죄걸작집에 불멸의 이름을 남길 것이다.'라고 말했다.

　그 후, 이 사건에 대한 움직임은 10년 이상이나 없었다. 그 사이에도 슬레이터는 복역을 계속했으며, 도일이 사법 당국에 몇 번이나 재심청구를 요청했지만 받아주지 않는 상황이 계속되었다.

　1925년 2월에 16년째 복역 중이던 슬레이터가 교도관의 눈을 속이고 석방된 친구를 이용하여 도일에게 도움을 청하는 편지를 보냈다. 이를 읽은 도일은 이 문제에 다시 본격적으로 관여하기로 결심했다. 도일은 저널리스트인 윌리엄 파크가 슬레이터의 무죄를 주장한 저작 『오스카 슬레이터에 대한 진실』의 출판(1927년 7월)에 협력했다. 이 책이 여론에 커다란 영향을 주어 사건에 관한 언론의 재조사가 열성적으로 진행되었다. 1927년 11월에 신문 『엠파이어 뉴스』가, 경찰에서 신청한 증인이 경찰로부터 '슬레이터가 범인이라고 증언하라.'는 협박을 받았다는 사실을 밝혀냈다. 『엠파이어 뉴스』의 라이벌 신문인 『데일리 뉴스』도 경찰이 증인에게 뇌물을 주었다는 사실을 밝혀냈다. 언론의 보도전쟁으로 경찰부패의 실태가 더욱 폭로될 것을 두려워한 영국 정부는 같은 기간에 갑자기 슬레이터를 석방하여 이 문제를 진압하려 했다.

슬레이터는 석방되었으나 여전히 무죄로 인정받은 것은 아니었다. 도일은 틈을 주지 않고 슬레이터의 명예회복 및 부당한 형벌에 대한 형사보상 청구를 행했다. 이번에는 재심을 인정받았으나 슬레이터에게는 돈이 없었기에 재판비용은 지원자들의 모금 및 1000파운드의 자금원조로 지불되었다. 재판 결과, 슬레이터는 공식적으로 무죄 판결을 받았으나 형사보상은 겨우 6000파운드밖에 되지 않아 18년에 걸친 부당 투옥에 대한 것치고는 너무 적었다. 게다가 재판 비용을 전액 부담하지 않으면 안 되었다(도일은 형사보상으로 1만 파운드, 재판비용은 전액을 국가가 지불하는 것이 타당하다고 생각하고 있었다).

도일은 어디까지나 사법·경찰의 부패를 바로잡기 위해서 행동한 것이었지 슬레이터 개인의 성품을 좋아했던 것은 아니었기에(도일은 강렬한 국가주의자였기에 슬레이터처럼 부도덕하게 생활하는 떠돌이 코스모폴리탄을 싫어했다) 무죄판결을 받은 후에는 슬레이터와의 관계를 끊을 생각이었다. 그가 감사의 마음으로 보낸 선물도 전부 돌려보냈다. 또 도일은 슬레이터가 지원자들에게 재판비용을 반환하지 않았다는 점을 비판했다. 도일에게는 커다란 금액이 아니었기에 자신에 대한 반환은 아무래도 상관없었으나, 다른 가난한 지원자들에게 채무를 떠넘기려는 듯한 행동은 용납할 수 없었던 것이다. 도일은 슬레이터에게 '자네는 내가 지금까지 만났던 사람 중에서도 가장 배은망덕하고 어리석은 사람일세.'라고 비난하는 편지를 보냈다.

15. 타이타닉 호 침몰사건을 둘러싼 논쟁

1912년 4월에 타이타닉 호 침몰사건이 일어났다. 각 언론이 하나같이 승객과 승무원들의 영웅적 행동과 멜로드라마를 보도했는데, 문학자인 조지 버나드 쇼는 그런 분위기에 반발하여 소문이나 꾸며낸 이야기를 실제 있었던 영웅담처럼 써대는 언론의 선정적 체질을 비판했다. 그러나 도일은 친구를 타이타닉 호 사건으로 잃었기에 승객·승무원들의 영웅신화를 깨뜨리려 하는 쇼를 용서할 수 없었다. 쇼의 주장을 '지나치게 삐뚤어진 마음에서 나온 생각'이라고 비판했다.

쇼는 처음 빠져나온 40인승 구명보트에 탄 것이 남자 10명, 여자 2명이었음을 들어 부녀자가 우선적으로 구조되었다는 이야기는 근거가 없는 것이라고 주장했으나, 도일은 쇼가 '특수한 상황에서 빠져나온' 1호 보트의 예밖에 들지 않았다고 비판하고, 그 다음 보트에는 70명이 탔는데 그 가운데 65명이 여성이었다는 사실을 지적, 철저하게 부녀자가 우선되었다고 반론했다(지금은 타이타닉 호의 승객 가운데 여자는 4명 중 3명까지 생존했으며, 남자는 5명 가운데 4명까지 목숨을 잃었다는 사실이 판명되었다. 따라서 이 논쟁에서는 도일이 옳았다고 할 수 있다).

또한 쇼는 에드워드 스미스 선장의 영웅담(바다를 헤엄쳐 어린이를 구했다고 보도되었다)은 영국 해운의 문제점을 얼버무리고 있다는 점에서 '영국 해운의 승리'라고 논했으나, 도일은 '스미스 선장의 영웅적 행동은 단순한 사실이지 '영국 해운의 승리'와는 아무런 관계도 없다. 쇼 씨가 그렇게 생각하고 있는 것일 뿐이다.'라고 반론했다. 다시 말해서 쇼는 스미스 선장의 영웅담의 진실성을 의심했으나, 도일은 그것을 믿었던 것이다.

승객이 공황 상태에 빠지지 않도록 하기 위해 배가 기울기까지 연주를 멈추지 않았다는 타이타닉 호 악단의 영웅담에 대해서도 쇼가, '혼란회피를 위한 명령에 따른 것일 뿐, 그 곡 때문에 승객에게 위기감이 생기지 않아 살아날 수 있었던 많은 사람들까지 목숨을 잃었다.'

고 비판한 데 대해서 도일은 '설령 명령받은 일이라 할지라도 그 현명한 명령과 단원들의 영웅적 행동에 대한 가치는 조금도 떨어지지 않는다. 혼란을 피하는 것은 옳은 일이며, 그런 방법을 취한 것 역시 훌륭한 방법이었다.'라고 반론했다.

도일에게는 '커다란 비극적 사건에는 커다란 영웅이 필요'하다는 신념이 있었기에 영웅담에 과장, 혹은 날조가 있었다 할지라도 문제 삼지 않았다. '이 사건을 영국의 영광을 강조하는 데 이용했다는 비판이 있지만, 용기와 규율이 최고의 형태로 나타난 것이라 보고 이를 명예로 삼지 않는다면, 우리는 진짜 패전국민이 되어버린다.', '천재라고 할 수 있는 인간이 그 재능을 활용하여 자국민에 대한 잘못된 사실을 전달하고 공공연히 비판하는 모습을 보는 것은 참으로 씁쓸한 일이다. 그것은 슬픔에 잠긴 사람들을 더욱 슬픔에 잠기게 만드는 행위일 뿐이다.'라고 도일은 말했다.

16. 챌린저 교수 창조와 대전 전의 동향

1912년에는 SF소설인 챌린저 교수 시리즈의 첫 번째 작품인 『잃어버린 세계』를 간행했다. 선사시대의 생물이 생존하고 있는 남미의 아마존 지역을 챌린저 교수가 여행하는 이야기다. 도일의 환상적인 상상력이 높이 평가받고 있는 작품이다.

그리고 이듬해인 1913년에는 다시 챌린저 교수를 주인공으로 하는 『독가스 지대』를 집필했다. 지구가 독가스 지대를 통과하여 챌린저 교수 등 5명을 제외한 전 인류가 사망한 줄 알았으나 사실은 정신을 잃었던 것에 불과했다는 이야기인데, 도일 연구자 가운데는 이 혼수 상태에서 깨어난 후의 세계가 바로 심령주의적 '피안'을 말하는 것으로, 이 작품이 도일의 첫 번째 심령주의 작품이라고 주장하는 사람도 있다.

1911년에는 독일과 영국에서 행해진 자동차 레이스인 프린츠 하인리히 트라이얼에 참가했다. 이때 도일은 독일군 사이에서 영국과의 개전이 불가피하다는 의식이 높아져가고 있다는 사실을 깨닫고 영국의 전쟁준비가 충분하지 않다는 점을 걱정했다고 한다.

대전 직전에는 『위험!』을 저술했다. 이는 영국이 '노어랜드'라는 가상의 국가와 전쟁을 하게 되었는데 노어랜드의 잠수함이 왕립 해군을 따돌리고 영국의 상선에 커다란 타격을 주어 영국이 파멸하게 된다는 가상의 전쟁기이나, 이 저작은 후에 제1차 세계대전에서 독일의 잠수함에 의한 영국 상선 공격 전략을 예견한 작품으로 평가되었으며, 독일의 해군 장관은 도일을 '예언자'라고 불렀다고 한다.

17. 제1차 세계대전

1914년 8월에 제1차 세계대전이 발발하자 도일은 애국자로서 전면적으로 정부의 전쟁에 협력하기로 결심했다.

도일은 자신이 살던 크라우보러에 전국에서 가장 먼저 '의용군'이라 칭하는 민병단을 창설했다. 이 조직은 군으로부터도 주목받아 후에 '제6근위 서식스 의용연대 크라우보러 부대'로 재편성되었다. 도일은 대전 전 기간을 통해서 이 부대에 일개 병사로 소속되어 있었다.

정부와 군은 유명 작가인 도일을 전의 고취를 위해 철저하게 이용하기로 하고, 도일에게 각지의 전선시찰과 종군기 집필을 의뢰했다. 그 요청을 흔쾌히 받아들인 도일은 각 전선을 돌아다니며 사기를 높이기 위한 연설을 행했다. 도일은 어느 전선에서나 장병들에게 인기가 좋았다고 한다. 1915년부터는 전쟁사인 『프랑스 및 플랑드르에서의 영국의 군사작전』을 집필하기 시작, 1920년에 전6권으로 완성했다. 대전 중의 도일은 전에 없이 정력적으로 활동했으며 스스로도 '나의 신체적 절정기'라고 평했다.

1916년 말에 강력한 총력전 체제 · 전시체제 구축을 주장하는 로이드 조지가 총리로 취임하여 도일도 정부로부터 전쟁에 한층 더 협력해줄 것을 요청받는다. 그러나 군에 의한 사회감시도 강화되어 도일이 쓴 역사서도 군의 검열로 수정 · 삭제되는 경우가 많았기에 도일의 초조함은 깊어져만 갔다. 로이드 조지를 칭송하는 공식 전기를 써달라는 요청도 있었으나 도일은 총리의 전기를 쓰는 것이 지금의 전쟁 수행에 필요하다고는 여겨지지 않는다며 거절했다.

홈즈와 관련해서는, 개전 전인 1914년 4월에 완성한 장편 『공포의 계곡』이 『스트랜드』에 1914년 9월호부터 9회에 걸쳐 연재되었다. 또한 전황이 복잡해진 1917년에는 홈즈가 독일군 스파이의 의표를 찌른다는 내용의 단편 「마지막 인사」를 전의 고양을 위해 집필했다. 이 작품은 같은 해 9월에 『스트랜드』에 게재되었는데 '셜록 홈즈의 전쟁에서의 임무'라는 부제가 붙여졌다. 이 작품과 1908년부터 1913년에 걸쳐서 발표한 홈즈 단편은 1917년에 『셜록 홈즈의 마지막 인사』로 단행본화 되었다.

그러나 도일이 맹목적으로 애국의 깃발만 흔든 것은 아니었다. 그는 1916년에 대전을 틈타 반란을 일으킨 아일랜드의 독립운동가 로저 케이스먼트 경의 사형집행 연기를 요청하는 탄원서에 서명하기도 했다(그러나 보람도 없이 케이스먼트는 반역죄로 곧 처형되었다).

대전 중 도일은 친족을 여럿 잃는 비극에 휩싸였다. 아내 진의 동생인 말콤 레키가 처음 전사했으며, 뒤이어 처남과 두 조카가 전사했다. 1918년 10월에는 26세인 장남 킹슬리가 전선에서 얻은 병으로 사망했다. 1919년 2월에는 젊은 동생 이네스가 병으로 세상을 떠났다.

18. 본격적인 심령주의 활동

도일은 제1차 세계대전 전부터 심령주의에 관심을 가지고 있었기에, 제1차 세계대전에서의 친족들의 죽음이 원인이 되어 심령주의에 들어갔다고는 말할 수 없으나 이를 계기로 심령주의에 강하게 경도된 것만은 틀림없는 사실인 듯하다. 1918년에 저술한 최초의 심령주의에 관한 저작 『새로운 계시』 속에서 도일은 '전쟁으로 많은 사람들의 죽음을 맞이하게 되어 비탄을 맛보던 중에 우리의 사랑하는 사람은 사후에도 여전히 살아 있다는 확신에 달하게 되었다.'고 말했다.

제1차 세계대전 이후의 도일은 심령주의의 포교를 자신의 사명으로 여긴 듯했다. 영국뿐만 아니라 오스트레일리아, 미국, 유럽 각국, 남아프리카, 로디지아, 케냐 등을 방문해서 심령주의에 관한 강연을 행했다. 1925년에는 파리에서 개최된 국제 심령주의자연맹 회의의 의장을 맡았다. 제1차 세계대전 후 도일이 심령주의 포교를 위해 투자한 금액은 25만 파운드가 넘는 것으로 알려져 있다.

코팅리의 두 소녀(15세와 9세)가 요정의 사진을 찍었다고 해서 화제가 되었던 코팅리 요정사건에 대해서 도일은, 그 사진을 진짜라고 판단하여 『스트랜드 매거진』 1920년 12월호에 그것을 게재케 했다. 그리고 1922년에는 『요정의 도래』라는 제목으로 이 사건을 책으로 출판했다. 도일이 이를 믿은 것은 소녀들에게 위조사진을 만들 기술 등이 있을 리 없다고 생각한 점도 있었다. 이 사진의 진위는 오래도록 논쟁의 대상이 되었으나 60년 이상이 지난 뒤인 1983년에 이르러 사진을 찍은 두 소녀(이때는 이미 할머니)가 책에서 요정의 그림을 오려 찍은 위조사진이라는 사실을 함께 인정했기에 최종적으로는 위조라고 결정되었다.

『스트랜드 매거진』 1925년 7월호부터 심령주의 소설인 『안개의 나라』를 연재하기 시작했다. 완고하게 심령주의를 받아들이지 않던 챌린저 교수가 심령주의에 눈을 뜨게 된다는 이야기인데, 물론 이 작품 속 챌린저 교수에는 도일 본인이 투영되어 있다. 또한 영국의 심령주의 탄압에 관한 법령을 비판적으로 묘사했다.

『스트랜드 매거진』의 의뢰로 홈즈 단편도 집필했으나 이 시기의 홈즈 작품은 셜로키언들로부터도 완성도가 떨어진다는 평가를 받는 경우가 많다. 도일에게 있어서 홈즈는 이제 심령주의 포교의 편리를 위한 자금과 명성을 유지케 해주는 것 이외의 의미는 없었기에 열정을 쏟아 붓지 못했기 때문이라 일컬어지고 있다. 또한 홈즈의 무대가 되는 빅토리아 왕조와 에드워드 왕조가 작가에게 먼 과거의 시대가 되었기 때문이라고 보는 견해도 있다. 이 시기에 쓰인 홈즈 단편작품은 1927년에 『셜록 홈즈의 사건수첩』으로 단행본화 되었다.

1929년에는 아틀란티스 침몰에서 살아남은 인류가 심해탐사선에 의해 발견된다는 내용의 SF소설 『마라코트 심해』를 발표했다.

19. 사망

1920년대부터 심장발작을 일으키는 경우가 많아져 의사로부터 휴양을 권고받았으나 만년의 도일은 심령주의 포교를 최우선으로 여겼기에 의사의 권고를 받아들이지 않고 적극적으로 심령주의 강연을 행했으며 집필활동도 계속했다. 1929년에는 심장발작이 빈번하게 일어났으며 1930년 봄에 일시적으로 회복되는 듯했으나 여름이 되자 다시 악화되었다.

사망 직전인 1930년 7월 1일에는 제임스 1세[231] 시절에 제정된 법률로, 심령주의 탄압을 위해 다시 이용되고 있는 '마녀법'의 철폐를 진정하기 위해 내무부장관인 존 로버트 클라인스를 방문했는데 이 일로 체력이 상당히 떨어졌다.

1930년 7월 7일 아침 7시 30분, 쇠약해져서 크라우보러의 자택에 누워 있던 그는 가족에게 부탁하여 침대에서 창가의 의자로 자리를 옮겼다. 그곳에서 서식스의 전원풍경을 바라보며, 또 가족들의 보살핌을 받으며 8시 30분 무렵에 조용히 숨을 거두었다. 숨을 거두기 며칠 전에 도일은 '독자들은 내가 수많은 모험을 해왔다고 생각하겠지. 하지만 무엇보다 위대하고 빛나는 모험이 지금부터 나를 기다리고 있다.'고 적었다.

그의 죽음이 알려지자 전 세계의 팬들로부터 수많은 조문이 날아들었다. 대량의 꽃다발이 도일의 집으로 보내졌기에 그 수송을 위한 특별열차가 배치되었을 정도였다. 아내인 진도 남편과 마찬가지로 심령주의에 심취해 있었기에 쓸쓸해하기는 했으나 슬퍼하지는 않았다고 한다. 진은 '심령은 그것이 깃들어 있던 육체가 소멸하면 거기에서 벗어나 다음 세계로 이동한다. 따라서 남편은 새로운 심령 세계에 계속 살아 있다.'고 말했다. 따라서 7월 11일에 자택에서 행해진 장례식도 장례식이라기보다는 여름의 가든파티처럼 행해졌다고 한다.

도일의 무덤에는 '강철처럼 진실하고 칼날처럼 곧은 아서 코난 도일. 기사, 애국자, 의사, 그리고 문학자'라고 새겨져 있다.

20. 도일과 홈즈

도일은 만년인 1927년에 '그(홈즈)는 원래 그럴 생각이 아니었는데 꽤 오래 쓰게 되었다.', '고마운 친구들이 더 읽고 싶다고 자꾸만 청했기에 어쩔 수 없이 쓴 것이다. 덕분에 아주 조그만 씨앗이 이처럼 꿩장한 것으로 성장했다.'고 말했다.

한때 홈즈의 존재를 지워버린 적도 있는 도일은 종종 '셜록 홈즈를 싫어한 사내'라고 표현되지만, 훗날 그는 이렇게 말해서 홈즈와 '화해'했다. '홈즈를 부활시킨 것을 나는 조금도 후회하지 않는다. 그런 가벼운 작품을 썼다고 해서 사실(史實)이나 시, 역사소설, 심령현상 연구에 관한 저작, 극작과 같은 여러 장르의 창작활동을 통해서 자신의 한계를 시험하고 발견하려 했던 행위가 특별히 방해받은 것은 아니기 때문이다. 만약 홈즈가 처음부터 없었다면 나는 지금만큼의 일을 하지는 못했을 것이다. 단, 좀 더 진지한 다른 작품을 인정받는 데 있어서 그가 약간의 짐이 되기는 했던 듯하다.'

21. 정치사상

도일은 대부분의 당시 영국인들과 마찬가지로 열광적인 제국주의자였으며 '대영제국의 확대가 도덕적 선을 추진한다.'고 믿어 의심치 않았다. 따라서 1898년에 영국군이 수단을 침공했을 때 『코로스코의 비극』을 저술했는데 그 안에서 마흐디의 난[232]을 일으켜 영국의 지배에서 벗어난 마흐디 교도들을 '광신적 전제자'라고 비판했다. 1899년부터 1902년에 걸쳐서 벌어졌던 보어 전쟁 때는 영국군의 여러 잔학행위에 대한 '변호사' 역할에 힘을 쏟았고 그 공적을 인정받아 국왕 에드워드 7세로부터 기사작위를 받았다. 자유통일당 후보로 선거에 출마하기도 했는데, 이는 그 당이 가장 강경하게 제국주의전쟁을 추진하고 있었기 때문이었다.

도일의 대영제국관은 그의 역사소설 속에서 볼 수 있는 중세 기사도 찬미와도 상호 보완관계에 있었다. 도일은 기사도의 강자에 대한 찬미는 그대로 세계 최강국 대영제국에 대한 신봉, 기사도의 약자에 대한 배려는 그대로 대영제국의 관대한 식민지정책에 반영되어 있다고 생각했다. 덧붙여 말하자면 벨기에 왕인 레오폴드 2세의 잔학한 콩고 식민지 지배에 대해서는 비판적이어서, 그 범죄적 통치를 규탄하는 『콩고의 죄악』을 저술하기도 했다.

여성관도 중세 기사도에 뿌리를 내리고 있어서, 남자는 강해야 하며 여성을 보호해야 한다고 생각했다. 따라서 도일은 무의미한 여성차별을 폐지하는 데에는 찬성했으나, 여성이 남성의 분야로 진출하는 것에는 반대했다. 예를 들어 이혼사유를 둘러싸고 남녀차별을 규정하고 있던 이혼법 개정운동에는 적극적으로 협력했으나 정치라는 남자들의 세계에 여성들의 진출을 촉구하는 부인참정권에는 강하게 반대했다. 도일은 부인참정권에 대해서 '여성에게 선거권을 준다한들 어떤 이익도 없다.', '여성이 정치운동을 한다는 것 자체가 역겹고 여성답지 못하다.'고 말했다. 그 때문에 부인참정권 지지자의 증오의 대상이 되기도 했으며, 1909년에는 자택의 우편함에 황산이 뿌려진 일도 있었다. 1914년에 미국을 방문했을 때도 한 미국의 신문은 '셜록이 온다. '광기어린 여자들'의 린치를 기대'라는 표제어를 썼다.

반공주의자이기도 해서 제1차 세계대전 중에 러시아에서 일어난 공산혁명을 강하게 혐오했다. 러시아 혁명에 대해서 '마치 강건했던 한 사람(제정러시아)이 갑자기 눈앞에서 흐물흐물 부패물(소비에트 연방)로 변해버린 듯하다.', '머지않아 마침내 공산주의 정권은 붕괴하고 다시 강고하고 건전한 러시아인이 되살아날 것이다.'라고 말했다. 도일이 훗날 심령주의에 경도된 데에는 공산주의에 대한 반발도 영향을 준 듯하다. 또한 영국 노동당의 온건한 사회주의도 영국적이지 않다며 싫어했다.

도일은 철저한 국수주의자였으나 미국에는 호감을 갖고 있어서

'앵글로 색슨인이 세계를 리드해야 한다.', '세계의 미래는 영미 양국의 결합에 달려 있다.'고 말했다. 1900년에는 『영미 융화』라는 소논문을 저술하여, 이 두 나라의 결합이 선의로 실현되지 못한다면 곧 러시아로부터의 위협에 대한 방어수단으로 마지못해 결합하게 될 것이라고 예언했다.

22. 심령주의

심령주의는 19세기 중반부터 세계각지에서 성행했다. 영국에서의 심령주의 유행은 유럽이나 아시아에서의 유행에 영향을 받은 것이었으나 일단 그것이 전파되자 영국은 심령주의가 가장 활발한 나라가 되었다.

도일과 심령주의의 첫 만남은 20세 때인 1880년으로, 버밍엄에서 행해진 '죽음은 모든 것의 끝일까'라는 제목의 심령주의 강연을 통해서였는데 당시의 도일은 '유물론자'였기에 불신감을 가지고 심령에 관한 이야기를 들었다고 한다. 그러나 적지 않은 숫자의 과학자들이 심령술을 인정하고 있다는 사실을 알게 된 도일은 케임브리지 대학의 교수인 프레드릭 윌리엄 헨리 마이어스가 실재한다고 주장한 텔레파시를 스스로 실험한 결과 거기에 성공한 듯, 심령현상에 대해서 자신은 너무 고집스러웠다고 반성했다고 한다.

그 후 도일은 강령회에도 참가하게 되었다. 처음 강령을 체험했을 때는 그 영이 엉터리 정보를 말했기에 도일은 실망했으나, 두 번째 강령을 체험했을 때는 자신밖에 알지 못하는 정보를 말했기에 심령이 입증된 것이라 느꼈다고 한다. 그리고 그 체험으로부터 6년이 지난 1893년 11월에 심령현상연구협회에 정식으로 입회했다.

냉정한 논리의 화신인 홈즈를 낳은 도일이 심령주의조직에 입회했다는 사실이 한편으로는 모순처럼 보이기에 당시나 지금이나 도일을 비난하는 사람들은 그 점을 비판하기도 하고 비웃기도 하지만, 당시 심령주의는 영국 각계의 권위 있는 사람들이 널리 믿고 있었다. 도일이 입회했을 때 심령현상연구협회의 회장은 훗날 총리가 된 정계의 중진 아서 밸푸어였으며, 철학자인 윌리엄 제임스, 박물학자인 앨프리드 러셀 월리스, 물리학자인 올리버 로지, 화학자인 윌리엄 크룩스 등 유명한 과학자들도 회원이었다.

이 무렵의 도일은 아직 그렇게 열심히 심령주의를 연구하지는 않았던 듯하다. 앞서 이야기한 것처럼 도일의 심령주의에 대한 본격적인 경도는 가족들의 전사가 속출한 제1차 세계대전 이후였다. 1920년대의 도일은 건강이 계속 악화되었으나 심령주의 포교에 전력을 기울였다. 자신의 남은 인생은 오로지 그것만을 위해서 주어진 것이라고 생각했다고 한다.

23. 스포츠맨

도일은 선천적으로 체격이 좋았기에 스포츠를 좋아했다.

특히 크리켓을 잘해서 매릴리번 클리켓 클럽의 투수와 타자로 활약했다. 윌리엄 길버트 그레이스를 아웃시킨 적도 있다고 한다.

축구에서도 활약하여 40대까지 경기를 했다. 골프와 당구도 즐겼다.

아마추어 복서이기도 했는데 상당히 강했다고 한다. 도일은 '무기를 사용하지 않는 가장 공정하고 남자다운 스포츠'라며 권투를 절찬했다.

단, 도일은 스포츠에 대한 자신의 실력을 '어느 종목도 전문적으로 한 것은 아니었기에 어느 종목에서나 2류에 지나지 않았다.'라고 겸

허하게 말했다.

24. 평가

도일 본인은 '굳이 말하자면 수준이 낮은 작품'이라고 했던 셜록 홈즈 시리즈가 도일의 작품 가운데서는 지명도가 가장 높다. 『스트랜드 매거진』의 홈즈 담당편집자였던 그린하우 스미스는 '셜록 홈즈와 왓슨 박사는 모두에게 친숙한 이름이다. 지금 이 두 사람의 이름은 거의 보통명사화 되어 있다.', '이는 어떤 작가라도 자랑스럽게 여길 만한 위업이다. 셜록 홈즈는 틀림없이 영어로 쓰인 소설 가운데서 가장 친숙하고 가장 널리 알려진 등장인물일 것이다.'라고 말했다.

홈즈 시리즈의 매력은 물론 도일의 재능에 의한 부분이 크다. 도일의 문장은 간결하고 평이해서 읽기 쉬우며 함축적이기도 하다. 이야기의 간결한 구성력이 높이 평가되고 있다. 또한 도일은 홈즈 시리즈를 통해서 밀실, 암호, 다잉 메시지, 독살, 일인이역, 시체 바꿔치기, 위장살인, 뜻밖의 흉기, 뜻밖의 은닉장소 등 추리물의 기본적인 트릭 패턴을 거의 전부 완성하기도 했다.

그러나 홈즈 이외의 작품은 지명도가 낮다고 할 수밖에 없다. 도일 자신이 걸작이라 생각했던 『백색 군단』이나 『나이젤 경의 모험』 등과 같은 역사소설조차 지금은 거의 읽히지 않는다. (위키피디아)

(미주)

1) 16, 7세기 무렵 프랑스의 신교도. 피카디는 프랑스 북부의 한 지역.
2) 커다란 조선소로 이어지는 길.
3) 아일랜드의 정치·경제·문화의 중심지.
4) 1756~1828. 영국의 풍자만화가.
5) 바스의 제3급(최하위) 훈장.
6) 1841년에 창간된 주간 만화지.
7) 1810~1888. 요크셔 출신의 시인.
8) 16, 7세기에 전 유럽에서 일어났다.
9) 1154~1486년 동안의 영국 왕가.
10) 1811~1863. 영국의 소설가.
11) 영국의 아일랜드 통치를 종식시킬 목적으로 1850년대에 미국과 아일랜드에서 결성된 단체의 단원. 아일랜드는 옛날부터 영국에게 착취당하고 있었는데 이 무렵 독립운동이 활발하게 진행되었다.
12) 1818~1883. 영국의 소설가.
13) 1870~1871.
14) 대학 진학을 위한 예비교육을 하는 기숙제 중학.
15) 기원전70~기원전19. 고대 로마의 시인.
16) ?~? 고대 그리스의 시인.
17) 1828~1905. 프랑스의 통속작가.
18) 로엔그린과 탄호이저 모두 오페라의 제목.
19) 1861~1909. 더블린 출신의 신학자.
20) 아일랜드 독립운동.
21) 1872~1876. 영국 정부 주최로 행했던 태평양, 대서양, 남극해의 생리학적·생물학적 조사.
22) 1505~1572. 종교개혁가.
23) 아서 코난 도일의 『잃어버린 세계』 속 등장인물.
24) 에든버러의 행락지.
25) 스코틀랜드의 고원지방.
26) 서인도제도 중 영국령의 섬.
27) 도일이 입후보한 것은 1900년과 1905년이었다.
28) 찰스 디킨스의 소설 속에 나오는 클럽 이름.
29) 당시 런던의 동부는 빈민가.
30) 잉글랜드 서부의 웨일즈와 가까운 지방.
31) 55?~117?. 로마의 역사가.
32) 17세기 영국의 저술가.
33) 애디슨이 스틸과 공동으로 발행한 주간지.
34) 18세기 영국의 풍자소설가.
35) 처음에는 교육적 성향이 강한 스코틀랜드 계열의 주간지로 시작했다.

36) 1825~1895. 원래는 의사로 불가지론적인 실증론을 주장했다.
37) 1820~1893. 아일랜드의 물리학자.
38) 1809~1882. 진화론을 주장한 영국의 생물학자.
39) 1820~1903. 영국의 철학자.
40) 1806~1873. 영국의 철학자이자 경제학자.
41) 스코틀랜드 북동부의 항구도시.
42) 스코틀랜드의 약 100개의 섬들로 이루어진 지방.
43) 평상은 76이라고 한다.
44) 인도는 영국의 식민지였는데 1857년과 1858년에 폭동이 일어났고, 이후 인도제국이 되었다.
45) 러시아의 남진으로부터 인도를 지키기 위해 아프가니스탄과 벌인 전쟁.
46) 스코틀랜드 북동부에 위치한 주.
47) 아일랜드 해로 흘러드는 강. 하구에 리버풀이 있다.
48) 아일랜드 해상의 섬.
49) 아프리카 서쪽 바다의 5개 섬으로 이루어진 포르투갈령 군도.
50) 프랑스와 스페인 사이의 만.
51) 지브, 트라이슬, 스테이슬 모두 특정한 돛의 이름.
52) 아프리카 북서부 해상의 카나리아 제도 중 가장 큰 섬.
53) 악성 말라리아로 소변이 검게 변한다.
54) 1857~1932. 영국의 병리학자로 1902년에 노벨상을 받았다.
55) 1847년에 건국.
56) 1870~1871.
57) 코트디부아르 남부의 도시.
58) 라이베리아 남쪽의 곶.
59) 가나의 수도.
60) 아프리카 서부, 가나 남부의 항구.
61) 기원전 5, 6세기 무렵의 카르타고 사람.
62) 적도 근처의 강.
63) 나이지리아 남동부의 섬.
64) 다호메이의 항구.
65) 나이지리아의 도시.
66) '보니'는 싱그럽고 아름답다는 뜻의 스코틀랜드어
67) 라이베리아 공화국의 수도.
68) 1800~1891. 미국의 역사가, 정치가.
69) 1814~1877. 미국의 역사가, 외교관.
70) 1841~1904. 영국의 아프리카 탐험가.
71) 1813~1873. 스코틀랜드의 선교사이자 아프리카 탐험가. 스탠리가 구출해준 적이 있다.
72) 1809~1894. 미국의 생리학자이자 시인.
73) 가나의 수도로 당시는 영국령 황금해안의 주요 도시.
74) 설사약의 일종.
75) 플리머스 부근의 마을.
76) 병원에 내거는 것이 관습이었다.
77) 그 후의 도일 단편집에도 실리지 않았다.
78) 첫 단편집에는 수록되었으나 이후부터는 빠졌다.

79) 1836~1902. 미국의 작가. 후에 영사가 되었다.
80) 1실링은 12펜스.
81) 매운 맛의 베이컨.
82) 인도 북부의 저습지.
83) 1830~1898. 영국의 작가. 『콘힐 매거진』의 편집자이기도 했다.
84) 1850~1894. 영국의 소설가, 시인. 『보물섬』의 작가.
85) 1811~1882. 미국의 종교가.
86) 기니는 1파운드보다 조금 많다.
87) 1835~1873. 프랑스의 추리소설가.
88) 작가이자 기자.
89) 스코틀랜드의 출판업자.
90) 1844~1912. 스코틀랜드의 문학자.
91) 1848~1922. 영국의 역사가이자 편집자.
92) 미국의 출판업자.
93) 1856~1934. 소설가.
94) 1856~1900. 세기말을 대표하는 소설가.
95) 1312~1377.
96) 1337~1410. 프랑스의 연대기 작가.
97) 1340~1400. 영국의 시인.
98) 1843~1910. 독일의 세균학자, 의학자. 결핵균 등을 발견했다.
99) 1849~1912. 편집자.
100) 1899~1902. 영국과 남아프리카의 트란스발과의 전쟁.
101) 1837~1892. 이비인후과 의사.
102) 1795~1881. 스코틀랜드의 사상가.
103) 1737~1794. 영국의 역사가.
104) 1848~1930. 총리까지 지냈던 정치가.
105) 1638~1715. 프랑스 부르봉 왕조의 전성기를 이끈 왕.
106) 프랑스 북부에 위치한 도시. 역대 프랑스 왕들의 궁전이 있
    다.
107) 1823~1893. 미국의 역사가.
108) 1855~1937.
109) 1860~1937. 스코틀랜드의 소설가, 극작가.
110) 1837~1901.
111) 1728~1774. 영국의 문학가. 처음 의학을 배워 개업했으나 실
    패하고 문학가가 되었다.
112) 신을 부를 때의 말. 그럴 경우가 아니라면 '맙소사' 정도의
    감탄사가 된다.
113) 도일은 보어 전쟁에 협력한 공을 인정받아 1902년에 기사작
    위를 받았다.
114) 1914~1918.
115) 1840~1902. 프랑스의 작가.
116) 1838~1905. 영국의 명배우.
117) 1866~1921.
118) 1920년에 미국 전역에 걸쳐 금주령이 내려졌었다.
119) 1865~1936. 영국의 작가.
120) 로키 산중의 공원지.

121) 당시 캐나다는 독립국이 아니라 영국의 자치령이었다.
122) 1848~1899. 영국의 작가.
123) 이집트 북부에 위치한 주.
124) 1850~1916. 영국의 군인. 제1차 세계대전을 지휘했다.
125) 1851~1920. 1891년에 『스트랜드 매거진』을 창간한 편집자.
    도일과 친분이 있어서 첫 2편을 제외하고는 셜록 홈즈 시리즈
    전부를 여기에서 발표했다.
126) 17세기 무렵 유럽에 존재했던 비밀결사.
127) 독일인.
128) 1806~1872. 아일랜드의 소설가.
129) 영국의 내과 의사이자 병리학자.
130) 남아프리카의 도시. 해발 1400m의 고지에 있으며 철도의 중
    심지.
131) 남아프리카 버펄로 강 하구의 도시.
132) 1842~1904. 러시아의 화가.
133) 런던의 귀족적 주택지구.
134) 런던의 부유층이 모여 있는 주택지구.
135) 희망봉 지방에 사는 원주민으로 가장 지적이고 체격도 뛰어
    나다.
136) 남아프리카 동부의 도시.
137) 남아프리카의 마을.
138) 1854~1922. 보어의 정치가이자 장군.
139) 남아프리카의 행정 수도.
140) 1873~1955. 출판업자, 정치가.
141) 17세기에 스코틀랜드 국경의 습지를 침략했다.
142) 1900년 2월에 로버츠가 여기서 보어군을 무찔렀다.
143) 프리토리아에서 남서쪽으로 150km 정도 떨어져 있다. 금광으
    로 유명.
144) 1854~1925. 영국의 행정관.
145) 1853~1917. 스코틀랜드 출신의 의사. 남아프리카에서 활약했
    다.
146) 프리토리아 서쪽에 위치한 도시. 제임슨 사건의 발생지.
147) 1820~1914. 영국의 비뇨기과 의사.
148) 독일 라인 강 부근의 지방.
149) 1851~1942. 캐나다의 언론인이자 정치가.
150) 러시아 전쟁 당시 유행했던 노래에서 나온 말로 맹목적 애국
    주의자들의 당파.
151) 전독일연맹. 독일의 배외적 민족주의 단체.
152) 남인도와 실론에 살던 민족.
153) 인도의 봄베이 지방에 사는 민족.
154) 보어와는 지역이 다르다.
155) 런던의 남서부로 노병 및 부상병을 위한 병원이 있다.
156) 아일랜드는 잉글랜드나 스코틀랜드와 인종 및 언어가 달라
    예전부터 사이가 좋지 않았으나 제1차 세계대전 이후 자치국이
    되고, 1948년에 완전 독립을 이루었다.

157) 1888~1935. 본명은 로렌스. 아라비아의 로렌스라는 별명으로 알려진 고고학자.
158) 혼파이프의 반주에 맞추어 추는 뱃사람들의 춤.
159) 남아프리카의 금광.
160) 1851~1940. 대학교수이자 물리학자.
161) 제1차 세계대전.
162) 해군 장관에 상당한다.
163) 1833~1911. 변호사.
164) 이때 도일은 48세.
165) Swindlesham. 'Swindle'은 사기, 사취라는 뜻.
166) 제4회 런던 올림픽.
167) 스페인 북동부에서 프랑스 남서부의 국경지대.
168) 1864~1916. 아일랜드의 인권운동가. 콩고에서 행해지고 있는 폭력을 보고했다.
169) 제1차 세계대전 중에 반역죄와 간첩활동 혐의로 체포되어 교수형에 처해졌다.
170) 1865~1922. 여러 신문을 창간했으며 훗날에는 정치에도 관여했다.
171) 제1차 세계대전.
172) 제1차 세계대전.
173) 매해 봄 리버풀에서 열리는 경마 장애물경기.
174) 터키의 국왕.
175) 1847~1919. 웨일스 출신의 프로 당구선수.
176) 1861~1930. 노르웨이의 북극 탐험가.
177) 1771~1832. 월터 스콧. 영국의 역사소설가, 시인.
178) 미국의 북동부.
179) 아메리카 원주민의 추장.
180) 1643~1687. 프랑스의 탐험가.
181) 풍작의 여신.
182) 이집트의 유적.
183) 런던 북서부에 위치한 커다란 도로.
184) 1818~1883. 아일랜드 출생의 시인.
185) 아프리카 동부, 케냐에 가까운 부락의 명칭.
186) 1836~1902. 미국의 작가.
187) 1849~1930. 프러시아의 장군이자 군사평론가.
188) 1855~1931. 독일의 해군대장. 잠수함에 의한 무차별 공격을 감행했다.
189) 1853~1924. 영국 해군의 장교.
190) 영국 남부의 포츠머스 앞바다에 위치한 섬으로 390만㎢.
191) 1858~1925. 영국의 군인이자 기자.
192) 프랑스의 일부와 네덜란드를 포함한 지방.
193) 벨기에의 남서부.
194) 벨기에의 북서부.
195) 프랑스 북부지방. 1914년 8월 24일에 독일군과의 격전이 벌어졌다.
196) 프랑스 북부에 있는 지방. 제1차, 제2차 세계대전의 전장.

197) 개암나무 열매.
198) 독일인.
199) 1874~1965. 영국의 정치가. 제1차 세계대전 중에는 수상으로 있었다.
200) 1860~1933. 제1차 세계대전에서 영국군의 재정을 담당했다.
201) 406?~453. 유럽에 침입했던 훈족의 왕.
202) 벨기에의 도시. 가장 처음 공격을 받았다.
203) 벨기에 남서부에 위치한 도시. 1914년에 독일군에게 점령되었다.
204) 1841~1929. 프랑스의 정치가. 제1차 세계대전 무렵 총리로 있었다.
205) 1863~1945. 영국의 정치가.
206) 뒤마의 소설 『삼총사』 속 등장인물.
207) 1599~1641. 네덜란드의 화가.
208) 1862~1921. 모로코군의 사령관이었다.
209) 1863~1945. 영국의 정치가.
210) 고대에 활약했던 인도 유럽어족의 일파.
211) 1917년 11월에 트로츠키, 레닌에 의한 소비에트 혁명이 성공을 거두었다.
212) 395년에 로마제국이 둘로 갈려 로마를 중심으로 하는 무리와 비잔틴을 중심으로 하는 무리로 나뉘었다.
213) 1870~1963. 영국의 군인.
214) 브리튼 국의 여왕. 로마에 맞섰으나 패해서 자살했다.
215) 이스라엘 민족의 지도자였던 모세의 후계자.
216) 1847~1934. 독일 육군대장. 제1차 세계대전에서 러시아에 완승을 거두었다.
217) 구약성경 속 야곱의 아내.
218) 오스트레일리아 남동부의 섬.
219) 1851~1929. 프랑스의 원수. 제1차 세계대전 당시 연합군의 총사령관.
220) 셰익스피어의 작품은 프랜시스 베이컨이 쓴 것이라는 설.
221) 지브롤터의 서쪽에 존재했으나 신의 벌에 의해 해저로 가라앉았다고 하는 대륙.
222) 유대민족의 예언자.
223) 1452~1498. 이탈리아의 성직자. 이단으로 화형에 처해졌다.
224) 사도행전 2장. 성령이 사도들 위에 강림했다.
225) 1847~1929. 영국의 동물학자.
226) 1820~1893. 영국의 물리학자.
227) 1791~1867. 영국의 화학자.
228) 1560~1644. 영국의 식민학자.
229) 자서전에는 800파운드로 되어 있다.
230) 자서전에는 1890년 12월에 출발한 것으로 되어 있다.
231) 1566~1625.
232) 수단의 마흐디교도와 이집트, 이후 영국군이 싸운 전쟁.